- 上册 -

梦溪石 著

青岛出版集团 | 青岛出版社

图书在版编目（CIP）数据

人间有你 / 梦溪石著. — 青岛： 青岛出版社，2023.10
ISBN 978-7-5736-0996-0

Ⅰ.①人… Ⅱ.①梦… Ⅲ.①长篇小说－中国－当代 Ⅳ.①I247.5

中国国家版本馆CIP数据核字（2023）第169517号

RENJIAN YOU NI

书　　名	人间有你
作　　者	梦溪石
出版发行	青岛出版社（青岛市崂山区海尔路182号）
本社网址	http://www.qdpub.com
邮购电话	18613853563
责任编辑	郭红霞
特约编辑	王羽飞
校　　对	耿道川
装帧设计	蒋　晴
照　　排	蒋　晴
印　　刷	三河市良远印务有限公司
出版日期	2023年10月第1版 2023年10月第1次印刷
开　　本	32开（787mm×1092mm）
印　　张	16.5
字　　数	278千
书　　号	ISBN 978-7-5736-0996-0
定　　价	69.80元（全2册）

编校印装质量、盗版监督服务电话　4006532017　0532-68068050

目录
CONTENTS

上册　人间游戏

第一章	怎能受制于人？	3
第二章	失　落	30
第三章	就凭她，也配？	70
第四章	你不觉得你们老板丧尽天良吗？	92
第五章	我背您？	117
第六章	薄禾现在很后悔	139
第七章	师父，其实我也心情不好	176
第八章	是自己太当真了	205
第九章	秦川，这才叫喜欢	230
第十章	阳光之下，无所遁形	263

目录
CONTENTS

下 册 人间有你

第十一章	不就是美色惑人吗？	287
第十二章	我能说不喜欢吗？	319
第十三章	我只是被你所惑	351
第十四章	那个人在说喜欢她之后，就人间蒸发了	382
第十五章	就像一只绵羊突然闯入狼群	412
第十六章	完美配合	437
第十七章	跟我上	460
第十八章	一场风暴席卷而至	478
第十九章	如果当初	498
尾 声		509
番外一		510
番外二		516

······上 册······

人间游戏

第一章
怎能受制于人？

认识薄禾的同事都说，她飞上枝头变凤凰了。

薄禾自己则被这个从天而降的馅儿饼砸得有点儿莫名其妙。

放眼这座大都市，公司林立，人才济济，盛名的规模不算大。

但盛名背靠秦氏集团，是集团名下的子公司，福利待遇在业界领先，这就使得许多应届生将盛名当作应聘首选之一。

半年前，薄禾也是众多应聘者中的一员。

当时她刚毕业，应聘的是实习生，从客户接待做起，处于公司生物链的最底层。

前几天实习期届满，公司开放内部招聘席位，与她同期的实习生大多想留下来，薄禾也不例外。

她申请了两个职位，一个是人力资源部助理，另一个是总裁室助理。

盛名老板是秦氏集团的少东家，据说他身边有好几个助理，每个人分工不同，薪酬自然也比其他部门优厚许多。

薄禾从来没奢望过自己能够一步登天，刚毕业半年就进总裁室。因为每人可以申请两个职位，第二个她纯粹是随手乱填的。

谁能料到，无心插柳柳成荫，最后反倒是最不可能的结果实现了。

内部招聘加上社会招聘，这个令人眼热的职位起码有上百个人竞争，怎么就落在自己头上了？

直到现在，她坐在新的办公位置上，看着从前可望而不可即的楼层和周围面生的新部门同事，内心仍旧有种如坠梦中的不解和困惑。

不只薄禾茫然，别人也很茫然。

总裁室助理，多炙手可热的职位啊。

虽说符合条件的人都能竞聘，但必然是有相关工作经验、表现更加优秀的人才能脱颖而出。

一时间，每个人都在询问：这个薄禾到底是何来头？

只有李玺知道是怎么回事。

三天前，她将一摞通过面试的应聘者的评分表放在了老板秦川面前。

秦川百忙之中抽空瞅了几眼。

"这两个人，笔试和面试都并列第一，为什么把容榕放在第一，薄禾放在第二？"他问道。

李玺早有准备："因为容榕外形、气质比薄禾更佳，而且容榕的毕业院校更好。"

说罢，她特意将容榕的个人资料打开，对方的毕业院校赫然入目，正是秦川的本科学校。

秦川再看向两人的照片。

薄禾的确是个美人。

下巴尖而不锐，颧骨润而不凸，眉毛弯弯，眼睛带笑，她像一朵开在初春的梨花，鲜嫩饱满，青葱欲滴。

但美人和美人之间也是有高下之分的。

比起薄禾的清秀，容榕则更加明艳俏丽。

二者的照片放在一起，别人肯定一眼就注意到容榕。

男人都是视觉动物，更何况容榕跟顶头上司还有校友和师兄妹这一层关系。

有一个更优秀的美人在，为什么要选一个相对不那么出色的美人呢？

秦川却皱了皱眉，似不满意："没别的人选了？"

李玺解释道："新职位有一到两年的过渡期，在此期间新人只充当部门助手，协助我和Alice（爱丽丝）他们，所以职责要求相对比较低。而且这两位的表现的确很不错。尤其是容榕，不仅外表出色，在面试时语言表达能力也远远超过几位面试官的预期。"

没等她说完，秦川用手指点了点薄禾的履历，给出了直截了当的答案："要这个。"

他的手指修长白皙，堪称赏心悦目。

李玺无暇细看，惊讶的疑问脱口而出："为什么？"

话一出口，她就有点儿后悔了。

老板决定的事情，哪有什么为什么？更何况这位老板不是好伺候的主儿。

秦川："你为容榕说了这么多话，又把她放在上面，说明你更认可她。但从资料上看，两人相差不大，最起码这个薄禾的专业更对口。"顿了顿，他说出更加不留情的话，"我要的是员工，不是自恃美貌、想近水楼台的居心叵测者，你明白吧？"

李玺脸上一热，赶紧说道："要是能力实在不行，我也不敢推荐。主要这个容榕本来就是我们的员工，能力也还不错。这次职位要求的只是部门助手，并不直接与您对接，所以我才认为她能够胜任，下回绝对牢记您的要求！"

秦川眼皮都不抬地问道："你跟了我三年了吧？"

李玺要是再听不出老板对自己的敲打，那就枉入职场了，没敢多说，拿上资料退了出来。她在最终确定名单上圈出薄禾的名字，让人事部门的同事去通知对方后，起身出门，拨通电话。
　　"容榕吗？我是李玺。"
　　秦川不认识容榕，容榕却对这位回母校做过演讲的优秀校友师兄一见钟情。
　　容榕的父母在李玺的老家是个不大不小的官，正好管着李玺父亲的工作那一块儿。
　　有了这一层渊源，李玺也愿意锦上添花，送她这么个机会。
　　但仅止于此，无论如何，李玺也不可能赔上自己的前程。
　　薄禾能过最终面试，一来表现的确不错，二来李玺需要一个对比，好衬托容榕的优秀。这个被用来对比的人不能太出色，也不能太寒碜。
　　谁知老板的想法异于常人，她也算仁至义尽了。
　　李玺暗暗感到遗憾，余光扫过薄禾的名字。
　　容榕肯定没想到自己竹篮打水一场空，却便宜了初来乍到的小新人。

　　小新人薄禾对这些一无所知。
　　包括她在内，总裁室现在一共五个人。
　　男助理关慎，是总部空降过来的，据说是老板他爹派来协助老板的，负责与总部集团的沟通交接事宜。
　　唐蜜，人如其名，甜美娇俏，负责对接公司外部业务，据说是个走动的资料库——只要是见过的人，她就一定能记住，经常充当老板的女伴出席各种宴会。
　　李玺，负责公司对内交接。
　　还有一个小方，比薄禾早进来一年，负责各种重要资料的翻译，也是老板的"人肉翻译机"。

而薄禾是被招来协助这四个人的,俗称……打杂儿。

当助理要揣摩老板的心思,当助理的助理,头上则多了几座大山。

薄禾本以为自己的日子会很艰难,谁知接下来几天,职场生涯平静无波。新同事虽谈不上温情脉脉,但也有问必答,尤其是长相可爱的唐蜜,还主动为她介绍公司内部情况以及本部门的日常职责。

就连她见过几面的秦大老板,似乎也不是那么不近人情。

薄禾放下心来,逐渐进入状态。

入职即将满一周的周五中午,唐蜜提出中午请客,庆祝薄禾顺利入职一周。

关慎很少参加这种集体活动,闻言就说自己中午有约,提前十五分钟走了。

唐蜜订好了地方,李玺主动说要开车载大家过去。

四人乘电梯走到地下停车场,唐蜜忽然顿住脚步。

"那家饭店是会员准入制,我把卡给忘在抽屉里了。薄禾,能不能麻烦你上去帮我拿一下?就在我桌下右边的第一个抽屉里,抽屉没上锁,打开就是了!"唐蜜拿出电话道,"我现在先打电话给饭店说预订时间再推迟一点儿。"

薄禾应声,准备原路返回。

李玺拉住了她:"你往前走拐弯有部电梯,在楼道侧面,你从那里上去,再从楼梯口出来,会更快。"

唐蜜也说道:"对……对,那里有条应急通道,电梯和楼梯都有,你走那里更近!"

薄禾按着她们所指,果然拐弯之后没走几步就看见一部电梯。

她正要过去,后面有车门关上的动静,还有说话声。

薄禾自然而然地循声看去。

大老板秦川和一名年轻女郎先后下车。

女郎打扮得时尚精致，是那种会让人忍不住多看两眼的漂亮。

秦川脸上却有明显的不耐烦。

"秦川！"女郎紧紧追在他后面，脚下的细长鞋跟崴了一下，整个人歪向旁边，赶忙用手扶住，"你一声不响就分手，能不能告诉我为什么？难道是我做得不够好吗？"

对方也没大哭大闹，声音更不算尖细，只是从薄禾的位置正好听得真切。

女郎隐忍的尾音里带着哭腔，令人不由得心生怜惜。

相较而言，秦川说话的语气颇显无情。

"你没有什么不好的，是我看厌了你这张脸。好聚好散不行吗？为什么女人分手的时候总要哭哭啼啼？这样才能显得自己更悲惨吗？"顿了顿，秦川继续道，"那我建议你现在就到上面去闹，市中心黄金地段，正好让更多人看见，说不定你还能一炮走红。"

薄禾离得近，有柱子挡住身形，正好将两人的对话听了个一清二楚。

她听得目瞪口呆，心说这年头儿还有这样的人渣，分手不赶紧说两句好话，还嫌人家丑？既然他嫌人家丑，一开始为啥还要交往？眼瞎吗？

薄禾调进新部门之后，虽说近水楼台，但跟大老板也很少有工作上的直接接触，顶多见过两三回面，说的话总共不超过十句。秦老板给她的印象还不错，虽然不爱笑，不够平易近人，但她拿钱做事，老板温和不温和完全无所谓。

此刻她才知道，秦老板不说话则已，一开口还挺刻薄的。

难怪唐蜜他们工作时都战战兢兢的，与下班的时候判若两人。

那女郎似乎不觉得秦川不对，甚至放低了声调："秦川，我们好好的，我爱你，你也爱我。你想要分手总得有个理由。你这样，让我……让我怎么跟别人交代？"

秦川平平淡淡地说："你还需要向谁交代？粉丝？记者？要不要先打电话约他们过来摆拍？迟筠，你之前给我的印象一直不错，别把这点儿风度也丢了，我们好聚好散吧。"

薄禾心头一动，忍不住瞄了女郎一眼。

迟这个姓氏比较少见，迟筠这个名字让她想起了新近小有名气的一位女演员。

见秦川摆出一副不想谈下去的姿态，油盐不进，女郎又不可能在这里跟他吵闹。

末了她还得恳求他："秦川，我现在妆花了，出去不好见人。我们不吃饭了，你送我回去成不成？"

秦川静默片刻后说道："我打电话让司机送你回去。"

他转身要走，女郎拉住他，两人又纠缠了好一会儿。

薄禾其实没兴趣打听老板的私事，也没兴趣再听下去，唐蜜她们还等着自己呢。但她的位置特别尴尬，稍一走动就会暴露，只能按捺着性子等老板的司机下来将那女郎载走，才总算松口气。

下一刻，她就感到眼前一闪，还没来得及避开，老板的脸已经出现在眼前。

她甚至没能看清对方是怎么冒出来的。

两人四目相对，两两无言。

这下就有点儿尴尬了。

总裁室就那么几个人，就算秦川平时没怎么跟薄禾说话，也不可能认不出她这张脸。

抱着敌不动我不动的策略，薄禾没吱声。

秦川阴阳怪气地问道："听得高兴吗？"

"老板中午好。我跟唐蜜她们去吃饭，唐蜜忘了带会员卡，让我抄近路上楼拿，我刚走过来就被您看见了。"薄禾以淡定的语气回道，仿佛自己真的刚刚路过，什么都没听见。

秦川看她一眼，没再说话，转身上楼。

薄禾暗松口气，等秦老板离开一会儿，估摸对方应该回到办公室了，这才乘坐电梯回去，中途不忘给唐蜜发一条信息，说自己迷路了，要晚些赶过去。

等她拿了卡过去与唐蜜等人会合，已经是半个小时后的事情了。

短短十分钟来回的路程她迟到这么久，光是迷路似乎说不过去。

薄禾歉然地说道："我不只迷路，上去时还遇到下面楼层的公司搬迁，征用了电梯，就只能等他们用完才上去。"

大家有点儿扫兴，不过知道这也不能怪薄禾，都没说什么，就上了李玺的车去吃饭。

事后薄禾还有点儿担心秦老板搞清算，但直到下班秦川也没露面，李玺她们也没过来通知什么坏消息。

她自忖逃过一劫，不免有种劫后余生的庆幸感，想到即将迎来新岗位入职后的第一个周末，可以痛痛快快地在家玩儿上两天游戏时，又高兴起来。

薄禾绝不是一个钻牛角尖的人，也绝不会为了职场上的麻烦和困难而焦虑超过半天。在她走出公司的那一刻，就已经把秦老板连同所有的不开心全部抛之脑后。

身旁人来人往，行色匆匆，唯有她的步履带了几分悠闲，浑然不似这大都市里忙于赚钱疲于奔波的白领，她更像过来旅游的，脸上的神情轻松惬意得让人忌妒。

但谁也不知道，薄禾现在满心都想着游戏，还有她前几天在游戏里认识的小徒弟。

可爱的小徒弟，为师来了。

临近周末,秦川的心情却不大好。

人心情不好的时候,总要找个发泄口放松一下。

从前秦川可能会去小酌两杯,现在则是会玩儿游戏。

两周前的某一日,手机屏幕上跳出一条叫《九霄》的游戏的广告信息,不怎么玩儿手机游戏的秦川鬼使神差地顺手下载了游戏,还在里头建了个角色,起名"川流不息"。

他很快发现这游戏的可玩儿之处。

中国古风仙侠背景,美术画面缥缈写意,堪称国内顶尖水平,几大职业各有优势,又互相牵制,在现今一切游戏都朝钱看、恨不得让玩家多充点儿钱的大潮流下,这款新游戏居然还很看重手法技巧。

秦川在知名视频网站上看了几个游戏战斗视频,难得被勾起小小的兴趣,就随便挑了个名字顺眼的服务器,选了一个用飞剑的远攻职业,开始在新手村练级。

现在许多游戏为了留住玩家,已经竭尽所能地在练级上缩短时间,《九霄》也不例外。

才半天工夫,秦川就从"0"级小号摇身变为即将满级的大号,算是半只脚跨入了这片瑰丽江湖的门槛。

之所以说半只脚,是因为他现在升上去的只有等级,装备、召唤兽、技能通通没有。

这个区很热闹,但对秦川而言,这些热闹都不属于他。

身边人来人往,他依旧孑然一身,正如人生,须臾聚散。

没等从游戏里悟出什么人生真谛,秦川只见眼前红光一闪,游戏里的自己就躺在地上变成一具尸体了。

秦川:"……"

他再看系统提示,自己被一个叫"看你不顺眼"的玩家杀掉了,装备耐久掉了百分之十，身上的药品丢失十分之一。

秦川甚至没看清自己是怎么死的。

他顺着游戏昵称找到了那个玩家。

川流不息："你为什么要杀我？"

看你不顺眼："看我的名字。"

川流不息："我跟你根本不认识。"

看你不顺眼："我赋予你杀回来的权利。"

秦川觉得这人要么是个神经病，要么就是小学生。

他关掉聊天儿窗口，不再与对方交流，转而去看自己职业的游戏攻略。

过了一会儿他再切回游戏，发现原本在野外采集植物制药的自己又死了，凶手依旧是那个看你不顺眼。

秦川啧了一声，这回不再选择去找凶手理论，转而开始在游戏里寻求解决方案。

仙侠背景的游戏自然需要提供给玩家快意恩仇的机会，秦川想要报仇有三种办法。

一、付出一定报酬，让游戏里的非玩家角色报出对方的位置，自己寻过去，在野外将对方反杀。

二、找帮派同僚或游戏中的朋友一起去报仇，趁着人多势众把人给围殴了。

三、发布通缉令，让其他玩家帮忙报仇。

这款游戏就像真正的修真世界那样，各人实力高低是通过"境界"来衡量的。

《九霄》里还有个境界榜，综合玩家的装备、技能等数值，按照炼气、筑基、结丹、元婴、化神、炼虚，境界依次递增，实力也增强。

每个境界都有一个榜单，上面显示前一百名的名字，刺激玩家提升。

秦川打开自己的角色面板，再点开看你不顺眼的资料，两厢对比之下，顿时沉默了。

自己连最低的炼气期前一百名都排不上，对方则排在筑基期的第五十六名。

这个名次当然算不上高，但这个人也很贼，专门挑境界低的玩家杀，一看见境界高的玩家就跑。他玩儿的职业正好也是刺客，有数秒隐身的技能，走位技能玩儿得贼溜——寻常人根本抓不住他。

自己反杀是不可能了，秦川的好友列表里就孤零零地躺着小猫两三只，那几个人还是之前打副本升级的时候系统自动给加的好友，帮派也是，秦川自从加了之后就没在里面说过一句话。

而且他还发现，在大世界频道有许多和自己一样被这个看你不顺眼杀了的玩家，正在拼命问候对方的祖宗十八代。

但看你不顺眼直接撂下话："不爽就反杀回来。一个个都是不充钱境界低的渣渣，今天哥心情好，从刚才骂我的人里再挑三个来杀！"

这个人太嚣张了！

游戏里骂他的玩家越多，这人仿佛就越来劲。

许多人在现实里得不到快感，内心隐秘而压抑的各种欲望只能在虚拟世界得到宣泄，于是越发没有顾忌。

这个看你不顺眼显然只是其中之一。

这头玩家们还没骂过瘾，那边秦川的游戏屏幕再度血红一片，角色倒在冰凉的地上，仿佛诉说着无尽的凄凉。

凶手又是看你不顺眼。

对方说要从骂他的人里面挑几个来杀，但秦川刚才根本没在大世界频道上说过话，更别说骂人。

他再看旁边，另一个玩家骂骂咧咧地复活起来。

此人是刚才骂看你不顺眼骂得最欢的，秦川都看见他的发言好几回了。

敢情自己还是被连累的。

秦川抿了抿唇,很不喜欢这种处处受制于人的感觉,哪怕是在游戏里也是如此。

不就是充钱吗?这还不容易?

看你不顺眼估计做梦都想不到,他的行为间接帮游戏开发商拉来了一位"投资人"。

一周之后,痛定思痛、奋起直追的秦老板从一个筑基期榜单都上不了的低境界玩家,直接几级连跳,成为元婴期排行第三的高端玩家。

之所以排第三,是因为有些升级属性的珍稀道具只能通过高难度副本随机掉落,本区能买到的东西基本被秦老板给扫了,剩下的只是时间问题。

至于为什么才元婴期,是因为再往上的化神期和炼虚期游戏还没开放,否则秦老板估计能一口气冲到顶。

神功大成的秦老板发现自己的游戏生涯进入了一个崭新的阶段。

他不需要在帮派里活跃——自然有帮派管理上门开出优厚条件,希望他能长驻下来,帮忙打帮战、跨服战,为帮派争取荣誉。

他也不需要学会跟人聊天儿,结交高端玩家——因为排行榜上的其他高端玩家会来喊他打本,一来二去大家自然就熟了。

甚至在一个队里做任务时,都有娇滴滴的妹子主动搭讪他。

游戏是现实的映射,虚拟世界纵然放任想象与情绪的翅膀翱翔,但在某些方面还是和现实具有相似性的。

如果秦川是个乍富的人,说不定会就此沉溺在受人追捧的飘飘然里。

但秦老板不是。他不忘初心,把境界冲上去之后的头一件事就是去找看你不顺眼。

不把那人砍个十回八回，让其哭爹喊娘，他就不姓秦。

秦川找到游戏里的寻踪非玩家角色，查到对方的下落，然后一把飞剑追了过去。

看你不顺眼正站在野外一动不动，好像是开了挂机模式。

秦川可不管什么胜之不武，二话不说就打开对决模式，抡起一剑就砸了过去。

对方居然凭空消失了！

又是隐身技能？

秦川明白了，对方这哪里是在挂机，分明是在"钓鱼执法"！

他有点儿恼怒，但四处转悠，依然不见敌人的踪影。

游戏里的消息列表闪烁起来，秦川点开，是看你不顺眼发来的消息。

看你不顺眼："小样，你以为充钱就能打败我了？打不过，我不会跑吗？手残老板没救啊，去找个主播代练再来陪我玩儿吧！"

末了对方还附上一个猖狂大笑的表情。

游戏里，距离秦川十米远的山坡上，看你不顺眼得意扬扬地现出身形。他像是故意为了气秦川，还特地跑回来在秦川周围绕着跑圈。当秦川开技能打他的时候，他的身形又开始四处漂移。

不得不说，虽然游戏里刺客这个职业本身就具备出其不意的特点，所有技能都是围绕这个初衷来制作的，但能像看你不顺眼一般玩儿得这么溜的人也没几个。

明明秦川一剑就可以打掉对方一半血，但对方凭着灵活的走位，硬是在那儿磨了五分钟。

直到一支箭矢破空而来正中看你不顺眼的脑壳！

看你不顺眼甚至来不及转身回首看清来者何人，直接就往前一头栽倒。

他反应很快，原地复活就直接隐身准备开溜。秦川自忖反应足够快了，但一剑过去依旧劈了空。

又是一支细长羽箭飞来，像是长了眼睛，知道目标会往哪里逃——箭矢又一次正中看你不顺眼的脑壳，逼得他现身，把人钉死在原地。

一支穿云箭，千军万马来相见！

这技术、手法，连秦川也不能不赞一声帅！

看着眼前红衣长发的年轻男性角色飘然落地，站在看你不顺眼的尸体旁，把对方吓得连复活都不敢，只得在那里装挂机，秦川只有一个想法：拜师，把这哥们儿的手法都学过来。

红衣男子等了几分钟，见看你不顺眼依旧一动不动，只好发个遗憾的表情，转身走人，临走前还跟秦川打了个招呼。

秦川没有回复。

红衣男子以为秦川也在挂机，又或者自恃境界修为高，不愿意搭理他。

红衣箭客腾身跃起，展袖远去。

秦川正忙着新建角色小号。

因为他觉得以自己现在的境界和装备评分，去拜一个在结丹期排名第三十五名的玩家为师，好像有点儿丢人。

须臾，一个叫"海纳百川"的小号诞生了。

这个小号在新手村刚升到十级，就迫不及待地点开好友列表，给一个叫"薄荷茶"的玩家发去消息。

海纳百川："小哥哥你好，缺徒弟吗？"

薄荷茶："……"

沉默片刻之后，对方回了秦老板两个字："不缺"。

换作常人，这肯定就没下文了——但秦老板不是常人。

他又发去一条消息："小哥哥，我是新人，头一天玩儿这个游戏，什么也不懂。刚才看你打人很帅，可以教教我吗？"

任谁看见这些话，也不能将这个装新手玩家说话的人，跟那个高傲冷淡、说话刻薄的秦老板联系在一块儿。

网络世界如同割开晨昏的分界线，也将人在现实中不轻易显露的性情挖掘了出来。

秦川打下这些话的时候，就像平常吃饭、喝水，脸上甚至没有出现一丝波动。

他认为既然有求于人，那么语气、态度好一些也是应该的，卖萌则可以让自己更容易达成目的。

反正关掉游戏，谁又认识谁？

这位薄荷茶似乎心硬如铁，居然还是不为所动。

薄荷茶："抱歉，我不会带徒弟。如果你想拜师，我可以给你介绍我朋友。他喜欢收徒，操作手法也很不错。"

秦川按照对方给的游戏昵称找到了薄荷茶的游戏好友，一名叫"八根胡须"的玩家。

不得不说，薄荷茶还是挺细心的，看到秦川练的是飞剑职业，就也给他找了一位同门派的师兄。

薄荷茶想必已经跟对方通过气了。八根胡须对秦老板倒是挺热情，当即拉他去拜师，手把手地教他怎么加点升级，怎么甄别有用的装备，怎么重新打造淬炼。

虽然这些基本常识秦川不必对方说也都知道，但不得不承认，这个便宜师父很称职。

可惜秦老板不是真正的新人，拜师的目的只是想学对决手法。

小号升到满级的时候，秦川终于找到让便宜师父八根胡须带自己去竞技场的机会。

竞技场是《九霄》的一个玩家对战玩家的副本，在游戏里有个很好听的名字，叫"点仙台"。

在这里玩家可以选择单人或组队，通过与别人对决，进行晋级，等级越往上，奖品就越丰厚。

点仙台有两种玩法，一种是系统随机分配同境界的对手，玩家在里头能保留原有的装备属性，也可以吃各种各样的增益药品。

另一种则是玩家进去之后，每个人的装备、召唤兽全部是系统统一发放的。也就是说，大家的起点是一样的，不同的是每个人的操作手法。换而言之，手残者勿入。

秦老板深知自身缺陷——大号神功修成之后，也没打算参加第二种玩法，因为那很考验手法，对手残者来说等于自取其辱，所以他玩儿了第一种。

结果，怀着一腔折磨菜鸟的热忱的秦老板遭遇了沉重的打击。

因为他发现，哪怕是全身装备属性比对手高了好多，十场竞技里面自己还是输了六场。

他每次想要飞天，对方就能将他拉下来；每次想要控住对方，敌人就先一步溜走。

他赢的那四场，是因为对方和他一样手残。

手残对手残，那自然就看谁充的人民币更多了。

遭遇沉重打击的秦川再也没去过点仙台。但他越挫越勇，不肯找手法好的主播代打，一心想要依靠自己来赢得胜利。这份好胜心不仅让他放下身段去找薄荷茶卖萌，而且让他有耐心重新练一个小号，等八根胡须带自己去点仙台。

但秦老板注定要失望了。

因为他在跟八根胡须一起打了几场点仙台之后发现，这位便宜师父的手法的确已经算不错，但比起薄荷茶，还是有点儿差距的。

那天薄荷茶的箭犹如天外飞仙，在秦老板心底留下了惊艳的痕迹。

这份印象实在太深刻了，深刻到他再看别人也已索然无味。

于是秦川找到便宜师父摊牌。

海纳百川："你我结为师徒已有两日，你已十分尽职，但我一直忘不掉一个人。"

八根胡须："薄荷茶吗？"

海纳百川："你知道？"

八根胡须："我有四个徒弟，每个都跟你一样，本来想拜他为师，却被他塞给我——其实我也习惯了。"

寥寥几个字，硬是被他打出了浓浓的落寞感。

海纳百川："不好意思。"

八根胡须发了个哈哈的表情："没关系，你听说过海王波塞冬吗？"

海纳百川："隔壁服务器的元婴榜第一？"

八根胡须："对，上个月跨服竞技，这位大佬的单人赛拿了第一，就是薄荷茶代为操作的。要不是团队赛其他队友拖了后腿，他们团队肯定也能拿下第一。"

海纳百川："薄荷茶是主播代打吗？"

八根胡须："不是，只是他在这区操作手法好到很出名，隔壁区大佬慕名而来，看了别人录屏的几场比赛之后，就让他帮忙。我这哥们儿比主播厉害多了。他要是去当主播，估计分分钟暴富——可惜他玩儿游戏也只是消遣。"

这便宜师父是个话痨，不用秦川多问，就噼里啪啦地说了一堆。

游戏里无非是两种人能被万众瞩目，一是用钱砸出来的大佬，二是手法好、走位高超的高手。

前者可能还会被酸两句，后者却是硬实力，任谁都说不出二话。

八根胡须的话，只能证明秦老板的眼光很好，更坚定了秦老板想要拜师学艺的决心。

师徒二人最终和平分手，八根胡须还教秦老板如何才能打动薄荷茶。

八根胡须："我那兄弟看着话不多，实际上人还挺不错的。你去吃个转性丹，换个性别，改个名字，天天跟他卖萌，他肯定心软。"

海纳百川沉默片刻后问："你的意思是让我装女的？"

八根胡须："那怎么能叫装呢？这叫策略！谁说玩儿女号的就一定是女的？你别说话不就行了？还想不想拜师了？"

想，他当然想。

于是秦老板去非玩家角色那里买了转性丹和改名令。

从此门派少了一个叫"海纳百川"的男弟子，多了一个叫"川川"的人妖女弟子。

秦老板使出读书时的韧劲，很快发现对方的游戏时间很有规律。

薄荷茶一般是晚上七八点上线，然后先去打几把竞技场，再跟朋友打副本，末了去雁荡山挖草，在十二点左右下线睡觉。

秦川哪儿也不去，就在雁荡山等着，假装欣赏风景的玩家到处晃悠，晃到薄荷茶旁边停下来，学他一样在那里挖草，再把自己的大号开过来，用对决模式把自己的小号砍翻在地，又飘然离去。

这时候他再用小号在当前频道打下一串问号，然后问道："小哥哥，刚才发生了什么，我怎么死了？"

对方果然说话了："你刚才被人杀了。我没来得及看清，他就跑了。"

秦老板故作懵懂地问："川流不息是谁？他为什么要杀我？"

薄荷茶："你不认识他？"

秦老板："不认识啊，我才玩儿两天，一直在升级看风景。"

薄荷茶："那就别理他。有些高端玩家心理有问题，觉得游戏里可以肆无忌惮，以杀人取乐。"

"心理有问题"的秦老板面不改色地打下了一行字："谢谢这位小哥哥，你人真好，我可以加你好友吗？"

由于这个小号早就改名换性，薄荷茶根本认不出对方正是当初想要拜师的海纳百川，眼看小姑娘怯生生又有礼貌地请求，自然心软地应允了。

秦老板深谙人心，知道他这个小号跟薄荷茶之间差距太大，偶尔让对方帮忙一下还好，次数多了，人家肯定也会不耐烦，脆弱的友谊就难以维系了。所以他另辟蹊径，花钱让人代挖了一大堆草，然后送给薄荷茶。

秦老板："小哥哥，这是我自己挖的结香花和八仙草，昨天看你在挖，听说这是制药的基础材料，你拿去用吧。"

薄荷茶很惊讶："这么多，你挖了多久？"

秦老板："一个晚上。"

薄荷茶："你自己拿去用吧。"

秦老板："我的制药等级还做不了，你比我更需要它们。以后这两种草我来帮你挖，你就可以省时间去挖更高级的药了。"

薄荷茶终于收下，还想给钱，但秦老板坚决不收。一来一往，两人很快熟稔起来，对方带他去见自己的朋友，给别人介绍时，说这是自己的妹妹。

作为本区第一对决高手的妹妹，秦老板的小号顿时身价百倍，连脑袋上都带着一层光，享受着以前当小号时没享受过的待遇，秦老板一天之内加了十几个好友，对方还都客气友善，主动提出带他下副本。

秦川清楚，这些人并不知道他的大号，都是看薄荷茶的面子。

但他私下找到薄荷茶，对他说："我不想当你的妹妹。"

薄荷茶为难地说道："对不起，我不会在游戏里谈感情的。"

屏幕后面的秦老板嘴角抽搐了一下："你误会了，我想当你的徒弟。"

薄荷茶："为什么？"

秦老板："我想有一天能够和你一样，站在竞技场上用娴熟的手法所向披靡，大杀四方。到时候别人问起来，我就说我是你的徒弟。你会不会很有成就感？"

或许是这句话打动了对方,或许是秦老板在游戏里的乖巧少女形象容易让人心软,又或许是接连几天那些足以把人淹没的结香花起了效果,薄荷茶终于收下自己游戏生涯里的第一个徒弟。

彼时,薄荷茶还不知道,这个在游戏里身着绸缎长裙、双髻铃铛轻响的可爱少女川川,在现实中其实是个大老爷们儿。

在非玩家角色面前正式结为师徒的两人,关系似乎变得更为紧密。薄荷茶自忖对徒弟有一份责任感,主动带他去下各种副本。玩儿惯了箭客的薄荷茶,同样对飞剑职业技能非常熟练,每次都能给予秦川恰到好处的指点。

而秦老板的技术手法,虽不能说突飞猛进,但也在稳中向前。

他依旧每天雷打不动地给薄荷茶送去一百株结香花。

薄禾发现,自打在游戏里收了这个徒弟之后,她的责任好像一下子就变重了。

以前她每天晚上上线,只要打一两个副本即可,其余时间就可以尽情随意支配。但有了徒弟之后,她每天还得带着徒弟去打适合对方的副本,还得抽出半小时去教对方对决,手把手教导对方怎么出招,碰见敌人用什么技能的时候己方又该如何躲闪、反击、走位。

如此一来,她睡觉的时间硬生生地往后延了半个小时。

而且她察觉,这个徒弟除了跟自己交流的时候会发表情,跟别人说话都是一板一眼,惜字如金。

要说对方想巴结自己也不正确,因为薄禾的朋友里面不乏境界更高的玩家,徒弟同样不会对其另眼相看。

只能说,对徒弟而言,自己是特殊的。

但凡不是铁石心肠,谁能对此毫不动容呢?

每次看见对方喊师父的时候,薄禾就仿佛透过角色的少女形象看见一个十几岁小女生板着脸的模样——故作老成，却会对最亲近的人撒娇。

说到底，还是美色惑人。

想及此，薄禾忍不住叹了口气，这也许就叫甜蜜的负担吧。

在家里愉快地玩儿了两天游戏，度过周末之后，薄禾再度迎来朝九晚六的周一。

她没有想到，自己升职之后的第一场跨部门例会，就将迎来一场和自己有关的风波。

总裁室只有五个人，但这个职位的地位又举足轻重。打个比方，类似清朝的军机处，连通朝廷内外各个衙门。

所以每周的例会总裁室的人一般与其他部门一起开，听取汇报，交接工作，整理纲要，上达天听。

像薄禾这样入职刚满一周的新人，别说自由发言，甚至没什么可汇报的，只管埋头记录就是。

秦川也在。

下属眼里的秦老板，大多时候是不苟言笑的，偶尔展露灿烂笑容，那大概是在签订大笔金额的合同。

不过这些都不要紧，颜值足以掩盖这些缺点，尤其是这位老总有轻微近视，开会看文件戴上细边眼镜时，冷厉的气质无形中被削弱柔化了几分。

这年头儿，固然不乏心思活络蠢蠢欲动的女孩子，但更多人不过是将秦老板当作赏心悦目的风景，以解开会枯燥之感。

薄禾连欣赏美人的心思都没有。

双手在笔记本电脑的键盘上飞快轻点，除了记录会议要点，她还得飞快地理解这些内容的含义，全神贯注，心无旁骛。

薄禾很清楚，如果不肯在细节上用心，那么自己永远只能当一个会议记录的机器,而这份活儿根本不需要什么技术含量,一个高中毕业的人就能胜任。

冷不防,她听见了自己的名字。

薄禾微微一怔,抬起头来。

坐在她对面的一位同事正在说话。

那是人力资源部的一个年轻女孩子,眉毛正随着其说话一颤一颤的,生动又凌厉。

虽然在这里待了半年,薄禾也不可能把所有部门的所有人都认全,只隐约记得对方姓丁。

"上周我收到总裁室那边转发的邮件了,但上面的内容很空泛,前两周我们讨论确定下来的内容根本没有写进去。"丁姓女同事将目光扫过总裁室的一干人,最后落在薄禾身上,"发件人是薄禾。"

所有人都看向薄禾,包括秦川。

薄禾说道:"那份邮件是不是关于与集团旗下其他公司联谊,并交换体验岗位的?我收到唐蜜的要求之后立马就笔录了,邮件是根据笔录内容撰写的,该有的内容应该都有了。"她拿出随身携带的笔录要点,翻开来递给那位女同事,"您看漏了哪些?"

对方一看就说道:"交换岗位的具体内容没有写,这些我们都确定好了。"

唐蜜眨了眨美目:"当时我都给你说过的呀!"

薄禾自问记忆力还没有衰退到几天前的事情就忘得一干二净的地步。

而且两周之前自己还未任新职,两个部门之间开会沟通的结果,她根本就不在场。

问题就出在当时唐蜜说初始记录一时找不到,口头表述转达即可,薄禾没多想就信了。

但这种情况下,她继续跟唐蜜争辩肯定不是一个好选项——别人根本不关心她是不是被冤枉，只关心事情能不能得到解决。

薄禾知道再纠缠下去只会让自己的印象分在上司及同事那里跌到谷底。

半秒之后，她选择直接认错，起身给大家鞠了个躬："非常抱歉，肯定是我疏忽了。回去我立马补充上，给大家添麻烦了。"

她认错态度诚恳，对方也不好再纠缠下去。

话题就此打住，会议还在继续。

众人的焦点也很快转移，谁也不会一直盯着薄禾不放。

薄禾依旧对着电脑屏幕飞快敲打键盘，旁人很难从她一如既往的平静表情上窥出半分委屈之意。

秦川甚至没往她这边瞥上一眼。

今日似乎不是薄禾的幸运日。

会议结束之后，大家四散离开。

薄禾刚回到座位上，还没来得及把邮件的错误弥补好，就见李玺行色匆匆地走来。

"你昨天中午回来拿卡，是不是有什么事瞒着我们？"

薄禾心里咯噔了一下，下意识地觉得李玺说的是老板跟迟筠在停车场里闹分手的事。

但她面上不露声色，尽量平静地说道："没有啊，李玺姐，怎么了？"

李玺恨恨地说道："你还瞒着我，自己看看今天的娱乐头条吧，等会儿别后悔！"

在李玺走后，薄禾打开网页，"新晋小花密会富家公子，恋情疑曝光"的新闻很快映入眼帘。

看见新闻照片的瞬间，薄禾就知道坏了。

停车场是公共场所，虽说当时附近在场的只有秦川、迟筠和薄禾三人，

25

但新闻曝光未必就是薄禾干的，也有可能是迟筠为了热度自己让人炒的。

然而巧就巧在两人密会的那张照片，看上去像是用手机偷拍的，而且拍摄角度还正好就是薄禾站的方向。

连照片里那根半遮住视角的柱子，薄禾看着都无比眼熟。

薄禾对老板的私生活根本没有半点儿兴趣。非但没兴趣，周末两天她都忙着玩儿游戏，早将这件事给忘了。

但秦川看见这张照片，肯定会以为是她偷拍之后把照片卖给狗仔赚外快的。

这还不能怪秦老板如此误会。

要不是没有失忆，连薄禾自己都会以为照片是自己偷拍的。

薄禾叹了口气，深觉自己距离失业只有半步之遥了。

上周她还是变成凤凰的麻雀，这周就是《变形记》的主人公了。

《西游记》里的妖精，无论外表如何良善可欺，最后的下场总免不了被打回原形。

她开始认真思考自己多久能够找到一份新工作。

如薄禾这样刚毕业半年多的人，再怎么找很可能都找不到比这份工作更加优厚的薪酬了，尤其还不单单是钱的问题。

她在盛名起步，就意味着日后能在同行业拥有更广阔的前景。

思考的结果是没有结果，薄禾就不再钻牛角尖了。

在当天傍晚下班前，薄禾从唐蜜那里拿到了完整的记录，将邮件重新整理一遍发送过去时，李玺终于来找她了。

李玺神情郁郁，似刚被训过一顿，通知她的话也言简意赅："明天开始，你还是回客户服务部去吧，继续客户接待工作。"

薄禾似早有所料，点了点头，说："好。"

李玺见她没有吵闹、哭诉、申冤、疑惑，反倒有点儿不忍："好好表现，以后想回来也不是没机会,别冲动辞职,那样反倒竹篮打水了。"

薄禾因这段经历,被内部戏称为"史上寿命最短的灰姑娘"。

她还被人背地里笑,说安上俩翅膀也飞不上枝头当不了凤凰,风一吹,那全身的羽毛都被吹跑,大家一看,原来是只野鸡。

更难听的话也有。

她当时升得突然,令人意外,又没背景靠山,现在骤然跌下来,看笑话的人自然更多。

人心不过如此,雪中送炭少,落井下石多。

客服部主管是她的老上司,人不错,可能还记得当初薄禾帮她女儿补习的那点儿人情,在薄禾重新回到原来的岗位之后,就把薄禾找去谈话了。

主管没有嘲笑、教训,反而安慰她:"不怪你出错,是总裁室水太深了,一般人刚过去犯的错误可能比你还多。你只是正好撞上老板那篇绯闻,不过就我对你的认识,你不是那种人。"

薄禾虚心请教:"我到底得罪了谁?"

主管道:"你没有得罪谁,我也是道听途说。据说唐蜜一直想要取代李玺的位置,你新进总裁室,李玺应该是你的直接负责人,你现在出错,李玺肯定也脱不了责任。听说之前为了你的职位,李玺假公济私地推荐了自己的朋友,被老板发现了,再加上这次,你说老板会不会跟她新账旧账一起算?"

薄禾恍然,敢情自己的负责人挡了别人的路,自己被殃及池鱼了!

冤是真的冤,但就算薄禾提前知道了这种情况,似乎也防不胜防。

对方早就打算拿她来当炮灰,她是谁并不重要——就算不是薄禾,也会是别人。

难怪她的直接负责人是李玺,刚进去时,对她最热情的却是唐蜜。

如果唐蜜没有那么热情,也许薄禾还不会那么快放下戒心。

至于照片是谁偷拍的，唐蜜是不是提前得知秦老板跟女演员中午会去吃饭，很可能从那里走，所以才故意忘了拿卡让薄禾折返回去拿的，这些都已经不重要。

唐蜜已经达到目的，秦老板对薄禾的印象也不能变得更差了。薄禾如果毫无证据就跑去申诉，估计第二天就得直接离职了。

想到这里的薄禾，只能感叹自己太年轻，还学不会这些弯弯绕绕。

主管安慰她的话与李玺如出一辙："吃一堑，长一智，你还有机会，别灰心。"

薄禾笑了笑，说道："谢谢您，我真没事，知道不是我自己的错误就成。有心算无心，神仙也没法儿。"

主管仔细端详她，见薄禾面色平和，眼睛如往常一样明澈，不见半分阴霾。

主管叹气："你心态不错，好好做，下次内聘有合适的职位，我会给你写推荐语的。总裁室的那几个人都是八仙过海，你一个新人被斗倒，不丢人。"

薄禾眉眼弯弯，露出一个感激的笑容。

要说郁闷、惊诧，也有那么一瞬，但很快薄禾就调节得差不多了。

她从来不会为难自己，工作、生活都是如此。

否则她从小到大那些经历发生在别人身上，许多人怕早得抑郁症哭天抹泪上吊自杀了。

人活着，除了呼吸，工作也好，生活也罢，无非是为了取悦自己，让身体与心灵更加舒适。

所有开心与不开心，取决于自己，最终也回报在自己身上。

郁闷与别人有何干？又有几个人会在意？

从前再难的困境，她也都走过来了，眼下这点儿小小的挫折，自然不在话下。

如果说许多人的心情总是有阴有晴,那薄禾大概是生活在云巅之上。因为她的心每日都被阳光填满,找不到一处阴暗角落。

当天晚上,秦川忙完手头的事情,登录游戏就发现他那位师父的头像是灰的。

对方不在线。

第二章
失　落

人若是在某件事上养成习惯，一旦事情走向脱离了既定轨道，就会感觉失落。

秦川觉得现在自己就是这样的情况。

最近这一两周以来，他每次上游戏不是跟师父薄荷茶一起打副本，就是师徒两人组队去点仙台对决，现在自己形单影只了，这感觉还真有点儿怪异。

他单枪匹马参加了几次点仙台的打擂台比赛，发现系统每回随机匹配的队友都很"坑"，要么技术比他还差，要么跟他不默契，明明可以赢的局给打成败局，对方还埋怨秦川不配合。

秦老板懒得与人争辩，二话不说退出队伍，把他的前师父八根胡须拉了过来。

但秦川还是感觉不对味儿。

在跟薄荷茶组队之前，他觉得八根胡须的操作手法虽然比不上薄荷茶，但已经很不错了。

但经过薄荷茶一段时间的调教，秦川无论是手法还是眼界，都上了一个新层次。

以前需要仰望的玩家，现在秦川已经可以跟他们平起平坐，再看八根胡须，从前觉得他技术娴熟，现在也和自己半斤八两。

比起跟薄荷茶的配合，秦川跟八根胡须还少了那么点儿默契。

八根胡须是个话痨，对决过程中还喜欢用语音指挥秦川。

薄荷茶甚至不需要语音，就能用行动让秦川预知他下一步会出什么招。

更何况，从薄荷茶的职业技能看，他也更适合跟秦川组队。两人只需与平时固定的另外三个队友组合，就能让这支队伍发挥出无与伦比的威力。

打了一会儿，秦川就觉得没意思，跟其他队友说要休息一下，便解散队伍，挂机挖草。

八根胡须也察觉到秦川似乎心不在焉，就留言问他怎么了。

秦川也没多想，打下了一行字："平时这个时候，我师父早该在线了。"

八根胡须调侃道："以前也没见你多依赖我这前师父啊，可别真把自己当妹子了！"

秦川几不可闻地嗤笑一声，懒得反驳他。

就在这个时候，游戏消息的图标跳动了一下，提示"你的好友薄荷茶已上线"。

八根胡须显然也收到这条消息了，立马将秦川和薄荷茶都拉进了队伍。

八根胡须："薄荷茶，你可算来了，你徒弟想你想得都快犯相思病了！"

薄荷茶："抱歉，今天工作上有点儿事，来晚了。"

八根胡须："咋了，工作不顺利？我还不知道你在现实中是做什么的。"

秦川："师父，晚上好。"

秦川觉得八根胡须这名字真没起错，人如其名，八卦至极。换作是他，就绝不会去打听游戏玩家在现实中是干什么的。

秦川将游戏与现实分得很清楚。

别看他跟薄荷茶、八根胡须在游戏里交好，但在现实中三人是毫无交集的，即使迎面碰上，也是"相逢应不识"的。

他不好奇别人的隐私，自然也不会满足别人对自己的好奇心。

不过薄荷茶并没有岔开话题，还回答了八根胡须的那个问题。

薄荷茶："我今天被调回原来的部门，有些落下的工作要补回来。"

八根胡须："不对啊！我记得你上周还挺高兴的，说是刚升职请原部门的同事吃饭，怎么又被调回去了？"

薄荷茶："哈哈，你记性不错。是我工作出错，被打回'原形'了。"

薄荷茶还能打个"哈哈"，可见心情没怎么受影响。

八根胡须："那你这错误也太严重了，没挨训吧？"

薄荷茶："没事，吃一堑，长一智，下回就学聪明了。"

几个人组了队开始打点仙台，薄荷茶没有因为工作上的烦恼而影响打游戏的心情，其发挥依旧稳定。他们的队伍接连获胜，很快又升了两个段位，眼看就能进前三了。

到了最后一场战斗，敌方队伍的平均战力值比他们队高一个级别，他们队伍里的两个负责治疗的人都被对方生生磨死，一东一西地躺下，只剩下秦川、八根胡须和薄荷茶三人还在坚持……

而此时敌方的几个主力玩家几乎还是满血的。

连秦川都打算放弃的时候，只见薄荷茶一跃而起，飞掠上天，细细密密的箭雨顿时朝着敌方落下去。八根胡须赶紧配合薄荷茶的行动，提着剑往前冲，一剑把敌方负责治疗的人的血扫去了一半。这时候薄荷茶以迅雷不及掩耳之势从半空中冲下，手中的长弓在瞬间切换为短匕，一个瞬移出现在敌方背后，匕首对着敌方一名玩家当胸刺去，对方瞬间倒下。

秦川这时也反应过来了,二话不说就挥手出剑,飞剑化为白光呼啸而去,敌人四散闪避。薄荷茶仿佛早就预料到敌人躲开的方位——只见薄荷茶后撤数步,搭弓射箭,几支箭矢先后射中敌方的几名玩家,将他们钉在了原地。

几秒的减速减益效果已经足够秦川他们操作了,数把飞剑下去,敌方全军覆没。

当胜利的标志在屏幕上弹出,金黄色的特效闪烁旋转时,薄荷茶队的队员们都有种热血上涌、激情澎湃的感觉!

秦川终于知道自己刚才跟别人组队为什么会觉得没劲了。

因为有了薄荷茶,这个游戏才被赋予了真正的灵魂——纯粹、热血!

没有薄荷茶的队伍,就像空有躯壳的机器人,永远无法取代人类,无法拥有复杂而丰富的感情。

不过到此时为止,秦川对薄荷茶的观感仅仅停留在"游戏指导者"的层面上。

真正让他觉得薄荷茶值得做朋友,甚至想进一步结交,是在不久之后的一次游戏突发事件中……

转回客户服务部的薄禾,工作也随之回归原来的节奏。

她所在的这个部门,轻易不会直接跟总裁室的人打交道,更不必说见到老板了。

两边对比一下,薄禾就发现的确是目前的工作环境更轻松一些——之前整天在老板的眼皮底下工作,凭空多三分压力,优厚的待遇又会驱使他们不断向前,如薄禾这样犯了错就被淘汰,唐蜜、李玺等人也不见得就好过到哪儿去。

薄禾很庆幸自己的现任主管为人尚算厚道。否则任凭哪个人被"贬谪"至此,上司不跟着落井下石已经算不错了,哪里还会鼓励她沉住气,好好干？

但她没有想到的是，自己很快就要再次跟秦老板打照面儿，还是在那样让人意想不到的情形下。

助理关慎进来的时候，秦川刚刚挂断跟客户的商务通话，此时看上去心情还不错。

一看见关慎，秦川就说道："会议时间确定下来了，六月十三日，正好和公司以往团建的时间差不多。你跟人力资源的人说一下，把各部门的人员都带过去，安排住在另外一个酒店里，到时候部门主管跟我出席会议就行。"

关慎顿时明白他说的是什么，应道："这是一个非常好的开端，盛名肯定会越走越远！"

秦川听罢，弯了弯嘴角，没有否认。

本地即将举办一场区域性的房地产行业会议，由市政府牵头，盛名是主办方之一。

两人说的就是这件事。

会议级别不算顶尖，但盛名是头一回参与主办这种大型会议。秦川颇为重视，还亲自跟进。

关慎知道自己的老板不想一辈子倚仗秦氏集团。

秦川背靠大树固然好乘凉，但终归少了自主权，还得随时配合集团大方向转舵。

像秦川这样的人，必然不会安于现状、止步于此。虽然一出生就拥有比一般人更高的人生起点，但他会往更高处走，永无止境。

不过任何时候只有自身强大，才有"叫牌"的权力，秦川想要自立门户，就得拿出相应的真本事。

正如关慎刚才所说，这次会议就是秦川为个人打响名头的一个很好的开端，扩展人脉，增加合作机会。

秦川冲着关慎手中的文件抬了抬下巴："你拿的是什么？"

"这是公司各部门做的项目报告，到时候各个分场会议可能需要主管发言。不过客服部主管姚彦升职在即，需要去总公司培训，所以不能参加这次的会议，我会让她推荐替代人选的。"

秦川微微颔首。

关慎又问："李玺的辞职报告已经递上来了，人力资源内推的接替她的几个人里，我觉得唐蜜是最合适的，您看……？"

李玺教导新人不力，秦川还能忍；但她暗存私心推荐自己人，这点是他万万不能忍的。他只是看在她跟了自己两年、工作表现一直不错的分儿上，没有内部通报批评她，也没直接炒了她，而是准备把她调到总公司的一个闲职上，来一个明升暗降而已。

事已至此，李玺估计也没脸再待下去，直接递了辞职信。秦川二话不说就批了，不过李玺的位置对公司来说举足轻重，一时半会儿她还走不了。公司得找到替代她的人，她才能离开。

秦川想省时省力搞定这件事，最后计划从总裁室里直接挑人。唐蜜的工作能力很强，无须人力资源推荐或关慎多言，秦川也知道她的工作业绩评分肯定是总裁室这几人里最高的。

秦川凝思片刻，还是摇了摇头："里外一把抓，唐蜜的能力还没到这个水平。你再看看，实在不行就从总部找一个。"

关慎办事效率很高，当日中午，已经将秦川交代的事都理出来了。

"接替李玺的职位这方面，我跟人力资源的同事研究了一下，最终敲定两个比较合适的人，一个是总裁室的方颖，另一个是上回社招助理时的人选，叫施羽。不过这两人也各有短板：小方做事比较一板一眼，虽然熟悉公司的情况，却很难做好内部协调工作；至于施羽，初来乍到，想要立马上手估计是不可能的。"说罢，关慎将两人的资料一并递给秦川。

秦川翻开资料，飞快地扫了几眼，下了结论："小方不行。"

"我建议让施羽从总裁室的助理做起，就是当初薄禾的那个职位，等李玺彻底交接完，看看施羽的工作能力再决定是否让她正式入职。"言至此处，关慎顿了一下，见他面色没有异样，才继续说下去，"第二件事，客服部那边，姚彦推荐薄禾跟我们一道去参加这次的会议。"

秦川皱眉："怎么又是她？姚彦手下没人了？那么多人里就拎得出来一个薄禾？"

从这个"又"字，关慎可以看出他对薄禾的印象不只是一个"差"字可以形容的了。

关慎面不改色地说道："姚彦的副手在休产假，而且姚彦说，当初这个方案分配下去，她给了手下员工公平竞争的机会，最后只有薄禾交上来的方案是做了详尽调查的，写得也最用心。这个方案不足的地方，姚彦已经做了修改。但如果她去不了，薄禾就是最熟悉这个方案的人。"

秦川毫不犹豫地说道："让姚彦重新找一个！只要是个正常人，一周之内把方案倒背如流都不是问题。"

"好。"关慎显然不会为了毫无交情的薄禾跟老板唱反调。

"老板，最后一件事，与公事无关。您让我去查的事，我刚刚收到消息。就在你和迟筠最后一次见面的前几天，有人看见迟筠的经纪人跟《娱乐新视角》的主编吃饭，你们的新闻正好是这个周刊的人抢先曝光的。还有，我让人调了当天停车场的监控记录，发现在司机载着迟筠离开之后，有个戴鸭舌帽的男人从那附近离开。他全程低着头走路，摄像头没能拍到脸，不过从穿衣打扮来看，应该不是我们大厦里的人，也不像司机或送外卖的。"

秦川沉默不语，不知道在想什么。

关慎等了好一会儿，也不见老板有什么新指示，于是就把手中的文件放下，转身打算悄然离开。

他一只手刚握住门把，就听背后的秦川说话了。

"等等。"

关慎停住脚步，回过头去看着秦川。

秦川："不用去跟姚彦说了，就用她推荐的人选吧。"

虽然他这话说得平静无波，但关慎却听出了隐含的那几分"不情不愿"。

晚上秦川提前一个小时登上了游戏。

他昨天跟薄荷茶、八根胡须约好了，今天要挑战一个高难度的"团本"。

这个副本需要二十人，薄荷茶他们总共加起来才三个人，于是又临时招募了十七个人加入，其中不乏元婴期的高端玩家。

有人看见秦川，就对他提出了异议："你这么低的战力，是怎么混进来的？"

秦川没用大号，用的依旧是那个叫川川的号，境界是筑基期满阶，刚刚符合打这个副本的条件。他的境界也就是刚好而已，虽然官方给副本设置了准入门槛，但一般来说要比门槛高出一个境界的玩家才有把握通关。

此时薄荷茶在聊天儿区打了一行字："她是我的徒弟。"

这下没人说话了，刚才对秦川资质提出异议的人也噤声了。

以薄荷茶在本区的名气，谁又能说他没资格带自己的徒弟打这个副本？

更何况他还是团长。

而且这个副本对箭客这个职业的依赖很强，没有箭客参与几乎是打不过去的。像薄荷茶这种级别的箭客，其重要性不在于顶尖的修为而在于操作好——他事先对副本有研究，总是能带大家通关。

那他带上一个战力不高的小号，也就无足轻重了。

副本的确有难度。

薄荷茶事先跟众人说了打法。八根胡须上次跟他打过，这次担任语音指挥。

这个副本平均团灭（电竞用语，指团队成员全部阵亡）的次数是五次。这次做了充足的准备，大家才被团灭两次就顺利通关。这已经算是非常好的成绩了，尤其他们在通关的最后时刻还爆了一个道具——叠彩灵昙。

这是游戏里用于升级装备的极品珍稀道具，可遇不可求的，本服只有元婴期第一名的玩家身上有——那还是这位玩家花大价钱从别人那里买来的。

而这件道具，被系统随机送给了秦川。

秦川游戏界面的消息列表闪烁不停，团队里好几个达到元婴期的玩家都给他发来消息，问他这件道具卖不卖。

有的人则更直接，让他开个价。

秦川谁都没回复。

游戏队伍还未解散，大家似乎还沉浸在秦川得到这件珍稀道具的震撼中，想多逗留一会儿，沾沾秦川的好运气。

一个得不到秦川回复的玩家率先沉不住气了，在队伍频道里说："反正这件道具你也用不上，不如卖给我们。我们出市场价，不会让你吃亏的，怎么样？"

秦川："我不卖。"

他本想将东西留给自己的大号用，但刚才团队里的很多人来问价——唯独他最在意的师父薄荷茶没说话。秦川想到在游戏里薄荷茶也帮了自己不少，就改变了主意，决定等众人散了，晚些时候再问问薄荷茶的意思。

以薄荷茶的操作功底，再加上这件道具，无疑是如虎添翼。

但被秦川明确拒绝的人不高兴了。

一个叫"凝露"的玩家说道："你是队伍里战力排名最低的！我们

拼死拼活地带你打，你什么力都没出，还死而复生过好几次，有脸拿吗？"

八根胡须冷笑着抢过这个叫凝露的话头："她怎么就没脸拿了？这东西又不是她抢的，是系统随机给她的！有本事你也让系统给你一个！"

八根胡须和凝露很快争执起来，互不相让。

团队里除了薄荷茶、秦川、八根胡须，外加两三个路人散修，剩下的人大部分是跟凝露一伙的。这些觊觎道具的人自然纷纷帮着凝露说话。他们话里话外的意思是秦川不该独占叠彩灵昙这件宝贝。

就在这时，团队里战力排名最高的那名元婴期玩家"宙斯之盾"终于发言了。

他对秦川喊话："这道具对你的确没什么用，我出一万元人民币怎么样？"

秦川给的回答则更为干脆："不卖。"

宙斯之盾："那好。"

"那好"这两个字刚说完，宙斯之盾就离开了队伍。

在众人还未回过神时，宙斯之盾的名字已经变红（游戏中的攻击模式、对决模式），然后他冲着秦川一剑挥了过去！

对方变脸太过突然，秦川都没来得及反应，其角色就已经躺在地上了。这时秦川的屏幕一片血红，之后出现"你已被玩家宙斯之盾击杀"的提示。秦川下意识地点了复活，消耗了铜币之后，其角色从地上站了起来，恢复了半血状态。

几乎在他站起来的同时，宙斯之盾又一次冲了过来。

秦川早有防备，在剑气击过来的时候身形一闪让对方扑了个空，但剑气的末端还是把他的角色生生刮下了一层血……血量瞬间剩下百分之十。

这就是高战力与低战力之间的差距。

这种差距，秦川之前在被看你不顺眼打败的时候已经领教过了。哪怕现在他的操作手法已经进步很多，但在双方战力差距过大时敌人想要打败他依旧是轻而易举的事情。

更何况，宙斯之盾的技术不算差。

眼看自己的角色又要倒下，秦川都已经做好躺下不起来的准备了，这时一支箭呼啸而来，从他的角色的头顶上划过，直接穿透了对面宙斯之盾的脑袋。

唰的一下，宙斯之盾的血量掉了大半！

秦川趁机给自己加满血。

就在这几秒之间，战场的主角已经变成宙斯之盾和薄荷茶两个人了。

薄荷茶玩儿的是远程职业，箭客就必须与敌人拉开攻击距离才行，在官方许可的最远射程下才能对敌人造成最大的伤害。

虽然这个职业也配备了匕首，但匕首终究是辅助工具，不像其他近战职业的攻击力那么强。

眼下薄荷茶却舍弃弓箭，边奔跑边将武器换成匕首掠向宙斯之盾。

宙斯之盾受到攻击后迅速地后退，与薄荷茶拉开距离。只见他长剑飞出欲拿下薄荷茶，却误判了薄荷茶的移动方位，群攻技能落了空。薄荷茶似乎料到了对方会放群攻技能，正好落在对方的攻击范围之外，避开一击。

秦川想为薄荷茶喝彩！

薄荷茶能完成这个闪避动作，显然不是因为运气好，而是对对方技能熟悉之后做出的正确判断。一般玩家玩儿游戏，能玩儿到八根胡须那种操作水准就很不错了。通常游戏职业选手或主播才会根据官方给出的模糊描述，不厌其烦地去测试游戏中所有技能的打击范围和威力。

很显然，薄荷茶不仅对本职业的技能了如指掌，也是对别的职业的技能下过一番功夫的，绝不仅仅是看视频练就的"纸上谈兵"。

所以，薄荷茶即便和宙斯之盾之间存在级别差距，也能跟他周旋半天。

宙斯之盾一时也占不了上风，甚至被薄荷茶逮住机会！只见薄荷茶一跃而起扑向他……

宙斯之盾被薄荷茶这一扑吓了一跳，以为对方想用匕首刺自己，赶紧后退与之拉开距离。谁知这时薄荷茶竟以迅雷不及掩耳之势抽出了弓箭，众人都还未弄明白怎么回事，箭已经穿透了宙斯之盾的头颅！

一箭毙命！

宙斯之盾缓缓地倒在了地上。

在之后的三四秒内，队伍里没有一个人说话。

连宙斯之盾自己似乎都被这变故惊住了——他根本不相信自己竟然输给一个尚在结丹境界的玩家。虽然薄荷茶早已名声在外，但没有亲身体会此人的实力之前，他难免会盲目轻敌。

宙斯之盾对自己的技术很有自信，本想就算"杀"不了薄荷茶，也不至于被对方"反杀"。

这回他真是丢人丢大发了。

跟宙斯之盾交情最深的两名玩家率先回过神来，开启了对决模式向薄荷茶扑去。

临时入队的路人玩家不知何时都悄然离开，并不想参与这场混战。

而剩下的几个人，有的也许自觉理亏，有的也许想继续看热闹，既没参与，也没离队，都躲得远远的。

秦川跟八根胡须见状，纷纷加入这场厮杀。

人一多，场面就变得混乱起来，这时角色的走位和玩家的操作手法已经显得不那么重要了。

此时战场上的局势：对方三个人，秦川他们这边也是三个人，但对方平均战力比己方高了不少——他们这边的劣势显而易见。

那一夜，秦川已经记不清自己到底死过多少回了。

他就看见薄荷茶和八根胡须一次次地倒下，又一次次地站起来，像两根不肯轻易熄灭的蜡烛，在风中挣扎求生——两簇火苗死死地咬住最后一截儿灯芯不肯松口。

归根结底,这件事是秦川引起的。

秦川发私信给薄荷茶和八根胡须,让他们直接离开副本不用管他,反正对方只想对付他一个人而已。

薄荷茶给他的回复言简意赅:"你是我的徒弟。"

这场厮杀终于在副本关闭时结束了。

一帮人被系统自动踢出副本,被随机分散到不同的游戏地图里。

八根胡须全身的装备都坏了,心情却没受影响,相反还挺兴奋。他一说起刚才的混战,嘴巴就没停下来过,细数他收割了多少人头。

秦川打字:"叠彩灵昙,你们拿去卖了分钱吧。"

八根胡须:"你是不是傻?别的区大佬花三万人民币收这东西,咱们区人更多,估计还能卖更高的价钱。自己收着,别傻乎乎地贱价卖掉了,那些钱起码够你把号好好整一整了!"

薄荷茶:"嗯,自己拿着,本来就是你的。对方如果再来找你,你什么都别说,让他们来找我就行。"

薄荷茶这是打算把所有事情往自己肩上扛了。

老实说,秦川不是没见过不贪婪的人——但能在他主动提出愿意把东西卖了让他们分钱,他们却不动心,一口拒绝了,这样的人只有八根胡须和薄荷茶了。

从他们的回应速度来看,两个人未曾犹豫。

薄荷茶甚至还主动揽事。

游戏的虚拟化本来就会把人性的弱点放大,就像刚才那个宙斯之盾的做法——换作在现实生活中,他就算羡慕别人中了巨额彩票,大概也不会直接上手去抢,但在游戏里就完全没了顾忌,在秦川不答应把东西卖给他之后,就一遍遍地朝着秦川他们杀过来,想让秦川屈服。

可惜他遇到的是秦川。

别说秦川还有个大号没亮出来，就算目前仅是一个毫无反击之力的小玩家，也根本不可能对宙斯之盾放下身段。

相反，宙斯之盾的猖狂越发衬托出薄荷茶、八根胡须跟秦川是真朋友。

秦川本想向薄荷茶和八根胡须他们坦白自己还有大号的事实，但薄荷茶刚才问了秦川的位置之后就赶了过来。只见他身背弓箭从天而降，落在秦川身边，什么也没说，却表明了随身保护秦川的态度。

不知怎的，秦川忽然打消了说实话的念头，把已经打好的话又一个字一个字地删了，在聊天儿框内重新打了内容。

秦川："师父，刚才那人又来找我私聊，问我卖不卖，说是最后通牒，我估计事情还没这么快结束。"

这声"师父"，估计是他玩儿这个游戏以来叫得最真心实意的一回了。

薄荷茶："嗯，宙斯之盾以前的风评就不太好。这几天你只要上线就要跟我在一起，尽量不要单独行动，回头我给你找个靠谱儿的买家。据我所知，这个区元婴期排行前十名的人应该都想要这个东西，也出得起价钱。等你的东西脱手后，宙斯之盾再追杀你也没意义了。"

秦川："等我卖出去就给你们发红包。"

薄荷茶发了个"哈哈一笑"的表情，然后打字："你要真想感谢我们，把你的号好好弄一下，以后下副本的时候能输出更高些就行了。"

秦川："那个宙斯之盾想杀就让他来杀吧，反正我这号不值钱，被多杀几回也没事。"

薄荷茶："你是我的徒弟，护着你是我的责任。游戏里被杀是不会怎样，但总会影响心情吧？更何况你没做错，凭什么要被这么对待？"

秦川自问没有对方这样的正义感和责任心。换作薄荷茶是他的徒弟，估计他顶多会顺手帮其一把，不可能做到这样的程度。要说他心里半点儿不感动，是不可能的。

秦川："上次你是不是工作上出现问题了？别因为这事把饭碗给

丢了。"

薄荷茶："没事，我现在回到之前熟悉的岗位，工作反而好开展了许多，上次是我挡了别人升职的路，被人给下了套，不过也怪自己大意了。"

秦川："师父，你在什么行业？方便说吗？"

上回八根胡须问薄荷茶时，秦川兴趣寥寥，心不在焉，根本没参与讨论，这次则不同。他是头一次对游戏里一个虚拟角色对应的现实中的人产生了兴趣。

在秦川看来，能力卓越的人比比皆是，但拥有良好素养的少之又少，就算他的人生轨迹跟薄荷茶的人生轨迹在现实中有所不同，但薄荷茶此人也不失为一个可结交的朋友。

当听薄荷茶说自己从事房地产行业时，自认为素来不徇私的秦老板破天荒地问了一句："要不我给你介绍一份新工作？也是房地产行业的，待遇肯定比你现在的优厚。"

薄荷茶很惊讶："你给我介绍工作？你不是才十几岁吗？"

秦川这才想起，自己用了变性丹之后，拜师的时候曾经跟薄荷茶随口瞎掰了两句，说自己今年十几岁，还在读书。

估计在对方心里，秦川就跟游戏里他的这个少女形象一样，是个话少、乖巧的小女生。

秦川真是瞎掰一时爽，圆谎愁断肠。

话已出口，不好收回，秦川沉默了半响，面不改色地又打下了一行字："对啊，是我爸的公司，他做房地产的，我是富家大小姐。"

如果有人在游戏里对你说"我让我爸给你找份工作，我是大小姐"，你会作何反应？

秦川八成会觉得这人傻。

现在他一不小心变成那个傻的了。

果不其然，薄荷茶沉默了。

好半天，秦川才收到对方的消息。

"好好念书，别看太多小说。"

敢情对方把他当成臆想过度的青少年了。

秦川看了薄荷茶发出的这句话，觉得既好气又好笑，发觉大小姐那话自己说得没头没脑的，对薄荷茶来说的确有点儿唐突。

不过话已出口，他也不好再收回，只能继续顺着那个谎言一路编下去。

秦川："我听我爸提过，现在处在政策拐点上，房地产行业不太好做。你如果在这行不是已经做到中高层的话，趁年轻转行还来得及。"

薄荷茶一听秦川对这行的事说得还挺有模有样的，觉得秦川不像是那种整天做白日梦的小女生，也认真地回复了一下。

薄荷茶："去年我才毕业，刚参加工作没多久，现在还在房地产行业的门槛外徘徊，只能算打杂儿的新人。多谢你的好意，我觉得既然已经进了这家公司，起码也得做上个两三年，积攒点儿经验，再考虑以后的发展，否则现在随随便便'见异思迁'，根本学不到什么实质性的东西。"

秦川挺欣赏对方这种脚踏实地的工作态度。

人在任何一个领域里，即便没有天才光环，但只要肯持之以恒地做下去，假以时日也能做出一番成绩。

秦川对薄荷茶说道："要不这样，你跟我说说你上次是怎么被人下套的，我去问问我爸，让他给你出个主意。"

薄荷茶："这点儿小事就用不着劳烦你爸了吧。"

秦川眨了眨眼，接下来又面不改色地扯了个谎："师父，你说吧，我爸就在我边上，有他这种业界老狐狸给你带带路不好吗？也不费什么劲，就说两句吧。"

许是拗不过秦川，薄荷茶终于三言两语地把事情说了一下。

不提公司信息和具体事件，薄荷茶只说，同事本来应该完整交接的工作却在内容上有缺失，自己在接下来的工作报告中也就跟着出了错，偏偏当时因为同事跟自己是口头交接，没有证据证明同事有疏漏，所以只能由自己来承担这个责任。这件事让上司对自己留下了不好的印象，因此自己才被调回原来的部门。这就是一个"完美"的陷害事件。

秦川问道："事后陷害你的那个人高升了还是原地踏步？"

薄荷茶："似乎也没高升，反倒听说又有新人空降，跟陷害我的那个人平起平坐。"

秦川："我爸说，把你踢回原来部门的那个上司，如果不是脑子有问题，就是另有谋算。"

薄荷茶："什么谋算？"

秦川："也许是想借你这个引子把那些心思浮动的人警告一遍。"

薄荷茶半晌不语，而后感叹："职场的水太深了，我道行还是浅！你帮我谢谢叔叔，下回我会注意的。"

秦川神色未变，接着在屏幕上打下了六个字："我爸说不客气。"

秦川跟薄荷茶没有错估宙斯之盾的复仇心，只是低估了对方不要脸的程度。

到了晚上，秦川准备游戏下线时，就看见宙斯之盾在世界频道里发话了。

宙斯之盾："薄荷茶跟八根胡须听好了，你们带小号川川来的时候，说好了爆出珍稀装备也不要的，结果你们非但说话不算数，让小号川川拿到了叠彩灵垦，还不肯卖给我。我今天就要把这件事说出来，让全区的人都看清你们的真面目！"

他这一番话，颠倒黑白地把之前的恩怨说出了花儿。

别人一看，难免先入为主。

秦川都看得气笑了。

宙斯之盾很清楚，川川只是一个处在筑基期的小号，就算与自己开启骂战，那在全区能掀起的水花也非常有限。

薄荷茶就不一样了，虽然其战力境界不算顶尖，但知名度高啊！谁不知道本区有个游戏手法高超还曾替别区大佬赢过比赛的薄荷茶？宙斯之盾诋毁薄荷茶所带来的杀伤力，肯定比在一个小号身上做文章强。

秦川发现，对方还真有点儿小聪明。

宙斯之盾目的明显，反正自己也得不到，索性把事情闹大。等薄荷茶、八根胡须这两个人受不了"人言可畏"，不肯帮秦川出头，秦川就会被孤立。说不定在巨大的压力下，秦川不得不把叠彩灵崑卖了。

游戏如江湖，人心如此现实。

叠彩灵崑虽然是一件不能当饭吃的虚拟道具，但在游戏世界中似乎有一种魔力。在利益的驱使下，还有人花心思去谋划布局，试图逼秦川和薄荷茶他们就范。

说到底，宙斯之盾无非是看他们战力低，想欺负他们孤立无援罢了。

换作是秦川的大号下本，就算全程挂机，最后得到了叠彩灵崑，估计宙斯之盾也不敢说什么。

秦川看着游戏屏幕哂笑了一声，下一秒就看见薄荷茶给自己发来了消息，他的内心微微一暖。

薄荷茶："你别回复他，一切让我来搞定。"

秦川："师父，这人满世界嚷嚷，反而帮我们打了广告。有个叫川流不息的人来联系我，说想买叠彩灵崑。"

薄荷茶："我知道他，对方在元婴榜上排名第三，应该可信。他出多少钱？"

秦川："三万，他说可以先给我打一半钱，等我把东西给了，再给剩下的另外一半。"

薄荷茶："宙斯之盾还在骂我们呢，川流不息却这么痛快——他就不怕上当受骗？"

秦川:"可能有钱人都不在意这点儿钱吧。"

薄荷茶:"你说的那叫'人傻钱多'。"

"自黑"这种事,已经有过一次了,秦川再干第二次就像喝水、吃饭那样简单了。秦川顿了顿,回道:"那他可能真是这种人。"

公司会议如期召开。

作为主办方之一,盛名从上到下都表现出了对这场活动的高度重视。

在本部门主管宣布薄禾将代其进行汇报演讲时,薄禾收到了来自部门其他成员艳羡的目光。

这些人觉得,薄禾刚被"打回"原部门,这么快又得到主管的赏识,肯定是走了主管的后门,或者跟主管有亲戚关系。

部门里的风言风语传得满天飞。

薄禾从总裁室调回客服部的那天,流言蜚语化作滔天巨浪向她涌来,这势头非但没有将她"淹死",反而让她获得了"重生"。

既然她已经没有退路,那不如尽力向前,所以上次主管将会议演讲的项目任务布置下来后,本该得过且过的她反倒成了部门里最拼命的那个人。

谁也不知道她为了这个项目查了多少资料,周末两天全泡在图书馆里……演示文稿做了又删,删了又改,她不知重复了多少回。

所幸努力没有白费,她迎来了一次工作上的转机。

与这个会议同时举行的还有公司的年度团建。

会议与团建在同一个地方举行,不过与会的人跟参加团建的人分作两拨儿住在两家酒店里。

薄禾代替部门主管参加会议,也有幸分到了行政套房。

好巧不巧,她和秦老板住在同一个酒店里,只不过楼层相差两层,一个在十六楼,另一个在十八楼。

游戏里，厮杀还在继续。

宙斯之盾开始全服追杀秦川。

秦川每次一上游戏，就会有人在五分钟之内找到他的方位，接下来都来不及看清凶手是谁，屏幕上就会瞬间出现一片血红色。

像他这种战力的小号对上元婴期的高手，几乎没有一丝反抗的余地。

但这个修真江湖再怎么拟真，毕竟还是个网络游戏。

就算宙斯之盾再怎么生气，也不可能从秦川手里把叠彩灵昙抢过去，或者真把秦川给杀死。

宙斯之盾只能一遍又一遍地以这种方式展开单方面的对秦川的杀戮，直到把他杀得不想再上游戏为止。

宙斯之盾不单杀秦川，还针对薄荷茶跟八根胡须。只要他们落单或身处野外地图，宙斯之盾就会追过去砍杀他们。

宙斯之盾也不是单枪匹马地行动。他在游戏里的风评虽然不怎么样，但战力摆在那里，也有一帮与他同盟的朋友。

游戏里从来不乏煽风点火和凑热闹的人。

相较而言，秦川他们这边只有三个人，势单力孤。

双方的强弱状况一望便知。

不过薄荷茶他们毕竟不是任人鱼肉的新手——尤其是薄荷茶，身法、走位比泥鳅还溜，寻常人根本打不死他。往往宙斯之盾刚削掉他一半的血量，薄荷茶已经逃之夭夭了。

但这样一来，薄荷茶他们也没法混队做任务了，因为每次进队伍里没多久，宙斯之盾等人就会闻讯而来。那些人直接开启对决模式对他们的队伍进行骚扰，不少无辜玩家因此被牵连。

为了避免连累无辜之人，薄荷茶他们只能自己做一些单人或三个人任务，这样一来，无形中就少了许多经验值，往往每天的既定经验都拿不满,战力提升更是无从谈起。

从某些方面来说,宙斯之盾的目的也算达到了。

在他的设想中,对秦川三人的迫害如此反复几次,薄荷茶跟八根胡须两个人很快就会懒得再为一个小号出头了——事不关己,高高挂起,或者过来跟他和谈。

没有人愿意玩儿个游戏都不得安宁,天天处于随时都会被追杀的惊心动魄的情境中。

但宙斯之盾料错了。薄荷茶似乎跟他玩儿上了捉迷藏的游戏,有时候还故意跑到野外地图,引诱宙斯之盾一伙来杀自己,然后凭借精彩的走位把他们耍得团团转。哪怕薄荷茶最后被杀死了,追杀者也要为此付出惨痛的代价,消耗不少药品不说,还浪费了许多时间。

许多玩家耗不起这种玩法,很快跟宙斯之盾一道围剿薄荷茶他们的人就少了许多。

与此同时,游戏官方论坛里也出现一篇帖子,标题为"叠彩灵崮引发的血案"。

帖子的内容写的正是宙斯之盾追杀秦川他们的始末,作者阐述了宙斯之盾是如何眼红秦川拿到珍稀道具,并想以远低于市场价的价格购买,被拒绝后心生不忿,颠倒黑白,对这样一个小号追杀至今。

游戏里的舆论风向悄悄发生了变化。

秦川注意到这篇帖子,并循着游戏里众人的议论摸过去时,帖子下的跟帖评论已经长达十几页,盖了无数楼。

帖子图文并茂,事件脉络清晰,连宙斯之盾想要出一万元购买道具的聊天儿记录也被贴上去了。

虽然作者自称是当时队里一个混队的路人,但秦川一看就知道这帖子肯定是他师父写的。

因为当时的聊天儿记录,他只发给过薄荷茶。

帖子下面的跟帖一开始大多被宙斯之盾及其朋友所占据。他们仗着人多势众，言论一度占据主导地位，但渐渐地随着路人的参与，评论的风向发生了变化。

越来越多的人看了帖子之后转告游戏里的亲友，热度很快从官方论坛又回到游戏里。原先不明真相的人开始指责宙斯之盾太过霸道，战力不是本服第一，其嚣张跋扈的程度却了得，更有之前被卷入纷争、无辜枉死的玩家纷纷站出来指责，群众的怒火一拨接一拨，情绪越发高昂。

不管宙斯之盾那伙人怎么骂，发帖者始终不卑不亢。这也让许多人对发帖者生出好感，哪怕不清楚事情的来龙去脉，也因此对事件的双方有了高下对比。

就在这时，本服元婴期排名第三的高战力玩家川流不息突然发布了一条公告，声称自己已经顺利地将叠彩灵崖买下，以后但凡有人再以此追杀薄荷茶他们，就是跟他过不去。

全服玩家为之哗然。

排在川流不息前面的两个人本来和他在战力上就只有微小的差距，拥有叠彩灵崖后他的战力立马超越前面两个人，一跃成了名副其实的全服第一。

屏幕前的薄荷茶看着这条公告，却忽然皱起眉头，感觉到一丝不对劲。

薄荷茶打开徒弟的消息窗口，敲下一行字："你跟川流不息到底有什么关系？"

徒弟川川很快回复："为什么这么问？"

薄荷茶："这段时间肯定有不少大佬来找你买灵崖，我相信有人肯定愿意出更高的价钱，你却独独将东西卖给了川流不息，这是其一。"

川川："其二呢？"

薄荷茶："你不是说你是大小姐吗？大小姐玩儿这么个小号受气不太说得通吧，要是还有个大号就说得过去了。"

薄荷茶这话中明显有半开玩笑的意思。

川川："师父，你真聪明。"

得到对方肯定的回答后，薄荷茶反而愣了一下，随后追问道："你不是在逗我？"

这句话刚发出去，薄荷茶就收到系统提示——

玩家川流不息申请加您为好友。

薄荷茶点了下"同意"按钮。

川流不息马上发来一条信息："师父。"

这个游戏里，会喊薄荷茶"师父"的人本来只有一个，那就是沉默可爱的少女徒弟——川川。

川川和川流不息两个号之间的联系并非无迹可寻，都带了"川"字。

川流不息这样一个有着高战力和满身金光闪闪的装备的号，似乎才符合徒弟大小姐的身份。

秦川迟迟没等到薄荷茶的回应。

在他叫了那声"师父"之后，对方一直保持着沉默的状态。

他等了很久，从下午等到傍晚，玩儿游戏的那台电脑一直开着，也没等到薄荷茶的下文。

秦川想：对方可能终究是有些介怀的。

任谁骤然得知自己一直保护的徒弟其实并不需要保护，心里都会有些不舒服的。

更何况薄荷茶为了他，跟宙斯之盾那帮人为敌，天天被追杀，甚至帮他上论坛发帖子去澄清——到头来川流不息一露面，所有问题迎刃而解，反倒显得薄荷茶跟八根胡须的义气有些可笑。

秦川不想失去这两个朋友。

现实中，在他所在的圈子里，他的酒肉朋友很多，有表面交情的人也很多，哥们儿却很少，能够交心的更少。

虚无缥缈的网络世界——彼此看不见对方的真实模样，反倒能够显露人性更为真实的一面。

八根胡须知道秦川的大号之后倒是没有生气，秉持一贯大呼小叫的作风，跟秦川开玩笑，说以后就抱定他的大腿了。

唯独薄荷茶，迟迟没有给他回音。

窗外一声巨雷响过，秦川抬头看去。

他所在套房的客厅，其中一面是巨大的落地窗，正对大海，视野极佳，风光无限。

此时是下午五点，按理说外头的天色应该还亮着，但现在已经完全暗了下来，风一阵阵地呼啸而过。

人看不见海，只有远处有一点点光亮在闪烁，仿佛海中的灯塔，若隐若现。

很快，连那点儿光亮也被铺天盖地的黑暗淹没。

在天际的最后一丝亮光彻底消失之后，天地仿佛成了一块巨大的黑布，将万物包裹在其中。暴风雨洗礼着大地，好似不将污垢洗净誓不罢休。

突如其来的暴雨对身处室内的人来说没有半分影响，只是秦川发现自己对薄荷茶的在意似乎超越了对游戏朋友的正常关心程度……

因为他一边开着那台游戏专用的电脑，一边用另一台电脑办公，但这两个小时内瞟向游戏消息列表的次数已经超过十次。

秦川啧了一声，直接将那台游戏电脑给合上了，啪的一声，眼不见为净。

这时秦川的电话铃声响起。

"哥们儿，你们那边下暴雨，航班延误了，我估摸是来不及参加明天的开幕仪式了，我下回一定拎着茅台去给你赔罪。不过没关系，今天我为你准备了一份礼物，晚上十点准时送到你的酒店房间门口啊！"

咋咋呼呼的声音自手机那头传来，稍稍分散了秦川的注意力。

能与秦川交心的朋友不多，电话那头的沈锐就是其中之一。

沈锐的性格、作风乃至人生轨迹都与秦川的完全相反，但这样的两个人居然能混到一块儿去，并且交情还不错，这在圈子里的很多人看来绝对是个奇迹。

这次会议，沈锐一早就说了要过来捧场，现在这通电话打来，显然沈锐就是来不了了。

秦川挑眉："你什么时候这么懂礼数了，还送礼物？"

沈锐哈哈一笑，说道："这不是'人没到，心意到'，表达我对你的爱吗？你放心，这次绝对是个 surprise（惊喜），不会让你失望的！你就等着吧！"

以沈锐总做出的那些令人出乎意料的行为，秦川很难相信他口中的惊喜能让自己惊喜。

沈锐正要再说什么，外头又是一声巨雷响过，手机信号就此中断。

秦川并不知道，他的师父这个时候正顶着暴风雨从九死一生的边缘挣扎着回来。

时光回到当天下午。

那时天色还很亮，细雨落在大家的头顶上，那感觉似有情人间的缠绵缱绻之意。

海风稍大，但只是为在海边漫步的人稍增情趣而已。

薄禾代替自己的部门主管参加会议，本来是可以不必再参加团建的。但会议明日才正式召开，薄禾毕竟只是一个暂代主管出席演讲的小新人，当部门上级一通电话打过来，让她下午跟同事一道出海团建时，她是不好拒绝的。

所以原本准备舒舒服服地窝在房间里休息一下午的薄禾，只能放下手头的游戏，出发前往另一个酒店跟同事们会合，再跟大家一起乘坐快艇出海。

团建地点位于酒店附近的另一座小岛上,众人就着小雨,在屋檐下烧烤闲聊、赏花看海,一下午倒也好消磨。

只是将近傍晚时,雨势忽然就变大了。

小岛上没有可供众人过夜的地方,一行人只得冒着风雨回去。

几艘快艇先后入海,众人原先在岸上还不觉得,一到海上那滔天的巨浪对着他们迎面扑来,个儿个儿都被海水浇了个满头满脸。

狂风再一刮,马上就让人睁不开眼睛了,夏日的清爽之感霎时间化作冰冷了。

头顶上闪电伴随着巨雷,好像就砸在不远处的海面上,直接将半边天空都照亮了!

几个胆子小的女生都吓得尖叫起来。

大多数人都脸色煞白,用双手紧紧地抓着栏杆不敢松开。

"风浪太大了,你们抓牢点儿!"开船的师傅回头吼道,他的声音在风雨中变得如蚊蚋嗡鸣。

下午出来的时候,那绵绵细雨伴随风浪,大家还觉得挺浪漫,饶有兴致地互相调笑,现在就不一样了。

大家的脸都皱成一团,他们就算嘴巴紧闭,雨水夹杂着咸涩的海水还是不断地往唇缝里灌。

经验丰富的开船师傅说,好多年没遇到这么大的暴风雨了,要不是他们急着赶回去,岛上又没过夜的酒店,按理说是不能出海的。

快艇劈开海水,向前猛蹿,震得所有人手心发麻,心脏也禁不住跟着剧烈地跳动。

容榕快要哭出来了。

她觉得自己自从内聘失败去不成总裁室之后,运气就没好过。

她没能跟心仪的师兄秦川朝夕相处也就罢了,连出来玩儿都能撞上几十年一遇的暴风雨。

这是何等"运气"？

她原本还想着这次出来团建，秦师兄虽然忙于开会，但如果偶尔过来露一面的话，两个人未必没有邂逅的机会，所以她下午出来前还精心地化了妆。

结果风雨劈头盖脸地砸下来，再防水的化妆品也禁不住这样的摧残啊，她可以想象自己脸上的妆现在已经开始花了，如果秦师兄到时候在岸上等他们……

容榕简直不敢想象。

随着雨水在头上越聚越多，顺着额头滑入眼眶，容榕只觉眼睛酸涩无比，下意识地腾出一只手想要抹去雨水。

谁知一个大浪正好从船体左侧拍来，高高涌起，重重地将她推往一边。容榕抓着栏杆的手不知不觉地滑开，整个人还处于发蒙的状态，身体已经不由自主地往快艇外摔去！

坐在她后面的一个女同事见状尖叫起来，但对方根本不敢起身去拉她，否则两个人都会摔下去。

前面的人闻声扭头，皆大惊失色！

虽说大家身上都穿着救生衣，但这么大的风浪，要是真摔进海里，转眼就不知道会被卷到哪里去。

有一个男同事伸出手想抓她，但离她太远，够不着。

下一秒，容榕的裤腰被人紧紧拽住！

坐在容榕旁边的薄禾反应比任何人都快，在容榕即将飞出去的瞬间，当机立断，一只手拽住容榕的裤腰，硬生生把人给拽了回来！

"快快快，把她拉回来！"薄禾说。

同事们反应过来，纷纷伸出援手，将上半身已经悬在船体外的容榕按回座位上。

师傅回头朝他们吼道:"抓牢啊,傻了吗?!"

他也有点儿后怕——刚才要是容榕真掉下去他肯定得负责任,说不定回去后饭碗就丢了。

"抓紧栏杆!"薄禾疾言厉色地喝道。

容榕惊魂未定,大口喘息,似还没回过神来。薄禾一个口令一个动作地教她,她木讷地照做。

短短二十分钟的海程,众人过得惊心动魄。

在风雨的侵袭下众人终于勉强辨认出海岸线的轮廓,一个个激动起来,快艇的速度也逐渐放缓。

今年团建正好跟会议、培训撞期,人员分散了不少,还有一些因故请假或者生病留在酒店里的,现在出去团建的人一个不少。

快艇好不容易停靠在岸边,每个人浑身早就湿透了。

大伙儿顾不上许多,忙不迭地从快艇上下来,相互扶持着奔向不远处的建筑物。

"我……我有点儿腿软,你们先走吧!"容榕这才知道后怕,声音颤抖,带着哭腔。

薄禾二话不说,一只手拽起她的胳膊就走。

容榕只觉薄禾力气很大,自己半边身体都被往前拖着,只需要使出些微的力气,拖曳着神魂飞了一半的躯壳跟上薄禾。

这种情境下,她想说点儿什么,嘴唇颤动,却什么都没说出来。

快艇靠岸的那片海滩是酒店的私有海滩,离酒店大堂不是很远,但平时十来分钟的路程,众人在风雨中走了差不多二十分钟。

此时大堂里已经聚集了不少客人,有像他们一样冒着暴风雨出海回来的,也有想离开却走不了的。

出海团建的众人越发有种历劫归来的惊悸感。

组织出海的人事部门主管将人都召集起来:"刚才的事情我已经汇

报给秦总了。他让我们这两天都留在酒店里休息，安全第一，一切等风雨停了再说。你们想出门逛逛的话也切记不要走远，有什么事情随时联系我。"

不用继续团建，那就意味着大家有两天自由活动的时间。

他们无心欢呼"老板万岁"，一个个拖着疲惫而沉重的身躯上楼休息。

薄禾则套着向同事借来的干净浴袍，从这里走到自己下榻的那家酒店，走进电梯里刷了卡，揉着发红的眼睛，随手按下电梯楼层按键，后背靠上电梯内壁，缓缓吐了口气。

她忽然想起一件事。

今天下午，游戏里的徒弟告诉她"自己还有一个大号，而大号在本服目前战力排名第一"。

薄禾难以形容自己当时的心情。

这就像朋友遇上麻烦，自己帮他挡下了，还做好了跟对方一起亡命天涯的准备，结果对方突然告诉她，其实对方是微服私访的皇帝。

川流不息这个号一亮出来，所有麻烦迎刃而解，不和谐的声音也消失了。

就连宙斯之盾那帮人也不敢再来挑衅，顶多就是背后嘀咕两句。

薄禾心情有点儿微妙，要说是受骗上当的愤怒，好像没到那份儿上，但要说是兴高采烈，肯定是不可能的。

也就是那样的大号，似乎才符合徒弟所谓大小姐的身份。

可是眼看乖巧、懂事、话不多的小女生徒弟，摇身一变成了大佬，不再需要她的保护，薄禾心想：这种感觉也许就像是老父亲的心情吧。

算了，三条腿的蛤蟆不好找，两条腿的徒弟遍地都是，她要是想收徒，回头再找一个就是了。

电梯门打开，薄禾走出去，顺着自己的记忆走向了房间。

她觉得自己的眼睛可能是被海水冲刷得有些过敏了，一直发痒，明知道不能用手揉，又痒得忍不住，一次次地低头揉眼睛，不知不觉地走到了房门口。

薄禾刷房卡，门锁没打开，再刷，门锁还是闪着红灯，发出无法开启的嘀嘀声。

咦？

薄禾正想后退两步抬头去看房号，此时房门打开了，穿着一件浴袍的秦老板站在门内。

两个人面面相觑。

因二人离得太近了，薄禾几乎能够闻到他身上的气息。

那是一种热水的潮气、沐浴液的香味和男人本身的气息混合的味道。

一丝压迫感扑面而来，她禁不住后退了两步。

湿透了的长发贴在薄禾的身上，她素颜和身着浴袍的样子在秦川看来，也很像是刚刚从浴室里出来的。

秦老板表情古怪，上下打量薄禾："Surprise？"

薄禾觉得莫名其妙，下意识地重复了一遍："Surprise？"

她的疑问句听起来却很像肯定句。

两个人对视了半秒。

秦川甚至懒得去端详对方脸上的神情，嘲讽的话脱口而出："你有闲工夫干这种事，不如好好想想怎么提高自己的智商和能力，别一天到晚想着怎么钻空子上位——再过八辈子我也不会喜欢你这种女人。不管你是走了沈锐还是别的什么人的门路进来的，明天你就给我收拾东西滚出盛名！"

下一秒，门砰的一声就关上了！

要不是有门框挡着，薄禾都以为那扇门要撞向自己的鼻子了。

她一头雾水地想：到底发生了什么？

刚关上门，秦川就觉得有点儿不对。

他并不是一个容易冲动的人，只能说对薄禾的印象实在不怎么好，加上沈锐刚才的那通电话，还有暴风雨可能令会议无法如期举行……这些让他来不及细想就发作了。

秦川走到门边从猫眼往外看，外头已经没人了。

她走了就走了吧，他也没必要去跟一个对自己来说无关紧要的员工道歉，大不了回头辞退她的时候多补她几个月的工资就是了。

一直挂机的游戏里，好友消息的图标忽然闪烁起来。

秦川点开一看，一直没音信的薄荷茶居然回复了。

薄荷茶："我下午有点儿事出门了，现在才回来。"

秦川："师父，你生我的气了？"

他注意到对方有别于以往，对自己的态度有点儿疏远。

秦川这句话发出去后，又过了十分钟薄荷茶才回应。

薄荷茶："没有，外面下雨，我被淋湿了，刚才换衣服去了。"

秦川："晚上云头城的那个副本一起过吧？"

薄荷茶："那个副本难度有点儿高，我跟八根胡须会拖累你，你找几个跟你战力差不多的人会更容易过。"

秦川："没关系，咱仨之前一直是固定组合，再加几个人就行，试试。"

过了一会儿，薄荷茶终于说："好吧。"

秦川喊上八根胡须，三个人一道，又临时喊了三个队友。

云头城副本是迄今为止游戏难度最高的副本之一，一队六个人，全服目前还没有一支队伍能通关。

这个副本对装备属性的要求太高，玩家已经不是单凭操作手法就能过的了。

秦川上回用大号跟几个元婴期队友组队打了五次，依旧没能通关。大家精疲力竭，作鸟兽散。

当时这个副本就把秦川恶心得不行。他心想：这辈子都不想再看见入本非玩家角色了，结果才没过多久就又带着薄荷茶他们来了。

结果毫无意外。

上次六个元婴期高手都过不去,这次两个结丹期、四个元婴期的成员,哪怕打了一个晚上,众人磨合到最后已经很有默契,不需要什么指挥了,依旧卡在最后一个怪物那里,死活就是过不去,无论如何都拿不到通关的奖励。

快晚上十一点时,另外三个临时被找来的队友陆续找借口离队了。

他们起初是看在秦川的面子上才来的,现在打了一晚上,面子也给足了——实在过不去,秦川也不可能怪罪他们。

他们临下游戏前,还有人对秦川委婉地说道:"这个本现在难度比较高,暂时不建议结丹期的人尝试,下次还是组全元婴期的队伍吧。"

他的言外之意是薄荷茶和八根胡须的战力太低。

秦川什么也没说。

他会带两个人来打这个副本,只因薄荷茶说过,想见识一下这个副本的难度。

薄荷茶曾经不厌其烦地教他操作技巧、对决手法,而他仅仅是浪费一晚上的时间带薄荷茶见识一下。秦川觉得这并不算什么。

反倒是薄荷茶和八根胡须两个人很过意不去。

薄荷茶:"你别带我们了。这个本我们过不过都无所谓的。"

秦川:"那三个人虽然是元婴期,但战力在本服排名不靠前。回头我找元婴期前三的另外两个人来帮你们过吧。"

八根胡须:"别啊,你这样我们心里不自在,欠的人情太大了……你有这份心就够了。"

薄荷茶:"副本随缘就行,现在过不了,以后总能过的,不过……"

秦川发了个问号。

薄荷茶:"都这么晚了,你不用做作业吗?早点儿休息吧。"

秦川沉默了。

他这才想起，自己的形象是一个十几岁的少女。

上回薄荷茶问他上几年级，他随口就说了个"高一"。

高一的学生，明天可不是还要上课吗？

秦川想了想，打下一行字："明天校运会，我们放假两天。"

薄荷茶哦了一声，果然没再多问。

秦川想了想，打开八根胡须的聊天儿窗口，询问道："我能不能告诉他实话？"

八根胡须："什么实话？"

秦川："就是，我其实是个男的。"

八根胡须："最好别。"

秦川："为什么？"

八根胡须："就凭我跟他认识这么久，对他的了解。我发现他对女孩子更有耐心，也更怜香惜玉一点儿。虽然他的嘴上总说不收徒，但你看他对你变性前后的态度，还看不出什么吗？"

秦川："……"

八根胡须："你有大号，已经骗我们一回了。当然，我觉得没什么，不过你跟薄荷茶毕竟是师徒——他教了你不少游戏技巧，现在你冷不防亮出大号就算了，还把裤子也脱了，说你是个大老爷们儿，一点儿也不娇滴滴，不需要别人保护……你觉得他会怎么想？"

秦川沉默片刻，心想：要是换作自己，估计会觉得这人有意接近自己，心怀不轨，直接将其删除或者拉黑了事，哪里还会跟对方废话半句？

八根胡须见他半天不吭声，顿时了然于心地道："看吧，你也觉得瞒着更好吧，以后找个机会再说也不迟。"

秦川："但他好像已经有所怀疑了。"

八根胡须："那是因为你打出来的话硬邦邦的，一点儿都不像女孩子该说的。你看看世界频道里说话的那些人，撒娇、耍痴的十有八九是男的，还有那些发语音的，如果声音嗲得不像话，很有可能就是用了变声器。你别看这些人玩儿着女角色，一个个簪花、穿纱，在游戏里说话比女的还像女的，实际上现实中全是大汉。"

秦川："……"

八根胡须："来，我教你一个诀窍。"

秦川："愿闻其详。"

八根胡须："你不管说什么，语句后面都加个'哒'或'呀'就行了。比如说，师父，我去做作业了呀；师父，今晚我们去不去点仙台哒？"

秦川："……"

八根胡须："你别不信，他一听心立马就软了三分。我绝对不会拆穿你的。薄荷茶这厮天天上游戏，不是对决就是下本，太枯燥乏味了。你这是为了增加他的游戏乐趣，也是善意的谎言。等他离开这游戏的那天都不会知道真相，你却让他拥有了一份美好的回忆。"

秦川对此不置可否，怀疑八根胡须这么说完全是为了看他笑话。

就在此时，门铃响起，秦川顺手关掉聊天儿窗口，没再看对方胡说八道，起身去开门。

房门打开，一名身着品牌粉色风衣的鬈发女郎站在外面，眯眼浅笑，风情万种。

虽说这个季节穿风衣有些不合适，但秦川又不是不解世事，很快就注意到对方锁骨处的下方若隐若现的红色绸缎睡衣的花边，更不必说那股猫爪子一般时不时过来挠一下试探着勾引的香气了。

"我是住在你斜对面的 Lisa（莉萨），我房间里浴缸的热水管坏了，能否借你的浴室用一下？"说罢，她朝秦川眨了眨眼，"Surprise。"

秦川抽了抽嘴角，现在想想，这种惊喜才比较符合沈锐的品位。

这家伙也算大手笔了，不是入住酒店的客人，连电梯都进不了——沈锐为了表示诚意，让秦川度过一个愉快、狂野的夜晚，竟还为这个女郎订

63

了这一层的房间。

女郎见他毫无反应,准备贴上前来。

秦川面无表情,直接反手一关门,把人关在了外头。

他思及刚才对薄禾的误会,心里却没有一丝的同情。

那样冒失的员工,竟能走错房间,还未在第一时间反应过来,迟早也会在工作上出现别的纰漏,不要也罢。

趿着柔软的拖鞋重新回到电脑旁,秦川看见薄荷茶的名字变成灰色。

这代表账号的主人已经下线了。

薄荷茶还给他留言了:"早点儿休息,不用上学也别玩儿得太晚,学生还是以学业为主。"

秦川原本想回复"好的"两个字。

但八根胡须的话在秦川的脑海中一闪而过,他想了想,还是加了个字。

"好的哒。"

暴风雨似乎爱上了这座海岛,整整一夜没停过的风雨到早上只是稍稍"收敛"了一点点。

海边的树被风雨摧残得东倒西歪,枝叶凌乱,再无"风度"可言。

飞来本地的航班依旧大面积延误,好在会议能够如期举行,虽然与会者少了一些,但应该到场主持开幕仪式的领导一个不少。

秦川这边的事情却出了点儿变故。

作为主办方之一和重要的企业方,秦川本该在当天下午的第二场会议上第一个发言,但中午休息的时候,他的工作电脑突然黑屏,用尽办法也打不开。

唐蜜建议:"可能是连日下雨,太潮湿了,要不让信息技术部的同事过来看看?"

也有人说道:"来不及了,会议还有十五分钟就要开始了。"

秦川皱眉——稿子是他亲自起草的，自然记得要点，脱稿也无妨，但电脑里还有制作精美的演示文稿，这却是给与会者看的，否则全程依靠口头演讲，很容易让人精神疲劳，也不够出彩。

关慎反应最快，当机立断地说道："我的电脑里有备份，我现在马上去拿过来！"

会议厅设在酒店隔壁的一座附属建筑里，步行回酒店，大约十分钟的路程。

关慎这一趟来回，就算速度再快，起码也得二十分钟，肯定会迟到，但这总比没有演示文稿好。

自从上次与那个位置失之交臂，唐蜜就一直想在老板面前表现一下，奈何始终没找到机会。现在机会来了，可惜她又不会修电脑，就算会，估计也没法在十五分钟内让电脑恢复正常运作。

"秦总，我的手机里有备份的稿子，但没有演示文稿，您要不要先就着稿子说两句开场白？正好可以等关助把电脑拿过来，不会耽误会议的进程。"

众人转头一看，说话的居然是薄禾。

秦川不冷不热地问道："你哪儿来的稿子？"

薄禾说道："会前碰头，您把稿子在公司内部小范围内公开，让大家集思广益'在房地产政策上再深入思考一些可行性建议'。我对这方面不太了解，不好贸然发言，但把稿子的大概内容记下了，本来想拿回去私下学习的。"

秦川接过她递来的手机朝屏幕一看，这哪里是"把稿子的大概内容记下了"，应该是把稿子一字不差地还原了。

当时秦川让关慎把参加会议的几个人都召集起来，将稿子的复印件分发给几个人，然后让他们进行短暂的讨论。会后，关慎又把稿子收回了，在那短短的讨论期间，薄禾竟把上面的内容给背下来了。

他还记得会议上薄禾一声不吭，从头到尾都在低着头看稿子。这种内部小型会议，薄禾这样的"小透明"之所以能参加，全是因为在代替自己的部门主管出席，但没有部门主管的权限，自然"沉默是金"。秦川没想到，她居然在背稿子。

薄禾见秦川看向自己，就多解释了几句："我那时觉得秦总的稿子特别有深度，想私下好好学习，就先记了下来，回家又在手机里把它打出来，没想过往外传播的。今天是碰巧，不知您能不能用上？"

众人大开眼界，心说：拍马屁拍到这份儿上也算一种境界了，竟还去背稿子，谁想到会正好派上用场？

再看薄禾一脸平常、丝毫不见谄媚的样子，众人更是感叹现在长江后浪推前浪，连新人都能如此把握机会，细水长流，无孔不入，为了一个可能不会用上的机会如此卖力，简直刷新大家的认知。

秦川点了点头："你加我的微信，把这份东西发到我的手机上。"

这总算解了燃眉之急。

有了这份内容与之前的文稿八九不离十的稿子，秦川开局就从容多了。

他尽可能挑有趣的内容先讲，吸引住与会者的目光，再把数据化的内容留到关慎将备份文件拿过来。

关慎比自己说的预定时间还晚了十分钟，紧赶慢赶，满头大汗。

他见秦川已经站在台上开始演讲了，心里还咯噔一下觉得坏事了。谁知秦川半点儿不紧张，抱着电脑上台放映演示文稿，微微一笑将话题带到演示文稿里的数据内容上来。

长达四十分钟的演讲，没有任何意外，秦老板的首秀一帆风顺。

助理关慎总算松了一口气，抹了把汗涔涔的额头。

他从别人口中听说了刚才的插曲，散场时遇见薄禾还冲她点了点头，以示对她的嘉许。

谁知会后秦老板却把他叫过去，让他回公司之后记得跟人事那边说一声，将薄禾辞退。

关慎听见这个要求，先是一愣，随即说道："老板，昨天他们团建出海，途中遇到大风浪，设计部的容榕差点儿落水，是薄禾及时把她给拉回来的。按照公司规定，这是可以申请见义勇为奖励的，这个当口儿辞人，是不是……"

秦川淡淡地道："她处心积虑地想往上爬，连背稿子这种机会都不放过，可见心机之深，昨天她还故意走错房间引起我的注意。既然她见义勇为，就跟人事说一声，在劳务合同补偿规定之外，再多给她补三个月的工资就是了。"

见老板心意已决，关慎做下属的自然不会多劝，很快点头答应下来。

"那晚上的宴会，还是让唐蜜陪您出席对吧？"他又问道。

秦川略一思忖后回道："不，让薄禾跟我去。"

关慎："啊？"

秦川："唐蜜最近好像在私下接触宏峰的人。"

关慎："我也听说了。"

秦川："今晚宴会规格不高，人今天我也都见过、认识了，用不着唐蜜帮我记。"

秦川不用说得太明白，关慎就已经了然。

宏峰是另一家上市集团，旗下也有房地产业务。唐蜜对那个位置求而不得，现在又私下跟同行业内的别的公司接触，说明唐蜜已经起了跳槽的心思，至于最后成不成还是两说。

关慎知道，老板按着不让唐蜜取代李玺，是因为觉得她心思太活，想再多观察一阵。谁知道她禁不起考验，一看这边好像升职无望就立马联系了别家，连一两个月的时间都等不了。

至于薄禾会不会因此被唐蜜记恨，这就不是秦老板所关心的问题了。

67

对他而言，薄禾早晚是要被辞退的，正好拿她来敲打一下唐蜜，也算物尽其用。更何况，能出席这种宴会对薄禾而言也是个机会——她应该感激才对。

薄禾知道老板对自己的观感想必不会太好，尤其是自己在新岗位上没干几天就犯了错误、撞见老板和他的绯闻女友分手，还疑似把老板分手的消息宣扬了出去。

昨晚走错房间之后，薄禾隐隐有了自己这次可能真的会被炒鱿鱼的觉悟。

结果会议结束之后，老板身边的心腹大将关慎找上她，居然要她陪同秦老板参加晚上的酒宴。

饶是薄禾知道"君心"难测，也觉得这个通知太奇怪了。

她眨了眨眼，提出一个很实际的问题："关助，我从未出席过这样的宴会，恐怕会丢了老板和公司的脸面。"

关慎面不改色，睁眼说瞎话："没关系，唐蜜今晚有点儿事，老板点了你，觉得你形象比较出众。到时候你跟着老板走，面带微笑就行了，多余的话不用说。"

薄禾只好说道："我也没有合适的礼服，行李箱里都是日常的衣服。"

关慎："没关系，酒店有专门的礼服店，我现在就是过来带你去挑的，发型、妆容也可以一并解决。"

两个人大眼瞪小眼。

薄禾忍不住问道："关助，老板为啥突然点名要我陪同出席？我只是个新人，又不是什么大美女，我是不是得罪了谁，你们拿我开玩笑呢？"

关慎暗暗地想：没错，你就是得罪了老板。

他面上却还是露出和蔼可亲的笑容，说道："小薄，你这就想得太多了。这次老板没有特意带女伴过来，以前都是唐蜜陪老板出席——今晚她正好有事；李玺又要离职了，去也不合适；小方以前没出席过宴会。正好你在总裁室待过,怎么都算半个总助,就当应急帮忙了,回头给你补加班费。"

薄禾看着他的笑容,怎么都觉得对方有点儿像上门给鸡拜年的黄鼠狼。

而自己,就是那只鸡。

她来不及多想,关慎催得急,只好跟着他走了。

临走前薄禾不忘给游戏里的徒弟留言,说自己这两天有事上不了游戏了。

秦川忙里偷闲,回酒店里小憩了两个小时,顺带打开电脑上了游戏。

原本他和薄荷茶、八根胡须约好晚上一起去点仙台打季度赛,但看到薄荷茶的留言之后,就答应了别人的组队邀约。

比起自己的小号跟薄荷茶、八根胡须的组合,新队伍阵容明显强多了,全是元婴期的高手,还都是排名榜上前十名的角色。秦川早已今非昔比,就算手法比起薄荷茶的还稍有逊色,但也比一般人的强上许多。

就在第一场比赛临近结束,眼看他们队伍就要获胜时,秦川忽然看见系统频道刷新了一条消息。

"玩家'木色倾城'为其师薄荷茶燃放了一簇'迢迢相思'。正所谓,金风玉露一相逢,便胜却人间无数!"

秦川失神了两秒,忘了施放技能。

关键时刻,敌方扭转战局反败为胜,他们以毫厘之差落败。

第三章
就凭她，也配？

秦川是个胜负心很强的人。读书的时候，他门门课都要考第一，偶有落后，总会在下次将桂冠夺回来。

也许很多人将此视为压力，并认为这样会让人变得偏激。但对秦川而言，这不是负担，而是乐趣。

这就像爬山，他喜欢每达到一个高度就停下来，俯瞰山下，仰望山顶，再一口气往下一个目标进发。

秦川喜欢这种不断向上攀登的人生轨迹，哪怕左右四顾，孑然一身，也在所不惜。

人生在世，孤独本就是一种常态。

而游戏——

许多人在现实里无法做到或不敢做的事情却能在游戏里实现，比如御剑飞行，再比如杀人放火。

但玩儿的人还是那个人，只是欲望在虚拟世界里被放大。

秦老板的胜负心同样在游戏里体现出来了。

他不愿意屈居人下，于是就往游戏里充钱，用堪比坐火箭的速度提升战力，从游戏"小透明"一跃成为战力榜上的大佬。

他知道自己的操作手法差，就换了个号拜薄荷茶为师，宁可自己学也不愿像别的大佬那样直接找代练。

秦老板的操作手法已经大有长进，如今不需要薄荷茶，凭借他自己的战力和走位，在游戏里别人也会心服口服地喊他一声"大佬"。

但秦川头一回在游戏里体会到寂寞的滋味，那是登上巅峰却无人分享的寂寞，也是独孤求败的寂寞。

他放眼本服，综合战力已经没人是他的对手了。

江湖之大，竟无一件值得他期待留恋之事。

秦川忽然发现，他已经失去了玩儿这个游戏的初衷，而最让他快乐的，居然是那段跟薄荷茶、八根胡须并肩作战的游戏经历。

大家实力相当，并肩作战，去赢得一场有悬念的战斗，这才是游戏的乐趣。

正在这时候，木色倾城给薄荷茶放烟花的消息映入秦川的眼帘。

秦川破天荒地走了神儿。

他记得薄荷茶说过不收徒的。

秦川为了拜薄荷茶为师，好说歹说，甚至连歪门邪道都用上了，至今还顶着高中少女的身份。

这木色倾城到底是何方神圣？

薄荷茶不在线，但八根胡须在线。他听秦川问这件事，就都说了。

前两天雪山怪物刷出来的时候，一个初出茅庐的小号不知死活地往那儿跑，被怪物追得哭爹喊娘。薄荷茶正好路过，就把那个小号给救了。

从那之后，那个叫木色倾城的玩家就像薄荷茶身后的小尾巴。薄荷茶走到哪里，木色倾城跟到哪里，平时有事没事就跟薄荷茶打招呼，每天换着花样给薄荷茶刷烟花，就为了拜救命恩人为师。

终于功夫不负有心人，昨天秦川没上线的时候，两个人结为师徒——秦川也多了个小师妹。

秦川一听，这拜师套路似曾相识。

自己不也用过差不多的法子吗？

只不过他跟木色倾城，一个送草药，另一个送烟花。

游戏里的烟花在商城里售卖，只能用人民币购买，普通的一个九十九块，寓意"天长地久"。平时游戏里的情侣之间偶尔也会送一送，但很少有人像木色倾城出手这么大方，一买就是几十个，一送就是六个、九个的。

不管薄荷茶在不在线，反正烟花一通轰炸，别的玩家能看见，就等于间接往薄荷茶身上贴了标签。

木色倾城微妙的心思，八根胡须这种大老粗肯定不懂，秦川却察觉到了。

八根胡须："我说得没错吧？薄荷茶就是对小女孩儿心软，这不，又多了一个。你要是那会儿顶着男号的身份，现在还未必能拜师呢！"

秦川："她也想学游戏操作？"

八根胡须哈哈一笑，说："什么游戏操作，要我看，她八成是看上薄荷茶了！那妹子的声音我听过，挺显嫩的，估计也就二十岁出头。英雄难过美人关，两个人估计有戏，搞不好你的小师妹没几天就要变成你的师娘了。"

秦川哂笑。

他拜师，是因为薄荷茶无论为人还是技术都当得起他在游戏里喊一声"师父"。

这木色倾城又是从哪个犄角旮旯儿冒出来的？

就凭她，也配？

秦川点开游戏商城，目光扫过各式各样的服装、坐骑，最后视线落在角落里最贵的那个超级烟花上。

六百九十九块，只要有人放这个，本服玩家都能看到烟花效果、收到系统通知，放烟花的地方还能自动生成摇钱树，供闻讯而来的前三十名玩家捡游戏道具，其中有极小的概率会掉落珍稀道具。

不就是烟花嘛，谁还买不起？

秦老板都不屑朝那些普通烟花看一眼，直接买了一百个超级烟花。

他搜了一下木色倾城的资料，头像显示对方已经下线。

点击"赠送"的手指顿了顿，秦川忽然不急着送出去了。

比约定的晚宴时间提前半小时，薄禾到了酒店大堂等秦川。

秦川也未让她等待太久，约莫十分钟后就穿戴整齐地来了。

薄禾虽然对自家老板的印象好不起来，但也不得不承认，秦川天生就是个衣架子。他这种身材极适合穿正装，尤其是价值不菲的高定西服。

这是一个看脸的时代，虽然对这种审美趋向的批判声音总是此起彼伏，可如果交情没到那份儿上，谁又有深究内在美的闲情逸致呢？众人必然是先满足自己的视觉享受再说。

再联想到漂亮的女艺人迟筠跟秦老板分手时的激烈反应，薄禾似乎也可以理解了。

而薄禾，化了妆、换上了晚礼服，虽然不至于美到脱胎换骨的夸张地步，但与平时还是有不小的差别。秦川不介意多看薄禾两眼，但这不会改变自己对她的固有印象。

人与人之间，也是讲眼缘的。有些人，你第一眼看到就会喜欢；而有些人，即使什么也不做，你只要与之相处就觉得不舒服。

更何况薄禾不是什么都没做——她犯了秦川的忌讳，一开始就给他留下了"工作不认真"的印象，后来又让他觉得"此女颇有心机"。

无论哪种评价，都不是什么好话。

两个人对视几秒后，秦川主动上前支起臂弯让她虚虚地搭上。

秦川："该说的，关慎都跟你说了吧？"

薄禾："是，关助交代了一些要点，不过秦总，我是头一回出席这种场合，很多规矩不懂，如果不小心出错，还请您见谅。"

秦川："这不是正式宴会，不用紧张，你跟着我走，面带微笑就行。"

两个人此时亲密无间，乍看背影还挺登对。

不过旁人靠近就可以发现，两个人从表情到语气都是公事公办的。

起初薄禾也有点儿疑惑——公司里那么多女员工，不乏比她漂亮、知情识趣的，为什么秦川却偏偏挑她来当女伴？

这份看似让人艳羡的差事，对薄禾来说却绝不是什么美差。

她甚至产生过秦川对自己有意思的错觉。

但在刚才两个人对视的那一瞬间，薄禾就推翻了自己的想法。

秦老板非但对她没有意思，而且很可能挺讨厌她的。

既然他讨厌她，为何还要让她当他的女伴，这不是自我折磨吗？

薄禾想了想，觉得关于之前的种种意外，有必要趁现在这个机会解释一下。

"老板，昨天我们出海回来，外头下雨，我轻度近视，没戴隐形眼镜出门，眼睛又进水了，才会按错楼层。我们的房间号是一样的，隔了两层，请您见谅。"

秦川嗯了一声，说道："我知道。那件事后来证实是误会，是我错怪你了。"

见老板如此痛快地坦承自己的过失，薄禾有些意外，赶紧趁热打铁："上回在停车场里，我也真不是故意站在那里偷听的，我是正好上楼，抄近路。后来我没将看到的事告诉任何人，更没有偷拍任何照片，请您相信我。"

秦川又嗯了一声。

他对薄禾的印象已经形成，绝不会因为她这几句话就轻易改变对她的观感。

哪怕他知道这些事情都是误会，可那又如何？

秦川想：今晚要是她表现得不错，就让关慎过后多给她点儿补偿好了，辞退还是要辞退的，总有这么个人在自己眼前晃，还不知道要制造多少有意无意的误会。

区区一个小职员，他看着不顺眼，心里不舒服，辞退就好了，按照相关法律法规给足补偿，已是仁至义尽。

薄禾见秦老板没有再作声，也暗暗松了口气，想着这下总该解释清楚了吧。

心思各异的二人，就这么步入了宴会大厅。

霎时间，酒香暖风迎面而来，与外面的风雨交加俨然是两个世界。

诚如秦川所言，这场宴会规格并不高。

若是高，他只怕也不会找薄禾临时替代唐蜜了。

规格不高，但不代表女伴可以上不了台面。

秦川能感觉到薄禾挽在自己臂弯上的手臂明显很僵硬。

他不着痕迹地扫了她一眼。

她面上带着微笑，看不出丝毫紧张感。

有人过来找秦川寒暄，薄禾尽好一位女伴的本分，与对方带来的女伴谈起首饰……

秦川还发现，薄禾有一个小小的狡猾之处。

薄禾跟时下大多数女人差不多，对琳琅满目的奢侈品有泛泛的了解，但要更进一步鉴赏就完全不懂了，所以她往往会先赞美对方的首饰，引得对方说出牌子，再顺势聊下去。

对爱美的女人，不必深入了解她们也能跟她们交流，有技巧的赞美同样能激起她们的谈话兴趣。

出于客观评价，秦川也不得不承认，作为一名女伴，薄禾已经基本合格了，欠缺的不过是打破她所处圈层的局限和一些专业的培训。

宴会过半，两个人自然而然地分开。

换作几年前，盛名在业界虽说算是后起之秀，但其名字对业内人士来说有些陌生。即使秦川背后多了秦氏集团这块金字招牌，充其量不过就是让交谈的人多一些笑容。

能够驰骋商场多年的人，不是老狐狸就是老油条，大部分人把自己的基业和口袋里的钱看得比亲人的性命还重，对秦氏集团再怎么有信心，也不代表对秦川有信心。

几年前在这种规格的酒会上，秦川还得亲自过去跟那些业界的大佬一个个地打招呼，以图混个脸熟，而现在——除了少数几个重要人物，他已经可以在其余大部分时间内等着别人主动上前了……

不是没有年轻女性过来跟秦川搭讪，但都被他三言两语给打发走了。

他今晚的目的是出现在这里，跟主办方的领导寒暄几句以表示自己的诚意。

等主办方的领导离开后，秦川留在这里的意义就不大了，与其继续在此浪费时间，不如回去打游戏。

他举目四望，打算喊薄禾一道回去，思忖之间，目光一顿，落在自己前方的不远处。

薄禾与一个男人并肩而立，背对着秦川。

那二人都低着头，肩膀挨着肩膀，薄禾手里似乎还拿着手机。

隔着好几个人的距离，秦川看不清他们是在说话还是在看别的东西。

但他认识薄禾旁边的那个男人。

魏飞舟，一个不同于秦川的、有着雄厚的家族背景的房地产老总。

中国虽大，但大家如果都是同行业的人，业务又都做到一定程度，抬头不见低头见,总会有交集。

但众所周知,魏飞舟跟秦氏集团不对付。只要是秦氏集团的项目,魏飞舟绝不参与。

当然,魏飞舟公司参与的项目,也没有秦氏集团的影子。

秦川不知道其中的缘故——因为在他毕业回国进入盛名之前,这段恩怨已经存在。

前阵子本市要开发专属文化新区,将博物馆、美术馆等迁移过去,既是划分区域职能,也是为了以后进一步发展旅游业。

而在上面划拨出来的区域里头,正好有一块地皮卡在新区边缘,不算新区的地盘,但它的地理位置极其重要——左侧是本市的植物园,右侧则是未来的美术馆,环境优美,交通方便,升值空间巨大。

这块地皮在魏飞舟拍下之初,没有人看好,因为它的前身是以前的刑场,不仅位置偏僻,而且附近荒无人烟。国人对此多有忌讳,哪怕旁边是植物园,附近的地产价格也迟迟起不来。为此,许多人在背地里说魏飞舟是冤大头。

可就在他拿到这块地皮的一个月后,新市长上任,上级派来的考察小组在本市转了一圈,前面两任市长都迟迟未能敲定的批文下来了。

同样卡在文化新区边缘且有待开发的地皮不少,可其中就数魏飞舟手里的那块最值钱。

食之无味、弃之可惜的鸡肋,转眼就成了香饽饽。

大家对魏飞舟的评价也从冤大头变成有先见之明的人。

许多人的眼睛顿时盯上魏飞舟手里的那块地,可他就是迟迟不开发,于是很快就有许多小道儿消息不胫而走。

有的说魏飞舟资金周转紧张,已经没有余钱独立开发了。

有的说魏飞舟已经找好下家,准备高价将地皮转让出去,狠狠地赚一笔。

众说纷纭，莫衷一是。

秦川也在留意那块地皮。

从他得到的消息来看，魏飞舟手头还有另一个项目正在开发，资金的确比较紧张，不太可能对那块地皮进行独立开发，但魏飞舟也不愿意将地皮转让出去，因此唯一的途径就是对外合作。

这阵子不知有多少人想跟魏飞舟打好关系，其中也包括盛名。

在秦川看来，盛名的规模既不会压魏飞舟一头，也不至于被他压过去，双方实力相当，又有合作的需求，这笔买卖若能谈成自然是互利共赢的。

为表诚心，秦川几次亲自上门，没想到对方跟头犟驴一样，油盐不进，横竖不买账。

秦川只要一提起合作，魏飞舟就跟他打太极。秦川要是把话挑明了，魏飞舟就直接拒绝，说绝对没有跟姓秦的合作的可能性。

在很早以前，秦川就听说过，魏飞舟此人固执且古怪，极难讨好。

当时他还不以为意——因为他本人也是个很难被讨好的人。

但几次交道打下来，他信了。

这个魏飞舟，的的确确是个很难讨好的人。甭管他送什么东西，对方一律不要——且魏飞舟对家里的老婆从一而终，不好美色。

魏飞舟自己有钱，别人给他送钱也没用。

什么古董、字画、邮票、玉石……但凡有点儿可能性的，秦川不送，别人也会送，可谁都没打动过魏飞舟。

总而言之，秦川想尽办法也没能与魏飞舟达成合作意向。

再加上魏飞舟跟秦氏本来就不对付，双方合作的可能性微乎其微。

但秦川还是有点儿不甘心。他做每件事，都想全力以赴，尽所有的努力，再言成败。

这次会议，魏飞舟自然也收到了请柬，此刻却跟薄禾站在一块儿，还相谈甚欢。

秦川带着疑惑走过去，然后就看见薄禾手里的确拿着一部手机，只不过那手机尺寸不像是她的，而应是魏飞舟的。

魏飞舟则站在她的旁边。

这两个人是在……玩儿游戏？

不知是否注意到秦川的到来，魏飞舟头都没抬，紧紧地盯着薄禾手里的手机屏幕。

"哎，前面好像有人！"

魏飞舟话音未落，薄禾已经开枪射击。

一个在树后隐藏行踪的敌人，在探出头的那一刻被她精准地射杀。

一枪爆头！

魏飞舟不由自主地发出一声赞叹。

"M24在你的手里也太稳了！这么短的时间，你是怎么瞄准的？"他问道。

"手感。玩儿多了您就会了。"薄禾笑道。

秦川业余时间也玩儿游戏，无须多问，已经知道这两个人在玩儿什么了——一款风靡全球的射击生存游戏。

他也玩儿过几回，不算精通，但勉强摆脱了菜鸟的行列。

看着饶有兴致的魏飞舟，秦川沉默了。

他在魏飞舟身上找各种突破口，投其所好，万万没想到，对方居然喜欢玩儿游戏。

确切地说，魏飞舟居然喜欢玩儿《刺激战场》。

秦川心想：早知如此，找个高手带魏飞舟上分，岂不是比忙活一圈更省事？

想到自己前些天一直让人打听魏飞舟的喜好，差点儿连对方洗澡用什么牌子的沐浴液都问出来了，秦川觉得有点儿好笑。

魏飞舟正好抬起头："小秦总想到什么有趣的事，不妨说来听听？"

秦川最讨厌别人喊他小秦总。

魏飞舟应该知道,却偏偏选择了这个称呼。

两个人四目相对,一个似笑非笑,另一个不动声色。

秦川:"我找遍全场也找不到我的女伴,原来是被魏总扣在这里了。"

魏飞舟还未说话,游戏结束的音乐先响了起来。

薄禾将手机递给魏飞舟,上面显示的是第一名。

秦川余光一瞥,发现薄禾单排击杀敌人的数目是十四个。

这个人头数听起来吓人,但他转念一想也就释然了。

薄禾用的是魏飞舟的游戏账号——魏飞舟等级排位很低,遇到的敌人也都是跟他水平差不多的菜鸟,她能收割这么多人头并不夸张。

让秦川留下深刻印象的是,刚才薄禾用的是一把M24,刚切换完倍镜,在常人还需要多看几秒确定对方位置的时候,她已经切换镜头收割人头,再迅速地起身跑过去捡包,转眼又射杀了一个企图在背后袭击她的敌人,动作行云流水,一气呵成。

没玩儿过游戏的门外汉可能觉得这没什么,但秦川不仅玩儿过,也用过M24,知道其中的难度。

薄禾的操作水平堪称高手。

秦川不由得多看了她两眼。

薄禾面色如常,被魏飞舟夸奖,也没露出骄矜之色。

反倒是魏飞舟听见秦川的话,哈哈一笑,转头问薄禾:"你是小秦总的朋友?你现在在什么地方高就?"

薄禾道:"我是秦总公司的员工。"

魏飞舟:"助理吗?我知道小秦总有带助理出席宴会的习惯。"

他递上了自己的名片。

薄禾看了秦川一眼,见秦川点头,才双手接过名片,不好意思地道:"让您见笑了,我不是助理,就是客服部的一个普通员工。这次也是碰巧,我才有幸跟着秦总过来开开眼界。"

魏飞舟笑道："那这样吧，我出双倍工资，你跳槽过来当我的助理，顺便教教我怎么打这个游戏，怎么样？"

秦川皮笑肉不笑地道："魏总，你这当着我的面挖我的人，不太好吧？"

魏飞舟："人往高处走——我这里待遇更好。小姑娘在你那里又不受重用，我让她过来，能打游戏又能干活儿，不是人尽其才吗？"

说罢，他转向薄禾，和颜悦色地问道："小姑娘，你是怎么想的？"

薄禾感觉有点儿古怪。

她并不知道魏飞舟跟秦氏之间一早就不对付，也不知道秦川为了谋求合作，放下身段去找了魏飞舟好几回。

出于直觉，她觉得现在这种气氛有些不对劲。

做生意都讲究以和为贵，哪怕私底下互相看不顺眼，明面上起码会扯个笑脸应付两句。

就算魏飞舟再怎么喜欢玩儿游戏，也没有当着秦川的面这么挖人墙脚的道理。

甭管两个人之间有没有恩怨，魏飞舟是不是真想挖人，她这种小人物就是故事里主角对战时被推出来的炮灰或挡箭牌。

薄禾想：她怎么着也得挣扎着挽救一下自己的命运，争取活得更久些。

"多谢魏总抬举，我进盛名才半年多，别说资历，连经验都谈不上，正是向前辈们好好学习的时候。"薄禾露出一个乖巧的笑容。

魏飞舟手指虚点她两下，转向了秦川："你看看，现在的小姑娘都这么懂事明理，放在你那儿，明珠暗投，可惜了吧，不如让给我！"

他的言外之意，不就是说秦川不懂事不明理？

秦川没生气，而是笑道："要不这样，我把这个人才拱手相让，您看在我一片诚意的分儿上，考虑考虑咱们共同开发文化区那块地皮的事情？"

魏飞舟哈哈一笑，说道："一个助理就想换一份合同，小秦总好盘算。你爸总说虎父犬子，我看不然，再过几年你怕是要青出于蓝了！"

薄禾要是再听不出这两个人在拿她打幌子唇枪舌剑，那可就对不起她的智商了。

但作为一个路人甲，她既不能拂袖而去，也不能破口大骂。

所以薄禾闭嘴装死，权当自己是哑巴。

她的耳目却没法屏蔽周围的动静，她还在自动看戏。

秦川平时多冷的一个人，在跟魏飞舟合作这件事上，却不惜多费口舌。

"魏总过奖了。盛名虽然是秦氏的子公司，但在经营管理上是完全独立的，行事风格也与秦氏的行事风格有所区别。您若能拨冗看一看我送过去的项目文件，就会知道，盛名跟魏风将会是最合适的合作伙伴。我也相信，我们给出的条件是您所有选择里面最能令您满意的。"

魏飞舟抬手打断了秦川想接着往下说的话："小秦总，刚才我早就来了，只是没跟您打招呼。您跟别人交流的风格，我也看在眼里。在我这儿，您的确已经给足面子了，不过很可惜，我从来不跟秦氏合作——甭管子公司还是母公司，您姓秦，是秦时愉的儿子，这是怎么也改变不了的事实。"

秦川沉声道："公是公，私是私，您跟我父亲有什么过节儿，我不太清楚。不过一码归一码，您能将生意做到今天这个规模，想必也不是单凭意气用事吧？合则两利，分则两害，您就为了私人恩怨，罔顾公司利益，不觉得可惜吗？"

魏飞舟笑了："不跟你们合作，我顶多给对方多让点儿利，少赚一点儿，谈不上什么两害；跟你们合作，我心里别扭。你说，你要是我，会怎么选？"

薄禾心说：当然是选让自己更爽的一方了。

魏飞舟接着说道:"当然是选让自己更舒坦的一方了。"
　　秦川沉默片刻后说道:"在我看来,您是个理智的人,还希望您多考虑考虑。"
　　魏飞舟失笑道:"知己知彼,百战不殆。小秦总,看来你从来没看明白过我。我从来不是个理智的人,要不然当初被秦时愉小看,就不会赌一口气非要把事业做起来。我要是真理智,当初在公司遇到困难的时候,我估计早就放弃了,不会想着搏一搏,坚持走下去。说起来,我还真得多谢你老爹,是他激起了我的倔劲。"
　　说罢,他拍了拍秦川的肩膀:"那边有老朋友来了,我先去打声招呼,失陪了。"
　　与薄禾错身而过之际,魏飞舟说道:"小姑娘,我刚才可不是跟你开玩笑,你要是真想过来,双倍工资,随时欢迎。"
　　换作别人,当着自家老板的面被挖墙脚,断然不敢再多说什么,但薄禾大大方方地道谢:"谢谢魏总。"
　　魏飞舟对她不扭捏的态度微微颔首,举步离开。
　　薄禾扫了一眼魏飞舟的名片,飞快地将上面的联系方式记下,然后将其递给秦川:"老板,刚才不收不礼貌,您看……?"
　　秦川淡淡地道:"那你就收着吧。"
　　薄禾看出他心情不佳了。
　　不过秦川总算没忘风度,主动支起胳膊,让她挽上自己的臂弯,没有一走了之。
　　"你刚才是怎么跟他聊上的?"秦川忽然问道。
　　魏飞舟这人出了名地不好接近,脾气又怪,薄禾一个没什么根基的新人,居然能跟他相谈甚欢。
　　秦川倒不至于有什么误会,只是还想由此入手再争取一下。
　　不到魏飞舟跟别人合作的消息公布出来,他是不会放弃的。

"我在那儿逗留了一会儿,刚好看见魏总在玩儿游戏,开局没多久就被人打死了,我就提醒了两句。他让我帮他玩儿,我就一边玩儿一边告诉他要怎么打。"

这事没什么好隐瞒的,薄禾一五一十地说了。

秦川:"你觉得他很喜欢打游戏吗?"

薄禾:"我看也未必,他只是闲暇时玩儿玩儿,否则游戏等级就不会那么低了。"

秦川瞅了她一眼:"那你对他的提议动心了吗?"

薄禾笑了笑:"魏总是在开玩笑,我有自知之明。"

秦川点了点头,没再多言。

抛开薄禾之前几次的表现不说,薄禾自从回到原部门后,表现得很不错,这次在魏飞舟面前也没有给秦川拖后腿。

一个小小的员工,留着就留着了,这要是把人辞了,转头她跑去魏飞舟那儿,他不是反倒给魏飞舟嘲笑自己的借口吗?

想到这里,秦川就将辞退薄禾的事暂且放下了。

而薄禾还不知道自己在被辞与不被辞之间兜兜转转了一圈,又回到了原点。

在她看来,秦老板虽然不好说话,又对自己有偏见,但起码很大方。

盛名果然如同外界所说的那样,待遇优厚。

就冲着这一点,薄禾觉得自己还能顶着秦老板的冷脸再干三百年。

回到酒店房间里,薄禾舒舒服服地洗了个澡,再看时间,晚上九点刚过。

她登录游戏,一上线就蒙了。

系统提示:"玩家木色倾城给您燃放了一个'迢迢相思'。正所谓,金风玉露一相逢,便胜却人间无数!"

系统提示："玩家木色倾城给您燃放了一个'迢迢相思'。正所谓,金风玉露一相逢,便胜却人间无数!"

系统提示："玩家川流不息给您燃放了一个'金玉良缘'。正所谓,蓦然回首,那人却在,灯火阑珊处!"

系统提示："玩家川流不息给您燃放了一个'金玉良缘'。正所谓,蓦然回首,那人却在,灯火阑珊处!"

系统提示："玩家川流不息给您燃放了一个'金玉良缘'。正所谓,蓦然回首,那人却在,灯火阑珊处!"

…………

如果说前面木色倾城送了五六个烟花,那川流不息就是成倍地送,而且送的还是商城里最贵的超级烟花——薄禾保守估计有五十个以上。

薄禾眼前一花,一脸蒙,只觉满屏幕都被烟花提示占据了。

这到底发生了什么?

这款游戏有个设置,如果赠送烟花的对象当时不在线,那么系统会在对方上线之际进行第二次提示,并开启烟花效果,在各个地图随机生成摇钱树,供所有玩家去寻找奖励,这也算是给部分玩家在游戏里提供一个发福利、增加知名度的机会。

但很少有人一次买这么多个超级烟花,然后全部送出去。

不单薄禾发蒙,游戏里的众人也是一片哗然。

众人都被刷屏似的提示和特效晃花了眼,好一会儿才回过神。

世界频道顿时炸成一锅粥。

"天哪,川流不息大佬不是本服元婴榜第一的高手吗?"

"薄荷茶也是男号,难道两个人有猫儿腻?"

"我听说上次薄荷茶跟他的徒弟被追杀,是川流大佬出面买下灵茞,还放话让宙斯之盾消停的。"

"说不定薄荷茶是女的呢?"

"不可能，你肯定是新手。我告诉你吧，薄荷茶也是个大佬，操作手法一流，怎么可能是女孩子？"

"呵呵，性别歧视不要太明显，女的怎么就不能操作好？"

"川流不息也未必就是男的，这年头儿富婆玩儿男号的还少吗？"

众人议论纷纷，说什么的都有，牛头不对马嘴，令人啼笑皆非。

本服玩家虽然多，可世界频道里从未像现在这样热闹过。

平时那点儿游戏里的男女琐事已足以让这群人津津乐道，更何况现在一下子多了这么重量级的八卦新闻。

只怕今后几天里，川流不息和薄荷茶的故事会以多种版本流传出去。

说不定再过一个月，更荒诞的版本都能面世了。

薄禾只看了一眼，就干脆地把频道给关了，眼不见为净。

说曹操，曹操到。

她刚想找人，对方就上线了。

薄禾想也不想，直接发了消息。

薄荷茶："为什么送我那么多烟花？"

川流不息："为什么突然收了新徒弟？"

几乎是同一时间，两个人都向对方发出询问。

对方发来的问题，让薄禾愣了片刻。

她转念一想，十几岁的少女正是心思敏感的时候，需要仔细呵护。

薄荷茶："木色是个小姑娘，跟你一样，挺可爱的。她上回一直缠着我要拜师，我磨不过她，就答应了。"

川流不息："我留意过她，她经常跟不同的男号在世界频道里调情，互相送礼物，你不过是她物色的新猎物罢了。对方以拜师为名行狩猎之实，你别陷进去了。"

薄荷茶："你说话太老成了，现在的小孩子都这么早熟吗？"

川流不息："我的忠告你要认真对待。"

薄荷茶："你放心吧，我对木色不是你想的那样。木色只是爱玩儿，本性不坏，上回我还看见她帮一个小号打怪。我对她和对你一样，只是师徒之情，你想得太多了。不过你就因为这个送我烟花，不会是吃醋了吧？"

最后一句话，她自然是以开玩笑的口吻问的。

川流不息却回答得挺郑重："我只是想起，在游戏里我还欠你一份感谢。游戏跟现实一样，从来不缺捧高踩低、趋炎附势的人。这烟花一送，肯定所有人都会关注你我的关系，不管他们猜出什么结果，以后你在游戏里会玩儿得更轻松。像宙斯之盾那种人，也不敢再轻易招惹你了。"

川流不息短短几句话，深谙人心世情。

薄禾很惊讶，这不像是一个十几岁的少女说出来的话。

薄荷茶："谢谢你，徒弟。"

川流不息："不客气，谁让你是我的师父。"

薄荷茶："哈哈，你想说一日为师，终身为父吗？"

川流不息："你的年纪不足以当我爹。"

薄荷茶："徒儿，你太严肃了，平时没事要多开开玩笑，活泼开朗一些，才更像你们这个年纪的样子。"

川流不息："那个木色倾城，你不要跟她太过接近，对你没有好处。"

薄荷茶："明白，为师有分寸。不过她现在也算是你的小师妹了，在她犯下错误之前，我还是得尽师父的职责。"

换作旁人，秦川连这两句话都懒得多说。

但薄荷茶和八根胡须于他，终究是有几分特殊的。

这两个人是他认可的朋友，哪怕是在游戏这个虚拟的世界里。

薄荷茶不知道自己在秦川那边的定位已经从"游戏指导者"升格为"值得一交的朋友"了。

两个人聊了几句，秦川就换上了小号。

比起玩儿川流不息大号时享受的众星捧月般的待遇，川川这个人妖小号玩儿起来则有一种别样的自在感。

前者他在现实中照样能感受得到，后者却更符合自己玩儿游戏的初衷。

薄荷茶则喊来八根胡须，三个人像往常一样下本打擂台。

先前他们打本缺人都是临时喊队友，但这次有所不同。

很快，木色倾城加入队伍，她的战力跟秦川小号的战力差不多。

不同的是，秦川建小号是为了偷师学技术，木色倾城就这么一个号。

秦川点开对方的角色属性栏，五颜六色的衣服和装饰品差点儿没闪瞎他的眼。

他再联想到对方给薄荷茶送烟花一事，可见木色倾城不是没钱玩儿游戏，而是把钱都花在乱七八糟的地方。她买衣裳、买烟花、买特效，反正就是不肯好好提升战力。

游戏里各色人等，有拼命花钱买装备的，就有看风景、买服装的。

如果她不是薄荷茶的徒弟，秦川都不会多看她一眼。

四个人加上两名临时队友，由薄荷茶带着，进入一个名为琉璃谷之伤的中等难度副本。

虽说中等难度，但如果木色倾城自己去找队伍，肯定是找不到的。

她一进队伍，薄荷茶就向她介绍了秦川和八根胡须。她也很乖巧，当即开通语音，甜甜地叫了一声"师姐"和"师叔"。

八根胡须倒是很热情，当即加了好友，表示以后有事可以找他。

木色倾城自然又嘴甜地一通道谢，师叔长师叔短，喊得八根胡须立马缴械投降。他一路跟她聊天儿，教她各种游戏小技巧。

平时这种时候，通常是八根胡须开了队伍的通话频道，在那儿自得其乐地说单口相声。

薄荷茶和川川这两个号不吱声，偶尔打字回应。

有时临时加入的队友也会自来熟，和八根胡须聊天儿瞎侃。

总而言之，不必薄荷茶两个人开口，八根胡须自己也能将气氛炒热，现在又加入了一个木色倾城。

两个话痨凑在一起，顿时迸发出璀璨夺目的"火花"。

从游戏聊到天气，从自己聊到薄荷茶，木色倾城有数不清的话题、说不完的话。

八根胡须将遇良才，倾盖如故。

薄荷茶似乎也被这种热闹感染了，连打字交流都比平时多了不少。

木色倾城更是围着薄荷茶说个没完，就连薄荷茶清几个小怪，都能配上一句"师父你好厉害"的画外音。

秦川却很沉默，沉默得有些异常，连薄荷茶也注意到了。

很快，秦川收到了薄荷茶发来的消息。

薄荷茶："你今晚怎么了？没事吧？"

秦川："没事。"

薄荷茶："是不是课业太重了？"

秦川在观察木色倾城的表演。

在他看来，对方就是擅长利用自身优势来达到目的的玩家，稀松平常，不值得多说。

值得一提的是薄荷茶对她的态度。

面对木色倾城的撒娇耍痴，薄荷茶不仅纵容，而且心软。

说不定用不了多久，本服将会上演一段师徒恋。

秦川有点儿失望。

他欣赏薄荷茶的游戏操作，也觉得对方的性情、行事都很稳重，可惜在女色这一关上还是栽了跟头。

那种感觉大概相当于本来觉得和自己一样清醒的朋友，忽然犯下了幼稚的错误，秦川不仅失望，还觉得有些可惜。

但他已经提醒过薄荷茶了。既然对方听不进去，他也没兴趣再做恶人。

薄禾迟迟没等到秦川的回答。

在她看来,这个徒弟背后似乎藏着无穷无尽的秘密。

在与秦川交流时,薄禾眼前总会浮现一名沉默寡言的少女,梳着齐刘海儿和马尾辫,也许很聪明,却不愿意跟别人交流。

青春期的少女心事太多,想法漫无边际,让人捉摸不透。

别人看见川流不息给薄荷茶送烟花,只会联想到充钱大佬和操作大佬之间有什么猫儿腻,薄禾却很容易从徒弟异于寻常的言行里想到另外一种可能性。

川川也许对她这个师父抱着某种不可言说的少女情愫。

这不是天方夜谭。

她与川川之间的相遇,符合师徒、英雄救美、同甘共苦等一切小说必备的元素,除了她的真实性别。

薄禾有点儿发愁。

她直接去询问当然不妥,这很容易让小女孩儿觉得没面子,进而恼羞成怒。

如果她告诉对方真相,会不会就此解决一切后患?

薄禾反复思忖着。

她玩儿男号仅仅是为了方便。

操作流畅的女玩家自然不少,但很多人提起女玩家难免会带有某种偏见。

她用男号行走江湖,就没有那么多麻烦了。

事实也的确如她所料,直到遇上了秦川。

游戏玩儿不玩儿皆可,要是她无意中伤害了一个小女生的心,就不厚道了。

薄禾决定坦承一切。

秦川走到酒柜前拿了罐啤酒，转身回到电脑前。

　　好友消息提示一直在闪烁，秦川对薄荷茶询问他现实中的功课重不重的问题啼笑皆非，索性选择不回答。

　　但他这次点开消息，内容却足以让其准备喝酒的举动完全顿住。

　　薄荷茶："其实我是女的。"

　　秦川忍不住看了一眼电脑右下角的日期，今天不是愚人节啊。

第四章
你不觉得你们老板丧尽天良吗?

  对秦川来说,游戏只是消遣,是工作之余的一种放松活动。

  他从未想过在游戏里发展出一段罗曼史,八根胡须等角色在屏幕背后操作的人是男是女,自然也就无关紧要。

  但他从未设想过薄荷茶是个女人。

  或者说,在秦川、八根胡须、木色倾城乃至本服绝大部分玩家的印象里,薄荷茶的性别毫无悬念,一定是男的。

  秦川看着那句话,下意识地有种让对方发语音证明的想法。

  反倒是那头的人见他迟迟没有反应,还多发了几条消息过来解释。

  薄荷茶:"抱歉,我不是故意瞒着你们的,只是觉得这样方便些。"

  秦川不置可否。

  游戏中人们对女性玩家的偏见就像随处可见的野草那样普遍,秦川不认为自己是这样的人。

  他先看到薄荷茶的实力和为人,再得知这个消息,那些先入为主的观念自然就不复存在了。

秦川："那你怎么突然告诉我？"

薄荷茶："我怕你误入歧途。"

秦川盯着"误入歧途"四个字看了好几秒，才悟出对方的意思。

敢情薄荷茶怕自己喜欢上她？

他抽了抽嘴角，回复道："我没有喜欢你，你别多想。"

薄荷茶："那就好，我很少跟你这个年纪的女孩子打交道，总怕无意间伤了你的心。"

秦川再度沉默了。

他是澄清自己不是女孩子好呢，还是澄清自己不是"这个年纪"好？

也许他任由这个误会继续下去，两个人交流起来会更方便一些。

鬼使神差地，他把已经打了开头的话又一个字一个字地删除了。

话说回来，既然薄荷茶是女的，那木色倾城的温柔攻势显然不会再起作用。

他之前的提醒，就显得多余且滑稽。

薄荷茶似乎知道他的想法，又发了一句话过来："你很少发表对一件事或一个人的看法，却难得对我收徒的事说了那么多。我知道你在关心我。徒儿面冷心热，为师甚是欣慰。"

说罢，她还发了个笑脸的表情。

秦川微哂了一声。

薄荷茶这是真把他当小女孩儿来哄了。

本服玩家上千，茫茫人海中偏偏是他们师徒俩性别对调，想起来也是够有意思的。

秦川："我只是有点儿好奇。"

薄荷茶："嗯？"

秦川："你白天还要上班，这些游戏手法是从哪儿学的？"

薄荷茶："我闲暇时看看游戏视频，平时没事去打打擂台，手感就上来了。"

秦川无言以对。

他也看游戏视频，也打擂台，但他的对决技巧几乎都是薄荷茶之前手把手教出来的。

现在他的技术已经有了很大的进步，比起之前简直称得上一日千里，但依旧略逊薄荷茶的技术一筹。

秦川很清楚，薄荷茶没有藏私，但师父领进门，修行在个人，玩儿游戏也得讲究手感和天赋，而薄荷茶在这方面的确具有职业玩家的潜质。

游戏操作出色的女玩家不少，薄荷茶去当游戏主播兴许更有机会闯出一条路，却偏偏选择了循规蹈矩——朝九晚五的工作。

秦川头一回对一个女人产生纯粹的好奇心。

秦川："你只玩儿《九霄》吗？"

薄荷茶："偶尔也玩儿玩儿《刺激战场》，那个游戏不需要升级打怪，更轻松一些。"

秦川心头一动，想到魏飞舟在宴会上对《刺激战场》的痴迷。

他打字回复："我知道那个游戏，也玩儿过，来一局？"

薄荷茶："我这台电脑只下载了《九霄》，平时《刺激战场》都是玩儿手游版的，微信登录。"

秦川："我也是。你把微信号给我，我加你。"

这只是句随意说出口的话，他绝对没想到，三秒之后自己会接收到今晚的第二枚重磅炸弹。

当收到薄荷茶的微信号，秦川用添加功能将对方的微信号完整地打出来时，脸上表情之精彩、内心情绪之奔腾，简直无法用言语来形容。

秦川盯着手机好一会儿，依旧有种滑稽的魔幻感。

他甚至有种上论坛发帖子的冲动，连标题都想好了——游戏里的师父是我现实中的下属，是一种什么样的体验？

或者确切地说——游戏里令人如沐春风的师父，却是现实里讨人厌的下属，你们有过这种经历吗？

秦川忽然想到一句话：人生的惊喜在于，它往往会以意想不到的形式蹦到你的面前。

但秦川觉得自己现在只有惊，没有喜。

他深吸了一口气，抱着一丝侥幸心理，给薄荷茶发了消息。

秦川："我的微信好像出问题了，添加不了好友，用 QQ 登录吧。"

薄禾不疑有他，爽快地答应，还主动添加了秦川为好友。

二人很快添加完好友，进入游戏界面。

薄禾选择了海岛地图，邀请对方跟随。

川川一如既往，乖巧寡言，师父说什么就做什么，只是今晚多了一个小要求。

薄禾看见右上角的对话框里出现一行小字。

秦川："我玩儿得不多，怕到时候没法及时捕捉敌人的行踪，你用语音指挥可以吗？"

薄禾笑了笑，打开了语音按钮。

"当然可以。"她轻快地说道。

秦川没了动静。

因为很快跳伞着陆，两个人忙着进房子里捡东西。

薄禾不忘提醒对方过来捡东西："徒弟，这里有把 UMP9，你过来拿。

"徒弟，我这里有急救包！

"别跑得太快，前面在交战，先等他们打完。"

队伍语音里一直是薄禾在说，秦川从未开过口。

房区交战声趋于激烈，这里向来是物资抢夺地，比最惨烈的机场也就稍好一点儿罢了。

薄禾刚秒掉楼下一个敌人，从二楼一跃而下，听见徒弟那边传来枪声，紧接着就是对方被击伤的提示。

"你在哪儿?"薄禾一边问,一边操作角色跑过去救人,"在楼下还是二楼?你方便说话吗?语音交流更快一些。"

川川一直没吭声,被敌人彻底打死的那一刻,屏幕上才出现两个字——

"二楼。"

但为时已晚,薄禾已经冲进了房子里。

那房子里起码有三个敌人,二楼两个,一楼一个。

但在短短的时间内,秦川根本来不及打字。

他当然知道语音交流更快,可一说话不就露馅儿了吗?

眼下他还想保留点儿游戏中纯粹的体验,没打算暴露自己。

他点了观战模式,心想:对方可能很快就会因为自己的情报缺失而阵亡,但出乎意料——薄禾像是背后长了眼睛,刚冲进房子里就转身往门口扫射,反倒是门后打算埋伏她的敌人猝不及防地被打死了。

"还有两个人在楼上!"秦川精神一振,赶紧打字补充。

他也不知薄禾看见了没有。

薄禾没有上楼,而是直接离开,进了隔壁的房子里。

在秦川还未反应过来的时候,她已经冲上二楼,将手上的冲锋枪切换为M24,对着窗口晃动的人头直接就是一枪,甚至连倍镜都没用。

敌人被击倒的提示出现在画面上,秦川呆了片刻。

今晚在宴会上,他已经知道薄禾是如何用惊艳的枪法令魏飞舟刮目相看的。

但当时他满脑子都是如何说服魏飞舟合作,跟现在观战完全不是一回事。

薄禾打完一枪,从二楼窗口跳下,又进了刚才的房子里。

她站在楼下等了一会儿，一动不动。

秦川："你卡了？"

薄禾道："我刚才只打中一个，另外一个肯定要给队友疗伤，又怕我冲上去。我稍等一会儿，降低他们的警惕性。"

这话说完，她就冲上了二楼。

果不其然，那两个人在疗伤。薄禾以迅雷不及掩耳之势瞄准敌人扫射爆头，动作干脆利落。

薄禾："徒儿，要不我们重开一局，我带你再完整地玩儿一局吧？"

秦川："不用，你继续打，我观战就行。"

薄禾："但是打完这局我得下了。趁时间还早，我去写一下工作文档。"

秦川看见这句话，挑了挑眉，打下一行字："周末晚上还要加班，你不觉得你们老板丧尽天良吗？"

秦川不认为自己在薄禾的心目中有多好的形象。

他甚至已经做好从对方那里听见各种负面词汇和问候家人的话语的心理准备了。

话又说回来，即使薄禾城府深沉、老奸巨猾、阴险狡诈，也绝对料不到那个在《九霄》里自称高一在读的女生，在《刺激战场》里活不过五分钟的菜鸟，竟然是自己的大老板。

"我们大老板，的确挺不好说话的……"游戏的另一头，薄禾对自己的小徒弟毫无戒心，以闲聊的口吻徐徐说道。

果不其然，秦川心说来了来了，竖起了耳朵。

"他不爱说话，还挺自以为是的，觉得全世界的女人都应该喜欢他。上回我不小心走错房间，还没来得及解释，就被他好一顿训斥，他说我癞蛤蟆想吃天鹅肉。"

薄禾语气里倒没多少怨愤，只是感慨又好笑。

这场战斗还没结束，一个人观战，另一个人孤军深入。趁着说话的间隙，她已经顺便灭了三个敌人。

不过敌人都是系统投放的机器人，消灭起来没什么难度。

秦川："那你还想找个机会去解释吗？"

薄禾无所谓地道："没必要了吧，这种大老板心中自有一套标准，我解释再多，未必能让他改变对我的印象，还可能变得更坏。再说我现在短期内也升不了职，更不用在他面前晃来晃去，与其急着去弥补、奉承，不如先把工作做好，多学点儿经验。"

秦川："也许那些误会，你也应该检讨下自己。"

薄禾一乐，说道："没错，大老板从小众星捧月般长大，围在他身边的女性肯定很多，从他的角度来看，我心怀叵测也不稀奇。说不定在他看来，我这只癞蛤蟆现在还很不安分地总想着往上爬，回到总裁室近水楼台先得月呢！"

秦川的确这么想过，不过这话从薄禾嘴里说出来，怎么听着就这么别扭讽刺呢？

"看来你对你们大老板的怨念很深。"秦川又敲了一行字。

薄禾很快就说话了："也谈不上怨念吧，我欠缺工作经验，有疏忽，被人抓住把柄，怪不得他对我印象不好。其实我们大老板也不是没有优点的。"

她刚说完，枪声在背后响起。

饶是薄禾技术过硬，在四排三个队友全死光的情况下，面对四面包围过来的敌人，也只能暂时偃旗息鼓，消了声音，专心致志地听四周的动静。

其实秦川还挺好奇她能说出自己有什么优点，但又不好显得太过急切，否则一个十几岁的少女为何对游戏里的师父的大老板如此好奇，是个怎么也越不过去的漏洞。

接下来的局面也让他无暇再细问。

广袤的原野上，枪声此起彼伏，秦川只能从画面上的方位判断敌人大概在哪里，但他的观战画面只能跟随薄禾的移动而移动。在薄禾开枪之前，他甚至看不清敌人躲在哪里，也许是在树后，也许是在石头后面，还有穿着吉利服在草丛里挪动的。

薄禾也趴在地上一动不动。

她刚刚打出一枪，击中石头后敌人的脑袋，但对方显然还有队友在旁边救护，因为秦川迟迟没看见那人被淘汰的提示。

这是决赛圈，毒瘴在一点点地往内蚕食。

幸存人数一点点变少，从最初的一百个人，到五十多个人，再到三十多个人、十几个人，直到此刻剩下六个人。

最开始那一百个人中，肯定有游戏官方为了凑足人数而随机投放的机器人。这些机器人被称为"人机"，只会定点扫射，十分呆板。

所以《刺激战场》的老玩家有时候看见队友轻易打败一个敌人，就会调侃对方是不是又灭了个人机。

但薄禾能走进决赛圈，她的敌人当然不仅仅是那些反应呆滞的人机，还有真正狡猾的敌人。

秦川就曾看她一边跟自己说话，一边灵活走位，还不耽误眼观六路、耳听八方，随时随地都能发现潜伏的敌人，以一敌三，所向披靡。

游戏到了这个阶段，才是最激动人心的时刻。

薄禾没再说话，想必需要调动注意力及时作出反应。

她趴在草丛里，切换八倍镜，瞄准远处的山峦、树木、草石。

有个探出来的脑袋！

秦川下意识地要打字提醒薄禾，但薄禾的动作比他的更快，子弹已然从枪管中飞出，对方玩家被淘汰的提示亮起。

漂亮！

秦川拿起手边的啤酒喝了一大口。

这就是竞技游戏的魅力。

你不知道对手是谁、在哪儿、枪法如何,也不知道埋伏的敌人会何时放冷枪,不到最后一刻,输赢未定。

人血液里有来自远古的野兽基因,弱肉强食,狩猎追逐,但和平年代,普通人又何来机会参与生死角逐,更不必说摸枪了。

游戏便成了最好的战场。

包括薄禾在内,幸存者还有五个人。

枪声从别处传来,子弹突然落在薄禾身上!

薄禾的血条霎时间掉了一大半。

她还不敢站起来,否则一起身立马会成为敌人的靶子,只能一点点地在草丛里挪动,从枪声来源的反方向挪到石头后面。

"你看见敌人在哪里了吗?"薄禾在语音里询问。

秦川犹豫片刻,打字道:"我也没看见。"

薄禾争分夺秒地使用急救包补血,打开自己的包裹。

"我的三级头盔被打没了。"她说道。

秦川提醒她:"你后面可能还有敌人。"

石头只有一块,薄禾用它来遮挡前面的敌人,后面必然就没有遮蔽物了。

如果这时候有人从后面冲上来,那她只能就地牺牲。

仗都打到这个地步了,如果功亏一篑,未免可惜。

薄禾轻轻嗯了一声。

秦川从她的语调里没有听出焦躁的情绪。

越是这个时候,越是需要耐心。

薄禾补好血条,又喝了几罐饮料,就掉转方向趴在草丛里等待。

毒瘴范围进一步缩小,她早就挪到了圈内。

而在外围的敌人,被毒圈逼得不得不往里跑。

《刺激战场》利用毒瘴扩散和玩家博弈的方式淘汰参赛者,每一局的毒圈位置是不同的,由大到小,一点点往里缩,直到最后毒瘴完全覆盖整片大陆地图。

身处安全区之外的玩家被毒瘴侵袭,血量会不停地减少。

决赛圈,玩家在毒瘴里待的时间根本不可能超过五秒,所以这时他们不想动也不行了。

薄禾则捕捉他们的脚步声,趁机淘汰一个人。

与此同时,不远处传来枪声,也有一名玩家被淘汰。

场中还剩下三个人,毒圈还在缩小。

他们所能立足之地不过方寸。

薄禾的敌人跟她一样有耐心,在地上慢慢挪着,就是不肯站起来暴露自己。

秦川忍不住打字:"剩下那两个人,很可能是一个队的。"

薄禾也这么认为。

能留到决赛圈的人,哪个不是有两把刷子?

以一敌二,薄禾获胜的难度无疑增大了不少。

她依旧没有起身。

秦川也没再打字,以免对她造成干扰。

薄禾在草丛里匍匐前进,不时改变方向,观察视线内的可疑动静。

忽然,薄禾的右前方某处似乎有东西晃动了一下,只是一瞬间的工夫,等她再调整角度看过去时,却看不见任何异常了。

三秒之内,毒瘴就会将她现在所处的地方覆盖。

她有两个选择,一是开枪,二是喝饮料补充能量,继续挪动,与对方耗到底。

她选前者可能会暴露方位,导致被灭,因为两名敌人未必是队友,就算是队友，也未必待在同一个地方，而后者胜算也不大。

薄禾选择了开枪。

她用的是步枪，可以连发。

第一枪没命中，她迅速地调整位置，平移扫射过去。

第二枪中了！

薄禾将对方击倒之后没有赶尽杀绝。

如果对方的队伍里只有一个人，那她打不打死他，结果都是一样的。

如果另外一个人也是他的队友，那么就会为了救不救队友而犹豫，甚至暴露方位。

秦川瞬间领会了薄禾的用意。

他略一思忖，就明白这的确是最佳选择。

薄禾在游戏里的表现令他不仅惊艳，而且叹服。

这样聪明且反应敏捷的一个人，在现实世界里却屡屡碰壁，几番被误会。

如果她知道自己在游戏里的徒弟竟然是现实工作中的上司，会有什么反应？

秦川原本还觉得挺有意思，甚至起了捉弄之心，但当他的脑海中浮现对方有可能出现的惊诧表情，以及退避三舍的态度之后，顿感索然无味。

象征胜利的背景音乐突然响起。

在秦川失神的这两秒，薄禾已经向敌人发起冲锋——他甚至没看清她是怎么杀了最后一个人的。

"时间不早了，你该睡觉了，小徒弟！"

薄禾轻快悠扬的话语声从手机那边传来。

天际一声响雷，打断了秦川的思绪。

他将酝酿了一半的话删除，换上了新的。

秦川："嗯，晚安，师父。"

他何必多此一举？秦川想：切断电脑或手机，他们就是关系平淡的上下级。

他们的相逢纯属偶然，他的生活原本就不以游戏为主，他更没有解释的义务。

也许他该结束短暂的游戏生涯了，他的手在鼠标上停留片刻，最终选中了《九霄》的图标，右键将其删除，随即清空回收站。

一切归于原点。

连着下了好几天的雨终于停了。

虽然天空依旧阴沉，但晨起时的湿润空气夹着青草、泥土的气息扑面而来，反而让人精神一振。

盛名的团建因暴风雨而取消，大家可以自由行动。

前几天接连开会，薄禾也代表主管参加了一场小型讨论并发言，直到今天才得了假，可以舒舒服服地玩儿个痛快。

她起了个大早，没有去找同事玩儿，而是换上运动服，去酒店后山慢跑。

后山被划拨在酒店的区域内，虽然不是风景区，但景致优美不逊半分，海拔不高，半天就能走个来回。因酒店的客人们很喜欢去山里探幽，酒店特意修了一条山路，蜿蜒向上，窄而平坦，两旁绿树成荫，最适合慢跑、散步。

连日的暴雨想必大家都憋得很，这会儿虽然天还没有全亮，一路上薄禾也能看见两三个人影匆匆跑过，隐于林木之后，拐个弯又是清幽小道、溪水潺潺。

与其说薄禾是在晨跑，倒不如说她是在快走。

出汗之后，人反倒更精神了，几天以来她为了开会而高度紧绷的神经也彻底放松下来。

前面出现两条岔道儿，一条继续往上，另一条则向右拐，边上有个凉亭。

虽然同样通往山上，但右边那条路的树木更多，景致也更好，山泉的声音也是从那个方向传来的。

薄禾只看了一眼，就选择了后者。

但做出这个决定三分钟后，她就后悔了。

因为三分钟后，她看见了一个人。

盛名大老板——秦川同志，正大马金刀地坐在凉亭里小憩。

从装扮来看，他应该也和她一样是晨起跑步，又和她一样选择了这条小路。

现在她想退回去已经来不及了。

秦川注意到有人走来，目光从手机屏幕上抬起，与她的目光撞了个正着。

薄禾："……"

上回她走错房间，秦老板就以为她心怀不轨，现在会不会觉得自己又是故意制造机会和他偶遇的？

薄禾硬着头皮打招呼道："秦总早上好。"

秦川嗯了一声："有事？"

薄禾："没事，我晨跑路过。"

清晨的第一缕阳光从树叶间隙落下，沿着秦川的耳郭缓缓描绘到他的下颌、脖颈儿。

薄禾忽然发现男人的皮肤白起来比女人涂了粉底液还白，而且不是苍白或冷白，是生机勃勃的白，很好看。

但薄禾怕秦老板加深误会，很快移开视线："秦总，如果没事的话，我就去那边跑步了。"

秦川没吱声。

薄禾将对方的沉默视为默认，扭头转身，沿原路小跑离开，身影很快从秦川的视线中消失。

被当作洪水猛兽的秦老板后知后觉地皱起了眉头。

他刚才的沉默，是因为想在薄禾的身上寻找薄荷茶的影子。

游戏里的薄荷茶，在没有暴露性别之前话并不多，也不像其他女玩家一样追求华服外观，每回上线不是对决就是在下副本。她与秦川之间的聊天儿内容，十有八九与游戏攻略有关。

如果不是她自己承认，秦川还真不相信薄荷茶是女玩家。

不单他不信，包括八根胡须在内的本服其他人，肯定也不信。

即使薄荷茶在游戏里话再少，也比现在多得多。

他们师徒之间从来不会缺少话题，有时候说的是对决技巧，有时候是副本怪物的智能，甚至连游戏某个地图里某个鲜为人知的隐藏玩法，只要秦川问，薄荷茶就都知道。

秦川甚至觉得假如薄荷茶也有自己这样的财力资金，能将角色属性、装备堆至巅峰，她在游戏里必将真正无敌。

因为薄荷茶从来不缺少朋友，哪怕是在宙斯之盾颠倒黑白追杀他们的那几天，也有不少人帮她说话。

那个在游戏里爽朗大方的师父，在现实里却是一个如此唯唯诺诺的新人。

秦川说不清自己是什么感觉，有点儿失望，又似在预料之中。

每个人对虚拟世界里的朋友都会有一个既定的印象，秦川也不例外。

他对薄荷茶的印象极好，对薄禾的印象却极差。

两者之间本来有一条鲜明的界线，现在线条被抹去，一只看不见的手将两者揉面团似的揉在了一块儿，就像比萨上面撒着宫保鸡丁，让秦川感到说不出地别扭。

反正他应该不会再上游戏了,薄荷茶也好,八根胡须也罢,这些虚拟世界的人和事就留在虚拟的世界里吧。

想到这里,秦川拿出手机,将两个人之间最后一点儿虚拟的联系——QQ好友,也拉黑了。

薄禾还在感叹流年不利,跑个步也能遇上老板。虽说两个人同住在一个酒店里,但相遇的概率应该也不大。

刚才她早几分钟出门,或者不走那条路,可能两个人就一天都不用碰面了。

难得的阳光不知何时又被乌云遮蔽,云层深处阵阵亮光传来闷雷声,虽然不见雨滴,但眼瞅着也许又将有一场大雨。

薄禾没有带伞,不宜再往上走了。

但她也不想立刻回去,以免归途中又撞见老板。她一步分成三小步,慢慢往回挪着。

闷雷一声接着一声传来,闪电也越来越亮。

附近林木茂盛,还是有点儿危险的。

薄禾只觉得头顶上的闪电比任何时候都亮,晃得人脑袋发晕。

一般来说,小说里出现这种情节都是主人公即将穿越了吧?

她还有工夫天马行空地想这些。

但也就几秒的工夫,薄禾意识到并不是闪电晃得她头晕,而是——地震了。

脑海里出现这个念头之后,她感觉整个世界开始天旋地转。

头顶碎石簌簌地落下,仿佛下一刻随时会有一块巨石从天而降,令人心头发颤。

但山道狭窄,薄禾别无选择,只能加快下山的脚步。

平时的山道曲径通幽，怎么看怎么有意境，眼下却像一条凿在悬崖峭壁上的路，永远走不到尽头。

其实这场地震也并非没有征兆，连日来的暴风雨也许就是地龙翻身前最后的警告。

但海岛上夏季雨水本来就多，谁又会将这两者联系在一起？

也许是几秒，也许是几十秒，当脚下晃动的感觉消失，薄禾身后砰的一声传来巨响。

薄禾下意识地回头望去。

一棵起码有几十年树龄的大树拦腰断裂，然后轰然倒下，位置正好是刚才薄禾跑过来的地方。

如果她的动作再晚几秒，现在可能就是她被压在下面动弹不得了。

薄禾来不及庆幸，再次加快了下山的脚步。

山并不高，平时的路也不难走，酒店为此专门修葺过，否则也不会有那么多客人喜欢到这里来。

但是当始料不及的自然灾害发生时，这段路就变得异常曲折，平时增加意趣的林木也成了前进的阻碍。

薄禾终于跑到刚才的分岔口。

凉亭还在，只是四根柱子少了一根，整座凉亭塌下大半，砖石堆在一起，把下面的空间占了大半。

薄禾扫了一眼，就头也不回地往山下疾奔。

但跑出十几步，她又急急地停住。

万一秦老板当时还在凉亭里，没来得及逃走呢？

虽说这位大老板的确不讨人喜欢，但怎么说也是一条人命。

薄禾叹了口气，又转身奔向凉亭。

"老板！秦老板！"

一眼扫去，她根本看不清凉亭下面压着什么，也没有人回应。

薄禾只觉心里咯噔一下，想着人不会昏过去了吧？那样可就严重了。

按照她离开后到地震发生的时间来判断，秦川很有可能还真没离开，一直坐在凉亭里休息。

如果是这样的话……薄禾心里不祥的预感越来越强烈，直到胳膊被狠狠地拽了一下！

"你脑子里进水了？！"

秦川恶狠狠的面容映入她的眼帘……

薄禾愣了愣，随即大喜："你没事？"

转念一想，她又觉得不对。

秦川过来的方向，是下坡路，不是上坡路。

也就是说，他本来已经离开凉亭下山了，又折返回来了？

两个人都有许多话想问，但谁也没空问。秦川拽着她的胳膊，直接将人扯着往山下跑。

他那两条大长腿，一步能当三步——得亏薄禾脚程快，居然也跟得上，没被拖着走。

又是一阵微微的震颤传来，比刚才小了些，但二人依旧可以感觉得到。

两个人踉跄了一下，赶紧停下脚步，但这一停，头顶上的石头已经砸了下来！

当时只有零点五秒左右的反应时间，如果薄禾没有抬头，那么这块石头就会落在他们两个人的头上。

说不定谁倒霉，有可能是她，也有可能是秦川。

但这种概率没必要去赌，千钧一发之际，薄禾根本没想那么多，直接反手拽住秦川往旁边一推！

秦川没料到她的力气会那么大，猝不及防地被推得往旁边倒去。

两个人一齐摔在地上，沙砾隔着衣服硌得人生疼。

"你干什……？"怒斥的话还没完全出口，秦川就看见石头落在他们刚才站立的地方,瞬间哑然无声。

从这一刻起,秦川开始认真地思考以后集体活动出门前看皇历、问吉日的可行性。

虽说夏季海岛多风浪,但如果正好又撞上地震,就可以称得上是不幸了。

这样的天灾,在地球上过去的几十亿年间曾发生过无数次,但每个人都认为自己应该是那个能躲过所有灾祸的人,就像很少有人在上飞机之前,因为可能出现空难而临场退缩。

人生不过是由一次又一次的意外组成的。

眼下这些伤春悲秋的人生感叹仅仅化为幻影在他们的脑海中走马灯似的闪过,两个人飞快地起身,赶紧避开接踵而来的危险。

晃动很快就停止了,但危机远远没有解除。

一路上松动的土层裂开缝隙,由窄变宽,最宽的地方有一米,虽然大跨步也能跃过去,但依旧令他们心惊胆战。

更不要说还有那些还在往下掉的石头,或大或小,棱角尖锐。

万幸的是,山不算高,路不算陡,地震也不算严重,最起码没有到山崩地裂的地步。

薄禾跟秦川有惊无险地走到山下,眼看就要抵达距离酒店最近的休息点时,路却被堵住了。

连日暴雨加上刚才的地震,使得附近山体滑坡。山体大面积坍塌,不仅压倒了边上的树,还把路给堵得严严实实的。

他们非要走,也不是走不了。主要现在天色阴沉,照明不佳,他们俩又浑身狼狈,想要拨开那些横七竖八的树枝,或者从石头上翻过去,难免会再受伤。

更重要的是,有人在喊救命。

秦川正要说什么,见薄禾已经循着声音找了过去,便只好跟在她的后面。

声音是从山路下面的半坡那里传来的,三个人影影绰绰,喊救命的声音还挺熟悉。

秦川探头看过去的时候,对方也正好抬起头来。

两个人在闪电的照耀下都看清了对方的脸。

秦川心说:哟,这不是老魏吗?

魏飞舟心说:怎么是这家伙?真是孽缘。

薄禾对秦川道:"我们先下去找他们吧?"

秦川为她的鲁莽行为而皱眉。

他拿出手机,想给酒店打电话,打开一看,手机没信号了。

薄禾指着下面说道:"这边被堵住了,树枝太多,我们又没工具,很难翻过去。下面倒是有一条路可以绕上来,坡度也不陡,正好我们下去看看他们。"

秦川不置可否:"你下得去吗?"

坡虽说不陡,但还是有一定高度的,对经常运动的男性来说也许没问题,但普通女性就很难……

他的这个想法刚刚形成,薄禾已经先一步踩着斜坡上凸起的石头下去了。

她的动作极快,速度也很快,秦川还没来得及制止,她已经在下面了。

秦川:"……"

见四个人一齐仰头看着秦川,他骑虎难下,不得不跟着走下斜坡。

他的动作比薄禾的慢很多,他不求快,只求稳。

毕竟刚才一路他都化险为夷,在这里摔下去岂不丢脸?

不过薄禾好像误会了他的举动,还站在下面朝他伸出手:"老板,这里。"

她只差没喊出"别怕,我准备接住你了"。

秦川:"……"

他发誓,他听见了魏飞舟的闷笑声。

秦川没搭理薄禾的手,在还有两步就能跨上平地的时候,直接一跃而下,脚后跟一震,有点儿疼,不过动作漂亮得足以上教科书了。

"怎么回事?"他问魏飞舟。

跟魏飞舟一起的还有两个人——一个坐在地上起不来,表情痛苦,微微呻吟,裤管染上了血色,不过看样子血已经止住了;另一个看打扮是本地人,正在查看对方的伤势。

"我们本来想上山,在山脚下看见有老乡卖本地特产,就想买一些,结果遇上地震。我倒没事,助理小郑伤了腿,估计骨折了,站不起来,还不知道小郑有没有其他地方伤着。现在我电话也打不通,得赶紧找人进来把他抬出去才行。"

魏飞舟拍拍身上的泥土,三言两语就把事情说完了。

旁边两个翻倒的竹筐估计是跟他们一起下来的,几个黑不溜秋的东西从里面滚出来,薄禾捡起来捏了捏,像是栗子。

秦川扭头朝薄禾刚才指的出路看去。

普通人健健康康的,想要上去还得费些劲,更何况一个折了腿的人。

小郑肯定得用担架抬上去了。

秦川说道:"现在刚地震没多久,酒店那边肯定得好一阵才能反应过来,组织人手进山救援,得先有个人回去报信。"

魏飞舟点头,望向卖板栗的老板:"那就麻烦您了,到酒店报我的名字,魏飞舟——魏国的魏,飞行的飞,舟山群岛的舟。您就说这边有伤者,最好带副担架过来。您尽快把人带过来,我这里还有小费。"

说罢,他先将几张大钞塞到了对方手里。

卖板栗的老板爽快地应了一声,很快迈步离开。

魏飞舟见秦川、薄禾两个人活蹦乱跳，心道：他们肯定不会留下来，就没将他们算进去。谁知卖板栗的老板都走出老远了，秦川还站在原地不动。

魏飞舟不由得问道："你们还不走？"

秦川朝他笑了笑，说道："魏总一个人留在这里，我不放心。我也留下来陪你说会儿话，说不定有什么情况还能搭把手。"

魏飞舟眼皮一跳："不用了，多谢好意。你们赶紧走吧，趁现在没有余震。"

秦川不急着回答，转头对薄禾说："你也先留下，等会儿他喊人来，再一起回去。"

刚刚看见魏飞舟，他就发现这是一个挽回合作的最好的机会。

秦川想留下，薄禾却没有留下来的必要。

但从这里走出去回到酒店还有一段路程，如果让薄禾跟卖板栗的老板回去，就得让他们俩一起走。

在没有确定对方的人品之前，秦川觉得还不如等那人将救援人员喊过来，再让薄禾一起回去，对她来说更安全些。

相比起来，他们现在所处的地方距离滑坡地点已经比较远了，就算再发生余震，周围乱石、横木虽然多，也都在低处，没有太大的危险。

他没兴趣将自己的好意解释太多，这些话只在脑子里转了一圈，说出来还略显冷硬，带着命令的口吻。

"好。"薄禾没多问，也没犹豫，应得干脆利落，倒是很有薄荷茶的风格。

这个念头一晃而过，就被秦川转头抛开。他找了块平坦点儿的石头坐下，朝魏飞舟露出狼外婆式的笑容。

"魏总，现在我们也没别的事做，就是干坐着等救援，不如来聊聊吧。"

薄禾对秦老板争分夺秒的执着赞叹不已。

这都什么时候了,他不想着逃命,而是先坐下来找魏飞舟把合作谈好。

地震面前秦老板这等将生死置之度外的精神,实在令人敬佩。

大部分人此刻肯定内心惶恐,担惊受怕,像秦川这样的委实不多。

薄禾早就知道这位老板跟平时传闻中那些坐吃山空、正事不干的富家子有些区别,现在见到,心想:盛名这几年蒸蒸日上,看来也不是全靠秦氏集团。

魏飞舟也苦笑起来:"小秦总,没必要这么拼吧?"

秦川说道:"与其在这里空耗时间,不如我们聊一些有意义的事情。魏总时间宝贵,出去之后肯定又贵人事忙,说不定我亲自上门都见不到你。"

魏飞舟哈哈一笑,说道:"怎么会呢?小秦总真会开玩笑!你肯赏光,我当然好茶好酒地招待!"

秦川和和气气地说道:"我也不想浪费魏总的好酒好茶,这种地方虽然简陋点儿,但胜在安静,可以让我们把事情说完,是不是?"

魏飞舟见他不肯放弃,笑容转淡:"该说的我之前已经说得很清楚了。"

秦川说道:"还请魏总再给我一个机会。"

魏飞舟似没想到秦川能说出这句近乎服软的话,当下微微一怔。

两个人对视片刻,魏飞舟终于说道:"小秦总,你没必要这样,之前我已经把理由说得很清楚了。"

秦川说道:"我知道你对秦氏有偏见,但一直不知道其中原因,现在既然有时间,不知道魏总愿不愿意告知一二?"

魏飞舟:"这你应该去问你父亲。"

秦川沉默片刻后说道:"我跟他的关系,没有你们想象的那么好。"

魏飞舟笑了:"再不好也是父子,打断骨头连着筋。"

秦川淡淡地道:"所谓不好,是不知道他将来是否会让我继承秦氏。"

魏飞舟愣了一下。

秦川接着朝已经微起波澜的池塘扔下了一块巨石:"他有私生子。"

薄禾腾地起身,觉得自己不能再听下去了,不然没有死于台风、地震,很有可能死于知道得太多。

"那边凉快,我去那边坐坐!"她说罢抬腿欲走,还没迈开脚,手腕就被抓住了。

薄禾扭过头去,见秦川也正看着她。

"你去哪里?"

"秦总,你们谈正事,我不方便听。"

秦川:"我没说你不能听。"

秦川手上使了些力,却没能将薄禾拉得坐下——她纹丝不动,反而让他一怔。

薄禾:"我就在那边坐着,离得不远。两位老板先聊,有事随时喊我。"

她反手一挣,直接把秦川的手挣开,走到不远处的石头边坐下。

这里是风口,风吹过来,直接将后面两个人的声音吹散,薄禾就完全听不见他们在说什么了。

百无聊赖之余,她拿出手机,下意识地登录《刺激战场》,旋即又发现这里连电话都打不出去,当然不可能有网络信号。

头顶闷雷阵阵,只是没下雨。

幸好没下雨,不然他们现在就真是屋漏偏逢连夜雨了。

薄禾抬起头——乌云依旧笼罩着大半天空,但云边已经渐渐显露白光,起码有白天的样子了。

虽然此时是夏季,但清晨的风还是有些凉,薄禾抱膝发呆,不知不觉意识迷离,逐渐将世界推远。

魏飞舟其实并不想听秦家的家事,但他与秦氏的关系又使他有那么一点儿好奇心。

半推半就，他还没来得及捂住耳朵严词拒绝，秦川的话就飘入了他的耳朵里。

实际上秦川也没说得太多，但寥寥数语，已经可以让魏飞舟想象出一出豪门大戏。

"我从上大学起就没用过他的钱，我现在虽然在盛名工作，但也是祖父在世时任命的。盛名在公司组织管理体系方面是完全独立的，所以我希望魏总不要过于纠结你与家父的恩怨。从实际利益考虑，我们双方合作，有百利而无一害，我也不会让家父有插手的机会，你只管放心。"

魏飞舟沉默片刻后说道："我会考虑的。"

他从一开始的坚决拒绝，到现在说出会考虑的话，已经是有所松动了。

秦川点了点头："如果魏总愿意认真地考虑我的提议，在具体合作事宜上，盛名可以做出让步。"

魏飞舟对上秦川一脸郑重的表情，再看他身后横七竖八的树木，忽然乐了。

对上秦川莫名其妙的眼神，魏飞舟解释道："我以前听了一些传言，以为你是个挺难接近的年轻人，现在看来也不是那么回事。传言不可尽信，传言尤其误人，你能把盛名发展到今天的规模，果然是长江后浪推前浪。"

此情此景，两个人肯定不可能谈具体的合同条款，秦川不过是想尽力争取一下对方的意向，如果魏飞舟肯点头，那后续所有困难也都不算事了。

两个人有一搭没一搭地聊着，秦川心思有些飘远，像一团柳絮，假装不经意，悄无声息地朝身后飘去。

魏飞舟的话，让他想起一个人。

那人现在就坐在他的身后。

刚才发生地震时，秦川实际上已经离开了凉亭，在下山的路上。

但他想到刚才偶遇的薄禾，又折返回去。

现实中的薄禾给他留下诸多负面的印象，游戏里的薄荷茶却让他放下身段去结交。

他还没找到两者之间的平衡点，就遇上了地震。

就算现实中的薄禾再讨人厌，那毕竟是一条人命，秦川做不到视而不见。

他本以为还要回去找上一段路，却没想到会在凉亭那里遇见她。

也就是说，薄禾以为他在凉亭里遇险，特地去那里找他的。

秦川内心的骄傲让他不动如山，脑袋却如被无形之物牵引，跟着一点儿一点儿地往后转去……然后他就看见了正在打瞌睡的薄禾。

薄禾睡得没心没肺，脸歪在膝盖上，朝向他们这边，薄禾算不上漂亮得让人一眼惊艳的美人，看久了却不觉得腻。

魏飞舟讲话的声音在旁边冷冷地响起："小姑娘在那里睡，多冷啊！"

秦川一听到这句话，原本已经摸到外套拉链的手顺势摸上额头，往后捋头发——他表现得若无其事。

魏飞舟却似看透他的想法，笑道："死要面子活受罪，你以后会后悔的！"

第五章
我背您？

薄禾睡得不太舒坦。

她在冷冰冰的石头上蜷成"熟虾"。

她睁开眼的时候，双臂都是麻的，身体忍不住微微一震，手臂伸直，盖在身上的衣服自然而然地滑到地上。

薄禾扭头往后看去，地上是一件陌生的外套。

她捡起外套，开始寻找衣服的主人。

魏飞舟和秦川两个人已经不聊天儿了。

薄禾睡了大半个小时，他们不可能聊得那么久。

魏飞舟正低着头，用手机玩儿着不需要网络的小游戏，秦川则站在不远处往上眺望，像是在找更容易回去的路。

薄禾很快就发现，秦川没穿外套，身上只有一件薄衬衫，但盖在自己身上的外套，又跟秦川的长裤不搭。

她将目光落向另一个方向，正好与魏飞舟的助理小郑的目光对上。

小郑茫然回望。

薄禾："……"

她身上的外套是小郑的，而小郑身上的外套是秦川的。

但小郑伤了腿，走都走不了，不可能站起来给她送外套。

薄禾有点儿混乱。

"他把外套换给小郑，把小郑的外套给你披上了。"边上有人飞快地说了一句。

薄禾扭头看过去。

魏飞舟依旧低头玩儿着小游戏，好像那句话是鬼说的。

薄禾："……"

她无法理解秦川的脑回路，想送衣服表达关怀，直接给不就行了，非得绕一大圈，先给小郑，再把小郑的给自己。两件衣服厚度也差不多，难道秦老板想通过关心小郑，来对魏飞舟表示友好？

薄禾试图用绕圈子的思维去理解秦川，发现这也不是不可能。

她拿着衣服去找秦川。

秦川似乎也有点儿冷，一阵风吹来，打了个寒战，刚好转过身来。

他看见薄禾抱着衣服疾步走来。

"秦总——"

秦川不是很适应对方这突如其来的殷勤，不由得往旁边避开两步，脚踝蓦地一痛，整个人几乎站立不稳。

"小心脚下。"薄禾这才把话说完，伸手过来把他扶住。

薄禾很无辜："我刚才就是想提醒您，没来得及。"

秦川已经不想说话了。

如果时间倒退回去，他一定不会挪动半步。

虽说刚才在地震中他受了些皮外伤，但都是划伤和蹭伤，回去连药水都不用涂，但是现在——

借着微弱的天光，秦川低头看着自己慢慢被染红的袜子，只觉一世英名尽数付诸东流。

血流得不快，也不像小郑那样伤了骨头，就是钻心地疼，秦川不禁皱眉。

薄禾说道："您还走得动吗？我背您？"

背？

秦川看着她娇小的身板，抽了抽嘴角："不用了。"

他尝试着自力更生，但每走一步都很慢，还一瘸一拐的——这还是薄禾扶住他的手替他分担了近一半的重量。

秦川看了她一眼，对方娇小的身躯，每一步都走得很稳，给人很强的安全感。

那一瞬间，在秦川的脑海中薄荷茶的身影忽然与薄禾重叠。

不知道魏飞舟是有意还是无意，在他们俩走到近前时才站起来抖抖腿，哎哟一声："小秦总怎么受伤了？"

秦川就不信他刚才没看见自己崴脚的一幕。

魏飞舟还表现得挺吃惊的："你走路也太不小心了。地上都是石头，我刚才还以为是薄禾受伤了，没想到是你。来来来，薄禾，你松手，我来扶他吧！"

薄禾顺势松开手。

秦川将一条胳膊搭在魏飞舟的肩上。不试不知道，这一试他才发现，薄禾刚才搀扶他的力气，不仅不逊老魏的力气，可能还超过了老魏的力气。

薄禾不经意间跟秦川的眼神对上，发现他的眼神有些复杂且意味深长。

薄禾心道：秦总会不会因为自己刚才扶了他一下，就以为自己又对他图谋不轨？

如此一想，薄禾不禁往旁边挪了几步，尽量与秦川保持安全距离。

秦川顿时觉得莫名其妙。

也是秦川运气好，没像小郑那样躺大半天——卖板栗的老板的确真去叫了人，两个小时后，酒店那边就来人了。

魏飞舟和秦川足以在全球连锁的高级酒店里得到贵宾级服务。酒店得知这两位被困，当即派了保安和酒店医务人员过来。关慎听说老板被困，也赶紧跟了过来。

秦川虽然受伤了，但比小郑好些，用不着担架，稍微包扎一下，有人借力的话自己也能走。

此时地震已经过去，余震没有发生，留在酒店里的人明显比秦川他们要安全许多，但大部分人一生中也没遭遇过几次地震，这次被吓得够呛。盛名的人也都在大堂外面等着，一见老板回来，纷纷围上去嘘寒问暖。

总裁室的人更是积极。

抛开关慎这种亲信不说，唐蜜和新来的施羽都表现得很着急，催促医务人员赶紧给秦川重新包扎，清洗伤口。

这种时候，分寸就显得格外重要——太过巴结殷勤，不单老板不买账，别的同事也会轻视他们；太过清高冷淡，那他们也别当什么助理了。

薄禾深深地觉得自己还需要学习。

秦川被众星捧月般簇拥着。

实际上医生过来简单地看过之后也说没那么严重，交代了几句"注意休息""别沾水"之类的医嘱，就去看别的受伤的客人了。

相比起来，小郑因腿伤更严重些，还得去医院。老魏见秦川这边没什么大碍，就亲自跟着小郑去医院了。

秦川对这样的关怀并不感冒。

他也没留意哪个下属表现得更加情真意切，目光在人群中有意无意地扫过，没看见薄禾那张熟悉的脸。

秦川觉得自己现在的心思挺矛盾的。

如果现在薄禾像其他人一样留在这里的话，他肯定会觉得对方过于殷勤，别有所图。

而薄禾现在拍拍手功成身退不见人影，他又有点儿不是滋味，就仿佛之前那些误会，全是自己在无理取闹。

秦川在读研究生时选修过心理学。

那时候他就觉得人性复杂得不可能用一门学科总结归纳出来。

如今要是让他来分析自己对薄禾的心理，他也只能说四个字——一言难尽。

一言难尽的秦总隔天就把关慎找过来了。

"薄禾的奖金和加班费的事情，你跟人事提了没有？"他问关慎。

关慎答道："还没有，我是想等回去之后让人事找她谈话的时候，再将这事一并说了。"

那天晚上薄禾走错房间，被秦川疾言厉色地训斥的事情不是秘密。盛名公司还有两名高管与秦川住在同一楼层，这件事没过多久就在小范围内流传开来——来团建的人都知道，只是没人主动跑去跟薄禾证实。

这事实在尴尬，大家背地里议论嘲笑两句是一回事，跑到当事人面前询问又是另一回事。

关慎听说这件事之后，下意识地觉得薄禾前途黯淡。

秦老板固然年轻、多金、皮相好，在众多富家子女中横向对比也是佼佼者，但你也不能这么简单粗暴不讲技巧啊。

年轻人野心勃勃有进取心是好事，言情小说看得太多以致中毒太深就不好了。

加上秦川让薄禾陪同赴宴，用她来敲打唐蜜，这件事只有关慎知道——所以关慎比任何人都确定，薄禾在盛名待不了多久了。

不但如此，只要秦川对她有了不好的印象，这些事情再流传出去，同城同行业里的企业，愿意再聘用她的应该也不多了，除非她去另外一座城市重新开始。

这个念头刚转过，他就听见秦川说道——

"那就先不用说了。"

关慎愣了愣，问道："那奖金……？"

秦川奇怪地看着他："奖金照发，既然公司设立见义勇为奖，就要照规定来，这种事我不可能干涉。至于她，等月底的部门季度考核出来之后再看看。"

关慎欲言又止，想提与薄禾有关的传闻，但又觉得没必要。

这场地震的震级不大，只是受台风影响，差点儿引发海啸，所幸震中不在他们这里，伤亡不大。电视台很快就报道了此事，上面也派人下来了。秦川他们不想留下来凑热闹，增加当地的负担，就在恢复交通的当日乘坐飞机回到了居住的城市。

团建自然是无法继续了，众人虽然没有受伤，也或多或少受了惊。秦川不是不近人情的老板，干脆给全公司员工放了三天假，让所有人好好调整一下。

大家该休假的休假，该压惊的压惊，薄禾自然没有机会得知那些流言。

秦川这边，却算得上福祸相依。

虽然他回来当天因洁癖洗了个澡，然后伤脚又不小心沾了水，隔天就感染了，不过他跟魏飞舟的关系倒是因为那么一段共患难的经历而得到缓和。

老魏对他没再不假辞色，两个人也能坐下来闲聊几句，合作的事情因此有了好的开端。

不过秦川仍旧觉得少了点儿什么。

他受伤第一天，得知消息的老友、合作伙伴，纷纷致电、发短信、发邮件进行慰问。

他受伤第二天，也就是放假第一天——秦川"身残志坚"，把堆积如山的工作一口气处理大半时，接到损友沈锐打来的电话，问他上次的惊喜感觉如何，要不要再办一场聚会好好庆祝一下他死里逃生。秦川连话都懒得说，翻了个白眼，直接把电话给挂了。

然后秦老板从下载游戏的文件夹里找回幸存的游戏客户端，重新复制一个快捷方式，熟练地敲入账号密码，点击"登录"。

熟悉的背景音乐响起，当秦川看见游戏画面里出现的那个熟悉的角色时，居然还有一丝怀念。

秦川登录游戏的第一件事，是打开好友列表。薄荷茶的头像亮着，显示她在线。

他发了信息过去，对方久久没回。

秦川点开薄荷茶的资料，发现对方是组队状态。

八根胡须不在，说明薄荷茶是在跟别人组队。

秦川用大号跟别人打了几场点仙台对决，每次从擂台出来，都会看一眼好友消息。

那里始终没有闪烁，薄荷茶也依旧是组队状态。

秦川看着自己的好友列表。

哪怕他这个号是大号，拥有本服第一的战力，但平时往来的人其实并不多，其余高战力玩家在组队下本的时候才会和他说两句，更多的是无聊的小号过来搭讪，或者是小号各种求帮忙。

要说和他深交的人，除了薄荷茶跟八根胡须，一个都没有。

秦川知道，只要自己愿意，现在把队伍组起来，再在公共频道里喊一声，立马会有无数人响应进队。比薄荷茶他们战力高的人比比皆是，但这些人就像浮沙，风吹即散，不会在他记忆里留下半点儿印记。

123

薄禾跟秦川不同。

她在游戏里有许多好友。也许那些人战力都很一般，但只要她振臂一呼，身边就会围拢一帮朋友。就像上次与宙斯之盾周旋一样，在秦川的大号露面之前，看起来像是薄禾他们处于下风，但实际上宙斯之盾每天奔波追杀薄禾，又常常因为有人通风报信，或者从旁阻挠而失败。几次下来之后，宙斯之盾也深感后悔，只是开弓没有回头箭，当时拉不下面子放弃追杀。

有些人天生就善于结交朋友，如薄荷茶。一开始玩儿游戏时也许用男角色可以省许多麻烦，但现在哪怕她曝光自己的性别，也不会影响自身在游戏里的人缘。

因为在旁人眼里，薄荷茶豪爽大方，为朋友两肋插刀，极讲义气，与性别没有多大关系。

这一点，大部分人远远不及。

没有川流不息的薄荷茶，依旧如鱼得水。

没有薄荷茶的川流不息，却连一个能聊天儿的对象都没有。

当然，秦川也并不需要在游戏里找人闲聊。假如他愿意，现实中自然有大把人——环肥燕瘦——主动上门任他挑选。

好友消息终于闪烁起来，秦川点开一看，果然是薄荷茶发来的。

薄荷茶："徒弟，你来了，胡须刚下线，他说这两天没见到你上游戏，功课很忙吧？"

秦川："嗯，我们快考试了，课业比较紧张。"

薄荷茶："我在带木色下本，这个本对她来说有点儿难度，你跟别人先去打擂台吧。"

秦川："你们大概还需要多久？"

薄荷茶："不一定。你现在战力第一，手法、技巧也都比一般人的高明，随便组个队绰绰有余，不是非我不可，而且我才结丹期，反而会拖你的后腿。"

秦川："没关系，我跟你们组队习惯了，跟别人不太默契。"

薄荷茶："今天胡须也不在，咱们组不起来。要不然你先跟别人把副本打一下，等会儿好了我就喊你。"

《九霄》之中有个叫镜海门的地方，山海相叠，海中映天，花树相生，浑然一体。

这里的景致美得令人流连忘返，被誉为游戏中"最佳偷情圣地"。

秦川站在镜海之畔，看着远处的水面中夕阳的倒影逐渐西沉，融化为紫红旖旎的霞光，又散落苍穹，变成细碎闪亮的星子，却始终等不到薄荷茶的任何音信。

就在这时，本服的世界频道弹出了好几条消息。

"玩家木色倾城为其师薄荷茶燃放了一簇'迢迢相思'。正所谓，金风玉露一相逢，便胜却人间无数！"

"玩家木色倾城对薄荷茶深情告白：'向全世界昭告一下，这是我师父，我有世上最好的师父！'"

过了没多久，又有两条世界消息弹出。

"玩家薄荷茶为其徒木色倾城燃放了一簇'迢迢相思'。正所谓，金风玉露一相逢，便胜却人间无数！"

"玩家薄荷茶对木色倾城深情告白：'我也有世上最可爱的徒弟。'"

秦川有点儿不痛快了。

他不知道这种不痛快是缘于薄荷茶忘记先前的约定，忙着跟自己的新徒弟互送烟花，还是缘于自己在游戏里"唯二"聊得来的朋友被新徒弟吸引了注意力？

直到薄荷茶给他发来一条消息。

薄荷茶："我之前本来想找你玩儿'吃鸡'的，结果在QQ上怎么也找不到你。你是把我删了吗？"

"吃鸡"是射击类战术竞技游戏的俗称。

秦川："……"

她要是不说，秦川自己差点儿都忘了这茬儿。

薄禾在公司里原本是个名不见经传的小新人。若非秦川钦点面试名单，她也进不了总裁室。

可她很快在邮件发送上出了小岔子，虽说不是什么大错误，但秦川心里已经随意地给了她不谨慎、不细心的评价。

没过多久，停车场偶遇事件发酵，哪怕事后侧面印证消息不是薄禾泄露的，其中少不了有心人的推波助澜，甚至连薄禾的出现很可能都是被人利用了——但秦川认为，这也说明她还是不够谨慎。

秦川每天需要做的事情太多，对一个人既然有了判断，就不可能再花时间去仔细了解，更何况区区一个职场新人而已——直到他得知对方在游戏里的身份。

现实与虚拟中的混淆，使他下决心抽身出来。

但在他重新登录游戏的那一刻，他的决心其实已经不那么坚定了。

如果他想就此跟对方划清界限，现在就是个极好的机会。

要么他一言不发，直接游戏下线——只要薄荷茶情商正常，不难知道这是什么意思，以后肯定也不会再在游戏里打扰他。

要么他直接承认，说自己看不起她战力太低，不屑与她厮混——以薄荷茶的为人，想必也不会再纠缠。

秦川想了一会儿，就在对话框里打下了一行字——

"我这几天考试，没上网，好像是号被盗了。"

薄荷茶果然不疑有他："那你快去修改密码，把号找回来，记得设置复杂一点儿的密码。"

秦川："知道了，师父来打本吗？"

薄荷茶："抱歉，刚才我答应了木色，跟她去做双人任务了。"

秦川："她知道你是女的吗？"

薄荷茶哈哈一笑，说道："你想什么呢！我也告诉她了。她比你还大些，都大学毕业了。虽然木色是师妹，但你也可以喊她姐姐的。"

秦川抽了抽嘴角："我可以等你们做完任务。"

薄荷茶："我马上就要出门了，这两天应该不会再上游戏。有事可以QQ联系，或者我有空的时候，我们也可以一起玩儿'吃鸡'。"

秦川："你要出去玩儿？"

薄荷茶："我有三天假期。朋友找到一份新工作，需要一个临时助理，让我帮几天忙，我就顺便当休息了。"

秦川："在哪座城市？"

薄荷茶说了个地方。

那是邻省一座以梨花著称的城市，至今还有人沿用古称，用"梨城"来称呼这座城市。

不一会儿，薄荷茶匆匆地告辞下线。

秦川的好友列表里的薄荷茶，再度由亮变灰。

镜海边，川流不息孤身伫立。

万古长夜，向来如此。

秦川洗了个苹果回来，看见好友消息再度亮起，他还以为是薄荷茶去而复返，打开一看，却是个完全陌生的名字。

霓裳羽衣："你在这里站了很久。"

秦川看了一眼，关掉窗口，没有理会对方。

这样的人太多了。

自从他充钱，将角色提升到元婴期高手排名前十之后，前来搭讪的人就络绎不绝，搭讪的方式也千奇百怪、各式各样。

霓裳羽衣不是第一个，也不会是最后一个。

镜海边，霓裳羽衣就站在他的旁边。

少女绾着飞仙髻，广袖薄纱，几欲随风而去，的确人如其名。

她见秦川没搭理她，也不气馁，接连发了几条消息过来。

霓裳羽衣："我每天都会来这里看落日繁星，没想到今天多了一个你。"

霓裳羽衣："你也很喜欢这里吗？你每天都是什么时候来？我以前怎么从来没见过你？"

霓裳羽衣："今夜我心中有伤，郎君能否多陪我片刻？"

得，这是个文青类型的搭讪者。

消息接二连三地发过来，秦川本想把人直接拉黑，但转念一想还是发了条消息过去。

秦川："阿姨，我是女的，今年才十五岁。像您这样的搭讪技巧有点儿落后了，建议跟我后妈学学。"

他半天没收到回信，再切回游戏，只见镜海边的霓裳羽衣已经不知去向。

秦川撇了撇嘴，觉得有点儿无趣。

对方如此轻易地丢盔弃甲，实在让他没有成就感。

他下了游戏，打电话给损友沈锐，询问最近有什么娱乐活动。

电话那头的沈锐顿时来了精神，滔滔不绝地说起来。

"我说今天太阳从西边出来了？你都八百年没主动找我玩儿了，我还以为你自从迟筠之后就过尽千帆痴迷工作了。是不是经历了地震之后你终于感觉人生苦短得及时行乐？没问题，你想玩儿什么？我这儿节目太多了。要不咱们找个海滩开派对，我喊几个人过来？你不是刚跟迟筠分手嘛，我叫上几个比她漂亮几倍的美女，保管你玩儿得愉快！或者你想来点儿刺激的？"

秦川嘴角抽搐："我是要正常、休闲、令人放松的活动，不是玩儿了之后沉溺其中的。"

沈锐："比如……？"

秦川："攀岩、打球、滑雪。"

沈锐："这是我三十年后的娱乐节目。请您拨通时空管理局，转接三十年后的沈锐。"

秦川："……"

沈锐哈哈一笑，说道："行了，不跟你扯皮了，你要是真想放松，我这儿今晚正好有个泳池派对，没那么夸张，你想干啥就干啥。"

秦川曾经也有玩儿得很疯的时候。在国外上学的那段时间，他正处于人生低谷，迷茫彷徨，也曾干下不少至今回想起来都脸红惭愧的荒唐事。

当时与他一道的几个朋友如今天各一方，都有自己的一番事业，大家一年到头未能见上一面。只有沈锐常与秦川联系，沈锐也是几个人里至今依旧荒唐放荡的人。

秦川想想自己长期伏案工作，的确许久没放松了，随口答应下来。

傍晚时分，他驱车来到沈锐位于郊外的别墅。

那里早已人来人往，热闹非凡。

这种派对，秦川不知参加过多少回。沈锐这栋别墅他也是常来，无须指引，熟门熟路就找到了正搂着美女说笑的沈锐。

一见到秦川，沈锐就夸张地挑起眉毛："我说你是不是与世隔绝太久了，穿这种衣服来玩儿？"

西装长裤、灰色衬衫，秦川虽然没系领带，领口也松开两颗扣子，但怎么看都像是即将去开会的人。

但在满场身着休闲服的人里，他这样的装扮反倒显得手脚修长，引来不少目光。

秦川不以为意："我刚才顺道去见了个客户，总不能穿着大裤衩儿去吧，反正地盘是你的，我想怎么穿都行。"

沈锐一听这话十分高兴，转而揽上他的肩膀："你说得对，咱不是外人，想怎么穿就怎么穿。不像吴浩然——他逮着机会就得说我两句，觉得我是几个人中最不争气的那个。"

秦川不爱上镜，找迟筠当女朋友纯属机缘巧合，除了她，秦川与娱乐行业没有太多瓜葛。秦氏少东家的身份也没有多少需要刻意露面的机会，上回停车场事件，他被曝出来的照片也很模糊。

此时真人出现，很多人还不认得他，但大家见他与东道主沈锐谈笑风生，心中自然有了思量。

波光潋滟的泳池边，男男女女，嬉闹说笑。

轻薄的衣衫裹着年轻的肉体在夜风里舒展，牵引着若有似无的欲望之丝寻寻觅觅，一旦闻见契合的气息，就会像蜘蛛一样用蛛丝将猎物团团包裹，再伺机接近，慢慢下口。

只不过不同于动物对食物气味的喜好，人类显然要复杂得多。

外表皮相、名望地位乃至对自己事业上的助益，都能成为魅力的增味剂。

秦川忽然发现自己与从前有了很大的不同。

几年前，他身处这种场合的时候，关注点都在女人的身材和脸上。

无论多聪明的男人，他首先是个男人，会本能地受到原始欲望的驱动。

但是现在，他面对满场的莺莺燕燕，数不尽的娇嗔调笑飘入耳中，居然有种厌倦感。

不过是逢场作戏，各取所需罢了。

事实上他们几个相识已久的朋友，只有沈锐现在还沉迷于这种娱乐乐此不疲。

不如玩儿"吃鸡",秦川如是想着,拿出手机,瞟了一眼满格的信号,连上了《刺激战场》。

在外人眼里,秦川却是一道独特的风景。

他歪坐在落地窗边的沙发上,姿态随意放松,周围背景则是忙着交际、撩拨搭讪、丝毫不掩饰脸上欲望的男男女女——他与周围的人仿佛身处泾渭分明的两个世界里。

如果没有先前沈锐对秦川的亲密热情,可能还会有不长眼或喝高的人过去挑衅、嘲笑秦川两句,但刚才许多人看见沈锐的态度,自然不会有这种低级的行为。

有的人甚至旁敲侧击,打听出了秦川的来头,正想着如何才能不着痕迹地制造一次完美的邂逅。

迟筠也看见了秦川。

她辗转托关系,从沈锐那里打听到前男友会来,立即抛下自己手头的工作,特意跟剧组请了一天假,匆匆地赶来。

事实上,他们俩自从分手之后就没再见过面,迟筠心里不无后悔。

秦川的生活很有规律,他把大部分时间花在了工作上,与迟筠交往的时候,两个人一起吃饭、度假的机会也不多,否则迟筠也不会心生不满。

秦氏虽然不涉足娱乐行业,但秦川的朋友,如沈锐,没少涉足娱乐圈,跟女星、网络红人交往也好,参与一些投资也罢,有了这层关系,大家对秦川的女朋友也会给几分面子——正所谓不看僧面看佛面。

迟筠曾经私下抱怨过秦川没有情趣,陪自己的时间不够多,甚至不像很多圈中人一样会玩儿,但当两个人分手后,迟筠又禁不住开始怀念秦川的种种优点。

最起码秦川不像其他富家子,抱着随便玩儿玩儿的态度与她交往。他是认真地与迟筠交往,这点弥足珍贵。

迟筠无数次假设,如果那天她再将姿态放低一点儿,抱住秦川不让

131

他离开,他们是不是就不会分手了?

迟筠起初只当秦川是在开玩笑,自己也有点儿小脾气,被秦川那么突如其来地甩脸子,便也压不住火气。当时她还想着过几天秦川就会来哄自己。谁知道秦川说分手就分手,在那之后别说电话,连信息都没给她发过。

迟筠这才知道,秦川是来真的。

来的路上她想过许多措辞,但在看见秦川的那一刻,大脑一片空白。

迟筠遥遥地站着,在人群中半公开半隐秘地观察睽违大半个月的前男友,直到看见有人上前与秦川搭讪,迟筠才踩着高跟鞋不紧不慢地走过去。

秦川有些不胜其烦。

左右都是玩儿游戏,在家里玩儿跟在这里玩儿,唯一的区别是他根本没法专心投入。

老地图投放的道具资源少,他好不容易捡到一个三级头和一把AKM——几个人过来打招呼,秦川一分神,后面钻出个敌人,直接把他的三级头给打爆了。

早知如此,他还不如直接待在家里玩儿个痛快呢。

"秦川。"

迟筠记得秦川曾说过,最喜欢听她说话的语调,带着点儿江南水乡的绵软,又不是绵到能滴出水来,而是初夏时节含苞待放的娇嫩花瓣上面的露水,清新脱俗,远离凡尘。

迟筠也知道自己的优势,拍戏的时候尽量能用原声就用原声——这已经成为她名气里的一个标签了。

秦川低着头,没反应。

迟筠又喊了一声。

这次，秦川才慢慢抬起头来。

迟筠见他没有意愿主动开口，只好说道："你还好吗？"

秦川嗯了一声，又低下头去。

迟筠："……"

周围人来人往，她似乎感觉到不少好奇或讥笑的目光落在自己的身上。

如果不是四处联系不上秦川，迟筠也不会自降身价跑到这里来。

"我很想你。"来都来了，迟筠决定开门见山。

她在秦川身旁款款坐下，柔声细语道："这些天你不接我电话，也不回我消息，还把我拉黑了。你知不知道我听见海岛发生地震，你们还在那儿团建之后有多着急？可我就是联系不上你！当时我翻来覆去地想，特别后悔当天没能把你留下来，否则你可能也不会去那里了。幸好你没事，幸好……"

迟筠说话的语调越来越低，甚至带上了一丝哽咽，眼眶也红了。

只是她低着头，别人看不真切，也听不清他们在聊什么。

"你挡住光线了。"秦川忽然说道。

迟筠呆了一下，不明白他在说什么。

秦川伸手将她的脑袋往边上推开一点儿，让头顶上的灯光重新落在身周，手机屏幕里的游戏场景也因此变得更亮、更清晰。

迟筠："……"

她很想拎起手里的品牌限量女包狠狠地砸向秦川的脑袋，把秦川砸得哭爹喊娘，或者夺过秦川的手机直接丢进外面的泳池里，让秦川大叫一声瞬间失态地跳进泳池里去捞手机。

但是她不敢，只能将火气默默压下，重新抬起头温柔地一笑："我们和好吧。我很爱你，你也还爱着我。我至今不知道那天你为什么突然提出分手。如果我哪里做错了，你就直接说出来，我们之间难道还需要像陌生人一样客气吗？秦川——"

没有人能够抗拒迟筠这样略带撒娇的语气，尤其是异性。

秦川终于放下手机，正视迟筠。

然而还没等她高兴一秒，秦川就说道："我已经说得很清楚，我们分手了。迟筠，你不像是会死缠烂打的人。"

他神情冷淡，语气比神情还要冷，从头到脚都是拒人于千里之外的态度。

迟筠强忍怒气道："秦川，我们好歹也是正经交往的男女朋友，虽然一开始我没公开，可那也是经纪人的意思，而且我不想让你的正常生活受到影响。你也知道，有些狗仔队跟拍很过分，难道因为这点儿小事，你就非要分手吗？"

"我本来不想说的。"秦川缓缓说道。

迟筠心里咯噔一下——不祥的预感让她险些捂住对方的嘴，让他别再说下去，但内心强烈地想知道原因的欲望又压住了她的手。

"念在我们交往过一场的分儿上，我也想好聚好散。既然你非要问，不如想想上次你们拍《高原》之前的那个酒局。"

怒气瞬间泄掉，迟筠白了脸。

"你过往如何，我不计较。不过我还没有大方到看着自己的女朋友去陪酒而无动于衷……嗯，不对，"秦川嘲弄道，"是前女友。"

"我们只是喝了几杯而已，这些都是圈子里的应酬，必不可少。我是你的女朋友，又不是总统的女朋友，要不然你说句话，谁还敢让我作陪？"迟筠气息急促，无力地辩解道。

秦川似笑非笑道："只是喝酒？"

迟筠如同被捏住脖子的母鸡，一下子发不出声来。

她不能问秦川是从哪里知道的消息，否则只会自取其辱。

"秦川，那是公司安排的，我也是迫不得已……我没有对不起你。"迟筠婉转隐忍地说道。

秦川:"那停车场偷拍呢?时机怎么就这么巧?"

迟筠不说话了。

秦川:"你们公司让你炒热度,你就想到我头上来了?"

迟筠沉默半晌才说道:"我是真的爱你。"

秦川淡淡地道:"我相信。不过你们的圈子水深,秦家也没有涉及相关业务,我的面子的确不是时时管用。也有很多人不吃这一套,甚至因为我,想在你身上尝尝鲜,毕竟能让秦川的女朋友低头,也是挺有成就感的。你既然不甘于平凡,想更进一步,就只能向现实低头。"

迟筠掩盖在厚厚粉底之下的脸越来越白,只有眼神能够看出她的内心有多绝望。

她没再试图挽回这段感情,而是一言不发起身就走。

迟筠前脚刚走,后脚又有个乌发雪肤的妹子坐下。

沈锐找来的美女,符不符合所有男人的审美暂且不说,最起码相貌是大众认可的中等偏上水平,更何况对方不仅漂亮,绸缎裙子下面的泳衣也盖不住凹凸有致的身材,俯身时胸前波澜起伏,颇为壮观。

"嘿,Nick(尼克),你在玩儿游戏?不如来双排?"

秦川的英文名还是这位美女从沈锐那里听来的。

迟筠抱着最后的希望,千里迢迢地过来挽回感情,却又无功而返,临走前回头遥望,隔着幢幢人影,依稀看见一个面生的美女坐在了她刚才的位子上,正与秦川说话,秦川却没朝她离开的方向看来一眼。

她默默将心中最后一丝情丝斩断,头也不回地离开了这里。

美女主播见迟筠怒气冲冲地离开,还有些忐忑,不料秦川痛快地点头,还和她互加了微信,顿时又喜出望外。

她飞快地加了秦川为好友,登录游戏,双排匹配,还不忘谦虚一下:"我双排段位低,平时直播的时候都是玩儿单排,你别嫌我拖后腿。"

秦川说道:"我也是刚玩儿没多久。"

玩家可以在游戏里单人随机匹配,也可以双人或四个人一组,又因为手机版比电脑版更方便,这款游戏很快普及开来。在游戏主播行业里,《刺激战场》更是一块大蛋糕。

美女主播比普通游戏主播轻松一些,毕竟有"美女"的前缀,观众就算不冲着顶级的游戏操作,多看几眼美女的脸也是一种享受。

不过操作再怎么不好,美女主播肯定也比普通玩家玩儿得好些。

小意就是这样一个游戏主播。

男人嘛,要的不就是挑战性?对女人是如此,对事业、对游戏也是如此。

只要她在游戏里表现出色,就能勾起对方的兴趣,让对方主动来找她。

两个人选了海岛地图。

这个地图的特点就是大,物资少,如果没有找到交通工具,也会跑得腿肚子打战。

要是这时候敌人有把 M24 配上八倍镜,直接就能在对面山丘的草丛里把你打个半死不活。

秦川选在 G 港降落。

这地方跟军事基地、P 城并列,乃各路人马必争之地。传说从这里活着走出去的人,基本能进入决赛圈,稳拿前三名的成绩。

无须他多说,小意立马冲入最近的房子里。

可惜运气不太好,她附近的几个箱子里,最好的装备就是一把手枪,连头盔都没有。

附近枪声接二连三地响起,显然已经有人比他们速度更快地拿到了更好的武器装备。

这种游戏容易让人心跳加速,小意仿佛自己置身于战场之中,心脏不由自主地揪起。

"你那儿有没有多余的枪,给我一把,我去找你!"

她偷空瞄了秦川的手机一眼,对方已经在集装箱上面扫荡物资了。

这里的位置也最危险,容易成为众矢之的,秦川很快就不得不从箱子上跳下来,身上血量被打掉一半。

"有急救包吗?"他问小意。

"有!"小意刚才正好捡了一个,循着地图上的坐标位置去找秦川,"你在原地别动,我去找你。"

附近传来脚步声,有两个敌人也正朝他们这个方向跑来。

小意有心在秦川面前表现一下,当即不退反进,迎着一个敌人的后背过去,对准人家的脑袋开了枪。

对方戴着头盔,她用手枪是无法直接一枪打死对方的。还没等小意打完弹匣里的子弹,更加急促的脚步声从她的背后传来,她的屏幕直接红了。

出师未捷。

秦川的叹息声响起,小意甚感丢脸。

"再来一盘!"她咬了咬牙道,誓要扳回一局。

第二局、第三局……

号称要带秦川赢得游戏胜利的小意,每次都死得比秦川还早。

虽然秦川也称不上高手,但因被薄禾手把手调教了几次,比小意还强一些。

最后一局,两个人死在决赛圈里,名列第三。

迎上秦川意味深长的眼神,小意不得不出声辩解,为美女主播正名。

"我今天发挥有点儿失常……更何况我也不是游戏主播圈子里操作最好的人。"

这是自然,沈锐找人来玩儿,漂亮、身材好就够了,谁会关心游戏操作好不好？

秦川叹了口气："你的技术比起我师父的技术差得太远了，她还不是游戏主播，只是业余玩儿玩儿。"

小意笑道："你师父是男是女？"

秦川："女的，年纪与你的年纪相仿。"

小意："那她肯定没我好看，对不对？"

面对如此妩媚的询问，很难有男人能说出否定的答案。

但秦川显然是个例外，反问道："你觉得自己很好看？"

美女主播无言以对，羞恼地走了。

而远在梨城的薄禾打了个喷嚏，抬头瞅了瞅天气，还有些奇怪。

这天也不冷啊！

第六章
薄禾现在很后悔

"一会儿你去我的包里拿个披肩。"欧阳璇在旁边小声说道。

"我不冷。"薄禾揉了揉鼻子,并不在意。

"那我过去了,不能让他们等太久。"欧阳璇又小声快速地说道。

薄禾挥了挥手,示意她过去。

欧阳璇立马一溜烟地跑过去了。

导演还未到,摄像师和灯光师还在各自摆弄机器、道具,在场众人三五成群地说笑,自然也有人聊工作、谈事业。

欧阳璇是个演员,确切地说,是个郁郁不得志的小演员,否则也不至于跟薄禾同住一套房子。

欧阳璇是科班出身,但并非国内知名的那几所电影学院的学生,而是在普通大学里额外设置的表演专业就读。这身份本身就有些尴尬,加上欧阳璇家虽然是小康家庭,但也就是普通人家,跟政、商、娱那些人脉都扯不上关系——是以欧阳璇凭着一腔热情读完专业,又不肯转行,也没有背景,只能靠学校老师介绍,偶尔演演小制作里的女配角。

但这种机会也不常有，在全国三处影视基地，每天都有成千上万人在等机会，最终能够脱离跑龙套生涯继续往上走的人少之又少，更多人则是抱着出人头地的希望，在一年又一年的蹉跎中认清自己，最终老老实实地去找一份朝九晚五的工作，归于平凡的世界。

欧阳璇偶尔还能争取到一个角色，算是不幸者中的幸运者了。

这部剧拍的是一个四世同堂的故事，时间跨度较大，演员众多，算是群戏。

当然群戏也分主角和配角，欧阳璇演的是大家族里的第二代幼女——一个在国外学了西医，回国后，满腔热血想改造旧中国的新时代女子。这个角色在跌宕起伏的百年时间里戏份并不重，却从一个侧面反映了时代的悲剧，需要一个不追求番位，但有一定演技的女演员。

满足这种条件的演员，在想出人头地的演艺圈里一抓一大把，但除了有演技，还得很年轻。因为这个角色出场时的年纪也就十八九岁，找个二十五六岁的演员来演，勉强还说得过去，要是找个二十八九岁的演员，不管面容如何年轻，眼里阅尽世事的沧桑感肯定是遮不住的。

就算如此，导演同样能从一堆候选人里挑出不少符合条件的人。

欧阳璇能得到这个角色，纯属机缘巧合。原定的演员临时受伤骨折，来不了。欧阳璇跟本专业一个老师交情不错，一直有联系。那老师正好又认识这部戏的制片主任，辗转介绍，下了不少功夫，欧阳璇才得到这个角色。

即使只是一个没多少戏份的女配角，好歹也算正儿八经的配角，对欧阳璇来说是高配了。

但欧阳璇没有助理，连经纪人都是跟签约公司里许多演员共享的，这样独自来去未免不好看。正好薄禾有三天假期，欧阳璇就央求薄禾给自己当临时助理，包吃住，以欧阳璇的戏份，三天刚好拍完。

要不是欧阳璇可怜巴巴地恳求，薄禾还真想三天时间都在家里玩儿游戏。但她也知道，欧阳璇的圈子是个名利场，各种欲望、诱惑被无限放大，捧高踩低的势利之人数不胜数，有些小事有个人代为出面，欧阳璇就不用直接面对难堪场面，所以才答应下来。

寻常人尤其是年轻女孩子，也许会对剧组充满好奇心，但薄禾以前干过类似的兼职，对这样的场景并不陌生，只是这个剧组规模更大一些，来来往往的人员也很杂，其中不乏几个眼熟的面孔。

这部戏起的调子高，薄禾听欧阳璇说，还没开机的时候片子就已经申请了地区重点项目，是当作年度献礼片来制作的。导演自然也非泛泛之辈——名不见经传的新锐导演对片子宣传起不了任何作用，这次剧组找的是一个名导演。这个导演拍了不少群戏，也在国内获过不少奖，她的水平也得到了业界的认可。她也许还比不上那几个国宝级的导演，不过也可以称为一流导演了。

但薄禾现在很后悔。

出发之前，她没有向欧阳璇多询问新戏的情况，自然不知道导演是何方神圣。

等来到这里看见真人，她想避开已经晚了。

前方传来吵嚷声，她自然而然地抬起头，正好与被一群人簇拥着走进来的导演四目相对。

两人一瞬间都有些愣怔。

薄禾从对方眼中看见了尴尬、疏离等情绪，不知道自己在对方看来，又是什么情绪。

仅仅几秒，导演就移开视线，若无其事地和身边的人说话。

站在导演身旁的是个年轻女孩子，年纪比薄禾小一些，依偎着导演说着话，姿态亲密。

导演脸上也流露出刚才没有的和蔼神色，由着对方撒娇耍痴。

薄禾只是扫了一眼，就低下头看手机，对这一切没有丝毫兴趣。

男女主角都还没到，今天原计划是把配角的戏份先拍完。

欧阳璇拍戏的时间里，薄禾已经玩儿了好几局《刺激战场》，三次取得第一名。她心想可惜徒弟不在线，否则又是一次完美的教学。

"来，来，都来帮一下忙，把这几张椅子和茶几抬到外面去！小心一点儿，这都是货真价实的古董，别给人弄坏了！"

梨城没有影视基地，也不是著名的旅游景点。剧组之所以选择在这里拍摄，是因为这部戏的原型就是梨城一个百年家族，自然要还原当地风貌和人文景观。

这座宅子虽然不是戏中原型的老宅，但也是差不多时期的建筑，前些年动荡的时候被没收了，拨乱反正之后，家族后人远走的远走，病逝的病逝——政府找不到原主人归还，就将此地划为保护单位，开放参观——现在被剧组借来拍戏。

这会儿要在室内清出空间安置人员和设备，剧组人数虽然多，但需要搬运的东西一多，就显得乱糟糟的。

玩儿游戏也是个辛苦活儿，脖子酸痛兼眼睛难受，薄禾放下手机活动筋骨时，看见不远处一拨人正手忙脚乱地搬东西，就主动走了过去。

"需要帮忙吗？"

场工不够用，又有时间要求，头儿正焦头烂额，一见小姑娘过来，立马道："那你来搬这些小件东西。"

小件的东西无非是花瓶、盆景之类的。

薄禾点了点头，把花瓶挨个儿往外搬。

"薄禾？"

就在她开始搬第三个花瓶的时候，有人喊住了她，声音还有点儿熟悉。

薄禾回过头，错愕半秒，不由得笑了。

今天是什么日子，怎么熟人全凑一块儿了？

"真是你，我刚才以为看错了。"那个人有些惊喜。

"张师兄，"薄禾笑了笑，"你从国外回来了？"

她脸上的笑容很客气，语气很有礼貌，却绝对没有半分激动之意。

张辰有些失望，却也很高兴。

茫茫人海，在没有刻意联系下，他们还能重逢，这不正说明了某种缘分？

"我回来有一阵了，现在被邀请担任剧组顾问。"张辰道。

薄禾问："历史顾问？"

张辰道："历史、道具相关。"

薄禾点了点头："你是学近现代史的，专业正好对口。"

张辰欲言又止，似想解释什么，话到嘴边却变了："你还好吗？"

刚才薄禾在那边忙进忙出，帮忙搬东西，怎么看也不像好。

张辰对薄禾的家境是有些了解的，见状已经想象出了薄禾的辛酸，心底某个地方悄然揪痛，话也脱口而出："你现在有工作吗，愿不愿意来帮我整理一些资料？我会给你报酬，你就当兼职了。"

薄禾一见他的表情就知道他误会了，但还是感谢他的好意："我有工作的，这两天是陪朋友过来，她拍完戏我们就回去了。"

张辰哦哦了两声，有点儿不知道说什么好。

薄禾笑了笑，主动道："我以前不懂事，给师兄添了许多麻烦，还请师兄别介意。"

张辰忙道："怎么会呢？这天气太热了，你要是没事，我们不如去隔壁茶馆坐坐，那里氛围不错。"

一个年轻女孩儿蹦蹦跳跳地走过来，好奇地看了薄禾一眼，笑嘻嘻地道："辰哥，去哪儿？带上我呗！"

张辰面露迟疑之色。

薄禾顺势道："那你们去吧，我就不打扰了。我过去那边看看他们还有啥要帮忙的。"

她也没等两人回应，直接走开了。

欧阳璇很快就拍完了自己今天的戏份，回去卸装的间隙正好瞧见薄禾跟张辰他们在聊天儿，卸完装就禁不住好奇，找了个机会私下问薄禾："你这么快就跟导演的女儿认识了？要是有门路的话，你也给我介绍介绍呗！"

她脸上带着不讨人厌的热络，不像巴结，更像在开玩笑。

薄禾毫不犹豫地道："不认识！"

像是为了打她的脸，她刚说完，张辰就走了过来。

"薄禾，你晚上有空吗？"

薄禾直接拒绝了："抱歉，晚上我有事。"

张辰明显有些失望，但也不好强人所难。

他一走，欧阳璇就道："他想追你？听说他是剧组请来的顾问，圈外人，相貌、气质都不错，你要不要考虑考虑？"

薄禾叹了口气，只得实话实说："以前上大学的时候，我们交往过。"

"哇哦！"欧阳璇用了这两个字表达自己的惊叹心情，"那导演呢？我刚才见她看了你好几眼，你们也认识吗？"

薄禾笑道："我们要是认识，我还用得着当你的临时小助理？"

欧阳璇想想也是，就高高兴兴地挽起了她的手："你今天辛苦了！走，去吃下午茶，我请你！"

与此同时，秦川从梨城的机场走了出来。

在梨城机场的秦川，心情与薄禾有微妙的相同之处。

如果薄禾早知道给欧阳璇帮忙会遇到不想见的人，哪怕欧阳璇生气，自己也不会来剧组。

同样，如果秦川早知道自己休假的心情会因为那通电话而消失殆尽，也不会去接那个电话。

时间回到昨夜。

沉迷游戏的秦老板成功把一名美女主播气跑，他的行为却勾起某些人的挑战欲，甚至有人以能够跟秦老板说上三句话为赌注，前赴后继地来搭讪且乐此不疲。

秦川烦不胜烦，正欲起身回家，一通电话打了过来——来电显示的名字让他微微皱眉。

沈锐不知什么时候出现的，赶走了秦川身旁的莺莺燕燕。

"干吗呢，你爸的电话都不接？"

秦川看了他一眼，还是按下了接听键，没有起身避开沈锐，这说明允许沈锐旁听，也是一种对兄弟的信任。沈锐心里高兴，就厚着脸皮没走。

"听说前两天海岛地震，你们正好去团建了，人没事吧？"秦氏掌舵人以这句话作为开场白。

寻常人这样说自然没问题，但父子之间未免就有些古怪了。

现在资讯如此发达，两个小时前的地震，两个小时后新闻就已铺天盖地，更何况是两天。

而且这是父亲关心儿子的语气吗？

沈锐听不见秦时愉说了什么，但从秦川的表情上可以猜出一些。

"没事。"秦川也回以同样的淡漠的话语。

秦时愉笑了一声："还在为分手不高兴？我早就说了，那个小明星不适合你。"

秦川冷冷地道："合不合适，我自己会判断，用不着你操心。如果你没有让人把她陪酒的视频发给我，我会更感激你。"

秦时愉讲话的声音也冷了下来："你这是什么态度？我不忍心看你被这种女人蒙在鼓里，作为父母，难道还没有关心子女的权利了？你要是真不在意，会跟她分手吗？说到底还不是她自己有问题，你也忍不了！"

秦川道："爸，你恐怕搞错了，我跟她分手的根本原因不是那段视频，就算我们分手了，我也不会照你安排的路走。"

秦时愉道:"你别忘了,盛名绝大多数股份在我手里。你想彻底独立,等能白手起家再来跟我谈平等吧。过两天梨城有个新项目,你过去考察一下,具体资料我让人发到你的邮箱里了,就这样,晚安。"

他几乎不给秦川反驳的机会,一气说完就直接挂断电话,似乎笃定秦川不会不去。

"怎么了?"沈锐凑过来问道,"又谈崩了?"

基于对秦家情况的了解,他下意识地用上了"又"字。

在沈锐的印象里,秦氏父子二人的关系很差,几乎到了没有必要不会联系的地步。

就他认识的朋友中,父母忙碌与子女缺乏感情沟通的比比皆是,但也没有谁与父母关系差到这个程度。

"我说你可忍着点儿,别真跟老秦决裂,不然你辛辛苦苦白干几年,流血又流汗,最后都便宜他那私生子了!不管怎么说,你是长子,他总不可能啥都不给你留的。"

秦川摇了摇头:"你还是不了解他。我也好,私生子也好,这些都是次要的,他眼里只有他自己。"

沈锐张了张嘴,却说不出反驳的话。

他对秦家内部的事情所知不多,许多消息还是从父母那里听说的。

据说新中国成立前,秦家本来是大资本家,老太爷膝下有几房姨室,生了不少儿女,不少人去了海外,也有留在国内的。动荡那几年,秦家虽然早已家徒四壁,但他们因这种历史成分难免被归入清算的行列。秦时愉的父亲,也就是秦川的爷爷不知从哪里提前得知了消息,生怕自己落得凄惨的境地,当夜就逃跑了——居然还真让他跑掉了,从此音信全无。但他把妻儿扔下了——少年时期的秦时愉没少因此受罪,至今腿脚微跛,就是那时落下的毛病。

国门打开之后,秦川的爷爷衣锦还乡,众人才知道他当时一路颠沛跑去港城，跟港城的秦氏族人联系上，还认了亲，在亲戚的资助下做出了一番事业，又组建了新的家庭。

正因为有秦川爷爷的第一笔资金和那些人脉门路，才有了后来的秦氏集团。秦时愉能把集团做大，生意手腕自然毋庸置疑——但可能缘于少年时的经历，秦时愉非常难打交道。在沈锐看来，他也非常自私。

最起码沈锐从未在秦时愉对待秦川的态度上，发现半点儿父亲对儿子的慈爱。

沈锐终于找回自己的声音："那你也得忍着吧。要是他一个不高兴把财产都留给私生子，你累死累活有啥用？"

秦川漫不经心地点开游戏，下意识地看了一眼好友栏。

薄禾依旧不在。

"谁说我是为了他才努力工作？管理盛名可以积攒经验，我只是在为以后自立门户做准备。这几年我自己也做了一些投资，很快就会离开盛名了。"

沈锐赶紧揽上他的肩膀："兄弟，冷静点儿！你想自立门户我赞成，但是资金呢？你们家老头儿再不好，你甘心把秦家财产都拱手让人？"

秦川奇怪地反问："我自己能赚钱，为什么一定要图他的财产？"

沈锐目瞪口呆。

上至帝王将相，下到小门小户，为了权势富贵或一套房子争得头破血流、亲人反目的人不在少数，沈锐自己听说、看到的，就有好几个。

他怎么也没想到，会从秦川这里听到这样的答案。

"你是不是傻？"

这可不是几套房子或一点儿家产，是整个秦氏的财产。

秦川："我问你，以我现在的能力，就算离开盛名，我能不能拥有和以前一样的物质生活？"

沈锐点了点头。他是见过秦川名下的一些资产的——秦川这几年的确赚了不少钱，又不吃喝嫖赌，怎么都够过奢侈的生活了。

秦川："就算将来继承秦时愉的大部分财产，我能因此变得更好吗？"

沈锐想了想，道："有整个秦氏支撑，你可以变得更有权势。"

秦川："但我必然还得照着秦时愉规定的方向走，不能有任何偏差。"

沈锐："那是自然。"

秦川面色淡淡地说："所以我决定放弃。既然我有能力，为什么要勉强自己照着他设定的路去走，让自己不开心？"

沈锐："就算想另起炉灶，只要有秦氏在，你就没法彻底摆脱你爸的控制。"

秦川："他的手再长，他也不可能跨行业干涉我的事。"

沈锐震惊地道："你还想跨行业？房地产做得好好的，你想做什么？"

秦川不置可否地说："看看再说吧。"

沈锐："那要是……我是说如果，你爸愿意主动把财产留给你呢？"

虽然以他对秦时愉的了解，这的确不太可能。

但秦川毫不犹豫的答案更让他意外。

"捐出去。"

沈锐："啥？"

秦川："全部捐出去。"

沈锐呆呆地看着老友。

他知道秦川是真能做到把财产捐出去。

好半天，沈锐咽了一下口水，喃喃地道："我是真的服了你了。"

秦川拍了拍他的肩膀："他让我去梨城，我还是得走一趟，先走了，回去收拾东西。"

沈锐哎了一声："你刚才不是还说了豪言壮语，说不想听他的话吗？"

秦川无奈地看了沈锐一眼："我现在还没离开盛名，而且梨城本来就有我的投资，可以顺道过去看看。"

没等沈锐再说话，秦川已经走远了。

四周依旧喧嚣，音乐依旧狂野，男男女女依旧嬉笑怒骂，沈锐却怎么都不得劲。

几个朋友中，他不是最能玩儿的，秦川也不是最特立独行的。

最能玩儿的人，现在估计在拉斯维加斯当荷官，体验生活，看遍人间百态。

最特立独行的人，现在正在南极观察企鹅，大有把一生奉献给大自然的架势。

但最雷厉风行的人，非秦川莫属。

他想做什么，就一定要做到，说出来的话也一定会兑现。

沈锐知道他们父子俩不对付，秦川迟早会自立门户，但没想到，为了能够彻底与自己的父亲决裂，获得自由，秦川连秦氏的财产都是说不要就不要。

无欲则刚，秦时愉能够拿捏儿子的无非就是秦氏——一旦秦川主动放弃，秦时愉就完全没法子了。

沈锐的家世没有秦川那么好，但也差不了太多，他是独子，父母对他的期望却不高。反正公司以后有职业经理人打理，他当个闲人分分红，一辈子吃喝不愁。

所以沈锐该玩儿就玩儿，该放纵就放纵，从来不给自己过多的压力。

但现在他看着朋友们一个个有了自己的目标，要说心里没有半点儿触动是不可能的。

他摸了摸额头，顺势往上捋了一把头发，忽然觉得自己是不是也该上进一些了。

秦川在古城乱逛的时候，薄禾跟张辰正面对面坐在一张饭桌边。

张辰望着薄禾安静娇俏的眉眼，恍惚间好像又回到了几年前，也是这样的桌子，周围也是这样吵吵嚷嚷的环境。

碗碟放在桌上的动静让他回过神来。

老板跟薄禾打招呼："小薄，今天有新到的鱼，活蹦乱跳的，我给你们留了一条，要糖醋还是红烧？"

薄禾的口水立马开始分泌，她说："糖醋吧，会不会太麻烦了？"

"不会，不会，你等着啊！"老板笑呵呵地走了。

薄禾见张辰在发呆，主动拿开水烫碗筷。

"这附近没有什么高级饭店，就这些餐馆，你将就一下。"

张辰见她误会了，忙道："这家店和以前学校附近的店很像，我都吃得惯。不过你才来没两天，怎么就认识老板了？"

薄禾："我昨天在路上遇见他家孩子在外头玩儿，被摩托车碰了下，头破血流。我把孩子送到了医院，还垫了医药费。好在孩子没大碍，都是皮外伤。老板事后挺感激我的。"

张辰露出不赞同的神色："我知道你热心，但要是对方趁机讹诈呢？防人之心不可无。"

薄禾点了点头："我下回注意。"

张辰一看就知道她在敷衍自己："你总是这样，一点儿都没变。"

薄禾开玩笑道："那师兄也差不多，一样啰唆。当时那孩子不正流着血吗？我没看见就算了，看见了怎么也不能不管吧。再说孩子一个人，要是被人拐走，那不是更严重？"

老板很快将糖醋鱼端上来，打断了两个人看似熟稔其实浮于表面的寒暄。

鲜嫩的鱼肉淋上酸甜的酱汁，薄禾根本就没空再跟张辰说话了，用筷子夹起一大块鱼肉送入口中，酸甜口感霎时弥漫口腔，激发出令人浑身汗毛直竖的舒爽感。

张辰见她这样的表情，也夹了一块鱼肉。

薄禾瞅着他："好吃吧？"

张辰点头："挺不错，等会儿你能不能帮我跟老板说一声，让他明天留两条鱼？我请安姨跟舒窈也来尝尝。"

薄禾："安导演？"

张辰："对，舒家跟我们家算世交，这次拍摄正好需要一个顾问，安姨就邀请我了。舒窈是我看着长大的，也算我的半个妹妹了。"

这本来是小事，他本以为薄禾会顺口答应，谁知她却婉拒了。

"这家店门面小，生意却火得不行，据说邻市还有人专门开车过来吃。这些鱼数量有限，都有熟客预订，我不好意思跟老板开这个口。"

张辰愣住了。

薄禾连受伤的小孩儿都能不怕担责地送去医院，却不愿意开口帮他订两条鱼。

张辰不免多想："小禾，你是不是还恨我？"

梨城是座古城，但也分古城区和新城区。

秦川住的酒店位于新城区。他本来准备晚上随便吃点儿东西应付一下就算了，却因为一个视频会议临时取消，忽然变得轻松悠闲起来。

他打了辆车，让司机带自己去古城区逛逛，却在热爱美食的本地司机的极力推荐下，来到这家门面看起来不咋样的小饭馆。

万家灯火，喧闹人间，人活一辈子，图的无非是衣食住行。满足口腹之欲，又成了其中最重要的一项。

秦川来得尚早，天还没黑，外头已经坐满了食客，可见饭馆生意的火爆程度。

幸而还剩下一张小桌，仅仅能坐下两个人，但靠着墙壁，视野和空气都不大好。

秦川没兴趣为了顿饭委屈自己，也不相信厨师能做出什么令他食指大动的美味食物，所以决定离开。任凭司机把这里吹上天，他也坚决不在这里吃饭。

忽然间，他顿住脚步，折返回去。

秦川默不作声地走到那个位置坐下，神色凝重得仿佛去赴鸿门宴，完全忘了自己前一秒说过的话。

在他旁边，隔了两张桌子，就是薄禾跟张辰。

既然司机将这家店吹上天，那他就试试吧。

秦川心里想着，把自己往阴影里又挪了一些。

他留下只是想试试这里的菜到底有多好吃，绝对不是因为看见某人。

"小禾，你是不是还恨我？"

见薄禾没有回答这个问题，张辰忍不住又问了一遍。

见对方一副不问到答案不肯罢休的架势，薄禾只好暂停进食，并恋恋不舍地看了糖醋鱼一眼。

热热的鱼眼睛也是最美味的部分，要是放凉了，胶质就会凝结，也会多出一股腥味，味道大不如前。

"我为什么要恨你？我们分手是经过双方协商同意的。张师兄，你别想太多。我要是恨你，还会跟你坐在这里吃饭吗？"

张辰有着这世上大部分前男友的心态。

两个人复合是不大可能了。

如果前女友还对自己怀有留恋和爱意，甚至念念不忘，男方嘴上不说，虚荣心肯定会得到满足。

但张辰知道这是不对的。

他在歉疚与虚荣情绪之间挣扎徘徊，最终选择了前者。

"小禾，当初是我不对，我不该提出分手之后就立马出国。"

"我们都分手了，你为什么不能出国？"

薄禾吮去筷子上的酸甜酱汁，眼睛亮晶晶的，噎得张辰说不出话来。

张辰："那起码……我应该安慰你，取得你的谅解吧！说到底，还是我对不起你。"

薄禾不以为意地说道："也没什么对不对得起的吧，感情是两个人的事情，两个人都有责任。当时你顶不住家里的压力，我也顶不住你家的施压，就只能是这个结果。"

她越是这样说，张辰越是过意不去。

"我是男人，责任更大。我出国之后，我家里人没再找过你的麻烦吧？"

薄禾歪头想了想，道："好像找过两回，不过都让我给打发了。"

张辰满目怜惜之色。

他以为自己早就忘记薄禾了。

他们分手之后，这个人就被他强制放在内心深处某个不见光的角落，几乎没有存在感，直到今日重逢。

他们之间的故事，是最寻常不过的校园恋爱，清纯而美好。

薄禾刚入学的时候，张辰已经读研二了。

但两个人分手时不怎么愉快。

张辰家是书香门第，而薄禾的户口本上是父母双亡。

对张辰的父母来说，他谈恋爱，找谁都无所谓，可一旦认真起来想要长久，对象就不能是薄禾了。

张辰是个注定要走学术路子的人，张家也多的是门户相当的世交，女方的身份、地位、家庭背景不说能帮衬张辰，但肯定也要有锦上添花的作用。

张辰平日里温文尔雅，在这种事情上也没有强硬。

家人轮番上阵给他分析利弊，父母为他找好了国外进修镀金的出路，只要没有薄禾，一切就都是坦途。

张辰的父母也找到薄禾，没有威逼利诱，反倒好声好气地给她分析两个人交往的前景，内容重点无非是他们俩长久不了，就算没有父母的阻力，双方的三观等都有巨大的差距，他们迟早会有这个结果。

最后的结果可以想象，张辰先退出了。

他给薄禾发了短信，订了第二天的机票。

他也永远不知道，薄禾在问到他的航班之后，又花了自己平时舍不得花的钱打车到机场，却还是没见上张辰最后一面。

那一天，薄禾在机场待了一下午，遥遥望着窗外的天空，飞机一架接一架地飞向大洋彼岸。

薄禾抹了抹嘴，对上张辰的眼神，却忍不住觉得好笑。

他早干吗去了？她心说。

只不过这种话没必要说出来，几年过去，她也早就淡忘了这一切。

当时那个在机场落地窗边哭得撕心裂肺的小姑娘，也早已是模糊的回忆了。

她应该感谢张辰。要不是他，她也不会认清这世上靠得住的只有自己。

从此她披荆斩棘，无所畏惧。

秦川等了很久，终于等来第一道菜。

此时他已饥肠辘辘，甚至没空朝薄禾那边看上一眼，举起筷子就朝肉酱茄子下手了。

这道家常菜，只要会下厨的人基本就会做，但做出来的味道如何又是两回事了。

普通饭馆里的普通厨师，要么是肉酱归肉酱，茄子归茄子，要么则是过犹不及，口感太过绵软。

稍微讲究一些的厨师，做出来的肉酱茄子则层次分明，既美观，肉酱与茄子的火候又恰到好处。

秦川吃过的美食数不胜数，像所有普通食客一样，他只会分好吃和不好吃，不会去考究一道菜的内在细节。此前他低估了小店的水平，现在反倒有了出乎意料的惊喜。

茄子整整齐齐地码在煲里，条条分明，却与肉酱的味道互相渗透，彼此共容，让秦川忍不住一口接一口地吃起来。

人在肚子饿的时候，家常菜也是珍馐美味，更何况厨师的手艺的确不错。

酱汁淋在白米饭上面，又是一道下饭的美食。

在品尝过第二道菜之后，秦川才有工夫抬起头，重新朝薄禾那边看去。

薄禾那张桌子，多了两个人——两个年轻的女孩子，一个坐在薄禾旁边，一个坐在薄禾对面的男人旁边。

四人座位，正好坐得满满当当。

欧阳璇有点儿兴奋。

她原本是出来找薄禾的，没想到能见着舒窈。

做演员的人，朋友越多就越不愁接不到戏，总会有朋友的朋友，通过千奇百怪的渠道介绍角色。像她这样比跑龙套好一点儿的小演员，哪怕拿到小制作、小成本的配角，机会也很难得，说不定什么时候就火了呢。

但安导这种级别的人物，欧阳璇一般没有机会近距离接触，就算有机会，也得安导愿意跟她交流。

如果她能和安导的女儿交好，也算另辟蹊径。

从剧组其他人嘴里，欧阳璇或多或少听说了安导和舒窈的事情。

安导是典型的读书改变命运的那一代人。正好赶上国内电影、电视行业的黄金时期，老公家里也使得上力，她就一步步走到了今天。

舒窈则是安导的独生女儿，受尽万千宠爱，以后走不走演艺道路还是两说。主要是女儿暑假有空，又想见识见识剧组拍摄情况，安导就带她过来体验了。

欧阳璇看着无忧无虑的舒窈，忍不住想，人和人之间就是这样不公平。

她为了一个角色四处奔波找关系时，舒窈却因为投胎好就可以轻轻松松地得到这些东西。

不管舒窈以后的人生方向是在圈里还是在圈外，只要有安导和舒家，舒窈的路就会比别人平坦数倍。

"窈窈，这家饭馆在本地很有名气，你看外面都大排长龙了。你想吃什么尽管点，今晚我来请客好了。"欧阳璇打起精神，招呼舒窈，又不忘对张辰道："不好意思，没打扰你们吧？实在是这里没位置了。"

"没关系。"张辰好脾气地笑了笑，又问舒窈："你想吃什么，我去点？"

舒窈左看看右瞧瞧，噘起嘴巴，有点儿嫌弃："这么小的店，又这么吵，而且你们都吃完了吧？"

张辰笑道："这里上菜慢，我们刚吃了鱼。你看看喜欢吃什么，只管点。"

欧阳璇也道："这糖醋鱼看起来不错，要不让老板再来一份？"

没等薄禾解释，舒窈就道："算了，我不喜欢吃糖醋口味的菜，太酸了。"

欧阳璇忙把菜单递给她："这里还有别的菜。"

菜单在长年累月的油烟熏染下，染上了泛黄的油光，手指按上去，就是一个清晰的指纹。

舒窈是个有点儿洁癖的小姑娘，看着欧阳璇递过来的菜单，愣是没接。

场面有点儿尴尬。

欧阳璇心下委屈，又不好表现出来，勉强笑了笑，把菜单往前挪了挪："那我先叫点儿饮料。"

她怕又碰钉子，干脆汽水和啤酒各叫了几份，生怕舒窈觉得她小气。

欧阳璇的殷勤表现，舒窈从小到大在其他人身上见过无数次，对此舒窈表现得很淡定，只是心里不太清楚张辰跟她们的关系："辰哥，你跟她们认识？"

薄禾道："我是张师兄的师妹，以前承蒙他照顾，这次正好遇上，就请他出来吃个饭表示感谢。"

舒窈好奇地问道："辰哥照顾过你什么？"

张辰制止道："小窈！"

薄禾却大大方方地道："我大一时勤工俭学，学校食堂是个肥差，要不是张师兄帮忙，肯定轮不上我的。"

舒窈还没高考，对大学生活正是向往的时候，闻言问道："食堂怎么是肥差了，不需要帮忙洗碗、搬东西吗？"

话题就这么展开了。

欧阳璇对他们的话题不感兴趣，绞尽脑汁地想着怎么讨好舒窈，要是能让舒窈在安导面前美言几句就更好了。

老板端上了他们点的饮料和骨头汤。

欧阳璇有心表现，主动拿起勺子给众人分汤，在端给张辰的时候，却出了点儿意外，手没捏住碗，汤洒在了桌面上，一部分泼在躲闪不及的张辰和舒窈两个人身上。

舒窈连油腻腻的菜单都不愿意碰，怎么能忍受汤汁泼在自己身上？哪怕只是几滴，她当即叫了起来。

欧阳璇也惊呆了，连声道歉，忙拿出纸巾给他们擦拭。

"我的房间里还有新衣服，没穿过的，要是你不嫌弃，我回头就拿给你。我的身材和你差不多，你应该也能穿！"

舒窈气得不行，话脱口而出："谁要穿你的破衣服！你想巴结我也不该用这种办法吧，我肯定不会给我妈说什么好话的！"

欧阳璇的脸瞬间就白了。

虽然她的确想讨好舒窈，可绝不会用这么笨拙的办法，而且讨好归

157

讨好，当事人意会就行了，很少有人这么直截了当地说出来。

但舒窈年纪小，又不需要在娱乐圈混看别人的脸色，自然想说什么就说什么，她的话直戳欧阳璇的心。

大庭广众之下，欧阳璇感觉脸火辣辣的，像被人剥了一层皮下来。

舒窈也觉得很委屈，还气得不行，也不管张辰在旁边拉自己打圆场，就不管不顾地继续说道："你想找关系走后门，也不是不行，但我妈说，就算有后台、有关系，你起码也得业务能力过关才能站住脚。实话跟你说吧，今天你拍完戏，我在旁边听见我妈跟副导聊天儿，说演员想出头主要有两种——一种是功底好，就是天道酬勤；一种是天赋好，信手拈来。你两头都不靠！当时你的戏份拍完，我妈就摇了摇头。这意思你懂吧？所以你讨好我也没用的！"

小姑娘嘴里啪啦地说完一大堆，欧阳璇却听得呆住了。

"我也没想讨好你，不是……我是说，我本来是找薄禾的，也不是专门来找你的……"欧阳璇结结巴巴地解释着，整个人臊得不行，委屈又郁闷，面对舒窈"我早就看透了一切"的眼神，只觉双颊从眼下热到了耳根，滚烫滚烫的。

舒窈把纸巾往桌上一丢："得了吧，你让你朋友找辰哥吃饭，当我不知道是为什么？你不就是想通过辰哥搭上我妈的关系吗？"

啪——声音算不上清脆，有点儿闷闷的。

舒窈的声音戛然而止，她慢慢往下看，视线落在薄禾的手上。

薄禾本来握着一个茶杯，现在茶杯碎成了几块，哗啦啦地落在桌面上。

薄禾若无其事地道："不好意思，刚才手劲有点儿大，我喊老板过来换个茶杯。"

几个人呆呆地看着她。

张辰见过她在学校食堂扛煤气罐，直接肩膀上扛一个大的，手里提一个小的。

当时他就知道薄禾的力气比寻常姑娘大，但现在回想，禁不住有点儿后怕。

他们分手的时候，薄禾没有把他打得满地找牙，是不是算手下留情了？

薄禾拍了拍手，把桌面上的碎片轻轻推到一边，然后温柔地对他们道："今天晚上我请客，就当庆祝我们师兄妹久别重逢，不谈工作，不说扫兴的事情。舒小姐，我面子不够大，你就当给张师兄一个面子，好不好？"

舒窈下意识地点头，看她的眼神就像看见小猪佩奇在餐桌上跳芭蕾舞。

秦川离得远了些，饭馆也很嘈杂，便听不见那几个人具体的说话内容。

他抬起头时，正好错过了薄禾徒手碎茶杯的壮举，只来得及看到薄禾对面那个小姑娘现场表演"川剧变脸"——她的脸色从激动变为呆滞，又从呆滞化作木然，原本可以预见的即将倾泻而出的指责话语瞬间收口，可不就是变脸吗？

小姑娘站得笔直笔直的，比小学生接受领导检阅还要正经。

秦川再看另外几个人，也都望着薄禾，一脸回不过神的表情。

那边刚才发生了什么？

再没有好奇心的人，看见这一幕也会忍不住多看几眼。

但薄禾还是薄禾，秦川没看见薄禾的脑袋上多长个角，也没看见桌上多只小猪佩奇。

她只是在说话，和平时一样，脸上没有激动的神色，嘴角还带着笑。

可她越是这样，越显得古怪。

秦川没察觉自己对薄禾的关注已经超过了上司对一个下属的正常关注范围。

以他的为人，这种下意识地多看几眼的行为，与他平时的行事风格完全不符。

　　他反倒觉得薄禾身上的秘密太多了，一个接一个，一层接一层，像剥不尽的洋葱，能逼死强迫症患者。

　　其实这也不能叫秘密。

　　每个人都有不为人知的一面。

　　秦川同志现在看见的不过是薄禾小姑娘从来没有在职场上表现出来的另一面而已。

　　他的印象里的薄禾，形象单薄，存在感微弱，在工作上生涩懵懂，要么是疏忽大意被人利用，要么是粗心鲁莽走错房间，纵然有点儿小聪明，也谈不上人才。

　　和所有在职场上跌跌撞撞的新人一样，薄禾并没有特别令人惊艳之处，就连其事先背下会议稿子的小聪明，也被之前那些举动冲散不少。

　　所以当时秦川并没有对她另眼相看。

　　游戏里那个聪明果决的师父，说到底只存在于虚无缥缈的世界里，秦川也许会心存疑惑，最终却不会改变对薄禾的印象。

　　直到海岛发生地震，他看见薄禾回头找自己，在凉亭那里喊他。

　　那一秒，灾难即将来临，不管年纪、美丑、贫富，大家遇险的概率都是一样的。

　　生死边缘，人会下意识地遵从本心。

　　善良与自私，不过一线之间，并不是所有人都会做出如薄禾这样的决定。

　　当时如果薄禾头也不回地跑掉，秦川也不会觉得怎样，舍死求生本来就是人之常情。

　　他是老板，可以选择开除或留下一个人，却没有权力要求属下为自己豁出性命。

　　可薄禾回了头。

即使没有被埋在凉亭下面,但不可否认,秦川对薄禾的看法从那一刻起悄然发生了变化。

工作之外的薄禾,没了职场上的小心谨慎、如履薄冰。

她现在的任何一个表情,即使是微笑,也比在工作时要自然随意许多。

偷得浮生半日闲的秦川,把那边发生的事情当作一部有趣的无声电影,一边吃饭,一边从那几个人的表情上猜测正在发生的事情。

舒窈逐渐回过神来。

也许是她发现薄禾根本不可能拿她怎么样,她的底气又回来了。

但张辰跟薄禾已经聊到另一个话题,在说大学时学校周边的小吃,聊得热火朝天,充满怀念。

舒窈想旧事重提,又觉得太生硬,只好别扭地不肯说话,等谁先发现了回头哄她。

欧阳璇小心翼翼地看她一眼,将刚端上来的香菇焖鸡往舒窈的方向挪了挪:"小窈,多少吃点儿吧,这家店真的挺出名,不然晚上回去你会饿的。"

舒窈最不想跟欧阳璇说话,结果欧阳璇却先来哄自己。舒窈很不高兴:"你想吃就自己吃吧,我回去可以叫外卖。"

欧阳璇还想劝,却听见旁边的薄禾忽然话锋一转:"我之前听老板说他们店里最受欢迎的菜,除了鱼就是这道香菇焖鸡了,做法跟别的地方不一样。"

张辰很捧场,适时地接下了她的话题:"怎么个不一样法?"

薄禾:"鸡腿肉炒之前会先腌制一个小时以上,把鸡肉爆炒到变色之后,再跟香菇一块儿放进去焖。"

张辰奇怪地问道:"这不是跟别处的做法一样?"

薄禾:"特殊就特殊在老板腌制的材料是他自家琢磨出来的配方,

秘不外传，还有焖鸡时用的汤——别的地方肯定是直接加水焖，他家用的是鸡汤，不加一点儿水，连干香菇一道倒进去，这才是这道香菇焖鸡真正的精髓所在。"

张辰啧啧了两声："难怪我看这道菜的价格也比别处高了两倍，原来贵在这里了。"

薄禾："焖的时候鸡汤蒸发，又从盖子上流下来，鸡肉出炉那一瞬间，肯定香到醉人。"

两个人一唱一和，舒窈早就听饿了，忍不住咽了一下口水，在嘴巴软化之前，肚子已经先发出抗议，咕噜了一声。

不知道对面的人有没有听见，反正张辰听见了。

他嘴角上扬，又赶紧用手按回去，生怕小姑娘恼羞成怒，真绝食抗议。

舒窈终于拿起筷子，破罐子破摔似的夹起一块香菇焖鸡塞进嘴巴里。

不知道是不是特别饿的原因，她觉得这是她吃过的最好吃的香菇焖鸡。

心里的别扭情绪没有随着嘴巴被美食填满而消失，像是为了表示自己刚才没有被薄禾那手碎茶杯的动作镇住，舒窈没话找话地道："你既然是辰哥的师妹，怎么混得这么惨，还去当小助理？当初你让辰哥给你随便找份工作，都比这强百倍吧？"

张辰："窈窈！"

薄禾笑了笑："我只是放假过来帮忙，另外有工作。"

"那你的正职是什么？"

舒窈微微睁大眼睛，心头已经闪过武术教练、健身教练、警察甚至奥运冠军等词语。

随着薄禾慢慢张口，舒窈屏气凝神，等她一鸣惊人。

薄禾："房地产公司——"

舒窈莫名其妙地紧张起来："嗯？"

薄禾："助理。"

舒窈一脸"你在逗我"的表情瞪着薄禾。

薄禾耸了耸肩："我力气大，是从小锻炼出来的，不是技巧性的训练，说白了还是普通人。"

舒窈很失望，又知道对方说得没错。

她母亲是导演，从小她没少看见银幕上光鲜靓丽、不可一世的帝王、皇后、侠客在她母亲面前恭谦有礼的模样。

想象与现实，本来就是两个世界。

舒窈撇了撇嘴，对薄禾失去了兴趣。

他们吃完饭的时候，秦川早就吃完了。

他坐了一会儿，惊觉自己这样的行为近乎偷窥，又皱了皱眉头，对自己竟然会坐在这里浪费时间感到不可思议。

趁着薄禾没留意到自己，他起身结账离开。

秦川还不知道，两个小时后，自己又会见到薄禾。

他打车去了一家茶馆。

这是一家坐落在古城区老街上的茶馆。

老街的主体是一栋明清风格的宅子，除此之外的所有建筑都是政府为了保留这座宅子而留下的陪衬，大多数是商铺，但基本是后来修建或翻新的。

茶馆就在老宅子对面，闹中取静，古色古香。

去老宅参观的人基本是游客，这条老街的消费基本上也是游客带动起来的。

相比之下，茶馆的生意就有点儿惨淡，偶尔会有年轻人和本地人过来小坐。幸好老板财大气粗，不指望它赚钱，两个小员工才能安心地守着茶馆，不用担心自己失业。

163

门口放了个易拉宝，上面写着"非物质文化遗产展览在本店举办，欢迎赏光"云云。

秦川想了三四秒，怎么也想不出自己的小茶馆什么时候举办了非物质文化遗产的展览。

他走进茶馆的时候，意外地发现这里的客人比上次他来的时候多一些，虽说依旧没坐满，但起码有人气了。

茶馆里的布置也跟他上次过来时有点儿不同。

上次百无聊赖的两个小姑娘员工，这次正忙着——一个在茶台前给客人泡茶，一个端着木盘送茶，连老板进来也没看到。

直到秦川敲了敲茶台，埋头泡茶的小姑娘才抬起头来。

"老板！"她手一抖，差点儿烫着。

"这些东西是你们新买的？"秦川随手点了点茶案上、柜子上、客人桌子上那些小摆件，问道。

有些是从老街上的手工工艺店里买的——秦川能认出来，有些则没见过，或木雕，或布艺，或石刻，各式各样的人物姿态，有少女织布、吹奏乐器，也有身着少数民族服饰的，边上还有几幅刺绣图案。

秦川对刺绣了解不多，觉得应该是苏绣。

苏楠楠忙道："是，有些是从街上采购的，有些是网上下单的。我们昨天才开始布置，还有一些在路上，没到呢。店里不是有笔活动资金嘛，您让我们在店面布置和活动上自由支配的，我们就用来买这些东西了。"

秦川："有效果？"

苏楠楠连连点头："门口的易拉宝只是个噱头，实际上展览的就是这些小摆件。您看，我们都做了分类——那边窗台上主要是木雕摆设，有八仙过海，有杨家将，还有白蛇传说，这部分主要以民间传说故事为主；柜子上是民俗乐器展示，洞箫、琵琶等，这些东西在老街头那家工艺铺子里就能买到；客人桌子上的是穿少数民族服装的布艺玩偶。我们在网上看见一家店铺，里面卖的都是各种猫头布偶穿上民族服装，做得还挺精致。我们订了一批现货，还有一部分没到，现在在路上。"

她觑了秦川一眼，生怕老板发火，骂她们乱花钱。

"这些新摆件的确都属于国家级非物质文化遗产目录上面的内容，我们也没唬人，就是想给茶馆添点儿生意。"

说话间，两个年轻女顾客走过来结账，手里还拿着两个猫头布偶。这两个布偶一个穿着傣族裙子，一个脚踩花盆底，两只猫耳朵中间顶着个大拉翅，看上去既滑稽又可爱。

"老板，您这两个布偶卖不卖？"

"卖呀，"苏楠楠顾不上跟秦川解释了，"它们的裙子里头标了价格。"

女顾客翻了一下，也没讲价："我们都要了，怎么付款？"

苏楠楠："你们是手机支付还是现金？"

女顾客："手机支付吧，支付宝可以吗？"

苏楠楠："可以的。"

女顾客："老板您这里的摆件太可爱了，有网店吗？"

苏楠楠想必不是头一回被咨询到这个问题了，熟门熟路地拿出一张茶馆的名片，双手递给她们："网店我们还没开，这是茶馆的名片。不如您在上面留个微信号，咱们加个好友，等网店开了，我们一定知会你们。"

两个小姑娘依言写了微信号，与苏楠楠互加好友，拿着布偶高高兴兴地走了。

苏楠楠拿出一沓名片放在茶台上："老板，这是这两天客户问网店的，我和小宁都记下了，咱是不是也开个网店？"

老实说，老街上的茶馆也好，卖各种工艺品的店也好，客源远远比不上市中心购物城。

节假日还好些，淡季、雨季的时候，游客大幅减少。

这家茶馆的前主人就是因为经营不下去，才忍痛割爱，将店出让给秦川的。

秦川盘下茶馆的时候，本来也没把它当赚大钱的买卖，只当作一项长期投资，赚不赚钱还是次要的，主要是为了让自己闲暇时过来有个栖息之地，可以静思休息，放松养神。

所以他雇的这两名员工虽然年轻，但也都是静得下心、性情温柔、耐得住性子的人。否则这一天天生意冷清，就算工资照发，两个人肯定也早就跑了。

虽然秦川没指望茶馆赚钱，但看见两个人主动发挥能动性，想法带起客源的时候，又有哪个老板会不高兴？

"这法子是你们想出来的？"

以秦川对她们的了解，答案应该是否定的。

苏楠楠没有隐瞒："是一个小姐姐给我们出的主意。她来茶馆里喝茶，看见我们这里主打古风，生意却不好，就建议我们买些摆件过来布置，加个非遗之类的名目，可以让内容变得更加丰富。她说来这里喝茶的，大部分是过来参观老宅或住在附近的游客，特别是自由行的年轻游客，他们喜欢老宅，也就会喜欢这种民俗风格的东西，这是一个可以把茶馆名头打响的机会。"

秦川不置可否："你们很赞同？"

见他没有明显不喜的样子，苏楠楠点头道："昨天刚布置好，效果还不太明显，今天是周末，游客不少。对面的老宅被一个剧组租用了，说是要拍戏，不少游客在那里围观，累了就到咱们茶馆来休息。刚才那种猫头布偶最受年轻女孩子欢迎，我们进了三十个，今天已经卖了二十个，一个月下来也是一笔小收入了。"

她跟小宁两个人自打来了茶馆都没感受过生意好是什么样，好不容易生意有点儿起色，忙是忙了点儿，却挺兴奋。

秦川很快就想到给她们增加提成，调动员工的积极性。但这需要一个完整的机制,他没有贸然说出来,反而问起另一个问题:"那个给你们出主意的人,你们感谢了吗?"

小宁快言快语地道:"那天她点了些茶和点心带走,我们没有收钱。"

秦川:"点了多少?"

小宁:"一百七十六块……吧。"

小宁的最后一个"吧"字,消失在秦川的瞪视中。

"她给你们出了这么好的主意,你们用一百多块钱就把人打发了?"他有点儿无奈了。

苏楠楠打圆场道:"主要是您不在,我们也不知道送什么合适,给钱她也不肯收,最后只能先免了茶钱。不过这个小姐姐好像是对面剧组里的人,昨天我看见剧组的人在和她说话。白天我去找找,您是想见她吗?"

秦川点头:"这样吧,这两天你们找个空约一下她,我想和她谈谈。另外,我留一笔钱给你们,如果她实在不收,你们就让她这些天都到茶馆来用下午茶,一律免单,回头再让她挑些摆件带走,就算是礼物了。"

苏楠楠正要答应下来,却咦了一声:"外头那个是不是她?"

她问的自然是小宁。

小宁也忙往外看去。

"没错,没错,就是她!她好像说她姓薄,我去请她进来!"说罢,小宁兴冲冲地就要出去,胳膊却被秦川拽住了。

秦川面色古怪,心情五味杂陈,难以言喻。

这可真是人生何处不相逢啊!

面对小宁的疑惑表情,他轻咳了一声:"我忽然想起来,这两天我还有事,人就不见了。她要是上门,就还是由你们招呼她吧。"

小宁和苏楠楠茫然地点头。

秦川:"记住,不用跟她提起我。她要是问起来,你们就说老板出远门了。至于钱,一定要说服她收下。既然她出了有用的主意,这就是她应得的。"

小宁："要是她不肯收呢？那个小姐姐挺好的，给我们出主意应该也不是为了钱，要是我们非塞给她，是不是反而有点儿变味儿了？"

秦川想了想，道："那就在店里挑两块上等的茶饼送给她吧。"

她们没想到，号称"出远门"的秦老板，从第二天起，就待在茶馆一角，哪儿也不去了。

秦老板觉得自己这位置特别好，隔着明亮的大片玻璃窗，能清晰地看见对面老宅的人进进出出。

他的四周有绿色盆栽遮蔽，前面还有个竹帘，客人进门时因角度问题，最多只能看见竹帘，也不可能特意绕过去看个究竟。

苏楠楠和小宁知道他爱静，白天只会偶尔过来换茶添水，绝不会轻易打扰他。

当然，他坐在这里主要还是为了安心办公，绝非有意。

毕竟往年这个位置也是秦老板的自留地，从不对外开放。

老宅倒是热闹非凡，门口外面围了一圈看热闹的人，也总有剧组人员扛着机器进进出出。

隔天中午秦川为了盛名的新项目出门了，跟合作方见面，顺便吃了工作餐，直到傍晚才回来。

小宁说，薄禾一天没出现了。

等晚饭之后，秦川抽空上了游戏，却发现一个小小的意外之喜。

薄禾也在线，正在单排。

秦川点开观战，发现薄禾选了热带雨林的地图。

这个地图比海岛和沙漠地图出得晚，优点是面积小，基本用不着什么交通工具，在海岛地图里玩家能把两条腿跑断，到了这里，轻轻松松就能跑进安全区。

但雨林地图的缺点也是小，一百号人挤在小地图里，动不动就会遇上，遇上就得拼个你死我活。狭路相逢勇者胜，尤其是在天堂度假村和训练基地这两个地方，高手云集，战况惨烈。有些玩家喜欢先在野外零散的房屋降落，等捡够丰厚的装备、物资再杀回度假村，这时往往能看见四处散落的盒子，那都是出师未捷身先死的玩家们。

以秦川对薄禾的了解，一般人玩儿游戏是避开这两个地方降落，她却偏偏喜欢正面对抗，从百十号人里杀出重围。

对手法好的人来说，这的确很有成就感，否则玩家藏在安全的地方等待敌人自相残杀，慢慢挪进决赛圈，分数固然能高些，爽感却少了许多。

薄禾的比赛已经接近尾声，毒圈在一点点缩小，肉眼可见，地图里就剩下两个人了。

薄禾趴在草丛里。

秦川没看见敌人。

这说明对方也是个隐藏身形的高手，甚至还可能穿着吉利服，也就是衣服服色近似草色，跟草丛融为一体了。

秦川最近看了几场生存射击游戏的比赛，有专业选手的，也有主播秀技巧的，还有业余玩家的。

他自己也用微信号打了不少场比赛，渐渐练出一些技巧。

秦川觉得，以自己现在的手法，虽然他还比不上薄禾，但跟她组队，起码不会拖她的后腿了。

跟高手组队固然可以收割人头，但看着队友收割人头，自己却只能打打人机，就不那么痛快了。

他顺着薄禾的视角，眯着眼在前方搜索敌人的踪迹，准备等薄禾打完这一局，再邀请她一起组队比赛。

忽然，前方石头后面隐约有人头闪现。

但薄禾没动。

秦川现在对薄禾的游戏操作有种近乎盲目的信任。

见薄禾没有第一时间端起手里的M24将敌人一枪爆头，秦川下意识地觉得不合理，随即又自动给她找了理由，认为薄禾是想后发制人，诱敌深入。

但在敌人再次冒头，薄禾还是没动的时候，秦川终于发现不对劲了。

敌人显然也发现了薄禾，倏地开枪，朝她的方向盲射几枪，打中了薄禾的脑壳。

战斗结束。

秦川退出游戏界面，发出组队邀请，那边的人也迟迟没有反应。

她掉线了？

今天是周日，托对面围观拍摄的游客的福，茶馆生意比昨天还好。

不少有趣的摆件被年轻游客买走，越发让两名店员肯定这条路子走对了。

虽说老板没要求她们一定得盈利，不过有上进心的年轻人谁不愿意自己做的事情出成果？就算秦川不说，她们也会卖力一些。更何况昨天晚上秦川还给她们说了新的奖励提成制度，这让两个人更加上心，琢磨着再定制一些卖得最好的猫头玩偶回来。

制作猫头玩偶的店铺位于西南少数民族聚集区，玩偶全部是手工制品，做起来费时费力，再加上宣传不到位，要不是多了茶馆这个大客户，平时生意也一般。两边一拍即合，茶馆当即成了猫头玩偶店的长期大客户。茶馆还专门定制了一些限量版服饰玩偶，只等到货，就可以重新把茶馆布置一番。

小宁拿出以前没有的热情，越发细心地装点茶馆。她原本就是学美术的，有些设计功底，这会儿正趴在茶台前手绘民族特色的东西。冷不防茶台被敲了几下，她抬起头——半天没露面的老板居然走出来了。

"老板，您是想吃晚饭了？我给您订餐？"

秦川:"那个女孩子今天一直没过来?"

小宁摇头:"没有,我也没看见她从对面的宅子里出来,可能她从另外一边的门进出。要不我过去问问?"

秦川:"算了。"

其实秦老板更想自己过去看看。

但万一真被薄禾撞上,他拉不下这个面子。

他不希望薄禾看见自己就恢复职场上那种拘谨小心的态度。

也许现在这种距离对双方而言,才是最自在的。

秦川出门吃完饭后,忍不住又点开游戏。

《刺激战场》,薄禾没在线。

《九霄》,薄禾也没在线。

他又上了QQ,对方倒是显示手机在线——秦川发送消息过去也没见对方回复。

她不会真出什么事了吧?秦老板如是想着,有些心不在焉。

剧组正紧锣密鼓地准备一场夜戏。

这是男女主角的对手戏,也是整部剧的重头戏之一,容不得半点儿疏忽。

欧阳璇也有戏份,排在明天。今天可以休息,但她不太想走。

男女主角都是国内出了名的资深演员,光是国内有点儿分量的奖项就拿了好几个。这种年代剧,安导演下决心想拍好,当然得找这样的演员才镇得住场子。这种演员的人脉、路子,往往比那些粉丝众多、声势浩大的年轻偶像要广。

这种群戏,红的是戏,不是人。就算剧中演员演技为人称道,那也是主演,不是欧阳璇。

欧阳璇在其中的收获,就是趁机在大制作作品里混个脸熟,然后扩展人脉。

　　经过舒窈的事情之后，她不敢再主动去触霉头，认识男女主演的机会，却舍不得放弃。

　　欧阳璇以前是没有机会直面这种演员的。哪怕搭不上关系，能有联系方式也好，所以即使没有工作，她也选择留在片场里，就为了等两名主演。

　　薄禾陪她一块儿来的。

　　但薄禾就轻松多了，既不必费心去结交别人，又没有欧阳璇那些患得患失的烦恼。

　　作为编外人员的她，只需要待在一个众人注意不到的角落里玩儿游戏，帮欧阳璇提提东西、跑跑腿就行了。

　　自以为丝毫不起眼儿的薄禾，还是被人找上了。

　　站在薄禾面前的人挡住了她看手机屏幕的光线。

　　薄禾不得不放弃游戏，抬起头来。

　　"小薄，你是小薄对吧？"中年人露出笑容，似想表现得更和蔼一些。可惜他失败了。

　　薄禾回应的态度不冷不热："您是……？"

　　中年人掏出一张名片递了过去："我姓潘，你叫我老潘就好了。咱们很久之前见过的，你可能不记得了，不过没关系。我是安导的经纪人，能和你谈谈吗？"

　　薄禾笑了："找我拍戏？对不起，我不进娱乐圈，您找别人吧。"

　　老潘也笑了："小姑娘真幽默，咱找个地方聊聊吧。"

　　薄禾："我们素不相识，没什么好聊的吧？"

　　"聊聊欧阳璇？听小窈说，你这次是过来给她帮忙的。她很想要一个新角色吧，安导手里正好有适合她的本子。"老潘没给薄禾拒绝的机会，语速很快，先是利诱，又丢出一个暗示，"我跟着安导很多年了，她工作忙,有许多事情是我帮忙料理的,我和她就像你跟欧阳璇一样的交情。对面有个茶馆,挺安静的,去那里如何?"

薄禾没说话,静静地看了他片刻。

老潘被看得有点儿发毛。

他本来也不想在这里找人,但几次去她们住的旅馆都没见着薄禾,留了联系方式对方也从来不打电话给他。他没办法,只好出此下策。

但薄禾的反应显然不在他的预料之内。

"我只有半个小时的时间。"

老潘忙道:"足够了,足够了!"

他特意挑了这个时候,就是为了降低影响。

剧组正是最忙的时候,女主演的到来吸引了绝大多数人的注意力。

大家众星捧月一般围上去,姐姐长姐姐短地叫着,没人留意角落里的老潘和薄禾。

两个人一前一后地离开了剧组。

老潘似还有意避嫌,特意与薄禾拉开些距离。

薄禾只当没看见,径自进了对面的茶馆。

小宁看见薄禾,挺高兴的,热情地招呼她,忙前忙后,听说他们有事要谈,还把两个人带到最里面的雅座。

没等薄禾点单,小宁就泡了最好的茶叶送过来,还不忘准备几碟糕点让他们慢用。

老潘有点儿惊讶。

他跟着安导来梨城选址拍戏的时候,安导一眼就看中了对面的老宅子,顺带也相中了这个闹中取静的茶馆,当时还让他出面跟老板商谈,看人家是否有意出让。结果老潘打听来打听去,只打听到茶馆老板不缺钱,不是本地人,似乎还挺有来头,神龙见首不见尾。见剩下的两个员工小姑娘一问三不知,安导也就歇了这心思。

老潘觉得不好开门见山地说正题，就挑了个最安全的话题："这茶馆挺不错的，古朴典雅，这玩偶上回好像没看见，还挺有意思的。"

薄禾却没兴趣跟他绕圈子，直截了当地问道："安导演派您来说什么？"

老潘笑道："我听小窈说你们昨天一起吃了晚饭？年轻人多交流交流是好事……"

薄禾起身道："不好意思，我还有事，没空听您废话。"

老潘忙起身虚拦："别急，别急，我不是因为她来的！听说你毕业工作了，安导本来想帮忙——你也没来找她，一切自力更生。安导听说了你的事之后很欣慰，但也怕你刚参加工作花销大，身上没余钱，所以让我给你拿一些生活费。"

说罢，他从口袋里拿出一张银行卡，轻轻地放在桌上朝薄禾推了过去。

薄禾看着这张卡，忽然笑了。

老潘不知道这有什么可笑的，有些莫名其妙。

"安导担心我去找她的麻烦？坏她的名声？我要是早知道剧组里有她，就不会来了。"

老潘和和气气地道："瞧你说的。小薄啊，我知道你这些年受了委屈，可这些都是不可抗力，没有人愿意这样，包括安导。她知道真相之后，这些年也尽力弥补了，你别恨她。"

"您言重了。她在我眼里从来就没有什么存在感，哪里来的恨？"薄禾给出的回答也斯斯文文的，不带一丝火气，"如果您指的补偿是她汇来的那些钱的话——"

薄禾拿出手机，打开相册，找了一会儿，将一张图片放大摆在老潘面前："我一分钱都没收，全部捐给山区儿童建图书角了。"

老潘看着照片里那一张张叠放在一起又交错露出金额的捐款收据，顿时说不出话来。

薄禾补充道："每张收据上的金额跟她每次让人汇给我的金额是一样的。她连给我汇款都不敢用自己的名字，生怕什么时候被我抓住把柄，坏了名声，每次都是以您的名义汇款。所以这些汇款我拿去问她，她还未必知道，可您一定清楚。正好，既然来了，您点点看，数额对得上吗？"

老潘忽然发现，眼前的年轻姑娘并不像他想象中那么好打发，至少不像养在温室里的舒窈那么好应付。

他知道两个人本来就是不一样的，却又忍不住暗暗对比。

老潘还没来得及说话，又听见对方道——

"潘先生，我跟安导虽然在血缘上是母女，但这并非我能选择的。不单安导自己不想承认我，我也不想承认她，所以你不必担心我会借此关系占安导的什么便宜。但如果你们咄咄逼人，把我惹急了，那我指不定一生气就去找媒体胡说八道了呢！"

薄禾的语气很平静，但老潘听起来，这些平静全是山崖上摇摇欲坠的巨石，说不定一根手指就能将它们全推下去。

第七章
师父，其实我也心情不好

"你要是真这么做，也没用的。"老潘笑了笑，像在看一个不懂事的孩子，"首先无凭无据，谁信？安导不是年轻小演员，爆出个未婚先孕的新闻前程就全部断送了，这种新闻对她的影响不会大到哪里去。

"再说了，以安导跟媒体的关系，把这种新闻压下来还不就是一两顿饭的事？到时候受困扰的反倒是你。

"你要是想进娱乐圈，这事一出，的确有人来找你炒作，给你点儿好处，可那对你长久的发展没有半点儿好处。安导说一句话，你在圈子里就寸步难行。

"你要是不想进这个圈子，这些事被曝光，对你的生活同样会造成困扰。

"小薄啊，我仗着年纪大跟你多念叨几句，有钱傍身才能挺胸抬头。你现在还没买房子吧？安导给钱你就收着，将来买套真正属于自己的房子，这不是挺好的吗？"

他逐一分析，将利害关系在薄禾面前摊开讲明。

虽然的确存了点儿吓唬薄禾的心思，可老潘敢发誓，自己说的这些也都是实话。

"这些钱你拿着自己用也好，捐出去也罢，总之安导给了你就是你的，任由你处置。她这几天忙着拍戏，熬夜是常事，要不然就自己来见你——"

"她是怕我去找舒窈。舒窈不知道这件事对吧？"薄禾忽然打断他的话说道。

老潘滔滔不绝的话为之一顿。

薄禾了然地笑了笑，说道："安导的家里人知道我的存在吗？"

老潘："当然，这种事瞒得了？安导不是嫁入豪门的受气小媳妇。她有自己的事业，舒先生也很尊重她。"

他的言下之意，薄禾就算把这件事闹大捅出去，也动摇不了安导的家庭。

薄禾摇了摇头："潘先生，她要是真不在意，就不会让您来找我。您时间宝贵，还耐着性子跟我说这么多话，本身就说明了问题所在。安导是不怕我把这件事告诉媒体，但一定担心舒窈受影响。就算舒家人知道我的存在，可知道是一回事，我会不会给他们添乱，影响他们的平静生活，又是另一回事。"她将视线迎上老潘，语气不带一丝嘲讽和愤怒，平静得像在说别人家里的事情，"这要是放在古代社会，还能整个杀手、护院之类的，把我从根源上给解决了，一了百了，以绝后患。可惜现代社会这办法就行不通了，安导自身的权势也没到那份儿上，才只能让您出马，让我安分些。"

"哎，我说你这小姑娘！"老潘实在没想到，薄禾看着和和气气的一个人，嘴巴里能说出这么刻薄的话。

他蓦地坐直了身体，想端起长辈的架子教训她几句，可平时见人说人话、见鬼说鬼话，现在话在脑子里打转半天，就是说不出口。

一鼓作气，再而衰，三而竭，老潘泄气似的道："你跟我说这些也没用，

177

当年丢下你的人不是我。安导她……唉，她也是迫不得已！总之，钱你先收下吧。我知道你心里委屈，这么多年，一个女孩子过日子很不容易。我也不说让你多体谅安导，只是让你多考虑考虑自己。至于舒窈——"

他有意顿了顿，不着痕迹地观察着薄禾的反应。

但薄禾眉目低垂，指尖摩挲着杯沿，茶在她的手里慢慢变冷。

老潘看不出什么端倪，只好继续道："你们当然有血缘关系，但这么多年从来没联系过，这次才见上面……安导的意思是想等她高考之后，再找个机会慢慢和她说你们的关系，而不是现在这么突然。舒窈年纪小，一时半会儿要是接受不了这个事实，再闹出什么事来，不单影响安导，也会影响你的日常生活。"

薄禾忽然抬起手来。

老潘还以为她要给自己一巴掌，连忙往后躲去！

"买单！"薄禾奇怪地看了他一眼。

老潘尴尬得不行，嘿嘿笑了几声，自嘲道："坐久了背疼，伸展伸展！买单我来，我来，你别忙！"

小宁来得很快，对薄禾甜甜一笑，道："小姐姐，我们老板说，只要以后您过来消费，不管消费多少，一律免单！"

薄禾奇怪地问道："你们老板不是不在吗？"

小宁："对，他出远门了。但你前两天给我们出的那主意特别好，我们跟老板通了电话，他特地嘱咐我们的。"

薄禾："我就是顺口一提，举手之劳，具体实施出成果是你们自己的功劳。"

小宁："反正我们老板这么说了，您就别为难我们了！您稍等一下！"

她噔噔噔地跑开，很快又拎着一个精致的纸盒回来："这是店里的招牌点心——绿豆糕和凤梨酥，您带回去尝尝！"

薄禾不肯收,非要给钱,还开玩笑道:"你再这样,我以后都不敢来了!"

小宁拗不过她,只好象征性地报了钱数,收下糕点的成本费。

薄禾跟店里的两个小姑娘打过招呼就离开了。

老潘见她看也不看放在桌上的卡,只好手一扫,将卡窝在胖胖的手掌里,跟在她后面离开。

他没得到薄禾的肯定答复,眼见她出了茶馆就往对面剧组走去,心里有点儿着急,又不敢喊住她,生怕薄禾一怒之下真在大庭广众下说出什么不合时宜的话,给安导平添烦恼。

老潘就这么提心吊胆地一路跟回去,发现剧组这会儿又热闹不少,非但女主演到了,男主演也来了。

女演员到了一定年纪,事业难以避免会慢慢走下坡路,男演员却正好相反。

男女主演虽然都是一个年龄段的人,演技也都得到了大众认可,但论起身价和知名度,还是男主角更胜一等。

他受到的欢迎程度,比女主演无形中又多了一些。

女主演跟他私交不错,也不是爱出风头的小姑娘了,见状还主动让出位置,让导演和制片人上前与之寒暄,自己在旁边看剧本。

剧组里有不少男主演的粉丝,还有的人受家里大龄粉丝长辈之托,见此难得机会,纷纷上前请求签名、合影。

薄禾没有追星,也没兴趣跟安导打照面儿,搞得彼此尴尬。她进了老宅之后就靠边走,去找欧阳璇。

欧阳璇为了等一个跟男女主演打招呼的机会一直没去吃饭,这会儿估计盒饭也凉了。薄禾想把手里的糕点拿给她,让欧阳璇先垫垫肚子。

但她没留意被围在人群里的主角,主角却注意到了她。

"小禾?"

179

薄禾下意识地循声望去,看见一张略带惊喜表情的脸。

"真是你?来,来,快过来!"那人招手。

"干爸?"

卓逸因圈中的地位,注定自带光环——安导在他面前也得客客气气的。但这会儿众目睽睽之下,他竟不顾身份,主动拨开人群走向薄禾。

"干爸""干爹"之类的称呼,在现今已经变成具有某种特定含义的贬义词,卓逸不可能不知道。但他听见薄禾的称呼,不仅面色如常,还招手让薄禾过去。

卓逸责怪道:"你怎么会在这里?拍戏?来了也不说主动给我打个电话,怎么回事啊你?"

薄禾笑道:"哪儿能不告诉您?我们公司放假,我陪朋友来玩儿玩儿。要是早知道您在这里,我还不飞奔过来蹭饭啊!"

"都长这么高了,平时视频里也没看出来!"卓逸拍拍她的肩膀,脸上真有点儿吾家有女初长成的欣慰感。

"老卓,你啥时候认了个女儿,我怎么不知道?"像是知道大家心里的疑问,制片人先问了出来。

薄禾还是头一回跟安导距离如此之近,她的视线自然而然地落在了安导的身上。

安导也正在看她,没有久别重逢的欣喜,没有隐忍,也没有苦衷,有的只是疏离、淡漠、平静。

中学时的薄禾是最叛逆的。那时,她也曾设想过种种电视剧里才会出现的场景。

比如说自己功成名就,亲生母亲千里迢迢地找来求她原谅。

比如说亲生母亲生了什么大病,急需器官移植,母亲家的人找上自己,各种威逼利诱要求自己妥协。

现在回忆起来,薄禾还有点儿想笑。

但真正的现实是,她们面对面站着,比世界上大多数人更近,却不愿意与对方说一句话。

薄禾从安宝华眼中看见了猜测、疑惑还有防备之色。

就在前两天,这位安导在面对舒窈时,却是完全不同于此时的表情。

安宝华像世界上绝大多数母亲一样,愿意将最好的东西留给子女。

这份慈爱,唯独不是给薄禾的。

卓逸正跟人说起他认识薄禾的经历。

"十几年前吧,我还没有现在的知名度,走在街上没几个人认识的那种。当时跟着摄制组进山里去拍一部纪录片,条件比较艰苦,也没啥娱乐活动,我们剧组里的几个人就相约拍摄之余进山玩儿玩儿。"卓逸比了个高度,"那会儿小禾才这么高,比同龄小孩儿都矮,在离大山最近的镇里上学,周末到剧组里来打工,帮忙跑跑腿,当个向导啥的。她对那附近的环境比谁都熟,我们就让她和另外一个年轻人带我们去转转。

"结果坏事了。带路的那个年轻人把我们给带进了山沟里,大伙儿全迷路了,怎么转也转不出来。大山里天黑得早,那树遮天蔽日,黑压压一片。我们同剧组里一个女演员……哦,就是凌霜——你们应该都认识——她急得都哭了。"

他讲故事的能力不错,边上的人也挺捧场。

"没想到霜姐那么硬气的人还有哭鼻子的时候啊!"

"那后来呢?卓哥你们后来怎么样了?"

"肯定得救了吧?"

"带路那小伙子自己也不认识路了,我们就在山里打转,又饿又累。得亏小禾有经验,带了不少干粮,背了满满一书包。我们进山前还笑话她,说她贪吃。事实证明小禾的举动救了我们所有人的命。"卓逸半开玩笑道,"要不是靠她那点儿干粮,我们可能根本挨不到剧组派人来找我们!"

181

旁人凑趣道："所以就您认了个干女儿？霜姐十几年前也还是小姑娘吧，是不是怕被喊老了，才让您认的干亲啊？"

卓逸哈哈一笑，说道："还真是，凌霜为了表示比我年轻，非要小禾认她当干姐，不让小禾喊干妈。"他用手指虚点了点薄禾，"这十几年来，我们见面虽然不多，但也经常视频通话。这孩子懂事，招人疼。当时我们想把她接到北京上学，她就是不肯，现在连工作也要自己找，不让我们插手，全是自力更生的。"

众人自然纷纷夸奖，有说卓逸、凌霜厚道讲义气的，也有说薄禾懂事乖巧的。

锦上添花何其容易，大家都愿意顺手为之。

要是卓逸还跟十几年前一样默默无闻，这段往事现在充其量就是一个鲜为人知的故事。但如今卓逸功成名就，这段往事就是一段佳话。那些前一刻还揣测薄禾那声"干爸"里藏了多少龌龊关系的人，现在都讪笑着送上夸奖。

制片人适时地加了一句："小禾有没有演戏的打算？你这脸挺适合上古装戏。我们公司正好有部新剧要筹拍，女二号的人选还没着落，你要不要来试试？"

制片人这也许只是场面上的客气话，但要不是卓逸的面子大，制片人也不会轻易送出这种人情。

许多人熬了好几年也轮不上的女二号，制片人轻飘飘一句话就给送出去了。

老潘还有种仿佛在做梦的感觉，忍不住朝安导的方向看了一眼。

安导的表情与他想象的差不多，五味杂陈，复杂难言。

薄禾居然还跟卓逸扯上了这样一层关系，谁能想到呢？

卓逸在圈中的人脉、资源不比安导少——薄禾要是真想进娱乐圈，有他保驾护航，根本就不必安导出面。

更难得的是，老潘看得出来，卓逸对薄禾是真有几分疼爱，而不是作秀。

但这样一来，刚才他在薄禾面前说的那些话就显得有些可笑了。

真是枉做小人了，老潘暗自苦笑着想。

他知道，现在安导的心情肯定比他更糟糕。

薄禾笑着婉拒了制片人的好意，又把被挤到人群外面的欧阳璇拉进来，给卓逸和制片人介绍了两句："这是我朋友欧阳璇。她这次在剧组里拍戏，我陪她来的。陈先生……"

卓逸在旁边纠正："叫陈叔，老陈跟我是多年兄弟了。"

薄禾从善如流地道："我现在这份工作挺好的，暂时没有改行的打算，多谢陈叔。"

她没有直接为欧阳璇争取角色，但欧阳璇从原先连在男主演和制片人面前混个脸熟都做不到的局面，到现在还能让对方记住名字，这已经是质的飞跃。

欧阳璇也很激动，面对卓逸跟制片人，紧张得说不出话来。

秦川从外面溜达回来，就看见小宁一脸神秘兮兮、欲言又止的样子。

"怎么回事？"他以为店里出了什么问题。

结果小宁把自己刚才听见的只言片语竹筒倒豆子似的全倒出来了。

"我也不是故意偷听的，那时正好在收拾您的桌子，就听了几句。"见秦川沉着脸，小宁有点儿心虚地补充，"后来没听完，我就从另外一边出去了。"

秦川道："除了我，这事不要再告诉别人，包括小苏。事关客人隐私，要是传出去，对店里的声誉有影响。"

小宁忙点头保证。

这几天对面剧组的人进进出出，小宁经常听见有人"安导""安导"

地叫着,想记不住都很难。要不老潘在那里说"安导""安导",她也猜不到是谁,没准还以为"安导"就是个人名呢。

她只当听了个八卦消息,秦川却不是这种想法。

他知道自己对薄禾的关注度已经越来越高——这种关注于他而言是不正常的。

理智与多年的自制力阻止了他想进一步了解薄禾的好奇心。

秦老板这样想的时候,手已先一步打开了QQ。

意料之外的是,薄禾居然回复他了。

她对秦川说,这两天自己在外面,没怎么上游戏,只能等回去再带他玩儿"吃鸡"了。

秦川打了字,又删除,然后又重新斟酌言辞,如此几次,才终于确认发送。

秦川:"师父,你是不是心情不好?"

薄禾:"没有,怎么这么问?"

秦川:"之前你跟我说话都会发表情,这次没有。"

薄禾随即发了个笑脸过来。

秦川:"这不算数。"

薄禾:"别担心,我没心情不好,就是看见了一个不想看到的人,有点儿烦躁而已。"

秦川心说,如果安导真是薄禾的亲生母亲,还抛下薄禾这么多年,换了自己,岂止是有点儿烦,没有报复都已经算克制了。

但他知道薄禾,薄禾不知道他。

在薄禾眼里,秦川只是一个正值青春期、被学习困扰、性格有点儿孤僻又格外护短的少女。

秦川不能说任何出格的话,甚至不能做出一些与那个少女形象不符的行为。

因为成年人的安慰和小朋友的安慰肯定是截然不同的。

否则以薄禾的聪明程度，他迟早会被怀疑。

秦川蹙眉想了半天，最终在对话框里打下了一行字："师父，其实我也心情不好。"

他最后还发了个哭泣的字符表情——他临时抱佛脚从搜索引擎里搜出来的。

消息刚发送出去，秦川就后悔了。

他一个大老爷们儿，怎么知道十几岁小女孩儿到底为什么事情心情不好？

在对方很快询问一句"怎么了"之后，秦川找来了小宁："你十几岁的时候有什么烦恼？"

小宁蒙了片刻，在秦川的注视下，艰难地道："我忘了。"

秦川："随便举个例子就行。"

小宁只好绞尽脑汁地回忆："最大的烦恼应该是学习成绩吧。我当时的分数只能勉强上重点学校，有些悬。家里人挺担心的，还给我找了补习老师。我每天做题都快被整疯了……"

秦川："还有吗？"

小宁："减肥吧，当时我看中一条裙子，但腰不够瘦，烦恼了整整半学期，到现在都记得。"

秦川皱眉。

这些都是青春期少女的烦恼，不能说不真实，但他用来安慰薄禾显然是不够的。

秦川："还有更严重一点儿的吗？"

小宁："……"

两个人面面相觑。

小宁讷讷地道:"家庭矛盾算吗?"

秦川:"说说。"

小宁:"具体原因我也不太清楚,只记得那段时间我爸妈吵架吵得挺厉害,一度闹起离婚——我夹在他们中间挺难受的。他们私下还总问我要跟谁,不过后来说开了又没事了。"

秦川若有所思。

小宁:"您……这是在做调研?"

秦川随口道:"朋友的孩子最近情绪不高,但不肯说原因,帮忙问问。"

小宁恍然,同情地道:"十几岁的孩子心思细腻,现在又都在鼓励教育下长大,比我们那会儿还要脆弱,一个弄不好就拿跳楼来威胁大人,是得注意点儿。"

伪装成十几岁孩子的秦总面无表情地道:"去给我泡杯碧螺春吧。"

对剧组而言,每天的拍摄计划是固定的,当天拍不完的戏就得往后顺延,整个剧组的人就得跟着辛苦加班。

卓逸深知这点,跟众人聊了几句,满足大部分人合照、签名的愿望之后,就主动向安导提出开始工作。

薄禾顺势跟卓逸和欧阳璇打了声招呼,离开热闹的剧组,先行回酒店休息。

以卓逸刚才亲热的态度,薄禾知道自己今天再留下来,只会平添没必要的困扰。

她既不想进娱乐圈,也不想利用卓逸的关系去做什么。别人有意无意地向自己献殷勤,对她来说都没意义。

女主演余光瞥见薄禾离去的身影,顺口对卓逸夸了句:"你这干女儿收得好,低调懂事。"

卓逸笑了笑,道:"她志不在此。我不想勉强她,她也不愿依靠我们的关系,有时候真拿她没办法。"

女主演道:"那她的自尊心挺强的。"

"也不是,"卓逸摇头,"该怎么说呢?应该说她活得比大部分人通透吧。而且她命犯贵人,就算没有我,照样能过得滋润自在。"

女主演失笑道:"命犯贵人?这是你发明的新词?怎么听着这么怪?"

卓逸:"哎,你可别笑,我说的是真的。她不管走到哪儿、遇见什么事,总有贵人相帮,逢凶化吉,这本事别人想学也学不来。"

女主演约莫是个算命爱好者,闻言像煞有介事地道:"那就说明她命格贵重,否则当年也不可能带着你们化险为夷。"

卓逸哈哈笑道:"是不是命格贵重我不知道,我这干女儿有副热心肠,遇见别人有难,力所能及总会帮一把。我还记得前两年,她夜里出去买东西,看见一个女孩子下夜班回去被人尾随——这种事换作别人肯定就不管了,她还胆大包天地跟在那人后面进了小区,见对方一直跟踪那个女孩子,就暗地里先报了警,然后跟上楼去。"

主演上装、定型是费时费力的环节,两个人索性闲聊打发时间。

边上的化妆师也听得入神,还忍不住追问道:"后来呢?薄小姐没事吧?"

"后来她看见那男的果然想对那个女孩儿不轨,就上去阻止了。"

女主演也问:"那男的很瘦弱?"

卓逸:"据说挺强壮的,比我还高点儿。"

女主演咂舌:"那她也太鲁莽了!换作是我的小孩儿,就算做好事也不能不顾自己的安全,肯定被我狠狠骂一顿的。"

化妆师则道:"是警察及时赶到了吧?"

卓逸忍笑道:"警察赶到的时候,那男的正躺在楼梯口,脚崴了,一把鼻涕一把泪地求警察做主。"

女主演目瞪口呆:"薄禾打的?"

卓逸点头："她也没打，就是拉扯动手的时候把人给推下楼梯了。那人自己喝了酒，顺势滚了下去，起不来了。"

化妆师扑哧笑道："薄小姐力气还挺大的。"

卓逸："你们别看她柔弱好欺负的样子，好似风一吹就能上天，掰手腕我都掰不过她的。"

女主演道："可以啊，真人不露相。"

卓逸："最难得的是，她帮助的那个女孩子家里人还是报社的，后来为了感谢她就写了报道，让这事上了报纸，还给学校寄了锦旗。学校为了表彰小禾，帮她申报了见义勇为市民奖。当时正好省里领导去他们那儿视察，听说这件事，顺手又给她提了一级，说是要提倡当代大学生见义勇为的精神，让她去参加省里的表彰会。听说后来她毕业的时候，那个女孩子家里人还主动要帮她找工作，小禾婉拒了。"

旁人感叹道："这还真是——别人做好事，未必有好报；她做了好事，别人都感恩。"

卓逸笑眯眯地说："要不然我怎么说她命犯贵人呢？可话说回来，换了别人，甭管有没有好报，没那胆量，没那本事，遇见这种事也得犹豫一下，生怕招惹麻烦——可她就不一样。我这当干爸的只能时时劝她小心冷静点儿了。就像您说的，女孩子总归不能太鲁莽。"

话是这样说，他那为人家长的得意劲儿却怎么都掩盖不住。

薄禾到了酒店，才看见徒弟发来的回复消息。

"我父亲对感情不忠，母亲因病去世之后，我们就很少说话了。"

薄禾过了好几秒才发现自己一直站在门口，连门都忘关了。

家庭缺失对一个孩子来说意味着什么，她再清楚不过。

人毕竟是社会性动物，不像孤狼，大可行走荒原，孑然一身。人无论后天得到多少东西，始终是父母给予的爱最为深刻。

但也并非人人都有一对愿意为儿女付出爱的父母。

有的人亲缘观念淡薄,父母固然有自己的私心,起码还能尽到基本的责任。

有的人却连这点儿淡薄的亲情都享受不到。

薄禾的心蓦地软了下来。

她打了许多话,又觉得不合适,最后一一删除。

秦川等了又等,没等到薄禾的回复。

正当想起身去给茶杯添水的时候,那边忽然发来一条语音,他忙点开。

"别难过,我陪你玩儿游戏吧。"

一望无垠的沙漠地带,车与人都很少。

玩家唯有迈开双腿使劲狂奔,才有可能看见破破烂烂的房子、卷帘门卷起一半的商店,还有被岁月侵蚀过的木屋。

但那不意味着有丰厚的物资等着自己,反而是房区之后的沙丘上,某个敌人可能忽然冒出来冲你后背来上一枪。

秦川不大喜欢沙漠地图,就像不太喜欢雪地地图一样,白色和黄色总不像绿色能给人带来安全感。

令他定下心神玩儿游戏的,是队伍里的人。

薄禾在前面奔跑,秦川也在后面狂奔。

找不到交通工具,他们只能靠两条腿了。

他能在地图界面上看见对方的身影,系统显示两个人之间的距离只有一百米。

大热天里跑沙漠地图,就算人坐在空调房里,也难免觉得热浪环身。

一个人影在不远处的废弃集装箱后闪动,秦川若有所觉,但看过去的时候,人已经不见了。

他正想提醒薄禾,身上已经中了两枪。

薄禾反应极快，转身就往树后一蹲，斜镜瞄了两回，锁定敌人。在对方再次探出头瞄准秦川的时候，她开枪了。

但秦川看见了另一个敌人，是对方的同伙。

几秒之内，打字会耽误时间，他只有发语音才能确切地给薄禾指出对方的方位。

就在那一瞬间，敌人上了二楼，枪声响起。

对方枪法很准，又盯上薄禾，薄禾正探头出来，还没等秦川提醒，便已经中枪了。

这个游戏里菜鸟不少，高手也比比皆是，像薄禾这种段位的玩家也有几个。

在双排队伍中的两个人同时被击倒的情况下，受伤的队友无法互相疗伤，他们这场沙漠之战注定夭折。

秦川有点儿懊恼。

棋逢对手是一种乐趣，但秦川今天只想让薄禾另眼相看。

他已经单排了好几天，能感觉自己在一点点进步，已经脱离了原先的菜鸟行列，起码也是能带带人的普通高手了。

为此他还特地找了几个随机四排或单排的队伍，带着娇弱的队友们一路杀出重围最后赢得胜利——这让秦川提高了玩儿游戏的信心。

谁知道他刚出师，就折戟沉沙。

他给薄禾打字道："我刚才看见敌人了，可来不及告诉你。"

薄禾很快回复他："没关系，不过如果可以，我也想听听你甜美的声音。"

拥有"甜美声音"的秦老板面色一僵。

他犹豫片刻，敲下了一行字："我的声音不好听。"

薄禾："我不能说声音不重要，因为那的确会影响别人对你的印象。很多人通过专业的发声训练，改变了原本的声音和腔调。但是，我觉得最重要的是让自己不去在意别人的看法——你就是你，独一无二。"

秦川仿佛可以看见急于安慰他的薄禾，在屏幕前斟酌着词语。

她本可直接用语音说这些话，那样更省力气，可想必是怕自己说错话，反倒惹得秦川更不开心。

如果你发现我有事隐瞒你，但绝无恶意，也非故意，会谅解我吗？

秦川已经将这句话打了出来，在按下"发送"的前一刻又心生悔意，将其删除，只回了一个"嗯"字。

这个字安全多了。

秦川有着微妙的郁闷心情，说不清是什么原因。

但如果薄禾一开始就知道他的身份，两个人绝不会有和谐地玩儿游戏、闲聊心情的这一刻。

秦川想，他应该会抱着对这个小员工的偏见，直到对方离职。

薄禾身处的职位，只要公司发布招聘信息，以盛名的薪酬待遇，随时有一堆名校毕业生的履历放在秦川桌上任其挑选。即使他想要海外名校的简历，也未必找不到。

可那些人都不是她。

抛开杂念，秦川问薄禾："再来一局吧？"

她回道："好。"

他想，这次定要让她刮目相看。

第二局游戏开始，秦川选了雨林地图。

画面还是熟悉的碧绿和蔚蓝相间，让看多了沙漠的眼睛立时得到抚慰。

两个人降落在天堂度假村。

地方是秦川选的。

勇者要敢于有策略地正面迎敌，而不是苟活到最后——这是他玩儿这

191

个游戏的心得。

刚玩儿这类游戏的时候，秦川不知道哪个地点物资多，哪个地点容易聚集大量高手，哪个地点又会大概率出现在安全区乃至"天命圈"之内。是薄禾一点点地给他讲解，使他少走了许多弯路。

现在他带着薄禾，熟练的跑动、捡包动作已经完全脱离了菜鸟行列。

他们从屋顶跳下二楼，秦川刚捡起一把AK，还没来得及找到防弹衣，就听见薄禾开了口。

"外面有敌人，不止一个！"

听到凌乱的脚步声随之传来，秦川心头一紧，随即往来时的方向跑去。

枪声在后头响起，他将将避开，子弹打在了墙上。

换作几天前，菜鸟秦老板可能还会往枪口上撞。但现在他跟薄禾似乎已经培养出了那么点儿默契，甚至连右上角的足迹提示都不用看，他的第一反应就是往回冲。

薄禾果然在楼下接应他："分头绕到两边，前后夹击！"

度假村里肯定不止一队敌人，如果他们被后面的"黄雀"盯上怎么办？

秦川心头浮现疑问，手里却一刻不停地操作着角色按照薄禾所言，绕到两层小洋楼的前面。

前方，敌人从楼梯上一跃而下，被他逮了个正着！

他毫不犹豫地开了枪。

AK后坐力大，秦川用惯了M416有点儿不习惯用AK，五枪有两枪打偏了。好在他先发制人——对方还没来得及反应，已经被他给打死了。

另外一头，薄禾也解决了敌方的队友，纵身闪入屋里。

秦川不敢急着去捡包，因为往往这个时候，埋伏在暗处的"黄雀"就会出来把"螳螂"和"蝉"吧唧一口全吞了。

果不其然，就在敌人刚刚被淘汰的时候，秦川右侧传来了枪声。

玩家最怕遇到一种情况——敌人不止一个，还不在同一个队里。

也就是说，你千辛万苦地打死两三拨敌人，稍稍放松之际，冷不丁就会被袭击。直到死的那一刻，你才知道对方到底藏在哪里，前面从敌人那里搜刮来的物资，全部便宜了别人。

这种感觉就像自己好不容易将扑克牌一张张叠成塔状，有人直接伸手就把它给推翻了。

一切从头开始，这种感觉糟糕透了！

反之，如果最后的胜利者是自己，胜利的果实同样能让人回味无穷。

秦川他们现在充其量只能算万里长征走了第一步。

当右侧枪声传来的时候，秦川心里咯噔一下，心说完了，自己没穿防弹衣。

他连个一级甲都没有——只要别人手里拿的是 AK，随随便便来两下就能将他送回老家。

还没等他跑向掩体，薄禾已经在屋内连续消灭了两个敌人。

"你去捡包，我掩护你！"薄禾道。

这时候顾不上谦让，秦川马上跑过去，发现两个敌人身上的三级头和三级甲居然都是完好的。

也就是说，薄禾在这么短的时间内，居然还考虑了没打坏敌人的装备，给秦川留下宝贵的东西。

秦川捡完包回过头，发现有个人从屋后冒出头，枪口正好对准了冲自己跑来的薄禾的后背。

他毫不犹豫地端枪瞄准射击，正中目标。

薄禾忍不住欢呼："漂亮！"

秦川嘴角微扬。

小宁端着切好的水果走过来，看见秦川的笑容，忍不住八卦之心顿起。

"老板笑得这么开心，是遇到什么好事了吗？"

秦川："我笑了吗？"

小宁点头。

秦川用手一抹嘴角的弧度，说道："我没笑，你看错了。"

小宁："……"

结束一天拍摄的安宝华回到酒店房间里，可谓是身心疲惫。

国内也好，国外也罢，导演圈注定是男性的天下。她一步步走到今天，固然是人脉起了作用，但如果自身没有真本事，是不可能得奖无数、在导演圈站稳脚跟的。

本事是天赋，也缘于后天努力，安宝华已经不记得自己年轻时为了考试，为了跟上同龄人的步伐，多少个夜晚整宿整宿不睡觉了。

当年熬个通宵，隔天一盆冷水洗脸就能精神过来，现在却不行了，人到中年，安宝华只觉得自己从精神到身体，每个细胞都在喊着睡觉。但她还是强撑着去洗了个澡，才穿着睡袍往床上躺去。

柔软的床垫令筋骨发出舒适的呻吟，安宝华原想给女儿打个电话，一看时间已经晚上十一点多了，心想窈窈这孩子应该早就睡下了。

舒窈得知自己可以跟着母亲来剧组，兴奋得四处蹦跶，非要跟安宝华睡，现在发现演戏原来也不如自己想象中那么浪漫，反而隐藏着无数的艰难困苦，就闹着要回去了。

想起任性的女儿，安宝华倦意浓浓的脸上露出一丝笑容，然后有人敲响了房门。

老潘站在门外。

两个人是多年的搭档、朋友。

安宝华侧身让他进来，嘴里跟着抱怨："这么晚了还有事？别是卓逸和楚凤仪那边有什么事吧？"

"不是、不是，他们没啥事。"老潘搓着手，欲言又止，半天才道，"之前你不是让我去见见小薄嘛，我想着总该跟你说说见面的结果。"

安宝华一听这话，那丝带着疲倦和应付的笑容都没了。

"钱她不肯收。以前你给她的那些钱，她也都捐出去了，还给我看了收据照片，估计是以前就留了后招儿，防着我们。这个小姑娘不像我想的那么好打发。"老潘将两个人的谈话内容简明扼要地说了一下，末了还开了个不算好笑的玩笑，"她看着好说话，难缠程度不亚于你啊，可见'虎母'无犬女。"

见安宝华没笑，老潘轻咳两声，住嘴了。

"你有什么建议？"安宝华神色漠然、带着倦意。

"她好像没有以此要挟的意思，不过人心难测，这圈子里奇奇怪怪的事情咱也看得多了，你有防备之心是好事。要我看，就两个办法——

"要么直接开诚布公，对外公开你有这么个女儿。反正舒家的人也早就知道了，小窈现在也长大了。你好好和她说，她未必不能理解。这样一来，我们化暗为明，对方能够威胁你的把柄也彻底没了。"

老潘说完，试探着问道："怎么，这法子不行？"

"不行，戏还没拍完，到时候那些八卦媒体肯定闻风而动地赶过来，进度就耽误了。再说小窈现在还没高考呢，万一这事影响她的心情，她考砸了怎么办？老舒那边我倒不担心。他是个通情达理的人，可舒家有些亲戚把面子、名声看得比天还重要，到时候又会风言风语……"安宝华说了半天，忍不住露出焦躁的表情。

老潘算是听明白了，安宝华压根儿没打算对外承认她有这个女儿，简而言之，就是否定了他的建议。

他只好接着道："那就得用第二个法子了，解铃还须系铃人，你去找薄禾好好谈谈，解开彼此的心结。再怎么说你也是她的亲生母亲，给你添乱对她没有丝毫好处。"

安宝华："可她能得到报复的快感！"

老潘愣了愣,小心翼翼地试探道:"她要报复你什么?当年……"

安宝华沉默片刻后说道:"当年我没有遗弃她,是她亲生父亲不负责任,丢下我们跑了。我一个单亲母亲未婚先孕,还能怎么办?二十多年前的风气,你想想。别说他们那个小镇了,就连大城市出这种事,男人要是拍拍屁股一走了之,女人永远被千夫所指。"

老潘也是头一回听她说起这件事。

那些过往,隐藏在安宝华名导的光环背后,很少有人窥见。

安宝华不是女演员,没有那么多八卦媒体去挖掘她的过去,但也不是没有好事之徒。几年前就有一家以挖掘名人丑闻为乐的媒体,查着查着不知怎的就摸到安宝华头上来了。当时这家媒体也不知道有薄禾这个人,只是捕捉到了蛛丝马迹,还是老潘出面解决此事的。

那时候他才知道,原来千娇万宠长大的舒窈不是安宝华的独生女。

"后来呢?"

"我跟我娘家闹翻了。母女俩走投无路,我一个人带着她,日子过得极其艰难。正好住在我隔壁的一对夫妻结婚二十多年没有孩子,就想收养她。我看那对夫妻心地好,能好好对她,就同意了。"

"那你们没再联系了?"

"对方既然已经收养她了,我再经常去探望她不是给他们增添烦恼吗?再说那个时候我已经醒悟了——这世上谁都靠不住,能依靠的只有自己。我想重新开始中断的学业,更不可能带着她了。我努力读了两年书,终于考上了最想去的那所学校的导演系,再一路读下去,后来的事情,你大概都知道了。"

"那你也算是读书改变命运了。"

"何止是改变,它挽救了我走向深渊的命运。我是在读研期间遇见老舒的,如果当时没有下定决心吃那些苦头,听我娘家人的话随随便便找个人嫁了,现在估计就是在那个小镇上蹉跎时光,永远走不出来了。"

"那你们后来是怎么相认的？"

"她快高考的时候，她养父母不知道从哪里看见我的报道，托人四处打听，从小镇跑到京城去找我，说她的成绩很好，能考上大学，但是家里经济一般，交学费有困难，让我帮帮忙。"

"你帮了？"

"当然，怎么说她跟我也有血缘关系。当时我也没什么钱，还是向老舒要的，就当把从前亏欠她的感情还清了。不过她后来也没考上什么名校，就一所普普通通的大学，现在毕业了也就找了一份普普通通的工作。"

"他们后来还问你要过钱吗？"

"没了，也就那一次。后来听说她的家人去世了，家里就剩她一个人。我估计是她养父母跟她说了什么吧，才让她对我有偏见。算了，那孩子虽然有点儿小聪明，但……她长大了，自己的路自己去走吧。"安宝华显然不想继续聊下去，挥了挥手，"总而言之，你帮我多看着她吧。她既然认识卓逸，难保卓逸不知道什么。但既然大家都在圈子里混，抬头不见低头见，卓逸为人处世都不错，知道什么该说，什么不该多管闲事，倒是不用太担心。给她的钱，你不妨多给点儿，只要数目到位，她暂时应该不会生事。这些事就不用问我了，你自己决定吧。"

老潘张了张嘴，想说点儿什么，又咽了回去。

他阅人无数，觉得薄禾不像安宝华说的那样，可知人知面不知心，圈子里的奇葩事多了去了——父母、子女、兄弟之间为了名利和财产闹翻的不计其数，甚至有一个知名女演员身故之后，她的亲生母亲将她告上法庭，然后拿着她的遗产四处挥霍……

老潘对这些事早已见怪不怪。他没法劝安宝华别太敏感，因为自己也不能确定薄禾会不会干出这样的事来。

"那好吧，你先休息，我会处理的，一切等小窈高考之后再说。"

老潘天生是操心的命，满怀心事地回房，翻来覆去一夜没睡好，还梦见十几岁的薄禾将亲生母亲告上法庭。他在梦里忙忙碌碌疲于奔命，醒来比睡觉前还累。

好不容易中午时分爬起来，老潘收拾了一下，准备再去找薄禾谈谈，不求对方冰释前嫌，起码能让薄禾对安宝华的态度好一些，以免被旁人一挑拨就生出事端。

老潘知道，安宝华是个极要强的人。当年她在那种大环境下看似走投无路，反倒静下心来读书，凭借毅力重新拾起学业，走出小镇，去了京城，让自己的命运发生翻天覆地的变化，说白了就是从一个阶层跳到了另一个阶层。

相比之下，薄禾就有些平平无奇了。

就像安宝华说的，薄禾的人生轨迹和她的养父母一样，普通到底，泯然于众。

老潘隐隐觉得，这样平凡的女儿让安宝华不太愿意相认，更不愿承认两个人之间有什么关系，而被安宝华倾注心血培养的舒窈，才更像安宝华的亲骨肉。

就算自己跟安宝华再熟，这种事他也不能说太多。老潘只能尽到自己当经纪人和老友的职责，去帮她摆平一些可能会出现的麻烦。

谁知当他到剧组的时候，却被告知欧阳璇跟薄禾已经离开了。

欧阳璇的戏份已经拍完，许多演员会立马离开去赶下一个通告，但像欧阳璇这样的，一休息就可以休十天半个月，拍完自己的戏份多待两天也正常。老潘没想到她们说走就走，这么干脆，只好拨通薄禾的电话。

"小薄吗？你好，你好，怎么这么快就走了？我还没来得及送送你……你跟卓哥道别了吗？……好的，好的，我明白……这附近有个菜馆挺出名的，我想请你去吃来着……那没事，下回吧，你方便把地址给我一下吗？公司的也成，回头我让人给你寄些吃的过去……飞机要起飞了？行，行，那先挂了，再见，祝你一路平安！"

薄禾将电话挂断,转头看见了欧阳璇好奇的神色。

"老潘可不只是安导的经纪人,他的手下还有两个大腕儿。这人的门路广得很,大家都得给他几分面子。"欧阳璇离得近,隐隐约约听见一些两个人的对话,浮想联翩地道,"他对你这么客气,是不是真想发展你进娱乐圈啊?"

薄禾虽然也漂亮,但她的漂亮是相对普通人而言的。圈中美人何其多也,环肥燕瘦,各有千秋,要什么样的绝色没有?就连欧阳璇这样郁郁不得志的,也是个标致的美人。

但如果有了卓逸的门路就不一样了。昨天欧阳璇听见制片人邀请薄禾担任自己新戏的女二号时,要说心里没有半点儿波澜起伏是不可能的。

想到这里,欧阳璇惊觉自己刚才那句探问里竟夹杂着一丝说不清道不明的艳羡,也不知道薄禾有没有听出来。

"对不起,我不该问这么多的!"欧阳璇连忙道歉。

薄禾嗯了一声,随口安慰她道:"我从来没打算演戏。他就是看在我干爸的面上客气而已,要是我当真就闹笑话了。有些人少年成名,有些人大器晚成,你别想太多了。"

欧阳璇点了点头,心里还是有些奇怪。

以老潘今时今日的身份,就算看在卓逸的面子上对薄禾和颜悦色,他也没必要客气成那样。

但她看了一眼薄禾的脸色,明智地将疑惑埋在心里,没有继续追问。

回到都市里的薄禾结束休假,重新过起朝九晚五的生活。

如果说有什么变化,那应该就是老上司升职,她跟着有了"鸡犬升天"的机会。

主管姚彦培训归来,正式升任销售部副总。

他们所在的客服部隶属销售部，销售部则是公司龙头部门，姚彦这次升职可谓迈出了一大步。

但摆在薄禾面前的是两条不同的路。

"总裁室？"薄禾以为自己听错了，不由自主地重复了一遍。

姚彦点了点头："总裁室那边最近缺人，重新开始一轮社招或校招的话，周期会比较长，所以倾向于内部挑人。那边看中你之前在总裁室的工作经历，想跟我借调你过去。当然，也要你自己愿意。"

薄禾很奇怪："当初我是犯了错才回到原部门的，现在他们怎么还要我回去？"

姚彦笑了笑，不答反问："你知道这几天有人在背后说你什么吗？"

薄禾摇了摇头。她并不好奇，就算公司里有一两个聊得来的同事，对方也不可能把听到的流言特意告诉她，给当事人添堵。耳不闻心不烦，薄禾知道自己从总裁室被"赶"回原部门时，闲言碎语肯定不少，但因一贯看得开，听见了也当没听见。

姚彦说道："他们说在海岛开会期间，你半夜去敲秦总的门，还被秦总训斥一顿赶了出来。你为了挽回局面，打听到秦总有晨跑的习惯，特地跑去酒店后山堵人，结果遇上了地震，连累秦总为了救你被困。"

薄禾点了点头，客观评价道："前因后果，故事完整，这流言听上去还挺靠谱儿的。"

姚彦乐道："你就不生气？"

薄禾无奈地道："我也不能往这些人的嘴巴里一个个地塞抹布不是？敲门是真，那天我们从海上回来，我眼睛里进了水，脑袋昏沉沉的，走错房间了，的确被秦总误会了，但后面的那些事全是假的，这不就是'开局一张图，内容全靠编'吗？"

姚彦笑道："我知道你不是那种人，秦总也亲自为你澄清了。"

薄禾反倒疑惑起来："澄清什么？"

她印象中的秦老板对她的印象特别差——好事轮不上她，啥坏事的锅总往她这里扣。薄禾早就习惯了，甚至已经做好哪天被人踢出公司的心理准备。

姚彦道："你还没看邮件吧？早上总裁室发了一封群邮件，赞扬你在台风中临危不乱，救助同事的行为，准备按照公司规定给你奖励，并在今年给你多发三个月的工资。这封邮件等于把之前的流言澄清了，而且总裁室还来要人，这下那些人也就消停了。我本来想让你跟我去销售部当我的助理，不过你去总裁室前程更好，毕竟离老板近，一举一动、一点儿功劳都有可能被老板看在眼里，也没那么累，所以还要你自己选。"

薄禾毫不犹豫地道："我跟着您！"

"她想跟着姚彦。"关慎语气平平地说完这句话，接着道，"另外几个人选，像王琪——"

"总裁室的薪资、待遇更高，前途也更好。"秦川打断他的话。

关慎道："我也将待遇都跟他们说了，薄禾的心里肯定清楚，不过她还是想继续留在姚彦那边。"

总裁室缺人这件事是客观事实，李玺已经逐渐完成交接工作，现在部门里是关慎、唐蜜、方颖、施羽四员大将坐镇。

方颖全局观不足，只能维护好自己那一亩三分地。

唐蜜主外，施羽则主内。

关慎属于秦川的特别助理，跟其他三个人不在一个等级上。

大家各司其职，按理说没什么问题，但施羽初来乍到，一时半会儿难以圆满地完成李玺以前手头的那些工作，这时候就需要一个助手来分担，之前总裁室也一直缺人。

关慎挑了几个他觉得合适的人选，但听见秦川这么说之后，立马明白秦老板属意的还是薄禾。

秦川问:"因为上次从总裁室回原部门的事?"

关慎迟疑地道:"也不止吧。之前有些关于她的谣言,乱七八糟的,我估计她也听到了,可能是为了避嫌吧。"

他又三言两语地说了流言的事。

秦川皱眉道:"你也相信这些?"

关慎道:"从工作角度来看,一个员工身上是非太多,留在总裁室里不仅会对她自己有影响,也会影响别人的工作情绪,让她跟着姚彦也不错。"

秦川沉思片刻后说:"这样吧,最近不是有一场展会吗?总裁室急需人手,不管怎么说她也在总裁室待过,很多事情比别人容易上手,反应也快。她想跟着姚彦也可以,先把人借调过来,把展会的事情忙完之后,你再让她回去。"

关慎觉得这样也可以:"那让她过来临时办公?"

秦川颔首,对走出这间办公室就能看见某个人的情景有了点儿期待。

但当天晚上就发生了小意外。

意外不在现实中,而在游戏里。

秦川已经有好几天没有登录《九霄》。

他习惯了一上网就追随薄禾的脚步——对方玩儿"吃鸡",他也玩儿"吃鸡";对方玩儿小游戏,他也去开游戏房间。习惯是一种会上瘾的毒药,等秦川重新登录《九霄》账号,看见这个熟悉而又陌生的江湖,忽然有种恍如隔世之感。

薄禾不在,八根胡须却在。

秦川很久没看见这位朋友了,虽然与八根胡须的交情没有跟薄荷茶那么深,但骤然再见,还是有些亲切。

还没等他打招呼,八根胡须就已发来了信息。

八根胡须:"这么久没见,我还以为你们在一起了,什么时候请我喝喜酒啊?"

薄荷茶再雌雄莫辨,也终有瞒不住的一天。八根胡须在某次偶然之下得知他心目中操作一流的游戏哥们儿竟然是个年轻女孩子时,其吃惊程度不亚于看见老鼠长了翅膀在天上飞。

在那之后,许多猜测和玩笑也就顺理成章。

秦川是个大老爷们儿,薄荷茶不知道,八根胡须却一开始就知道。

这师徒俩经常一起下本打擂台,两个人组队的时间远比跟八根胡须在一起的时间多。

秦川:"别胡说,我跟她是师徒关系,她到现在都以为我是女的。"

八根胡须:"不是吧,你没跟她坦白?我以为你早就给她说了。刚才见她上线,我这么调侃她,她也顺着我的话应和了。"

秦川愣了愣,连忙追问:"应和你什么?你们怎么说的?"

八根胡须:"我就问她你俩是不是谈上了,她说我想太多。我跟她说,'你一个正当妙龄的少女,他一个正当青春的大老爷们儿,男欢女爱,鱼水交欢,正常得很'。"

秦川:"那她怎么说?"

八根胡须:"什么也没说,后来我一看,她已经下线了。"

秦川连忙去翻QQ——薄禾是离线状态,不过也有可能是对他隐身。

秦川没有一直瞒着薄禾以此取乐的想法,但也从未料到是在这样的情况下,仓促地被揭发出来。

一旦薄禾知道,她所关心爱护的小徒弟,那个性格孤僻不爱说话、从不语音的十几岁小女孩儿,居然是一个年纪跟她差不多的男人,会有什么想法?

最糟糕的是,这不是他主动坦白,而是旁人告知。

秦川无法揣测薄禾的想法。但如果换作是自己被这样蒙在鼓里,他知道自己肯定直接把对方拉黑,老死不相往来。

203

薄禾没有拉黑他，这也许是不幸中的万幸。

整整一个晚上，他在QQ、《刺激战场》《九霄》等两个人所有的联系方式中留言，都没有等来回复。

游戏消息还有可能看见得不及时，但现代人手机上一般挂着QQ，很少有一晚上没看见信息的情形。

唯一的可能是，薄禾根本不想搭理他。

秦川打开电脑，登录QQ，一字字敲下一共一百来字的消息，解释自己这么做并非故意，检查再三，然后发了出去。

又是一两个小时过去了，有生以来，秦老板头一回尝到坐立不安、患得患失的滋味。

第八章
是自己太当真了

第二天是薄禾到总裁室报到的日子。

虽然是临时借调人员,但她也得到总裁室坐班。

不少人见证了她原先鲤鱼跃龙门进了总裁室,又从总裁室被打回原形,如今再度回到总裁室,颇有三起三落的传奇色彩。大家都私下调侃她什么时候会再被"贬谪",甚至有人因此开赌局下赌注。

在下注看热闹的人里,百分之七十以上的人普遍认为,薄禾不出一个月又会被踢出总裁室;百分之二十左右的人则认为,薄禾会在一个月内离职;只有不到百分之十的人觉得薄禾能够在总裁室站稳脚跟,甚至步步高升。

薄禾浑然不知自己已经变成八卦消息的主角。

她像从前一样,比上班时间提前半个小时来到总裁室,坐在原来那个位子上,心里也颇有兜兜转转绕了一圈又回到原点的感慨之情。

只不过与上次不同的是,当时她满心忐忑与期待,战战兢兢,生怕哪里做得不好浪费机遇,现在则明显淡定多了,大有死猪不怕开水烫的老油条架势。反正她也看过老板跟女明星分手了，也敲过老板的房间门了，也被老板指着鼻子骂过了——甚至老板为了摆姿势结果崴了脚的情景她也没有落下。

薄禾甚至怀疑自己知道得太多，秦老板想将她踢走，又怕她对外胡说八道，有损自己的光辉形象，是以采取怀柔策略，用表彰奖励的办法将她留下来，再徐徐图之。

所以当她看见秦老板从外面走进来的时候，第一个举动竟然不是正襟危坐努力表现让老板改观，而是先抬眼欣赏了几秒对方被西装裹住的好身材。她迅速在内心做出"这套西装颜色花纹还不错，低调内敛"的评价，面上却不失礼貌地打着招呼："秦总早上好。"

她自知秦老板肯定很不想看见自己，只是出于总裁室需要人手的暂时性需求，才不得不把她调过来。

但老板可以对员工不假辞色，她作为员工不能对老板视而不见。

打完招呼之后，薄禾就迅速低下头看电脑，不想看见秦川脸上可能会出现的冷淡或厌恶之色。

秦老板没有回应，似已走远。

薄禾暗自松了口气，打开电脑里的文件夹，找到写了一半的文档，准备继续写完。

"你在写什么？"

一双皮鞋出现在薄禾的余光范围内，她倏地回过头去。

秦川就在她身后。

薄禾："……"

从未当过一日员工的秦老板，大约不知道自己这个举动有多招人嫌弃。

在薄禾的想象里，秦老板已经被她拎起来在半空转了七百二十度，就像奥运选手手里的铁饼一样被甩向门口，身躯重重地撞在门上滑落下来，鼻青脸肿地呜呜哭泣，看着她一步步接近，嘴里还喊着"你别过来，你别过来"。

这是真的舒爽，可惜她只能想想。

脑海插上想象翅膀的薄禾，嘴角带着微笑，心里的火气一点点消失。

她好声好气地解释道："这次展会上，我们公司会推出一部分单身公寓，采用拎包入住的精装形式，主要面向都市的高薪单身白领女性。目前内部设计方案已经做好，效果图片也都送过来了，但关秘对那边发来的策划文档不是很满意。他说我原来做客户接待，比较了解用户心理需求，让我重新审核文档并做出修改。我昨晚看了一下，发现需要修改的地方可能比较多，就打算重新做一份，让关秘来定夺。"

薄禾说得有点儿啰唆，但主要是为了不让老板有挑刺儿的机会。

上回海岛会议，从秦老板不像其他公司负责人那样拿着稿子照本宣科，宁肯将稿子事先背下来的举动，她就知道秦川是个注重细节、事事未雨绸缪的完美主义者。

这样的人，对自己严格，对别人自然也精益求精。

她宁肯长篇大论，让秦川不耐烦听下去而离开，也不想再被他指着鼻子骂不用心了。

然而，这回出乎她的意料。

秦总非但没有半分不耐烦的神色，反倒挺认真地听完了。

"那你新做的这份跟原来那份，主要的不同点在哪里？"他问薄禾。

薄禾愣了一下。

秦总这话听上去很像找碴儿，但语气不像。

印象里，她似乎从未听过秦川如此平心静气地说话，即使有，那也不是对她。

她刚进公司时，两个人所见的寥寥几面他一直是神色冷峻；他们在地下停车场撞见时，对方对她的态度是不屑、冷漠；她误敲酒店的房门时，秦老板疾言厉色；他们在山中遭遇地震时，他故作疏离，唯独没有像现在这样和颜悦色过。

哪怕是在两个人一道参加的宴会上，满座衣冠楚楚的宾客之中，她也未曾见过秦川像现在这样——融化周身冰雪，始食人间烟火。

薄禾觉得这只有三个答案能解释。

一、秦老板被鬼上身了。

二、秦总中了彩票、谈了恋爱、刚谈成一项巨额合作等，总之遇到天大的好事，连带心情也变好了。

三、对方正在酝酿不为人知的阴谋，让她放松警惕，最后让她跳坑。

薄禾思来想去，老板被鬼上身过于不科学，挖坑的可能性也不大，毕竟说到底，自己不过是个无足轻重的小员工，以对方的身份、财富、地位，他想要对付她，无须如此大费周折。

那似乎也就剩下秦总心情好的可能性了。

薄禾没有放松警惕，大脑高速运转，字斟句酌地道："原来那份方案侧重点在于绿化面积和周围交通购物的便捷性等，其实也是相当合理的，不过这次我们面对的是高薪单身白领女性——她们最看重的不是这些，而是安全性和舒适性。"

如果刚入职时有人这么问薄禾，她可能真会不假思索，傻傻地将对方的优缺点直接说出来。

但经历过上回的风波之后，她已经吃一堑长一智，学会委婉表达，不再那么直白地得罪人了。

秦川能明显感觉到薄禾的僵硬和疏离。

两个人的距离不算近，起码没有近到能让一个异性感觉到紧张的程度。

秦川虽然想跟薄禾多说两句话，不过不至于用这种方式。

但他依旧能察觉到薄禾拒人于千里之外的无声表达。

这是他第一次清楚地意识到，薄禾不喜欢他。

如果不是被下属的身份束缚着，薄禾现在可能早就一言不发地掉头就走了。

秦老板有点儿委屈。

唯一值得庆幸的是，薄禾昨夜迟迟没有回复他，可能是在做这份策划案，而非彻底与他决裂。

"安全性和舒适性具体有什么解释依据吗？"任凭内心翻江倒海，秦川面上依旧波澜不惊。

"我看过不少报告，大多数人认为，二十五岁至三十五岁这个年龄段，身体、精力各方面比较协调稳定，是女性在事业上能够做出成绩的最佳时期。而在这个年龄段的许多女性，尤其是都市女性，对事物有独特的审美和追求，但最大的共同点一定是希望在劳累一天之后，回到家能有一个安静舒适、让自己得到充分放松的地方。所以我们的装修风格也围绕两点来进行，一是暖色调风格居多，二是精装不代表花里胡哨，要尽量留出让她们自己布置的空间。"

她一口气说完，见秦川没有离开的意思——他反倒拉了张椅子就近坐下，大有继续聆听的架势。

薄禾只好继续说："比如我们的设计师在设计厨房的时候，就选择了时下流行的开放式厨房，又留出足够的位置，让客户后期可以添置烤箱和榨汁机等。这方面原来的宣传方案里没有体现，但我认为可以作为厨房设计的创意点来说明。

"还有安全性。这些女性白领有了一定的物质基础，会花费一定的金钱来布置自己的小窝，但一些社会案件也让她们对独居感到忧虑。这个时候我们就得对小区的安全性和保密性做足宣传，让她们觉得自己的人身安全能够得到充分保障。

"所以我认为，可以围绕这两点来重点策划。

"至于绿化和交通，这些不是不重要，但别的楼盘也都这么宣传，什么住在城市的公园中央、俯瞰商业繁华景致之类的卖点，在各种楼盘的宣传里随处可见，这就显不出我们主推的特点。不过原先的策划案里，对公寓面积、楼房与楼房之间的距离、采光等进行了详细说明，我认为这些是非常好的，可以保留，就没有改动。"

总裁室的人陆陆续续来上班了。众人瞧见薄禾跟秦川面对面坐着聊工作，心头不免惊奇，但谁也没有表现出来，都像往常一样打了招呼各自坐下，开始工作。

秦川的表情瞧不出喜怒，他既未为她的言论喝彩鼓掌，也没有表示不悦。他慢悠悠地起身，冲薄禾点了点头，转身进了自己的办公室。

薄禾长出了一口气。

众人暗松了一口气。

世界恢复安宁。

这真是一个美好的早上。

等秦川的身影消失在门口，施羽才笑吟吟地从对面探身："嘿，我是施羽，接替李玺的工作，以后多指教。"

唐蜜也笑道："这边最近人手吃紧，都快女的当男的用、男的当牛马用了。关慎说从别的部门调人过来，我们还怕调来一个什么都不懂的生手呢。看见是你，我立马就放心了。"

薄禾忙道："我之前在总裁室也没做几天，许多事情得继续学习，还请两位漂亮姐姐不要嫌弃。中午我请大家吃饭可好？"

施羽刚来盛名不久，但也听说了不少关于薄禾的八卦消息。

一面是薄禾为求上位夜访老板的房间被训斥的传闻，一面又是自己亲眼见到老板跟薄禾面对面交谈的情景，施羽暗道传言果然不可尽信，对薄禾也就更加热情。

"欢迎新人，应该是我们请你吃饭才对，怎么能让你请我们？好了，中午我来做东吧。"

唐蜜笑眯眯地附和："就是，都别抢了，我来请吧。"

办公室的氛围极好，半点儿没有排斥新人的不愉快场面，这固然是因为薄禾不算新人了，而且众人刚才看见的那一幕或多或少也有影响。

薄禾忍不住看了唐蜜一眼。

上回自己初来乍到，唐蜜请她吃饭，她正是因为回来帮唐蜜拿卡才撞见秦川跟迟筠闹分手。

当然，她很难说两者之间有什么关联。

唐蜜人如其名，无时无刻不笑得甜甜蜜蜜，人畜无害。

也正因为如此，她在公司里的人缘很好，对待级别不如自己的人也不端架子。

再度回到这里的薄禾，只觉得细节处处皆学问。

她告诉自己，可以小心谨慎，但别太多疑。

秦川有点儿心不在焉，不时瞟向电脑屏幕。

那里挂着QQ，一旦有消息，图标就会闪烁，尤其他对某人设置了隐身可见、消息提示。

但一天下来，QQ平静如初。

就算薄禾再忙，总不至于发一条消息的工夫都没有。

小企鹅咧着嘴冲他笑，似在幸灾乐祸。

一墙之隔的外面，薄禾正在埋头工作。

秦川可以在网络上催促薄禾回复，却不能跨过这道门当面问个清楚。

直到下班时间，小企鹅图标才终于闪烁起来。

几乎不过五秒，秦川就点开了消息框，提起来的心瞬间像被戳破的气球一般泄了气，因为薄禾只回了一个字。

"嗯。"

秦老板长到这年纪，何时被人这么敷衍过？

就连跟他最不对付的亲生父亲，也不能不承认他的能力，哪怕再不耐烦，也会抽出时间聆听他关于工作的想法。

更不必说那些有求于他的人，出于各种各样的目的对他笑脸相迎，就为了与他多聊两句。

此时此刻，秦川看着自己上百字情真意切的小论文下面那个"嗯"字，完全没了脾气。

收到语音通话时，薄禾已经走出公司，坐在快餐厅内。

为了写完那个文档，她今天主动加了一会儿班，加上乘坐地铁回去的时间，到家估计得八九点，来不及自己做饭，只能在外面吃。

周围是人来人往、充满世俗的热闹场景，每张桌子边，三三两两，或坐着同事，或坐着朋友，只有薄禾孑然一身，捧着手机发呆。

她还记得，有一回也是这样一个加班的夜晚，游戏里两股势力发生火并，其中一股就是川川常驻的势力。

八根胡须告诉她这件事的时候，川川已经在游戏里被杀了一次又一次——对方的战力比他高出不知几个层次，对方以虐杀低战力玩家为乐，尤其是川川这样认真的小号。

她听说此事之后，连饭都顾不上吃，立马回家上游戏，将那个杀了自己的徒弟的人灭了十几二十遍。

在八根胡须告诉她真相之前，她刚刚从川川那里问到生日，正寻思着怎么给川川过一个有意义的生日，弥补对方在亲情上的缺失。

在性别符号日趋模糊的都市，游戏里这种现象更是随处可见，女玩家玩儿男号，男玩家玩儿女号，这早已屡见不鲜。

游戏里漂亮的小姐姐，说不定现实里是个大汉；游戏里飒爽利落的髯须客，弄不好一开嗓子就是娇滴滴的女声。

薄禾自己就喜欢玩儿男号，省心少麻烦，但没想到川川也是。

那个在她的想象里，有些孤僻却很懂事、行事自觉让人心疼的小女孩儿，竟然是个大老爷们儿。

网络是现实的延伸，彼此无法全然隔离，薄禾从来不谈网恋，但难以避免地对川川投注了太多怜爱之情，以至真相被揭穿的那一刻，竟有些难以接受。

说白了，是自己太当真了。

薄禾看着手机屏幕微微苦笑，下一秒，川川的语音邀请弹了出来。

薄禾微微怔住。

她接还是不接？

她盯着屏幕看了五秒。

那边的人锲而不舍，似乎非要等到她妥协为止。

一家三口迎面走来，女儿走累了，闹着要妈妈抱。

妈妈提着包拍拍她的脑袋，让她自己走，最后是爸爸把女儿抱了起来。

三个人从薄禾身边走过，欢声笑语犹在耳边。

许是受其感染，薄禾迫切地需要一个可以跟自己交流的人，排解寂寞也好，使自己看上去不那么狼狈也罢。

在大脑做出最终抉择之前，她的手指已先于意识按下了通话键。

"你好，是薄荷茶吗？"

年轻、有些低沉的男声响起，挺好听，但薄禾觉得似乎有点儿熟悉。

耳边吵吵嚷嚷的，薄禾听得不大真切，那头还有电流声，嗡嗡作响。

有那么一瞬间，薄禾有些局促，定了定神，答道："是我。"

那边的人沉默了三秒，然后说了一句："对不起。"

薄禾善解人意地道："该说抱歉的是我。我现在在外面，有点儿吵。"

她觉得对方的声音耳熟只是一瞬间，绝不会将语音通话那头的年轻男人跟自己现实中认识的任何一个异性联系起来。

"没关系，我只是想跟你说一声抱歉。

"正如我之前给你发的那些内容——一开始我的确以为你是男的，想和你学游戏操作手法，但后来也是真心把你当成游戏里的师父和前辈。

"我一直想对你坦白，却找不到机会，没想到八根胡须先说了。

"可以给我一个重新开始的机会吗？"

秦川甚至不敢贴着手机说话。

他用手虚掩着嘴，这样他的声音听起来肯定不像现实里那样真切。

秦川知道，如果现在就让薄禾知道自己是她的顶头上司，那个在酒店的房间门口大声呵斥她的秦总，那么——

明天上班之后，总裁室里绝对会少一个人。

听完那些话之后，薄禾一直没有回应。

隔着手机，秦川能听见诸多杂音，有小孩儿吵闹声，有大人责备声，还有顾客在叫餐，独独听不见薄禾的声音。

直到薄禾那一声"好"传来，秦川才赫然发现，自己的心猛地被提到半空，最终安稳着陆，其中经历的跌宕起伏，堪比飞机冒着特大暴风雪着陆。

作为一名在职场上游走数年的资深秘书，关慎对于揣测老板的心情指数已经有了足够丰富的经验。

在来盛名之前，他曾经在秦氏集团待过，见识过秦时愉的老奸巨猾、城府深沉，清楚秦川虽然工作期间面部表情缺失，却比秦时愉容易打交道。

时间一久，关慎甚至揣摩出一套根据老板的心情有选择地汇报某项工作的技能。

但今天，他发现自己的技能失效了。

秦川的心情看似很不好，因为他从电梯出来，一路走向办公室的时候，脸部紧绷，目不斜视。

但在关慎不着痕迹地瞥去的余光里，他又分明看见老板的嘴角是微微翘起的。

老板这是心情好还是不好？

关慎迷糊了。

他在离开秦川的办公室时看见了前来找秦川签字的薄禾。

对薄禾，关慎其实还算有好感，这种好感无关男女之情。

一个人是将心思全部放在工作上，还是几分心思在工作上、几分心思在别处，旁观者是能看出来的。

关慎跟秦川一样是个工作狂。在他看来，之前离职的李玺明显就是那种将太多个人利益掺入工作的人，竟然利用招聘新人的机会给自己谋取更多的好处。

而薄禾虽然磕磕绊绊，在秦川面前出了几回事故，但起码能力还不错，也能将心思全部放在工作上。

所以在薄禾进门之前，他好意提醒了一句："秦总对这个项目要求比较严格。"

他的言下之意是，她如果对自己做的方案不是足够有把握，最好不要进去找骂。

薄禾冲关慎点头笑了笑，推门而入。

她进门后发现秦川果然冷着脸。

他头也不抬，一目十行地看着桌上的文件。

薄禾道："秦总好，这是昨天经您指点修改的方案，请您过目。"

秦川拿起文件扫了一眼，翻看几页，时而点头，时而皱眉。

薄禾调动全身的注意力，等着毫不留情的呵斥声迎面而来，却始终等不到秦川说话。

她站得腿有点儿酸，忍不住稍稍调整了下姿势。

秦川似乎注意到了，伸手指了指对面的椅子，示意她可以坐下。

薄禾："……"

要不是早上听见秦川跟关慎说话，她怕是要以为老板突然变成哑巴了。

几分钟后，秦川在文件末尾签上名字，然后将文件合上递给了她。

薄禾以为他起码会点评两句，但他什么都没说。

两个人四目相对，大眼瞪小眼，像在演哑剧。

薄禾："那……秦总，我就先出去了。"

秦川颔首。

薄禾嘴角微微抽搐，转身离开了办公室。

她心想，这个老板果然像预料的那样讨厌自己，昨天愿意多聊几句，估计真是鬼上身了。

秦川看着她的背影，心想，幸好忍住没说话，不然说不定就暴露了。

薄禾一出去，就撞上了老熟人。

唐蜜在前面引路，魏飞舟迎面走来，大步流星，风风火火，半点儿不像老成持重的生意人。

"魏总好。"薄禾忙让出一条路。

谁知魏飞舟却停下来，爽朗地大笑，主动跟她握手："这不是小薄吗？你好，你好，海岛一别，至今想念啊，咱们怎么也算得上患难之交了！"

旁边的唐蜜微微露出讶异之色。

发生地震时，她正在酒店里跟着慌乱的人群跑到一楼紧急避险。

关慎忙着联系山中失联的秦川时，她也跟着帮忙打打电话、跑跑腿，生怕老板在山里头出什么事。

至于当时山里头具体发生了什么事，薄禾又在其中扮演什么角色，秦川、魏飞舟等人没说，大家也就无从得知了。

直到这会儿看见魏飞舟对薄禾的态度，她才窥见一些端倪。

如果薄禾当时是一个被救助的柔弱角色，绝不可能令魏飞舟如此另眼相看。

薄禾为了博取秦总的原谅或好感，千方百计地打听到他会去后山晨跑，没想到遇上地震，秦川为了救她而滞留山中——唐蜜本以为这个流言即便不全是真的,也有一半以上是真的。

但唐蜜此时才发现,事情也许完全不是他们想象的那样,流言可能连一成的真实度都没有。

假如薄禾真是流言里那样的表现,魏飞舟现在也许会有轻佻、玩笑、调戏等表情,却绝不会这样真情流露地和薄禾打招呼。

没等唐蜜进一步表现,秦川已经亲自迎了出来。

"魏总大驾光临,蓬荜生辉!"两个人握手片刻又分开。

当着魏飞舟的面,秦川想装哑巴也不成了,只得将声调稍稍压低一些。

其实昨夜秦川和薄禾在那样嘈杂的环境中通话,秦川还有意挡着嘴,薄禾就算觉得声音耳熟,也绝不会将虚拟与现实世界联系起来,猜出那个人是秦川。

魏飞舟哈哈一笑,道:"能得小秦总亲自相迎,我才是脸上有光。脚伤怎么样了,全好了吧?"

秦川点了点头,对唐蜜道:"去会客厅。"

他竟看也没看薄禾一眼。

但薄禾不能掉头就走,还得看着三个人离去,才反身回到座位上。

唐蜜领着两个人进了会客厅,奉上早就准备好的文件资料,把茶水、点心摆好,这才准备离开。

离开之前,她不忘善解人意地问了一句:"魏总,回头我让薄禾送送您?"

没等魏飞舟回应,秦川直接道:"不必了,我亲自送魏总,你去忙吧。"

等唐蜜将门带上,魏飞舟朝秦川挤了挤眼睛:"还没弄到手呢?"

秦川若无其事地说:"我不太明白魏总在说什么。"

魏飞舟笑吟吟地道:"薄禾啊!这个小姑娘挺不错的,我看你对她也不像没有意思,何必一天到晚对人家冷着脸呢?你这样对那些别有用心的女人没用,反倒会吓跑正经人,可别等真失去了,再后悔莫及啊。需不需要我教你几招？"

秦川喝了口茶："我听说，魏总和令夫人是高中同学。"

魏飞舟："不止，我们初中就认识了，只是不同班。我家那口子从小就凶悍，经常追着同班同学打。那会儿她是班长，负责收作业。他们班有个二赖子拖着不肯交作业，也不写，还经常反过来骂同学，脸皮特别厚——连一些老师都拿他没法子，可他就是被我家那口子给骂哭了。你说她这功力得多可怕？"

秦川嘴角微抽："魏总真是富有挑战之心！"

魏飞舟大笑道："可我就喜欢上了，有什么办法？她吃软不吃硬，我就死缠烂打；她油盐不进，我就将其化为绕指柔，比小姑娘还温柔——这谁顶得住？她怕我被欺负，反过来保护我，这不，护着护着就成我的了。我这么说，你得到启发了吧？"

秦川没有吱声。

魏飞舟见他面上不置可否，实则暗暗竖起耳朵，不由得暗笑。

"你还记不记得，当时我们被困在山中，等着那个本地人去找救援队，也不知道那个人会不会一去不返。我那助理被吓得脸都白了，一个大老爷们儿，折了腿就跟天塌下来一样，咱也没扔下他不管。就算咱几个全被埋在那里头，十八年后不又是一条好汉？我就挺喜欢小姑娘的态度，宠辱不惊，泰山崩于前而色不改，连你都崴了脚，她还能扶你——"见秦川不满的眼神飘过来，魏飞舟哈哈一笑住嘴了。

"魏总难得过来一趟，我们还是先谈谈正事吧。"秦川打开了文件，"电子版前些天发给您了，细节修改咱们也确认过了。如果双方都没有问题，咱们就可以让秘书进来把合同签了，再定一个时间举行发布会，对外公开消息。"

魏飞舟却将文件放在膝盖上，没有打开。

"我这边没什么问题，合同随时可以签，今天过来主要跟你确认一件事。"

秦川抬眼。

魏飞舟问："这项合作，你给秦时愉报备过了吗？"

秦川道："我有权代表本公司做出任何决策。"

魏飞舟："但据我对他的了解，他绝不会跟我合作，如果知道你自作主张……你觉得他会怎么样？"

秦川皱了皱眉，说道："盛名的事情没有瞒着他，这项合作也不是机密。我父亲那边应该早就得到风声了，但至今没有提出异议。我不知道你在担心什么？"

魏飞舟摇了摇头："我不是担心这项合作。这种双方都赚钱的买卖，秦时愉肯定不会往外推。但以我对他的了解，他对你先斩后奏必然已经心生不满，说不定什么时候就会发作。要是我没料错，你还没从你父亲口中得知我们之间的恩怨吧？"

秦川沉默片刻后说道："我以为，公私分明是每一个生意场上的人都必须遵守的一条准则。"

魏飞舟似笑非笑地道："你老爹是什么行事风格，你当儿子的应该比我更清楚才对。能赚钱的时候，他当然公私分明。可别说我没提醒你，此人掌控欲极强，决不会让任何事情脱离自己的控制。"

秦川面色淡然地说："多谢魏总提醒，我心里有数。"

若非冲着山里那段共患难的情谊，别说跟秦川合作，魏飞舟只怕都不会跟他多说半句话。

但现在秦川既然是这种反应，魏飞舟也就不再多言了。

他想，秦川终究太年轻了。

魏飞舟的公司与盛名的合作已经是板上钉钉的事情。

魏飞舟是盛名一直想争取的合作伙伴——两家能够达成协议，对盛名未来的发展大有好处。

魏飞舟离开会议室的时候满面春风，就连秦川嘴角也噙着笑容，看得出他们的心情都不错。

众人见状不禁跟着松了一口气。

尤其是关慎，为了这次合作方案没少加班熬夜，要是临门一脚还出问题，那真是连死的心都有了。

临走前，魏飞舟特意要求去总裁室看看跟自己有患难之交的小薄女士，这个要求被秦川毫不留情地拒绝了。

"工作时间，魏总这样会对别的员工造成困扰的。"

魏飞舟笑呵呵地道："秦老弟，上回在山里头我可是要到了小薄的联系方式，回头私下联系还不容易吗？我就寒暄两句，道个别就走，你别多心。"

秦川眼角一抽，愣是没明白魏飞舟想做什么。

老魏对老婆一往情深，夫妻俩这么多年感情就没变过，周围人人知道。秦川也不认为魏飞舟对薄禾有了别的心思。

旁边的关慎不知秦川的想法，见他看似默许，就领着魏飞舟往总裁室走去。

魏飞舟每路过一处办公区，就指点一番。

"你们这里装修风格真别致，改天我得让人来取取经。

"小薄就是在这里头办公吗？果然风水灵秀啊，难怪能出小薄这样的人才。

"你们公司有食堂吗？等会儿也带我去参观参观呗，我看看小薄平时在哪儿吃的午餐，回头给我们公司食堂也改造改造，好留住人才。"

听听，这不知内情的人，还当薄禾是盛名的中流砥柱、擎天柱石，每年为公司创造多少收益、挽回多少损失呢。

关慎嘴角抽搐，秦川也面如锅底。

唯独魏飞舟同志,背着手,丝毫不受影响,踱着方步,犹如上级领导在视察企业。

秦川心想,为了这得来不易的合作机会,自己忍了。

他跟魏飞舟相处的次数一多,大概也明白这人时不时会脑子短路,做出一些不着调的事。

但别人并不知道,比如关慎——他开始脑洞大开,猜测薄禾与魏飞舟的关系,乃至薄禾不为人知的身世、背景。

更不必提魏飞舟进了总裁室之后无视别人,径自走到薄禾的办公桌前,主动与其寒暄,热情洋溢:"小薄,你好。"

薄禾忙起身迎接两位大佬:"魏总好!"

魏飞舟与她握手:"先前宴会上我说的事情你考虑得怎么样了?"

薄禾有点儿迷糊:"您说的什么事?"

魏飞舟笑道:"跳槽的事啊,我那助理的位置一直给你留着呢!"

薄禾:"……"

她忍不住看了秦川一眼——秦川面无表情,目不斜视。

顶着所有人奇异的目光,薄禾苦笑道:"魏总,您就别拿我开玩笑了!"

魏飞舟哈哈笑道:"怎么是开玩笑?我说的都是真心话!咱们海岛一别之后,你就没联系过我,这不,我只好亲自上门了。人才易得,品行俱佳的人才却不好找。小秦总不珍惜,我可珍惜得很。"

旁边被点名的"小秦总"终于开口道:"魏总,你当着我的面挖我的人,这不大好吧?"

魏飞舟理直气壮地道:"背着你挖你的人那才叫不好,我这叫光明磊落。小薄,你好好考虑考虑。我的工作电话号码上回也给你了,你有什么想法随时联系我。"也不等薄禾回答,他就挥了挥手潇洒地走了。

等秦川和魏飞舟一走远,唐蜜便开玩笑地对薄禾说道:"薄禾,以后飞黄腾达,别忘了提携我们啊!"

施羽也笑道:"是啊,连魏总都对你如此看重,秦总更不用说了。"

薄禾笑嘻嘻地抱起文件说道:"两位姐姐,你们是不是都忘了,我不是总裁室的员工,刚转正没多久,还只是被借调过来的临时工。魏总平易近人开个玩笑,你们就别取笑我了。不和你们说了,我接到通知,得回销售部开个会,先走一步了,待会儿见!"

她没再给两个人探问的机会,一溜烟走了。

那头秦川送魏飞舟离开,两个人走出电梯,走向大厦门口。

"怎么样,我这把助攻不错吧?"魏飞舟得意地道。

秦川:"我不太明白你的意思。"

魏飞舟:"你别等人家真跳槽了,或者有了男朋友之后才后悔莫及。"

秦川忽然问道:"魏总,您是不是在外面有兼职?"

魏飞舟莫名其妙地问道:"什么兼职?"

秦川:"做媒。"

魏飞舟不以为意地说:"我这人天生热心肠,看见别人有麻烦总要伸手帮一把。不用露出这种表情,你以后肯定会感谢我的。"

车缓缓驶来,正好停在门口。

魏飞舟长腿一跨,半边身子已入后座。

秦川忍不住叫住他:"魏总!"

魏飞舟回过头来。

秦川:"以前你追求尊夫人时,是用什么办法打动她的?你别误会,我只是对你那个没讲完的故事感兴趣。"

魏飞舟似笑非笑道:"无他,六字真言耳。"

他朝秦川招手。

秦川迟疑片刻,附耳过去。

魏飞舟小声说:"自己琢磨去吧。"

秦川:"……"

魏飞舟哈哈一笑,关上了车门。

秦川看着疾驰而去的车子,不可思议地转头对关慎道:"这老家伙真的是四十多岁,不是四岁?"

关慎无言以对。

回办公室的路上,秦川本有更近的路,却特意跟关慎去了总裁室。

关慎不明所以地道:"您要什么文件?我回头给您送过去。"

秦川一本正经地说道:"上次内部培训讲师推荐的那几本书,你不是说你那里有吗?我过去拿,不用你专门送过去了。"

老板这么说,关慎还能说什么?他只能跟在后面。

总裁室与秦川的办公室虽然相邻,但由于两边电梯出口不同,这栋大厦内部又是天井形结构,平时分别从两边走,一般来说不会顺路经过,秦川如无必要,也很少特意去总裁室。

但这几天算下来,他大驾光临的次数比平时要多得多。

薄禾没在。

秦川略略扫了一眼,很快就发现那个位置是空的。

他特意在关慎那里多逗留了一会儿,翻看了几页书,还是没看见薄禾回来。

疑惑的话到了嘴边,他却问不出口——那样太刻意了。

秦川拿着书起身离开。

唐蜜和施羽等人在座位上正襟危坐,面对电脑不曾转头,实际上在用全身每一根汗毛感知着老板的动向。

唯有秦川最想看见的人,迟迟没出现。

就在秦川离开总裁室之际,关慎飞快而小声地说了一句话:"薄禾去销售部开会了。"

秦川看向他。

关慎回以无辜的眼神。

秦川："你刚才说了什么？"

关慎故作茫然地道："没有啊，我刚才没说话。"

秦川撇了撇嘴，转身离去，假装没有发现自己心中那一闪而过的失落感。

往后的几天，薄禾上班、下班，秦川也上班、下班，但两个人位置不同，工作也不同，平日里其实没有多少交集。

就连总裁室内部开会、销售部开会，秦川即便想特意旁听一下，也实在抽不出时间。

直到他迎来又一个自己家常便饭般加班的夜晚。

不知从什么时候开始，秦川养成一个习惯——下班时他总会特地绕一圈，路过总裁室，有意无意地从全透明的落地门窗往里扫一眼。

作为老板加工作狂，秦川结束工作的时间时常晚于员工平均下班时间。饶是如此，他依旧有好几次看见了薄禾的身影。

每当这个时候，他心里就会悄然涌起一丝喜悦之情，春风般柔软，小雨般细密，待要深究，却来去无声，不知所起。

秦川没有推门而入。

因为进去了，他也不知道跟薄禾说什么。

相比之下，他们在游戏中的关系反倒更亲密些。

虽然为防万一，秦川很少再用语音说话，但起码不需要在游戏里绞尽脑汁地模拟十几岁小女孩儿的思维和口吻了。

两个人可以并肩作战，可以聊游戏攻略、操作手法。只要秦川想，总有问不完的问题，不至于冷场尴尬。

偏见一旦消失，他就看见了世界的另一面。

薄禾脾气很好，但不意味着无限妥协。

在《九霄》，她可以满世界追杀看你不顺眼，直到对方不敢再四处杀新手玩家为止。

在《刺激战场》，她可以锲而不舍地跟在一个敌人后面，耐心埋伏半局，才一举将对方的整个队伍歼灭。

她果决，有耐心，有韧性，一击即中。

秦川发现了另一个薄禾，不同于在工作中逆来顺受、隐忍的薄禾。

职场中的薄禾，像所有刚刚踏入工作岗位的新人一样，必须小心翼翼、隐藏个性、温顺听话、少说多看，度过最初那段艰难的时期。

如果没有停车场的那段插曲，薄禾在秦川心里大约就是个面试表现还不错的新员工。再过几年，如无意外，公司会根据她的工作表现逐渐将她提拔上去——也许她会接替唐蜜，也许被外派到别的部门，也许会被淘汰，消失在茫茫人海中，从此再也不会出现在秦川的视野中。

如果他们没有在游戏里相遇，她即使工作表现得再好，秦川也不会兴起探究的兴趣。

这世上有趣的灵魂千千万万，薄禾并非最特别的那个。

她只是在恰当的时间和地点，被秦川撞见了。秦川在那之后的许多想法，也由此被颠覆。

秦川往常看见员工加班，内心是毫无波澜的，顶多在路过的时候会将此人的姓名记下，在以后升职加薪的考核里作为额外的主观评判标准。

现在他发现自己竟然有推门进去，让对方早点儿回家的想法。

手指刚碰到门，秦川就触电般缩回手。

工作狂秦老板头一回对自己的这种想法生出些微的惶恐感，这简直像是被外星人附身了。

"秦总？"

还没等他转身离去，门已经从里面被打开了。

空调的冷气从里头扑面而来，激得秦川微微蹙眉，他往后退了半步。

薄禾近在咫尺，面带疑惑之色。

半秒之内，秦川就找到了合情合理的说法。

"关慎不在吗？"

薄禾："关秘已经下班了，您有什么工作是我能完成的吗？"

秦川："那就不用了，你下班吧。"

"好的，那秦总明天见。"薄禾没多想，以为秦川要进去，侧身让出位置，就往电梯口走去。

走了两步，发觉后面有人跟着，她一回头，就见秦川和她前后脚儿进了电梯。

面对薄禾莫名其妙的表情，秦川抿了抿唇，多解释了一句："我也回去。"

电梯里还有别的楼层下来的人。

薄禾没多问，自认跟老板也没熟到能多嘴的地步。

旁边有两个小姑娘，年纪跟薄禾差不多，还在叽叽喳喳地聊天儿，天南地北，随口就来，说完最近网络上的热搜话题，又扯到加班夜话，电梯里的鬼故事。

一个小姑娘说："这电梯看似只有我们几个，实际上全满了。"

另一个小姑娘哈哈笑道："你这已经是老说法了，现在流行的是，你一开始以为他们全是鬼，后来发现只有你自己不是人。"

一般在公众场合讲鬼故事的人，难免存着想吓唬别人的心理。小姑娘说完，见薄禾跟秦川一个淡定，一个面无表情，未免觉得无趣，顿时住嘴了。

结果下一秒，令人意想不到的意外发生了。

电梯内的灯倏地全灭了，众人眼前陡然陷入黑暗。

电梯震颤片刻，停住不动了。

紧接着，外面响起警报声，隔着电梯门，在空旷的大厦里来回震荡，异常清晰。

两个小姑娘当先尖叫起来。

这是人在遇到突如其来的变故时，恐慌着急之下的反应。

秦川也被吓了一跳，但很快回过神，注意到薄禾并没有叫。

小姑娘们的肺活量实在太好，十秒钟之后，秦川忍无可忍地喊道："安静！"

他的声音在狭小的空间里格外有震慑力。

惊叫声戛然而止，两个小姑娘像待宰的鸭子被人生生捏住了脖颈儿。

"停电而已，又不是世界末日。"说罢，他按下了电梯里的求救电话，但电话暂时没有人接。

两个小姑娘压抑而粗重的喘息声在电梯里回荡，格外清晰。

叫声虽然被强行镇压，但她们内心的恐惧情绪并没有因此消失。

她们出生于一般家庭，却也是家里千娇万宠长大的，一路读书毕业踏入社会，虽未大富大贵，也算平安顺遂，何时遭遇过这样的意外？

薄禾本该也是这些小姑娘中的一个，她的性格甚至应该会为她赢来更多长辈的疼爱，但实际并非这样。

台风时她还能想到救人，地震时的处变不惊，还有现在的冷静，都是她在各种磨难中锻炼出来的。

秦川唯独没有听见离自己最近的薄禾有哪怕一点儿慌乱的动静。

他甚至不知道在过去那些自己看不见的岁月里，薄禾有没有遇到这样一个人，为她心疼，想将她曾经错失的一切一一弥补给她。

秦老板固然想表达自己内心的情感，可通过这么些天相处，心里也知道，如果贸然将一切情绪挑破，那么得到的大概就是直接被拉入黑名单的下场。如果他想像对待一般小姑娘那样英雄救美将人搂在怀里，告诉她不要害怕，那么自己可能会直接被倒拎起来做托马斯旋转然后在电梯内做自由落体运动。

所有可能适用于普通小姑娘的办法，在薄禾身上完全行不通。

诸多念头在脑海里一闪而过，秦川默默朝薄禾的方向靠近一些，低声道："其实我也有点儿害怕。"

他再怎么小声，声音在电梯里依旧清晰可闻。

两个小姑娘的呼吸不由得错乱了那么一瞬。

秦川甚至可以读懂她们此刻内心的疯狂吐槽：一个大男人，刚才还凶我们，自己不也是怕得要命？！

但看多了秦老板不苟言笑、冷峻严厉的一面，薄禾竟有些信了。

在她看来，以秦川的身份和要面子的性格，要不是发自内心地感到恐惧，他又怎么会说出来？

薄禾心头一动："您是不是有幽闭恐惧症？"

黑暗中，秦川沉默片刻后说道："对，心理医生说我这个症状挺严重，得尽量避免在这种环境里久留，之前有灯，时间也不久，就还好……"

两个小姑娘长出一口气，心道：你原来是有病啊，难怪了。

她们顿生同情心，也就不再计较秦川刚才的行为。

薄禾安慰道："没事的，应该是外面停电了。"

秦川："我刚才好像听见火灾警报器报警了。"

"按理说电梯会在最近的楼层停下。"薄禾说道，伸手去按求助按钮。

那边倒是有了些动静，只不过像是信号被干扰了，沙沙作响，听不清是否有人说话。

一个小姑娘怯生生地道："这里头已经没了空调，我们会不会被活活闷死啊？"

她不说还好，一说四个人都感觉四周变得燥热起来。

夏天有空调穿西装倒也罢了，这会儿空调一关，秦川就如六月天里裹着棉袄，浑身不得劲。

薄禾听见他微微的喘息声，只当他心中恐惧感加深，不由得心头一软，拍了拍他的胳膊："没事的，我们很快就能出去。"

秦川低低嗯了一声,随口问道:"你就不怕出不去?"

薄禾忽然道:"你见过乡镇那种茅坑吗?"

她风马牛不相及的问题让秦川顿了顿。

半晌后,他才道:"没有。"

薄禾:"很多年前那种蹲坑,就是中间挖个坑,人蹲下去,脚踩在两边。不像现在的洗手间,那里天一黑就没有灯,蚊子多,阴森难闻……我还记得自己很小的时候曾经在那里待过一晚上,在那之后,遇到多黑的环境就都不怕了。"

秦川知道她不是在展示苦难,仅仅是想让他分神排解恐惧情绪而已。虽然他的恐惧是装出来的,但他很愿意听她继续说下去。

"人在那种环境里待久了,不是会形成反射性的恐惧心理吗?怎么你反而不怕?"

薄禾笑了一下,道:"害怕是因为潜意识里知道或期盼有人去关心吧,我从小就皮糙肉厚,所以反倒越挫越勇。说不定我还得感谢父母给了我一颗坚强的心。"

如果秦川对薄禾的身世毫不了解,这番话就像寻常闲聊,可是现在说者无心,听者无意。

他分明见过薄禾的母亲,也上网仔细搜索过相关资料。那个功成名就的导演有幸福的家庭、事业有成的丈夫、娇俏可爱的女儿,她的奋斗之路是所有因为读书改变命运的一代人的写照,都可以拍一部励志纪录片了。

然而这份幸福里,没有薄禾的位置。

秦川摸上胸口,那里有滚烫的东西正在跳动,稳定有力。

他记得自己前不久刚拿到体检报告,体格健壮,一切正常。

此刻他的心却在微微发疼,只因为一个人。

第九章
秦川，这才叫喜欢

秦川还想知道更多薄禾的事。

他想知道过去那二十多年里，她是怎么从一个被亲生父母抛弃、养父母早亡的小姑娘，成为今天的薄禾的。

也许在很多人眼里，薄禾还不够出色，没能赚得万贯家财，出人头地，摇身一变，光鲜靓丽地出现在生母面前，狠狠教生母做人。

但秦川清楚，一个人能够摆脱先天处境的劣势，依靠努力发奋读书，从乡镇走向大城市，站稳脚跟，甚至在人格上没有受到成长环境的影响，这本身已经是一件很不容易的事。

如果薄禾也能在生母身边长大，或者能跟安宝华的第二个女儿换一下，现在可能会更加璀璨耀眼。

然而人生没有如果，很多人输在起跑线上，一步已是半生。

电梯里还有别人，薄禾不可能说太多。

她适时停住，秦川也顺势换了个话题："你的力气好像有点儿大，平时经常健身？"

薄禾："天生比别人大一些，还有我小时候经常帮爸妈干活儿。他们出摊儿的时候，我就帮忙推车、搬东西，力气渐渐就练出来了。"

秦川愣了一下，而后了然。

她口中的爸妈，估计就是养父母了。

为了不打扰别人，两个人都将说话声压得很低，听上去像是在窃窃私语。

四周也并非伸手不见五指，应急灯的幽幽蓝光很快从头顶照下，微弱无力，隐隐约约地映出四人或焦虑或冷静的脸。

在这种时候，彼此认识的人会下意识地靠得更近。四人分作两拨：两个小姑娘也顾不上闷热了，几乎依偎在一块儿，试图通过身体接触汲取安全感；秦川跟薄禾并肩靠坐在地上，距离也远比以往任何时候都近。

秦川转过头看去。

薄禾正说起自己的家乡。那是一个靠山的小镇，她小时候经常漫山遍野地跑，对山货、趣闻，尤其是应季美味，几乎信手拈来。

这种时候，触发味觉上的感受也许是缓解紧张的最好方式了，尤其当人想象自己徜徉在美食之中时，大脑就会暂时忘却眼前的紧张。

但秦川醉翁之意不在酒。

他转过头，借着微光打量着对方。

薄禾的头发很软，只在她的额前、鬓边微鬈，这像她的脾性，柔中有直。

秦川见过的美人不少，交往过的美人也不少，迟筠就是其中的佼佼者，但现在仔细回想，即使是跟迟筠交往期间，自己似乎也没有心绪随着对方的一举一动起伏的感觉。

直到此刻他才明白，有一种美，是他觉得美。

即使薄禾没有那么精致，只能称为小美人，够不上大美人的标准，可在秦川看来，她千好万好无一不好。

所谓滤镜，不过如此。

薄禾似有察觉，目光随之移了过来。

秦川不着痕迹地闭上眼，后脑勺儿贴着电梯，冰凉感通过头发传递到头皮，稍稍缓解了没有空调的憋闷感。

薄禾却误会了："秦总，您没事吧？"

秦川压着嗓子，低声道："我有点儿头晕。"

下一刻，他的额头上多了一只手，不算特别柔软的手，指尖似乎还有薄茧，温热湿润。

很快，手缩了回去。

"没发烧，可能是电梯里头空气不流通，应该很快会有人来救我们的。"薄禾说完，还不忘去问那两个小姑娘："你们没事吧？"

两个小姑娘有气无力，郁郁地应了一声。

薄禾伸长手再去按那个求助按钮。

还未等她按下去，那头忽然传来声音。

沙沙的噪声之后，不算清晰的声音响起："有人在吗？"

所有人精神一振，除了秦川。

两个小姑娘更是一跃而起，抢着回答。

"有！有！"

"我们在这里！快来救我们！"

工作人员很快回应，让他们原地等待，不要主动去扒电梯门，以免被夹伤。

大约十分钟之后，电梯顶上的灯光闪烁了两下，四人重回光明世界。

与此同时，电梯也缓缓朝下方降落，最后停在一楼的位置。

屏气凝神的几人在电梯门打开之际终于长出一口气，两名小姑娘更是欢呼起来，喜形于色，热泪盈眶。

短短四十分钟，几人如同历劫归来。

秦川发觉薄禾放在自己胳膊上的手缩了回去，人也随之与他隔开距离。

短短几秒，电梯内外，天上人间。

他们从共患难的同伴，一下子又恢复到上下级的关系。

秦川有点儿遗憾。

大厦工作人员早已等候在电梯外面，见几人走出来，连连鞠躬道歉，说是"电梯出了故障，连带触发火警系统，电脑错误"云云。在听说秦川的身份之后，物业经理更是赔笑不已，声称明日一定亲自登门道歉，抚慰众人。

他的道歉态度极为诚恳，大家都精疲力竭，也没心思与他计较。

两个小姑娘很快相携离去，薄禾也疾步走向大厦外面。

现在是晚上十点十五分，距离她乘坐的地铁线路关停时间还有一个多小时。但她到站之后还得走上十几分钟，回家又要吃饭、洗漱，现在慢一些，就意味着晚上睡觉时间又会少一些。

"薄禾！"她身后的秦川叫住她，快步走了上来，"我送你回去吧。"

薄禾挥了挥手："不用了，多谢秦总，我可以坐地铁，很快就到家。"

"我想请你帮个忙。"秦川面露尴尬之色，似乎有些难以启齿，"我可能暂时开不了车。"

薄禾先是迷糊，而后恍然——秦老板刚才在电梯里产生不适，现在肯定会有后遗症。

"那，我给您叫救护车？"她道。

秦川："不用了，还没到那份儿上，我休息一下就好。你会开车吗？能不能送我回去？"

薄禾："不好意思，我不会。要不我帮您叫司机来？"

秦川："这么晚了，今天我让他先回去的，现在又让人跑过来，不太合适。"

薄禾:"那要不您打车吧?"

秦川:"这样吧,你跟我一起打车回去,先去你那里,再让司机送我回去。你今晚加班,本来就可以报销路费,就当省一道手续了。你下了地铁还得走一段路吧?这么晚了,打车更安全,我自己也要回去的。"见薄禾迟疑,他趁热打铁道,"我现在一闭上眼睛,就会想起刚才电梯里的场景,麻烦你……"

薄禾见过秦川严厉的一面,也见过他骂人时毫不留情的样子。当黑暗退去,这张带着恳切之情的脸,与电梯里流露软弱之情的脸重叠时,她不禁心软了。

"那谢谢秦总报销,我这就叫车。"

这个时间不是上下班用车高峰期,车很快就叫到了。

秦川坐在副驾驶座上,薄禾则坐在了后座上。

车开到半路,秦川忽然叫停,让司机师傅稍等,自己则下车进了路边一个便利店。

薄禾还以为对方烟瘾犯了,忍不住去买烟。

谁知过一会儿秦川出来,手里提了满满一袋东西,打开车门直接将袋子往她手里一塞。

她不由得愣住。

袋子里全是吃的。

薄禾:"这……?"

秦川:"你不是还没吃饭?"

没等她回答,他又补充了一句:"这也算在加班报销费用里,本来就有餐费补助的。"

这下薄禾不好拒绝了:"多谢秦总。"

秦川其实不希望对方如此客气拘谨。

因为在游戏里,师徒两人熟稔之后,他就发现薄禾其实是个很开朗也很会玩儿的人。她不仅善于钻研细节、挖掘游戏官方出的各种漏洞，还经常将自己对决的视频传到网络上去。秦川去看过，薄禾在那个网站上已经拥有一批粉丝，男女皆有，简称"迷弟""迷妹"。有些别区的粉丝还经常到他们服来找薄禾表白——哪怕薄禾从来没有发过语音、照片，别人也不知道薄荷茶的真正性别，但显然她的魅力已经超越这些浮于表面的东西。

自从上回因为珍稀道具与宙斯之盾发生冲突，引发对方带着一帮朋友截杀他们之后，秦川就发现薄禾在游戏里的人缘不是一般地好。

直到后来事情以他用大号购买了道具而告终，过了很久，本服许多玩家遇见薄荷茶时，还总会问起这件事，并众口一词地谴责宙斯之盾的嚣张霸道。据说宙斯之盾在这件事发生不久之后，就被排挤得改名卖号，灰溜溜地离开本服，去别区玩儿了。

平时薄禾想买点儿什么东西，如果玩家摊位上没有，只要在公共频道喊一嗓子，立马有人回应，说"薄荷茶大佬，我马上去做了给你摆上"。

秦川用小号上游戏的时候，只要亮出"薄荷茶高徒"的称谓，去下副本就会有人跟他打招呼，聊起他的师父，还会有高战力玩家主动带他过本，让他躺着就行，原因大多是某次他师父薄荷茶帮了对方什么忙。

诸如此类的事情，数不胜数。

游戏亦是江湖，江湖无过是非。

薄禾能在是是非非中脱颖而出，成为许多人心目中的偶像，不是依靠人民币或高战力，而是依靠本身的一种能力。

但如此交游广阔的薄荷茶，在秦川面前只剩下一种性格。

假如时光可以重来，他肯定会赶在过去的自己在停车场遇见薄禾之前，就把过去的自己打晕拖走，一了百了。

可惜他不能。

于是性子并不细水长流的秦老板只能认命地一点点弥补自己捅出来的窟窿。

两人一路无话。

根据薄禾所指的地点，车逐渐离开市中心的黄金商业地段，开往新老城区的交界处。

入夜，万家灯火。

秦川发现他自诩对这座城市很了解，却竟然很少来这个地方。

从前路过，他只知道这里的小区老旧，菜市场多，混迹这里的也多是本地老土著。他们都有一个特征：收入比上不足比下有余，谈不上贫困，但也不是富裕阶层，买个菜为了几角、几块钱斤斤计较。白天忙着接送孙子买菜做饭，到了晚上，尤其是夏天的晚上，这些人就都出来轧马路，三三两两要么在路边搭起麻将桌，要么自带小板凳摇起竹扇纳凉闲聊，透着一股散漫度日的慵懒气息。

"师傅不用再往前开了，车子进不去，在路边停就行。"薄禾道。

等车停稳，她向秦川道别，提着袋子下车，走进小区，身影渐渐消失。

秦川看着她一路跟左邻右舍打招呼，自然而然地融入市井之中，只觉得从前喧嚣嘈杂、不愿路过的老城区，一下子变得充满人情味。

原来心之所向，连荒原也能变成桑田。

薄禾愿意耐着性子停住脚步，提着一袋重物听邻居老人闲聊，却不愿意坐在车里跟秦川多处片刻。

车缓缓驶离，司机师傅忽然开口："还没追到手啊？"

秦川沉默片刻后道："正在想办法。"

司机师傅："要我看，她对你没意思。"

秦川："……"

他的心思现在是个人都能看出来了吗?

师傅乐道:"怎么,不信?我开车这么多年,看人一等一地准。"

秦川:"我还没开始追。"

师傅一路上没怎么说话,这会儿来了谈兴,开始教育他。

"你这么不温不火的,不行,得加把劲。她喜欢什么,你就投其所好,在她最需要的时候出现,再比如说帮她提个东西,干个力气活儿,男人的优势,懂不懂?"

秦川:"她的力气比我还大,能背我那种。"

司机师傅也沉默了,然后问道:"那你还有什么优势?"

秦川:"我是她的上司,算吗?"

"从经济上来说,你是有优势的;但从情感上说,如果她是个事业心很强的女人,你这反而是劣势了。"年过半百的师傅侃侃而谈,仿佛人生导师。

秦川啼笑皆非,发现自己最近遇见的每一个人似乎都好为人师。

魏飞舟是这样,这个师傅又是这样。

而且这位师傅从前估计还是个给单位领导写惯报告的文秘。

只是魏飞舟也就罢了,跟陌生人交浅言深就显得唐突了,秦川心不在焉地敷衍了两句,没有将话题继续下去。

薄禾提着东西回到家,发现室友欧阳璇今天回来得很早。

"你回来了!我刚买的圣女果,快来尝尝,今天格外新鲜!"欧阳璇换了睡袍,抱着一碗水果迎上来,显得格外热情。

薄禾笑道:"看你这个样子,应该是接到自己想要的戏了?"

欧阳璇美滋滋地道:"也不算吧,但有些眉目了,公司经纪人帮我联系的,说起来还多亏你的面子。上回经你干爸的引荐,剧组里的人对我的态度好了很多。你不知道,原先我就是个'小透明',谁也爱搭不理的,后来剧组里的男二号,就是那个高高瘦瘦的童骏,他那部新戏的女二号正好临时有事去不了了,他就向导演推荐了我。"

薄禾嚼着水果,不解地道:"选角签合同不是应该提前定好吗?怎么说去不了就去不了了?"

欧阳璇神神秘秘地说:"你猜那个女二号是谁?"

薄禾两颊鼓鼓的,像只正在吃东西的松鼠:"我对你们那圈子不熟。"

"但你肯定也认识,就是赵某某。"欧阳璇说了个人名。

薄禾恍然道:"就是最近那个出轨还在路边打女儿被偷拍下来上了热门新闻的女演员?"

欧阳璇点头:"这新闻闹得太大了,幸好戏还没开拍,否则就算拍了估计也很难找到播放平台。再说她只是签了意向合同,投资方宁可赔点儿钱也要终止合同。这不,我的机会就来了,我过两天去试镜,是部古装戏。"

薄禾:"有把握吗?"

欧阳璇:"是部网剧,又有童骏的推荐,只要我表现得好点儿,按理说应该有六七分把握吧。"

薄禾笑道:"恭喜恭喜,总算苦尽甘来。"

欧阳璇抱住她:"谢谢,亲爱的薄禾,要不是你,我肯定没有这么好的机会。"

薄禾嬉皮笑脸地道:"苟富贵,无相忘。"

欧阳璇:"汪汪汪!"

"你怎么这么多快递?"薄禾用脚尖虚点了点门口的箱子。

"差点儿忘了告诉你,这些都是白天送过来的,收件人是你。"欧阳璇道。

"我最近没网购啊。"薄禾有些奇怪,去看上面的寄件人,恍然道,"应该是凌霜姐寄的,她最喜欢用'傲雪'这个寄件名。上回我跟干爸提过一嘴,说想吃哈密瓜。他估计是跟霜霜姐说了,霜霜姐就寄了一箱过来,回头我问问去。"

卓逸讲述自己跟薄禾结缘的故事时,曾经提到过女演员凌霜,这位如今跻身一线女演员的优秀演员,同样在这个故事里占据一席之地。

欧阳璇跟薄禾同居一年,就经常看见薄禾收到各种各样的快递,之前只当是薄禾自己买的,后来对方说是亲戚朋友寄的,欧阳璇也没多想。如今看来,这些故事并没有夸张。

卓逸、凌霜他们,不仅跟薄禾有过数面之缘,认了干亲,想必这么多年里,双方的联系也从未断过。

比起那些因利益而结成的交情,薄禾这种无所求的态度,反倒让交情更为纯粹恒久。

欧阳璇羡慕道:"你有这么好的资源,当初为什么不进娱乐圈发展?还在那里苦哈哈地当小职员,要是你早两年进圈子,现在都比一般人混得好太多了!"

薄禾耸肩道:"你们这圈子人才太多,美人更是不缺,我又不是国色天香,也没什么演技,光靠资源能走多远?就算你听过见过的那些有背景的人,要么外貌出色有特点,要么演技过硬,总有被捧的价值吧?"

欧阳璇:"但你认识卓哥他们,是很多年前的事了吧,当时怎么不考个电影学院?"

薄禾一个个去看快递箱子,随口应道:"人各有志吧。我不喜欢在镜头前曝光,也没有表演欲,就算依靠干爸他们的人脉强行入行,又能风光多久?不如踏踏实实地做自己能做的……"

她的声音渐渐变小。

欧阳璇见她盯着最底下一个箱子的寄件信息看,也跟着凑过去辨认。

"奇峰工作室?有点儿耳熟……"欧阳璇想了一会儿说,"我想起来了！这不就是安导名下的工作室？"

薄禾蹙眉问道："你确定？"

欧阳璇："对，你可以上网查，有备案的。安导怎么也给你寄东西，你们有交情吗？"

薄禾："没有，可能是寄错了，回头我再送回去。"

她回答得干脆利落，直接将上面的其他箱子搬开，唯独把最下面那个留着，放在墙角。那箱子形单影只，突兀惹眼。

但欧阳璇怎么看都不觉得是寄错了。

打从上回老潘亲自给她们送行，她就觉得薄禾跟老潘或者说跟安导之间可能是旧识，而且这种旧识关系，给人的感觉更像是安导这边有求于薄禾。

以安导今时今日的身份、地位，又怎会有求于薄禾？

可如果安导不是有求于人，是心怀愧疚、亏欠呢？

薄禾的态度很古怪，老潘的态度更不同寻常。

欧阳璇心头一突，感觉自己好像捉住了什么关键，心怦怦直跳，不敢再想下去。

薄禾还特意交代她："这个箱子你先别动，改天我要还给人家。"

欧阳璇心里有事，胡乱应道："放心吧，我怎么会乱动你的东西！"

好奇就像一只被困在兜里的仓鼠，四处乱窜，让人不得安宁。欧阳璇既不能问薄禾，更不可能去问老潘，只能自己去网络上搜索安宝华的资料，漫无目的地看。

连她也不知道自己到底想得到一个什么样的答案。

但这一查，还真让她看出点儿问题来。

秦川回去之后洗了个澡，吃了点儿东西，就打开手机开始查看留言。

先看完工作方面的，他又看了私人的。

在回去的路上,他就以游戏中徒弟的身份给薄禾发了一条信息,这次打开留言发现对方回复了。

秦川:"师父,上游戏吗?"

薄荷茶:"刚加班回来,我有点儿累,不太想上了,明天吧。"

秦川:"你最近怎么经常加班?还总这么晚。"

自秦川坦承性别并取得对方的谅解之后,两人的关系反倒更进一步,秦川偶尔甚至会和她聊聊不涉及工作的烦恼,包括自己的家庭关系,虽然只有三言两语。

似乎感觉到他的诚意,薄禾渐渐地也愿意多说几句了。年龄的鸿沟一去,自然还是同龄人沟通起来更加顺畅。比起公司里呆板僵硬的上下级关系、原先游戏里薄禾对待小孩儿一般的师徒关系,现在两人则更像朋友兄弟,许多没有办法在现实里问出来的话,在网络上说出来却自然而然。

薄荷茶:"本来九点多就能回来了,结果回来的时候遇上电梯故障,在公司大厦的电梯里待了快一个小时。"

秦川:"人没事吧?就你一个人被困吗?"

作为早已得知前因后果,甚至亲历事件的当事人,他在问出这两句话的时候,脸不红心不跳的。

薄荷茶:"幸好不是,还有我的老板,还有另外两个同一栋大厦的小姑娘。"

秦川:"我记得你以前说过你的老板不好相处,他没因为这件事迁怒你吧?"

秦川发了个可爱的表情。

薄荷茶:"那倒没有。"

秦川:"我怎么觉得你有未竟之语?"

薄荷茶:"哈哈,我只是忽然觉得他还有点儿可爱。"

241

秦川将这句话看了两遍有余，鼻尖渐渐变红。

他发现自己现在就像个豆蔻年华的少女，怀着不可说的心事，心中小鹿乱撞，七上八下，既期待又甘美，心里还有个声音悄悄冒出头来——

秦川，这才叫喜欢。

周末晚上还要加班，你不觉得你们老板丧尽天良吗？

曾经的秦老板，坐在电脑前，带着胜券在握的心态、运筹帷幄的笑容，钓鱼执法，等着傻傻的鱼儿上钩。

"你们老板哪里可爱了？"

此刻的秦川，怀揣着不肯安静下来的小鹿，在等待对方回复的时间里，不期然想起一句老话。

今日流的泪，都是昔日脑子里进的水。

这真是至理名言。

他从未想过一分一秒也能变成天长地久。

直到薄禾的消息发送过来，时间才刚刚过了二十分钟。

薄荷茶："抱歉，我刚才去洗了个澡，回来一身汗。我也说不上哪里可爱，就觉得他也不像我想象的那么难以接近吧。"

秦川："比如？"

薄荷茶："比如他说他也很害怕的时候，我差点儿以为他下一秒就要哭出来了。"

秦川："……"

他什么时候快要哭出来了？

他只是稍微示弱罢了。

是不是灯光太暗您眼神出问题了？秦老板面无表情地在内心疯狂质问。

薄荷茶："边上的两个小姑娘看起来都比他镇定一些。"

秦川心里呐喊着胡说八道,手指还得镇定自若地敲出一个微笑的表情,再回以优雅的两个字——

"是吗?"

薄荷茶:"对啊,为了缓解他的紧张情绪,我只好说我小时候曾经被关在那种不见天日的小厕所里一晚上。让他感觉自己不是最惨的,他应该就会慢慢好起来。"

秦川:"这么说你并没有被关在那种地方?"

薄荷茶:"有是有,不过没那么久,大概也就十分钟。小时候家附近的小孩儿欺负我,把我骗进去,然后从外面把门锁上。我从里面爬出去,反手对他们就是一顿揍,把人揍完了一个个扔进去关起来,让他们也尝尝在里面被'香气'环绕的滋味。"

秦川嘴角抽搐:"他们出来之后没找你算账?"

薄荷茶哈哈一笑,道:"我把他们关进去之后就回家睡觉了,听说是大半夜家长发现他们失踪,到处去找,才发现他们的。事后那几个家长找上门来,不过都被我爸骂跑了,之后那些孩子就再没敢惹过我。"

秦川觉得薄禾就像一个多宝盒,一层层打开来,每一层都装着不同的宝藏。

在他以为对方是个落魄狼狈的小可怜时,薄禾指不定正在哪里吃着雪糕唱着歌。

当他想要伸手挽救这个失足落水的女孩儿时,对方却已经游到岸上,跺跺脚,衣服瞬间就干了。

"我认为,你们老板也许只是想多和你相处一会儿。"

他这句投石问路的话,当即被反驳了。

薄荷茶:"怎么可能?"

秦川:"我以男人的角度来看,这是有可能的。"

薄荷茶:"那是因为你根本不了解我们老板。"

秦川心想：我还能不了解自己？

他谦虚地在手机上敲出疑问："此话怎讲？"

薄荷茶："他喜欢美女。"

秦川："男人都喜欢。"

薄荷茶："他是个完美主义者，要求极高。我曾见过他在停车场狂骂自己即将分手的女友，那是一个非常漂亮的女人，身材也无可挑剔。如果他连那样的女人都不满意，更不可能看上别人的。"

秦川："也许其中有什么你没了解到的原因。"

薄荷茶："不只如此，他十分严厉，精益求精。我们办公室就在他的办公室隔壁，上班时间几乎是无人说话。大家精神高度紧张，别说点下午茶了，连闲聊半句也没有。"

秦川："工作本来就应该这样。"

薄荷茶："我不反对工作时间应该认真严肃，不过人的注意力很难连续高度集中几个小时，总会有走神儿开小差的时候。劳逸结合并非坏事，这样效率也许会更高。所以话说回来，像我们老板这样的工作狂，他最爱的要么是工作，要么是跟他一样的工作狂。"

秦川："你有没有想过，也许他这样努力，是别有原因的？"

薄荷茶："哈哈，他是我的老板，又不是我的男朋友，我没有必要去了解他吧。"

秦川在内心想：可我想当你的男朋友。

自然，他没有将这句话发出来。

秦川："'知彼知己，百战不殆'，了解老板有利于在职场上更进一步，你不想升职了吗？"

薄荷茶："我想回到原来的上司那里，在她身边好像更能学到东西，现在每天面对大老板'压力山大'啊，最重要的是——"

秦川："嗯？"

薄荷茶:"也许有很多人喜欢他,可那并不包括我。我没有兴趣当灰姑娘,也没有兴趣来段办公室恋情。"

秦川:"这话太绝对了。"

薄荷茶:"看到他我就想起工作,如果上班时他可以催人奋进,那么下班回家还面对一个上司男朋友,是不是有种二十四小时没下班的感觉?"

秦川:"……"

薄荷茶:"你看,你也没法反驳吧。"

秦川觉得,自己在现实里打动对方的想法,不知不觉拐入了个死胡同里。

"前无去路,后有追兵",两头堵塞,他进退不得。

他并非第一次谈恋爱的雏儿,可从未有一个人像刺猬一样摆在他面前。

他想要让刺猬主动卸下尖刺,让自己可以伸手触摸,因为认真,所以无从下手。

也许应该另辟蹊径了,秦川如此想着。

秦川:"陪我玩儿游戏吧,上周出了个新副本之后,我们还没去打过,听说通关只需要二十分钟,打完就休息。"

薄荷茶:"好吧。"

她应该是很累了,但面对徒弟的请求,依旧答应下来。

趁着对方打开电脑上游戏的间隙,秦川先行上号将自己新买的坐骑调了出来。

这是上周与新副本一起出现的商城的新玩意儿,可以双人共骑,上天入海,而且在上天时,还会在空中撒下自定义颜色的花瓣,所到之处的玩家都能看见从天而降的花,堪称"泡妞神器"。

看见薄禾登录游戏的提示,他第一时间发去消息,邀请对方共骑。

不一会儿,系统显示薄禾同意了邀请。

秦川微微一笑。

薄禾的身影很快出现在他所盘坐的仙鹤背上。

仙鹤缓缓从半空飞过,秦川特意将速度调慢,设置了特效。

很快云层中爆出烟花,璀璨夺目,流光点点落在两人肩头与鹤背上,又倾泻而下。

《九霄》这个游戏,也许在系统玩法上还有很多为人诟病的漏洞,天天被玩家在微博论坛上骂,但它的美术特效堪称国内乃至世界顶级水平。许多玩家正是因为游戏出色的美术特效,一边骂一边玩儿,往往论坛上骂得最狠的那批玩家就是对游戏最为热爱的。

在这款游戏里,秦川并没有付出太多时间和精力,但也不能不承认,《九霄》几乎圆了所有仙侠爱好者的一个梦,让存在于他们幻想之中的世界得以呈现。

仙鹤身周云雾缭绕,就是将所有缥缈仙气糅合在一起,视觉效果比以往任何坐骑和召唤兽都要强,因此它的价格也是一般玩家承受不起的。

这样的新坐骑全服限量五只,一只合九千九百九十九人民币,先买先得。

即便如此,新坐骑在刚刚上线的那五分钟内,就被人抢购一空。

薄禾似乎也被眼前的美景震撼,两人相携坐于鹤背上,久久无话。

秦川眼看时机将至,直接问道:"好看吗?"

薄荷茶言简意赅地道:"好看。"

秦川:"那这只仙鹤,以后只有你能坐。"

这样的话已足够直白,几乎不必再有赘言。

同意或拒绝,都在对方的一念之间。

秦老板曾对网恋嗤之以鼻,却不曾料想,有朝一日自己也需要通过这样的办法来"曲线救国"。

过了好一会儿,薄禾终于有了回应。

薄禾:"我太重了,会把你的坐骑压塌,你还是找个轻一点儿的人吧。"

她直接发了语音,说完就跳下鹤背,离开双人共骑的状态。

秦川还未反应过来,好友消息亮起。

他点开,是薄禾又发了语音消息过来。

"抱歉,今天太累了,副本我不打了,改天吧,晚安。"

没等秦川说话,对方的头像直接暗了下去。

秦川:"……"

他看着自己那只价值九千九百九十九块钱的仙鹤,仙鹤也正在看他。

一人一鹤,相顾无言。

秦老板想:自己不就是追个人,怎么这么艰难?

八根胡须正好在线,给秦川发来消息:"哥们儿,最近在忙啥?好一阵没一起玩儿了,走,下本去?"

他热情地招呼秦川。

秦川:"不想去。"

八根胡须:"听你这语气,遇到事了?想开点儿,脑袋掉了碗口大的疤,十八年后又是一条好汉。"

换作以往,秦川不会轻易向人诉说心事。

但他在薄禾身上碰的壁,比过去二十多年加起来都多,多到秦老板也禁不住开始怀疑人生了。

秦川:"我喜欢上一个人。"

八根胡须:"兄弟,我不喜欢男的。"

秦川:"……"

八根胡须:"哈哈——不逗你了,是薄荷茶吧?"

他反应之快,外加毫不意外的口气,令秦川怔了一下。

秦川:"你怎么知道?"

247

八根胡须干脆开了语音和他聊起来："你表现得太明显了，是个人都能看出你这一腔心思全系在你师父身上。不过这也正常，我在不知道薄荷茶是女的之前，也把她当兄弟，知道了之后……"

秦川："你也喜欢她了？"

八根胡须哈哈哈地笑，笑得没心没肺的："怎么可能，逗你玩儿的！她不说自己是女的，谁会知道？也就你会喜欢了吧，放着游戏里无数漂亮的小姐姐不要，却看上比男人还要男人的薄荷茶。"

秦川心烦意乱地道："她在游戏里表现出的只是性格的其中一面，不代表她在现实里也是那样的。"

八根胡须："我明白！不过依我看，你还是重新选个追求对象吧，希望不大。"

加上八根胡须，这已经是第三个人跟他说这样的话了——魏飞舟、司机师傅、八根胡须。

秦老板默默运气。

秦川："为什么？"

八根胡须："这世界上哪有那么多为什么？那你又为什么偏偏喜欢上她？"

见秦川没了声音，八根胡须以为自己驳倒他了。

"你也不用这么沮丧，不就是一段网恋嘛。像你这样的大佬，只要没缺鼻子少眼，现实中应该也不会缺美人投怀送抱的。总有一天你会明白网络终究是虚幻的，说不定她现实中是个大胖子，三百多斤，路都走不动呢？"

不是。

秦川在心里反驳，那是一个笑起来很甜美的女孩子，眉眼弯弯，酒窝深深，看上去柔弱不堪，实际上力大无穷。

薄禾薄禾，真就像夏日里的青柠薄荷茶，并不热烈，却沁人心脾，回味悠长。

秦川忍不住叹了口气。

八根胡须却误会了:"你也觉得我说得有道理吧?其实游戏里玩儿得来就行了,何必非要追求一段虚无缥缈的感情呢?"

秦川幽幽地道:"如果我们俩能走到现实呢?"

八根胡须毫不犹豫地道:"那我就直播跪榴梿!"

秦川冷笑道:"跪几个?"

八根胡须:"一边一个,一次跪俩,说到做到,决不含糊。"

秦川回以呵呵两声,下线了。

也许是上天终于听见他的心声,隔天,秦川刚到办公室,关慎就送来一个消息。

"城市'吃鸡'邀请赛?"秦川拿着对方递来的文件,念出上面的文字。

关慎以为老板不知道"吃鸡"是什么,就解释道:"比赛是在《刺激战场》里,'吃鸡'的意思是得到比赛的第一名,这类游戏叫'吃鸡'游戏。这次主要是这款游戏的中国代理商想配合全球'吃鸡'赛,举办全国性的前站赛事,先从城市海选,再从全国十座城市里选出十组优胜者举办比赛,第一名可以晋级全球赛事。本城是初赛阶段的十座城市之一,那边想找赞助商合作。"

秦川沉吟道:"盛名现在可能还够不上全国赛事赞助商的标准和规模,我们今年的广告费预算也没有那么多。"

关慎点头道:"但本城是没有问题的。"

秦川:"你认为盛名有必要赞助这样的赛事?"

关慎道:"现阶段我们正是对外打出名声的时候。我知道您一直不希望盛名作为秦氏的附庸被秦氏的羽翼笼罩,这次正好我们要推出新楼盘,还有一个跟魏总合作的新项目，都是主打年轻活力，将都市白领作为主要推广对象。正好这个年龄段的消费者也大多对网络，尤其是网络游戏的黏着度很高。如果是别的网络游戏赛事也就罢了，这类游戏的受众很广，我觉得这个赞助的性价比很高。"

他习惯凡事预先做好计划，包括这次来见秦川。虽然只是阐述自己的看法，但关慎还是在网上搜集了一些与这类游戏有关的资料，以备秦川查询。

"老板，这是近年来'吃鸡'游戏风靡的原因，还有与它有关的视频在平台的播放量以及相关搜索条数和热度，数据比较多……"

关慎还未说完，就见秦川拿出手机解锁屏幕，找到《刺激战场》的应用程序，登录游戏，令人热血沸腾的背景音乐随即响起。

他很快看到秦川的游戏角色的段位——不朽星钻。

再想想自己的不屈白银，关慎闭嘴了。

"老板，原来您就是传说中大隐隐于市的高手。"他顺便吹捧道。

秦川却不买账："真正的高手另有其人。"

关慎还以为老板在谦虚，就笑道："一般来说到了您这个段位的玩家，操作都不会差到哪里去，比我强多了。"

秦川忽然问："公司里玩儿'吃鸡'的人多吗？"

关慎："多，之前我就看见销售部有人在玩儿，我们还有个内部游戏群。"

秦川心头一动："给我看看那群。"

关慎小心地道："我们都是在下班时间才偶尔玩儿一下的。"

秦川嗯了一声，接过他的手机，点开群成员列表一直往下拉。

群里没有薄禾。

"人还不少。"秦川道。

关慎干笑。

秦川："你觉得公司也办个内部'吃鸡'比赛怎么样？"

关慎愣了一下，问道："有什么讲究吗？"

秦川："上次海岛团建台风加上地震，中途夭折，没能圆满落幕，现在提起出远门大家可能心理上还有些障碍，与其如此，不如干脆举办一个手游比赛。"

闻弦歌而知雅意，关慎也觉得这主意不错，自然而然地就接了下去："一来不必出门；二来手游比赛人人都有手机，方便快捷；三来也能增进同事之间的感情。

"更何况咱们公司本来就有'吃鸡'群，这游戏有群众基础。"

秦川点头道："赞助商的事，你去把这些资料整理一下，明天开个小会，没问题的话就着手去做。至于内部赛，比赛分组可以自己找队友，没有队友的，就用抓阄儿来定，两人一组。先让他们在游戏里随机排，决出最后的胜者，再进行四排挑战，以存活时间和杀敌数量来判断最后胜负。奖品可以丰厚一点儿，譬如奖金之类，我也参加。"

关慎笑道："那敢情好，说不定您还能夺冠。"

秦川："我算是编外人员，赢了也不拿奖品，不过你照样将我排进抓阄儿名单里。"

关慎试探道："您有想要一起的队友吗？"

秦川看了他一眼："关慎。"

关慎笑道："您想和我一起？我还以为您想跟薄禾一起。"

秦川："我有时候觉得你很适合一种职业，就是古代那种内侍，察言观色，经验丰富。"

关慎只觉下体一凉："您过奖了，下官先行告退。"

公司内部要举行"吃鸡"比赛的消息，很快传遍各个部门。

"天子脚下"的总裁室，自然是第一个得知消息的。

《刺激战场》再风靡，也不是人人都会玩儿，都爱玩儿。但有了丰厚奖品的激励，有许多没碰过游戏的人，当即用手机下载了游戏，并且四处联系会玩儿的同事教学组队。

这些人自然大多是会被拍死在沙滩上的"前浪"。

中午休息时间，总裁室的气氛也难得轻松起来，为数不多的几个人吃完饭回来，或小憩，或捧着手机在看。

唐蜜从外面回来问道："内部'吃鸡'赛你们报名了吗？"

小方摇了摇头："我不会玩儿，不参加了。"

唐蜜笑嘻嘻地晃着手："我也不会玩儿，但这不是团建嘛，是个跟同事们联系感情的好机会。"

她在说完"联系感情"之后，又用口型说了句"一起赚钱"。

大家都笑起来。

虽然李玺离职之前提醒过薄禾要留意唐蜜，但这样爱笑爱玩儿、平时毫无架子的唐蜜，也很容易让人生出好感，卸下防备。

如果总裁室里要选出一个最受欢迎的人，那绝不会是平时来去无踪、神龙见首不见尾的关慎，也不是不苟言笑的方颖，更不会是刚来不久的施羽或薄禾，只会是唐蜜。

也许正因为这种八面玲珑的性格，她才更能胜任对外联络事务的秘书一职。

施羽笑道："我也不会玩儿，现学的，请关秘吃饭带的我，希望不会拖后腿。"

唐蜜转向薄禾："薄禾，你也报名了吗？"

薄禾点头道："我选了抓阄儿的方式。"

她刚说完，关慎就提了个小盒子走进来："薄禾，你选了抓阄儿对吧。来，随便挑一张字条，里面就是你的队友。"

盒子上面有个圆形开口，正好容得下一只手。

薄禾随手抓了张字条出来，展开一看，上面端端正正地写了两个字——

"秦川。"

她不禁抬眼看向关慎。

关慎也无辜地看着她。

薄禾表情诚恳地问："我刚才手滑了，能不能重新抽一次？"

关慎也很诚恳地回道："起手无悔，恐怕不行。"

薄禾实在不想跟秦川有任何接触，不管工作上的，还是私底下的。

虽然她觉得电梯里的秦川有那么一点儿可爱，但这种可爱只可远观不可亵玩。

就像在非洲看狮子，你不能因为觉得狮子漂亮，就随随便便地下车去摸一摸。懒洋洋的狮子翻出肚皮无辜纯良，似在等待你上前谈心，但也能随时随地翻身而起，直接把你扑倒当成一顿美味的晚餐。

更何况秦川在薄禾这里的印象，实在并不怎么好。

这位老板在工作上苛刻严厉到几乎不近人情，所幸出手大方，在员工福利上从来不吝付出，就连她在海岛上救助同事，这个月也因此得到不少奖金。

但另一方面，前面几次不愉快的经历，让薄禾选择远离对方。

当游戏里的徒弟说老板可能对她有意思的时候，薄禾的第一反应是怎么可能，第二反应是想笑——以秦川那样自恋和高标准的性格，若真喜欢上一个人，那对方肯定是个机器人。

手里捏着抓阄儿的字条，面对同事们或真心或敷衍的玩笑和祝福，薄禾只能硬着头皮去找秦川。

午休时间，秦老板在办公室正襟危坐，催人上进，令人不由自主地开始反省自己的懈怠。

"你跟我组队双排？"秦川抬起头，神色疑惑地问道。

薄禾道："其实我玩儿这类游戏的技术很差，这次纯粹是为了响应公司号召，要不您重新抽一位队友吧！"

秦川哦了一声，说道："既然玩儿游戏就要遵守游戏规则。没关系，我也刚玩儿。今天晚上如果你不加班，我们可以利用下班时间先玩儿一下双排，培养默契。"

薄禾："我晚上要加班的。"

秦川："那我等你加完班。"

薄禾："……"

秦川："虽然你没有想过拿到名次，不过全力以赴是对同伴和对手最大的尊重。我们平时没事稍微练习一下，最后打成什么样尽力而为就行了。"

薄禾心想：我现在撤销报名还来得及吗？

秦川："你觉得怎样？"

薄禾："挺好的。"

这也许是薄禾最不期待下班的一天了。

她巴不得手头的文档永远写不完，时钟永远停在 59 分的刻度上。

然而当六点准时到来，众人收拾东西准备下班时，她却要拿着手机去老板的办公室继续"加班"。

秦川看见她，还有点儿惊讶："你不是说要加班吗？"

薄禾态度诚恳地说："提前做完了。"

她已经想明白了，与其磨磨蹭蹭干到八九点，还要去跟老板打交道，不如"早死早超生"。

秦川不疑有他，合上电脑，拿出手机打开《刺激战场》。

在秦川的计划里，事情应该是这样进展的——

他跟薄禾打开游戏,看见彼此的游戏账号。薄禾恍然大悟,震惊不已,但在双方不知情的情况下,正应了那句话——有缘千里来相会。

双排游戏的过程中,两人越发默契,大有相见恨晚之感。他借机送薄禾回家,顺道去吃晚饭,感情逐渐发酵,水到渠成。

毕竟有了游戏里深厚的感情做铺垫,谁又能说这不是注定的缘分呢?

但现实是——

秦川登录微信联通游戏账号,这是一个几乎从未被用过的账号,"吃鸡"的游戏等级也停留在最低等的热血青铜阶段。

他再看薄禾,她用的也是一个新账号,新得连全套衣服也是系统默认的,彻头彻尾地写着"我是一个马甲"。

两人面面相觑。

薄禾的两只眼睛都透着真诚老实,她说:"秦总,我没玩儿过几回,技术很差,还请您别嫌弃。"

秦川心想:我信你个鬼。

"没关系,我也一样,一起进步吧。"

游戏开始,由秦川匹配。

他选择了冰雪地图。

这是比较新的地图,对玩家而言要比另外两个老地图陌生,地图小、人多意味着冲突更激烈,容易被打死,尤其是在高手云集的天堂度假村。

简而言之,这样不容易露馅儿。

两人降落后,迅速分散开来,四处搜寻物资。

薄禾二话不说,冲向别墅前面的天井,也就是交火最密集的地方。

等秦川在别墅二楼搜到一件二级甲的时候,就收到队友被玩家"战神之甲"打伤的消息。

"你在哪儿?"秦川下意识地问道,翻身下楼奔向对方的方位。

伴随着手机里的一阵枪声,队友被淘汰的提示浮现在屏幕正中,秦川甚至顾不上抬头去看薄禾,端起手中的M416冲着正忙着捡包的两个敌人就是一顿扫射。

敌人倒下,他飞快地躲进后方的房子,下一秒,外墙被一排子弹扫过。秦川死里逃生。

他这才有空略略抬头,看了薄禾一眼。

打死他也不相信,堂堂走位高手薄荷茶会死在天堂度假村。

队友虽死,战斗还要继续。

秦川在度假村内游走,孤军奋战,竟也有了歼敌五的战绩。要知道往常都是师父在前面冲,他这个徒弟跟在后面捡漏儿的。

可见人在得不到依靠的时刻,总会以异乎寻常的速度成长起来。

当师父已经阵亡的时候,秦川只好抓着一把M416孤身闯荡江湖。在度假村走了一圈后,背包以肉眼可见的速度肥美起来,他居然还活着。

旁边的薄禾适时发出赞叹:"秦总打游戏真是太厉害了!"

我信了你的邪!

话到嘴边差点儿蹦出来,秦川生生忍了下去。

但他不知道,在接下来的二十分钟内,自己还要忍受无数次这样的赞叹。

当秦川干掉一个埋伏在墙后的敌人时,薄禾:"秦总好枪法!"

当秦川用手榴弹炸死一个敌人时,薄禾:"秦总神准啊!"

当秦川在路边看见一辆吉普并将其开上山坡时,薄禾:"秦总开车真稳!"

仿佛秦川穿了一件粉红色背心,薄禾都能把他给夸成"鹦鹉嘴凤仙花"。

伴随着薄禾的崇拜赞叹不要钱似的往外冒,秦川似乎能看见她头顶的好感度在成百成百地往下掉。

在吉普驶上山坡的过程中，秦川终于翻车，被侧面迎来的两拨敌人双面夹击，壮烈牺牲。

"你真的不会玩儿吗？"他抬起头，幽幽地问薄禾。

薄禾："我真不会玩儿，总是落地后在很短时间内被敌人淘汰。秦总，要不您另外抽个队友吧，我会害您丢脸的。"

秦川不置可否："当初你教魏飞舟的时候那么利索，M24直接一发爆头，单排击杀十四人，现在怎么就这样了？"

薄禾面不改色心不跳地答道："上次地图不同，而且魏总的账号排位很低，遇到的敌人水平也低，还有很多系统投放的机器人，我纯属超常发挥。现在您看到的才是我的真实水平，就像股市，长期低迷，偶尔走高，那是意外。"

秦川看了她一会儿，忽然笑了。

"那没关系，我可以教你。"

薄禾现在无比后悔。

她后悔当初在宴会上一时嘴快，看见魏飞舟在玩儿"吃鸡"，就顺口说了一句"边上有埋伏"，结果"一失足成千古恨"——现在秦川摆明了不相信她的游戏技术很差的说辞，她的强行辩解就显得苍白无力。

她更后悔自己伸向抓阄儿盒子里的那只手怎么偏偏就抓到了写着"秦川"的那张字条。

"从你上次帮魏飞舟玩儿的表现来看，我觉得你在游戏操作上的天赋很高，可塑性也很强，只要上手再多玩儿几次，一定能够掌握技巧，跟我默契配合的。"

秦川的声音传入耳中，薄禾脸一垮，心想：饶了我吧。

"多玩儿几次？"她声音有点儿发颤，像是因为终于能和老板近距离接触而激动。

秦川点头，抬腕看表："现在才六点半，我们先吃个饭，再玩儿一个小时，八点半左右我送你回去，怎么样？"

薄禾心思急转，很快找到一个完美的借口："秦总，我不知道今天得临时加班，跟朋友约好了，不好失约，能否改天？"

"好吧。"秦川点了点头，出乎意料地好说话。

还未等薄禾高兴起来，秦川就又说话了："那就明天吧，明天我特批你提前一小时下班，到我的办公室来练'吃鸡'，工作做不完的话，我可以让其他同事帮你。"

薄禾："……"

"这样你就不用加班了，怎么样？"

秦川的面上难得透出几分慈祥之色，他看上去就像戴了一顶羊外婆的帽子。

薄禾艰难地挤出几分笑容："工作要紧，我觉得我可以去跟朋友说一声，她能谅解的。"

秦川微微一笑，说道："那就太好了，你快去打电话吧。"

薄禾只好起身，装模作样地去给那个"并不存在"的朋友打电话。

都说前世不修，才会下班、逛街、看电影都遇到老板，薄禾觉得自己可能上辈子撞死过十几二十头猪，那些猪的怨念才会被凝聚起来，化身眼前的秦老板，专门跟她过不去。

等薄禾"打完电话"回来，她就看见秦川拿起西装外套挂在手臂上。

他从办公桌后面起身："走吧。"

薄禾愣了一下："去哪儿？"

秦川理所当然地说："吃饭，不吃饭怎么加班？"

薄禾很想说：老板我对着你吃不下，咱快点儿打完然后一拍两散。

她深吸口气，最后吐出了一个字。

滚——才怪。

"好。"

盛名位于市中心商业区，周围的餐厅很多，高、中、低档的都有。

但秦川哪家都没有选，反倒驱车带薄禾来到一家距离公司两公里开外的餐厅。

薄禾一脸疑惑。

受宠若惊倒不至于，她只是觉得以秦老板之前对自己的印象和态度，这种行为委实诡异。

既然彼此相看两相厌，又何必互相折磨呢？

侍应生见两人入内，忙迎上来。

秦川："五号包间。"

侍应生："秦先生晚上好，里边请！"

秦川显然是常客。

薄禾跟着他们走过弯弯绕绕的走廊，穿过小桥流水的假山，终于进入所谓的五号包间，举目四望，古典装饰风格简单不失纯粹，不像一些餐馆给人不中不西、不伦不类的感觉。

薄禾穷于言辞，只能用"高端"来概括。

可问题是，他们不就吃个工作餐吗？有必要这样？

秦川身处如此幽雅的环境，对着她不会吃不下饭吗？

既来之，则安之。薄禾满腹疑问，可也没有过于诚惶诚恐。

秦川："还喜欢这里吗？"

薄禾："挺漂亮的。"

秦川将菜单递给她。

薄禾："您决定就好，我头一回来，不熟悉。"

秦川也没客气："那我就点一些招牌菜吧，你有什么忌口吗？"

薄禾："没有。"

眼前这个体贴、优雅、绅士的秦川，仿佛是被鬼上身的。

她决定静观其变。

秦川点了六道菜，见薄禾面色微动，欲言又止，似知道她想问什么，说道："这些菜的分量不多，我们两人吃得完的。"

薄禾："谢谢秦总。"

"不用这么客气。"秦川微微蹙眉道，"这次请你吃饭，也是为了向你表达歉意。"

薄禾：太阳从西边出来了？

她下意识地往外看，随即发现这会儿已经是傍晚。

"上回你走错房间，是我反应过激了。只因我以前有过类似的经历，才会误会你。"见薄禾没有说话，他只好又道，"我刚接管盛名的时候，经常需要应酬，有一次喝多了点儿，酒店房间门没关好，被一个女的闯进来，差点儿……"

说及此，秦川脸上不禁流露出一言难尽的表情。

这并不妨碍薄禾想象。

多新鲜啊，秦老板竟然也有被"霸王硬上弓"的时候。

可男人对这种投怀送抱的事不都是来者不拒的吗？

"对方长得不好看？"薄禾忍不住问了一下。

秦川用一种"你仿佛在逗我"的表情看了她一眼："对方正值妙龄，家境优渥，家里跟秦氏也有长期合作关系。"

薄禾心想，那秦川还有什么不满意的？

秦川："但她是我父亲推荐给我的对象，而我跟我父亲，一直以来关系就不太好。"

薄禾恍然，随即又道："您不必和我说这么多的，上次的事情我已经忘了。"

秦川道："不管忘没忘，误解了你，我必须表达歉意。"

侍应生送上主菜，两人的话题适时止住。

薄禾等秦川动了第一筷之后，才开始品尝。

平心而论，菜的味道不错。

食材是否新鲜，厨师是否用心，食客是能用舌头给出答案的。价格贵未必就物有所值，但对精雕细琢而出的心血，舌头往往能够比价格做出更加诚实的反馈。

薄禾津津有味地吃到一半，只觉对面安静得过分，想起自己好像忘了送上最"真挚"的吹捧，忙在脑海里酝酿出几句五彩缤纷的好听话，抬头准备送出，就看见秦川也正好抬起下巴，一双黑黝黝的眼睛看过来，似在等她的夸奖。

"这间餐厅选得真好，菜也好吃，老板眼光独到，非常感谢您带我来沾光！"

秦川微笑的表情在听见后面的话时僵了一下，他立时纠正她："不是带你沾光，我也喜欢来这家吃饭，但这里不大适合谈生意，更适合用来享受生活。平时我也没什么机会过来，一个人在这里吃饭有些奇怪，多谢你陪我。"

假如薄禾深入思考……

首先，秦川虽然是个工作狂，但也有朋友，还交过女朋友，再不济有关慎这个随传随到的秘书，怎么也不至于"一个人在这里吃饭有些奇怪"。

其次，在她眼中，秦老板并非一个特别在意别人眼光的人。

秦川也的确不是，否则之前就不会为了学游戏操作装女孩子。要不是出现喜欢上薄禾这个变数，可能直到离开游戏的那一天，他都不会暴露。

但——灯光下，秦川那双眼睛流光溢彩。

薄禾不期然想起那个加班的夜晚，憋闷的电梯里，他依偎过来，故作坚强地说自己有幽闭恐惧症的样子。

"没关系，我也很愉快。"

失神片刻，话脱口而出之后，她随即反应过来，自己好像不小心中了一秒钟的美人计。

她失策了。

第十章
阳光之下，无所遁形

当最后一道甜品上来，薄禾心头终于浮现些许诡异感。

优雅静谧的环境、可口美味的菜肴，相对无言的两人，四周别无旁客。

怎么看，这都不像是一顿工作餐。

眼看对方拿起餐巾，薄禾终于找到机会开口："秦总，我想赶紧把游戏练好，我们还是回公司吧。"

"看见你这么积极，我很欣慰，想必我们很快就会磨合出默契了。"秦川展颜，拿出手机道，"来，开始吧。"

薄禾："……"

秦川见她没动，奇怪地问道："怎么了？"

薄禾道："加班应该在公司吧？"

秦川："在这里不是更舒服吗？有吃的喝的，回去还塞车，省下回公司的时间可以多打几盘，你不也可以早点儿回去？"

薄禾被最后一句话说服了。

侍应生进来收拾餐具残羹，上了果盘清茶。

两人背靠竹椅子——打开游戏，开始组队。

薄禾觉得，自己前面既然已经表现过菜鸟的一面了，现在肯定不能一下子就超水平发挥。所以她稳扎稳打，在降落之后就跟着秦川跑。

秦川进工厂，她也跟在后面。秦川捡了装备，她自然只能两手空空。

一开始秦川顾着捡东西没注意看——直到枪声在身后响起，系统提示队友被淘汰，他才发现薄禾死了。

那个在《九霄》里飞来一箭让他惊艳，不顾一切也要拜其为师的薄荷茶；在副本里以一敌十，将宙斯之盾逼得狼狈不堪的薄荷茶；连别区大佬都慕名而来，找她代打比赛的薄荷茶，居然是个连装备都没捡上就被打死的家伙。

有人信吗？

秦川当然是不信的。

但他知道薄禾操作好，薄禾却不知道他知道她操作好。

他甚至没有办法揭露这个事实，对方只需死不承认就行。

战场瞬息万变，就那么走神儿一小会儿，秦川就被人放了冷枪。

死不瞑目。

薄禾还在旁边加油打气："秦总厉害！"

秦川："……"

两人大眼瞪小眼。

秦川缓缓一笑，温柔地道："没关系，刚刚上手，发挥不稳定是常有的事情，不要着急，我们慢慢练就好。"

"秦总，我们大概需要练到什么程度？"

薄禾反省了半秒左右，觉得自己是不是得去跟干爸卓逸学习一下演技，表现得可信度更高一点儿。

秦川做思考状。

薄禾提起了半颗心，真怕他说出从青铜上位到星钻这种话。

"所有游戏,再不熟练,多玩儿几回也就好了。这样吧,我们把目标定宽松一点儿,只要在公司举行比赛之前,我们都能稳定保持在前三名的水准就可以了。"

前三名听起来不容易,但对薄禾来说自然不是问题。她所要担心的是怎么既达到秦川的要求,又不会被看出是在做戏。

"那今晚呢,我们需要达到什么标准?"她问道。

秦川:"玩儿到你有手感为止吧。"

什么叫有手感?这是一个很抽象的词。

但对游戏资深玩家薄禾而言,这很好理解。

她经常会在对决时有神来一笔的操作和走位——譬如敌人明明使出致命一击,双方距离又极近,按理说几乎不可能避开,但薄禾偏偏避开了。她在《九霄》里的几场对决,至今还被游戏主播们引为经典案例教学。

曾经有人追根究底,询问薄禾到底是如何做到的,但实际上她自己也很难解释那一瞬的感觉。

就像高手过招,往往生死一刻,灵感忽然闪现,使出一招自己以前从未领悟过或者长久以来难以融会贯通的绝学,醍醐灌顶,福至心灵,最终抓住那个微乎其微的可能性。

这种事情玄之又玄,妙不可言,往往很难用具体的语言来描绘。

简而言之,秦川的标准很宽容,又很严格,所谓有没有手感,还不是他说了算?

薄禾在心里把秦川从头到脚骂了一遍,暗叹口气,认命地跟随着他跳伞。

秦川忽然想起什么似的,抬起头道:"虽然这是业余比赛,跟本职工作无关,但毕竟是我把你留下来的。以后每天下班之后,就照三倍加班费开给你吧,我自己掏腰包。"

薄禾假装客气地道:"这怎么好意思?"

秦川沉吟道:"既然你不好意思……"

薄禾:"但秦总既然一番好意,我就'却之不恭'了。"

秦川想笑,又忍住了。

他的忍功很好,早就出神入化,薄禾竟没看出来。

说话间,两人在游戏里的角色降落在热带雨林的祭坛里。

这也是个资源抢夺的热门点。

秦川降落慢了一步,枪声就在四周此起彼伏。

他落在最上面那层,甚至没顾得上跟薄禾说话,就赶紧弯腰捡装备。

他的运气不太好,这地方已经被人搜刮过一遍,他跑满半层只捡到一把手枪。

秦川当机立断,跳入祭坛内部。

四周的脚步声纷乱错杂,地图上光脚印就有四五个。

秦川只能拎着把手枪到处躲,起码先把小命保下来。

这种时候,即使身在游戏里,也不由得有了争分夺秒的紧迫感,秦川能察觉心跳比平时都快了些。

虽是狭路相逢勇者胜,可枪声稍停,脚印也少了两三个,而秦川缩在角落里仍一动不动。

因为他一走,脚印就会在小地图上显现,会被对手发现。

对方一个个左手 AK,右手 mini(迷你)步枪,秦川现在盔甲全无,孤苦伶仃,一把手枪连人家的皮都打不破,只能按兵不动。

想到"孤苦伶仃"这个词,他就下意识地抬起头:"你现在在哪儿?"

薄禾道:"我在第三层,去找你吗?"

秦川:"你有多余的武器就给我一把。"

薄禾:"好,我上去找你。"

秦川丝毫不怀疑薄禾的技术,只要她想,基本上没有人拦得住她。

只见薄禾噔噔噔地从三楼跑上来,就在两人距离显示越来越近时,秦川的房间门口忽然闪现人影。

他心头一惊，举起枪口对准对方的头部打出一枪，中了。

那人身上喷出绿光，但还没死——这位老兄枪法不太好，这么近的距离，连开两枪，居然才让秦川掉一半的血。

但要是再这么对射下去，秦川肯定会比对方先倒。

就在这时，那人突然中枪倒地。

薄禾跑了进来。

秦川松了一口气，真是及时雨。

他捡起薄禾扔下的冲锋枪，安全感随着沉甸甸的武器而增加。

按照往常的规律，接下来他只要跟在薄禾后面就好了，薄禾连小地图都无须点开，心中自有完整的地图。

但薄禾停住了："老板，接下来我们怎么走？"

秦川："……"

这种问题以前都是由他来问的。

就在秦川沉默的那一秒，敌人冲进来把他们给包了饺子，两个人就这样被淘汰了。

游戏开第二局。

秦川这次不敢跳祭坛了，更别说训练基地和天堂度假村——他选了个房子比较多的郊外，两人到房子里去搜刮了一通。

全副武装之后，他们开始朝安全区进发，路上偶遇到两三个敌人，其中有机器人，也有真玩家。

薄禾表现很正常，还击杀了一个敌人。

秦川看着她身上的三级甲很欣慰，觉得这次就算薄禾藏锋，两人也肯定能闯进决赛圈。

十五分钟后，在临近最后的决赛圈的外围，身后两队的伏击让他们不得不停止前进，回身伏下。

秦川看不见敌人的身影，对薄禾道："你往前面那块石头扔个手榴弹试试。"

薄禾应声，拿弹，测距，确定方位，将手榴弹扔了出去。

"秦总快跑，我扔得太低了！"

秦川："……"

他下意识地起身往旁边躲去。

砰！手榴弹爆炸。

他的确没被炸死，却被对方给狙死了。

秦川："……"

第三局……

第四局……

第五局……

他们每次都能以出乎意料的方式团灭。

其中有一次是薄禾从高山上跳下，由于节奏没掌握好而摔成重伤，在秦川救她之前就断气了。

还有一次则是房间里有敌人，薄禾在秦川没来得及阻止之前，就说要去帮忙探路，然后直接冲进去被乱枪打死。

秦川觉得心好累。

眼看时间接近九点半，一切忽然变得顺利起来。

这次他们四排排了一组，还有两名随机匹配的队友。

四人队比二人队更考验配合，难度也就相应增加。

尤其是在最后的决赛圈，存活人数只有三四个的时候，你不知道对面剩下的是两队还是一队，或者甚至是三队，选择集中火力还是各个击破，就需要在一瞬间做出决断。

四个人过五关斩六将，终于来到决赛圈。薄禾表现得平平无奇，不算出彩，但也没拖后腿。

　　经过今晚薄禾的表现，秦川几乎要怀疑薄荷茶只是自己臆想出来的一个虚拟人物。

　　草丛之中，四个人分散开来。

　　车轮的印子在小地图上显露出来。

　　"有车注意！"语音那边传来队友的话。

　　几乎是话音刚落，包括秦川在内的三人就收到了系统提示。

　　薄禾被淘汰。

　　"我被车撞死了。"

　　秦川："……"

　　十分钟后，他们也团灭了。

　　秦川看排名结果，不多不少，正好团队第三。

　　他马上想起自己刚才说过的那句话——"我们都能稳定保持在前三名的水准就可以了。"

　　秦川看向薄禾。

　　薄禾无辜地回望他。

　　良久，秦川朝她笑了笑，说道："今天就先到这里吧，我送你回去。"

　　薄禾抱着一线希望问："那明天还练吗？"

　　秦川："练啊，既然你已经熟练了，我们也进第三了，那就要勇于追求进步，明天争取保三进二。"

　　薄禾："……"

　　回到家之后，薄禾感觉有点儿胃疼。

　　她觉得应该是吃饭的时候对着秦川那张脸，没能好好消化，之后又特意压着技术的缘故——

不要以为天才考一张刚好六十分的卷子很容易，这也是需要花心思去算分的。

身心俱疲的薄禾回到家，连上游戏的兴致都没有了。

她见欧阳璇还未吃饭，就把手上的袋子递了过去。

欧阳璇看见袋子，哇了一声："这是三木家出品的吧？他们家的东西老贵了！你晚上还去三木吃饭了？"

薄禾直接往沙发上一倒："是我老板请客，我哪里吃得起？"

欧阳璇眨了眨眼："这听起来像是一个浪漫的开头。"

薄禾苦笑道："当你误敲他的房间门，他骂你不要痴心妄想时，你还会觉得浪漫吗？"

欧阳璇抽了抽嘴角："当我没说。"

薄禾唉声叹气道："最可怕的是，我下班之后还有两个小时要跟这位老板待在一起，想想就觉得人生一片黑暗！"

欧阳璇揽上她的肩膀，笑嘻嘻地道："别气馁啊，等我赚了大钱，就让你来当我的助理，啥都不用干！我再雇上十个八个助理，你管着他们就成！"

薄禾哎哟抱拳道："那可真是'苟富贵，无相忘'了！话说你那新角色接触得咋样了，还没定下来吗？"

欧阳璇的笑容转淡，她勉勉强强地道："快了吧。"

薄禾："怎么，有变故？"

欧阳璇："对方觉得我资历太浅，还在考虑吧……唉，你都不知道，像这种不算大成本的网络剧制作，还有好几个人跟我竞争，那些人个儿个儿后台比我硬，我这次可能机会渺茫。"

她的容貌固然不是绝色，但低眉垂目之际，也有几分楚楚可怜的秀丽，放在普通人里，她这算是个美女了。

可惜欧阳璇想要混娱乐圈，这样的容貌注定不上不下，得付出比别人多许多的代价才能出人头地。

薄禾虽然不混她的圈子,可平时道听途说,看些八卦新闻,偶尔听她的干爸、干姐聊上两句,也能知道个大概。

但知道与身处其中毕竟是两回事。

前者"隔岸观火",后者"水深火热"。

"我虽然有童骏的推荐,但仅仅是推荐罢了。童骏跟我交情泛泛,不可能为了我去跟导演争取的。我听说导演比较中意另外一个演员,对方是个星二代,家里还有B城电视台的关系,估计这次又悬了。"

欧阳璇跟薄禾合租的时间不久。这小姑娘虽然一门心思往娱乐圈奔,对名利这回事看得很重,可性格豪爽,也不吝啬。当初薄禾刚刚参加工作,手里没什么闲钱,欧阳璇却还有家里接济资助,经常拉着薄禾下馆子,从外头买什么东西回来,也不忘给薄禾带一份。

大部分人总是既有阳光面,亦有阴暗的部分。

这世上又有多少人能超然物外?说到底众人终日忙忙碌碌,不就是为了有口饭吃,这口饭吃得好与坏便是关键了。

薄禾道:"要不然,我去帮你问问我干爸?也许他认识你说的这个导演。"

欧阳璇欲言又止,最后说道:"卓叔可能帮不上忙,但有一个人说不定能帮上。"

自从知道薄禾跟卓逸的关系之后,欧阳璇就自动将"卓哥"升级为"卓叔"。卓逸因着薄禾的关系,对欧阳璇也有几分另眼相看。

薄禾:"谁?"

欧阳璇:"安导。就是上回我们拍的那部戏的导演,你记得吧?"

过了好一会儿,薄禾才轻轻地嗯了一声。

"说起来,安导跟我现在这部新戏的制片人和导演还有些渊源。这三个人是师姐弟,安导是大师姐,另外两个是她的同校师弟。这角色是个女二号，投资方想力捧的是女一号，跟我不冲突。要是安导能帮我说句话，以她的面子和人脉，那就十拿九稳了。"欧阳璇说完，转头看见薄禾神色淡淡的，跟着不安起来，"你怎么了？"

薄禾："没事。"

欧阳璇："我没有让你去找安导的意思，就这么说一下，你别放在心上。"

薄禾："我知道……但恐怕我也帮不上忙。你们那个圈子，我就认识我干爸和凌霜姐而已。要是他们能帮上忙，我去说一句还行，再绕来绕去，就太麻烦他们了。"

欧阳璇："知道知道，我哪里会怪你呢？就是给你说说，不过我看你每次一提到安导脸色就不太好，是不是她得罪过你啊？"

薄禾："没什么，你想多了。时间不早了，我先去洗澡。"

说罢她起身离开，没给对方继续问下去的机会。

欧阳璇就是再笨也知道薄禾不想提起安宝华了。

这并不意味着两人之间没有关系，恰恰相反，欧阳璇几乎能看出薄禾对安导怀着深深的芥蒂了。

可她细想两人的交集……

她和薄禾在梨城剧组时，薄禾跟安导之间根本连照面儿都没打上几个。

薄禾知道自己不应该表现得如此喜怒形于色。

对安宝华此人，她越是从容，越能让别人什么也看不出来，失态除了徒增笑话、烦恼，别无用途。

但这几乎是下意识的，她恐怕终其一生也无法对这个名字有好感了，尤其是在见过安宝华对舒窈的态度之后。

同样是亲生的，一个从小颠沛流离、坎坷无数，连求学之路都磕磕碰碰；一个从小被捧在手心，顺风顺水，百般宠爱。

要不是认识了卓逸他们，得到几次援手，她现在可能正在某座大城市的餐厅里洗碗端盘子，而不是大学顺利毕业，进入职场，坐在市中心的高端写字楼里。

许多人觉得上学读书，进入社会在职场上打拼，是再寻常不过的事情，可对薄禾来说，这也是需要相当大的代价与努力的。

人最怕的就是比较。

薄禾觉得自己已经很知足了，从来不跟谁比较，有什么事自己扛一扛就能熬过去。

可在看见舒窈的那一刻，她突然发现自己也是个庸俗的凡人，会忌妒，会不满，会心酸，会自怜。

就算这些情绪只是一点点，像尘埃一样渺小，可终究还是存在，在阳光之下，无所遁形。

最好的办法，就是断绝她跟安宝华相关的一切联系，提都不要再提起。

洗完澡，精神和心情都好了许多，薄禾趴在床上，身下垫着抱枕，拿起手机开启通信软件。

徒弟川川足足给她发了十条信息。

薄禾刚看见第一条，就忍不住笑出来。

在薄禾看来，徒弟川川越来越会卖萌了。

以前她以为对方是个少女的时候，川川沉默寡言，惜字如金，在游戏里能半天不打一个字，不发一个表情。

现在她知道川川是个大老爷们儿了，年龄还跟自己差不多，对方反倒活泼起来，通信软件里的表情包那是一个接一个，在游戏里叫的"师父"是一声比一声甜。

仿佛天性得到释放，仿佛被关了十年的兔子奔向自由的新世界。

她一打开两个人的聊天儿窗口，就收到对方的十来个表情包。

一只毛茸茸的企鹅在墙后探头探脑，询问"在吗"，又趴在地上做出等待的动作，还有吃着零食回头的表情，憨态可掬。

薄禾这一笑，方才那点儿小小的不愉快就忘到九霄云外了。

薄荷茶："我来了。"

川川："你晚上又加班？"

薄荷茶："对，你绝对想不到——我是在老板的监督下，光明正大地加班玩儿游戏。"

川川："那不正合你意？"

薄荷茶："你恐怕误会了，此玩儿非彼玩儿。我们公司有个内部'吃鸡'友谊赛，我不幸跟老板抽在一个队伍里。你想象一下，好不容易熬过每天的八小时之后，还需要跟老板打交道，这是怎样一种痛苦？"

川川："很痛苦吗？不是可以'近水楼台先得月'，趁机刷刷好感，让他给你升职加薪？"

薄荷茶："一听你就是没有经历过跟老板相处的痛苦，看来你现实里是个老板吧？"

川川："没有，我只是很难想象，你那么热爱游戏的一个人，居然也有说痛苦的时候。"

薄荷茶："我热爱需要学习才能掌握的游戏操作技巧，热爱通过自己努力打败敌人的感觉，但不包括跟老板搭档组队。为了让他放弃跟我组队的想法，我故意表现得像个菜鸟，但他居然不按剧本来，反而让我加班练习，这简直是——"

秦川看着对方随即发来的抹脖子上吊的表情，忍不住笑了。

薄禾想必是憋得久了，一肚子苦水，借此机会向游戏里的徒弟大肆吐槽。

反正隔着两个显示器，千里之外，两人连面都没见过，也不知道彼此的真实姓名。她跟川川谈论这些，自然比跟现实中的同事、朋友说要安全许多。

薄荷茶:"现在只要一想到明天上班,到了晚上六点的时候又是另一段折磨的开始,我就想请病假了。像我这样积极向上的青年,完全是走投无路被逼入绝境了,才会产生这种负面消极的念头。"

川川:"我觉得你们老板的想法跟你完全不一样,也许你应该找机会和他好好沟通一下。"

薄荷茶:"什么不一样?"

川川:"或许你们老板觉得你特别可爱,喜欢和你相处,所以才找借口让你加班的吧。"

薄荷茶:"你这个笑话并不好笑。我总觉得你对我的老板特别宽容,处处在为他开脱。你到底是我徒弟还是他徒弟?"

川川:"你的老板真是个超级王八蛋,这种人活该'喝水噎死、被空气呛死'!说不定你明天去公司就发现换新老板了,让他流落街头、无家可归、见鬼去吧!"

薄荷茶:"……"

川川:"这样骂可以吗?"

薄荷茶:"挺好,听你这么说,的确舒服多了,哈哈!"

川川:"那你明天准备怎么应付你的老板?"

薄荷茶:"他不是想'保三进二'吗?那我装出努力一下的样子,最后拿到第二名好了。"

川川:"你这样只是治标不治本。你的老板看见你的潜力,只会提出更高的要求,让你'保二进一'。到时候你不是又得再演戏?累不累?"

薄荷茶:"那怎么办?"

川川:"快刀斩乱麻,直接展示你的真正实力,带他赢,拿到第一,这样他就没有借口找你加班了。"

薄荷茶:"好像也有道理。"

薄禾发现，自己总能在跟徒弟聊天儿的过程中逐渐放松下来，哪怕心情再不好，总会一点点缓过来。

川川之于她，在不知不觉之中分量一点点加重，许多现实中无法倾诉的烦恼、小小的快乐、妙手偶得的惊喜，对方总会耐心聆听，和她一起分享。

薄禾知道川川是个防备心很重的人，轻易不会对别人说起自己的事情，更别说是网友。可他现在慢慢地也开始和薄禾说起自己去过的地方、遇到的人，说起世界各地的事。

他很少谈论自己现实中的职业，但薄禾知道他在经营茶馆，可能还不止一间，身家自然不菲。

薄禾从未想过两人有进一步发展的可能性，始于网络，终于网友，君子之交，就已足够。

一夜好梦，隔天薄禾像往常一样去上班，到办公室的时候，唐蜜和方颖已经在了。

三人互相打了声招呼，各自落座工作。

这是再寻常不过的都市白领工作节奏，一切暗潮都在日复一日的平淡之下涌动。

薄禾还记得自己上次从这里被赶出去时的光景，虽然她的心态调整得足够好，当时也没有什么愤怒难过的情绪，但如今有重来一次的机会，也绝对不想像上次那样铩羽而归。

若能选择，人人都愿光彩照人、骄傲非凡，但在平静的外表之下，薄禾难免谨慎许多。

她还记得李玺临走前的告诫，对唐蜜始终保持客气但不太亲近的距离。唐蜜几次请吃饭，薄禾都给婉拒了。为此唐蜜有些不高兴，但薄禾宁可得罪她，也不想再让自己重蹈覆辙。

"薄禾。"唐蜜温柔的声音适时地响起。

薄禾抬起头,见对方递来一个文件夹。

"你帮我把这份文件拿去复印几份,嗯,要六份吧。"

薄禾在总裁室干的就是此类琐事——这些正是她职责之内的事。当然薄禾也可以不干,唐蜜本应该自己的事情自己做,但职场上有时没那么多"可以"和"应该"。幼狮除非成长为狮王,否则就要服从老狮的命令,有时丛林法则在这里也适用。

"好的。"薄禾应声站起,拿着文件去复印,顺道给老板和关慎泡好两人平时喜欢的茶和咖啡。

这项工作本来是关慎做的,但在临时被调过来之后,就由薄禾接手了。

她回来的时候,秦川正好从里面转身往外走,两人差点儿撞个满怀。

薄禾手中的杯子难免摇晃一下,滚烫的热水溅了出来,几滴落在自己的手背上,几滴则弹向对方的西装和脖子。

完蛋!

薄禾暗道一声,心下已经做好挨骂的准备了。

结果——

"您没事吧?"

"你没事吧?"

这两句话同时冒了出来。

话一出口,秦川自己没有发现什么不妥,却看见薄禾面露古怪之色。

他还以为对方烫伤严重,二话不说从薄禾手上抢过杯子放在地上,又问了一遍:"你没事吧?"

薄禾定了定神,道:"我没事,只是您的西装……非常抱歉,我真不是故意的!"

如果秦川愿意,这又是一条"工作疏忽"的证据了。

出乎意料，秦川居然没有发飙。

他面色平和，甚至带着一点儿担心，就像一个好脾气的男上司，甚至反过来安慰薄禾。

"我的办公室有备用的西装。你的手怎么样了？我看看。"

要不是薄禾瞧见过他冷着张脸发飙的样子，还真被迷惑了。

她将此归结为老板今天心情好，可能是在上班路上买了张彩票，又恰好中了五百万元，或者是昨天刚刚投入股市的几百万或几千万元，今天遇上牛市狂涨三千点，一夜之间暴赚一套北京四合院。

薄禾伸出手背晃了一下："没事。"

秦川下意识地想捉住那只手查看，但理智先一秒制止了他。

这不是他的师父薄荷茶，是现实中的下属薄禾。

两人在门口的动静引来里面的诸人。

唐蜜主动将地上的杯子拿起来放到了桌子上。

"关慎呢？"秦川往里看了一眼，没看见关慎的身影。

唐蜜道："关秘可能有事耽误了，要不我打电话问问？"

"算了，来不及了。"秦川道，"今天上午我有个会议，要去奥林匹克会议中心那边，你们找个人跟我去。"

唐蜜正要开口，又见秦川的目光落在薄禾身上。

"薄禾，你收拾一下，会议内容跟新楼盘发展项目有关，资料唐蜜和关慎那里都有备份，二十分钟后楼下见，别迟到！"

"啊？"

没等薄禾发出更多的疑问，秦川已经离开了。

剩下的几人面面相觑。

而薄禾身上，集中了所有人的视线。

这样的外出活动，一般是由唐蜜陪同出面的。

唐蜜对此也早就习惯了。有时候根本无须秦川多说，这个人选只能是她。

是以当秦川点名薄禾的时候,唐蜜一时竟反应不过来。

薄禾有些不好意思,问唐蜜:"关秘还没来,能否麻烦你将会议资料给我?"

旁边看热闹的人的视线又从薄禾身上转向了唐蜜。

唐蜜一口气堵在心头,不上不下,憋得难受。她几乎要支撑不住眼角常常展露的笑意了。

可秦川前脚刚走——这是他亲口说出来的话,唐蜜没法迁怒薄禾。

"都是文档,我这就打印一份给你。你先准备一下其他东西。"

一转眼,唐蜜又是那个甜甜蜜蜜、快人快语的唐蜜了,脸上甚至没有被薄禾抢走差事的怒气,反倒积极地帮忙奔走,不一会儿就把资料准备齐全,还告诉薄禾里头的文件分类的大概内容,可谓细心周到。

薄禾再三感谢,抱着东西赶紧下楼。

她在电梯里看了三回时间,距离秦川约定的二十分钟还有两分钟,但以内心对他的了解,认为秦老板肯定早就已经在下面了。

她出了门,果不其然,车停在门口。

秦川坐在里头,转头望来,朝她招手。

薄禾来不及多想,打开车门,在秦川身旁落座。

清淡的古龙水味飘来,她眼尖地发现对方果然换了一身西装,连带领带的花色也与新衣服配套。

"好看吗?"秦川问。

薄禾下意识地点头,过了一秒才反应过来。

她倒没急着羞赧——食色,性也,人之常情。

"秦总,我没跟您参加过这样的会议,恐怕比起关秘和唐蜜要差很远。不然我现在还是回去,让唐蜜下来陪同您去吧?"

"不用。"秦川挥了挥手。

279

司机会意，车子缓缓前行。

"这场会议没有你想象的那么重要，当然，也不是一点儿重要性都没有。我带你主要有两个原因——"

"上次你内聘进总裁室，关慎本意是让你好好锻炼，以后分担李玺的一部分工作。"

说到这里，他顿住了。

薄禾从善如流，开始自我反省："是我辜负了秦总的信任，没有尽到本职——"

"薄禾。"秦川忽然打断她的话，"我知道你是有能力的，之前的错误固然有你的原因，也有我的原因。上次已经向你道歉了，也许诚意不够，那么这次我再郑重地道歉一次。"

秦川黝黑的眼睛望过来，似要望入她的灵魂深处。

薄禾慌了一瞬，感觉莫名其妙。

"我的道歉是诚挚的，当然你也有无法释怀的权利。这次重新调你过来，既是因为人手短缺，而你起码比别的人选更熟悉这些工作一些，又是希望你能在这里继续上次没有走完的征途。"

秦川缓缓说完，眼睛一眨不眨，等着她的反应。

薄禾沉默片刻后说道："多谢您的信任。但比起总裁室，我也许更喜欢原来职位那里的氛围。"

她依旧没有选择总裁室。

秦川有点儿失望，却又不是那么失望。

薄禾的这些反应都在他的意料之中，他不将人放在眼里的时候，可以把对方往死里喷；现在将人放在心中了，过去那些孽债，总要先一一偿还。

"今天带你出门的第二个原因，"秦老板讲话的语调越发柔和，"会议不用开一整天，下午两三点就可以结束，也就是说，我们在正常下班前，还能有三四个小时可以练习游戏。"

薄禾："……"

她忽然觉得昨晚徒弟的建议很有道理，对付这种锲而不舍的人，就应该暴起一记"天马流星拳"，直接一拳把对方捶到地里埋起来。

同样，在游戏里，她一开始就不应该藏锋，对秦老板这种眼高于顶的人，直接展示实力，让对方知难而退，自惭形秽，不敢与她一队，也许是更好的选择。

"没问题。"薄禾今天的态度异常积极，"我昨晚回去之后又自己练习了一下，今天手感应该好很多了。"

秦川微微一笑，说道："我也是，相信今天我们应该能合作愉快。"

两人四目相对，不约而同地露出自信的笑容。

薄禾：打爆你的狗头。

秦川：你有张良计，我有过墙梯。

人间有你

RENJIAN YOUNI

- 下册 -

梦溪石 著

······下 册······

人间有你

第十一章
不就是美色惑人吗？

会议果然就像秦川所说，不算太重要，文件也不烦琐。

薄禾只需要在路上看好资料，分门别类地将大概内容熟记于心，开会时坐在秦川旁边，必要时将资料递过去，除此之外，当一尊合格的雕像，不言不语，眼观鼻，鼻观心。

唯一不方便的是，老板就坐在旁边，就算无事，她也没法时时刻刻拿出手机来玩儿。

幸而薄禾定力够，愣是将注意力集中在会议本身上，才度过了两个小时的会议时间。

会议结束之后还有工作餐，两人前往主办方开设的餐厅进餐。

秦川还沉浸在刚才的会议内容里，一路上都若有所思。

"刚才他们说新区周边的老旧楼房拆迁时间原定是在几月？刚才发言人说的跟资料上不一样，你看一下。"

薄禾不必翻看资料，很快就给出答复："资料上说的是11月，但会议上刚才说的是12月。"

秦川不禁多看了她一眼："你都记下来了？过目不忘？"

薄禾笑道："哪有这么大的本事？我只是刚刚开会无聊，只能看文件，就顺便把上面的内容记得七七八八了。"

这真是一种奇妙的感觉，秦川心想。

上次开会薄禾几乎是以同样的方式引起众人的注意，但那个时候的他，认为薄禾心机深沉。

如今换了一个时间，换了不同的心境，薄禾的行为在他眼里却变成了认真与努力的表现。

自诩公正的秦川也不得不开始反思，自己在掌管盛名的以往那几年里，是否同样用主观性太强而不自知的眼光去判断过一个人或一件事⋯⋯

有时候身在其中，当局者迷，无半点儿察觉，却在偶然之下灵台清明，恍若梦醒。

从前他曾觉得对方的面容平凡，现在哪怕对方不说话，都是可爱的。

秦川不由得叹了口气。

薄禾不知他心中所想，看他眼神闪烁不定，末了还叹气，只道自己哪里又做得不好，索性闭嘴了。

两人一时无人出声。

进了餐厅，薄禾左右看了看，对秦川道："秦总，我去找东西吃，需要给您拿一些吗？"

秦川心不在焉地挥了挥手："不用。"

薄禾巴不得老板说"不用"。秦川此言一出，她立时跟放出笼的某些动物一样欢快轻盈地奔向餐台。

刚才目光略扫，她一眼就看见餐台边角的樱桃蛋糕。

对喜欢吃樱桃的人而言，这无疑是远胜其他美食的犒劳，薄禾毫不犹豫地就朝那里走去。

夹好蛋糕，她下意识地望向来时的路，以便回去的时候走最短距离，这是所有人都自然而然会作出的反应。

然后她就看见秦川在打电话。

秦川面容冷峻,脸上所有的笑意仿佛在进门时就被门框刮下了一层。

薄禾听不到他在说什么,但从嘴巴里一字一顿往外迸字的情形来看,那绝不是一场让人愉悦的对话。

她不禁停住脚步,以免走过去触霉头。

第一次不小心,那叫没经验。

第二次不小心,就是愚蠢了。

但——秦川刚才道歉的话不期然地浮现在她的心头。

薄禾犹豫片刻,又拿起了餐夹。

秦川的好心情的确已经被毁坏殆尽,起因就是他刚刚挂断的这通电话。

秦川忽然觉得薄禾说过的一句话很有道理。

这世上父母与子女的缘分千千万万,如丝如缕,牵连不断,可有些人的线粗,有些人的线细。

有些缘分甚至几近于无,彼此之间非但不能保持"君子之交淡如水"的状态,父母还屡屡想要干涉子女的生活,打扰他们现有的平静。

比如说,秦时愉和他。

比如说,安导演和薄禾。

面前的桌上多了一盘蛋糕,扇形被切割得很整齐,边沿的奶油几乎没怎么被破坏,中间的樱桃位置也刚刚好,非常符合强迫症患者秦老板的审美。

薄禾在他对面坐下:"我不知道您喜欢什么,就拿了一块蛋糕。"

秦川沉默不语。

薄禾误会了他的意思,伸手要把蛋糕盘子拉回来:"您不喜欢甜食也无妨,蛋糕我能解决,不用担心浪费的问题。"

盘子的另一头却被人按住。

秦川道:"谁说我不喜欢?"

他把盘子扯到自己面前,拿起刀叉吃起来,动作不粗鲁,但速度绝对不慢,风卷残云。在薄禾将自己那块刚刚吃掉三分之一的时候,他就已经将蛋糕解决掉了。

薄禾看得嘴角抽搐:"您很喜欢樱桃蛋糕?"

"谈不上喜欢,但这种时候吃点儿甜食有助于舒缓情绪。"秦川道,"你不用一口一个'您',我没那么难相处。"

哦,是吗?

薄禾用了一个抑扬顿挫的反问腹诽。

隔着肚子和意念,秦川仿佛察觉了,抬起头看了她一眼:"我的性格比较爱较真儿,不是输不起,只是想赢,因为现在每打赢一场仗,我就能给自己的未来增加一些保障。"

薄禾忍不住道:"您已经是公司的老板了。"

她的言下之意,他对整个公司上下生死予夺,还需要什么保障?

秦川笑了笑,道:"在我上面还有秦氏。我父亲几乎掌握了盛名的所有股份——看似公司政策由我来决定,其实如果我稍微偏离他预定的目标,他就会伸手将我扳正,直到我按照他的意志来走为止。"

薄禾:"那么您父亲的决策和判断,大部分情况下是对的还是错的?"

秦川沉默片刻后说:"他是个商业天才,但并不意味着人人都要照他的路去走。"

薄禾忍了又忍,还是忍不住小小讥讽了一下:"这是出于理智的判断,还是叛逆心理?"

秦川没有生气,居然露出认真思考的表情,好一会儿才回答薄禾的问题:"我不否认,一小半是出于叛逆心理。当他不只想要左右你的工作,甚至想左右你的婚姻和人生时,你也一定会奋起反抗。另外一大半,我认为他这样的性格,迟早会出问题。不是他的生意伙伴,就是他身边的亲人,早晚会有人像我一样受不了他的。"

他见薄禾不置可否,显然是不信,不由得微微叹气:"你以后就知道了。快吃东西吧,谢谢你的蛋糕,我的心情好多了。"

薄禾头一回发现,秦川在卸下所有攻击性和冷峻的表情之后,是可以如此温柔的。

尤其在他说"谢谢"的时候,眼中所流露的专注让薄禾差点儿以为全世界就剩下自己一个女人。

她开始有点儿理解为什么见惯了美男的迟筠,对跟秦川分手这件事会反应那么大。

不就是美色惑人嘛,大家都是女人,谁还不懂谁呢?

鬼使神差地,她问了个下一秒想要扇自己耳光的问题:"吃完饭我们干什么去?"

秦川又是温柔一笑:"附近有家星巴克,我们去那里叫点儿饮品,然后双排。"

薄禾:"……"

吃完饭,两人直奔星巴克。

在这个所谓的浪漫之地,往往不缺爱而未得、欲言又止的年轻男女,更有不少学生酷爱在那里寻找时尚作家笔下的格调和情怀。

薄禾认为她和秦川,以上哪种都不属于。

工作日的中午时分,这里有些人在休息,但大家默契地保持着安静,反倒呈现出一种人不多的宁和状态。

空调送来徐徐的冷风,将暑气驱散。

秦川叫了两杯咖啡,在窗边找了张桌子。

沙发本是相对的,秦川将自己那张朝薄禾的方向拉近一些,两人变成了相靠而坐。

当然，中间还留了些缝隙，也隔着沙发扶手。

"这样说话的时候不会吵到别人。"他坦然而轻描淡写地解释了一句。

薄禾自然不会多想。

二人分别坐下，开始玩儿游戏。

薄禾打定主意这次一定要让秦川惊为天人，跪在地上抱着她的大腿喊爸爸，于是在进入游戏之后，压根儿没像前几回那样压着水平，直接就放飞自我了。从降落在海岛伊始，她一路遇神杀神，遇魔杀魔，一人挑三队，直把对面敌人虐得哭爹喊娘、鬼哭狼嚎。

这种敞开了水平打的感觉实在太爽了，以至一时没刹住车，一直到冲进决赛圈，左上角显示剩下三个敌人时，薄禾才反应过来。

敌人从左侧开枪，枪不是步枪，而是狙击枪，并且瞄准的对象是队友秦川，而不是她。

薄禾在半秒之内做出这样的判断，然后一跃而起，走蛇位冲向对方的方位！

几下利索的枪声之后，他们拿到第一的背景音乐响起。

秦川看了看自己的角色，从头到尾，击杀数是一，因为人头全被薄禾抢走了。

他似笑非笑，冲薄禾竖起拇指："这是昨晚在家练了多久，还是吃了什么神丹妙药？"

薄禾这才发现自己似乎表现过头了。

她故作羞涩地说："为了让秦总不失望，我昨晚回去之后又练了很久，今天也属于超常发挥。"

秦川点了点头，只道："那我们再多玩儿几局，你继续保持刚才的水准。"

他没多问，更未怀疑薄禾之前的藏锋，后者暗暗松了一口气。

接下来无须赘言,薄禾的操作水平堪比外挂全开,除了不能上天遁地、不能把敌人放大几倍随手扫射之外,没有什么她办不到的。

就连刚出不久的冰雪地图,薄禾也驾驭自如。

仿佛她不是去征服这些地图和里面的敌人,而是地图和敌人过来迎合她。

一往无前,所向披靡,我来过、我看过、我征服。

跟在薄禾后面的秦川,不期然地想起了这句话。

这个时候,游戏外的薄禾也是专注而认真的。

她甚至没有注意秦川是不是在暗中观察自己,双眼只盯着手机屏幕,双手在上面操作,宛若手机是身体的一部分,角色在她的手下跑动、蹲下、躲藏、斜探、瞄准、开枪、撤身一气呵成,甚至不需要多加思考。

在游戏的世界里,薄禾就是王者。

她无须听从谁的命令,无须跟在谁后面跑动,就像一道耀眼的光,吸引别人不由自主地追随她、仰望她。

这时候的薄禾,自然而然有一种谁也无法比拟的霸气。

但更难得的是,她将游戏与现实分得很清楚。

许多在游戏里称王称霸的玩家,难免将自己在游戏中的肆意驰骋带到现实世界,或不愿意面对现实的残酷真相,选择相当程度上的逃避态度。

在薄禾身上,秦川完全没有看见这些负面的影响。

了解越多,他就陷得越深。

三局游戏结束,两人接连拿了第一。

秦川对这个结果并不意外。

他们两个的新账号等级本来就低,遇到的玩家水平也不会高到哪里去,更何况薄禾气场、手法全开,没拿到第一才稀奇。

"太厉害了,看来你很有玩儿游戏的天赋。"他含笑赞许道,"如果你不是从事这份工作而转行去当个游戏主播,肯定比现在赚得还要多,也会拥有大批粉丝的。"

这句话不知道有多少人和她说过。

薄禾笑了笑:"也许吧。"

秦川闻言反倒来了兴趣:"你好像对这一行有偏见,为什么?"

薄禾一本正经地说:"因为您是个好老板,在您的带领下,我对这个行业产生了浓厚的兴趣,并正努力学习,不考虑转行的可能性。"

"少来这套,巧言令色!"秦川笑骂一句。

如果没见过薄禾私底下的模样,他可能会相信。

这只小狐狸固然心存仁厚,但也有狡猾的另一面。

或许是秦川的努力见效,又或许经过大半天的相处,薄禾渐渐放开,不像起初那样一板一眼了。

她也跟着笑了起来,片刻之后道:"我没偏见,是我自己的因素。可能是……因为我缺乏安全感吧。"

秦川没料到是这个回答:"什么意思?"

薄禾想了想,说:"我小时候家庭条件不太好,虽然父母对我很好,但总归不可能像别的小孩子那样,想吃什么就有什么。因为爸妈要攒钱供我上学,平时逢年过节,家里难得才能吃上一顿肉。我小时候不懂事,闹过几回,后来长大了,有能力赚钱给爸妈买东西吃,他们却又走了。"

秦川怔了怔,心情陡然遇到红灯,非但紧急刹车,之前的轻松惬意全部消失无踪,连带揪得心脏一阵痛。

他有点儿后悔自己提起这个话题了。

可这又是他为数不多能够窥见薄禾的内心世界的机会。

他忽然发现这种话题完全是在折磨自己。因为对方的语气越是冷静,他就越是心疼。

自己与父亲关系再不好,秦时愉再冷血无情,毕竟在一日三餐乃至基本满足生活需求的物质上,他从未被苛待过。

"我爸临终前,我答应他,一定要找一份稳定的工作,安安生生地过日子。我们家之前因为亲戚的小孩去做游戏主播,结果反倒被骗钱的事情闹过一阵,我爸妈对那职业印象不好。我知道那其实只是一种偏见,但也不能让他老人家在九泉之下还不安心。"薄禾用讲故事的语气,飞快地把来龙去脉说完,然后迎着秦川沉默且怜惜的神情期盼地道,"老板,那今天的游戏排练,可以暂告一个段落了?"

秦川:"……"

秦川对此不置可否。

"我们现在手感和默契也都练上来了,排位一直在上升。公司内部赛其实没有什么挑战性,作为老板,到时候说不定会有对手为了不得罪我选择认输,你认为这样的比赛还有挑战性吗?"他用一种循循善诱的语气,对薄禾说道。

薄禾思索片刻后说:"有,让敌人碍于我的权势举手投降,是一件很爽的事情,这叫'不战而屈人之兵'。"

秦川抽了抽嘴角,说道:"你那么好的游戏天赋和操作手法,就这样大材小用,不觉得可惜吗?"

薄禾:"人外有人,能够赢得公司内部比赛的冠军,我已经觉得很满足。"

秦川:"你这种想法是不对的,学海无涯,游戏也一样。"

薄禾点头道:"没错,既然游戏永远没有止境,不如将更多的精力放在工作上。秦总,我今晚还有一个文档没完成,想回公司做完。"

秦川:"我不是周扒皮,不需要员工下班之后还卖命干活儿。如果你在上班时间的确努力工作了,做不完的事情不必下班继续完成,劳逸结合才是最佳的生活方式。"

问题是现在她也不像是在休息,更像是另一种形式的加班,还是在老板的监督下进行。

薄禾腹诽道。

"那您的意思是,咱们现在继续打游戏?"

秦川道:"带你去一个有意思的地方。"

他的眼光之苛刻,薄禾自有感知。能够得到秦川一句"有意思"的评价,想必那地方真的有趣,薄禾不由得也生出了几分期待。

一到地方,她就无奈了:"这就是'有意思的地方'?"

"它跟普通网吧不太一样,进去瞧瞧。"秦川说罢,当先一步走了进去。

薄禾只好跟上。

许多网吧为了显示自己的特色,会有不同的装饰风格,薄禾去过不少,第一观感都是花里胡哨。

但这间"深巷里",却给她一个感觉:舒服。

仿灰色砖体结构的墙壁、木制桌椅、布艺软垫,四处可见的绿色盆栽以及配置先进的电脑,周围没有烟味,反倒弥漫着淡淡的茶香,令人想迫不及待地坐上自己的位置去体验一下。

适逢工作日的下午,但网吧里的人依旧不少。虽然也有玩儿游戏说话聊天儿的杂音,但并不令人觉得难以忍受。

而薄禾不仅仅是觉得舒适,还有一种熟悉感。

她有点儿疑惑,努力回想这种熟悉感的源头。

直到秦川拍拍她的胳膊,让她看向柜台前面的布告板。

上面写着近期各项游戏竞技赛事,除了《刺激战场》的城市邀请赛,还有《王者荣耀》《魔兽争霸》《英雄联盟》等,五花八门,不一而足。

有些更冷门一点儿的游戏,连薄禾也没碰过。

她的目光扫过最上面的《刺激战场》城市邀请赛和网吧"吃鸡"赛,落在了最后的几大网吧联合举办的《九霄》友谊赛上。

《九霄》虽然没有风靡全国,但也有相当好的群众基础,其中不乏秦川这样的通过充值提升游戏体验的大佬，也有薄禾这样纯靠技术的高操作玩家，甚至还有一些职业游戏主播出于非广告目的在玩儿这款游戏。

"你玩儿过《九霄》吗？"

薄禾正在聚精会神地看活动介绍，冷不防被秦川这么一问，下意识地就点了点头："玩儿过，这游戏各项对决和副本系统还挺好玩儿的。"

秦川指着布告牌道："我也玩儿过几天。咱们要不要参加这个比赛？奖励还挺丰厚的。"

薄禾也看见了。

游戏官方与网吧合作，提供服务器和游戏账号给玩家，玩家可以自行组队，也可以随机由系统匹配队友，进行点仙台玩法，最后从本网吧选出前三名队伍，给予奖金和附近度假山庄的免费体验券。

巧的是比赛时间正好就是今天下午，再过半小时开始。

服务员听说他们想参加点仙台对决，就将两人领到活动专属区域。这里已经来了一些分组玩家，正互相打招呼。

秦川跟薄禾找了两个相邻的位置坐下。好巧不巧，他们旁边一个落单的年轻小哥正好是来参加比赛的，还没队伍，彼此一拍即合，三人组成了一支临时战队。

薄禾这才想起一件事，秦老板居然玩儿过《九霄》。

而且既然他主动参加比赛，那肯定不是刚玩儿几天的那种菜鸟。

她看向秦川。

秦川也正好看向她，表情淡定。

薄禾："您玩儿这游戏多久了？"

秦川挑眉道："怎么，担心我水平不行？"

薄禾："没有，不过您在哪个服务器？说不定我们同服。"

秦川怎么会听不出她话语里的试探之意？但他故作沉思，想了好一会儿才说了个服务器名："我已经有一段时间没玩儿，不记得是不是这个。"

薄禾噢了一声，没再多问——秦川报的不是她在的那个服务器。

秦川知道她起疑了。

同样会玩儿游戏、相似的真名与游戏昵称，薄禾还曾听过游戏里徒弟的声音，虽然只有寥寥几次，也不甚真切，但当许多巧合凑在一起的时候，实体与虚影似乎也在慢慢重叠。

秦川也没有说谎。他的确在另外一个服务器待过，虽然只有几天的时间。

薄禾的疑惑浅得像袅袅青烟，随即飘散无痕。

毕竟她想象力再丰富，也不敢把最不可能的那个可能性设想出来，更何况秦川的答案间接否定了她的设想。

秦川不知道自己想要一个什么结果，内心也有点儿矛盾。

这是近三十年来头一遭，他既想看见对方震惊之后的惊喜，将在游戏里的暧昧化为实质的喜欢，又怕走向另一个结果。

没过多久，陆陆续续有玩家到来，秦川他们的临时战队也凑齐了五个人——剩下那两个是女孩子，看着像是在校大学生。

大家萍水相逢，自然不会寻根究底，组了队之后在网管那里领取比赛账号，进入游戏的对决专属服务器，就开始组队进场了。

与别的战队不太一样，他们五个人里有三个是相同职业，这其中就包括秦川和另外两个女孩子。

他们三人玩儿惯了那个职业，根本不会操作第二种职业的角色，只能以这样奇特的组合进入对决阵容。

裁判员有三个，一个是游戏中的非玩家角色，两名网管则负责在房间里来回走动，查看比赛进程，保证比赛顺利进行。

包括这房间里的五支队伍，全国各大网吧一共有上百支参赛队伍，想要夺得前三名的成绩，并没有那么容易。

其中还有不少队伍成员是彼此熟识的游戏朋友，相约一道打比赛，早有默契，操作技巧也不逊色。

他们这支队伍，除了秦川跟薄禾，所有人今天早上还素不相识。

另外三个临时凑人数的人，正不抱希望地组队进场，只当这是一场盛夏午后的闲暇消遣。

而秦川例外——只有他知道，自己队伍里隐藏着一个绝世高手。

在《九霄》的点仙台玩法里，一个完整的团队配置，吸引火力和治疗的职业是必备的。

其余三个位置，视实际情况而定，总之最好均衡，这样才能利益最大化。

这是小孩子都懂的道理。

但到了秦川他们这一队，情况却有点儿特殊。

游戏的七大职业以北斗七星来命名——天枢、天璇、天玑、天权、玉衡、开阳、摇光，其中天枢是靠远攻、群攻取胜的剑仙门派。

而像秦川这样的天枢，队里就占了三个。

薄禾则选了自己最拿手的箭客。

剩下的一个是摇光，也就是负责治疗队友、给队友回血的人。

五个人进了场，在等待比赛开始的热身准备阶段，百无聊赖，面面相觑。

大家萍水相逢，要说默契是不可能了，别输得太难看最后垫底，已经是最大的体面。

玩儿摇光的年轻小哥看着他们四个叹气道："你们四个输出，我治疗不动啊，一会儿别拉起这个，那个又倒了。你们能不能换个职业？现在重新选还来得及。"

两个女孩子表示她们玩儿这游戏才两周，也就玩儿过天枢这一个职业。

小哥看向薄禾。

薄禾摊手道："我各个职业都会玩儿，但如果想要提高我们队的胜率，就只能玩开阳——箭客是我玩儿得最得心应手的职业。"

面对自己熟悉的领域，薄禾身上的自信就流露出来了。

这是她平时在公司里很少展现的另一面，却更像秦川所熟悉的薄荷茶。

他不由自主地经常将目光停留在现实里那个默默无闻、宠辱不惊的薄禾身上，却也被虚拟世界里强大淡定的薄荷茶吸引，无法说清更喜欢对方的哪一面。

小哥对薄禾的话显然是不信的。

玩儿游戏的妹子很多，但会玩儿的相对少，玩儿得炉火纯青的就更少了。

薄禾这一身温柔无害的气质，如果是唱歌或舞蹈比赛，那也许还能拿个奖，但玩儿游戏就算了吧。

"算了，我们尽力打就是了。"小哥带着破罐子破摔的心态道，开始自觉分析战术，给众人说等会儿遇到什么阵容应该怎么打。

他想，虽则大家不一定都能记住，但哪怕记住两三句，也许能让他们不输得那么丢人。

秦川看了薄禾一眼。

薄禾什么也没说，没有抢话争指挥权，也没有对小哥的错漏表示否定，而是在认真倾听小哥的发言。

以她的实力，她本来应是五个人之中最有资格说话的。

秦川知道原因。

大家本来就是临时凑齐的"虾兵蟹将"，再贸然在阵前争执的话，只会让几人的心更加散乱。

所以她的举动反而是最明智的。

秦川他们这边没有意见，两个女孩子没玩儿多久，自然更不会插嘴。等小哥分配完，众人正好被传送入点仙台场景。

十秒之后，比赛开始，薄禾对着电脑的眼神变得专注起来。

坐在她旁边的秦川很容易就感觉到了对方气场的变化。

不知不觉间，他也变得认真起来，正襟危坐，集中注意力面对比赛。

战斗开始，两拨人马被传送到一个只容方寸进退的高崖上，四周是茫茫云海，隐约只见点点苍松。

地图是随机匹配的，这个高崖地图有个特点，可容纳战力范围很小，一旦玩家飞出范围，就会被传送回山崖下面的传送点。

在瞬息万变的战斗里，这个设置就相当考验双方的走位和对地图的熟悉程度了。

敌人一马当先，脚驭长剑腾空而来！

秦川也丝毫不慢，一挥袍袖，人也跟着上天。

两个女孩子晚了一步，立刻被敌人捕捉到弱点！对方两支箭矢破空而来，分别钉向两人！

她们果然像自己说的那样，玩儿游戏不过两周，刚刚懂得如何运用技能，但还没到熟练于心的地步。

这两支箭矢如果落在身上，这两人瞬间就会减少一半血量！而他们队伍里只有一个负责治疗的人，想要同时拉起两个人，就会忽略冲在最前面的秦川。这样秦川就会陷入敌人的包围圈，失去后援，孤军奋战，甚至很快会被斩杀。

这是一连串的策略，可见对方是经过充分准备的，技巧、走位也比他们熟练许多。

千钧一发之际，小哥急得大喊："后撤，后撤啊！"

像他这样在现场直接失态的人并不少见。

其他队伍也遭遇过相似的问题，只不过有些队友给力，能够当场反杀对方，而像他们这一队，任凭小哥喊得声嘶力竭，两个女孩子的手速还是跟不上反应。

等她们急急忙忙地后撤的时候，箭矢已经钉在身上，而后续又有两发箭矢飞掠而至。

完了，小哥心想，他们这下连初赛都过不去，更别说什么拿奖了。

这时候，他眼睛微微睁大，失望之色凝固在脸上，还来不及转换，人的动作却停止了一瞬。

当天晚上的他，将会一遍又一遍地回忆这场比赛的精彩片段。

他也将会发现，最后留在脑海里印象最深刻的画面，居然是己方队伍那天外飞仙、羚羊挂角般的一箭。

确切地说，那是一支箭矢到了半空分裂为多支箭，也是箭客职业唯一的群攻技能。

但"力拔千钧"这个技能想要瞄准极难，对操作者的要求很高，群攻范围也不像剑仙那样大。玩家如果控制不好，很容易落空，技能就会失去效果。

但它非但没有落空，而且在半空散开的箭矢不偏不倚正好落在冲向两个女孩子的两支箭上，瞬间将对方的技能打断。

他们身后，薄禾一跃而起，后发先至！

小哥发誓，他从来没有见过有人能将箭客玩儿到如此帅气的地步。

身在半空的薄禾接连发出两支袖箭，一下子将对方的攻势打断！秦川得以有喘息之机，直接一剑斩落一个敌人，又在对方负责治疗的队友来不及反应之时，喊上另外两个剑仙，将对方负责治疗的队友包了饺子，直接斩杀！

另外一边，薄禾还未结束自己的表演。

她操作的箭客直接轻功飞掠上天，在短短几秒时间内，单体与群攻技能交替，身形变换，迅猛如风。

利箭似雨般从头顶落下，几乎每次都能精准地落在敌人身上。敌方团队没了一个能治疗的人，另外一个负责治疗的人左支右绌，拉了这个死了那个，最终只能无力回天含恨而终。

还能有这种操作？

小哥一边走位给队友回血，一边目瞪口呆惊叹不已。

薄禾在他眼里，瞬间从一个普通的小姑娘上升为浑身闪着金光、高大威猛的偶像。

两个女孩子更是大呼过瘾！

这场仗，他们赢得酣畅淋漓！

秦老板嘴角含笑，毫不意外。

一战结束，众人犹坠梦境。

他们这是赢了？三分钟内结束战斗，他们还是以弱胜强？

散兵游勇也能把编制军队给打得溃不成军？

《三国演义》都写不出这样的故事吧？

小哥很清楚，他们这次能赢，百分之七十的原因在薄禾身上。

"大神，接下来该怎么打？你来指挥吧，我们都听你的！"

听见小哥跟薄禾说的话，刚才只当自己运气爆棚外加发挥超常的两个小姑娘也都冷静下来，望向薄禾。

被众人的目光所聚焦的薄禾淡定无比，只说了一句话："尽力，随缘就行。"

比赛前的薄禾要是说这句话，小哥十有八九认为她在装。

但现在的薄禾不管说什么，小哥和其他人都是——

说得太好了，真有道理。

第二场的对手实力很强。

装备都是系统发放，大家的起点相同，因此很多时候反应敏捷与否、走位的快慢，能直接影响本人的生死，乃至全队的命运。

赢了一场之后，两个大大咧咧的小姑娘反倒变得缩手缩脚起来。

薄禾看出她们的想法，对她们道："等会儿你们跟在来去如风后面，不要离他太近，看准他攻击的目标就跟着上去围攻，我会在一旁辅助你们。"

来去如风就是秦川临时给角色起的名字。

而薄禾用的还是薄荷茶。

"那我呢？"小哥眼巴巴地问。

薄禾笑了一下，说道："他们的阵容以攻击为主，给自己留的余地不多，他们肯定会先全力攻击我们队伍里负责治疗的人，也就是你。到时候你紧跟着来去如风他们就行，别落单，用他们的攻势来给自己化解危机，千万不要离他们的技能范围太远。"

小哥胡乱点头，也不知道听进去没有。

比赛很快开始。

对方的五人几乎在倒计时结束的那一瞬间就腾空而起！五人分五个方向，如五道星光划过天际，挟着无与伦比的爆发力，目标果然直指小哥！

小哥慌乱了一瞬，然后勉强镇定下来，操作着角色跟上秦川他们。

那头秦川三人的飞剑已经出鞘，群攻技能与单体技能交替，剑光如绚烂虹练盘旋飞舞，霎时与对方的技能撞在一起，迸发出更加炫目的特效光彩。

一片炫光之中，小哥发现自己已被三名天枢围住，对方以迅雷不及掩耳之势出招，他的血量则唰唰下降，以肉眼可见的速度往见底的方向滑去。

"救命啊，我要挂了！"他禁不住大喊起来。

与此同时，房间内的惊叫声此起彼伏。

状况频出，瞬息万变。

五支队伍同时比赛，遭遇了不同的危机，小哥并不是唯一一个陷入困境的人。

众人比赛前的摩拳擦掌，现在悉数变成惊心动魄。

"完蛋！"不知谁突然暴喝一声，紧接着四周几乎同时响起几声叹息。

又一支队伍被淘汰了！

小哥眼未见，闻其声，小心脏跟着猛地往上一提，快从嘴里狂跳出来。

他的血量已经只剩下百分之十了！

他虽然有给自己加血的技能，可对方那一剑已经在他的脑袋上高高扬起，零点零一秒之内，他的比赛生涯也将结束。

小哥下意识地微微睁大眼，按住鼠标的掌心已经渗出汗水。

他的血量停留在百分之十那里，没有再往下骤减！

因为接连三箭从他身后破空而来，直接将围攻他的三名敌人阻住，不仅将对方的血量削掉一部分，还迫使对方变招后撤。

敌人没有继续紧追小哥不放。

小哥不敢耽误，赶紧边后退翻身，边给自己加上血。

那头薄禾已经越过他扑向敌人。

敌人估计做梦也没想到作为远攻鸡肋的箭客，有朝一日也能作为近攻杀手来操作。

箭客原本作为半装饰品的匕首被玩家戏称为"挂在腰间的棍子"——很少有箭客将其当作近身攻击的武器。

薄禾最初之所以在游戏里一战成名，就是因为将这把匕首的作用发挥到了极致，之后被各大主播争相效仿。很多箭客以会用匕首为高手的评判标准，就是从薄禾开始的。

对手原本看见她落地切换武器用匕首上阵时还心头一喜，因为并不是所有人都玩儿得转这种武器的。

但他们万万没想到，自己竟遇上了玩儿箭客匕首的祖师爷！

当这三个人被薄禾灵活的走位席卷一通，来不及反应之时，发现自己身上的血量已经被刮走一半。

"包围他们！"秦川见机扑了上去。

两个女孩子也紧随其后，完成最后的收割。

三个、四个、五个，敌人接二连三地倒地，直到他们的屏幕血红一片，硕大的"败"字弹出画面。

这一切发生得太快，薄禾的对手们坐在电脑前一脸蒙。

他们死了？

他们怎么死的？

他们被谁杀死的？

问号三连同时在他们头顶冒起，久久未散。

而秦川他们那头，几乎是在同一时间，所有人欢呼起来，在一片哀号惨叫声之中变为最鲜明的存在。

薄禾虽然没有那三个临时队友那么激动，但脸上也露出大大的笑容，甚至禁不住去看身旁的秦川。

似有感应，秦川也转头看向她。

两人不约而同地捕捉到对方眼底的笑意。

秦川禁不住握上她的胳膊："我们还能赢下去吗？"

心情激荡之下，薄禾没有察觉什么异样，甚至没有挣开。

"能。"她回答得异常坚定。

接下来，士气如虹的五人一路过关斩将，长驱直入。

虽然中间输了两场，但丝毫不影响他们的气势，最后赢多输少，按照积分算下来，他们这支队伍还进了前四名，也就是拥有了角逐最后季军的机会。

这已经是非常难得的好成绩了，要知道冠、亚军的两支队伍不仅五人彼此熟识，其中有三人还是长期做这款游戏直播的知名主播，而他们这一队——

所有人都很清楚，他们能拿到这名次，完全是依靠运气外加薄禾的功劳。

更确切地说，应该是薄禾的功劳占了大部分。

如果没有她，他们也许早在第一轮就被淘汰了。

薄禾感觉有点儿累了。

任谁坐在电脑前奋战一下午，也不可能不感到疲惫的。

其他人同样如此。

"第三名和第四名的奖励差别有点儿大。"秦川忽然道。

包括薄禾在内，众人勉强打起精神，瞄了一眼房间门口的宣传易拉宝，上面将前三名与十名内的奖励分开来了。

第一名是全队往返欧洲某国豪华游，第二名是全队国内景点往返豪华游，第三名则是全队温泉山庄养生游。

除此之外，前三名还有奖金，每人四位数计，而从第四名开始，奖金数额就大幅下降了，从四位数变成三位数不说，连带旅游项目也取消了。

果不其然，秦川看到所有人的眼神瞬间都不一样了。

他笑了一下。

与队友们将注意力放在奖金上不同，秦川则将视线在"温泉山庄养生游"那一行上多停留了几秒。

虽然所有比赛会在一个下午之内完成，但决赛之前，众人有半个小时的休息时间，时间比之前紧凑的小组积分赛要宽裕许多。

薄禾累得不行，就趴在桌上小憩，不知不觉眯了一会儿，再醒来时，身上多了一条毯子，旁边座位却是空的。

同队的小哥没等她抓着毯子询问，就道："你男朋友在外面打电话呢。毯子是他问网管要的。"

薄禾想反驳，张了张口，还是没说什么。

外人不熟悉状况，她解释太多也是枉然。

她起身往外走去，正好在门口看见秦川一手拿烟，一手拿着电话，整张脸已经跟刚才在网吧里完全不一样。

阴云密布，山雨欲来。

薄禾停住了脚步。

作为刚刚并肩作战的队友，她应该上前询问关心，但作为下属，老板的事情最好还是不要知道那么多。

俗话说得好，知道得越多，死得越早。

她没有上前，秦川却看见了她。

既然被老板看见，薄禾就不好再装没看见一走了之了，只好硬着头皮上前。

秦川正好挂断电话。

"是不是季军赛快开始了？"他问道。

薄禾点头："继续吗？或者我跟他们说一声？"

秦川："继续吧，等我把这根烟抽完再进去。"

他的语气很平静，薄禾听不出这是真的风平浪静，还是暴风雨前的宁静。

"等我一下，一起进去。"长指轻敲，烟灰零落飘散，秦川道，"电话是我爸打来的……他催我结婚。"

薄禾哦了一声，实在不知道该作何反应。

难道要她说"老板您是该结婚了"，还是说"老板祝您早生贵子"？

"他给我物色好结婚对象了，以他认为让我无法拒绝的条件来跟我交换。

"这世上不是所有父母，都会真心为孩子着想。

"老实说，我有时挺羡慕你——无牵无挂，最起码没有人能够要挟你。"

他想到一句，就说一句。

末了，看见薄禾的表情，秦川失笑道："你是不是挺奇怪，我们这样的家庭，为什么还要用利益来交换婚姻？"

左右自己不该听也听了，薄禾索性点了点头，满足自己的好奇心："我以为这些事情只会发生在电视剧或小说里。"

秦川："不需要的时候，自然就不用，但如果你本来就不爱自己的孩子，能拿他换取一些利益，又何乐而不为？"

薄禾摇头道："难以想象。不过秦总，您刚才说错了。我宁可有牵挂、有负累——无父无母不是我愿意选择的路。"

秦川沉默片刻，立刻道歉："对不起，是我比喻不恰当。我只是想让你有个更直观的对比，并没有冒犯之意。"

薄禾："没关系。不过如果您坚决拒绝的话，我想令尊应该勉强不了您吧。"

秦川："盛名的股权绝大部分在我父亲手上。"

薄禾顿时明白了，跟着沉默下来。

网络上有句流行话：别看某些人表面光鲜，实际上背地里都不知道过成什么样了。

薄禾曾以为秦川是个人生赢家。

当然，现在他在绝大多数人眼里依旧是个人生赢家。只是如果失去盛名，秦川又还剩下什么？

平心而论，秦老板除了自己是个工作狂，对别人要求也严格一些，几乎没什么毛病了。

薄禾回想头一回在停车场里发生的那件事，当时自己无意间撞破了老板和女朋友分手。固然后来她根本没有捅给媒体，是被冤枉的，但站在老板的角度，他完全可以把自己看不顺眼的小员工开除。

秦川却没有。

从这一点来看，就算后面被老板冷眼相对，薄禾也没有太过失望愤怒。

可如果秦氏父子闹矛盾，秦川不肯按照秦时愉安排好的路线走，进而被剥夺盛名的管理权，那他们岂不是头顶要变天了？

再换一个老板，未必会像秦川这样严厉，可这对职场新人来说，也绝不是一个好消息。

秦川似乎知道她在想什么，还反过来安慰薄禾。

"你倒不用太担心，盛名是我一手从弱小带到现在的，他轻易不会替换我。"

薄禾点头道："不管怎么说，血浓于水，我想秦总应该不会这么绝情的。"

秦川笑了一下，说道："那你就错了。他连我妈的死都可以不管不顾，本质上就是一个自私冷漠到骨子里的人，我们不必对他抱有太大期望，我仅仅是从双方利益损失多寡的角度来分析他会做出这样的选择。走吧，该回去比赛了。"

他将烟掐灭，表情回归平淡。

薄禾无法窥见他的内心是否也平淡无波。

看见他们回来，小哥明显松了一口气："我还以为你们恩恩爱爱忘记时间了，差点儿就出去当电灯泡了。"

薄禾不得不解释道："你误会了，我们不是男女朋友关系。"

小哥连忙道歉，脸上却写着不信。薄禾也懒得纠正了，只怕自我感觉良好的秦老板生出什么她想要"麻雀变凤凰"的误会。

但秦川什么也没解释，先行坐在自己的位置上，还朝薄禾招手："快来，比赛要开始了！"

他的语气亲切自然，就算两人不是男女朋友，也是关系极好的朋友。

小哥脸上明晃晃地写着"我就说吧"四个字。

薄禾叹了口气，感觉这个下午过得兵荒马乱、跌宕起伏。

她来不及多想,在电脑前坐下。

季军赛开始。

虽是第三、第四名争夺,但奖品的差距同样足以让所有人全力以赴。

在刚开始之前,薄禾花了十分钟的时间去研究对方的阵容。

对方用了两个天枢、两个摇光、一个天权的配置。

天枢是擅长群攻的剑仙,也就是秦川那个职业。

摇光是负责给团队加血的,相当于薄禾这边的小哥的存在。

天权则是刀客,擅长近身攻击,但每次只能攻击一个人。

其他职业都很寻常,没什么可说的,稀奇就稀奇在刀客这个职业上。

近身单体攻击虽然攻击力很大,几乎能一刀毙命,但刀客得靠近敌人一定距离,而且一次还只能对付一个敌人——所以这个职业也被视为群体作战里的鸡肋,一般很少人会使用,遑论是将其拿到比赛里来玩儿。

对方敢以这个阵容一路走到季军赛,打败其余上百支队伍,那就只有一个可能性。

他们队伍的刀客不仅玩儿得好,而且还能发挥重大作用。

怎么样才能让刀客的作用发挥到极致?

薄禾在脑海中迅速模拟战术对决,但还没来得及模拟完,就因为时间关系被打断了。

这是她头一回心中没有过半胜率的信心。

突如其来的冰凉触感让手背忽地激灵了一下,她猛地往回缩手。

秦川将一瓶冰水放入她手里:"尽力,随缘就行。"

这正是刚刚薄禾说过的话。

她扭过头去——

秦川正好将脑袋微微歪过来,对她低声道:"别担心,现在已经过下班时间了,就算咱输了,你也有加班工资,怎么算都不亏,是吧?"

薄禾莞尔,忽然觉得自己的老板还挺可爱的。

比赛拉开序幕。

冠、亚、季军赛与之前的小组积分赛不同，采用三局两胜制。

第一场比赛开始的倒计时一结束，对方刀客就以迅雷不及掩耳之势掠至他们面前，刀锋扬起，扫向他们队里的负责治疗的人。

那一瞬间，坐在电脑前的小哥面露惊悚之色，身体跟着下意识地往后一仰，差点儿把无线鼠标甩出去，游戏内的人物才险险避开刀客随之而来的第二刀。

饶是如此，第一刀仍旧在他身上留下了深刻的伤痕，唰的一下将他的半管血给砍没了。

好狠的一个刀客。

伤害值与爆发力惊人的刀客，即使屡屡被玩家诟病为鸡肋，却始终没有在游戏内绝迹，果然是有其道理的。他这一下攻击，顶得上三个同等剑仙的伤害叠加。

而且这刀客十分狡猾，二击失败立刻撤退，绝对不给秦川他们靠近的机会。

薄禾一直盯着他，刀客撤退的瞬间，她的箭矢不偏不倚，正好钉在他身上。

刀客避之不及！

唰的一下，刀客的血量少了三分之二！

刀客的队友反应够快，当即给刀客回血。

反观薄禾这边，小哥刚刚回撤到秦川他们身边，血还没来得及回满，手速还是慢了些。

薄禾瞥去一眼，没再多看，这是无法在短短一场战斗内改变的客观缺陷。

她现在只需要做好自己的事情。

从刀客的视角，他看见敌方薄荷茶一跃而起，心生警惕，连忙往空旷无人处躲避。

但当他跑出去的那一瞬间，就意识到自己判断错误了。

刚才因为怕对方使用箭雨，对自己连同队友一并造成群体伤害，所以宁可单枪匹马地避开，然而他发现薄荷茶根本不是为了攻击他，而是为了单独把他引开。

当他跑出其队友的加血距离后，秦川和另一名剑仙扑了上去，如狼似虎，前后夹击——虽然伤害巨大但血少皮脆的刀客被两名远攻输出几剑刺死了。

他死不瞑目。

甭管负责治疗的人操作如何娴熟，在队友死亡的事实面前，都必然会因为面临救与不救的选择而犹豫。

操作熟练的高手可能犹豫零点零几秒，操作生疏的菜鸟可能就是几秒了。

但甭管犹豫多久，细心的敌人自然会争分夺秒，乘虚而入。

那头在薄禾的指挥下，小哥操作的人物跟另一个小姑娘操作的剑仙已然飘至敌人的主力面前，而秦川他们围杀刀客之后，也前后脚儿接应过来。

薄禾则在后方一箭接一箭地进行辅助攻击，身形跳跃起伏，极为灵活多变，让人很难锁定目标进行攻击。更何况对方已经陷入"十面埋伏"的状态，无暇顾及薄禾，只能东一处西一处地躲闪，在躲闪中渐渐失血，相继倒地。

就在他们负责治疗的人也被消灭的那一刻，薄禾这方的几人不约而同地欢呼起来。

他们赢了第一场！

小哥刚号几声就发现不对。

怎么在这儿还有回音呢？

他扭头一看，发现房间里刚才参赛的队伍全都聚拢过来了！站在薄禾身后的人最多，显然看热闹的人都看得出谁才是这支队伍真正的核心。

意犹未尽的围观群众企图在薄禾他们身上找回自己刚刚失去的荣誉感，看着他们以弱胜强，代入感无比强烈，都鼓掌嗷嗷叫。

外头还有不明真相的人被吸引过来，原本能够容纳五支队伍的宽敞房间渐渐里三层外三层地围满了人。

薄禾没有大意。

第一场的胜利仅仅是开始，对手经过第一场的失败之后，肯定会重新调整策略。

果不其然，刀客这次谨慎了许多。

他混在团队中间游走，绝对不离开负责治疗的队友三尺之外，令秦川他们无从下手。

双方交手将近一分钟后，薄荷这方的两名小姑娘的劣势逐渐显露出来。敌方也发现这两人纯属新手上路，是最好捏的软柿子，当即专门针对她们进行了暴风骤雨式的围攻。

"给苹果和柠檬加血。"薄禾依旧沉着地道。

"苹果"和"柠檬"是两个小姑娘随手起的角色名。

但小哥还是有些急了。

他被对方困在中间控住，能使用的技能越来越少，走位的脚步还时不时地被牵制。眼看血条一下少了近半，小哥心下一急，点错了一个技能，原本给自己加血的技能，变成给队友加血。

敌人立马发现，几下将小哥打死。

负责治疗的队友一死，薄禾他们这一队就只剩下输出。伤害固然惊人，可在双方其他条件相同，而对方又有人给加血的情况下，薄禾他们就显得心有余而力不足了。

第二局，薄禾队战败。

原本如果薄禾他们前两局连胜，第三局也就没有必要进行了。

但他们马失前蹄，既然失去机会，就只能在第三场赢回来。

在最后一场问鼎江山的比赛开始前，小哥惴惴不安地望向薄禾："还照原来的打法打吗？"

薄禾嗯了一声："现在再换已经来不及了，按照原来的，稳打稳扎，这次你不要急。"

小哥深吸一口气，将目光重新放在电脑屏幕上："我不急，我不急。"

他既是安慰自己，也是安慰别人。

比赛刚开局，场面就变得异常激烈。

敌方的刀客一马当先，负责治疗的人紧随其后，卷向秦川他们。

剑光出鞘，秦川一队分出三人成三角形前锋，护住身后的负责治疗的小哥——小哥就操作着自己的角色拼命在后方给他们加血。

前三十秒，双方混战，彼此不分上下。

他们都在寻找对方的弱点，也都在等待对方失误。

薄禾手很稳，目光也没有从敌人身上离开过。

刀客一方进退有据，彼此互为援助，几乎形成一个完美无缺的阵形，进可攻，退可守。如无意外，薄禾他们很难将对方阵形分开。

薄禾眯起眼，脱离了大部队，向敌人后方游走过去。

箭客本身就是一个很闲散的存在，就像很少有人在正式比赛里使用刀客一样，同样也很少有人在团队比赛里使用箭客。

经过两场较量，刀客一方也早就发现薄禾是个难缠的对手，又是团队的核心。见她落单，就有人忍不住想出手。

距离拉得越近，箭客就越没有优势，就算有短匕，一旦陷入敌人的包围圈，很快就会被吞噬殆尽。

薄禾现在就是这样的处境。

敌人离她越来越近……

而她孤军深入，已经彻底离开队友能顾及的范围。

她像一个偷猫人，在猫窝周边游走、试探、骚扰，无所不用其极。

终于有一只按捺不住寂寞的小猫向她伸出毛茸茸的爪子。

她后退一步，对方上前一步。

她又往后退，对方继续逼近。

几个技能打在薄禾身上，角色血量哗哗地掉。仿佛感同身受，薄禾疼得呲了一声。

但不入虎穴，焉得虎子？

就在她的血量几乎只剩三分之一的时候，薄禾忽然一跃而起！

与此同时，小哥的加血技能也落在她的身上。

薄禾挽弓，射箭，箭如雨下！

那只最先伸出爪子来试探她的"小猫"，突然发现自己被围住了，上有薄禾，前有秦川，后有另外两名剑仙。

被四个输出角色围攻，三秒之内，那只"小猫"立刻倒下。

这一切发生得太快，对方负责治疗的人已经来不及救那只"小猫"，就被薄禾逼得四处逃命。

一个坚不可摧的阵容，转眼之间被打散。

小哥屏住呼吸，手指微微发颤。

这只是一场业余比赛，他来之前也没有什么准备，只想着重在参与，混一张网吧赠送的饮品礼券，谁能料到竟然混入大神的队伍里，一路闯至最后一关？

即使不是前三名，他也没什么可遗憾的了。

但他们竟然还赢了？

当胜利的系统提示出现在屏幕上时，所有人先是难以置信，过了两秒，身后的看热闹的人当先发出欢呼声，薄禾他们才后知后觉地反应过来。

"我们赢了？我们赢了？第三？！"

"第三！我们可太棒了！"

两个小姑娘尖叫一声，又叫又笑地抱在一起欢呼。

小哥也很激动啊，首先想跑去跟大神薄禾拥抱。

但跑到人家沙发跟前时，他就看见已经有人先他一步，将薄禾大神的肩膀紧紧揽住。

"好样儿的！"

秦川平时很少有如此情绪波动巨大的时候，但刚才那一战实在太过精彩！他们不仅仅是以弱胜强，不仅仅是戏剧化地取得了胜利——

在这样的比赛场上，敌人和他们一样是会思考、会随时调整战术的玩家，甚至平均游戏对决经验比他们还要丰富。他们原本胜算很小，却能随机应变并利用对方的弱点，以微小差距最终获得胜利。

这种得来不易的胜利果实，比一路碾压过去的压倒性胜利自然要更有成就感。

就连秦川也禁不住受此感染，心情激荡，喜形于色。

这就是竞技游戏的魅力，能令平时冷静自持的人跟着疯狂起来。

薄禾也很激动。

操作手法再好，在游戏里知名度再高，她也只是一个朝九晚五、平凡工作的业余玩家，从未经历过如此激动人心的一刻。

在秦川揽上她的肩膀的同时，她也不由自主地抓住队友秦川的胳膊。

这一刻，他们不是老板和职员，也不是上司和下属。

他们是并肩作战的队友，一道通过努力取得了胜利，这当然比不上真正战场上同生共死的关系，却在某种程度上微妙地超越了普通的酒肉朋友关系。

在这一刻，薄禾同样忘记了双方身份的隔阂，也忘记了以往那些小小的不愉快，以至秦川问她要不要去吃饭庆祝的时候，她毫不犹豫就答应了。

一只毫无所觉的纯良羚羊，千防万防，还是抬起前蹄踩进了猎人布满鲜花的陷阱。

　　扬扬得意的猎人也许还未料到，当羚羊奋起一搏时，尖锐长角也是可以将他顶起掀翻，摔个狗啃泥的。

　　如果羚羊再抖抖皮毛，可能还会不小心暴露出下面的属于狮子的毛色。

　　这场狩猎，猎人与猎物的角色还未完全确定下来。

第十二章
我能说不喜欢吗？

比赛结束后不久，网吧随即举行了小小的颁奖礼，将奖金与奖品发放到每个人手里。

这次比赛，虽然只是官方为了推广游戏和全国网吧之间的合作比赛，论规格、声势都比不上那些正式的大赛，但今晚这几场季军争夺战，注定会被游戏界记住。

薄荷茶这个昵称，也必将随着这次比赛的录制视频的上传，知名度更上一层楼。

不过这些都是后话了，眼下众人的注意力全放在奖金上，虽然数额不算巨大，但发到每个人手里也有一千元了。两个小姑娘是学生，得到这笔意外之财更是喜上眉梢。

"恭喜几位，这是温泉山庄的两日体验券，地点就在本市市郊。这周六早上九点，山庄会派车到指定地点接人。你们要是想自己驱车前往也可以，到时候周日傍晚再送各位回市区。"

网吧老板笑容满面，将礼券连同奖金分发到各人手中。

其中一个小姑娘问:"那我们可以将礼券转赠他人吗?"

网吧老板:"当然可以,这你们随意处置。

"具体上车地点在礼券背面写了,这座温泉山庄在本地的评价不错,祝各位到时候有一个愉快的旅程。"

小姑娘们叽叽喳喳,兴奋未退,围着网吧老板继续问些小问题。

小哥则磨磨蹭蹭地过来,含羞带怯地对薄禾道:"小姐姐能否给个微信联系方式?"

在秦川想出借口替她婉拒的时候,薄禾已经跟对方互相扫码通过好友认证。

秦川心里那叫一个郁闷。

可作为老板,他能管下属上班时间做什么,还能管到人家加谁的微信吗?

实事求是地说,这小哥游戏操作不错,眉清目秀,性子也温软,正是最能激起薄禾的保护欲的那一款。

两人步出网吧。

离开热血沸腾的氛围,薄禾很快跟着冷静许多。

"老板,时间不早了,要不您回去休息吧,明天还要上班。"

秦川道:"今天下午得亏我非拉着你来这里练习,要不然咱们都碰不上这比赛,是吧?"

薄禾愣了愣,道:"对,那我是该谢谢您。"

秦川:"那陪我去吃顿晚饭,当作道谢就可以了。"

薄禾感觉这话好像有哪里不对,但一时又琢磨不出来,只好道:"那您想去吃什么?"

秦川微微一笑,仿佛等到鱼儿上钩的姜太公:"地点我订好了,走吧。"

薄禾只当秦大少爷又会带她到上次那种一看就高端大气上档次、哪个角度都能拍照发朋友圈的私房菜馆，却没想到自己被对方一路载着离开市区，沿着山路往上走，最终来到半山腰。

呈现在她眼前的，是一间玻璃房餐馆。

夏夜的郊外空气清新，抬头甚至还能看见几颗小星，尤其是当他们坐在满是星辉的玻璃房内，一边遥望远处城区万家灯火的辉煌璀璨，一边将大厨进行烹调的黑椒牛小排往嘴里送时，薄禾不得不感慨，秦川是一个很会享受生活的人。

但这就衍生出一个问题。

以他们今天获得的奖金，拿来吃这顿饭恐怕连一半的饭钱都无法抵上吧？

从什么时候起，处处看她不顺眼的秦老板，居然会带她来这种地方吃饭了？

除了速战速决的风卷残云式吃法，吃饭必然讲究心情，与亲朋好友把酒言欢，才有助消化，宾主尽欢。

在如斯美景之下，秦老板对着她竟还能细嚼慢咽。

这到底是哪里出了问题？

"如果你不习惯吃这些的话，下回我们可以吃中餐。我知道有几家餐厅，专精云南菜和淮扬菜，改天再去试试。"

秦川讲话的声音打断了薄禾的走神儿。

薄禾忙道："不用了，这里就很好，只是这样高的规格太让您破费了，要不然等会儿结账的时候，我也出一份钱吧。"

"好啊！"秦川出乎意料地一口答应，"你的奖金用来抵作饭费好了。"

见对方如此爽快，薄禾心理包袱瞬间清空，心情也跟着轻松起来。

秦川不失时机地叫来侍应生，点了酒。

"外面空气好，等会儿我们吃完正餐就去外面品酒观景吧，可以让他们把甜品送到外面慢慢享用。"

没等薄禾拒绝,他又道:"现在时间还早,你不赶着回去吧?我想问问你游戏里的一些操作问题。"

一听跟游戏有关,薄禾也没多想,就点头了。

这间餐厅有个观景台,就在另一道门后面,虽然坐落在半山腰,实际上高度已经足以俯瞰整座城市。

头顶没了玻璃的阻隔,人与自然的距离一下子变近。薄禾抬头看天,恍惚有种熟悉的感觉,像回到多少年前,父亲抱着她,给她讲星星们的故事。

"我已经很久没在城市附近看见过清晰的星星了,小时候还是跟着母亲去少年宫看的。"秦川忽然出声。

红酒让人微醺,夜色驱除了她的拘谨,薄禾眯起眼,不知不觉吐露心声:"我也很想我爸妈……我已经很久没有梦见过他们了。"

秦川歪头看着她道:"我听说,你是被收养的?"

这话平时说也许有些冒犯,但此情此景,抚今追昔,闲话家常,倒是没让人多想。

薄禾点头道:"我从来没见过我的生父。在我心里,养父母就是我爸妈。除了没有从我妈肚子里托生出来,我对父母没有更多遗憾了。"

秦川:"我小时候家境也不太好。"

薄禾疑惑地道:"我记得秦氏家族在内地和港岛很有名。"

秦川:"上回我跟魏飞舟谈话,你应该听见了一些。"

薄禾点头,随即又道:"我不是故意的。"

秦川笑了一下:"我知道。"

"我爷爷为了躲避动乱,提前得到消息逃去港岛了,但我们家被留下来的其他人当时过得很不好,被牵连清算。我爸被同学欺负打伤了,躲在家里不敢去上学,又被拉去游街。那时候我还没出生,我爷爷还没回来,我们家家境也就一般。

"我妈跟我爸算得上是患难夫妻。在我们家还没起来之前,她就嫁到秦家了。后来我爸靠着我爷爷带回来的投资将秦氏做大之后,我爸妈就开始吵架。每天我放学回家,不是看见他俩都不在,就是看见他俩在吵,要么就是看见我妈在哭。

"他们具体吵什么现在也记不清了,但我永远记得我妈躺在病床上跟我说:'小川,你爸这个人,外表看着挺正常,实际上冷血自私,连妻儿都不会放在心上。没事的时候可以跟你父子情深,你真要挡了他的路,或者不顺他的意,他立马会把你扫开——因为他觉得除了自己,谁都靠不住。'

"我以前对我母亲的话并不认同,觉得我爸不是这样的人,但最近——"

薄禾正听得入神,秦川却没有再说下去,话锋一转道:"不说这些扫兴的事了,你今天开心吗?"

薄禾眨了眨眼:"挺开心的。"

秦川:"那,你喜欢和我相处吗?"

薄禾怔了怔,转过头去,赫然发现对方的俊脸近在咫尺,只见他眼波流转,映着星光,分不清里面是醺醺然的醉意,还是夜色的倒影。

薄禾:"我能说不喜欢吗?"

秦川:"你在说谎。"

他这一笑好比褒姒展颜,令周王为之倾倒,薄禾也差点儿被溺死在这片潋滟水波里。

薄禾:"秦总,我不明白。"

她余光一扫,这才发现对方其实喝了不少。一瓶酒少了一大半,薄禾仅仅是沾唇浅尝,绝大部分进了秦川的肚子。

"秦总,您醉了,我们回去吧。"

她起身欲走,手腕瞬间被捉住。

薄禾微微一挣,没怎么用力,没挣开。

"那要是我说,我喜欢呢?"

栏杆下挂着小盏琉璃灯,雅致精巧,映出了桌边人朦胧的轮廓。

秦川其实紧张得要命,虚虚抓着酒杯的另一只手已经沁出汗,变得有些湿热,背脊也挺直僵硬,幸好为夜色掩盖,不着痕迹。

他回忆上次如此紧张的时候,估计就是读书时期的入学考试了。

但那时候他复习充分,胸有成竹,再紧张也有限,现在既没有参考资料告诉他,对方心里到底在想什么,也没有一个老师在旁边指点迷津。

他自认洞悉人心,唯独薄禾是例外。

下一刻,薄禾挣脱了他的手,态度坚决从容,没有半点儿回旋的余地。

"你喜欢也没用,我不喜欢。"

秦川感到酒意一点点消失,心也一点点冷了下去。

他有些自嘲地回想起,自己在酒店房间门口对着薄禾怒声斥责时所说的话。

那时候他似乎是说,就算薄禾送上门,自己也绝对不会喜欢这样的女人。

言犹在耳,他脸却很疼。

"抱歉,"他揉了揉眉心,倚着桌沿撑起身体,"我喝多了。"

"秦总,时间不早了,我们回去吧。"薄禾瞄了一眼手机。

她对秦川不反感,但也谈不上喜欢。

这世上有许多人愿意成为穿上"玻璃鞋"的灰姑娘,但薄禾并不愿意。

她本有机会进入娱乐圈,触碰浮华世界的金沙,最终并没有。

她与秦川本该就是两个世界的人。

秦川所适合的对象,应该是迟筠那样艳光四射的大美人。

盛名的这份工作薄禾很喜欢,也很珍惜。虽然其间出现各种各样的意外，不到万不得已，她应该不会离开。

现在秦川可能就要成为她的"万不得已"了。

秦川嗯了一声，道："回去。"

站起来时秦川的身体微微歪了一下，不由自主地倾向薄禾那头，他反应得快，及时用手按住桌面，避免令对方生出误会，手却按偏了，导致身体往另一边歪去。

薄禾赶紧扶住他，这才发现对方的确醉了："我不会开车，您这样开不了车，我们怎么回去？"

秦川定了定神，道："我们走到山下，那里可以打车，也有一个车站。我记得晚上末班车是十点半，现在应该还来得及。"

他召来侍应生，刷卡付账，还特意给薄禾解释："这间店是会员制，我卡里有钱，直接走账。你要是过意不去，回头请我一顿就是了。"

薄禾也没矫情，爽爽快快地应了一声："好。"

薄禾这份利落也是秦川喜欢的。

他赫然发现，从前对方所有令他嫌弃的地方，现在一一变成令他舍不得放手的优点。

因为喜欢，所以无论对方如何，自己都觉得喜欢。

哪怕对方无意间的一个笑容，在秦川看来都如雨后的虹。

他一面反思追寻从前那个杀伐果断对儿女情长不屑一顾的自己，一面又禁不住去揣摩对方的反应，寻思是否还有转圜的余地。

薄禾的确有些心事，但她的心事与秦川无关。

两人离开餐厅，一前一后，薄禾走着走着就将同伴给忘了，直到回过神来，才发现身旁空荡荡的。

秦川呢？

薄禾回过头去，身后不远处，一个模糊的身影站在那儿，扶着树，微弯着腰。

薄禾赶紧小跑回去:"秦总,你没事吧?"

"你走了一路,都没发现我没跟上吗?"秦川幽幽地道。

他语气明明是质问,声音却因醉意而带上鼻音,反倒像在撒娇。

薄禾忍住笑,那种觉得对方间歇性可爱的想法再度生出。

"抱歉,我刚才走得快了点儿。"

听她这语气像在哄小孩,秦川很不满意。

"你稍等一下,我缓缓就好了。"

他扶着树微微喘息,神志尚算清醒,眉头却紧紧锁着,神色痛楚难言,不像醉酒后的反应。

借着微弱的灯光,薄禾禁不住担忧道:"你怎么了?"

秦川沉默片刻后道:"我好像过敏了。"

薄禾愣了愣:"什么过敏?"

秦川:"可能是酒精,也可能是海鲜,以前有过,后来没事了,没想到复发了,肠胃现在也有些难受。你不用管我,我站一会儿就好了。"

他们现在处于餐厅与山脚的中间,无论往哪边走,都要花费同样的时间。眼下这条山路虽然有路灯,但毕竟不像在市区,随处可见药店与交通工具,秦川又无法开车,他们就陷入了是重新折回餐厅还是继续往山下走的抉择。

薄禾道:"要不这样,我先下去找车,再让司机开上来载你一道。"

秦川摇头:"你孤身下山,我不放心。"

薄禾见他神色坚决,估计自己的提议是不会得到同意的,想了想,直接朝秦川伸出手:"来。"

秦川莫名其妙,下意识地将手伸过去,却见薄禾转身弯腰,直接将他的胳膊一拽。

秦川只觉脚下一轻,人就直接歪在她背上了。

"那我背你下去吧。"

秦川："……"

他待要挣扎，却听见对方低喝——

"别动，我可以！"

秦川："……"

薄禾顿了一会儿，又安抚道："这段路不长，你别乱动。我们一会儿就到了，不然你也走不动。"

秦川无言以对。

薄禾见他没再反对，背着他就往前走。

秦川不胖，但也绝对不轻。

男人标准身材，平日没少锻炼，但薄禾居然能把他背起来。

秦川有生之年，还从未有过这种体验，被一个女人背起来走路。

王子以为自己可以拯救公主，没想到却是公主从天而降，手执长剑身披铠甲拯救王子。

这新世界大门打开的方式有点儿不一样。

当最初的尴尬退去，秦川居然觉得有点儿好笑，有点儿新奇，还有点儿感动。

"我好多了，可以自己走。"他道。

薄禾力气再大，背着一个一米八几的大男人往下走，十分钟过后还是难免力不从心。

她闻言将秦川放下，后者挽着她的手臂略作支撑，两人慢慢地朝山下走去。

秦川忽然有种微妙感，就像两人共同度过余生，携手白头。

他忽然希望这条路永远也走不完。

然而现实是残酷的——他这个想法刚刚浮现，一辆车就从前方驶来，在他们面前停下。

薄禾惊喜地道："我刚叫的车，没想到来得这么快！"

秦川："……"

他跟着上车，心里有点儿郁闷。

秦川让司机先送薄禾回去。

抵达小区门口时，薄禾先下车，看着车开走，才低头打开背包找钥匙。

她一眼就看见包里的温泉山庄体验券。

薄禾愣了一下，想起刚才要把券给秦川的，结果却因为对方身体不适的突发状况给忘了。

这样下去不行，她心想。

回到家之后，薄禾直接找到欧阳璇，把体验券送给她，说是自己下午比赛得的，然后回房将电脑打开，在文档空白页居中敲上"辞职信"三个大字，开始对着电脑发呆。

在打出正文第一个字的时候，她发现自己脑海里出现的竟然不是如何措辞，而是今天晚上秦川双目微眯、握着她的手说出那句"那要是我说，我喜欢呢"的样子。

薄禾眨了眨眼，顺势将脑海里的情景抹去，打开网络搜索出来的辞职信范例，一边看一边抄。

尊敬的领导，您好……

手指顿住，她忽然想起另一件事。

当初在海岛上晨跑，遇上地震被困山中的时候，她怕秦川被活埋在凉亭下面，本着悲天悯人的人道主义精神特地跑去凉亭查看。

后来事实证明，秦川早就离开了，可既然已经脱险，为何还特地跑回来？

百分之九十九是因为看见她也上山了，所以他特地折返。

不管对方如何怀着傲慢与偏见，这件事之后，薄禾不得不承认，自己对秦川的负面印象开始慢慢消融。

但即便如此，她也从来没想过当老板的女朋友。

房间门被敲响，薄禾忙起身去开门。

欧阳璇拿着温泉山庄礼券走进来："你和我一起去吗？"

薄禾摇头："我就不去了。"

欧阳璇道："你不去，我一个人肯定也不去的。"

薄禾道："跟我一起打游戏比赛的队友到时候会跟你一起去，有两个女孩子吧，年纪和你差不多，还有一个小哥，也都挺好相处的，还有……"她叹了口气，"还有一个是我的老板。"

欧阳璇挑眉道："有情况？"

薄禾摇头："没有。"

欧阳璇："哪有老板和下属去打游戏的？"

薄禾苦笑："说来话长，我们公司举办了内部游戏赛，我抓阄抓到老板当队友了。正好今天出门办事，他就把我带去网吧打游戏——"

欧阳璇打断她的话道："抓阄的时候是所有人一起，还是只有你？"

薄禾："当时别人都分配好了，就剩我了。"她见到欧阳璇露出暧昧的笑容，醍醐灌顶，"你是说——"

欧阳璇："我什么也没说，只看你是怎么想的。"

薄禾："我不谈办公室恋情。"

欧阳璇摊手道："我认为只要不影响工作就好，更何况他是老板。"

薄禾摇头。

欧阳璇直接把券塞到她手里："去不去你自个儿决定，这券我不拿。"

"好吧。"薄禾拿得起放得下，转眼就不为这事纠结，反正离周末还有两天，"你今天心情不错，是不是拿到了角色？"

欧阳璇嗯了一声，展露笑颜："我托人帮我找了导演。他们的小圈子过两天有个饭局,把我给捎上,到时候我再给说说好话应该就成了。"

薄禾:"不需要什么条件交换吧?"

欧阳璇听得出她在指什么,忙道:"不用,是挺正经的饭局,你放心吧。我明天出门,下周就回来,你周末好好去玩儿吧。"欧阳璇又点了点薄禾手中的券,抛了个媚眼,"把握机会啊!"

薄禾哭笑不得。

欧阳璇一走,薄禾看着手中的礼券,又开始发愁。

就算辞职,她也得等新工作有着落再辞。

温泉山庄她去或不去,就成为一个问题了。

她很少这样犹豫不决,究其根底,连薄禾自己也说不清真正的缘故。

时间没有让她沉溺在这样的迟疑里,翌日就是盛名内部的"吃鸡"友谊赛。

公司人事特意宣布提前两小时下班,参赛者齐聚大会议室进行游戏。

过程毫无悬念,结果毫不意外,薄禾与秦川二人组过五关,斩六将,不说轻轻松松,起码也是把握十足。

最后两人果然携手夺下比赛桂冠。

秦川虽然是大老板,但他的技术、实力摆在那里,决赛都是通过联网大屏幕在全公司的人的眼皮底下直播进行的,毫无弄虚作假之处,众人自然心服口服。倒是秦川自己在比赛之后宣布放弃自己那份奖金,用作现场内部抽奖转赠其他同事,当即又掀起一个小小的高潮。

至于薄禾,身为普通职员,自然可以心安理得地把奖金收入荷包。

她担心的事情也没有发生。

秦川像是彻底忘记了昨天晚上的暧昧,与薄禾交流时表现如常,与以往无异。

昨夜那个微醺的秦川,仿佛在梦境中,仿佛水汽一般消失无踪,半点儿痕迹也没有留下。

薄禾松了口气。

她觉得对方也许只是因为自己父亲那通突如其来的电话而陷入低谷。

人在心情不好时，总是容易出于发泄的心理去做一些平时不想做或不会做的事情。

于薄禾而言，秦川就像一朵玫瑰花，远观便可，若是不慎被绚烂迷惑，伸手去采摘，则很可能被花刺扎伤。

这根刺也许将深入骨血，比她以往经历的那些困境都要难以拔除。

既然如此，她不如打从一开始就远远避开他，将所有幼小火苗都提前掐灭。

施羽也是看比赛的人之一。

她不会玩儿《刺激战场》，今天纯粹是出于"总裁室是老板的左膀右臂，必须到场给老板加油"的原因才到场的。

但她无意中发现了一个小秘密。

或许不能称之为秘密，只能说是细节。

在决赛结束的那一刻，薄禾起身太急，身体略略一歪，坐在旁边的秦川伸手扶了她的手肘一下。

仅仅一下，仅仅半秒，但落入施羽眼里，自然意味不同。

她来公司不久，但天天待在总裁室里跟秦老板近距离打交道，对秦川就算不能完全了解，也算是能摸到一点儿脾性。

秦川工作认真，对人对己要求都高。

同时秦老板也是一个很自信，甚至有点儿自恋的人。

这样的人，条件极佳，眼高于顶，从他之前交往过的女友身上便可知道。

他也许是一个出手阔绰的老板，却绝对不是一个温柔体贴的老板。

施羽打从进了盛名，就从未见过秦川在人前人后如此细致入微过。

秦老板这个动作意味深长。

施羽不禁露出若有所思的神色。

"你在看什么？"

听旁边传来唐蜜的声音，施羽笑道："没什么，我只是在想，我们是不是很快就会有一位老板娘了。"

唐蜜："你是说，秦总和薄禾？"

施羽讶异地问："你也看出来了？"

唐蜜："没有，我只是看见你在看他们，又说了这句话，猜的。"

施羽："你觉得我猜得不对吗？"

唐蜜也笑起来，两个酒窝浅浅的，煞是可爱："我觉得，你猜得可能为时尚早。"

施羽忍不住转头看她，却见唐蜜可爱讨喜的面容上一派平和，小虎牙闪闪发亮，像所有看热闹的员工那样毫无异常。

周末，度假山庄。

秦川的手指在沙发扶手上有一下没一下地敲着，富有节奏的轻响也无法消除他心中的微妙焦虑。

如果在昨天，也就是周五下班前，他以不容拒绝的姿态和上司的身份，对薄禾提出邀约，对方想必是不会拒绝的。他知道薄禾太希望继续留在盛名，为了这份工作，只要不触及底线，对方都会妥协。

或者如果在昨天，薄禾下班溜掉之前，电话关机之前，他以对方还欠自己一顿饭为由，要求薄禾陪伴自己来这里度过周末，薄禾应该也会同意。

又或者他可以以游戏里徒弟的身份，潜移默化，春风化雨，令薄禾改变主意。

但以上种种，秦川在付诸行动的最后一秒都犹豫了。

他不愿意将这些手段用在薄禾身上。

更何况她吃软不吃硬,有朝一日发现他在游戏里的另一层身份,自己今日所有的苦心经营都会付诸东流。

薄禾还没来,下班之后不知所终,打电话提示线路繁忙,发短信也没回复。

早知道他就不该借着酒意把那事给摊开了,秦川心里有点儿后悔,可也不算多后悔。

有些真相,或迟或早,总要浮出水面。

如果再来一次,也许他会按捺住冲动,更加耐心,等待最合适的时机出现。

说到底,还是最近秦时愉那边接二连三的事情,让他有些着急了。

忽然,秦川的手指顿了一下,他看见了薄禾。

她背了个背包,从外面走进来,脸上有点儿心事重重的,但不太明显。

秦川起身朝她走去。

薄禾很快发现他,并打招呼道:"秦总。"

秦川点头,语气里带着不易察觉的欣喜:"我以为你不会来了。"

薄禾笑了笑,没说话。她本来的确不打算来的,临时改变主意,只因不想待在家里,需要出来散散心。

秦川也不需要她说出什么答案,只要人到了就好。

"这是你的房卡,我先帮你拿了。这里的房间一律是两层,我在你的隔壁。"

薄禾左右看了看:"小哥他们呢?"

她问的是一同参赛的另外三个队友。

秦川道:"他们比你早来好久,现在已经先去玩儿了,我跟他们约好晚上一起吃饭了。你先回房间休息一下,回头我带你参观参观。这里娱乐设施很多,你想玩儿什么?"

薄禾眨眼:"这么高级的度假山庄,没有配备私人管家吗?"

秦川面不改色地道:"有是有,但我来过这里很多次,反正也闲着没事,给你介绍,顺带当散步休息了。"

薄禾看着他,他也看着薄禾。

薄禾道:"不用麻烦您了,我想先休息一下。"

秦川没有勉强她,出乎意料地爽快:"那好吧,前面上楼左拐。你看房间号,应该不用走太远,好好休息,晚上见。"

薄禾:"晚上见。"

她头也不回地离开,似连半点儿敷衍秦川的耐心都没有。

薄禾很快找到房间。

这是一个富有情调的屋子,随处可见木制家具摆设,有些仿东南亚酒店的风格,但又不是全然照搬,细节处还能看出别出心裁的创意,可见老板是下过功夫的。

但她没什么心思欣赏,将背包往床上一扔,掏出手机打开,上面有好几条未读消息,是欧阳璇发来的。

"小禾你在吗?"

"我不是故意的……当时我没想太多。"

"后来我越想越不妥,所以觉得还是跟你说一声。"

"对不起小禾,我真不是故意的,你原谅我好不好?"

"小禾,你在的话回我条消息吧,别一个人生闷气。"

欧阳璇的焦急从字里行间流泻了出来。

薄禾一言未发,直接挂断对方刚好打来的电话,蹙着眉头,脸上浮现前所未有的阴郁之色。

根据欧阳璇的说法,她去了那个饭局,见到了那部新戏的导演。

导演姓周,是欧阳璇上一部戏的导演安宝华的同校师弟。

欧阳璇原本以为自己能够借此攀上关系,不说让周导对自己另眼相看,最起码也能亲近几分。

谁知酒过三巡,欧阳璇越听越觉得不对劲。

周导对她很客气,也绝无动手动脚的举动,甚至在七八人的饭局上,话题处处围绕着欧阳璇转,令她起初有些飘飘然,以为自己的魅力当真已经到了让周导一见倾心的地步。

但很快周导的话题就转移到了安导身上,尤其在听说欧阳璇的室友兼闺密是卓逸的干女儿之后,就询问了许多关于安宝华的事情。

欧阳璇从对方的语气揣测到,周导之所以对安导的近况和生活这么感兴趣,并不是因为跟安宝华有交情,恰恰相反,是跟对方有过节儿。

作为一个半只脚刚刚踩进娱乐圈的人,欧阳璇跟安导根本搭不上边,知道得不可能比别人多。但她亲眼见到安导的经纪人老潘在面对薄禾时表现出异常古怪的态度,也亲眼看见薄禾对安导的避而不谈。

她不难得出一个结论,薄禾跟安导之间不仅认识,很可能还有某种不为人知的关系。

薄禾没有在场,不知道欧阳璇到底跟那个周导说了什么,但从她事后心有愧疚,急急忙忙地打电话过来提醒的情况来看,八成是把老潘的态度和自己的异常,竹筒倒豆子般地给倒了出去。

周导如果真跟安宝华有过节儿,那么毫无疑问,肯定会去调查薄禾的来历。

薄禾清楚,安宝华为了跟自己撇清关系,私下肯定下了不少功夫。但周导跟安宝华同在一个圈子,不知道薄禾的存在也就罢了,一旦知道了……薄禾很难想象对方会利用这些消息去翻出什么陈年旧账,又会做出什么事来。

安宝华会陷入怎样的风波,薄禾其实不是很关心,但她现在平静美好的小日子就要被打乱了。

比起这些烦心事,跟秦老板周旋、斗智斗勇,反倒变得不那么令人讨厌了。

薄禾叹了口气,整个人裹进被子里呜呜乱叫一通,将被子彻底揉乱,再猛地翻身坐起,起身换了身衣服,带上浴袍,出门问清温泉所在,就朝目的地走去。

夏天泡温泉,听上去有些奇怪,实际上这反倒是一种另类的解暑方式。

薄禾则纯粹为了散心。

此地每逢节假日就会限制游客数量,从而保证服务质量。更何况现在接近中午,过来泡温泉的人寥寥无几,石头堆砌的池子分了好几个,高低错落,微风徐来,带来微微的凉意。

薄禾挑了个没人的池子,坐在边上先泡脚,再慢慢把全身浸入。

热意迅速上涌,她长长地呼了口气,颇有种畅快感。

竹帘后面,人影若隐若现。

薄禾没去留意,这本来就是公共温泉,人人都能来。

但很快她就没法不留意了——从竹帘后面转出来的人她不仅认识,还熟得很。

"嘿。"秦川平静中带着讶异地问,"你也喜欢中午泡温泉?"

薄禾:"……"

跟公司大老板同坐在一个汤池内,是何感觉?

如果某知名问答论坛上有这道命题的话,薄禾一定能够写出八百字以上富有层次感的回答。

但还没等她反应过来,秦川就道:"那你泡吧,我去那边。这里挺宽敞的,不用非得两人挤一块儿。"

说罢他站起身,水顺着肌肤往下流淌,一路勾勒出经常锻炼的精瘦身材,连内裤也紧贴身体,该露的不该露的,薄薄的布料遮不住,反倒添了几分诱惑力。

对方大大方方,薄禾自然没有扭扭捏捏的道理。

但秦川离开之后,她才想起一件事。

前夜,秦川似真似假地说出那句话之后,就一直跟她保持距离,不远不近,正符合上司与下属的关系,顶多比普通的上下级要稍好一些。

这也符合他们现在的情况。

怎么说两人毕竟也是一起打过游戏比赛的"战友",如果薄禾再圆滑一点儿,顺着竿子往上爬,说不定还能趁机再拉近点儿关系,成为老板的预备心腹。

然而男女之间总会平生许多波澜,不似秦川和关慎之间那样纯粹。

薄禾收回目光,索性什么也不想,放松身心,上半身趴在池边,好好享受休憩了一回。

半小时后,她回到房间洗完澡,刚准备睡午觉,就被两名小姑娘敲门叫醒。

同队这两名小姑娘比薄禾早到,又在山庄里玩儿了一圈,脸上犹带着意犹未尽的兴奋。

"小禾姐姐,我们去打球吧!四人双打羽毛球,咱五个人轮流上场正好。"

薄禾道:"我有点儿困,就不去了吧。你们玩儿得开心点儿。"

"去吧,咱们好不容易打赢比赛,相逢就是有缘,过了明天还不知道什么时候才能再碰见,你忍心拒绝我这么可爱的小姑娘啊?"其中一人拉着她撒娇。

还真别说,这小姑娘长得有点儿像之前薄禾玩儿的游戏《九霄》里边的一个游戏角色——她徒弟川川一开始玩儿的小号。如今"真人版"站在面前,会说会笑眉目动人,薄禾更是拒绝不了。

她心软地道:"那只打半小时,我就回来休息,要不晚上更没精神跟你们聚餐了。"

三人来到球场。

秦川跟小哥已经打完一局了,见她们到来,前者主动把场地和球拍让了出来。

"你们正好双打,我休息会儿。"

边上有两张桌子,他没去薄禾那张,反而走向更远的另外一张。

薄禾看了他一眼,对方却正低头看着手机屏幕,恰好露出会心一笑,也不知是看见了什么。

小哥大约是想在佳人面前表现一下,不仅主动邀请薄禾一队,还亲自给她找了一副称手的球拍。

"我不太会打,可能会连累你。"薄禾谦虚地道。

"没关系,我打得还行。我带你,打几盘就手熟了。"小哥笑道。

他眉目清秀,笑起来居然还有种少年感。

不远处的秦川听见了,嘴角微微扬起,觉得对方很快会被现实打一个响亮的耳光。

果不其然,三球过后,薄禾发威。

小哥从一开始主打,到后面眼睁睁地看着薄禾左腾右挪,忽上忽下,忽前忽后,接着各种角度刁钻的球。

有时候他明明看见球飞过来,脑子也催促身体去接,奈何手脚跟不上,最终还是慢了半拍。

而薄禾偏偏能及时赶到,以一个不可思议的角度,将球捞起并反击,最终为己方扳回一分。

一局结束,小哥气喘吁吁,脸白如纸。

薄禾大汗淋漓,酣畅痛快。

秦川忍住笑,背过身去,将视线投向远方。

乍看薄禾,很多人会给她贴上无害的标签,很难有人例外。

但很快薄禾就会教他们做人。

三局两胜制，接下来的两局，胜负各半，总的算下来，还是薄禾他们赢了。

两个小姑娘输了球也笑嘻嘻的，跟薄禾约好晚上聚餐的时间。

"小禾姐姐，你记得叫上你男朋友。"小姑娘叮嘱道。

"他不是我男朋友。"薄禾下意识地道，顺势望向刚才秦川的位置。

那张桌子上有条毛巾，但人已经不见了。

薄禾有些失神，但仅仅一瞬："他是我的上司，你们别当着他的面叫错了。"

小姑娘很讶异，随即暧昧地眨眼："可是我看秦哥对你很好，也很体贴。小禾姐姐，机不可失，时不再来啊！"

另一个小姑娘接道："就是，上司下属，办公室爱情的常见桥段，艺术源自生活。再说了，上司就是比你早进公司几年而已，小禾姐姐，以你的能力，加把劲，说不定很快就能超越他了，到时候勾勾手指，秦哥还得给你拎包呢！"

这两个孩子估计是小说看多了。

薄禾失笑，没再多解释。

回到房间之后，薄禾洗了个澡，直接睡到外面夜幕降临，自然苏醒。

她拿起手机打开一看，上面有七个未接电话，其中六个是欧阳璇打的，一个是同行小姑娘打的。

欧阳璇除了打电话，还给她发了不少信息。得亏薄禾调了静音，不然午觉也睡不成了。

薄禾给小姑娘回了信息，告知对方自己很快就到，眼看时间只有二十分钟了，赶紧起身洗漱换衣服。

她平时上班会化个淡妆，这次来度假，为了避免秦川误会，特意素面朝天，但化妆品还是带来了。

手指在隔离霜和粉底瓶上点了一下，最后停在口红上。

怎么说也是聚会，化妆是为了礼貌，她如是想着，最终拿起了隔离霜。

薄禾赶到酒店餐厅的时候，时间正好六点。

秦川他们已经提前到了，正坐在座位上等候。

平日在公司里不苟言笑的秦老板，在进了山庄之后，却完全表现出鲜为人知的另外一面。

他可以卸下冷峻的表情跟小哥谈笑风生，也可以和颜悦色地给小姑娘们说世界各地的见闻。

薄禾从他身上看见了两个字：放松。

这种状态就像那天晚上他喝得微醺，似真非真地说出那句话时一样。

然而现在薄禾已经知道了，这份放松不只属于自己，秦川在面对毫无威胁和与公事无关的人时，都会呈现出这样的姿态。

四人相谈甚欢，并不因薄禾存在与否而受影响。

薄禾看着他们身上的休闲服，再看看秦川眼中似乎一闪而过的笑意，忽然觉得自己有点儿傻。

这间餐厅就跟度假山庄一样，别具风格，菜色兼容了中国菜与东南亚菜的精品，又加以改良，众人都用得津津有味。

倒是薄禾，对他们特调的酒情有独钟。

淡蓝色的上层、蔚蓝的中层、深蓝的底层，一杯酒分了三种颜色和层次，杯子被簇拥在冰块之中，在袅袅白烟之中，像一片微缩海洋，在灯光下微微晃荡。

薄禾喜欢它微酸的薄荷口感，喝了一杯之后忍不住又叫了一杯。

她耳边传来其他人的谈笑声，在餐厅里钢琴曲的陪衬下，给人岁月静好的感觉。

薄禾安静地倾听着，没有非得抢着做主角的野心。

她很喜欢现在这样的氛围，没有烦恼，与工作无关，仿佛远离一切尘世喧嚣、凡俗欲望。众人萍水相逢，却可以尽情聊自己感兴趣的话题。

小哥兴致勃勃地说起自己未来的目标。

他现在是研究生在读，很快就毕业了，说自己原来想当博物馆讲解员，现在则希望从事电竞行业，不过家里人肯定会反对，目前还在发愁要怎么说服家里人。

两个小姑娘对未来还没有太长远的规划。毕竟她们今年刚上大二，毕业后找工作的烦恼还很遥远，只是觉得小哥的想法很炫酷，纷纷鼓掌叫好，激励他照着自己的想法去走。

"你怎么不说话？"趁着两个小姑娘跟秦川聊天儿，小哥终于找到跟薄禾单独说话的机会。

薄禾摇了摇头，只是笑，没说话。

她不是小哥见过的最漂亮的女孩子，却令人百看不厌，如沐春风。她就像溪水，也许第一眼看到并不令人惊艳，也许很多人会被边上的繁花硕果吸引视线，但他们最终会发现，只有溪水存在的地方，这些景致才会更美。

小哥注意她很久了。

从一开始对薄禾指挥能力的怀疑，到后来亲眼看见她比赛表现后的信服，他发现薄禾其实是个很耀眼的人。即使她本意低调，并不想被万众瞩目，但言行举止很难不被人注意。

也许是情人眼里出西施，小哥现在看薄禾觉得哪里都好，处处完美，简直如神仙一般。

可越是在意，他就越是患得患失，不敢开口。

直到此刻，他终于鼓起勇气主动询问："现在外面不热，要不然我们去外面走走？"

薄禾眨了眨眼，道："夏天蚊子多。"

小哥被噎了一下："那我们去游戏厅？下午我去看过了，这里的设施都不错，电脑配置不比外面的网吧差……我还有一些游戏技术问题想向你请教。"

薄禾给对方倒了一杯酒，笑嘻嘻地推了过去："咱们难得聚一聚，跑去打游戏不是太可惜了？改天再说吧。"

小哥怅然若失，心想：这年头儿追个女孩子咋就这么难？

另外一边，两个小姑娘跟秦川聊到了理想。

秦川道："我读书时的志向不在现在的行业。比起做房地产，我更愿意在云南经营一家客栈，每天坐看云起云落，无须在商场上摸爬滚打、钩心斗角。"

薄禾撇了撇嘴，心想：老板一个个都这么讲。

如果上天给她一个亿，她也能饱含深情地说：其实我的愿望是在喜马拉雅山上隐居。

秦川似乎听见她无声的吐槽，看过来一眼，表情似笑非笑。

薄禾若有所觉，抬起头看过去，二人的视线正好对个正着。

薄禾面无表情，眼神无辜。

秦川很快转开目光，专注在自己身边的小姑娘身上。

那两个小姑娘，一个姓方，一个姓于，后者的名字很有趣，单名更，更字读一声，乍听像是鱼羹。

秦川就问她父母是不是很爱吃鱼。小于说还真是，不过不是她爸妈，而是爷爷。她从小在长江边长大，她爷爷每周都会带她去江边游泳、钓鱼。老爷子爱吃鱼，差点儿给于更直接起名儿于鱼，遭到全家的反对才作罢。

这些平常琐事，平日薄禾肯定会听得兴致盎然，但下午被欧阳璇的电话打破了平静——她不得不开始考虑最坏的后果。她固然不是娱乐圈中人，但既然有个知名度很高的母亲……一些八卦媒体想刨根问底，肯定会选择从更好下手的薄禾这里突破。

但此刻，在一切还未发生之际，所有的揣测不过是她的主观臆断，她也不可能因此去联系自己的生母。因为如果那位周导并非抱有恶意，说不定安宝华会以为薄禾在没事找事。

为什么那么好的养父母，却不是她的亲生父母？

这是薄禾曾经询问过自己千百遍的问题，却始终没有答案。

她醉了。

秦川知道。

虽然薄禾坐姿很正常，没有趴倒在桌上，眼神谈不上清明，却也没有醉意，仅仅是坐在那里发呆，一动不动，但反应已经明显迟钝下来。

旁边的小哥几次与她搭话，薄禾都是过了很久才回答，不似平常，机灵敏锐，举一反三。

秦川原想对这视而不见。

他觉得自己在这段二人关系里过于积极主动，这既不像他的作风，又容易让自己陷得太深。

先踏出一步的人，注定会输。

即使是面对感情，秦川也不想当失败者。

所以他刻意跟对方保持距离，刻意不去关心对方的一切，想让时间将热情浇灭，回归理性。也许这样他可以更加理智地去看待这段关系，甚至抽身出来。

但很快，秦川发现自己做不到。

关注已经成了习惯之后，自我强迫戒除习惯不比戒除烟瘾容易多少。

"你醉了。"小哥看着薄禾面前的空酒杯，皱了皱眉头，将杯子拿远，"这种甜酒是挺好喝，但后劲大，别喝了，我送你回去吧。"

薄禾看他一眼，歪着头用三秒左右的时间思考，然后点了点头。

小哥一喜，似乎看见自己前方的希望了。虽然他自诩正人君子，但能跟心仪的女孩子多相处片刻，无疑是爱情路上的一大进步。

他给同伴们打了声招呼，说薄禾有点儿醉了，要送她回去，但自己是男的不大方便，想找个女孩子陪自己一起先送薄禾回去。

懂事的于更当即自告奋勇地站起来。

谁知在小哥去扶薄禾时，一只手却比他更快地把对方给扶了起来。

"还能走吗？"秦川问道。

薄禾失笑道："你们以为我醉了？我一个人回去就成，你们继续玩儿吧。"

秦川挑眉："你怎么证明你没醉？"

薄禾奇怪地反问："我现在就很清醒。"

小哥灵光一闪，说道："这样吧，我考你一道脑筋急转弯，你能答出来的话说明你真没醉。鼓浪屿的中间是什么？"

薄禾摇了摇头："不用这么麻烦，我还有一个办法，你想不想知道？"

秦川悄悄后退了一步。

小哥不明所以："哈？"

薄禾忽然拽过他的胳膊，在对方还未反应过来之际，直接用肩膀把人给撞倒在地，用手压住。

一阵天旋地转后，小哥一脸蒙，根本不知道这一切是怎么发生的。

薄禾："现在你们信了吧？"

两个小姑娘看热闹不嫌事大，还跟着起哄鼓掌："小禾姐姐真厉害！"

小哥："……"

秦川望天。

幸好他反应敏捷，不然现在丢脸的就变成自己了。

从餐厅到房间，是一段不短的距离。

温泉山庄占地广阔，几乎把整座后山圈了进来。薄禾坐着山庄提供的电瓶车，十分钟后才抵达住宅区。她又步行差不多十分钟，才到达酒店房间外面,一路步履平稳,丝毫不乱。

说她醉酒,十个人里有十个不相信。

秦川不放心,在薄禾离开之后找了个借口,跟在后面目送她回酒店房间。

薄禾的表现差点儿也骗过他,直到她把门卡刷到门把上去。

他叹了口气,走上前把卡从对方手里拿了过来:"我来吧。"

薄禾没有反应,任凭他拿卡开门,又被他推进房间,安静听话。

房间的感应系统自动亮灯,两人的眉目在灯光下一览无余。

薄禾不像早前吃饭时那样有说有笑。她不笑不动的时候,两颊的酒窝也消失了,光线打出的阴影落在眼下……不知是不是秦川的错觉,他认为向来乐观的人似乎多了几分忧郁情绪。

"你没事吧?"

薄禾摇了摇头:"多谢,你回去吧。"

秦川察言观色,试探地道:"你心情不好?"

薄禾没作声。

秦川用手指推了推她的肩膀:"说话。"

薄禾喃喃道:"我好像喝醉了。"

她仰起头看着秦川,但又不像在看秦川,眼神蒙眬,灵魂已经飘远,目光清澈无邪。

秦川发现自己的心像被一只柔软的手包住轻轻揉了一下,酸胀麻痒,五味俱全。

"不是好像,你的确喝醉了。"秦川伸手抹去她眼角的泪光。

起初他以为泪光是错觉,直到手感觉湿热,才发现对方真哭了。

"为什么哭?能跟我说说吗?你别把什么事都放在心里,压力是需要适当发泄的。"

他没注意到,自己的声音比往常要柔软三四分。

"那你平时是怎么发泄的？"薄禾歪头看着他。

秦川也不知道对方现在的状态到底能听进去多少，但还是挺认真地回想起来。

"运动吧，流汗能发泄压力，室内、室外都可以。"

"或者向朋友倾诉，即使对方不能提供什么意见，但从倾诉方的心理来说，就好像把垃圾倾倒出来了，长此以往可以避免压力进一步累积。"

他引导着对方："所以，你有什么想和我说的？"

薄禾冲他笑了一下，张了张嘴。

正当秦川以为她要诉说身世苦难、成长坎坷时，却听见对方道——

"你真好看。"

秦川："……"

他只觉大脑空白了一瞬，心想：这跟本来的剧本不一样。

随即他才后知后觉地意识到，自己被调戏了。

"我知道，还有吗？"

"还有，"薄禾想了想，道，"我想问你一个问题。"

"你说。"秦川在几秒内迅速拟好了一系列应对方案。

但——不是我军太无能，而是敌人太狡猾。

"你的睫毛这么长，洗脸的时候水珠会挂在上面下不来吗？"

秦川："……"

他觉得自己可能脑子有点儿不好，居然企图跟一个醉鬼谈心。

"你睡吧，我给你把门带上。"

他起身走了两步，忍不住回头。

薄禾还是坐在床边，一动不动地望着他，像瞅着父母出远门的小孩。

秦川承认这一刻自己的想象力丰富了一点儿，但……他的确心软了。

他心软而又无奈地折返，把人给挪到床上，脱了薄禾的鞋，然后除去她的外套。

"我都没这么伺候过我爸妈。"秦老板吐槽道。

薄禾含混地说了句话。

"什么？"秦川没听清。

"我想……摸摸你的眼睫毛。"薄禾道，没等他回答，已经把手伸过来。

秦川生怕她没轻没重戳了自己的眼睛，不由得往后避了一下。

但薄禾的手到了他眼睛跟前，速度就变得轻柔缓慢，她用指尖轻轻碰触着自己觊觎已久的眼睫毛。

秦川下意识地眨了眨眼，睫毛的影子在眼睛里搅起涟漪，灯光下看起来若有星辰闪烁。

"你真漂亮，多笑笑会更招人喜欢。"薄禾笑道。

秦川木着脸说道："我不需要招人喜欢。你知道你在调戏老板吗？"

薄禾反问："会被扣工资吗？"

秦川："可以考虑。"

薄禾："那趁你还没想好，我想再做一件事。"

她陡然将脑袋凑近，近得秦川以为她要吻上自己，两颊却猛地一疼！

薄禾用双手捏住他的脸颊往外拉拽扭转，力道毫不留情！

秦川痛得倒抽一口冷气，赶紧制止："松开！"

他没好气儿地拍开薄禾的魔爪，还怕她反应迟钝，没用上力。

薄禾非但没有松开手，反倒变本加厉，直把秦川拧得龇牙咧嘴才放手。

"你知不知道，光凭你这个举动，我就可以把你给开了！"他又好气又好笑。

"那没关系，反正我回去也要辞职了，就当走之前爽一把。"薄禾嘟囔道。

秦川心头一紧："为什么？"

"我履历上写的是'父母双亡'，但实际上那只是我的养父母，我真正的爹妈都还活着……嗯，亲爸我不晓得，但亲妈还活着，不仅活着，还是个名人。想不到吧？意不意外，惊不惊喜？"她说着，自己笑了起来。

这些事秦川本不该知道，但上次在梨城逗留时，因缘际会对薄禾的身世耳闻了一二。

他含混地嗯了一声："人不能选择自己的出身，不管好与坏，那已经是既定的事实，不如往前看。"

薄禾道："我以前也是这么想的，但后来发现原生家庭会不时冒出来影响你的生活。"

秦川敏锐地察觉到了她情绪上的变化。

薄禾应该在很久以前就得知自己的身世了——反正上次秦川没看出她有什么异常。薄禾回来之后一切如常，现在突然提起这件事，也许中间又发生了什么变故，跟今晚喝多了可能也有些关联。

"发生了什么？"秦川问。

薄禾没说话，似在回想。

"你说出来，也许我帮不上忙，但你的心里会舒服些。"秦川放柔了语气说道。

"我的亲生母亲在某个领域有些名气，既是前辈，也有作品，别人都很尊敬她……但她在外人面前一直避讳我的存在，我也从来没想过去打扰她。我的同居室友跟我亲生母亲在一个圈子里工作……她可能看出一些端倪，还把这件事告诉了和我母亲有过节儿的人。我现在担心对方会因此做出什么事。"

秦川忽然想起自己的母亲。

那个身体不好，以致经常卧病在床的女人性格骄傲清高，即使在最困难的时候，也没接受过别人的一分施舍，却愿意为了秦川去求秦时愉给儿子多留一些东西。

这世上的父母，有无私的，就有自私的；有愿意为了子女低下头颅，甚至牺牲性命的，自然也有视子女如累赘，生怕沾上一点儿关系的。

即使如此，薄禾在描述这件事情的时候，在醉酒的情况下还不忘把生母的信息模糊化，不愿因此给对方带来任何麻烦。

秦川握住她的手，缓缓地道："你控制不了事态的发展，就算不是这次，有心人想查迟早也能查出来。这根本不关你的事，你不要总把责任揽在自己身上。听我的，你现在好好睡一觉，明天起来就什么事都没了。至于辞职，想都不用想，就算爆出什么，丢脸的也不是你，你怕什么？"

薄禾一脸闷闷不乐的表情。

秦川叹了口气，将她的小腿搬到床上，又弯腰去拉被子给她盖上。

"我睡不着。"薄禾睁着眼睛看着他。

"什么都别想。"秦川道。

薄禾道："脑子里乱哄哄的，它们会自己跳出来让我想。"

秦川无语片刻后说："那你数绵羊。"

薄禾笑了："你在哄小孩子吗？"

秦川瞅了她片刻，想教训人，没等出口，也忍不住笑了。

此时的薄禾，不像往常那样拘泥于两人在职场上的关系。

秦川见多了她在游戏里随意自在的样子，现实里这样却还是头一回。

他忽然有种下次再灌醉对方，套点儿真心话的念头。

当然，他也只是想想而已，眼下却是弥足珍贵的机会。

"那你想干什么？"

"讲故事吧，"薄禾道，"讲点儿悲惨的故事，让我开心一下。"

秦川："我不会讲故事，但知道怎样可以让你忘记烦恼并快速入睡。"

薄禾无声地看着他。

秦川伸手盖上她的眼睛，然后低下头，吻上她的唇。

他只是轻轻地，蜻蜓点水般碰了一下，停留了零点零五秒，很快就离开。

但在他抽身之际，薄禾两只手搭上了他的后颈，微微用力，两人的唇再度碰到一起。

"有点儿甜。"薄禾舔了舔自己的嘴角,"你是不是特地抹了蜜才过来的?"

"是甜酒,你自己也喝了。"

秦川心想:这真是醉糊涂了。

"可我没你甜。"薄禾舔了舔他的唇,似证明了自己的正确性,"果然比我甜。"

这时候要是不乘胜追击,秦川就枉为男人了。

一个缠绵深吻之后,薄禾微微喘息,双颊水红。

秦川也好不到哪里去,撑起胳膊,居高临下地俯视薄禾迷离的双眼片刻,却选择起身离开。

薄禾不明所以,下意识地拽住他的衣角,不肯放美人离开。

秦川深呼吸,强自平静地道:"我不想乘人之危,等你下次清醒的状态下,我们继续。"

"我很清醒。"薄禾将人环住,"从外貌、身家、职位来说,都是我占你便宜,而不是你乘人之危。你不是想让我快速入睡吗?还是你不行了?"

秦川:"……"

这种情况下,他能说自己不行吗?

当然不能。

第十三章
我只是被你所惑

秦川是被蚊子咬醒的。

当时脸上一阵接一阵地痒,他还以为是薄禾在轻吻自己,结果越来越痒,便忍不住呢喃了一句"别闹了",眼睛跟着睁开一条缝隙。

没有薄禾,也没有吻,只有被蚊子咬出来的包,秦川悻悻地挠了两下,伸手朝身旁摸去。

被褥犹带余温,依稀还有一个凹下去的印痕,人却不在了。

手掌触感和鼻尖气味告诉他,昨晚的一切不是梦。

秦川懒洋洋地坐起,打开手机看了一下时间,早晨八点。

现在还远未到度假期间的早饭时间,但秦川很乐意起床与薄禾共进两人之间的第一顿早餐。

他随手抓了件睡袍穿上,踩着拖鞋走进洗手间,没有想象中的佳人出浴,薄禾也不在镜子前上妆,甚至连原本放在盥洗台上的所有护肤品和牙刷、毛巾都不见了。

秦川站定,嘴角的笑意渐渐消失,最终只剩下一张冷峻的脸,比六月天席卷江水的暴风雨还要阴沉。

此刻秦川脑海里回荡的，全是薄禾昨天晚上的一句话。

她说，不管从身份背景还是外貌职位，都是她在占秦川的便宜。

那么这个占便宜的女人，现在为什么又要逃走？

秦川转身走出浴室，又在房间里走了一圈，果不其然，薄禾的衣服和背包也都不见了。

她总不可能是被外星人掳走了吧？

秦川冷笑，拨打薄禾的电话，听到的是一片忙音。

秦川换上衣服，直接去前台询问薄禾的去向，得到的是工作人员一问三不知的茫然表情。

这也正常，他们入住这里之前是得到过验证的，凭着那张体验券进来之后，一应消费只要不超过限额的都免单。薄禾只要没超过规定，大可一走了之，不必经过任何人同意。

同行小哥和那两个小姑娘睡眼蒙眬地被秦川叫起，自然也不知道薄禾的下落。

秦川现在的心情，就像娇滴滴的黄花大闺女被吃干抹净之后，发现负心郎一走了之，愤怒、憋闷、隐忍，甚至有一丝不易察觉的委屈。

秦川闭了闭眼，开始在脑海里搜索薄禾的家庭住址。

他并不知道具体地点，但是小区所在地是知道的，只要在小区门口等着，对方总不可能周末连着两天不出门。

秦川抄起车钥匙，气势汹汹地上了车，脸上乌云密布，脑海里设想了无数惩罚她的办法。

譬如他找到对方之后，劈头盖脸地一顿骂，骂得对方心生愧疚，抬不起头。

譬如他什么也不说，冷冷一笑，转身就走，冷落她、疏远她，不接电话，公事公办，甚至带个美女在她面前搂搂抱抱——

但这只怕正中那女人下怀，她会二话不说转身就走，从此江湖不见。

秦川吐出一口气，仿佛要将胸中的焦虑、烦闷一并吐出，但无济于事，新的焦虑又悄然滋生。

他头一回面对一个女人无计可施，万般武艺派不上用场。

但凡薄禾有所求，他也不至于无从下手。

可那样还是薄禾吗？

从郊区到市区，一两个小时的时间，足以让秦川从烦躁中慢慢冷静下来。

但他心里还有股气，这股气要等见到薄禾之后才能发作，就像一种特定的毒药，只有特定解药才能解开。

但人算不如天算，秦老板一路驱车抵达薄禾所在的小区门口时，就发现情况不对。

这里平时虽然也称得上热闹，可顶多是大妈、大爷来来往往拉家常，哪里会像现在——一干媒体严阵以待，长枪短炮对准小区里出来的人。还有几个一看就是媒体记者的人往里走，不久之后又悻悻折返，显然一无所获。

如果小区里面发生了什么刑事案件或者更严重的事情，现在出入小区的居民脸上绝不会是这种轻松看热闹的表情。

可一般来说，也不会有什么女明星或名人住在这里。

秦川下意识地觉得，这些人很可能是冲着薄禾来的。

他看了一会儿，熄火下车，走向外围一个手里拿着相机、神情无聊落寞的中年人。

中年人正靠着墙玩儿手机，不时抬头看向小区里头的某一楼层。

在秦川将烟递过去之后的一分钟里，两人很快就熟悉起来。

在不必要的时候，秦川可以一整天不说话，但在需要的场合，也可以很善谈。

中年人似没想到秦川一个衣着光鲜的成功人士对八卦新闻也如此感兴趣,另一方面也是被勾起谈兴,竹筒倒豆子般一下全说了。

"这里头住的是安宝华的私生女。安宝华你听说过吧?就那个挺有名的导演,之前还拍过一部电影,叫《巨浪》,得过奥斯卡提名。"

秦川心下咯噔了一声,面上还要装作若无其事,以便得知更多消息。

"安宝华?听说过,后来那电影是不是没得奖?"

中年娱记嘿了一声,说道:"你一看就是对这方面不了解!虽说最后没得奖,但得过提名也很不得了了,等于去会场转悠了一圈!咱中国能拿奥斯卡的人,两只手数得过来吧?这个安导还年轻,以后有大把机会。据说上面也挺看重她,有意重点栽培。你说她突然爆出个私生女,还对其不管不顾那么多年,对她有什么影响?"

秦川顺着他的话问:"什么影响?"

"嘭!"中年不得志的娱记夹着一根烟,双手并拢比出一个炸开的手势,"那女儿都二十多岁了,比她现在的女儿年纪还大,但她一直没认,对人不管不顾。听说当年她大女儿上学没钱,女儿的养父母千里迢迢地找到北京去,安宝华也没给钱。抛夫弃女,功成名就,转过头她接受媒体采访的时候说自己膝下只有一名独女,跟丈夫琴瑟和鸣,家庭美满。啧啧,原来当导演得先学会演戏。"

秦川的心一直不断往下沉,但多年商场历练,足够令他维持此刻的不动声色,他甚至微微挑眉,露出适当的好奇之色:"你怎么知道得这么详细?"

"拜托,这圈子哪有什么秘密?之前她把盖子捂得死紧,但只要有人揭开一点儿,肯定会把下面的所有东西都牵扯出来。沪城即将举办国际博览会,据说上面准备让她担任开幕式的总导演,这件事爆出来,你觉得她的位置还能稳吗?"

秦川若有所思地道:"这么说,是有人特意想整她?"

"就算是,又怎么样呢?"娱记将烟灰抖落。

百无聊赖的他在这里蹲守半天,没等到正主儿出来,却等到了一个路人秦川,难免愿意多说两句:"身正不怕影子斜,安宝华既然做了,就要有被人查出来的准备。这件事对她肯定有影响,不过可怜的是安宝华的这个女儿。"

中年人啧啧两声,被太阳晒得半黑不黑的脸上,带了两分看透世情的感慨:"可怜了这孩子,好处没享受到,现在还被堵在这里。"

秦川淡淡地道:"你不也是堵她的人之一?"

娱记笑道:"大哥,我要吃饭啊。今天谁能抢到安宝华女儿的独家采访,就肯定能拿下今天的头条!再说了,这事也不排除这孩子故意向媒体爆料的可能。换作是我,被冷落这么多年,要说心里没恨是假的吧,再被人挑唆一下,拿点儿好处,不就主动开口了?"

秦川知道,薄禾根本不可能干这种事。

她想撇清与安宝华的关系还来不及,怎么可能主动去揭开这个盖子?

如果仅仅是为了一点儿好处,这些年她大可心安理得地收自己亲妈的钱。

但他相信她,不代表别人也相信她,说不定头一个不信她的就是安宝华。

秦川所有的愤怒早已烟消云散,眼下只余担忧。

现在的薄禾在做什么,在想什么?

她的养父母早已亡故,她身边无一可倾诉心事的亲朋,即便有,现在也远水救不了近火。

秦川不动声色地结束这场聊天儿,走到旁边无人处打了个电话,电话里果然还是忙音。

他又给薄禾发了条信息过去。

秦川:"我现在在你家楼下,给你带了早餐,豆浆和油条。你还想吃什么?"

在发完消息之后的十五分钟内,秦川站在墙下,双手插兜,安安静静地等着。

他想了很多,又像什么都没想,所有纷乱思绪归于平和安宁。

就在他以为对方不会回复的时候,手机振动了一下。

秦川打开信息。

薄禾:"豆腐脑儿吧。我家楼下有很多记者,你能摆脱他们吗?"

秦川:"这楼里不止你一户,我会注意的,你给我楼层和门牌号。豆腐脑要咸的还是甜的?"

薄禾:"甜的。"

两人在看似平静的寥寥数语里结束了交流。

秦川去附近早餐店买了两份早餐,特意问老板多要了糖粉另外装好,这才提着早餐,施施然走向薄禾所在的楼。

小区管理不算严格,还有一两个娱记趁机溜进来,在八栋楼下转悠。薄禾的住址不是秘密,他们想查早就能查到。他们当然不敢强闯民宅,但只要薄禾不会飞天遁地,总能蹲守到她。

秦川没有急着进去,而是先去小区管理区转悠一圈,说了两句话,让消极怠工的保安出面把那两个形迹可疑的娱记给赶到小区外头,这才进入八栋的电梯,按下薄禾家所在的楼层。

八〇一。

秦川走出电梯后往左拐,很快就看见对方所说的门牌号。

他上前敲了几下门。

薄禾家对门的邻居打开门,探出一颗脑袋,好奇地瞅来,在秦川回头之际又飞快地缩了回去。

门很快打开,门后的人露出半张脸来。

昨夜的激情与疯狂刚刚过去,即使刻意抹除记忆,彼此身上熟悉的味道也不是一时半刻就能消除的,两人四目相对,脑海里不约而同地浮现某些共同的回忆。

而后薄禾略为尴尬地移开视线。

秦川笑了:"我是不是得感谢这个爆料人,不然恐怕周一回到公司连你的人都见不着,只能收到一封辞职信。"

他走进屋,趁机打量这间薄禾居住了一年左右的小屋。

空间不大的两室一厅,干净整洁清新,从一些摆设上能看出年轻女孩子的喜好和痕迹。

"你说得好像我要对你始乱终弃。"薄禾耸肩,态度自然地接过他手中的袋子,将里头的早餐一一拿出,放在餐桌上。

"难道你没有这个打算?"秦川一边说,一边观察她的神情变化,试图从中看出安宝华这件事对她的影响。

"你也没吃早餐吧?先吃完再说。"薄禾把筷子、汤匙递给他。

两人分别坐下,手里的筷子却不约而同地夹向同一根油条。

薄禾当先缩回筷子。

秦川若无其事地夹起油条,将油条撕成两半,再把每份撕开成正好能入口的大小放在碟子里,推到薄禾面前。

"薄禾,你要承认一个事实,你也喜欢我,否则就不会跟我发生关系,不要用喝醉这种拙劣的借口来搪塞。"

"我只是被美色所惑。"

"对皮相的喜欢也是一种喜欢,以我这么优秀的条件,迟早能让你喜欢上我的所有。"

"你上来的时候应该也听到风声了,我的身世有些复杂,会让你卷入不必要的绯闻里。你不会喜欢那些烦恼的,迟早会感到厌倦。"

"薄禾,你不能代替我做决定,那样对我不公平。我是讨厌这些麻烦,但如果这些麻烦是你带来的,我就一点儿也不觉得讨厌了。"

两人摊牌的口吻就像在聊今天的天气、晚餐吃什么。

薄禾本来还觉得有点儿好笑,在听见秦川那句"你不能代替我做决定"的时候,心头忽然漫上微妙的滋味。

她不由得抬起头。

秦川也正好在看她。

她从对方眼中看见了自己的影子,也看见了他前所未有的认真。

"你喜欢我,是因为薄禾这个人,还是因为薄荷茶?"

秦川正在思索如何进一步说服对方坦诚面对自己的内心,却冷不防听见这句话。

一个小小的烟花在他脑海里爆开,炸碎了一切预案与准备。

他微微怔住,脸上难得浮现出错愕之色。

薄禾自嘲地笑了笑,顿时没了胃口:"你吃完早餐就走吧。"

她放下手中的汤匙,把自己面前的空碗和袋子一一收好,正准备拿去厨房,身体却被秦川从背后抱住。

她挣扎了一下,没挣开。

"秦总,请您放手。"薄禾冷冷地道。

她向来是开朗快乐的,连说话都带着笑意。秦川从来没有听过她这样冷的语气,像初夏里陡然袭来的冷空气。

一旦自己松开手,有可能以后就再也捉不住她了。

秦川搂得越发紧了。

"我不是故意想要瞒着你的。

"一开始我也不知道是你,后来无意中发现,却担心你知道真相会疏远我,才迟迟没有告诉你,并不是故意为了隐瞒取乐。"

秦川看不见她的表情,不知道薄禾到底听进去没有,又听进了多少。

他不习惯这种说话方式,没说两句,就不由自主地换回原来的风格。

"老实说，你刚工作没多久，经验阅历、工作能力在我见过的人里实在谈不上优秀，更何况在我面前还出过错。

"论容貌皮相，我见过比你漂亮的人。论风情、论身材，娱乐圈里那些女人随意挑一个出来都是佼佼者。"

秦老板一贯的口不留情又冒头了。

薄禾毫不意外且面无表情，听罢淡淡地道："那真是委屈您了。"

秦川使了点儿劲，将她给扳了过来："可我就是喜欢你。

"我本来不是个沉迷游戏的人，为了多跟你相处一会儿，每天白天都尽量将工作处理完，好在晚上留出时间在游戏里跟你下副本。

"现实里我们职位有别，之前怕太过关心你把你给吓跑，所以一直忍着，工作时间也没有特意找你说话，但我仔细看过你提交的每一份文件、写的每一个文档。

"你看，我的外表、气质、受教育程度、工作能力，都是同龄人中的佼佼者，昨天晚上咱俩在一起的时候，我注意到你的目光每次停留在我身上都超过三秒。薄禾，你应该明白，除了我，你估计没有更优秀的选择了。怎么样，考虑一下吧？"

如果说前面的话还有些诚挚，后面他果然就原形毕露了。

薄禾简直要气笑了："你这是表白和追求的态度？"

秦川蹙眉，那不然呢？他都说得如此明白了。

"是不是还需要戒指和鲜花？"

薄禾深吸口气，缓缓地道："我觉得我们之间差距太大了。"

秦川立刻道："我不会嫌弃你的。"

薄禾嘴角抽搐："谢谢您的不嫌弃。"

秦川："不客气。"

薄禾冷静下来，摊手道："你瞧，这就是我说的差距。我们的出身、家境、经历，决定了我们的三观、行为、想法之间有着巨大到无法逾越的鸿沟。秦川，正如你所说，你应该有一个家世相当，外貌、身材、智慧都挑不出刺儿的女朋友。你们珠联璧合，郎才女貌，而我注定是小说里的配角。"

秦川冷冷地看着她："占我的便宜，骗我上床的配角吗？"

薄禾："……"

两人大眼瞪小眼，一时无语地僵持着，就像武侠世界里的两大高手对决，敌不动，我不动，彼此都试图从对方的眼神里窥见一丝端倪，再决定是否出手。

薄禾开始后悔自己昨夜意乱情迷犯下了错误。

抛开两人之间的观念、性格差异不说，他们之间还有一层关系，那就是上司与下属。

薄禾实在难以想象，在与对方颠鸾倒凤之后，还要怎么若无其事地汇报工作。

"我——"

她刚刚说了一个字，电话就响起。

薄禾拿出手机一看，是个陌生号码，但号码的所在地令她有些敏感。

她等了一会儿，电话声依旧，对方锲而不舍，没有挂断的打算。

薄禾终于点下接听键。

"你好。"薄禾道。

电话那头无人应答。

要不是有轻微急促的呼吸声传来，薄禾几乎要以为自己在与鬼通话了。

"请问是哪位？"她又问了一声。

过了好一会儿，就在薄禾准备挂断电话之际，那边的人终于出声了。

"小禾，是我。"

对方也不说自己是谁，似乎笃定只要这句"是我"说出，薄禾就肯定会知道自己是谁。

似乎是薄禾脸上的错愕过于明显,秦川露出了询问关切的神色。

薄禾张了张口,最终只是对电话那边的人道:"有什么事吗?"

"小禾,你最近还好吗?"

"挺好。"

"上次的拍摄工作很紧张,我不是故意冷落你的。后来我也让老潘去联系你了,看你有没有什么需要的。听老潘说当时你不太高兴,我本来想着等后期制作告一段落的时候找你聊聊,却没想到一直拖到现在,很抱歉。"

"没关系。"

"小禾,我想我们应该找个时间坐下来好好谈一谈……我很想你。你最近还好吗?"

薄禾嘴角扯出一个谈不上笑的弧度。

安宝华要是真把她记挂在心上,又怎会等到现在才打电话?

安宝华要是真忙得抽不开身,又哪儿来的时间打这个电话,还正好卡在她的身世曝光之际?

"安女士,你有话不妨直说吧,再这么兜圈子,我都替你累。"

薄禾心头一动,索性将电话放在桌面上,按了免提。

她的身世复杂,不仅仅是父母双亡,她还有一个怎么甩也甩不掉的"定时炸弹"。

现在这个炸弹终于爆炸了。

她相信,等秦川听完自己与安宝华的对话之后,就绝对不会再提喜欢和交往的事情了。

昨夜的一切不过是兴之所至,雨歇云散之后,彼此生活回归正轨,秦川依旧当他年轻有为的房地产公司老板,而她依旧是那个默默无闻的员工。两人就像两条铁轨,即使有过交叉,也仅仅是那么一次,之后必将头也不回地奔向各自的终点站。

　　对面的人似乎被噎了一下："小禾，你这是有情绪了。我是想心平气和地跟你好好聊聊，听听你在生活中有什么需求。我们不是敌人，是亲人。"

　　"安导，恕我直言，你平时跟你女儿说话也是打着这种开会的官腔吗？如果是，那我很佩服她，居然十多年来还能养成开朗直率的性情。不好意思，你再不说正事，我就要把电话挂了。"

　　"小禾！"安宝华终于进入正题，"是不是你对媒体爆料的？"

　　即使在早就有心理准备的情况下，骤然听见这句话，薄禾还是禁不住露出一个冷笑。

　　她本不是一个喜欢冷嘲热讽的人，可此时此刻，秦川分明看见，在她脸上有几经忍耐，差点儿喷薄而出的讥讽之色。

　　"世上没有不透风的墙，这件事知道的人不多，但也绝不会少。你认为我是出于什么缘由，在过去二十多年里只字不提，却突然跑去向媒体爆料？"

　　"你恨我，小禾。"

　　"虽然你没有这么说过，但从来不肯见我，连我托老潘带去的好意也拒之门外。我知道金钱补偿不了你，但往往金钱是最有诚意的，也最能改善你现在的生活。结果老潘回来跟我说，你把那些钱全部捐了。小禾，你可以恨我，但没必要恨钱。"

　　"小禾，我是你的妈妈，我们之间的关系应该是这个世界上最亲密的。就算你不理解我当年的苦衷，可把这件事曝光让媒体蜂拥而至地去采访你，破坏你现在的生活，对你自己又有什么好处？"

　　"放下仇恨吧，好不好？妈妈不想再看见你这样折磨自己了。这件事既然已经曝光，现在如果还有媒体想采访你，你一律不要接受。等这件事的风头过后，你来北京吧。我名下有一栋别墅，本来就是想给你的。可你连钱都不收，我之前就没敢给，怕你生气。回头我让老潘去办过户手续，他会去找你要一些资料。

"还有，你现在这份工作，有没有考虑变动一下？我朋友开了一家影视公司，规模不小，策划宣传部还缺一个负责人副手的位置。你过去历练个两年，就可以转正当一把手了，总比现在的工作有前途。"

电话那边，安宝华轻声细语，仿佛面对一个不讲道理的孩子却还有着无尽的耐心，即使隔着千山万水，温柔慈祥的面孔也如在眼前。

秦川很疑惑，是不是每个成功的导演都必须先下苦功磨炼自己的演技？否则为何安宝华连语气都能如此举重若轻，天衣无缝？

如果不是他对内情有些了解，现在肯定会认为薄禾是个满怀怨恨与任性，无法理解母亲苦衷的不孝女。

秦川冷笑出声。

安宝华既然已经认定是薄禾爆的料，这通电话再怎么温情脉脉，也掩盖不住她想要让薄禾闭嘴的目的。

安宝华敏锐地捕捉到了这声陌生的男人冷笑。

"小禾，你旁边还有人？"她随即问道。

薄禾再想拿起手机已经来不及了。

秦川先她一步将手机抄走，握在了手里："安女士，你好，我叫秦川。"

"你是谁？"安宝华语气微沉，不复刚才的和气，也带着长久以来作为圈子上位者的一种威慑力。

但这样的人，秦川见得多了。

不说别人，秦时愉拉下脸的样子，绝对比安宝华更有气场。

更何况他自己也曾以这样的面目对待过商业对手或不喜欢的人。

"如果我没有记错，你刚刚似乎是当着我的面，在挖我的墙脚。薄禾入职以来表现优秀，盛名给她的待遇也足够好——她绝无必要也不会放弃现在的大好前程，去接受一份遗弃了她二十多年的母亲给予的工作。

"安女士，固然在很多人看来，你功成名就，但薄禾半点儿不羡慕。否则她早就该想着法子跟你套近乎，而不是现在避之唯恐不及的态度。我这么说吧，你也许见过很多势利的人，可能你自己也有这样的特质，但别把所有人想得跟你一样，最起码薄禾就不是。

"你别以为薄禾无父无母、势单力薄，就可以任凭你揉圆搓扁，将责任随意归咎于她。安女士，你的过往精彩复杂，就算没有薄禾开口，那些媒体也很乐意大肆做文章。你现在更应该去搞定他们，而不是过来威胁自己的亲生女儿。这么做，你不觉得可耻，我也替你脸红。"

一番话骂完，秦川顿觉通体舒畅。

他忽然发现，自己早就想说这些，从在茶馆员工口中得知薄禾的身世开始，心里就一直在酝酿这个念头。

他为她不平，为她心疼，可始终没有一个正当的理由与身份。

直到今天，媒体捅破这层薄薄的窗户纸，薄禾将与安宝华的通话摆在他面前，秦川才终于有了这个机会名正言顺地为薄禾出头，帮薄禾说出所有她心里明白却有口难言的话。

安宝华半天没说话，呼吸声却有些粗重，似是被气着了，又惊愕又愤怒。

任凭她如何胸有成竹，也想不到薄禾的老板会在电话旁边，将这一切尽收耳中。

"秦川是吧？秦先生，我跟薄禾的事情是我们的家事，即使你是她的老板，也无权置喙。请你现在马上离开，我要跟薄禾单独说话！"

薄禾早已放弃从秦川手里抢回通话权的打算。

她瞪了秦川一眼，后者则回以无辜的表情，仿佛刚刚惹怒安宝华的人不是自己。

薄禾虽然有一肚子话想骂秦川，但眼下显然不是时候。

她赶在秦川说话之前捂住他的嘴巴，开口道："他刚才说的话就是我想说的。安导,你完全没有必要跑过来拐弯抹角地和我说这通话,我对利用你的身份牟利这件事毫无兴趣,因为我连你的存在都不想承认。我有一对很好的父母,虽然他们已经过世了。如果你再无故打电话来骚扰我,我无法保证自己在情绪波动之下会往外说什么!或者你觉得我不接受媒体专访,转而在网上注册个账号发表一篇身世过往的文章效果会更好?"

"你!"安宝华大怒。

但没等她说出下面的话,薄禾就直接把电话给挂断了。

秦川扯下她的手,怒道:"我还没说完,怎么就挂了?"

薄禾:"该说的都说了,还有什么可说的?"

秦川:"我得把你过去二十多年不方便骂出口的话说出一部分。"

他双目怒火犹在,面容冷峻紧绷,不像是在开玩笑。

薄禾沉默着看了他很久,忽然泄气,无奈地笑道:"你怎么比我还激动?"

秦川:"因为你早已习惯了,而我没有。即使没有昨晚的事情,我也不会看着我喜欢的人被任意曲解、侮辱,即使那是你的亲生母亲也不行。"

薄禾心头一动,忙低下头掩饰脸上的表情。

如果说她半分动容也没有,那是假的。

如果不是因为这件事,她不会心事重重,为了发泄而去度假,也就不会醉酒之后抱着放纵的念头与秦川春风一度。

她很难形容当时的心境,也许还怀着一丝自我放逐,但不能否认自己同样被秦川吸引,只是理智告诉自己,这样的吸引抵不过现实的差距,所以宁可通过这样的方式让自己做一个交代和告别。

只是事情的发展,完全出乎她的意料。

人生果然从来就没有写好的剧本,计划更多只是用来打破的。

薄禾发现自己也没能例外。

"你现在从这栋楼走出去,会看见无数蹲守的娱记,以后我们无论走到哪里都会被人关注、揣测，甚至写上报刊。我不觉得你会喜欢这种生活。"她道。

秦川摇头："你太小看我了。我答应给你几天时间考虑，不过你也必须答应我，不能辞职，不能搬家，不能切断联系。"

薄禾："如果我考虑的结果还是不答应呢？"

秦川沉默片刻后，忽然抱住了她。

在薄禾愣神儿之际，他道："那我也答应，不会再勉强你。"

安宝华已经很多年没有这么大发雷霆了。

刚才的她心头却生出一股浓浓的怒意，逼得她差点儿就把面前的桌子给掀了。

怒火扭曲了她优雅的面容，也让老潘越发担心地看着她。

"安姐？"老潘小心翼翼地发问，"怎么样了，果然是她捅出去的？"

安宝华摇了摇头："她不承认。你去查查，跟薄禾在一起的那个秦川是不是秦时愉的儿子，我要他的资料。还有，帮我准备车，我要回家。"

"那这件事就这么算了？"老潘觉得这不像安宝华的风格。

安宝华冷冷地道："我回去找老舒。如果我没记错，舒家跟秦氏有生意往来。"

老潘愣了一下，道："您是想通过秦时愉去管教秦川？这跟薄禾没什么关系吧。"

安宝华："刚刚薄禾会那么有底气，无非是因为秦川在背后给她撑腰。秦时愉不会看着他的儿子跟一个下属谈恋爱的。没了秦川，她什么都不是。"

老潘："这样一来，您跟薄禾的关系会不会就不好挽回了？"

安宝华叹了口气："现在还能更僵吗？这孩子倔强，不到走投无路决不回头。只要没了秦川、没了工作，我再伸出橄榄枝，她自然会答应的。"

怎么说她都是我的亲生女儿，我只要她以后安安分分、乖巧听话——该给的好处，我不会少给的。"

老潘点了点头，心中却还是有些忧虑。

以他跟薄禾的几次交集来看，对方怎么也不像这样好打发的人。

在离开小区，看见犹未散去的媒体记者的那一刻，秦川有种走过去向他们宣告自己正在与薄禾交往的冲动。

秦川知道，只要自己公开说出这句话，他跟薄禾立马就会成为媒体的新焦点。"秦氏和盛名""秦时愉的儿子"毕竟还是有几分知名度的，这样的绯闻即使比不上"安宝华私生女"的热度，也能稍微分散加诸薄禾身上的流言蜚语、负面传闻。

但他最终没有这么做，因为知道薄禾不喜欢。

薄禾外柔内刚，在原则性问题上宁折不弯。如果秦川这么做，那么他们之间也许永远没有更进一步的可能了。

不过刚才也不是完全没有进展，想起昨夜的片段和刚刚怀里柔软的身躯，秦川不由得微微一笑。

笑意一直持续到他驱车回到公司，看见手机上的来电号码才消失。

在看见"秦时愉"三个字时，秦川甚至连电话都不想接起来。

薄禾有个不省心的母亲，而他有个不省心的父亲。

正如她所说的那样，没有人能选择自己的出身。

如果可以选择，秦川宁可成长于单亲家庭，不必有显赫家世，不必飞黄腾达。

"爸。"

"晚上七点，我在醉不归等你。"

对方没有征询秦川的意愿，就直截了当地下了命令。

秦川："我晚上没空。"

秦时愉:"怎么？跟新女朋友约会？"

秦川脸色微冷地道:"这是我的私事，不劳您过问。"

秦时愉嗯了一声，语气毫无波动:"那我也先把话说了，如果你还想要盛名，晚上就别迟到。"

说罢，没等秦川回复任何话语，秦时愉挂断电话。

独裁专断、刚愎自用，这就是秦氏的掌舵人。

曾经秦川不屑秦时愉的为人，也从不认为自己会长成父亲那样的性格。可随着年纪、阅历的增长，他渐渐发现基因的力量是强大的，他的性格在日复一日的商场周旋中，无可避免地往秦时愉的方向滑去。

如果不是薄禾出现打破了他的自以为是和固执己见，再过几年或十几年，也许他就是另外一个秦时愉。

醉不归是一间私房菜馆，内里走低调奢华路线，是本城不少名流的固定聚会地点之一。

但秦川不爱来，原因很简单，秦时愉是这里的董事之一。

秦时愉喜欢的东西，秦川都不会喜欢。

秦时愉不喜欢的东西，秦川都会尝试着去了解。

在等父亲过来的那十几分钟内，秦川坐在座位上想了许多。

父母的恩怨过往、自己曾经的年少轻狂、盛名的发展和他的规划，一切有条不紊，最终都归于那夜薄禾背着他下山的画面。

秦时愉走入包间时，看见的就是秦川盯着眼前的茶具面露微笑的样子。

"看来你这次新恋爱谈得挺认真。"他调侃道。

秦川的笑容瞬间消失，他望向秦时愉的目光锐利如隼，站起身来，礼数周到，表情却淡淡的:"爸。"

也许他们自己未曾察觉，父子二人就连不笑的样子都格外神似，区别只是岁月在两人身上留下的痕迹。

"安宝华有两个女儿,一个是名正言顺的女儿舒窈——她爸是舒青。舒家在文化界有根基,在各界也有些人脉,你要是跟舒窈谈恋爱,我乐见其成。但另一个就不一样了——"秦时愉敲了敲桌面,"生父身份不明。这么多年来安宝华从没对外承认过这个女儿,就证明薄禾对她来说是不光彩的过去。你想换点儿新鲜口味玩儿玩儿我不反对,但别陷太深了,就像上次那小明星一样,别最后又得我来出手帮你赶人。"

父子俩都没有温情脉脉地寒暄兜圈子的打算,秦时愉更是一来就开门见山,阐明目的。

"我得纠正三点。

"一、我是正儿八经在追求薄禾,不是什么换新鲜口味。

"二、我喜欢薄禾,跟她是不是安宝华的女儿没有关系。

"三、上次迟筠的事也是你自作主张,我从来没有让你出过手。"秦川语调不高,语速不快,却句句针锋相对。

还未上菜的房间内瞬间充满剑拔弩张的意味,温和柔润的青瓷茶杯仿佛随时能化为利刃。

"喜欢?"秦时愉挑眉,像听见什么笑话,眉眼、嘴角间充满讥诮之意,"喜欢值几毛钱?我真不敢相信这句话是从我秦时愉的儿子口中说出来的。受了这么多年教育,还在盛名打拼了几年的你,被一个女人搞得像看了好几摞地摊小说似的。要是这女人质量高,我也就不说什么了,问题是对方是一个私生女,还是你的员工。"

秦时愉话锋一转道:"我记得前阵子我就提醒过你,不久之后我会给你安排相亲,这桩婚姻,对你、对秦氏,未来都会有所助益。人我已经约好了,你等会儿顺便见见。安宝华和你那个女朋友那边,由我去搞定。"

从前秦川也许还会因为父亲的态度而勃然大怒,但现在已经心如止水了:"也许秦氏里面的员工都是应声虫,对你的自说自话也得卖命捧场,但不好意思，我也记得我明确地告诉过你，我不会按照你的意愿去安排自己的婚姻。你觉得有用，就自己去娶，用不着卖我。还有，你自己也有私生子，没什么资格点评别人——你跟安宝华不过是五十步笑百步而已。"

秦时愉忽然叹了口气，道："秦川，我没想到你到了这个年纪居然还这么幼稚。我不仅有私生子，还有二婚生的儿子，可那又怎样？只要我掌权，他们都姓秦，就得围着我转，你也不例外。想要脱离我的掌控，你就得自己足够强大，和那个小姑娘在一起，显然是不可能强大到对抗我的。照着我给你安排的去娶个门当户对的女人，积蓄力量，过几年再来夺我的权，这样不正是你希望的吗？"

秦川用一种"你脑子进水了吧"的眼神看着他。

秦时愉摇了摇头："秦川，你是不是在想，秦氏已经业内称霸，足够有实力了，为什么还要牺牲你去联姻？因为人外有人，天外有天，也许现在秦氏还有点儿优势，但如果停滞不前，迟早会被更强大的对手超越。能锦上添花，多一条稳固的人脉，秦氏又何乐而不为？"

秦川冷笑道："别说得这么高尚，你只是想利用这桩联姻给秦氏换取更大的利益而已。要说你现在也才不到六十岁，完全可以自己离婚再娶，这样才能将权力牢牢捏在手里。还有，这次不管你做什么，我都不会照做的，你别白费心机了。"

秦时愉看着他道："那我就得很遗憾地通知你，你不可能再留在盛名了。"

盛名对秦氏而言，是旗下一个比较重要的据点。

失去盛名，秦氏会有一定损失，但也仅仅是如此罢了。

但对秦川而言，盛名是他几年的心血，更是他借以安身立命的重要手段。

没了盛名的秦川，就当真什么也不是了。

秦时愉相信任何一个智商正常的人，都会知道如何选择的。

第二天，薄禾就发现自己小区外面蹲守的媒体通通不见了。

不排除有些人由明转暗，从蹲守专访变成偷拍，但起码她的基本生活不受影响了。

趁着搭乘地铁的工夫，她将手机上的娱乐新闻打开看了一下。

昨天还铺天盖地的热搜头条，今天就只剩下零星几条路人的讨论，不痛不痒，无伤大雅。

薄禾能猜到是怎么回事。

将这件事的影响降到最小，也许是安宝华做的，或者找了舒家的人出面。

对薄禾而言，不管怎样，只要这桩八卦新闻不再被人提起，自己就可以渐渐恢复正常生活。

怀着重重心事，薄禾来到了公司。

年轻貌美的前台小妹见她望过来，赶紧笑了笑，面露尴尬之色，避开薄禾的眼神。

昨天的八卦新闻，只要公司里有一个人看到，就意味着全公司的人都差不多知道了。

名导的私生女，这个身份的确足够让薄禾在公司彻底出名。

她早已做好被人议论的心理准备，却发现所到之处，众人大多行色匆匆，很少有人留意她的存在。

一丝古怪的感觉在心头生出，薄禾直觉有什么事情悄然发生了。

时间还早，总裁室里，人却齐得出奇。

关慎、唐蜜、施羽、方颖，基本上所有人都在了，而且不是坐在各自的座位上，是站在关慎的办公桌旁边。

唯一缺席的薄禾走了进去。

所有人立马回头，目光灼灼，令她无法假装没看见。

"大家早。"她不由得连声音也放轻了。

但没有一个人询问她关于安宝华的事情，甚至众人仅仅向她看来一眼，就又转过头去看着关慎。

即使薄禾再迟钝，此时也意识到有某件事发生了，而且事情不小。

她快步走了过去："发生什么事了？"

关慎比别人多看了她几眼，眼神复杂，表情一言难尽："半小时后，大会议室开会，新任的副总会来主持会议，其他部门的主要负责人会出席。我们部门因为职责特殊，所以全体列席。大家赶紧把自己手头上的工作汇总一下，以免被提问时回答不上来，给人留下不好的印象。"

这个命令来得古怪又突然。

盛名虽然有副总的职位，但一直空着，基本就是秦川一人说了算。这几年有他的盛名蒸蒸日上，也就没人想起副总的事。

在场几人中，方颖脸上有着跟薄禾一样的愕然表情；施羽不动声色，别人看不出她是否早已知道消息；唐蜜面色平静，和往日无异。

没有人问，薄禾也就不好贸然发问。

关慎无心多说，说完这些话就匆匆离开。

众人各怀心事地回到座位上，面对电脑，也不知道有几个人真能定下心把手头的工作迅速归纳总结。

手机屏幕亮起，薄禾迅速打开，却发现是方颖发来的消息。

方颖："发生了什么事，你知道吗？"

薄禾："我也不知道，秦总来了吗？"

方颖："没有。"

薄禾："今天大家怎么都来得这么早？是关慎发了通知吗？我还没去看邮件。"

方颖："不是，昨晚临睡前我突然收到唐蜜的短信，让我今天早点儿过来，有重要事情。我一来，就看见关慎脸色不对。"

薄禾正准备回信息的手指微微一顿。

唐蜜给方颖发了通知,却没有给她发。

新副总空降的事,秦川也许并不知道,这意味着盛名将起风暴。

现在仅仅是暴风雨来临前的平静。

薄禾退出消息界面,手指滑到通讯录,找到秦川那一行,犹豫了三秒,还是点下拨打按键。

电话响了很久,一直无人接听。

薄禾心里的不安越来越重。

她本来已经打定主意不再私下跟秦川联系,现在却忍不住一次又一次地拨打他的电话。

自然还是无人接听。

"薄禾,走了,开会。"施羽路过,顺带拍了拍她的肩膀。

"来了!"薄禾只好赶紧收起手机,调至静音,顺手把桌上的笔记本带上,跟在施羽后面。

施羽走慢了两步,等她追上来:"秦总怎么突然不留在盛名了?"

薄禾心头一跳,问道:"不留在盛名是什么意思?你听谁说的?"

施羽讶异地问:"你不知道?"

薄禾勉强笑道:"你怎么会觉得我知道?我在部门的资历比你们浅多了。"

自然是因为你跟秦总的私交。

施羽笑了笑,没把这句话说出口。

总裁室众人跟秦川日常打交道最多——秦川对薄禾的特殊,大家或多或少看在眼里。

只不过老板跟员工的感情到底能走多远,施羽并不看好。

且不说两人家庭背景差距如此之大,薄禾刚刚爆出的身世疑云如果是真的,恐怕也很难被秦家这样的家庭接受。

要不是新副总空降,大家无心打听八卦新闻,现在薄禾肯定已经成为全公司人聚焦的重点人物了。

施羽道:"我也就是听了只言片语,不知道真假。据说秦总可能不会继续待在盛名了。"

薄禾下意识地问:"那他会去哪里?回秦氏?"

施羽摇头:"等会儿就知道了。"

两人快步来到了大会议室。

长桌两端已经坐了不少人,居中上首是个中年男人,那原本是秦川的位置。

关慎在他左边,唐蜜在他右边。

这就说明,今天的会议没有秦川。

所有人噤若寒蝉。

消息灵通的人,讳莫如深。

消息迟钝的人,茫然闭嘴。

等与会众人都来齐,关慎起身道:"我给大家介绍一下,这位是洪玕——洪总。从今天起,他将担任盛名副总经理,代替秦总全权负责盛名事宜。"

唰的一下,众人的目光全部集中在他介绍的人身上。

洪副总开口道:"我知道大家都觉得这件事比较突然,这也是小秦总自己的决定。他因个人问题离职,盛名不能没有管理者,我被委以重任,希望从今往后,能与大家合作愉快。虽然是新官上任,但我不加柴烧火,盛名从前怎么样,以后还是怎么样,大家不用担心。"

他对秦川的去向一笔带过,更让其他人感到不对劲。

如果秦川是高升,回集团继续当他的"太子爷",洪副总绝不可能是这样的态度。

但没有人会在这种场合问出口。

在这种诡谲的氛围下,会议很快开完。

等洪副总离开会议室,众人跟着作鸟兽散。

关慎却留到最后,叫住慢吞吞收拾东西准备起身的薄禾。

"去楼下咖啡厅吧。"关慎抬腕看了一下手表,"洪总现在去见销售部的人了,我们有半个小时左右的时间。"

这个时间的咖啡厅客人寥寥无几,反倒像是被关慎、薄禾包了场。

"老板是被迫离职的。"关慎开门见山道。

即使薄禾早有预料,在听见这个答案时,仍旧忍不住眉心一跳:"因为什么?"

关慎:"具体我也不太清楚。就我所知,老板跟秦先生之间一直有些分歧,这次也是集团那边直接下达的命令。我是昨天半夜接到老板的电话,他让我好好配合新副总的工作,还提到了你。"

他说得含蓄,但薄禾清楚,秦川父子之间绝不仅仅是有一些分歧,那简直称得上宿仇旧怨了。

"提到我什么?"她问道。

关慎:"老板说,让你好好工作,别想太多,你喜欢就安心在盛名工作。现在虽然换了大老板,但只要你表现优秀,仍旧会有出头之日,叫你别担心。他不在了,没了干扰因素,你以后也可以专注工作,不必顾虑太多。"

薄禾:"那他去哪里了,会回秦氏吗?"

关慎苦笑:"你觉得呢?"

薄禾沉默。

如果秦时愉当真看重秦川这个儿子,就不会用这种手段来对付他。

秦川一夜之间失去盛名的大权,在外人眼里不啻被流放。

秦氏集团固然家大业大,秦时愉却不止秦川一个儿子,之前仅仅因为秦川是长子,又颇有能耐,才被外界认为是最有可能的接班人。

但涉及金钱、权力,父子、兄弟之间也经常上演倾轧争斗,秦时愉父子的不和，在名利场上并非罕见。

"我有什么能帮忙的吗？"薄禾轻声问道。

关慎摇头："连我都帮不上忙，盛名的股份本来就捏在秦先生手里，老板仅仅是管理，什么也没有。我也没想到秦先生会如此……"他顿了顿，接着道，"不过我看老板也不是全无心理准备，至少他和我说这些的时候，情绪很平静。"

薄禾道："那他现在怎么样了？没了盛名，他怎么办？"

关慎摇头："老板没多说。"

薄禾："那我要怎样才能联系上他？他的电话一直没人接，短信也没回复。"

关慎："老板之前给我打电话用的就是原来的号码。今天早上开始，我已经联系不上他了。"他说罢起身，"时间差不多了，我们该回去了。"

秦川突如其来的消失，对盛名所有人来说无异于晴天霹雳。

这位秦川老板虽然平时很少走亲民的那一套，对员工谈不上和蔼可亲，但赏罚分明、以身作则——盛名不逊于母公司的优厚薪酬待遇正是秦川一手促成的。他这一走，即使新来的副总再三保证，也难免人心浮动，惶惶不安。

总裁室人少，加上众人处于核心权力边缘，与洪副总接触得更多一些，忧虑也就少了许多，起码表面看上去与平时没有两样。众人都在电脑前认真工作，心无旁骛。

下班之前，总裁室众人忽然收到一条通知，洪副总想跟总裁室的人开个会。

这也正常，作为"军机处"，总裁室本应该跟新老板多多接触熟悉，但众人除了早上那场所有中高层参加的会议，就没怎么见过新老板。

奇怪之处在于，以往这样的通知，要么是关慎口头转达，要么是秦川那边发内部邮件通知，但这次是由唐蜜来通知这件事的。

在去会议室之前，薄禾禁不住看了自己的手机一眼。

她今天一共给秦川打了八通电话，对方无一回复。

没有秦川的盛名，风雨欲来。

这场会议又跟早上的大会议有所不同。

众人分列两旁，新任大老板洪副总姗姗来迟，陪同在后的是唐蜜而非关慎。

一时间，其他人的目光都落在关慎身上。

关慎面无表情，喜怒不辨。

"都坐。"洪副总双手往下压了压，表情和蔼可亲，"今天本来早上就应该跟你们开个小会了，但一直抽不出时间，为免耽误大家下班，我就长话短说吧。在座几位以后都是我的重要助力，我需要了解一下你们各自的分工职责。你们各自说一下自己现在手头负责的工作。唐蜜，就从你开始吧。"

"好的。"唐蜜无缝对接，甜美的声音在小会议室里响起，"我主要负责公司对外联系，包括与母公司那边的对接，现在主要有几个项目在进行，包括天津那边一个国际会议展馆……"

薄禾不知不觉开始走神儿。

盛名是秦川的心血，没有秦川的盛名，也许现在还是一个三流公司。

薄禾还记得自己刚毕业应聘这家公司时，周围所有人对盛名的印象，不仅仅是薪资、待遇优厚，而且老板年纪轻轻就是个工作狂，虽然是富家子，但从不因此矫情或偷懒，比普通员工还要努力认真。

当时她还觉得那只是众人对努力的富家子女给予的适当的鼓励与赞美，等进了盛名，见到秦川每天加班，比大部分人晚回家时，才发现那不仅仅是礼貌性的夸奖。

而现在，铸就盛名今日的秦川，在一夜之间被赶了出去。

以前秦川跟她说过秦家父子关系并不好，当时薄禾还没将事情看得太严重，毕竟一笔写不出两个"秦"字——像安宝华这样的亲生母亲毕竟是少数。但她没想到秦氏父子之间的关系，也许远比她或任何外人想象的还要恶劣。

"薄禾。"方颖轻声提醒，将她从神游中拽了回来。

所有人都在看她。

薄禾道："我目前在总裁室担任助理的职务，主要协助本部门各位同事的工作，同时负责'花城锦绣'这个项目方案的宣传跟进，具体方案上周末已经提交给秦总了。"

洪副总颔首："你那个方案我看了一下，还有点儿问题，宣传语不够响亮，无法给人留下深刻记忆，连'花城锦绣'这个名字也不是很有针对性，整个方案再重新看看吧。"

关慎禁不住看了薄禾一眼。

新官上任三把火，洪副总这把火烧到了薄禾身上。

想想这也在情理之中，最近关于秦川和薄禾的流言一直在公司内部小范围流传，大部分人知其然不知其所以然，认为薄禾妄想高攀变凤凰的也不在少数。只有关慎知道，内情也许远比他们想象的还要离奇，就连秦川离开盛名，很可能也跟薄禾有关。

这种情况下，洪副总选择薄禾开刀，可谓意味深长。

"花城锦绣"这个方案关慎也是知道的。当初薄禾提出初稿，各部门开会，反复修改，最终敲定方案。宣传策划方案不仅仅是薄禾一个人的作品，但显然她在里面付出的心血最多。方案最后也得到秦川的首肯，原定这周开始实施，没想到风云突变——秦川居然败走麦城，新老板从天而降。

会议室内安静无比，所有人都看着薄禾，等待她的各种可能的反应。

委屈、难过、愤怒，这些情绪都在情理之中，但薄禾脸上半点儿情绪也没有。

"好的。"她虚心请教,语气诚恳真挚,"洪总,这个项目大概要从哪方面入手?能不能请您给个方向?销售部那边一直在催,如果重新做的话,时间上恐怕会来不及。"

洪副总似笑非笑道:"时间再紧,也没有质量重要,而且我听说你很优秀,否则也不会刚入职没多久,就从客服部破格被调到总裁室来……"

"所以我相信,你明天应该可以给我惊喜的吧。"

关慎微微皱眉,看向唐蜜。

唐蜜发现他的眼神,冲他笑了笑,表情淡定自若。

"不用明天了。"薄禾道,鼠标在自己的笔记本电脑上点了几下,将电脑屏幕往洪副总的方向一转,"之前我就准备了另外两个方案,着眼点完全不同,只是由于秦总比较认可第一个方案,最终没有拿到会议上讨论。现在正好,也许这两个备用的方案里,能有您认为可以通过的。您要是有时间的话,不如现在先看看有什么需要修改的,我也好赶紧拿去修改。"

职场守则第一条:老板说的话,不管对错,不要当面纠正或反驳。

薄禾此举无异于反将洪副总一军,乃职场大忌,但效果也是显著的。

洪副总如果不想采纳她的方案,哪怕想挑刺儿,也得把她这两个方案重新看一遍。

原来的方案有二十页,这两个备选方案合起来竟足足有五十页之多,洪副总随手用鼠标往下一拉,发现里面的内容跟第一套方案完全不一样,根本无法一目十行地浏览完。

可见薄禾当时的确是认真在做三个方案,而不是出于敷衍的目的。

"这都是你做的?做了多久?"他忍不住问。

薄禾点了点头:"大概用了半个月时间,不过您放心,我都是在下班之后的休息时间做的,不影响正常工作。"

洪副总像看怪物似的看着她:"你为什么要花半个月去做两个可能永远不会用上的方案?"

薄禾笑道:"一方面是为了锻炼自己,另一方面是因为秦总本身是个很挑剔的人,我怕一套方案无法令他满意,多两套备选总是好的。您先看看,哪里不满意的话,我去修改。"

"你把这三套方案一起发邮件给唐蜜。"洪副总沉默片刻,转向唐蜜:"明天你看完给她修改方向。还有,你刚才不是说梨城那个工程的方案需要重新修订吗?就交给薄禾去办吧!反正她现在闲着也是闲着,年轻人正好多锻炼。"

唐蜜笑着露出两个酒窝,得体地道:"好的。"

关慎几乎可以预见,在没了秦川的盛名里,薄禾将会沦为受到重点关注的小可怜。

一个初入职场的新人,即使再努力,又如何在别人状似无意的打压下生存?

只是秦川现在泥菩萨过河,恐怕也帮不了她了。

关慎沉默着,冷眼旁观,始终没有开口。

其他人同样安静。

他们今天从未像此刻这样明白一点:盛名已经不是过去的盛名了。

会议结束,洪副总和其他人陆续离开。

就在薄禾收拾东西准备下班之际,唐蜜叫住她,递给她装满三个文件夹——起码两三斤的大袋子。

"这是洪副总刚才说的需要修订的文档,里面有不少语法错误,相关法律条文你最好也全部对照一遍,我急着用的,明天给我没问题吧?"

这样厚度的文档,通宵一晚上也未必能修订完成,她似已笃定薄禾拒绝不了。

事实上，只要薄禾还想继续留在盛名，就不可能在这个时间节点上拒绝这件事。

"抱歉，明天估计完成不了。"

然而，出乎唐蜜的意料，薄禾如此道。

唐蜜蹙眉："这份文件很紧急，洪总也等着看的，你不想因为你的关系而耽误项目进度吧？"

薄禾看了一下手机的时间："现在是下午六点零三分，已经过了下班时间三分钟，你是在下班之后才给我布置这个任务的，我不可能连休息时间也要贡献出来吧？"

唐蜜淡淡地道："我以为你应该明白，作为新人，能够多学习到一些东西就已经该感激不尽了，没有资格挑三拣四。薄禾，这已经不是秦总时代的盛名了，你还想等着秦总回来英雄救美吗？我不妨告诉你，他再也不可能回来了。"

薄禾耸肩："我不是美人，不需要英雄拯救，倒更愿意当个英雄。秦总回不回来，跟我的态度没关系，我只是在行使劳动法赋予我的正当权利，这是每个公民都可以享受到的。不说了，我该下班了，再见。"

她关了电脑，拎起手边的包，朝唐蜜摇了摇手，头也不回地离开。

唐蜜微微一怔，随即眼里多了几分怒意和冷笑。

她觉得薄禾是不见棺材不掉泪。

等到明天，盛名易主的新闻铺天盖地，唐蜜不相信薄禾还能如此淡定。

没了秦川的薄禾，什么都不是。

第十四章
那个人在说喜欢她之后,就人间蒸发了

晚上七点四十分,薄禾回到了家。

灯光被打开的瞬间,小屋里充满光明。

这是都市里再常见不过的两室一厅格局,七八十平方米,不算大,但一两个人住已经足够。

几年前,薄禾的养父母去世时,给她留下一笔为数不多的钱。薄禾把老家的房子变卖,在这座城市上大学时,顺便买下了现在这套房子,边住边租。几年过去,房价飞涨,她当初孤注一掷似的决定,现在变成英明果断的选择,也让她毕业之后不必像其他毕业生一样寻找房子劳碌奔波,拘于房租捉襟见肘,可以分出更多的时间、精力在工作上。

但这间曾经带给她无数温暖的小屋,现在无法温暖她半分。

钥匙插入锁孔转动的动静之后,开门声响起。

随后门被推开一条小缝,从外面探入半张脸。

欧阳璇在看见薄禾时,脸上闪过一丝尴尬之色。

她冲薄禾笑了笑:"你下班回来了?"

薄禾："欧阳，我想我们需要谈谈。"

欧阳璇推门进来，刚才掩在门口的手提包和行李箱也跟着露出真容。

薄禾还记得，欧阳璇出门时，手提包是用了一年多的品牌包，行李箱则是网上买的，自己也有同款，三百元左右。

现在欧阳璇则换了更好的牌子的手提包，行李箱也是名牌的，衣服虽然看不出牌子，但从质地来看，显然也不是原来几百块钱的质地能比的。

"小禾，上次的事情真的很抱歉，我不是有意透露的，而且那时候我也不知道你跟安导的关系。"欧阳璇本想走到薄禾身边坐下，看见她的神色之后，脚步却怎么也迈不开，只能僵立在原地，"周导也没直接问起你，就是绕着圈子打转。你也知道那些人都是老江湖了，想知道的话怎么都能套出来，我根本就不是他们的对手。事后我也没多说什么，不知道新闻为什么会发酵成那样，肯定是他们自己去查出来的。小禾，你不要生我的气了好不好？"

薄禾叹了口气："但你不能否认，你在知道我跟干爸和霜姐他们的关系之后，希望通过这段关系来让那个周导对你另眼相看，否则人家又怎么会知道我？"

欧阳璇："我只是略提了一句，是童骏在旁边说的。童骏就是安导那部戏的男配角，你记得吧？他说我跟你的关系很好，还住在一起，周导才会问起来。"

薄禾："然后你就一五一十全部说了。"

欧阳璇："我已经知道错了！在发现事情不对劲之后，我就立刻打电话告诉你，让你注意！可我没想到周导那么有心，还马上派人去查，结果查出……"

薄禾眼神冷冷淡淡的，不复平时那样温和，看得欧阳璇心里发虚。

"小禾，我承认我是想要讨好周导，可也从来没想过出卖你，我只是一时口快。你也知道，我为了能有戏拍，一直到处奔波，可是没背景，谁又会找我拍戏？这几年我有多辛苦，你也看到了。我本来是家里的独生女，从小不愁吃喝，被爸妈宠着，可现在到了社会，为了一部戏的角色，就要低下头委曲求全，去给人说好话。前面二十几年，我从来就不需要去做这些！"原本几近恳求的语调越来越高，欧阳璇说到动情处，眼含泪花，"没有人愿意生来就卑躬屈膝，对别人奴颜媚骨，可现在这社会谁不是笑贫不笑娼？我也想乐观向上，与人为善，但没有爬到一定高度和地位，谁会多看你一眼？谁又会在乎你说什么、做什么？小禾，不是人人都能像你这样超然的，有卓逸和凌霜这么好的资源，有安导这样一个亲生母亲，也不愿意进圈子。我只是一个平常人！我也想赚钱买房子，好好孝敬父母，让他们——"

"所以你才突然有钱买这一身行头？"薄禾忽然问道。

"脸上有光……"欧阳璇的话戛然而止，表情一时僵住，两人对视半响，欧阳璇忽然泄气，"是片酬。"

"先不说你那部新戏还没拍，以你的咖位能否这么快拿到部分片酬，就算是原来的戏结了片酬，一下子买这么多奢侈品，连鞋子、衣服都换了，也不像你以前的消费习惯。"

薄禾本来不是这样刻薄的人，跟人说话常常会留有余地，更何况是对昔日闺密，但两人此刻的对话已经到了剑拔弩张的地步。

"因为我交了男朋友，他为我买的，可以了吧！"欧阳璇怒道，"别以为我不知道，你也在跟秦氏集团的少东家交往。八卦新闻都说了，他这次还为了你跟他爸吵架，想让你进门！薄禾，你别总是一副高高在上看不起我的样子！你养父母双亡，无牵无挂，还有干爸、干姐那些后台撑着，看似势单力薄，实际上后台比我还硬。只要你那干爸动动手指，你立马就能找到比现在好一百倍的工作！你有什么资格看不起我？"

她吼完就后悔了，但开弓没有回头箭，谁也无法把前面那些说出口的话收回去。

欧阳璇微微喘气道："我今天就搬走，等会儿把房租转给你，以后也不用麻烦你了！"

她陡然转身，去自己房间收拾东西。

搬走虽然是早就计划好的事情，但欧阳璇也没想过会这么快。她的房间很凌乱，各种衣物堆在床上，还是她临走前的样子，收拾起来很费工夫。欧阳璇根本不管不顾，把行李箱打开，衣服随手揉成一团就往里面塞。

眼睛泛酸，眼泪不自觉地掉了下来，她吸了吸鼻子，狠狠用手背抹去，却忘了妆容会花掉。

"等找到新房子你再搬吧，现在三更半夜的。"薄禾讲话的声音在门口响起。

"用不着！"欧阳璇头也不回，恶狠狠地道。

"这个时间你只能去住酒店，又得多花钱。我没有赶你的意思，只是想把这件事情说清楚。"

欧阳璇腾地起身转头，冷笑道："你知不知道，我一直很羡慕你，羡慕你这样无忧无虑，羡慕你的好人缘儿——不管你遇上什么困难，总会有人给你兜底！

"在剧组的时候，那些人不把咱们当回事，可一旦知道你有卓逸那样的干爸，态度立马就一百八十度转变，就连制片人也对你另眼相看，一开始那么讨厌你的秦川现在也喜欢上你。你不混这个圈子，根本不知道人脉有多重要！我要是有你这样的资源，早就不是现在的我了！可我没有！

"家里指望不上，经纪人和公司也没资源，我只能靠自己，在剧组里结交朋友，一点点消息也不放过，有什么试镜的机会就立马赶过去，哪怕被舒窈那样的星二代瞧不起也得忍气吞声。我也很累，也想什么都不用考虑，不需要讨好别人，当个纯粹的人！可我有什么办法？！"

欧阳璇知道自己已经有些语无伦次，甚至失去逻辑，但也顾不了那么多了。

这些天在薄禾备受八卦新闻困扰的时候,欧阳璇也反反复复被内疚、歉意、自我怀疑所困扰,在纸醉金迷与残酷现实之间来回游移,隐忍的情绪在这一刻全部宣泄了出来。她这不仅仅是在辩解,更像是一种自我说服。

薄禾没有插嘴,静静听完,才说道:"你所认为的我的那些人缘和人脉,我从来没动用过。交情是双方对等的付出,不是单方面付出不求回报,所以你从来不知道我还有这么一个干爸,因为我也没将他们当成炫耀的资本。"

欧阳璇冷冷地道:"是,你品格高尚,我比不上你!"

薄禾忽然觉得心累,两人的争执到了这里已经无法继续下去,也没有任何意义了。

这是价值观的差异,也是两人截然不同的选择。

薄禾不想去指责对方了。

"你刚回来,好好休息吧,我就不打扰你了。"

她转身离开,在客厅水果盘里拿了个橘子,又从书架上抽出一本买回来之后从未看过的杂志,一边剥橘子,一边翻开杂志。

看了几行,脑子里乱糟糟的,薄禾发现自己的眼睛还是禁不住老往手机的方向瞟。

她叹了口气,将手机拿过来,习惯性地点开微信、QQ以及其他能够联系上秦川的通信工具。

秦川的头像是灰暗的,半条留言都没有,这个人像从她的世界彻底消失,消失得干干净净。

没过多久,欧阳璇拖着两个行李箱从房间里走了出来。

"我已经找好房子了,这次回来,本来也是打算拿东西的,车也叫好了,在楼下等着,先走了。"

她语气僵硬地说完,避开薄禾的目光,低着头离开。

走到门口,似想起什么,她掏出身上的钥匙放在了桌上:"房租回头我转给你,多谢你这段时间的关照。"

薄禾还想再说点儿什么,对方却已经决然地离开,随着房门关上,她们之间的关系也彻底终结。

薄禾揉了揉发酸的眼眶,对着门轻声说道:"祝你一切安好,前程锦绣。"

门外,欧阳璇把眼泪擦干,也擦掉自己对这间小屋的最后留恋,捏紧了手里触感细腻的提包,大步走向电梯。

薄禾吃完橘子,对着杂志发了一会儿呆,起身去房间打开电脑。

《九霄》这个江湖依旧很热闹,并不因为少了某个人而失色。主城汴州熙熙攘攘,各大城池商铺林立,叫卖声、喧闹声不绝于耳,服饰各异的修真者混杂在寻常百姓之中,为这个世界平添无数亮色,可也越发衬得薄禾形单影只。

秦川自然不在线,就连八根胡须也是离线状态。

薄禾在游戏里转了一圈,发现连竞技玩法都让自己失去了兴趣。

从前玩儿游戏的时候,即使独自一人,她也能潇洒走江湖。

可现在,她竟怀念起那个跟前跟后喊"师父"的人。

那个人在说喜欢她之后,就人间蒸发了。

外面不知何时下起了雨,层云之外传来响雷声,倾盆大雨霎时落下,伴随而来的是一阵急促的敲门声。

薄禾以为是欧阳璇忘了带雨具去而复返,赶紧去开门,却不料门一打开,外面站了个落汤鸡似的秦川。

两人面面相觑,大眼瞪小眼。

还是秦川先打破沉默:"你不让我进去避避雨吗?"

秦川在今日早些时候,也许是穿着一套剪裁得体、价格不菲的西服的。

但现在,他的外套已经不知去向,浅蓝色衬衣被雨水浸透,紧贴在身上,连头发也湿淋淋地在额头、耳畔黏作一绺绺的,他脸色苍白,嘴唇紧抿,只差没在面门上贴一个大写的"惨"字。

薄禾看着他的狼狈样,半晌无言。

"这里已经没雨了,你可以在门口避一晚上。"

"那给我倒杯热水,给一条干毛巾,总可以吧?"

秦川一张口,似连唇齿都带着水汽,湿漉漉的,仿佛下一刻就要化作一摊水,从头到脚都透着狼狈、委屈。

想要拒绝的话在嘴边转了几圈,终究没忍心吐出,薄禾让出了半边身体。

秦川弯腰将湿淋淋的鞋袜除下放在外面,赤足走了进去,以免弄脏薄禾家里的地板。

薄禾心头一软,去给他拿来毛巾和毯子,又泡了一杯姜茶:"你……没事吧?"

秦川低头擦拭着头发,发丝在手中毛巾的翻覆下不断露出,像一条默默无言的金毛犬。

此刻的他,完全不是薄禾刚刚认识时的那个霸道总裁了。

虽然薄禾知道人不可能总停留在精英状态,但就算他们在温泉山庄度过的那一夜,秦川极其放松慵懒,也不是现在这副样子。

盛名所有人都认为秦川已经穷途末路、翻身无望,就连昔日的左膀右臂唐蜜也不例外,在一夜之间投靠新来的大老板,摇身一变成为新朝新贵,继续发光发热。

薄禾很难想象秦川是怀着怎样一种心情被自己的父亲从盛名驱逐的。

四面楚歌,孤立无援,也许是对他现在的处境的最好诠释。

"我没事。昨天我已经彻底切割了跟盛名的联系,所有薪资秦时愉都已经让人打到我的账上。他要求我从今天起不能再出现在盛名,我也答应了。联系我的人太多,其中还有媒体,我嫌烦,就把所有通信工具给关了,加上今天一直在忙些琐事,就没有联系你。怕你以为我故意逃避,彻底失踪,所以忙完了我就过来看看你。"

秦川语气倒是很镇定,似乎刚刚的狼狈只是因为淋雨。

薄禾静默片刻,却说道:"小区有地下停车场,如果是开车来的,鞋子不会被浸泡成这样,你是一路走过来的。你的车呢?"

秦川淡淡地道:"我没开过来。"

薄禾:"你变卖了车子?"

秦川神色一僵,微微瞪她。

薄禾眼也不眨,与他对视。

过了一会儿,秦川叹了口气:"你真是不该聪明的时候聪明绝顶!"

薄禾:"我在该聪明的时候一样不含糊啊。"

秦川笑了一声:"你刚进总裁室那会儿就被唐蜜算计过,还敢说自己聪明?"

薄禾眨眼:"敢情您老洞若观火、目光如炬呢,那为何不帮小人申冤?"

秦川反问:"你当时有证据吗?"

薄禾说道:"没有,但唐蜜的确当众说了谎,明明是没有给我交代的事情,非要无中生有。"

秦川:"我相信你,所以也相信你说的话,但别的人呢?既然你当时没有证据,那就只能认栽。"

"说得对,可谁又能想到呢,当时视我如笨蛋的秦老板,居然在游戏里跟前跟后,喊我'师父'?"

薄禾知道他说的是对的,耸耸肩表示无可奈何。

事情过去太久了,当初的不平早已释然,尤其是在盛名经过这么大的变故之后,她找秦川找了整整一天,如今人出现已经是惊喜,大有种种恩怨烟消云散之感。

秦川蹙眉道:"这件事你是怎么知道的?"

薄禾双手环胸:"早在你发语音的时候,我就有所怀疑,后来不过是从种种迹象里证实我的怀疑。在我质问你的那一刻,其实并没有任何证据。"

秦川:"但我的表现证实了你的猜测。"

薄禾点了点头。

秦川沉默片刻后道:"我收回前言,你很聪明。"

薄禾挑眉:"事实证明,唐蜜胆子很大,不仅坑我,还利用你们的父子矛盾坑到你头上去。"

秦川:"你错了,她一直是老头子的人。"

"啊?"薄禾小吃了一惊。

秦川看见她的样子,反倒笑了:"别一副晴天霹雳的样子,其实我早就有所察觉。你以为我为什么一直没有动她?她的存在不痛不痒,却能麻痹老头子对我的警惕,让我有更多的时间去做我想做的事情。"

薄禾:"但你现在还是被打了个猝不及防。"

秦川:"我发现自从你换了个顶头上司之后,说话就变得尖刻起来。"

薄禾摊手:"所以你可以重新考虑追求我的想法。"

秦川忽然凑近,在她还未来得及反应之前,双唇印上她的嘴角,又很快离开:"如果我说,更喜欢这样的你呢?"

薄禾没来得及推开对方,秦川也完全没有给她这个机会——两人之间的距离甚至比刚才还要远一些,她却能感觉到对方平淡面容下的紧张。

薄禾忽然感到有些好笑。

在这样的雨夜,刚刚跟从前的闺密吵完架彻底决裂,工作的地方又发生如此剧烈的变故之后,在她的心情彷徨不安、左右徘徊之际,有一个人冒着雨来找她,向她解释自己失踪的原因,对她说他依旧喜欢她。

她不必去触摸自己的心脏,也能感觉那里正有什么东西破土而出,迅速蔓延长大。

"先说说你跟你父亲的事情吧。"

秦川端起盛姜茶的杯子,一口气喝了大半杯,才缓缓开口:"其实都是陈年旧怨。我记得我早就与你说过,我父亲是个六亲不认、只认利益的人。"

薄禾点头:"当时我以为你的话还是置气居多,毕竟他有那么庞大一份事业,你也是他最有出息的长子,最终还是得你来继承。"

秦川自嘲:"这只是普罗大众的想法。他除了我还有几个儿子,也觉得自己年富力强,根本不需要我这个从管理理念到人生观跟他格格不入的所谓儿子。盛名打从一开始就不在我的手上,我只是一个管理者,而非持有者。"

薄禾瞠目结舌,张了张口,有无数问题想问,最终却只能艰难地问出一句:"你在进盛名的第一天,就已经料到有今天了?"

秦川嗯了一声:"我知道老头子靠不住,早就防了一手,只是他的动作还是比我想的快了一点儿。不过没关系,我私下其实已经投资了一些产业,只不过短期内还不会有成规模的效益——白天我就是去整合这些资源的。"

薄禾:"导火索呢?你们父子的矛盾爆发,总该有导火索吧?"

秦川:"那不重要。"

薄禾却很快就猜出来:"是因为我吧?"

秦川:"不是。"

薄禾:"安宝华给我打电话的时候,你也在旁边。她知道你是谁,回去之后肯定会查。我记得她老公的家里也是做生意的,跟你们应该或多或少有些联系,就算没交情,生意场上关系千丝万缕,总能搭上桥。是不是她去找你父亲了?"

秦川："如果你当年读书的时候也能这么机灵，是不是早就上北大或清华了？"

薄禾气得直接把手里的抱枕往他那里砸："你能不能正视我的问题，别哪壶不开提哪壶？"

秦川稳稳接住抱枕，禁不住笑了一下，如阴云散尽，霎时天高云淡。

"你应该早就知道，秦时愉其实不止我一个儿子。

"除了我，他二婚之后生了一个孩子。据我所知，他在外面的私生子也有两个以上。所谓长子，在他看来不值一提，随时可以替换。更何况我跟他不和。

"从理念到做事方法，我们完全不同。以他那样的性格，想要一个言听计从的继承人，是绝对不会将我考虑在内的。"

秦川终于娓娓道来，向薄禾揭开他们父子关系的冰山一角。

从前薄禾只知他们对彼此十分冷漠，甚至秦时愉丝毫不顾父子之情，把秦川逐出公司，连外界都大跌眼镜，可具体因由很少有人知晓，只能归结为秦时愉不喜欢秦川。

"理念可以沟通，方法可以求同存异。"薄禾道。

"天真！"秦川哂笑一声，说道，"你能去让一条鳄鱼不要吃肉吗？那是嗜血的本性，除非死亡，无法改变。"

他见薄禾犹有无法理解之处，叹了口气："一九九七年东南亚的金融危机，你听说过吧？"

薄禾点头："罪魁祸首是索罗斯。"

秦川说道："我当时还小，听我母亲说，老头子跟在索罗斯后边横扫东南亚，对方吃肉他喝汤，捞了不少，到后面又从泰国转战香港，狙击港币，恶意抛售。那时候像他这样做的人不在少数，只是有索罗斯在前面挡着，而且他见好就收，没有引起金管局的注意罢了。"

薄禾若有所思地说道："但我记得，网络上公开的资料是说，你爷爷在特殊时期偷渡去港,找到定居海外的家族并得到了第一桶金,回来交给秦先生,由此才有了秦氏的发家。"

秦川淡淡地说道:"那只是对外的说辞。实际上我爷爷的确是找到了家族,得到一笔不小的资金,可那笔资金后来都在创业之初挥霍得七七八八了。秦时愉想要东山再起壮大自己,就需要更多的钱。他选择了这条路,来钱快,收益丰厚,但我并不赞同——这就是我们两个人的分歧和矛盾。"

薄禾心头一动,不禁笑了下。

秦川觉得莫名其妙:"你笑什么?"

薄禾立马板起脸,一本正经地说道:"没什么,我只是觉得,你肯坚持底线,挺好。"

刚开始认识秦川的时候,她以为对方是个一心赚钱不择手段的人,这实际上也是大部分生意人的本性——逐利而生,不惜一切,没有原则立场。但如果秦川是这样的人,也许魏飞舟就不会如此赏识他,打破不跟秦氏做生意的规矩,跟秦川合作开发房地产了。

秦川说道:"秦时愉说过,我这是理想主义,商场上杀人不见血,我这样自己把自己束缚住,只会寸步难行,而失败者注定不可能得到任何同情。他在把盛名交给我的时候,已经留了一手。他不相信我,哪怕我是他的儿子,但我也已经料到有这么一天。达摩克利斯之剑虽然可怕,但更让人担忧的是它将落未落的时候。之前老头子没有彻底把盛名从我手中夺走,我只能按兵不动;现在他彻底撕破脸,我反倒无须再顾忌了。"

薄禾想了想,问道:"有什么是我能帮忙的吗?"

秦川心头一暖,缓缓摇头:"谁也帮不上忙,我只能靠自己。"

薄禾不太相信:"但你把车都卖了。"

秦川:"那只是暂时周转,也是为了迷惑老头子,让他以为我落魄不堪,不再费心对付我。在管理盛名期间,我私下收购了几间茶馆,只是一直以来没怎么用心经营。今天魏飞舟给我介绍了一处茶园，很有特色。我特地飞过去考察了一下，如果没有意外的话，会在近期把茶馆整合成连锁品牌，再跟茶园长期合作，利用当地传统文化，打造品牌茶叶。"

这听起来是一项长期且艰难的工作，以至秦老板都不知不觉打上官腔了。

他虽然说得轻松，但薄禾知道实际并非如此。

如果秦时愉能给秦川留足够的时间，现在的他绝不会如此狼狈。

"你还没吃晚饭吧？冰箱里有些东西，不嫌弃的话，我去给你炒个饭。"

薄禾起身走向厨房。

欧阳璇不会做饭，薄禾的厨艺也好不到哪里去，但蛋炒饭这种基本菜肴还是不在话下的。

薄禾从冰箱里拿出昨夜没吃完的白米饭，放在一旁备用。

"我虎落平阳，你就给我吃剩饭？"秦川幽幽地说道。

他也不是真生气，毕竟如果薄禾还把他当成原来那位大老板，是绝不可能这样随意的。

薄禾头也没回，筷子飞快地将打在碗里的蛋液搅匀。

"我爸以前教过我一个秘诀，炒饭不能用刚蒸好的饭，要用隔夜的米饭，蒸好之后放冰箱，隔天拿出来，这样炒出来的米饭口感更好。不知道是心理作用还是确有其事，但我的确觉得不一样，你待会儿可以试试。"

炉火在铁锅下面燃烧，锅里炒的是人间滋味，两者结合，香气霎时充斥鼻腔。

秦川觉得自己是真的饿了。

以前他无论如何也不会吃隔夜饭的，现在听了薄禾的一番"歪理邪说"，居然觉得很有道理，每个毛孔都浸泡在蛋炒饭的香气里，迫不及待地想用口舌来满足饥饿的自己。

但在进这间房子之前,即使奔波劳累一整天,秦川也只觉得累,根本没有任何食欲。

也许真正让秦川恢复食欲的,不是那一锅色香味俱全的蛋炒饭,而是那个炒饭的人:"他只教了你蛋炒饭吗?"

"没过多久,他就生病了,后来就去世了。"薄禾背对着秦川,语气平静,掌勺的动作也没停下,热气从锅里蒸腾而起,熏向眼睛,模糊了视线。

薄禾眨了眨眼,没能把蛋炒饭的烟火气从眼里眨去,腰间却多了一双手。

这双手从背后环上她,手的主人也将自己那具火热的身躯贴向了她的背后。

"以后我可以当蛋炒饭的专属食客。如果你不嫌弃,我也可以做。"秦川说道。

那只签惯了文件的右手抬起来,轻轻摸着她的脸颊,试图擦去她眼角的水滴,却不小心戳到薄禾的眼睫毛,令她啊了一声,好气又好笑地拍开他的手。

"抱歉!"秦川也蒙了一下,赶紧探头去看,心里有点儿懊恼好端端的表白氛围转眼又变成喜剧。

两人的距离近在咫尺,薄禾几乎是一垂下头,就能看见秦川无辜的表情。

"秦老板,我很好奇,你以前到底是怎么跟女朋友交往的?"

秦川还挺认真地歪头想了想:"可能是一半靠脸,一半靠钱。"

"现在你的资产已经严重缩水,脸也憔悴了,对我毫无吸引力。"薄禾伸手将对方推远些,一脸嫌弃,手却被他反手捉住,掌心传来温热的感觉。

"所以我现在靠心——精诚所至,金石为开。"

地上,两人的影子自然而然地叠在了一起。

片刻之后,薄禾惊呼一声:"饭煳了!"

两个小时后,秦老板坐在医院急诊室的椅子上,认真反思这一切是怎么发生的。

急诊室并不因深夜而冷清,不时有医护人员和病人家属来来往往。

秦川甚至看见有人抱着整条流血的胳膊。他不经意一瞧,对方那胳膊上的皮肉都往外翻,甚至露出白森森的骨头。

相比之下,他的伤势可太不值一提了。

拿着输液瓶的护士小姐姐匆匆走过,看在秦川很帅的分儿上,特意调整脸上焦虑着急的表情,和缓温柔地嘱咐了一句:"没什么事就回去吧,别在这儿干坐着了,医院人多。"

旁边还有个小姑娘乖乖地坐着,偷偷瞄他,又探头过来问:"叔叔,你也和我一样贪玩儿脱臼了吗?"

秦川:"我不是贪玩儿,是被踩伤了。"

小姑娘哇了一声:"你被大象踩了吗?"

秦川抽了抽嘴角,还没来得及说话,"大象"迈着轻快的步伐飞奔而来。

"费缴好了,我顺便把药拿了,我们回去吧!"薄禾道。

秦川嗯了一声,慢慢起身,右脚无法用力。

薄禾忙扶住他:"我背你吧。"

秦川:"不用。"

他若被她背出医院像什么话?

薄禾歉然地道:"那你先坐着,我去借一支拐杖。对不起啊,我没想到……"

秦川:"打住。"

小姑娘好奇感叹的声音插了进来:"姐姐,你就是那头大象啊!"

薄禾一脸疑惑。

"走吧，不用拐杖了，我能行。"秦川不想再跟小孩子讨论自己是怎么受伤的问题了，拉起薄禾就要走。

"小心……"

没等薄禾说完，他脚趾上传来一阵钻心的痛意，面容当即扭曲起来。

薄禾绷不住嘴角想笑。

秦川扭头去看她。

薄禾立马用力抿唇，回以一脸无辜的表情。

秦川自暴自弃地说道："你去借拐杖吧！"

望着薄禾一溜烟走了，秦川一脸绝望。

时间要回到两小时之前。

当时秦川往前探头说话，而薄禾正好回过头。

四目相对，气息暧昧，眼看两人的嘴唇就要贴上，一场不可描述的激情碰撞即将在厨房上演。

蛋炒饭适时而不甘寂寞地发出焦味，急不可耐地控诉两人遗忘了它的存在。

薄禾如梦初醒，赶紧伸手去关火，另一只手去抓锅，但冷不防锅体太烫，又忘了去抓把手，手指直接碰到锅沿，当即烫得一激灵，反射性往后退。

她这一退，就踩上了秦川的脚，直接把秦老板给踩成跖骨骨裂了。

幸好他还不是骨折，这是不幸中的万幸。

秦川在薄禾的搀扶下，拄着拐杖往外走去，心里一片凄凉。

别人谈恋爱是进卧室，他谈个恋爱是进医院。

这下好了，澡没洗，饭也没吃成，脚上还多了一圈纱布。

他觉得有点儿晕，明明伤的是脚，疼的却是脑袋。

"你没事吧？"

薄禾也发现了，他的脚步越来越缓慢，反应越来越迟钝，甚至连自己抓在手里的胳膊也变得越来越烫。

秦川缓缓看了她一眼，缓缓摇头，眼神迷离。

薄禾当即往他额头上摸："你发烧了！"

发烧？

秦川往常活跃敏锐的思维慢了半拍。

他脸色苍白，双眼因生病而蕴满水光，看上去像在蓄积泪水。

这样的秦川像被淋了雨的无害小猫，趴在屋檐下无声地寻求庇护。

不过一旦猫醒过来，很可能会被发现披着猫皮的是一只猛虎。

"我还好，没事。"秦川觉得自己的脑子还很清醒，殊不知他的语速已经比平时慢了数倍。

"走，我扶你回去。"

"我饿了，不想去医院。"秦老板受了伤，重心只能偏向薄禾，无法抗拒她的力气，很是委屈不满。

更像一只喵喵叫的小猫了，薄禾心说。

薄禾："先回去看看医生怎么说，我再去给你叫外卖。"

秦川："我想吃蛋炒饭。"

薄禾："好。"

秦川："我想吃你做的。"

薄禾："已经煳掉了。"

秦川："明天做，要跟今天的一模一样。"

薄禾："好。"

秦川："做得漂亮点儿，我可以拍照发朋友圈。"

薄禾："你到底是想吃东西还是为了拍照？去高档饭店叫一桌菜再拍岂不是更好？"

秦川："那不行，我要发女朋友给我做的蛋炒饭，要是去饭店，一看就不是你做的了。"

薄禾："……"

好险，她差点儿就自然而然地接下文了。

秦川委屈地说道："你嫌弃我了。"

发烧迷糊的秦川跟平时真不像一个人。

"我没有。"薄禾叹了口气，像在哄小孩。

秦川是个极有自制力的人，否则以他这样的出身条件，可以选择当一个纨绔子弟，也可以对父亲言听计从，根本不必大费周章，近乎白手起家一样将盛名拉扯到今日，又因为秦时愉一个无法接受的条件，拱手将盛名让了出去。

一步一步对自己的人生有明确规划的秦老板，现在在语无伦次地推销自己："我会赚钱养家，就算没了盛名，也不会一贫如洗。我名下还有几间茶馆，现在已经有人来谈收购了……但我不想卖。以前我就想做自己的生意，干干净净，不用被秦时愉摆布的生意。所以，我只是把盛名当作试炼场。

"我想过了，之前因为我的事，你继续留在盛名的话，可能会因此受到刁难。我已经跟魏飞舟打过招呼了，你随时可以去他那里，之前没有跟你说，是怕你心里有想法，觉得是靠了我的关系。"

他絮絮叨叨，薄禾却不嫌啰唆，心里还很暖："我从来没这么觉得过。"

"魏飞舟答应过，等你想从盛名离职了，就让人给你发录用通知，或者你想休息一段时间再去上班也可以。他很欣赏你的人品和性格……上次跟他聊过之后我才发现，他也许比我更早发现了你的优点。"说到最后，秦川有点儿酸溜溜的。

薄禾无奈地说道："我明白！咱们走快一点儿，你发烧了。"

"我很清醒！"秦川反驳的语气就像喝醉的人非说自己没醉一样，

奈何身上滚烫的温度实在没什么说服力。

"你很清醒。"薄禾敷衍，心里想的则是怎么快速把人从这里带回急诊室。

上天听见她的心声了，下一秒，薄禾只觉手臂一重——秦川从一半重量倚靠她，变为整副身躯往她这边歪。

薄禾心下一惊，果然看见他嘴唇紧抿发白，眉头紧紧蹙在一起。

淋雨感冒、饥饿发烧、奔波操劳，几座大山压下来，秦老板终于晕过去了。

也幸好他晕过去了，用不着亲眼看着自己被薄禾弯腰公主抱着，直接奔向急诊室的感人场面。

三更半夜，一名过来陪床的病人家属有幸看见这一幕，拍了下来并迅速在朋友圈传播："医院门口惊现力大无穷小姐姐，直接把男友打横抱起，谁还敢说女孩子力气不如男生？"

周一早上九点，薄禾准时来到公司。

按照惯例，半小时之后就是周会，洪副总与总裁室的人碰头，后者向前者汇总一周工作内容，包括其他部门的一些重要成绩和大事要事，除非大老板另外有想法或项目需要单独跟那些部门的人开会，否则可以节省不少时间，这也是秦川在时定下的规矩。

但薄禾发现，这个规矩被改动了。

当他们被通知到大会议室时，到场的不仅有总裁室的人，还有其他部门的主管，包括她原来的上司姚彦。

洪副总在唐蜜的陪同下，踩着稳健的步伐走来。

他的头衔还是副总，但短短几天内，大家对他的称呼纷纷变为洪总，就算有个别人口误，也都忙不迭地更正过来。

众人开始汇报工作，总裁室排在最后，而微不足道的薄禾又在总裁室里的众人最后。

平时这种时候,她只需要三言两语地将自己过去一周的工作内容带过即可。因为不单老板、同事没有兴趣详细了解她到底在干什么,就连她也觉得自己的工作实在过于琐碎。

忙则忙矣,真正说起来,她也没什么拿得出手的大项目。

别人在发言的时候,她还偷偷走了个神儿。

秦川现在还在医院。

昨晚医生诊断他为急性支气管炎,需要住院输液。薄禾不放心,就在医院陪了一夜,到早上天刚破晓时才匆匆回去吃饭洗漱,过来上班。

在来公司的路上,她还给秦川点了外卖,让外卖小哥直接送到病房门口,以免秦川无法下去拿。

按道理,现在秦川应该已经醒过来,并且在吃早饭了。

方颖三言两语说完,然后就看向薄禾。

薄禾迅速调动情绪,在一分钟内讲完自己上周的工作概要,然后把时间交给了大老板。

但就在她话音落地后,洪副总没开口,唐蜜却说话了。

"抱歉,请先让我说一件事。"

所有人都望向她。

"这件事本来应该在我们总裁室的周会上提出来,但由于今天各位主管也在,所以只能耽误大家几分钟时间了。各位想必都记得,'人间胜境'这个项目是秦总在的时候就主持的重点项目,现在虽然秦总走了,但洪总也非常想把这个项目做好,好完成秦总的遗憾。原本今天就可以把完成的项目拿出来跟大家讨论,但因为出了点儿变故,现在项目又不得不延期。"说罢,她望向薄禾:"薄禾,能不能麻烦你解释一下,你为什么没能完成交到你手里的任务,却说了一堆无关紧要的工作内容?"

薄禾觉得唐蜜这次发难完全莫名其妙，低级而且不符合对方平时不动声色杀敌于无形的风格。

就算唐蜜再不喜欢她，她也只是一个无足轻重的小助理，唐蜜的对手应该是同一级别的施羽等人，或者是其他部门的主管，而不该将目光和精力放在她身上。

关慎微微皱眉，猜到了唐蜜的用意。

唐蜜想"杀鸡儆猴"，"鸡"自然是薄禾，而"猴"就是洪副总空降之后那些不服从命令调配、阳奉阴违的盛名元老。

那些元老个儿个儿是跟着秦川一路拼杀过来的，论能力、论资历，无一不比洪副总深厚。洪副总现在想要站稳脚跟，暂时还离不开他们，但又需要立威杀人，以示震慑。

放眼盛名，薄禾人微言轻又跟秦川暧昧不清，用来开刀立威再合适不过了。

关慎还记得，秦川临走前半夜打电话给他。

两人聊了很多，关于一直以来的并肩作战，关于公司的前途发展。

关慎能感觉到秦川对盛名的那种深沉的感情和不舍，但记得最清楚的，还是秦川让他提点照看薄禾的事。

洪副总现在还态度不明，关慎打算等他发话之后，再为薄禾求情，否则现在贸然开口，只会起反效果。

"好的，容我解释一下。"被当众点名，薄禾脸不红气不喘地说道，"首先，我的主要职务是销售部助理，目前只是借调过来协助总裁室各位前辈处理日常工作，所以除了总裁室这块儿的事，我还有销售部的工作需要处理。而这份文件是唐小姐在昨天傍晚下班后交给我的，以当时三个文件夹重达几斤的重量，我就算加班加点也不可能在这么短的时间内完成，就算能完成，质量肯定也惨不忍睹。我想这样重要的一个项目勘校，不能这么草率吧？"

"还有,既然唐小姐特意点了我的名,正好借着这个场合,我也多耽误大家一分钟。除了昨天唐小姐交给我的这件根本不可能完成的任务,其他工作我已经圆满完成,所有文档都存在工作笔记本里,随时可以进行交接。我在此正式提出辞职,辞职信稍后会发送到上级主管的邮箱里。"

所有人都意外地看着她,其中最惊讶的莫过于唐蜜。

唐蜜以为自己一棍子打下去,薄禾肯定要服软求饶。

谁知薄禾居然硬气地直接起身,将棍子拨开。

她的倚仗是什么?秦川?

秦川现在自顾不暇,就算还有点儿资产,又能给她多久安逸的日子?

"同富贵易,共患难难",这两人没了物质条件,还能维持多久?

唐蜜跟在秦川身边几年,见过他和优质美女谈恋爱,也见过内外俱佳的美人对秦川倾心,反过来倒追。平心而论,薄禾的长相虽然不丑,可要真把这些人排列起来,薄禾一定是垫底的那个。

想及此,唐蜜想到薄禾要辞职的事,不由得暗自冷笑起来。

薄禾直接撕破脸辞职,连洪副总都蒙了一下。

回过神之后,他不悦地说道:"想辞职可以按照公司流程提出申请,没必要在开会的时候哗众取宠,出去!"

薄禾点了点头,没有露出屈辱的表情,反倒有些高深莫测:"临走之前,我想跟大家分享一件趣事。"

她点开电脑里的一个文件夹,将里面的几张照片放大,设为幻灯片模式轮流播放,再把笔记本电脑转了个方向,让所有人都能看见这些精彩画面。

照片里,看上去年轻一些的洪副总穿着一件二战时期的日本军服,腰间挎着一把军刀,搂着几个半裸美女,在镜头下摆出各种姿势,看上去玩儿得很尽兴。

洪副总的脸瞬间变得铁青,他问:"这些照片你从哪儿来的?"

薄禾耸肩："每个人都有年少轻狂的时候，没想到您年轻时居然喜欢玩儿这种角色扮演，的确与众不同。"

没等对方发作，她直接离开会议室，拍拍手，将一团乱局抛给身后的众人。

汤匙在毫无滋味的白粥里搅了又搅，秦川在心里默念这是薄禾叫来的爱心早餐，勉强吃了大半碗下去。

他觉得鼻腔里仿佛还回荡着昨晚蛋炒饭的香气，哪儿承想这年头儿竟连吃一碗蛋炒饭都如此艰难。

越艰难，他越想念。

秦川给薄禾发了信息，对方没回。

他猜测对方现在应该是在上班，也就没打电话过去。

护士小姐姐过来给他换吊针，顺便通知他下午抽血检查，如果退烧了，就可以准备出院了。

关慎发了几条消息过来，关心他的身体有无大碍。

就连平时天南地北的那帮损友，竟也有两人来询问他昨晚发烧入院的事，其中更以沈锐的语气最为看热闹不嫌事大。

沈锐："可以啊秦川，平时看你闷不吭声的，还跟我讲一堆人要有所追求的大道理，原来你这追求就是要美人不要江山？"

秦川缓缓敲了个问号发过去。

消息是今天早上九点多发来的，现在是下午两点，但沈锐几乎是秒回。

沈锐："打什么问号呢？赶紧把你那小女朋友的照片发过来，让我品鉴品鉴。"

秦川："没拍过照片。"

沈锐："你为了这女的跟你爹闹翻，居然给我说连一张照片也没有？！"

秦川隔着屏幕似都能看见沈锐夸张的表情:"外面现在怎么说的?"

沈锐直接发了条语音过来。

"说你被逐出秦氏权力中心了,也有说你被剥夺继承权的。老实说,哥们儿,当初你跟我说要自力更生的时候,我没想到你真的说干就干,都淋雨发烧了,你们家老头子居然也没心软,啧啧!要不你来我这儿先委屈一下?虽然薪酬肯定跟你原来没法比,但好歹暂时安稳下来,你再慢慢考虑以后……"

秦川没耐心听下去,发了条信息过去:"你怎么知道我淋雨发烧了?"

沈锐很快有了回应,语气还很惊讶:"你不知道?昨晚你那小女朋友公主抱着你在医院门口不知道被谁拍下来发到网上,听说在朋友圈疯传,今天还上了微博热搜。你在盛名的时候知名度都没这么高吧,哈哈!"

秦川打开社交软件的热搜栏,从上往下拉,第三十三位,"安宝华私生女公主抱着秦氏集团长子"的标题果然足够轰动。

他再点进去,最热门的营销号还发了条"九宫格"的微博,将秦氏集团、安宝华、私生女、父子矛盾、商战这些吸引人眼球的元素通通糅合在一起,编成一篇长篇小说,其中不乏薄禾夜献少女之身、秦川由恨生爱这种"天雷滚滚"的情节。

秦川一目十行地扫过去,感觉全身的鸡皮疙瘩都已经纷纷起立飞升而去,同时也嗅出一丝不同寻常的气息。

这自然是很不寻常的。

他既不是明星,也不是名人。大众虽然对秦氏集团耳熟能详,对他的印象却仅仅停留在跟女星迟筠交往过的盛名老板身上。

盛名固然内部易主,父子矛盾不可调和,说白了这些事情在商场上也屡见不鲜,为了掌握公司大权,妻子驱逐丈夫、儿子赶走父亲,太阳底下无新事。

但现在他和薄禾因为一张照片就被曝光得体无完肤,这其中要说没有背后推手,秦川是绝对不会相信的。

至于推手是谁,他转念一想,也就呼之欲出了。

秦川无声地冷笑。

秦时愉不愧是秦时愉,既然已经下决心把他赶出秦氏,就势必要斩草除根,断绝他的一切后路,甚至连这样的新闻都利用上,只为了将他钉在耻辱柱上,永世不得翻身。

如果秦川愿意低头服软,回去求秦时愉开恩,那么后者应该会看在他以后愿意言听计从的分儿上,重新捡回父子亲情,让他重新执掌盛名,甚至分出股份给他。

但秦川甚至根本不需要思考,就能给出自己的答案。

如果他想向秦时愉低头,当初就不会决然放弃盛名。

从秦川做这个决定的那一刻起,就注定不会回头。

现在秦川唯一担心的是,薄禾会因此受影响。

念头一起,情绪就不禁浮躁、焦虑起来,像气球浮在水面上,怎么也按不下去。

秦川越是翻新闻,这种感觉就越是强烈。

沈锐接连给他发了好几条语音消息,秦川也无心去看,直到一个熟悉的身影出现在病房门口。

"你吃午饭了吗?"

薄禾提着外卖的小袋子进来,把里头的东西一一拿出来放在小桌上。

"医生说你今天退烧之后可以吃点儿荤腥了,但也不能太过,我就打包了鸡汤和皮蛋瘦肉粥,还有桂花糕。"

"桂花糕是小女生才喜欢的。"秦川撇了撇嘴,手依旧伸向桂花糕,还一脸"我给你面子才吃"的表情,绝口不提自己的心情从刚才到现在就像"钻天猴"被点燃,直接上天了。

薄禾见状笑着说道:"你感觉怎么样?"

秦川:"退烧了,等一下去抽血,没问题的话应该可以出院了。你现在不是应该在上班吗?"

薄禾摊手:"我辞职了。"

秦川愣住了。

薄禾笑嘻嘻地说道:"从今天起我也是无业游民了,还请秦老板罩着我啊!"

秦川立马联想到对方被自己牵连报复,还强颜欢笑。

"到底怎么回事?是不是洪玎或唐蜜刁难你?"

薄禾说道:"洪副总应该不至于拿我这种小人物开刀,但'柿子拣软的捏',唐蜜应该会对他有所建议。我是很想留在盛名,但现在的盛名已经不是当初的盛名了,继续留下去,也没有任何意义。其实早在你走之前,我就已经把辞职信写好,也下定决心辞职了……只不过临走前我还送了洪副总一件'礼物'。"

秦川知道她口中的"礼物"肯定不是寻常意义上的礼物。

"洪副总私下风流成性。这本来是个人作风,没啥好说的,不过他年轻时还干过一件蠢事,在一次派对上扮演发动侵略战争的国家的军官,穿上军服跟几个模特儿合影。不巧这套照片当时其中一个模特也保留了,我在今早的周会上,把照片公开出来了,你猜效果如何?"

薄禾冲他挑了挑眉,很有难以言喻的顽皮感。

秦川果然愣了愣,问道:"你哪儿来的照片?"

薄禾:"那个模特后来改行从影,据说混得不太好,又转幕后,结果过得不错,正好跟我干爸有交情。"

她的干爸正是娱乐圈里人脉极广的优秀男演员——卓逸。

薄禾从来不张扬这段关系,更没通过卓逸满足过自己的私欲。

这次应该是她头一回主动请卓逸帮忙。

卓逸正愁无用武之地,听见薄禾的请求之后喜出望外,当即发动自己的人脉，把这位洪副总的祖宗十八代都给翻了出来，这点儿小小的黑历史自然不在话下。

薄禾在周会上把照片公开展示出来的同时，也发了公司内部邮件，把照片群发到了盛名每一名员工的邮箱里。

如无意外，这套照片很快就会流传出来，并被某个人"不小心"发在网络上，又"不小心"被看热闹的人发现亮点，迅速传播出去，就像当初薄禾跟秦川的照片那样。

这叫"以其人之道，还治其人之身"。

薄禾相信，在内外舆论的夹击下，以秦时愉的为人，肯定会选择及时止损，撤换洪副总，以免进一步影响盛名乃至秦氏的形象。

就算不能给对方带去多大的损失，起码也可以小小地报复一下，在她临走之前给秦川出口气。

这一点，即使薄禾没有明说，秦川也已经猜出来了。

他的心像泡在一杯橙柚薄荷冰里，酸甜清凉。

未吃完的桂花糕捏在手里，他竟觉得有些发烫。

他将目光扫过薄禾那未施粉黛却透着粉色的嘴唇，若无其事地找回自己的声音："这样也好，魏飞舟那边已经答应过我——"

"魏总那边，我也不去了。"没等他说完，薄禾就说道。

秦川："你不需要担心他碍于我的面子。我把你之前做的一些项目发给他了，他本来就欣赏你，看完之后也很赞赏。你在他那里会比在盛名得到更加公开透明的上升空间。"

薄禾："我知道。昨天魏总就亲自给我发过消息，但我婉拒了。"

秦川蹙眉："原因？"

薄禾笑了笑，打开手机的相簿，推给秦川。

照片放大，是一张电子邀请函。

确切地说，这是《九霄》的群英大会邀请函。

跟上次官方为了线下推广而进行的网吧友谊赛不同，这次群英大会面向的是《九霄》所有游戏玩家，每个游戏区服先进行海选，再从中决出前三名的队伍跨区进行比赛，最终再决出十六强进入线下赛。

游戏官方对这次比赛异常重视，不仅与各大视频网站合作进行多方面造势宣传，连奖励也异常丰厚——除了常规的物质奖励和奖金，前三名还可以全队欧洲游，表现特别优异者，还能被《九霄》官方聘为名誉顾问，得到额外的酬劳。

何为"表现特别优异者"？解释权自然在官方。不过从其他单人高达数万元乃至数十万元不等的奖金，也可以看出《九霄》官方这次不惜下血本大力宣传游戏的决心。

无论如何，对玩家来说，这次比赛无异于一场超大规模的狂欢，而奖励和宣传力度也能吸引各种知名主播或没玩儿过这个游戏的新人加入。

秦川已经有一段时间没打开游戏了，乍看游戏图标，禁不住生出一种陌生而又亲切的感觉。

也正是在这个江湖，他认识了一个不一样的薄禾。

在他失神之际，薄禾的声音适时响起。

"你记得上次跟我们一组的小哥吧？说来也巧，他的游戏账号原本在我们相邻服务器，前不久合服之后，就跟我们一个区服了，这次比赛也是他来邀请我的。"

秦川抬眼："你想参加？"

薄禾点头："游戏官方设置了一套全新的游戏规则，不是以玩家装备数值来定胜负的，也不是像上次一样纯粹依靠技术，而是把所有参赛者身上的装备去除，丢入一个大地图里，再随机投放装备，玩家需要自己去捡相应的装备，再投入战斗。"

秦川："有点儿类似《刺激战场》。"

薄禾："大体相似，略有不同，《九霄》保留了玩家组队对决竞技的部分，也吸收了《刺激战场》的特点，设计出类似毒圈侵蚀、优胜劣汰的规则。我之前看了一下，跟我们玩儿的点仙台不太一样，还挺有意思的。"

秦川沉默片刻后问："你们战队还缺人吗？"

"你跟我不一样。"

秦川听见薄禾如是说道。

"你现在有明确的目标和方向，知道自己要往哪里走，应该往哪个方向去努力。

"撇开身世不说，从小到大，我读书成绩中等，上的学校也没什么特别。我爸妈教导我要脚踏实地，别好高骛远，我也一直是这样做的。

"现在就算我去魏总的公司，几年之内表现再好，升迁如飞，最多也就是到部门主管的位置，再往上还得有时间和经验的积累。但那样，如果您家秦时愉先生愿意，依然可以凭借自己的影响力，轻易左右我的命运，甚至通过为难魏总的生意来达到刁难我们的目的。也许是我小人之心，但从这次的事来看——我不能不把人性往最坏的境地去设想。

"所以我希望能彻底离开这个行业的影响，到一个全新的领域。我喜欢电竞，对《九霄》也足够了解，正好有这么一个机会，既是乐趣，也是尝试，兴许还能在短时间内做出一点儿成绩，给那些想要冷眼旁观、落井下石、看我们笑话的人一记响亮的耳光。"

秦川望着薄禾："对不起。"

薄禾挑眉："秦老先生针对我，其实也不全是因为你。如果我再优秀一些，优秀到他无话可说，他应该就不会有意见了。而且这也是我自己做出来的选择，一切与你无关。"

秦川："我只是很抱歉，没有早一点儿喜欢你，平白浪费那么多时间。"

薄禾撇了撇嘴："别，你那时候要是对我一见钟情，我可能隔天就辞职了。想想秦川老板你在停车场的嘴脸吧，我到现在都还记得你那时候一脸阴云密布的表情,还问我听得高兴吗?你知道我当时最想做什么吗?直接把你摁在旁边的车前盖上,让你对着挡风玻璃看看自己的嘴脸,可我转念一想不行啊,这面前站的是我的衣食父母,好歹才忍住了……"

　　秦川好气又好笑地听她疯狂吐槽自己,眼睛一直落在那粉粉的嘴唇上没移开过,终于在自制力告罄的时候亲了上去,彻底从心。

　　…………

　　"那现在呢?"几分钟后,秦老板跪坐在病床上,搂住对方,语气不经意地带着一点点撒娇。

　　薄禾捏住他的脸颊往两边拉扯,毫不留情地把一张美色爆表的脸蹂躏得惨不忍睹:"现在,我想为了你成为更好的人。这样够不够?"

第十五章
就像一只绵羊突然闯入狼群

从医院出来之后,薄禾就跟小哥见了一面。

小哥其实有名有姓,姓许名哲,热爱游戏,水平属于业余玩家里玩儿得很不错的。这次看见比赛公告,他立马就想到了薄禾。

薄禾原本还有些犹豫——这哥们儿拿出"三顾茅庐"的诚意,每小时一条信息,言必称"大佬",放低了姿态,就为了薄禾能加入他的战队,终于令薄禾点头同意。小哥喜出望外,当即约薄禾见面,把比赛规则和战队情况先向她大致说明了一下。

一个队伍六名玩家,同队另外四人也都是经过许小哥精心挑选的玩家。

说来也巧,这其中还有薄禾的老搭档兼老朋友八根胡须。

真正论起来,八根胡须还是秦川和薄禾的媒人。但自从薄禾逐渐淡出游戏之后,跟他也就没怎么联系了。这次故友重逢,八根胡须热情依旧,絮絮叨叨地抱怨一通她重色轻友之后,倒还张开怀抱欢迎了薄禾。

正因为薄禾的加入,许小哥信心满满,相信自己这支队伍能从本服脱颖而出，角逐于区服与区服之间的更高级别赛场。

但除了八根胡须，其他三名队友却不太能理解。

在薄禾淡出游戏一段时间之后，薄荷茶的威名已经逐渐隐去。许多人"只闻其名，不见其人"，更没亲眼见过她的操作，因此三人对许小哥舍弃其他操作手法娴熟的玩家，非要薄禾不可的做法颇有微词。

说到这里，许小哥欲言又止："我本来想请你来当战队队长的。"

薄禾了然："其他人有意见？"

许小哥尴尬地道："你别在意，除了胡须，其他人以前都在我这个区服，没怎么听过你的名声。这个队长我先当着，但跟你保证，临场指挥的还是你。"

薄禾笑了笑："还因为我是女的吧？"

薄荷茶是女性这一消息，是在组建战队之后，许哲告诉其他队友的。

八根胡须早已知情，对此不以为奇。

其他人的反对理由，却从"薄荷茶很久没玩儿了，比赛规则也是全新的，他未必还能熟悉游戏"，逐渐变成"薄荷茶是女的，没有临场指挥经验，容易激动出岔子"。

游戏里对女玩家的歧视，程度也有轻有重。重者一看到女性，就下意识地觉得对方无法胜任高难度的游戏操作，遑论担任团队指挥。

这种歧视，薄禾以前玩儿游戏的时候已经见过无数次，对此并不意外。

"没关系。"她对小哥说道，"是骡子是马，拉出来遛遛才知道。他们要是有更加合适的人选，那就让他们来担任指挥好了，我们的目标是胜利，不是内讧。"

第一场比赛是在三天后的下午。

为了保证网络通畅，许小哥特地约上薄禾前往网吧。

除了他们两个，另外四名队友都不在本城，分散于全国各地，大家只能通过网络联系。

许小哥跟薄禾开了相邻的两台电脑，组队联语音，提前半小时进场。众人年纪相仿，有的还在校就读，有的则刚刚参加工作不久。

薄禾进语音室的时候，其他人正聊得热火朝天。

"官方出了比赛玩法之后，没人试玩儿过吧？"

说话的这人游戏昵称是"容若公子"，原先在许哲那个服务器战力排行元婴期第三，属于少有的既有钱充值又有一手好操作的玩家，在本服拥有为数不少的粉丝，合服之后借由主播平台宣传，知名度也迅速上升。

在游戏里，像容若公子这样声音清澈明朗、操作走位灵活的充值大佬，是最受小"迷弟"和"迷妹"欢迎的。久而久之，容若公子也养出几分傲气。像这次组战队，原本他当仁不让，以队长自居——但队伍是许哲组建的，让他把队长让给许哲也就罢了，许哲却要推荐薄禾来当队长，他自然不肯同意。一番讨论之后，许哲只好退而求其次，暂时充当队长一职。

"没有，据说官方就是想让所有玩家在一个起点上，避免不公平的情况。我看规则里很多内容写得不详细，具体还得进去之后再慢慢摸索。"

"这种没经过测试的玩法肯定会出现很多漏洞，咱们要是倒霉遇上一两个，不就落后了？"

"听说官方找了挺多内部人士测试的，测评反馈还不错。咱们应该不会那么倒霉吧？再说今天是海选初赛，咱们只要保持本服前三的名次，就稳稳出线了。"

"前三也不容易啊，你没看'咕咕咕'那队吗？里面六个人，有三个是主播代玩儿的，水准肯定高。"

"还有'杨柳'队！咱们原来那两个服务器里战力排行前十的玩家，他们就占了仨。"

话题一起，众人七嘴八舌，冷不防一个软软的女声插了进来。

"距离比赛还有十分钟，我们是不是先说一下进去之后的配合分工比较好？比如说大家不要离队太远之类的。"

场面静了一瞬，大家似乎忘记了薄禾的存在，又突然之间意识到她的存在。

就像一只绵羊突然闯入狼群，让所有狼都盯着它看。

八根胡须很快回应："我觉得也是，不要太分散，因为我们都不知道官方说的陷阱到底是怪物还是什么机关，还是像《刺激战场》里面的毒圈。"

许哲也说道："总之等会儿被传送到副本之后，我们先别轻举妄动，宁可谨慎一些。等别人先当当小白鼠牺牲掉，给我们铺路提示一下，咱也别成了人家的小白鼠。"

兴许是薄禾的声音挺好听的缘故，大家说话都比较和善客气，就连之前不同意让薄禾担任队长的容若公子也没说什么带刺儿的话，这让许哲暗暗松了一口气。他关掉麦克风，还扭头对薄禾说了一句："我刚才还挺担心的，没想到大家挺好相处的。"

薄禾没接这个话茬儿，只是提醒他："倒计时了，开麦准备。"

十、九……三、二、一。

游戏屏幕上一条一条的倒计时数字牵扯着众人的心跳频率，在六个人十二只眼睛的注视下，画面切换，所有人被投放到一个全新的地图里。

高耸入云的参天大树，遍地青翠的茂密草木，鹂鸟啼鸣，雄鹰长啸，野兔须臾从树后蹿过，朝阳的细碎金光透过树叶间隙洒落在众人身上，落下斑驳阴影。

众人没有被美景耽误太久。许哲几乎在传送过来的瞬间就看向屏幕右上角，上面有一行很小的地图标识，表明他们现在所处的位置——沧澜山脉以东。

他想用鼠标再点开大地图，却怎么也点不了。

没有任务提示，没有非玩家角色引导，只有上方小小的倒计时，他们只有两个小时的时间。

"快快,四处找找看有没有装备掉落,咱这可是两手空空,等会儿遇到对手都没法打!"八根胡须很快催促。

根据官方提示,掉落的装备会散落在草丛里,或者在打败野怪之后爆出。

毕竟是初来乍到,他们六人不敢相互之间离得太远,都以某个点为圆心往外扩散搜索。

八根胡须很快在河边的草丛里发现了第一件装备,是一套弓箭。

虽然是最低级的白色装备,但对两手空空的众人来说,总比没有好。

六人之中,只有薄荷茶是箭客——弓箭理所当然归她所有。

大家沿着河岸一路向前,又陆陆续续地找到衣服、头盔和两件天枢的武器。

此时网络环境的平静让所有人暂时忘却了潜在的危险。大家只顾低头搜索装备,直到第一场危机到来。

"我怎么动不了了?"站在河里的一名玩家在语音里率先叫嚷起来。

他玩儿的是天权,是一位近身攻击的刀客,所以在看见别人都陆续有了武器傍身之后更加心急。

这条河原本在阳光的照射下有种波光潋滟的美,河面上时不时泛出一种碧蓝色的波光,而此时入目的却是一片血红色,就像是某种藻类漂浮在水里,又像是河水被血染红。

薄禾看了一眼右上角的小地图,官方给这条河起了个名字:无定河。

"可怜无定河边骨,犹是春闺梦里人。"(引自唐代陈陶的《陇西行》)

辽阔美景里出现这么一条名字奇怪的河,本身就是值得人去探究的。

《九霄》这款游戏以细节考究为一大卖点,无定河这个名字,肯定也不是无缘无故起的。

这个被困住的玩家叫"糖醋排骨",顶着定身效果,血条一直在缩短。

另一个负责治疗的玩家赶紧给他加血,但加血速度赶不上掉血的速度。

玩家"疾如风"急了,下意识地就朝着被困住的同伴糖醋排骨跑了过去。

"别去!"薄禾喊道。

但为时已晚,疾如风跑向糖醋排骨,同样被河水困住。他几乎一进河里就中了"寸步难行"的减益效果,技能按键失去作用,无论怎么移动都挪不开脚步。

许小哥再怎么厉害,这时候要同时治疗两个人并保证他们不死,也有点儿力不从心。

"对他们那边用远程群攻技能,近战别下水!"薄禾说完,角色就纵身而起,用"万箭齐发"这个群攻技能,朝糖醋排骨和疾如风两名队友的方向射出利箭。

容若公子反应不慢,在薄荷茶跳起来没多久,便跟着飞上半空,食指和中指往上一扬,剑自袖出。

箭矢和剑光齐发,霎时河中的两人身周爆出炫目的特效蓝光!

紧随其后的,竟是在糖醋排骨和疾如风两人周围噌噌爆出的怪物血量流失的提示数字。

众人这下明白了,困住他们的是从未在游戏里出现过的野怪。

八根胡须选的职业也是近战刀客。他没敢下水,只能在河岸边眼巴巴地观战。

虽然容若公子不大认同"薄荷茶当队长"这个提议,但也承认薄荷茶的操作是无可挑剔的。他很快掌握住了薄荷茶出箭技能的冷却时间。他与薄荷茶二人相互配合,在短短十几秒时间内就练出轮番使用技能的默契,在河里那些野怪不断被消灭又不停出现的情况下,为糖醋排骨和疾如风两

417

名受困的队友争取出宝贵的三秒时间,让他们得以摆脱河水的控制,逃出生天。

糖醋排骨和疾如风急吼吼地爬上岸。二人那速度之快,就像后面有十万头霸王龙在追他们。

"这到底是什么陷阱?官方作死啊!"糖醋排骨率先在麦克风里骂起来。

"我刚才差点儿就'出师未捷身先死'了!"疾如风也心有余悸地打字回道。

"要是在这里死了,是不是没法原地复活,直接就被淘汰了?"糖醋排骨又说道。

"估计是。见鬼!这是什么破规则,也不提前说明,官方作死!"疾如风还是有点儿气愤。

两人惊魂未定,旁观的队友也跟着他俩经历了一场小小的惊吓。

这次的游戏陷阱不难破,但的确太过意外了,大家都没料到。

河水的颜色还在变化,由之前的暗红色逐渐变浅,最后又慢慢恢复成原本迷人的碧蓝色。此时的无定河清澈见底,白云如游走于水面,完全看不出这下面还藏着野怪。

与此同时,游戏画面正上方显示,本服海选比赛总人数在减少。

最初参赛的五十支队伍共三百人,在开场十五分钟内,数字一直在下降,到此刻只剩下二百五十人。

也就是说,有五十个人和薄荷茶他们一样遭遇了雷同的明枪暗箭,但这五十人显然没能像他们一样挺过来,而是被游戏直接淘汰了。这些人可能是某支队伍里的某一个人,也可能是某队整队被团灭了。

"这伤亡率也太高了吧,还让不让人玩儿了?该不会到决赛圈就剩下一队了吧?"有人吐槽道。

"不同队伍被随机传送到地图里的不同地点,他们未必是遇到了野怪陷阱,也有可能是遇到了游戏对手,在对决中互相被淘汰了。咱们继续前进吧。"薄禾说道。

她的话提醒了其他人。

经过刚才那一幕,先前没太把薄荷茶放在心上的人稍稍对其正视起来。

果不其然,他们没走出河边多远,立马遭遇了一队对手。

对方一身绿装,阵容跟他们差不多,一名剑仙天枢、两名近战刀客天权、一名负责吸引火力的玉衡、一名负责治疗的摇光。

唯一不同的是,他们没有箭客开阳,而是换成了天璇。

天璇是个全女性角色的门派,可以下蛊召唤各种蛊虫协助作战,也具有一点儿治疗的作用。

不过这个门派是公认的鸡肋门派,也被认为是《九霄》里为数不多的制作败笔。除了爱看美女的玩家,几乎没有什么人会冲着对决去选这个职业。

狭路相逢,自然要决出胜负。按照游戏规则,胜者除了能把对手淘汰,还能增加积分去兑换奖励,大家自然不会放过这个机会。

对方的天枢先发现了薄荷茶一队,直接一跃而起御剑朝他们飞来,于半空中释放出"一树千花"技能。

虽然大家的装备都差不多,很烂的那种,但在同被攻击的境遇下,装备最差的那个,受到攻击掉的血就最多。

众人纷纷闪避对方天枢的攻击,许小哥则忙着四处给队友加血。

容若公子和薄荷茶两人几乎是同时出手,两三下就把对方阵营里负责治疗的人给灭了;八根胡须和队里其他人又陆续解决了对方的几个人。只有对方阵营的天枢难缠一些,但在薄荷茶一队人的群殴下,也很快被淘汰出局。

大家跑过去捡被淘汰选手的装备。

糖醋排骨咦了一声，然后兴奋喊道："这个天枢身上居然还有一套蓝装！"

他们在此之前捡到的最好装备也就是次一等的绿装而已。

"容若公子拿着吧，你输出最高！"

"等等！"

说"等等"的是薄荷茶。

薄荷茶喊出"等等"那俩字的时候，游戏里的角色已经到了敌方那个天枢角色尸体旁边："有加血的在，我们队伍的任何一名队员就不会死。这件装备优先给他，大家没意见吧？"

糖醋排骨对此有点儿不乐意。

他心里知道薄禾的安排是对的，只是不太愿意服从一个女生的指挥罢了。毕竟他觉得那样显得很没面子。

容若公子既没有出声，也没有去抢那套装备。

场面一时有点儿尴尬。

许小哥轻咳一声，正想说"弃权"，结果八根胡须那大大咧咧的声音就响起了。

"许哲你快拿啊，磨磨叽叽的，等会儿敌队又来了！"

许小哥只好飞快地把那套蓝色装备捡起来穿在自己身上。

见容若公子没吭声，糖醋排骨只好咽下到嘴边的"不赞成把好装备优先给加血的"之类的话。

一行人沿着河流继续前行。

经过刚才的教训，众人也大概摸清了河里的隐形野怪的规律。

只要不在河水变红的时候下去找装备，基本就不会碰到那麻烦的河中野怪。

在接下来的五分钟内，他们接连遇到两队对手。

只不过遭遇薄荷茶他们的时候,这两队都不是完整的六人队。两队中一队剩下四个人,另一队剩下五个人。在操作难以超越薄荷茶他们的情况下,加之人数上又没有优势,两队自然全部败北,被薄荷茶一队吃掉。

这个时候,薄荷茶他们靠着一路捡装备、打怪和吃掉别人队伍的装备,终于达到了全队基本绿装、蓝装未满的"小康"水准。

至于等级更高的紫色装备和橙色装备,这是要看运气的。

游戏此时开始随机缩小毒圈的范围。

从系统提示和右上角的小地图显示的来看,薄荷茶一队现在身处缓冲地带,也就是说,在三十秒后此处将被毒气覆盖。

毒气所到之处,花鸟鱼虫死绝,寸草不生,这自然也包括玩家。他们必须马上向安全区进发,否则当毒气覆盖缓冲地带时,所有人都会被毒死。

这个规则简单易懂,玩儿过《刺激战场》的玩家都知道。但有经验的老手并不急于往安全区跑,反而会在缓冲地带停留一会儿,这一方面是以免太快进入安全区遭遇更多队伍——这样的直接后果就是容易被围攻;另一方面也可以伏击几支急急忙忙地从毒圈外跑过来且战斗力被削减的队伍。

薄荷茶一队都玩儿过《刺激战场》,也不是游戏菜鸟,看到提示之后就沿着安全区边缘一边缓缓绕圈,一边搜索闯进攻击圈的猎物。

果不其然,还真让他们发现了一个肥美的猎物——一条盘踞在山谷入口的鳞片斑斓的妖蛇。

八根胡须倒抽了一口凉气:"这起码也得是个小怪物级别的怪了吧?会不会爆点儿紫色装备?"

队伍中的其他人也跃跃欲试,疾如风甚至已经向妖蛇走过去了:"我去把它的火力吸引过来,你们准备。"

薄荷茶喊住了他:"等等,我们的时间来不及了!还有十秒毒圈就会开始缩小，预计三十秒缩小完毕，一共四十秒的时间，估计没法让我们打完这个小怪物级别的妖蛇，反倒会把我们自己拖进去！"

疾如风不以为然，直接问容若公子："公子怎么看？"

容若公子沉吟片刻后，说道："打打看吧。"

屏幕外的薄禾皱起了眉头。

容若公子所谓的"打打看"，可以理解为见势不妙就撤退，但如果这个小怪物到时候把他们一队的人都缠住，那根本就不是撤退不撤退的问题了。

但疾如风已经跑到小怪物面前开怪了。这小怪物受到攻击的瞬间技能就被激发——它伸展蛇身，露出獠牙，乱舞着蛇芯朝他们扑过来。

事已至此，薄荷茶再反对已经没用了。如果她不想放弃队友独自逃跑，就只能选择参加战斗。

众人迅速分散，技能全开，轮番向妖蛇轰炸过去。

这小怪物头上的血一直在掉，但比起自身的血量，掉的这点儿血不过是九牛一毛。大家打了三十秒左右，这小怪物还有百分之九十五的血量。而且小怪物不是站着不动任凭他们狂揍的——它有好几个技能效果，这都是他们之前没在地图外面其他怪物身上见过的。

比如现在，这小怪物血口一张，火焰狂喷而出！他们虽然四散躲避开，但火焰在地上留下了焦痕，一旦有人踩上去就会感染蛇毒。自己感染了还不算，如果感染者靠近队友，连队友也一起感染。

疾如风作为玉衡，近战打怪，首先被火焰喷射到，而糖醋排骨跟八根胡须这两个近战刀客，也在走位中被陆续传染上蛇毒。此时他们仨身上都被绿气环绕，步履也变得迟缓，血量持续往下掉，甚至多了抗拒被加血的减益效果。至此，许小哥拼命给他们输血也无济于事。

容若公子试图绕到这小怪物的背后攻击——因对方的火气一直撒在疾如风的身上，容若公子被完全无视了。

最重要的是，此时毒气一步步逼近他们，已经近在眼前的感觉了。

如果他们再不跑进安全区，所有人都会被毒气攻击，并在最短的时间内死去。

赛前不少知名主播点评各大队伍，还列了个"各区最有可能夺得前三的队伍名单"，薄荷茶一队屡屡名列其中。要是他们现在连决赛圈都没进就全员覆灭，那可真是天大的笑话了。

许小哥在电脑前急得脸都红了："撤退！撤退！马上撤退，我没法给你们加血了！"

"我跑不了啊！这怪一直缠着我！"疾如风气得破口大骂。

"我也跑不动了，这垃圾玩意儿太恶心了！你们仨直接走，别管我们了，能活一个是一个！"八根胡须也说道。

"听我指挥。"语音里一团忙乱时，薄荷茶镇定的声音就显得格外突兀清晰，"疾如风你别动，不要再用吸引火力的技能；胡须跟排骨尽力跑，能跑多远是多远；负责治疗的给他们加血，优先疾如风；容若公子先进安全区，找个安全地方等我们。"

薄荷茶中间没歇，一气说完。

容若公子注意到薄荷茶从头到尾没提到对她自己的安排。

那你呢？这个疑问他还没问出来，薄荷茶的声音再度响起。

"我来引开它。"

游戏官方对箭客这个职业，从一开始就有吸引敌方火力的设定。箭客相当于远程吸引怪物火力、承受攻击的角色，但具体在游戏江湖中，玩家很快发现这个设定非常鸡肋。

因为论吸引敌方火力，箭客开阳没有玉衡厉害；论血量和防御能力，开阳在这两个方面比较差。加上箭客操作难度达五颗星，久而久之，多数的开阳玩家不会把吸引火力这个技能拉到常用技能栏里。

容若公子想这些的时候，薄荷茶已经高高跃起……

轻功让她显得格外飘逸，长袖在空中狂舞，修长的身躯染上了烈日的光辉。而她在升至最高点时，恰到好处地朝着小怪物射出一箭！

太快了！

容若公子的操作不差，但他玩儿箭客的时候也是处处受限，总觉得这个职业是官方专门用来刁难玩家的。他看过不少知名游戏主播玩儿箭客时的走位、操作，其中自然不乏佼佼者——可他敢说，此时此刻就薄荷茶的反应而言，她的操作起码可以跟那些知名游戏主播媲美，甚至"有过之而无不及"！

她那一箭正中这小怪物的脑袋。

在疾如风放弃反抗之后，这小怪物正愁没攻击对象呢，恰好薄荷茶箭矢上附带的怪物仇恨值把它的注意力吸引过来。它呲呲低吼，冲着薄荷茶蹿去，蛇尾飞速扫向她，动作快得让整条蛇身化身为一抹残影。

它这一尾巴下去，薄禾的角色恐怕要掉一半血，但她居然避开了！

这小怪物快，她的动作更快，她以箭客特有的轻功在半空蹿来蹿去，硬是没被这小怪物打中。

毒圈逐渐逼近，除了薄荷茶，队伍中的另外几个开始撤退。

许小哥还在犹豫要不要留下来治疗薄荷茶。

"全都走，不用管我！"薄荷茶说道。

千钧一发之际，他们几个默默地往安全区狂奔，没有人再为了彰显个性故意与薄荷茶唱反调。

毒圈侵过来的速度正在加快，从距离他们身后十几米到几米，再到咫尺之遥。糖醋排骨跟八根胡须因为身上有减速效果，跑得稍慢一些，短短几秒钟他俩的血条就减少到百分之九十，而且还在持续往下掉……

两人拼尽全力跑进安全区时，自己真身累得跟真跑了一千米似的，此时都在电脑前大口喘气。

"薄荷茶还没进安全区。"队伍中不知道谁说了这么一句。

队伍中跑出来的几个人都沉默了。

疾如风的心里更不是滋味,他一意孤行去开怪,结果自己平安无事,反倒连累了队友。

现在他们最好的选择就是继续前行,但没人好意思先开这个口。

虽说薄荷茶的生机渺茫,但多等她一会儿,是他们作为队友唯一能做的事了。

许小哥也没吱声。

他就坐在现实中薄禾的旁边,正屏息看着她的角色在屏幕里跟小怪物周旋呢。

薄荷茶还试图从毒区往安全区跑,但身后的小怪物却对其穷追不舍……它不时释放出火焰去攻击她。她不时地左避右闪以化解妖蛇的攻击,同时还得注意屏幕右上角的地图。

薄荷茶的血量正在大段大段地减少,百分之六十、百分之五十、百分之四十……

许小哥看得急死了,却不敢催促她,生怕薄禾为此分神。

"怎么样了,怎么样了?"语音里,八根胡须一直在追问。

"还差一点儿,还差一点儿,别催!"他替薄禾回答。

他紧张得仿佛是自己在跑。他再看向薄禾,她的脸色依旧镇定自若——最起码许小哥看不出有丝毫的惊慌。

"百分之十五了,快快快!你再靠近一点儿,我在安全区就可以给你加血了!"许小哥大叫起来。

薄禾嗯了一声。

屏幕中残血的箭客正独自在地面上狂奔,这架势如其怀揣着天地之间最后的一点儿希望。

四周俱是暗红色的毒气,在薄荷茶的一呼一吸间深入她的血肉、骨髓,疯狂地侵蚀她的身体。

但孤独的箭客并未放弃，即使孤立无援，依旧拼尽全力想杀出一条血路。

终于，胜利在望。远远地，她看见队友们的身影了。

但她此时只有百分之五的血量了。许小哥急得鼻孔都快喷出火来了。

只见箭客一跃而起，用积蓄的内力奋力一跃，身影在半空中化为长虹，以燃烧生命的决绝姿态奔向前方的安全区。

所有人痴痴地看着这一场景。

许小哥早已蓄势待发，在薄荷茶进入自己的技能范围内立马跳起来，不停地给薄荷茶施放加血技能。

这小怪物似乎追累了，终于放弃了追逐，而薄荷茶也飞进了安全区。

众人不约而同地重重松了口气，语音室里的出气声清晰可闻。

他们再看向薄荷茶，即使最后几秒被许小哥疯狂加血，她现在的血量也只有百分之八。如果不是她反应敏捷，哪怕稍微慌乱一点儿，逃跑的路线曲折一点儿，或者多犹豫一两秒，现在肯定已经血量清零被淘汰了。

"别发呆了，毒圈很快又会再缩小，我们继续走。小哥帮我把血加满。大家尽量留着血药，等到决赛圈的时候，血药肯定会变得弥足珍贵。"薄禾声音稳稳地说道。

没有人再抬杠。

众人默默地跟在她后面，安静乖巧得像一群懵懂的小动物，就连此前最不服她的糖醋排骨也好似嘴巴被贴上了封条。

薄荷茶以绝对的实力和强势姿态，拿到了属于自己的指挥权。

许小哥看着一个个哑巴了的队友，忽然有点儿想笑。

早知如此，何必当初？

"薄禾辞职了？"

安宝华开完一个剧本的讨论会，刚从会议室走出来就从经纪人老潘口中得知了这个消息,不由得微微皱眉:"她找到新工作了?"

老潘:"好像还没有,可能想休息几天吧。"

安宝华:"我不是让你去找她,把我上次给她的提议再说一下吗?她再去找一份新工作,不管是什么,都不会比我介绍给她的待遇好、有前途!她到底有什么不满意的?"

老潘尴尬地说道:"我打电话了,她没接;我发了消息,她也把我拉黑了。这几天你忙着筹备新剧,我就没跟你说。"

"这孩子真是烂泥糊不上墙。"安宝华叹了口气,把"到底像谁"这四个字咽回了肚子,"她要是真有更好的职业选择,我绝对不勉强她。可她所谓的'自力更生',怎么听起来那么幼稚可笑?"

老潘说道:"我跟她的室友联系了一下,小薄好像因为什么事,跟室友闹翻了。秦川现在也跟他父亲闹了矛盾,被秦时愉从秦氏除名了,好像暂时没有新的职业去向。"

安宝华说道:"我们家老舒跟我说过,秦川一毕业就在他爸的公司里工作,算是把盛名经营得不错,但根本没有基层经验。现在他被彻底断了后路,就算一时吃穿不愁,也很快会坐吃山空,到时候迟早要回去跟他爸服软的。薄禾和秦川他俩最后很难走到一块儿。"

老潘点头附和:"他们俩成长的环境差太多了,门不当户不对的,的确难以长久。"

他不免想吐槽,心说:你以前嫁给你们家老舒的时候,不也是门不当户不对的,怎么换了薄禾就不行了?

但看着安宝华不自知的表情,他没傻得把这句吐槽说出来。

老潘不是傀儡,也不是安宝华的用人。他作为经纪人固然需要与安宝华保持一致的立场,可那并不代表就没有自己的想法。偶尔,他也觉得安宝华对待两个女儿的态度实在是天壤之别——就算舒窈是爱的结晶,可难道薄禾就是歪瓜裂枣?

偏心最终令人在歧途越走越远，这也许就是安宝华的写照。

如果薄禾一辈子这样庸庸碌碌也就罢了，有朝一日要是有出息，不知道安宝华会不会后悔？

老潘虽这样想，不过也觉得他的假设太过理想化了。世上绝大多数人是在平凡庸碌的一生中度过，虽然薄禾的骨气令人刮目相看，但最后多半会沦于平凡，甚至在若干年之后她会后悔自己的年少轻狂，后悔当初没有接受亲生母亲的帮助，而人的青春年华是有限的，有时候错过了就是永远。

此后，两人都默契地没再提起薄禾。

对安宝华而言，薄禾是一个即使出人头地也未必能令她脸上有光的女儿。

"我准备让窈窈直接出国，她爸却觉得让她参加一次高考也不错。你觉得呢？"很快，安宝华转而说起自己钟爱的女儿。

秦川正在厨房煎蛋。此时他神情专注，仿佛在做一项无与伦比的大工程。

"强迫症患者"准备把蛋煎成一个无论用肉眼还是仪器测量都毫无破绽的圆形，但腰间突如其来的一双手臂让他忽然走神儿，铲子歪了一下戳到了蛋上，煎的圆形蛋随即缺了一角，就像某个以水果命名的品牌的商标。

"不完美了。"他嘟囔道。

"嗯？"薄禾从秦川身后探过头来看向锅里，"挺完美的啊。"

秦川叹了口气，这就是完美主义者和得过且过者的区别。

"今天的游戏比赛怎么样？"他问道。

薄禾摇了摇头没说话，但表情倒是挺淡然的。

秦川："以你们的技术，除非内讧，否则正常发挥还是可以出线的，你们不会连区服海选都出不了线吧？"

薄禾："出线倒是出了,就是……"

秦川安慰道："名次不好也没关系,能出线就行,后面还有机会。"

薄禾叹道："我也是这么想的。虽然我们最后拿了本服第二吧,但'阵亡'了两名队友。我总觉得这荣誉来得太虚,要是淘汰赛再遇到强敌,就有点儿棘手了。"

秦川嘴角抽搐了一下,道："你这是故意耍我呢?"

薄禾笑嘻嘻地道："哎哟,被您老猜中了。"

周晗带着人从市区一路开车到郊外的镇上,循着方向,经人指点,七弯八拐,没少走冤枉路,才终于抵达目的地——镇子外面的一处茶园。

此时距离他们早上出发,已经过去三个多小时了,随行的人大多饥肠辘辘的。周晗此时也头晕眼花,半句话也不想多说。

这里本不是旅游区,自然没有农家乐和小饭馆,周晗的助理在沿途的小超市买了点儿方便面。周晗平时吃惯了日料、法餐,甚至还有五星大厨亲自出马给她做饭,现在看到只有方便面,又一路颠簸,哪里还有心情吃饭,摇摇头推了。她只想快点儿见到人。

中午十二点刚过,腿脚有点儿发软的周晗终于在茶园见到了秦川。

她差点儿就认不出他来了。

秦川背对着她,脑袋上扣着一顶质朴的草帽,正蹲着跟旁边的人说话。

他的T恤被汗水浸湿了,在背部有一大片汗渍,隔着大老远周晗仿佛都能闻到他身上散发出的汗水的味道。

但秦川若无所觉,裸露在外的手臂明显比脸和脖子还要黑上一个色号。

周晗简直不敢相信——这是曾经大热天都要一丝不苟地穿着西装三件套,很少踏出空调房,古龙水香味不离身,对自己、对别人同样要求"完美主义"的秦家长子。

这要是没有特地过来，知道这位本主儿是秦川，那么错眼一看，她还以为这是乡下老农的孩子。

"周女士，"助理在旁边小声道，"要不要让我先过去打个招呼？"

周晗回过神，踩着高跟鞋走过去，在秦川背后停下："秦川！"

天气太热，周围的蝉鸣太聒噪，她的声音又小，秦川对她的喊声毫无反应。

周晗不得不提高声音又叫了一次。

这次秦川听见了。

他回过头，脸上露出讶异之色，似没想到会在这里看见周晗。

"周女士，"他道，"您好，请问有事吗？"

周晗看了看他身边那位好奇的男士，显然这位是茶园主人，又抬头对头顶的烈日皱了皱眉。

"你有空吗？我们找个凉快点儿的地方谈一谈？"

秦川略一思忖，道："可以。"

即使他们之间没发生过激烈的矛盾冲突，秦川也觉得自己根本没有什么可以跟周晗聊的。

对这个取代了自己母亲位置的女人，秦川当然不会太喜欢。

有闲聊谈心的时间，他还不如去跟茶园主人多了解一些茶叶的知识，为茶馆的扩大经营打下基础，好给薄禾提供更好的生活。

最起码，他可以让薄禾想做什么就做什么，而无须考虑经济上的问题。

这是他喜欢一个人的最大诚意。

秦川开始走神儿，想起此前自己难得起了个大早，在阳台上边抽烟边思考人生。

他发现几年前，甚至几个月前的自己，完全没有"为人生的另一半考虑"的觉悟。

秦川当初进盛名的时候虽然已经为自己找好后路，并未将盛名当作自己唯一的事业,但对婚姻、对女人的态度,远没有现在这样认真。

哪怕是正式交往过的迟筠,秦川对她的态度也仅止步于"作为自己的妻子人选是合格的"。至于她的事业发展、人生规划,秦川从来没有考虑过,甚至在内心深处未尝没有想过迟筠看上的是他的身份而已。

直到他遇上薄禾。她打破了秦川对人生另一半的偏见。

面对薄禾,秦川不认为她是自己的附属品,也不认为她有什么是不能做的、不可以去做的。

薄禾外表看似柔弱,内心却极强悍。她对于工作也好,游戏也罢,从来不需要秦川帮忙或出主意。即使没有秦川,她依旧能活得很好。

也许在别人眼里,薄禾是一个微不足道的小人物;可在秦川眼里,她是属于自己的"薄荷茶"。

心高气傲的秦老板甚至第一次愿意去追随一个女人的脚步,而不是一定要走在对方前面,盖过她的锋芒。

薄禾去参加电竞比赛的决定是对的。秦川知道,那会让她大放异彩,也会令她彻底发挥自己的才能。但他也知道,电竞并不是一项非常赚钱的事业,除少数人,大多数人完全是冲着兴趣去的。

所以他更要多赚点儿钱,好让薄禾毫无后顾之忧地去做自己想做的事情。

周晗发现自己开场寒暄的时候,秦川一直在神游,对方的眼睛并不是看着她,而是看着她面前的茶杯。

茶园里有个休息驿站,供访客小憩品茗,木桌、木椅、竹棚,有些简陋,却颇有野趣。

周晗没感觉到野趣,只发现这里的蚊子特别多,而且不咬秦川,专门叮她的小腿。

"秦川!"她有点儿火大,不由得加重了语气。

秦川终于回神,并将视线拉回来落在她的脸上。

"我的提议,你觉得如何?或者我再说一遍?"周晗问道。

"我听见了,"秦川缓缓地说道,"您想合作。"

周晗:"对。老头子现在最宠爱的是他的情妇和情妇所生的私生子,而且我收到消息,他已经在近期跟律师见过面了,打算修改遗嘱,把自己手上的秦氏股份大部分留给那对母子。我想,你也不乐意看见这样的局面吧?"

秦川:"把他的股份抢过来,然后呢?"

"我们对半分,"周晗抿了抿唇,"或者你六我四也没问题。我得为秦泓考虑,你是他的大哥,也不希望他以后一无所有吧?"

秦川道:"我不要。"

怒意在周晗的脸上一闪而逝,她隐忍地道:"你七我三。"

秦川道:"我说我一分钱都不要!就算我九您一,我也没兴趣。如果我要争,还会跟老头子决裂吗?我直接讨好他,处处顺着他,那还不容易?还有,您别太小看秦时愉。甭管您想用合法还是不合法的手段去得到您刚才所说的一切,都很难成功。我说我不要的意思,是我放弃整个秦氏,以后秦时愉的钱跟我一点儿关系都没有。就算他求着我,双手把秦氏股份悉数送给我,我一定转头就变卖折现,通通捐给慈善机构,您信不信?"

周晗像看疯子一样看着他,满脸写着"你是不是脑子有毛病"。

秦川:"我脑子没毛病,是您境界太低。"

周晗:"……"

秦川:"秦泓已经成年了,完全有能力自立了,更何况这些年您手里应该也有不少资产,完全够你们母子过好下半辈子。如果您觉得不甘心,非要去争一争,那我祝您成功。"

他站起身:"我要去赚钱让自己和老婆过好日子了,再见。"

"等等!"周晗叫住他,也站起身来,"老秦病了。"

秦川停住脚步,转过头来:"'病了'是什么意思?我看他昨天还参加《政经论坛》采访直播，大谈我国经济前景，活蹦乱跳的。"

周晗深吸一口气，说道："心脏病，上周发作了一次。本来我也不知道，后来是他的司机小许行事鬼祟被我看出端倪了。我派人去查，才得到一点儿风声。他此事瞒得很紧，具体严重与否我也不清楚。"

秦川："所以您很担心，怕他什么时候突然发病，秦氏资产就有一部分要归到他的情妇和私生子名下了，而且这部分还不知道有多少？"

周晗冷冷地道："秦川，我不管你到底是真不在乎还是假不在乎，你是秦时愉的长子，我是他的合法妻子，这份基业如果落在别人手里，不是钱不钱的问题，而是你甘不甘心的问题。我不甘心，所以来找你了。就算你拿到钱，想全都捐出去也行，总之不要便宜了那对母子！"

秦川："那您想怎么做？"

周晗不语。

秦川："如果您想达到目的，摆在您面前的有两条路：一是明着来，跟老头子摊牌，动之以情，晓之以理，确定他没有给他的情妇和私生子留什么财产；二是暗着来，说服老头子身边的亲信，夺他的权，或者直接把老头子赶出秦氏。这两条路您基本上是行不通的，因为只要老头子活一天，就在秦氏有着绝对的掌控权——以他那种变态的控制欲，您不会有机会。除非您想用非法手段，买通律师，伪造遗嘱……"

这里地处户外，四面透风，他们周围也没人，不担心被人偷听。

周晗："自然最好是合法手段。我们从长计议，总会有办法的。"

秦川注意到她沉默了一会儿才开口说话，也注意到她这句话里的"最好"两个字。

如果达不到"最好"的情况，那她想做什么？

秦川不置可否，正要说自己没兴趣参与，却见茶园的工作人员带着一个人走了过来。

周晗和秦川不约而同地定睛朝那人望过去，发现竟然是关慎。

关慎穿着一身休闲运动服，与平时在公司里穿衬衫、打领带的形象截然不同。

他大步流星地走过来，脸上带着一贯的严肃表情，被运动服一衬，看上去有点儿滑稽。

秦川有点儿想笑，最终忍耐不住真笑了。笑过之后，他忽然发现自己的心态变得比过去平和许多，不再满脑子塞着工作，偶尔也会琢磨生活中的小情调。

也许他是受了薄禾的影响。

"老板！"关慎似没想到周晗也在这里，愣了一下才点头对着她打招呼："秦夫人。"

周晗也回以礼节性微笑，然后道："你好。现在不是上班时间吗？你不在盛名怎么跑这儿来了？"

"我辞职了。"关慎道，"盛名还有几个老员工也要辞职，老板让我把他们安顿好再走，所以拖了几天。"

周晗愣了一下。

之前秦川被从盛名赶走的时候，盛名的不知哪个缺德玩意儿还提前通知了媒体。媒体拍到秦川那天从盛名离开的"落寞姿态"，这照片集合落日余晖、形单影只、高楼大厦三大元素，还起了个标题，叫"被驱逐的失败者"，上了当天社会新闻的头条。

对秦川的离开，背后嘲笑、奚落者不在少数，就连在平时奉他为商业奇才的商圈里，周晗也听过不少流言蜚语——有说秦川失宠的，有说秦川太傻不知道早点儿拿到盛名绝对控制权的，还有说秦时愉只是在"熬鹰"的。即使在那之后，秦川再没参加过一场任何形式的商业宴会，关于他的话题依旧持续了好一阵子。

周晗本来也以为会看见一个落魄、失意的秦川，但她看到的恰好相反，就连关慎都放弃盛名的大好前程，跑来跟着前东家。

关慎以前在盛名的待遇,现在的秦川能给得起吗?

关慎似乎看出她的不解,笑了笑,道:"老板经营下的盛名都让秦先生动了心思,再给老板一些时间,说不定又会有一个新的盛名。"

周晗脱口而出:"盛名有秦氏。"

当初盛名能慢慢做起来,跟秦氏有关,而现在的秦川什么都没有。

关慎没再跟她说下去,因为秦川已经对周晗下了逐客令。

"周女士,您现在走吗?要是您还想多休息一会儿,我就跟关慎去别处了,不打扰您。"

虽然这里风景不错,入目皆绿,但周晗早就受够了。她在这里待了不到一个小时,不仅被蚊子"热情招待",还被秦川奚落一顿。

她一言不发地起身,转身就走,头也没回,在助理的陪伴下,重新回到自己那辆舒适的车里。

秦川看了她的背影一眼,转头就问关慎:"你怎么过来了?"

关慎道:"秦先生找不到您,就让人联系了我。他想让您回去。"

秦川:"条件呢?"

关慎:"还是老条件。"

秦川:"那我不会回去的。"

关慎:"秦先生那边的意思,如果您肯按照他说的去做,就让您直接入主秦氏,而不仅仅是拿回盛名。"

秦川嘲讽道:"他总觉得自己拥有的别人求之不得。老头子弱肉强食、刻薄寡恩的作风已经深入秦氏骨髓。秦氏如此大规模了,他还不满足于现状。前阵子,市里在国外有个重点项目,秦氏跟长龙两家听说有利可图,居然作死去抢,破坏市里的布局,最后被各打五十大板。"

关慎点头:"是,这件事我也听说了,但据说当时不是秦先生的授意,是他手下的人自作主张。"

秦川:"如果不是,这就说明老头子对秦氏的掌控力度已经大不如

435

从前，最起码不像在外表现出来的那么强势；如果是，那就更说明他老糊涂了。他长久以来的作风已经深深影响了秦氏的决策，单凭我一个人，除非大刀阔斧地清除掉秦氏的那些元老，否则根本不可能改变现状，而这一切，老头子在世时又绝对做不到。所以我宁可从头开始，哪怕局面跟在秦氏没法比，起码也能灵活掌舵，自己做主。"

关慎已经明白秦川的意思了："我这就去回复秦先生。"

"等等！"秦川喊住关慎，然后站在原地失神了一会儿，才缓缓说了句话，"你跟他说，让他注意身体。"

离薄荷茶他们参加游戏海选已经过去几天了，海选中打斗的录像被众多游戏视频制作者剪辑、转载、点评，众人对此次赛事津津乐道。

如果细数这款游戏历史上以少胜多的战役，薄荷茶那一队无疑是赢得最漂亮的一场。

当时他们一队历经艰险到达决赛圈的时候，队伍人马已经六去其二，存活下来的分别是薄荷茶、许小哥、八根胡须、容若公子。

俗话说"叫得欢的人死得快"，彼时糖醋排骨和疾如风两个人，已经一前一后"壮烈牺牲"了。

少了两个队友，薄荷茶他们走得异常艰辛。

第十六章
完美配合

本服海选，如千军万马过独木桥。

大家都是头一回接触这个副本，能逃过游戏设置的重重陷阱，打败拥有各种未知技能的野怪，最后晋级到决赛圈，无疑都算是反应迅速、操作到位的高手了。

晋级决赛圈的就包括之前被许多人看好的咕咕咕队和杨柳队。

薄荷茶他们这一队，原先也是被看好能夺冠的潜力队，但在队伍折了两名队友之后，很快就被排到最有希望拿前三的队伍之后了。

在比赛期间，本服玩家可以通过游戏观战，以他们关注的某支队伍的视角去旁观比赛。

在薄荷茶的队伍剩下四个人之后，观战他们队伍的玩家人数骤减。很多人立马去围观其他排名更靠前的队伍了，只有与薄荷茶他们几个队友认识的游戏朋友和少数散户玩家还在坚持……

他们很快就会见证奇迹。

所有幸存玩家被毒圈和陷阱驱赶着来到一处密林。

这是沧澜山脉中部的一个山谷，这里气候条件异常恶劣——须臾暴雨，须臾烈日。密林内有系统随机布下的陷阱，但幸而有规律可循，这对众人来说倒是不难闯关。即使如此，众人还是小心翼翼，尽量避开会被触发的陷阱，在密林中边作战边前行。

此时游戏系统显示玩家还剩四十五人，也就是说，除了薄荷茶一队四人，还有四十一人，队伍数量未知。

薄荷茶他们最先遇到了杨柳队。

这是公认最有冠军潜质的队伍之一，这支队伍中的三个人都是服务器战力榜排名前十的玩家。

虽说战力高的玩家几乎等同于充值多，不一定技术好，但薄荷茶一队的人还是不能掉以轻心。更何况杨柳队是一路遇魔杀魔过来的——他们不仅运气好打败了小怪物，有两个人还分别拿到了两把紫色武器，而且他们的队伍是完整的六个人。

薄荷茶队有苦难言，因为自身是被杨柳队特意找上的。杨柳队四处寻找队员人数不全的队伍与之厮杀，从而淘汰对方以积累分数。杨柳队看见薄荷茶一队之后自然不肯放手，两名天枢一马当先，剑随身动，化为数道金光射向了薄荷茶等人！

容若公子和薄荷茶几乎同时跃起！

许小哥则使用"凌波微步"技能，移向旁边躲开对方的攻击。

唯有八根胡须大开大合，直面迎上。对方的剑光在他的身上炸开，八根胡须瞬间成半血状态。

他牺牲自己，为薄荷茶他们争取了时间。

薄荷茶已在半空悬浮，瞬间箭如飞羽，散作千花，一道道流光刺入对手的阵形核心！

容若公子则将剑幕横在身前，为己方队友竖起一面持续三秒钟的防护墙。他的技能之所以有长达三秒的时效,是因为他中途在一个对手的身上捡到了紫色武器。

全队之中,只有容若公子的武器级别最高,附带技能等级也最高。

三秒能干什么?

此时他们已经处于劣势。

对方六个人,己方四个人;对方全员满血,攻击防守有张有弛;己方八根胡须已经残血。许小哥如果给他加血,势必不能全力顾及脆皮的薄荷茶跟容若公子——他只能三选一。

对手的两名天枢已经冲至容若公子的剑幕面前,咫尺之遥,金光乍起!队长"杨柳狂舞"不由得冷笑一声,将攻击目标锁定为许小哥。

负责治疗的人一死,即使他们攻击能力再高,也无力回天。

杨柳狂舞是玉衡,玉衡的门派特色除了吸引火力,还能无视天枢的剑幕。

于是杨柳狂舞直接冲破容若公子的剑幕,转身绕到他背后,手中铁索卷向了许小哥!

许小哥正在为薄荷茶与容若公子保驾护航,一根铁索冷不防地从后而至,重重地抽在了许小哥的身上。

血花爆出,许小哥整个人飞了出去!

但杨柳狂舞猛然发现,己方非但没在三秒之内把对手搞定,局势还发生了巨大的变化。

薄荷茶借着前两秒接连出招,箭如雨下,除了杨柳狂舞,对手阵营的其他人都躲闪不及,纷纷被她的箭矢射中,血量噌噌地往下掉……而薄荷茶在最后一秒,却不再远程攻击,而是俯冲而下,半路把箭换为匕首,冲向对手阵营的负责治疗的人,直接将那人打成了残血状态!

八根胡须没等许小哥给自己加血就已经朝着对手阵营冲过去,给了杨柳队负责治疗的人致命的一击。

那人"阵亡"了，薄荷茶他们配合完美！

杨柳队是一支攻击型为主的队伍，只配备了一个治疗型角色，只要这人一没，其他成员就只能自己嗑回血的药补血了。

问题是，在这个游戏的设定里，打完怪后掉落的血药也不多，目前杨柳队就算捡了一些，也多数是低级血药。他们队负责治疗的人一没，其他人光靠嗑回血药是不可能将血量补满的。

薄荷茶趁着己方士气高涨，连连给出指令——他们凭借剩余的四人竟然将杨柳队的六人绝地反杀！自没了治疗型的队友开始，杨柳队"一步败则步步败"，很快被击得七零八落、溃不成军，最终被薄荷茶队团灭。

这场战斗仅仅是薄荷茶队大逃亡中的小插曲，却因为某位主播的直播讲解，一跃成为本服海选中令人惊艳的热门话题。

即使最后薄荷茶他们败给了咕咕咕队，仅拿到本服海选的第二名，却也不妨碍他们名声大噪！水涨船高，薄荷茶队一跃成为本服明星队！

不少人事后还专门找视频观看这个战斗片段，成为薄荷茶的粉丝。

众人公认，在这场精彩绝伦、以弱胜强的反杀战里，薄荷茶中途变招，瞬间削去对手负责治疗的人大半生命值，是队伍转败为胜的关键。

但很多人并不知道，薄荷茶还是这支胜利队伍的总指挥。

薄荷茶队最终以第二名的成绩出线，并将在三天后继续参加区服与区服之间的淘汰赛，最终决出十六强参加官方举办的线下比赛。

这个名次和比赛过程中的险象环生，也让这支原本人心不齐、懒散惯了的队伍头一回有了危机感。

众人知道，这次他们虽然拿了第二，但那是因为大家都头一回玩儿这个副本，而且最后对方轻敌也是他们获胜的原因之一，等到了跨服竞技阶段，所有人肯定要拿出看家本领去拼个你死我活，战况只会比现在更激烈。

所以容若公子就提了个建议,要不大家线下见一面,互相熟悉熟悉,然后商量接下来的战术,这样总比隔着电脑屏幕,在语音里七嘴八舌地讨论要好。

这个提议得到了其他几个人的响应,经过这场比赛,大家也比刚开始亲近了很多。好巧不巧,疾如风正好就在薄荷茶所在的城市读大学,第二天又是周末,众人一合计,就干脆约在薄荷茶所在的城市见面。

地点则是薄荷茶定的——距离盛名不远的一家咖啡馆,她以前常去。

女士优先,大家自然都没意见。

别看大家打游戏的时候情急之下什么话都能出口,等到线下真人见面了,彼此却拘谨起来。

薄禾没有姗姗来迟或压轴出场的毛病。作为东道主,她已经做好买单的打算,早早就去咖啡馆那里订了个包间,还把钱也预付好了,避免到时候出现尴尬的抢单场面。

最先到的人是疾如风。

这个在比赛语音里跟薄禾针锋相对,甚至一开始瞧不上她的人,现实里居然是个性格腼腆的大男孩儿。这个大男孩儿在看见薄禾之后,口才根本没有游戏里的十分之一好。他介绍了自己的游戏昵称和从哪里赶来之后,就沉默了。

薄禾问他一句,他就答一句。

在网络里口无遮拦是一回事,毕竟"我即世界,一切虚无",瞧不上对方也用不着掩饰,但现实双方见了面又是另一回事。疾如风没想到薄荷茶在游戏里那么强势,实际上是个娇滴滴的女孩子,而且笑起来还有酒窝。她扎了个马尾辫,皮肤白皙,娇俏可爱,比学生还像学生。

面对这样一个女孩子,疾如风怎么也说不出对她不礼貌的话,甚至想起自己之前在语音里说的一些不得体的话,还暗暗感到后悔。

不仅他一个人有这种感觉，陆续过来的队友们，除了已经见过薄禾的许小哥，容若公子和糖醋排骨无不对薄禾表现出不同程度的惊讶。

虽然薄荷茶在语音里的声音很甜美，但显然他俩都跟疾如风一样有固有印象，觉得薄荷茶现实中一定是个女汉子型的姑娘，也许对她的身材还会自行加上虎背熊腰、身强体壮等模糊轮廓……谁知薄荷茶真人与他们所想象的形象大相径庭，反倒和她的声音非常契合。

八根胡须倒是与游戏里的豪爽的形象一般无二。他是典型的北方汉子——高大粗犷，在华北从事信息技术行业，趁着周末飞过来，看见薄禾的第一句话就是："老铁，长得不赖啊！"

薄禾回应："彼此彼此。"

两人相视一眼，哈哈大笑起来，颇有游戏里配合默契的兄弟情谊。

毕竟都是年轻人，最初的尴尬过后，大家很快熟络起来。

这六个人里，容若公子在区服里比较活跃，交际也广些。虽然他不是主播，但认识不少知名主播，消息灵通——这次跨服淘汰赛的情况也就由他来介绍。

"这次每个服务器规定排名前三的队伍出线，一共三十个服务器，也就是说有九十支队伍参赛，最后只有前十六名才能出线。竞争相当激烈，我们要做好心理准备。"

容若公子二十五六岁的年纪，也是毕业工作没多久的年轻人，看上去家境不错，穿戴打扮皆是名牌，也有些傲气。但一旦成为被他真心认可的队友，大家发现他还挺好相处的。他做的赛前准备也异常精心，还打印了几页资料，给每人发一张。

"你这跟备战高考也差不多了吧？"一个队友打趣道。

"我们要是不能出线，会不会被你给剁了？"疾如风也加入了。

"里面还有每个队伍的成员昵称和职业，连这次比赛是不是由主播代玩儿都标出来了，你这是请了个中情局？"另一队友调侃起容若公子来。

大伙儿纷纷跟他开玩笑。

容若公子却没有笑,还解释道:"九十支队伍,一队六个人,我不可能每个人都打听清楚,只能标出一些有代表性的玩家,大家将就着看吧。其实我觉得主要还是我们自己,只要实力够强,不管对方是什么牛鬼蛇神,都无所谓了。"

他说完这些话,其他人都不约而同地看向薄禾。

经过上次比赛,薄禾已经无可争议地成为众人的指挥官。

人不可貌相,也许会成为疾如风初识社会的第一课。

"你们别这么看我,我压力很大。"薄禾耸了耸肩,一派轻松的样子,"其实你们不用太紧张,比赛用新地图,我们是头一回接触,对手也是。大家的起点是一样的,差别只在于参赛选手的反应、操作和运气。最后一项我们决定不了,先剔除,反应跟操作是可以练习的……"

她话说到一半,容若公子的电话响了,他做了个抱歉的手势,离开包间出去接电话。

大家索性中场休息,开始随便聊点儿游戏之外的轻松话题。

薄禾也起身去洗手间。

等她从洗手间出来,却遇见一个意想不到的故人——唐蜜。

自从递交了辞职报告,薄禾就没再去过盛名。

早在辞职之前,她就已经把手头的工作全部完成,所有交接文档都可以在公司电脑里找到,不需要再进行口头交接。唐蜜就算有心让她去公司刁难她——薄禾不肯去唐蜜也没办法。

确切地说,她们俩之间没有"不是你死就是我亡"的仇怨。职场上给同事挖坑的事不新鲜,似唐蜜这等口蜜腹剑、把职场当作江湖来闯荡的人,也从来不少,更何况其自身就是秦时愉的人。如今秦时愉把秦川从盛名赶走,新任一把手为了巩固地位,要拿盛名忠于秦川、不肯合作的老人开刀,唐蜜自然不需要对薄禾客气。

如果薄禾忍气吞声地留在盛名，唐蜜还能时不时地拿捏一下她，揉圆搓扁，权当消遣。偏偏薄禾一个小职员居然一点儿委屈都不肯受，直接辞职了。

对于此事，唐蜜一直耿耿于怀，心里似横着一根刺。

即使这根刺对唐蜜来说无伤大雅，但她的内心就是不舒服。那种感觉像是一个本来她认为地位低微、无关紧要的小人物，忽然有一天跳到她面前叫嚣，试图挑战她的权威。

唐蜜此前以为自己已经把这根刺消化掉了，直到此刻看见薄禾迎面走来，才发现那根刺一直都在。

唐蜜眼看薄禾根本没有跟自己打招呼的打算，对方一副"脚步不停，目不斜视"的架势，唐蜜的内心又岂能舒服？

"薄禾，"唐蜜幽幽地道，"碰见老同事，不打个招呼再走吗？"

薄禾像是才发现唐蜜的存在，一脸恍惚："哦，你好。"

唐蜜："你——"

薄禾："再见。"

唐蜜："……"

薄禾还真朝她摆了摆手，然后快步离开。

唐蜜简直快被气死了。

"别走，秦先生也在，你跟我一起去打个招呼吧。"

薄禾："哪个秦先生？"

唐蜜："秦川的父亲，秦氏的大老板。还能有哪个秦先生？"

她认为只要薄禾还想跟秦川在一起，哪怕秦氏父子闹翻了，薄禾也不可能错过这个与秦先生见面并讨好他的机会，因为正常人的思路都是如此。

薄禾却道："我从盛名离职了，也不认识什么秦先生，就没必要与他见面了吧。"

一个西装革履的年轻男人迎面朝着薄禾走来："请问您是薄禾薄小姐吗？"

薄禾："我是。"

男人道："秦先生想见您一面，不知是否方便？"

男人展现出的态度虽然彬彬有礼，但有不容拒绝的架势。

秦时愉身边不留没用的人。

薄禾听秦川说过，秦时愉一共有三名得力助理，往往也身兼保镖之职。当然，他们的薪资、待遇也是超乎寻常人想象的。

薄禾面对这个人，态度与刚才面对唐蜜时一样："对不起，我不太方便。"

她面色淡然，拒人于千里之外。

男人显然也没想到薄禾会拒绝得如此干脆，却丝毫没有离开的意思："薄小姐，秦先生很期待与您见面。如果您有什么希望得到的东西，这也是一次很好的机会。"

薄禾沉默片刻后道："如果我还是说我不想去呢？"

来这座城市跟队友们见面之前，容若公子不是没有过疑虑，毕竟大家家境不一样，尤其是《九霄》这个游戏——有钱的大佬基本请代练，像他这种自己亲自上阵玩儿游戏的很少。容若公子还听说他的队友里边，薄禾刚辞职，疾如风跟许小哥都还是学生……从这些人在游戏里的消费习惯来看，家境应该也比较一般。

综合以上想法，容若公子已经做好全程买单，并承担大家大部分消费的心理准备了。

他家境不错，人也不小气，平时吃穿用度要求也比较高，还有洁癖……他没好意思直接让薄禾订高档点儿的餐馆——大家也不算太熟，那样做挺不礼貌的，也有瞧不起他人的嫌疑。容若公子打算来了之后看情况再让大家"转移阵地"。

让他松一口气的是，薄禾没订廉价小餐馆或者连桌子都油腻腻的那种饭店，选的是市中心的高档咖啡馆。这里不但环境幽雅，而且窗明几净的，完全符合他容若公子心目中的要求。

他在咖啡馆外面打完电话，就想顺便去买单，免得回头队友们还得在服务员面前抢单，那多尴尬。

谁知服务员告诉他，他们那桌早就由薄禾买好单了——是预付款，而且目前显然预付的钱还没消费完，兴许最后还要退款给薄禾呢。

容若公子不是学生，已经踏入社会了，有与人打交道的阅历了，自然明白薄禾的细心体贴，因此对自己之前在游戏里刁难人家小姑娘就更感到不好意思了。他准备晚饭的时候找一家高档饭店请大家吃饭，权当给薄禾赔罪了。

就在一边想一边往里走时，容若公子看见了薄禾。

薄禾面前站着两个人，一男一女，都衣着光鲜。但两人与薄禾对话，脸上都没带着善意。

犹豫片刻，他没有离开，也没有贸然上前。假如薄禾没有遇到难处，他就当没看见；如果那两个人想对薄禾怎么样，他自然不能坐视不理。

三个人一直在说话，容若公子听不见他们谈话的内容，但大体知道他们的交流并不多，更多的是在对峙。

然后他就看到薄禾要走，西装男人上前一步把她拦住了。

得出面了，容若公子想。

他迈步走过去。

"薄荷茶！"他喊的是薄禾的游戏昵称，"怎么了，要帮忙吗？"

薄禾闻声看过来，然后冲他一笑，又摇摇头，转头指着旁边那张实木高脚几和几上硕大的花瓶摆设，对唐蜜两人道："看见这两样东西了吗？"

唐蜜两人一头问号。

上一秒还一头雾水的两人，下一秒就看到薄禾一只手将大花瓶拎起来，另一只手则拎起那张一看就沉甸甸的高脚几。她两只手还晃了晃，然后满脸轻松地冲他们笑了笑。

容若公子已经看呆了。

他觉得自己也能拎起那张高脚几，但绝不是单手，如果单手的话，拎起那个大花瓶都困难。

薄禾能把它们拎在手里摇晃了摇晃……

这是什么力大无穷的"魔鬼"？

别说他，就连唐蜜跟秦时愉的助理也都呆若木鸡。

薄禾很快将高脚几放回原位，花瓶也放了回去，朝旁边目瞪口呆、忘了出声阻止的服务员小姐姐笑道："不好意思，借你们的摆设用一下，没有损坏。"

小姐姐愣愣地点头，不知道该说什么。

那个助理很聪明，马上明白薄禾的意思了，一改刚才倨傲的态度，变得客客气气的："对不起，薄小姐，我也是'受人之托，忠人之事'，要是您实在不想过去，我这就和秦先生去说一声。不知您是否方便留个联系方式，好让秦先生另外约您？"

薄禾不想跟他吵架，而是用实际行动告诉他——只要她不愿意，就没人能勉强她去做她不想做的事情。助理想倚仗秦时愉的权势，强行把她"请"过去，是完全行不通的。

"我在这里跟别人有约，实在没空。我知道秦先生想跟我说什么，无非是想说秦川的事情。你告诉他，他自己管不了儿子，我更管不了，他的儿子那么多，应该也不在乎秦川一个。"说完，她转身往前走了几步，似又想起什么，折返回来，跟助理要了个电子邮箱。

"稍后我会把一些东西发给你，秦先生应该感兴趣，就当我没亲自去见他的赔礼了，劳烦你帮我转交。"

唐蜜眼睁睁地看着薄禾走了，而自己带着秦时愉的助理出马，非但没有令薄禾对自己低下身段，还被反将一军。

她至今不明白，以薄禾的职业、年龄、阅历，怎么有胆量见谁都敢顶撞。如果薄禾是把秦川当成自己的倚仗，那么此时贸然得罪秦时愉，那也太蠢了。

社会会教愣头儿青做人，像薄禾这样的年轻人，早晚会碰钉子。

但唐蜜忘了，这世上还有"无欲则刚"这四个字，即使这样的人很少，但总归是有的。

只要薄禾无所求，唐蜜就拿薄禾没办法。

相反，唐蜜想要的东西太多，弱点也就变多了。

她印象最深刻的还是薄禾临走之前冲她意味深长地笑了笑，说："唐蜜，你会后悔今天叫住我的。"

解决完唐蜜这边的事情，薄禾快步回到了队友们所在的包间："不好意思，刚才在外面有点儿事耽误了……"话戛然而止，她神色古怪地环视了一周，发现几个队友都瞪着她看呢，"你们怎么这么看着我？"

八根胡须对着她拱了拱手："老大，以后我们就跟您混了！小弟几个不才，您千万别嫌弃！"

糖醋排骨还站起来鞠躬："大佬，我有眼不识泰山！您以后有事吩咐一句，小的赴汤蹈火都在所不辞！"

薄禾看着他们作怪，无语片刻，转向容若公子："你跟他们说了什么？"

先行回来的容若公子哈哈一笑，道："我刚才没忍住，把你的英姿给他们描述了一下。人不可貌相，失敬失敬，以后你就是我们的老大了！你说往东，我们绝不往西。"

其余四人居然异口同声地道："老大好！"

薄禾："……"

小插曲之后，众人回归正题。

既然已经确认了由薄禾来当指挥官，众人就等着薄禾对战队进行进一步的分工。

其实该总结的经验，他们之前已经总结过了，无非是负责吸引火力的玉衡先行，负责治疗的摇光居中策应，其他职业根据远程或近攻灵活变动，尽可能不要让自己成为摇光的累赘。毕竟他们团队里只有一个摇光——许小哥。哪怕他加血量惊人，也不可能每时每刻都及时地去照顾每个人的血量，总有疏忽的时候。而他们要做的就是彼此不要距离太远，尽可能地把团队的力量发挥出来。

如果官方单独开设一个练习服务器，让他们平时没事进去练习也就罢了，偏偏为了保证比赛公平，尽可能地让玩家们都在相同的起点上，非比赛期间官方关闭了新地图的副本。

也就是说，参赛者除了比赛时，其他时间段都无法进入游戏体验新玩法，所有经验都来自那几场晋级淘汰赛。新副本会在这场比赛彻底结束再向全体玩家开放。

所以现在晋级淘汰赛的参赛队伍都在拼命寻找海选直播视频回放，想从中寻出一点儿规律。

薄禾他们也不例外。容若公子特地带了一台笔记本电脑，搜集了不少晋级淘汰赛视频。大家在一起观看每支队伍的比赛过程，看来看去，也没看出个所以然。

薄禾从头到尾一直没说话。众人看视频的时候，她也跟着看；众人讨论的时候，她也跟着听。

容若公子倒不是想夺她的指挥权，只是看着这样安静的薄禾，心里难免怀疑小姑娘是没经验，所以不知道说什么才好。

他既然对薄禾的印象有所改观，就想着说点儿什么让薄禾也能在大家伙儿面前表现表现。

这时八根胡须大大咧咧地问薄禾:"薄禾,你也说说吧。我们接下来有什么需要注意的?"

容若公子心说:你这点名提问,不是明摆着让人家下不来台吗?

薄禾想了想,从背包里拿出一个空白笔记本和一支笔,开始在本上写写画画……

她的速度不慢,大家很快从这些线条中看出了一些轮廓。

这是……新副本的全图?

许小哥有点儿震惊:"你记得比赛地图的全景?"

"怎么可能?"薄禾头也不抬地说道,她的绘画功底不错,也作为业余爱好下过苦功,虽然比不上专业人士,但已经可以让队友们看清楚了,"我们走过的地方,右上角会有局部地图显示,我就凭记忆记下了,不一定准确,但有助于我们了解地形。"

在她的笔下,有蜿蜒起伏的山脉、一望无际的密林、曲折不平的石路。从全图看,流水穿过高峰低谷,汇成瀑布流向低处,中间也许有一些空白,但众人已将新地图的大致轮廓收入眼底。

众人七嘴八舌地讨论起来。

"这幅新地图比我们以往见过的副本地图都大,难怪比赛的时候我感觉自己的手指都快按断了还没到边。"

"我记得这条河里有隐形的野怪吧,河水颜色一变,怪物就会释放'寸步难行'减益效果,回头再遇到这条河的时候要注意了。"

"还有林子这里,我们之前遇到的蛇怪就是在这个地方冒出来的。话说官方会不会不在固定的地方出怪?就是把怪物出现的位置重新分配?"

"陆地怪物应该会,但像刚才那种根据河水颜色变化而出现的怪物,应该是固定在河里的。"

薄禾画的这幅地图的重要性逐渐显现出来。

现在所有的参赛玩家可能都想得到这样一幅地图，既能俯瞰全局，在脑海中对地形有一个大概的印象，又能针对某个角落的野怪或容易受埋伏的地点进行防范。

大家兴致上来了，越聊越多，集思广益，一些薄禾想不起来的点，就由别的队友进行补充完善。最后由许小哥整理出一份怪物列表，把他们遇到的野怪和大、小怪物列出来。

"这次官方可真是下了血本，光咱们遇到的新怪物就有十种之多，没遇到的估计还有好几种。"许小哥道。

薄禾道："总数应该不会超过二十，也就是说，我们已知一半以上的怪物。有这个预知已经很不错了，这些怪物的打法，大家应该也都有印象——"

她的声音戛然而止。

众人循着她的视线扭头往外看去。

外面天色暗，落地窗外站着一个男人。来人身形颀长，衬衫西裤，双手插兜，两边衬衣袖子半挽，各露出一截线条美好的手臂，面容半隐在夜色里。

薄禾眉眼弯弯，露出甜美温柔的表情。

许小哥知道秦川的存在以及他们二人的关系。之前他曾对薄禾有好感，可惜好感还没来得及释放给薄禾，就被秦川掐死在摇篮里了。

他道："要不你先走吧，我们明天再聚？"

薄禾："我还没请你们吃晚饭，一起吧。"

队伍中的其他人都善解人意地道："不用不用，你去陪男朋友吧！吃饭什么时候都行，我们在这城市还要待两天呢！"

秦川没等太久，就看见薄禾小跑着出来了，其他人还把她送到门口。

秦川跟她的队友们打了招呼，同时不着痕迹地朝他们审视了一番，从衣着到谈吐,意识到这些人都是正经人,也就放下心来。

然后他听见有人问薄禾——

"这就是'嫂子'吧?真是一表人才。"

秦川刚开始以为自己听差了,但是见薄禾对着自己点了点头,立马就明白这是说自己呢,随之对"嫂子"这俩字暗爽不已。

薄禾跟队友们一一道别,并跟他们约好了明天见面的时间和地点。他们一行人转身回了咖啡馆,看来是打算在这里解决晚饭了。

"外面下雨了?"薄禾抬头看着天,天空黑漆漆的,什么也看不见。

视线里忽然多了一把伞,浅浅的蓝底带着小白花,是她平时放在家里的那把雨伞。

"嗯,天气预报说有小雨,我回来得早,就想着过来给你送伞。"秦川道。

薄禾自然而然地挽上他的臂弯,两人沿着路边前行。二人在匆匆的人流里,显得格外悠闲。

"晚饭想吃什么?"秦川问。

"火锅?"

"夏天吃火锅?"

"再来一扎冰啤酒?"

"完美。"

唐蜜做梦也没想到,有一天她会带着一种愤怒中夹杂着隐忍、想发作又不敢的憋屈情绪主动等薄禾。

唐蜜很清楚,当自己怀着这种心情的时候,已经处于劣势了。

但又不得不坐在这里,因为她想知道真相。

没让唐蜜等太久,薄禾就来了。

"有什么事你直接说吧。"薄禾刚坐下,就开门见山地说道。

薄禾原本没打算来见唐蜜,但耐不住唐蜜在微信里再三恳求自己。薄禾也知道自己给秦时愉的那些东西会造成什么后果,本着因果相循的原则,也算是过来做一个了断。

秦川想陪她过来,但被薄禾拒绝了。

她自己的事情自己可以解决。

秦川最近在忙着跟客户洽谈收购茶园的事情,魏飞舟准备与他合作开发茶文化项目,事业正值关键时期,薄禾不想让他分心。

虽然秦川嘴上没说,但薄禾知道,秦时愉"那样"对待秦川之后,面对大家的流言蜚语,秦川最有力的反击不是站出来替自己辩解,而是做出一番成绩,用实力来打那些看笑话的人的脸。

她所能做的,就是默默支持,不拖他的后腿,与他一同进步。

唐蜜此时双眼通红,不是哭的,而是一夜没睡好。

她想发火,却不能,忍了又忍,只能低低地问道:"你到底给了秦先生什么东西?"

薄禾也没有跟她卖关子:"那是一份录音。你曾经向长海国际的人出卖过秦氏的内部资料,对吧?"

唐蜜听完愣住了,惊慌从她的心底一闪而逝,怒火随即蹿起。她想跟薄禾辩解或者干一架,但在看见薄禾那张冷静的脸时,又觉得自己理亏……这种想法让她瞬间犹如被人一盆冰水兜头泼下。

"你、你是怎么……"难以启齿的话在嘴边打了个转,唐蜜最终没把话说完。她生怕自己说出的话再度变成薄禾手里捅向自己的利刃。

薄禾似乎看穿了她的心思,直截了当地道:"你还记得李玺吗?被你排挤走的那个——她临走之前交给我的。本来我没打算用这份录音,因为比起我,秦先生显然更信任你。而且我不爱干这种告密的事情——李玺的目的也是想搅乱盛名或秦氏，我没必要让她如意。所以我一直在犹豫，直到你昨天叫住我。"

唐蜜脸色煞白，神情也变得恍惚。

薄禾："你不仅叫住我，还想借秦先生的势来刁难我，让我难堪，颜面扫地，又或者走投无路？恕我不太能理解你的想法。"

唐蜜："我被辞退了。"

她是被辞退，不是主动离职，个中原因一目了然。

而且唐蜜作为过错方，得不到额外的薪资补偿。

秦氏没有向她索要赔偿就已经仁至义尽了。

薄禾哦了一声，摊手道："看来秦先生的动作还挺快。"

薄禾对此事平静的语气瞬间点燃了唐蜜的怒火，只是她这一簇火苗又瞬间熄灭，连想垂死挣扎的想法都彻底消亡在自己无尽的痛苦里。唐蜜随后只是颤巍巍地问了薄禾一句："那你，现在满意了？"

薄禾摇了摇头："你从头到尾就没弄明白。唐蜜，你在盛名是高层，我只是一个刚涉足职场的新人，咱俩根本不是一个段位上的人——你犯不着跟我过去。一开始你想挤走李玺，所以拿我开刀，让秦川对我不满。因为我是李玺推荐进来的，你成功了，这件事也算有缘由，所以说得过去。但是后来，包括昨天，我已经辞职了，跟你没有任何利益冲突，咱俩八竿子打不着，你还非要叫住我只为了刁难一番，为什么？

"因为你这样的人欺负弱者欺负习惯了。看见弱者没有按照你预设的剧本哭哭啼啼、下跪求饶，你就觉得不舒服？哪怕他威胁不了你，你也忍不住想踹对方一脚。看他掉进坑里再落井下石，这样做你就有种胜利者的快感，是不是？

"就像秦先生一副高高在上的样子对你，你自知反抗不了，甚至内心还隐隐崇拜这种权势。你无法向强者反抗，只能向弱者捅刀子，在弱者身上找存在感来满足自己在权势面前低头的压抑和不满。"

薄禾望着唐蜜。

虽然两人面对面坐着，但在唐蜜眼里，薄禾却有种居高临下的强势。

"这是病，得治！"

唐蜜听见薄禾如是说，感觉这句话如一把锤子重重地敲在了心口，把她整个人敲得支离破碎。

薄禾站起身来。

她与唐蜜，真是话不投机半句多。

该说的她已经说完，再多的道理如果唐蜜自己想不明白，依旧愿意跪倒在权力的裤脚下面膜拜，而且不明白自己出卖东家是职场大忌，那么就算今日没有秦时愉，明日也会有李时愉、张时愉，而唐蜜自己也将在歧途上越走越远，最终变成权力的玩物。

也许不该说这是歧途，因为这世上有许多人选择了唐蜜的路。

他们坚信这个世上没有权力摆不平的事，坚信自己是因为没有权力才被欺负，更坚信自己一旦爬上食物链的顶端，也能像别人欺压自己那样去欺压别人。

假若有一天在半道儿上跌倒了，他们只会觉得是自己还爬得不够高的缘故，而从来不去思考因果，不去反省自己。

薄禾不知道唐蜜会不会变成那样的人——但她不是唐蜜的父母，即使是也无法强迫唐蜜改变自己的想法。每个人终究有自己的路要走，是成功是失败，是好是坏，也只能由自己承担，她只希望唐蜜以后不要后悔。

而她自己，无论是放弃巴结生母那条名利之路，还是选择跟秦川一起走，都从来没有后悔过。

《九霄》的淘汰赛是在一周之后的周末举行的。

容若公子等人早在一周前就已经回到各自所在的城市了。大家天南地北，平时只能通过网络联系，因此这次会面的意义是重大的，起码大家消除了隔着屏幕的陌生感，彻底走入现实，面对面沟通并建立情谊，薄禾的指挥权也正式得到所有人的认同。

志趣相投的年轻人之间总是容易建立起友谊，在分别的前一个晚上，众人聚在一起喝高了，许小哥跟糖醋排骨甚至挨在一起哇哇大哭，不忍离别。大家也约好了，如果这次比赛他们能够进入最终的线下阶段，甭管比赛名次如何，都要赶到现场再聚一次。

比赛前夕，《九霄》的在线玩家人数已经创下了历史新高。

这一方面是游戏对决系统中的经济平衡的确做得不错，开服以来积蓄、发力已经达到临界点，加上这次比赛的宣传给力，玩家数量一下子就井喷了……有一些新玩家蜂拥而至加入游戏新服，也有一些是冲着直播平台或主播而来，在淘汰赛开始前的半个小时，官方直播平台的观看人数就爆满了。

另一方面也是缘于游戏官方的营销战术，他们甚至主动开出投票通道，鼓励玩家对这次淘汰赛投票，奖品包括各种游戏道具和游戏周边商品，甚至还有琳琅满目的永久时装，自然吸引了不少玩家的注意力。互联网时代，大家再自发宣传一下，热度自然就不缺了。

还有的玩家针对这次比赛自发制作了表格，方便分析参赛各队的职业分布、过往表现、优劣势等。不少参与投票的玩家也会认真地关注各队动向，因此又将游戏和比赛的热度提高了不少。

在这些分析表里面，薄禾他们的队伍排在第十五名，也就是说在真正的游戏里有可能进十六强，但名次有些危险，随时可能被表现更好的队伍取代。原因是在上一场海选里，薄禾他们虽然拿了第二，但那是由于"山中无老虎，猴子称大王"，而一旦到了淘汰赛，各服精英云集，就会失去这种优势。

不过以上种种分析，对参赛者，包括薄禾他们来说，都是锦上添花的凑热闹罢了。

意志薄弱者，也许会受其影响，从而导致发挥不佳；心志坚定者，这些言论反倒成了自身的助力——当对手都受到舆论影响的时候，自己坚定信念可不就脱颖而出了？

比赛开始，当薄荷茶队进入沧澜山脉，大家发现副本又有了变化。

原本阳光普照的白天，须臾便阴云密布，大雾随即而至，雨水也紧随着落下来……在这种极度恶劣的天气状况下，整个山谷黑茫茫一片，严重影响大家的视线。

"天杀的官方又给我们挖坑了！"糖醋排骨忍不住吐槽了一句。

游戏一开始，他们就被随机投放到一个山脉的山脚下，游戏界面右上角小图显示这是沧澜山脉的北麓。

这一带他们在上次打晋级赛的时候路过过，但只是路过并未逗留太久。如果之前赛后大家没有一起自制地图，此时也许会彻底迷路。但现在，赛前准备对这次比赛极有助益，大家有条不紊地跟在薄荷茶后面，往南边行进。

雨雾重重，能见度只到"伸手看见五指"的程度，当第一只野怪出现在他们一队后方时，众人一时没有察觉到它，直到遭到了它的攻击。

这是一只三人高的毒蝎。它可以悄无声息地靠近自己的猎物，擅长的是在沿途放毒，而非主动攻击。但只要踩上它的毒气，玩家就会中毒。这时如果中毒的玩家再靠近自己的队友，就会把蝎毒传染给别人。这是网游中很常见的一种怪物，但放在这种场景中就很不好对付了，因为一旦战斗起来大家肯定满场乱跑，在雨雾中又谁也看不见谁，往往是近距离遇到队友的时候才能察觉对方的存在，而这时中毒的玩家已经把蝎毒传染给队友了。

不一会儿，队伍中的五个人，除了薄荷茶都染上了蝎毒，正不停地掉血呢。许小哥不仅要保证自己的血量，还要游走于人群之中不停地给队友加血，虽疲于奔命，却事倍功半。

幸好毒蝎的生命值也在一点点减少，在众人的不懈努力下，这只毒蝎的血量已经剩下百分之十。眼看胜利在望，几个人不约而同地在语音里长长地出了一口气。

然而就在此刻，变故发生了。

薄荷茶听见疾如风在语音里惊呼了一声："有人！"

"有人在攻击我们！"许小哥也说道。

他发现队友们的血量掉得比刚才还快，而毒蝎已经是强弩之末。

很快其他人也看见了，雨雾中出现了好几个陌生的身影，有天枢，也有摇光——

是敌袭，而且是偷袭！

糖醋排骨忍不住骂了一句脏话。

薄荷茶队正在经历一场恶战，打毒蝎这只堪称小怪物的野怪，大家的生命值状态不容乐观，本来正等着毒蝎掉落装备、药品，结果"螳螂捕蝉，黄雀在后"。谁能想到竟还有一队人马悄悄埋伏，等他们快打完怪了，就冒出来伏击他们，顺便捡便宜！

这群人太无耻了。

为了胜利许多人无所不用其极，偏偏这样的手段符合游戏规则。薄荷茶队队员纷纷咒骂的同时，只能仓促应战。

"别慌，把摇光护在中间，天枢上天，天权尽量不要冲到太前面。我们看不见他们，他们也一样。"薄荷茶的声音适时传来，她依旧平静的声音稍稍让队里其他几个队友躁动的心得到一些安抚。

在打架基本靠直觉的情况下，众人在雨雾中一顿乱捶。垂死挣扎的毒蝎还在不屈不挠地攻击玩家，薄荷茶眼看大家的血线持续下降，连许小哥也已经心有余而力不足……

她果断做出了决定："我们撤！"

众人愣了一下。

"现在？小怪物快死了，撤了会让对手捡便宜的！"

"再坚持一下吧？"

"不行！"薄荷茶否决道，"摇光快坚持不住了，再这样下去，小怪物死的时候也是我们亡的时候！对方照样捡便宜，我们还会全军覆没！撤！"

就在她话音刚落的当口儿，毒蝎爆发出了又一拨攻击。

对手趁薄荷茶队外围防守空虚，两名天枢直接将攻击目标指向许小哥。

糖醋排骨见状，想也不想就挡在了他的前面："你们先走！我殿后！"

薄荷茶想也不想地道："撤！"

队里除糖醋排骨，其他几个不敢再犹豫了，一个个直接足尖一点，运起内力往后飞去，在最短的时间内逃跑！

糖醋排骨没逃出来。

他在语音里声音沙哑地道："我'阵亡'了。兄弟们，你们加油。"

第十七章
跟我上

刚刚逃离一场恶战的薄荷茶他们,身上一件装备没捞到不说,血量还是半残血状态,此时全靠许小哥游走在众人之间拼命加血。

电脑屏幕前的观众也额头冒汗,身心俱疲。

糖醋排骨没有下线,而是坐在电脑前默默观战。

而他的队友们,还得将这场战斗进行到底。

出师不利,让大家的心情或多或少受到了影响,犹如阴云笼罩头顶。

谁也没有再出声,但心里难免会想,这次淘汰赛悬了,他们大概率出不了线,也不知道下次比赛还有没有这样的机会。

薄荷茶走在最前面。

他们正蹚过一片沼泽地,行进速度因差点儿被水草钩住腿部而慢了下来。

飞鸟衔绿,白鹭惊云,远处笛声悠扬……

但薄荷茶不敢松懈。她时刻需要眼观六路、耳听八方,甚至连水下游过的鱼儿都要跑过去瞄一眼。

越是这种关键的时刻，就越容易出事。

出乎众人意料——他们都离开这片沼泽了，竟然什么也没有发生。

疾如风松了一口气，正想顺嘴说点儿啥以缓和队员间的紧张气氛，却听耳边传来八根胡须倒抽一口凉气的声音，他的心又瞬间提起……

"怎么……怎么了？"疾如风紧张地问道。

"看右边！"八根胡须道。

疾如风赶紧望去，随即跟着也倒抽一口凉气。

这是——

"凤凰啊？！"

凤凰，《九霄》世界里的终极怪物，出现时间不定，出现地点不定。

但在这个副本里，打败凤凰的难易程度谁也不知道。

凤凰还有一个特性，化身万千以迷惑对手，有时是真身，有时是虚影。真身难杀的程度是五颗星，在其他副本里，一个二十五人的队伍起码需要三分之二的成员是本服战力排名前二十的玩家，才能解决一只凤凰；虚影则相对容易很多。

不管是真身还是虚影，凤凰被打败之后都会爆出许多装备和药品，甚至有珍稀道具。

"你们猜，这只凤凰是真身还是虚影？"八根胡须问道。

"真身吧？真身好像比虚影大一点儿。"说话的是已经"阵亡"的糖醋排骨，他的语气很不确定。

"你是不是傻？真身跟虚影一模一样！"八根胡须随即反驳道。

"怎么样，到底上不上？"许小哥催促道。

如果这只凤凰是真身，那么他们五个人一起上就是被团灭的份儿。但要是不上，大家没有装备和药品，是很难支撑到游戏下一个阶段的。一旦遇上装备精良的对手，他们有很大概率会被淘汰出局。

这就是一场赌博。

薄禾用了两秒钟道:"跟我上!"

五个人足尖一点,几乎同时冲向凤凰。

硕大的翅膀扇出金黄色的气流,高昂的头颅顶着五彩斑斓的冠羽,修长的脖颈儿微微往下一弯,旋即凤凰以骄傲之姿,朝薄荷茶等五名玩家喷出熊熊火焰!

几人在空中转身避开,薄荷茶拉弓射箭,正中凤凰怪物的脑袋。这只通体金黄的凤凰显然被薄荷茶这一箭激怒,嘶鸣着狠狠地朝他们撞来!

但这时薄荷茶已经试探出来了——

"是虚影,不是真身!全部上!"

与凤凰搏斗的动静太大,很快就连水面也被火焰映红。他们必须在最短的时间内结束这场战斗,以免像刚才那样引来别的玩家在后方偷袭。

凤凰的虚影最终被容若公子的穿心一剑击碎。

伴随着凤凰的虚影在空中消失,璀璨的光爆开……装备、药品天女散花般地散落在水草以及芦苇丛中。

薄荷茶他们的包裹,以肉眼可见的速度鼓了起来。目前整支队伍的配置不仅人均蓝装,薄荷茶跟容若公子的武器甚至是紫色的,凤凰还顺带掉落了一件可供紫色武器升级的珍稀道具。

"啊,我死而无憾了!"糖醋排骨怪叫一句,表示自己可以"瞑目"了。

"老大,道具你拿去升级。"容若公子对薄荷茶道。

薄荷茶没有拒绝,角色弯腰将道具捡了起来。

这种时候没什么好谦让的,谁操作技能最好,谁能带领队伍最大概率地活到最后,谁就最有资格拿到队里最好的资源。

这一点,全队都有共识。

秦川打开手机,想问问薄禾比赛结果,却想到她既然没有主动联系他,现在很可能还在打比赛呢，于是又把手机放入西装口袋。

魏飞舟瞄了他一眼，适时嘲笑道："跟个刚出校园、患得患失的小男生似的！"

秦川面无表情地道："你的领带打歪了。"

魏飞舟赶紧低头，立马意识到秦川是在报复自己，不由得想说点儿什么，但在看见有人群朝着他俩走过来的时候又住口了，脸上换上平时在商场上富有亲和力的笑容。

烈日炎炎，即使身处冷气十足的茶博会展厅内，眼看着面前人山人海的场面，秦川也很难生出半点儿清凉之意。

但他外在表现出来的却是一副清爽无汗的姿态，西装、领带仍旧是一丝不苟的。

因为今天是本地举办"国际茶博会"的第一天，所以有大领导出席。官方告知他们演讲完后会带着国内与茶叶相关的企业家组成的考察团视察本地的茶企和茶园，以促进双方的交流与合作。

而领导视察的第一站，就是秦川在茶博会上的展厅。

本来这种万人争抢的馅儿饼是绝不可能轮到秦川的，只是好巧不巧的，魏飞舟正好是这次考察团的委员之一——是他在大领导面前提及秦川，讲了一个小故事，让大领导对秦川产生了兴趣。

一个年轻人放弃自己的大好前程去经营茶园、弘扬传统文化不算稀奇，但如果这个年轻人姓秦，又正好是秦氏集团当家人的长子，原本是盛名的老板，这个故事就值得听一听了。

魏飞舟也是从房地产行业起家的，这些年也开始转行做运输行业，所以就跟秦川合作了。他在与秦氏为敌的情况下还能做到今天这个规模，自身的本事毋庸置疑。秦川不知道魏飞舟是如何给大领导讲这个故事的，只知道大领导将要先参观他的展位，魏飞舟让他做好准备迎接大领导。

大领导的时间宝贵，在秦川这里逗留的时间不会超过五分钟，但这五分钟已经让在场的参展商羡慕不已。

秦川知道魏飞舟卖给了自己一个很大的人情。他必须把握这个机会将这五分钟利用好，才不会辜负魏飞舟的好意。

考察团离自己的展位越来越近，秦川一眼就认出为首的大领导。

他整了整衣领，稳步迎了上去。

淘汰赛趋于白热化，薄荷茶队遭遇了两支队伍。

确切地说，是两者联手狙击薄荷茶队。

这是一个以队伍为单位的比赛，这次最终会有十六支队伍出线，这就可能会出现同服队伍事先商量好，在遇到其他服的对手时联合起来，先把"外人"驱逐了，再设法联手出线的情况。

薄荷茶队现在遇到的就是这么两支队伍。

进入决赛圈，大部分队伍或多或少会折损人手。联手狙击薄荷茶他们的，一队剩下四个人，一队剩余三个人，单队拎出来看都属于残军，可联合起来却有七人。而薄荷茶这边只有五个人，对方的优势立刻显现出来。

容若公子以一敌二，并指为剑，剑光不断地从他的指尖冒出，飞向对手。他的身影几乎不停，一直在空中上下左右挪移，以躲避对方的攻击，并趁机发出攻击，他将灵活的走位发挥到极致——危急关头彻底激发了他的潜能，走位堪称教科书式的表现，饶是如此，他那血量依旧在对手的剑气包围下迅速减少。

对方两名天枢在对他左右开弓，纵横的剑气把他裹得密不透风。容若公子仿佛能感受到扑面而来的剑气将自己的口鼻牢牢笼罩。

许小哥忙着给全队加血，根本不可能时时刻刻顾及他。只有容若公子大喊"快点儿救我"，许小哥才在百忙之中抽空纤指一点，为他加血。

许小哥无法突破对方剑幕形成的屏障冲过来给容若公子加血，容若公子只能眼睁睁地看着自己在对方的左右夹击下寸步难行。

一支箭矢破空而来，穿过对方的剑幕，穿过真气筑起的重重阻碍，直逼对方其中的一名天枢！

那个叫"夜色"的天枢来不及躲避，角色的脑袋被直接一箭射穿！带毒的箭矢瞬间刮走他大半的血量，让他不得不侧身以避开继续而来的箭矢的锋芒。薄荷茶则趁机再进攻，箭矢如瀑对着对手倾泻而下，对手对容若公子的围攻被瞬间瓦解。夜色和另一名天枢在薄荷茶的攻击下只好左避右闪，容若公子则不顾自己已经受伤，立马反守为攻，配合薄荷茶对对手进行反剿杀。

薄荷茶像队伍里的战神。

玩儿箭客的人实在太少，即使有，也很难比得上她的操作。一般人很难摸清她的路数，反倒只能被动地随着她的攻击去防御。

她在程序里到处瓦解对手的防守，待对手去寻找她的踪迹，却无迹可寻——她始终隐藏在茫茫数字与字母之间。

薄荷茶自然不知道，此刻对手的队伍里，夜色在由主播代打。他左支右绌，被薄荷茶打得抱头鼠窜，禁不住在电脑前发出一连串惊叹和抱怨。

"这个薄荷茶哪儿来的，怎么跳得这么高？这是系统漏洞啊！"

"我又被射中了！薄荷茶不是人吧？"

"救命啊，我撑不住了，快救我啊！"

这名主播原本的观看人数不多，弹幕也很少，但伴随着这场战斗进入高潮，弹幕突然以肉眼可见的速度多了起来，不少人刷出了诸如"薄荷茶厉害啊！""这人玩儿箭客好牛啊，哪个服的？""大神出没，速速膜拜"之类的留言，让主播不知道该哭还是该笑。自己的直播间好不容易有了人气，却是因为他挨打受罪换来的。

薄荷茶自然对这些小插曲一无所知。旁观者觉得她的操作极其惊艳，实际上她打得也很辛苦。

每一次走位与出招,她都必须考虑对手可能会出现在哪个方位、使出什么技能,务必做到料敌先机。因为对此刻的队伍而言,容错率实在太低了,他们已经不能再折损一个人手了。

对方的两名天枢相继被斩落马下,八根胡须和疾如风趁机将对手负责治疗的人一并打败。薄荷茶他们瞬间将两队的合并作战计划瓦解,对方剩下的四个残兵败将只好四处逃窜。

就在这时候,许小哥来不及松口气,不经意地往薄荷茶这边一瞥,瞬间大惊失色:"薄荷茶,你背后!"

在薄荷茶的背后,两道剑光相继而来,一前一后,一强一弱,一上一下,直接将她可能会避开的方向全部堵死。

即使薄荷茶能躲开其中一道剑光,也势必被另外一道击中。

对方的一名刀客也不知何时蹿了过来——只见他扬起的长刀幻化出刀光,刀气在半空中化为流光,朝着薄荷茶当头砸去!

人未至,其势先至!

时间仿佛在这一刻凝固了,所有人感觉不到分秒的变化。在许小哥等队友的眼里,眼前的一切更像是慢镜头播放,但他们来不及做出任何的应对,只能眼睁睁地看着对方的袭击分作三个方向,奔向薄荷茶!

如果薄荷茶倒下,这就意味着他们的队伍止步于此了。

许小哥的心几乎跳到了嗓子眼儿,此刻他连呼吸都似乎要停止了!

安宝华这种大忙人,难得有正经休息的时候,平时要么在剧组赶场拍摄影视剧,要么在某个饭局上跟某个领导觥筹交错地应酬,哪怕剩下点儿私人时间也基本花在陪女儿舒窈身上,如此刻这样坐下来看会儿手机上播报的新闻,实在称得上是"偷得浮生半日闲"了。

她看上去精神头儿还不错,老潘走到她身边的时候心想,也许是舒窈的事情定下来了。关于那小丫头是直接出国留学还是继续在国内参加高考，安宝华和她的丈夫产生了分歧。老潘听说这事的时候，他俩各执己见已经有一段时间了。眼看着日子一天天过去，老潘觉得这点儿分歧应该已经解决了。

只要不影响到安宝华的工作情绪，那啥事都不算事。

就在这个念头刚冒出来的时候，他看见安宝华的脸色变得难看起来，老潘的心也跟着咯噔了一下，像那森林里的小兔冷不丁地拿脑袋撞了树。

"安姐，没事吧？"老潘在桌边坐下，小心翼翼地问。

该不会舒家出事了吧，还是舒窈出了事？看起来也不大像……老潘心想。

"薄禾的男朋友，你记得他吧？"安宝华忽然问老潘。

与老潘预料中的完全不一样——安宝华的这个问题让他愣了一下。过了一会儿，他才说："记得，秦时愉的长子——秦川吧。他怎么了？"

安宝华："前段时间，秦时愉父子之间不是决裂了吗？后来怎么样了，你关注过吗？"

老潘笑道："还真有。也是巧了，我有个老友跟一个叫魏飞舟的房地产老总有交情。您听说过这个人吗？"

安宝华想了想，道："好像听老舒说过，有点儿印象。"

老潘道："魏飞舟跟秦氏关系不咋样，却对秦川青睐有加。秦川从盛名离开之后，就转行去经营茶馆了。"

安宝华笑道："从房地产转行去经营茶馆？这跨度可真够大的，年轻人'初生牛犊不怕虎'啊！"

她这话隐含的意思显然贬多于褒，老潘怎能听不出来？

他也明白，安宝华其实内心很矛盾，既不希望薄禾太落魄，也不希望她太有出息，对薄禾身边的人，自然也是这种态度。

"我也是这么想的。一开始我以为秦川名下就一家茶馆，后来去打听了一下，发现他早在打理盛名期间，就已经顺带在经营好几家茶馆了。

而且茶园也买了,这倒是他离开盛名之后才买下的。秦氏那边靠不上,他就搭上了魏飞舟的关系。魏飞舟给他介绍了不少生意,可能是有什么地方要利用他吧。"

老潘说这些的时候,已经斟酌自己的用词了,尽量挑安宝华喜欢听的说,但秦川的成功依旧是无可争辩的事实。

秦川离开盛名的那段时间,背后看他笑话的人不知凡几。也许有人能预料到他日后会咸鱼翻身,可没想到这条鱼虽然搁浅,却是条鲸鱼,一旦重新入海,转眼又能拍着鱼鳍掀起比之前更大的风浪。

大领导视察茶博会时与秦川亲切交谈的画面虽然只有短短几秒,可这几秒背后也大有文章。在地方台新闻里的几秒,跟在省会城市新闻台里的几秒,其中的寓意和起到的社会效应截然不同,而省会台新闻里的几秒,跟国家级别的新闻台比起来,又是小巫见大巫了。

秦川不仅仅上了新闻,而且还是国家级别的新闻;不仅露了脸,还得到了"积极创业的青年企业家"的荣誉称号。

在商海中能把握"风向"的人已经从中嗅出了不同的味道:虽说秦川目前还未有大的功名可言,但这则新闻之后,只要自己不作死,不做出太昏聩的经营决策,生意之门只会越开越大,路也只会越走越宽,根本无须担心后续的发展。

当然,魏飞舟的引见只是一块敲门砖。如果秦川自己不够优秀的话,或者不能让大领导这种过尽千帆的人眼前一亮,也绝无可能露这个脸。

只能说秦川的确优秀,如今有了龙门,立马鲤鱼跃身,金光灿灿地把自己展示在世人面前。这些都是老潘没有说的言外之意。

安宝华以自身的地位与阅历,正是从新闻中看出了这一点儿,这才会特地去询问老潘。

老潘说完,她沉默了半天,显然已经听出老潘的意思了。

"你这两天找个合适的时间去约一下小禾,请她和秦川出来大家一起吃个饭。"刚说完,安宝华又道,"等等,这样吧,你干脆将他俩请到舒家,就说我和老舒请他们来吃家宴。"

老潘眨了眨眼,小心地道:"您这是,准备让舒家接纳她了?"

安宝华道:"怎么说她都是我的亲生女儿,老舒那边本来也没什么意见。"

老潘点头:"好的,明白了,我马上去安排。"

安宝华:"她性子倔,你的语气好一些。我跟她说不到两句话她急眼了,你先去说。实在不行我让老舒出面,秦川总不能连老舒的面子都不给。"

秋老虎的尾巴甩来甩去,每一下都给这座城市增添一层燥热。

时进九月,热浪依旧袭人。

每到这个季节,薄禾就庆幸自己:家庭条件虽算不上大富大贵,可起码不必在烈日下大汗淋漓地为了生活而奔波劳苦。

更何况如今她不仅不必出门,还正舒舒服服地躺在沙发上享受呢。她将脑袋枕在秦川的大腿上,嘴里不时被秦川投喂葡萄,虽然是"偷得浮生半日闲",也是"甜沁心脾"的小幸福了。

"我有一个想法。"她忽然道。

"嗯?"

秦川看着电脑,屏幕中在播放《九霄》上一场淘汰赛的精选视频回放。

薄禾道:"如果决赛最后能拿到奖金,我想用奖金买些饮品、食物,赠给那些这种天气还在户外工作的人。你觉得如何?"

秦川按下电脑视频的暂停键,视线终于从激烈的比赛场景中移到薄禾的身上:"为什么突然有这个想法?"

薄禾:"可能是我爸妈他们以前经常要在外面摆摊,日晒雨淋了多年才有了自己的小店面,也可能是我自己过得太安逸了,想想那些更辛苦的人，就会有点儿同理心。"

秦川看着她，好一会儿没有说话。

薄禾："是不是被我的善良感动了？"

秦川叹了口气："还没决赛，你就在想奖金怎么分配的事了，你的对手们知道你这么狂妄吗？"

薄禾哈哈一笑，说道："在不出差错的情况下，我们队争取一个第三名应该没什么问题吧。"

秦川："可我看你们淘汰赛名次并不算上佳，是何等自信让薄小姐竟丧心病狂地做出如此断言？"

薄禾眨了眨眼："实力，够吗？"

她充满自信的样子在秦川眼里是最美的。

秦川禁不住凑上前亲了她一口。

"一嘴葡萄味！"秦川嫌弃地撇嘴。

"那你稍等，我去订个蒜蓉味的韭菜饺子。"

薄禾作势要起身，立马被秦川按下了。

两人笑闹了一阵，秦川的手肘不小心撞到了键盘上的空格键，暂停的比赛视频再度播放起来。

比赛进度正好就是当时薄荷茶身受三面攻击，几乎逃无可逃的危险画面。

秦川回头一瞥屏幕，视线马上就被吸引住了。

饶是知道比赛结果，他也忍不住设身处地地将自己代入薄禾当时的处境。同样身为《九霄》玩家的秦川自忖，彼时彼刻自己肯定无法避开对手那看起来无懈可击的袭击。

但薄禾居然做到了。

她不但以一个刁钻的走位避开了身后的那两道剑气，还反手一击扑向身前的刀客，以迅雷不及掩耳之势抽出随身的匕首，直接将对方刺成"重伤"，又在瞬息之间切换武器，重新挽弓，提气上天，朝对方射出一箭，把已经是残血状态的刀客直接钉死在原地！

而此时薄荷茶身后那两名追击她的天枢剑仙，在她的这番操作所用的时间内，只切换了一个技能。待他俩要进行第二轮攻击时，视野范围内已经失去了薄荷茶的踪迹。

这一系列动作发生得太快，秦川甚至无法在几秒内把薄禾的一连串操作看清楚，回放好几遍才看明白。

可看明白了归看明白了，如果玩家的手速跟不上大脑，也绝对无法复制薄禾的操作。放眼整个《九霄》江湖，恐怕没几个人能够做到薄禾这样。

秦川这下是真明白薄禾刚才说那句话时底气在哪里了。

薄禾带领队伍突破对手的重围，以一敌二将两支联手的队伍逐步瓦解，又在对方的"尸体"上捡了不少装备和药品，进一步强化自己的力量，最终在淘汰赛中脱颖而出，成为九十支队伍里面第九支进入线下最终决赛阶段的队伍。

第九名，又是一个不上不下的名次，往前一点儿就有可能争前三，往后一点儿就是陪跑。实力高低完全取决于临场发挥，取胜路上的不确定因素实在太多了。

这次前十名的队伍有九支是满员进入决赛，只有薄禾这支队伍少了一人。

前两天打完淘汰赛之后，赛后热点分析、夺冠热门预测等帖子在游戏讨论区铺天盖地发出来。薄禾他们虽然只获得第九名的尴尬名次，却得到了不少游戏主播和大V玩家的关注，原因就在于薄荷茶的表现实在过于惊艳，直接把其他队伍的光芒都盖过去了。不少人认为，这支队伍也许拿不到前三的名次，但有薄荷茶在，在超常发挥的情况下是可以争取一下前五名的。

当然，这种"薄荷茶主导"言论也越发激起许小哥等队里其他几个队员的进取心，大家虽然嘴上没说，可心里都觉得不能拖薄禾的后腿。他们这两天一有空就聚在网上讨论战术，或者在游戏里练习对决，下死命地练习自己的游戏操作技能。

比赛视频接近尾声，此时薄禾的手机响了。

秦川把视频音量调低，望向接电话的薄禾，见薄禾的眉头微微蹙起。

"谁打来的？"秦川探头去看薄禾的手机屏幕，来电显示的名字是"老潘"。

秦川知道老潘这个人——当初在梨城就是老潘代表安宝华出面跟薄禾接触的，薄禾的身世也正是从他的口中泄露给了秦川茶馆里的员工。

薄禾的表情明显表示她在接不接电话之间犹豫。

"我来吧？"秦川的语气中带着征询薄禾的意思，他没有贸然把电话接起来。

说到底这毕竟是薄禾的私事，涉及她的亲生母亲。也许从前习惯了做事独断专行，但现在秦川渐渐学会了尊重薄禾的意愿。

因为薄禾现在是他的女朋友，以后也将是他的家人。

薄禾点头，将手机递给了他。

秦川接过手机，按下接听键："你好。"

电话那头的人迟疑了片刻后问道："请问这是薄小姐的电话吧？"

秦川："你是老潘吧？她现在不方便接电话，我是她男朋友，有事你可以和我说。"

老潘恍然大悟："您是小秦总吧？幸会幸会！"

秦川："叫我秦川就可以了。"

老潘反应极快："是我冒失了，您现在自立门户，青出于蓝，应该称呼您秦总才对！"

这顺杆子爬的功夫不是人人都学得来的，放在商场里老潘的交际能力也足可称道。

秦川不欲与他再纠结称呼的问题，也没主动开口，只静静在电话那头等他进入正题。

老潘寒暄了两句，许是发现了秦川的冷淡，只好打了个哈哈，说了正题："是这样，安姐很关心小禾，但又怕亲自打电话会让小禾误会，这才托我出面。安姐也没别的意思，就是想问问小禾最近有没有空，让她来舒家吃顿饭——舒先生和小窈也一直念叨着她。如果秦先生有空能同行那就更好了。"

秦川按下了电话的免提键，老潘的声音在客厅里清晰可闻。

秦川转头看向薄禾。

薄禾冲他挤了挤眼，又指指他，意思是老潘是冲着他来的。

秦川白了她一眼：就你机灵！

薄禾无声地笑着，拿来纸笔写下一句话："舒家是条人脉，你想去的话，我陪你。"

秦川瞬间明白了薄禾的意思。

他从前是秦氏集团的长子，曾与舒家打过几次交道。双方交集不多，当时他根本不必放下身段刻意与之结交。

但今时不同往日，秦川刚站在一个事业的新起点上，正是急需扩展人脉、巩固故交的时候。舒家这条线出现得很及时，对他来说也算举足轻重。

秦川知道薄禾不喜欢安宝华，连带不喜欢安宝华背后的舒家，这么多年她也从来没想过去攀舒家的高枝儿。否则以她的聪明，现在不说大富大贵，起码也能够倚仗亲生母亲和继父的关系过上更好的生活，她甚至可能跻身上流社会的圈子，出人头地。

二十多年都没跟安宝华沾上半点儿关系的薄禾，现在却愿意为了他去参加舒家的家宴，跟安宝华夫妇搞好关系。

秦川一直相信天无绝人之路。在接连经受母亲去世、与父亲形同陌路之后，他从未放下原则向秦时愉低头，然而再铁石心肠的人也绝不会抗拒爱与温暖。

二十五岁之后，秦川就没想过自己会遇到如薄禾这样的人。她给了他曾经根本没有奢望过的信任，更愿意为了他做出这样的让步和牺牲。

秦川并不是一个无视别人付出与好意的人，尤其是在离开盛名之后——世情冷暖仿佛暴风雨一样一下子朝着他倾泻下来，使他在不知不觉间更加珍惜别人雪中送炭般的好意，如对魏飞舟，如对薄禾。

薄禾与魏飞舟对他来说又是截然不同的。夹杂在他和二人之间的点点滴滴的情感，只有他自己能体会。

电话那头，老潘没感觉到对方有丝毫犹豫，就得到了回应。

"不好意思，小禾她最近忙，我也抽不出空。再说舒家的家宴，我们两个外人去打扰也不合适。劳烦你转告一声，多谢。"

薄禾忙？

老潘茫然了。

要说秦川忙，他能理解。毕竟现在秦川的新事业刚起步，又才上过国家级别的新闻，肯定会有不少人望风找上门来寻求合作，但薄禾……她不是已经离职，并且正在参加一个什么网络游戏比赛吗？

打游戏也能叫很忙？

他下意识地感觉这是秦川敷衍自己的借口，忙道："秦总，您听我说，冤家宜解不宜结，这母女更是！您看啊，安姐和小禾两人本来就血浓于水，连性子都一样倔。安姐作为长辈，老是这么被小禾拒绝，面子上也过不去。不如您出个面，撮合她们母女和好。舒家往后也算是你们的家了，大家互相走动，都是顺理成章的事情。"

老潘觉得自己的暗示已经够明显了，甚至觉得自己根本不必说得这么明白——秦川在商场上闯荡多年，又不是初生牛犊，恐怕已经深知自己说的弦外之音。老潘认为秦川不会想不通这么浅显的道理。

打给安宝华当了经纪人之后，安宝华丈夫的家族势力很给力，加上她也是个名导，这几年来只有人来求他这个经纪人办事的，没有他去求人的时候，这回好声好气地来跟秦川和薄禾商量，还是破天荒头一遭。

　　他本以为就算薄禾不肯妥协，秦川应该也会审时度势做出最适合双方的决定。

　　老潘又道："秦总，恕我直言，这既是安姐和小禾母女和好的机会，也是小禾跟舒家整个家族修好的机会。我知道您父亲是秦时愉，但这世上多个朋友多条路，你们去舒家吃个饭并没有坏处，是不是？"

　　老潘竭力劝说，这些也都是安宝华不方便亲自说出口的话。

　　秦川呵呵两声，慢条斯理地道："一个男人需要依靠违背女朋友意愿来获取资源，你认为他足以让女朋友托付终身吗？老潘，我知道这次你打电话过来肯定是安女士吩咐的，我不为难你，劳烦你转告安女士——

　　"如果今天我没有被大领导接见，她也没有在国家级别的新闻上看见我，她还会让你打这个电话吗？"

　　老潘干笑道："秦总啊，何必将关系弄得这么僵呢？我知道，以前小禾是受了不少委屈，但现在安姐也想补偿她。大家不欢而散，她们母女关系不和，对双方又有什么好处？您是生意人，应该知道和气生财、合则两利的道理。"

　　秦川不耐烦与他周旋了："薄禾是幸运的。因为她遇到了一户好人家，她的养父母把她当作亲生女儿一样对待，倾尽全力抚养，给她灌输正确的人生道理，让她走上正确的道路——所以今日安宝华见到的薄禾是一个积极向上的女孩儿，且觉得把她认回来也不丢脸。那你有没有想过，如果薄禾的养父母不负责任呢？

　　"如果她的养父母后来又有了孩子，或者将薄禾当成负担，或者薄禾在成长过程中遇到坏人，导致她误入歧途呢？你扪心自问，安宝华还会希望有这么一个女儿吗？"

秦川脸上没了虚与委蛇的笑，声音也变得冰冷刺骨，从听筒另一边清晰无比地传至老潘耳中。

老潘沉默了。

"你应该比我清楚，安宝华从未在薄禾身上投入过精力，更不要说母爱了。也许心有愧疚，但那抵不过向现实的妥协，她甚至不愿意让薄禾影响自己的名声。我们薄禾的骨气远远超乎安女士的想象，这得归功于她的养父母，而不是安宝华。请你告诉安女士，以后不要再来打扰我们了。有我在，任何人都别想伤害她。"

秦川素来不是一个话多的人。不过对老潘和他背后的安宝华，他不介意多说两句。

因为很多事也许薄禾并不在意，也懒得再追究安宝华的责任，但被遗忘在岁月里的委屈不会因为时间的流逝而消失——不管过去多少年，它们对薄禾造成的伤痛依然还在。

老潘那边失声了很久，最终只说道："我明白，我会转告安姐的。不好意思，打扰你们了。"

他那张在名利场里打磨了这么多年的厚脸皮，终因秦川的一席话而变得滚烫，甚至有种自己在"逼良为娼"的负疚感。虽然那种感觉一闪而逝，可也够他受的。

秦川挂断电话，一转头就看见一双闪闪发亮的眼睛和一张充满崇拜的脸。

"亲爱的，你太神勇了！"薄禾道。

"夸张，做作，演技过火。"他没好气儿地把薄禾那张脸推开。

薄禾哈哈一笑，道："那我调整一下啊！"她朝着秦川做了个鬼脸，又换上一副感动的笑脸，"老板，这样满意吗？"

秦川用力捏住她的脸颊。薄禾立时疼得哇哇大叫，抬脚作势要踹他，秦川这才松手。

"在老潘打这个电话之前，我让人去查过安宝华。她现在的新戏被审核当局压了两部，其中一部是主角演员作风有问题，另一部是涉及敏感题材的问题。据说她现在在娱乐圈很艰难，不过这只是传言，具体的真实情况打听不到。在这种情况下，她非常重视正在筹拍的新戏。"

薄禾不太明白他说这些的用意："你的意思是……？"

"你之前的照片被曝光了，当时还有不少八卦媒体在你家楼下盯梢。这次参加《九霄》的线下赛，你得出现在镜头前，十有八九会被人认出。如果有心人想炒作，你跟安宝华的关系不失为一个热点，甭管是好是坏，总归可以给她的新戏宣传。换作以前，安宝华未必看得上这一套，但现在可能会顺势而为。"

秦川顿了顿，才接着道："这种事情不一定会发生，我只是让你有个心理准备，以免到时受伤更重。"他自嘲地笑了笑，又说，"我这人，看人看事喜欢先往最坏的方面想，这个习惯可能一辈子都改不了了。"

"不要紧。"薄禾在他唇上亲了一口，"从前我单打独斗，无牵无挂；现在有了你，我就更加无所畏惧。"

喜欢是动力，爱是勇气，如刀在手，如甲护身，兵来将挡，水来土掩。

第十八章
一场风暴席卷而至

有时候，薄禾觉得秦川不应该去做生意，而应该去算命，铁口直断，还是"好的不灵，坏的灵"那种。

就在他提醒薄禾安宝华想借她参加游戏这事造势之后的一周，《九霄》跨服联赛正式拉开序幕。

经过之前那么多场比赛的铺垫，游戏的氛围已经被彻底炒了起来。

《九霄》在问世之初就以画面精美而闻名，其后虽然因游戏的种种鸡肋设置免不了被玩家吐槽、嫌弃，但它在对决系统上是博采众家之长，使各职业达到了相对平衡的状态。这就吸引了"只看风景换新衣服"和"更看重游戏玩法"的两大玩家群体，再加上这次比赛官方下了血本，各大主播平台、广告页面不要钱似的宣传，不仅营造出众多玩家参与进来而显得轰轰烈烈的氛围，使许多原本不玩儿这款游戏的观众被吸引进来，而且社交平台上的热搜也三天两头儿地出现游戏的名字，次数多得看官们都麻木了。

但今天的热搜第五名，虽然也与《九霄》有关，却有别于以往。

许小哥忍不住用余光扫了薄禾一眼。

薄禾正坐在他旁边专注地听台上的嘉宾发言。

今天是线下淘汰赛的第一天,所有参赛选手从五湖四海赶到游戏官方所在的城市,为的就是参加这一盛会。

考虑到众人路程远近不一可能会影响比赛的公平性,官方把第一天的行程安排得很宽松,下午是开幕式,晚上自由活动。

比赛第二天才正式开始。

但就在第一天的上午,一条名为"安宝华私生女亮相电竞线下赛事"的热搜帖子登上国内知名社交平台,并在短时间内从热搜排名的几十名开外迅速攀升至前十。到许小哥看到这帖子的时候,它的热搜名次已经晋升至第五位。

安宝华的知名度以及《九霄》本身的热度,这两者结合起来,吸引了不少看客的眼球。哪怕不玩儿游戏的人,冲着"安宝华"这三个字也会点进帖子去看一看,更何况喜欢看热闹的人估计还没忘记前阵子"秦川"与"薄禾"这俩名字一同出现的事。

薄禾之前作为私生女被曝光时的那张照片有点儿模糊不清,大家只是对她的轮廓有个大概认识,但这次,经由游戏官方的直播宣传,她的五官清晰地展现在大众面前。

照片上的薄禾眉眼弯弯,嘴角带笑,皮肤白皙,双颊还有若隐若现的酒窝,谈不上倾国倾城,但也是清丽佳人。好事者将她与安宝华的照片放在一起对比,发现两人还真有几分相似。

热搜一经发酵,网友众说纷纭,此事堪称当日的娱乐头条了。

观众有认为薄禾想蹭游戏和名导的热度借机出道的;也有认为安宝华对女儿不负责任与一贯形象毫不相符的;还有认为游戏官方早有预谋,在得知薄禾的身份之后就趁机炒一拨热度,借机宣传游戏的……

而作为万众瞩目的当事人,薄禾在会场不管走到哪里,都会收获一大拨"看客"炙热滚烫的注目礼。

薄禾的队友们虽然好奇薄禾的出身问题，但更多的是担心她受到伤害，见薄禾被围观会自动将她围在中间，簇拥着她入场，挡住别人对她不怀好意的目光。

虽然别人对薄禾投来的这些异样的目光无法对她带来什么实质性的伤害，但许小哥看着就觉得难受，将心比心，只觉得薄禾心里肯定不会好受到哪里去。

他伸出手肘轻轻碰了一下薄禾。

薄禾转头看向他。

许小哥悄声道："别把那些流言蜚语放在心上，我们都支持你，也知道你不是他们说的那种不堪的人，没必要让他们坏了你的心情。"

让他愤怒的是，有一些不玩儿游戏的好事网友，根本不了解闯进淘汰赛是多么不容易，此时还一个劲儿地在八卦新闻评论里带节奏，说薄禾是为了能上镜增加知名度才特地选择了这次游戏比赛。

薄禾冲他笑了笑，也悄声回复他："最好的回击方式就是赢得比赛，让他们无话可说。"

许小哥暗自松了口气——薄禾还能这么说，那问题不大。

截至目前安宝华都没有发声。外面舆论虽然有同情薄禾的，觉得她是不是被生母遗弃了，但由于这次游戏官方宣传营销做得太狠，很多人更倾向于这是薄禾与《九霄》官方合谋的一出好戏。甭管事件的主角是真红还是黑红，总之有了关注度也就有了热度。

在这种情况下，游戏官方自然什么也不能说。因为不管他们说什么，事情只会越描越黑。既然薄禾没有对此提出特殊要求让官方"掩护"，官方也乐于装聋作哑，装作这件事他们并不"知情"，并没有给薄禾提供隔绝媒体采访的特殊待遇。

许小哥等队友都为薄禾打抱不平，可也做不了什么，只能在有媒体想采访薄禾的时候将人挡回去。

同一日,新戏《明日之都》发布会上,众媒体虽然已经被提前打过招呼不许询问和新戏无关的导演私事,但大家依旧忍不住将提问频频指向与导演安宝华有关的"私生女事件",反倒无视了一旁的明星。

众目睽睽之下,安宝华未像往常一样拉下脸,而是摆出一副"面露难色,欲言又止"的模样。好一会儿,她才叹了口气,招了招手,跟经纪人老潘耳语了几句,又转向期待大新闻的媒体记者:"我早年的确有过一段失败的婚姻,而薄禾是我的大女儿。之前我一直没有说,不是像有些无良媒体报道的那样,想掩盖这个女儿的存在,而是想给她一个过普通人平静生活的机会,不用因为我这个母亲而平添舆论的烦恼。这些年,我履行作为母亲的义务,给她的生活费从来没有少过,反而是她对我的第二段婚姻和家庭有心结,始终不肯与我亲近。"

说罢,安宝华将老潘刚刚打印好送过来的单据往前一推:"这些都是历年来我给她打的生活费,这期间从未中断过,总数加起来大概可以在本市内环买一套一百平方米以上的房子。所有明细有据可查。我想这笔钱放在任何一个家庭,仅父母对子女的投入来说不算少了。"她面色淡然,点到即止,"我说这些并不是为了诉苦,而是希望你们不要再乱写,还我一个平静的生活环境,也不要再去打扰她的正常生活。我是一个导演,不是明星,还请各位把注意力放在我的作品上。接下来我不会再回答任何有关私人生活的问题,还请大家关注新戏。"

她做了个手势,主持人适时地将话题接了过去。

在场的媒体都是有眼色的,自然不会再对安宝华打破砂锅问到底。

安宝华说的这些,已经是一个大新闻了。

于是等到游戏比赛开幕式结束,薄禾与队友们一道离开会场时,就有不识趣的自媒体人过来询问薄禾对"安宝华这一论调"的看法。

"薄小姐,你母亲安导说这些年来从没亏待过你,你反倒借着她的身份来炒作，会不会于心不安？"

对八卦消息灵通的许小哥一听这人说的不对劲，立马打开手机查看当日热门新闻，果不其然，最新的娱乐头条是安宝华受访的那段视频。

他心道不妙，喊上八根胡须等人就要护着薄禾先走。

但薄禾并未挪动脚步，看了那人好一会儿才道："请问您是以什么身份问我这些话的？"

提问的人道："我的微博和微信都叫'娱乐抢先知'，有很多粉丝，您也许听过。"

薄禾："能提供证明吗？"

那人笑道："当然，您是怕我假冒吗？我给您看我登录账号的过程吧。"

薄禾慢吞吞地道："我是怕等会儿我跟你说的话，阅读数量不够多，传播范围不够广。"

那媒体人愣了一下，随即反应过来，狂喜道："不会不会，我有数百万粉丝呢，货真价实。您请说，我一定如实发布，再帮您推出去！"

果然天道酬勤，跑得快的人就有大新闻啊！那人如是想着。

那媒体人对薄禾接下来要说的话充满了期待，脑子里寻思着帖子题目是"母子反目打擂台"，还是"一方理亏被围观群众掐"……

不管是哪种，他的独家新闻今日注定要独领风骚了。

许小哥却有些急，生怕薄禾被对方激起情绪说出不合适的话，反被安宝华当作话柄。他向八根胡须等队友使了个眼色，示意他们把那媒体人与薄禾隔开，然后再将薄禾拉走。

八根胡须他们刚挡在薄禾面前就被她推开了。

她冲队友们笑了笑，说："你们别担心，让我把话说完。既然安女士已经发声，这事总得做个了结。"

她拿出手机，调出一张张单据，给那媒体人看："安女士给我转钱，是从我上大一开始的。当时我并不赞同我的父母去向她要钱，因为她既然没有抚养过我，我也不承认她与我的关系，就不必麻烦人家，向人家求助。所以后来哪怕再困难，我在学校里勤工俭学，即在老师和师兄师姐们的帮助下兼职打零工，也从来没有花过安女士的一分钱。这些钱在推拒不了的情况下，我已经全部捐给了希望工程。我希望天底下的孩子都能凭借自己的努力去上学，哪怕再苦再难，也要为自己打开知识的窗户，努力去改变命运。"

安宝华绝没想到，她的前尘过往竟以这样一种方式被揭开。

不知多少次午夜梦回，她都梦见自己变回了那个什么都没有的自己，四面楚歌，身无分文，抱着一个孩子，在那个单身母亲饱受歧视的年代里走投无路。然后她泪流满面地醒来，回想自己一路走来的艰辛，忍不住失声恸哭。

薄禾是她不愿去触及的一道伤疤。

曾经吃过苦的人功成名就之后，看见故人、提起旧事总会想起那些不愉快的过往，既然无法彻底与过去决裂，那远远地避开还是好的。即使内心知道薄禾从头到尾都是无辜的，那也难以避免她有意去冷落、忽视这个女儿。

而后来她这种情绪里又加入了功利的因素，跟薄禾亲近这事需要考量的东西就更多了。

安宝华和薄禾两人就这样一直维持着不冷不热的关系。但这次媒体有心拿她二人的关系炒作，再次将安宝华的过往放上台面来讲，她就无法继续保持沉默了。

如果薄禾之前愿意到舒家吃家宴，二人的关系和解，现在她们就光明正大地对媒体承认母女关系。

但薄禾不愿意。

正好，自己的新戏需要宣传，她便顺水推舟地拿出当年给薄禾的打款单据，索性把已经一发不可收拾的事态推上舆论的高潮。

既然是炒作，那么就不能是单方面的爆料，双方总得有互动才能维持住一拨又一拨的热度，所以安宝华也早就料到薄禾会拿出那些捐赠单据。因为老潘去找薄禾后，就曾把薄禾长期捐助希望小学的事情告诉了安宝华。

安宝华早就让老潘准备好自己这些年往慈善基金捐钱的明细，待薄禾回应"安宝华这些年一直打款给自己"之后，老潘立马也将安宝华这边的慈善捐助单据公布出来，并且以安宝华的口吻写了一条博文，大意是"青出于蓝。薄禾愿意去做好事，作为长辈的安宝华很欣慰"云云。

与此同时，网络上的舆论开始出现新风向，认为薄禾是向生母勒索巨额钱财未果才想出"爆料捐助"这一招。

…………

这样的声音越来越多，以致不少关注这件事的人也立场不稳，被舆论推着往前走，逐渐成为这种观点的拥护者，斥责薄禾贪得无厌、心机深沉。

"安姐，你放心，一切都在按照我们既定的方向往前走呢。"老潘对安宝华说道。

安宝华想了想，问道："你找的水军靠谱儿吗？不会临阵倒戈吧？"

"绝对不会，这是我多年合作的老友介绍的。对方很专业，放心吧。路人都是人云亦云，只要我们稍微煽动一下，他们立马就会被牵着鼻子走。"老潘斩钉截铁地说完，又迟疑地道，"不过这么做，你和薄禾的关系可能就彻底挽回不了了，要不再缓缓？"

安宝华沉默片刻，缓缓地摇头道："我本来也不想把这事闹大，但薄禾非要跟我对着干，好像看我倒霉她就能得到多大的好处。就像上次一样，她既然选择将我们的关系告诉跟我关系不好的人，就应该预料到会有今天。"

老潘张了张嘴，想说也许薄禾不是故意的，但又想，不管薄禾有意无意，今日的局面已成定局，一切已回不到过去。

开弓没有回头箭，安宝华这一支箭射出去，薄禾必然毫无还手之力。她一个赤手空拳的小姑娘，又怎么跟处心积虑的安宝华博弈？就算她有秦川作为靠山，但现在的他也没有与安宝华、与舒家对抗的实力。

换言之，安宝华是个公众人物，毕竟多年在这个圈子里摸爬滚打已经使其根基深厚，这点儿风言风语可能足以击垮一个阅历浅的人，却损害不了安宝华的根本。

许小哥决定将社交平台上的那些言论按下去。

现在是北京时间晚上八点十五分，目前指责薄禾的言论占了上风。

就在薄禾拿出捐赠单据之后，竟然还有声音认为她是沽名钓誉，气得许小哥当场就想把手从屏幕里伸到对面给那些说这话的人每人嘴巴里塞上一个榴梿。

他用自己的账号努力为薄禾辩解，以路人的身份历数薄禾那些捐款单据的日期，说如果一个人心存算计，不可能在那么多年前、那么小的年纪就预料到今天所发生的事，除非此人比曹操还老奸巨猾，还说要是薄禾能当曹操，现在还会被群起而攻之吗？

可惜他的言论就像石沉大海，掀不起一丝波澜，反倒惹来一些不明身份的人对他肆意嘲讽，说他说话没长脑子。许小哥差点儿被气出病来，可也正因为如此，便更不敢让薄禾知道这些言论。

转眼就到了决赛日前夕。十六支队伍一起角逐，最后只有三支队伍胜出。人人都说"友谊第一，比赛第二"，可又有谁愿意当失意的失败者？心灵鸡汤是胜利者和旁观者说的。

薄禾一队虽然嘴上不说，却都希望这场比赛他们能闯入前三。这既是对自己这些日子付出的告慰，也是给那些说薄禾借机炒作的人一个响亮的耳光，尤其是此时此刻，他们更不能在游戏比赛中出差错。

许小哥能按住队友，却不能按住其他人，更无法强迫薄禾不上网。

那些消息和流言正从四面八方通过各种渠道传到薄禾那里。

秦川也给薄禾打来了电话。

"你现在什么也别说，我会解决这件事的。"

这是秦川挂电话之前对薄禾说的最后一句话。

自打出了舆论对薄禾言论攻击这事之后，他怕薄禾伤心就对她百般地劝慰、温柔备至地呵护，完全不同于之前寡言少语的冷酷总裁形象。

换作三个月前，薄禾听见秦川在电话里对着自己撒娇，可能会以为他被鬼上身了。

其实薄禾没有他们想象的那么脆弱。

她非仙非圣，不管怎么说内心多少会受到影响。即使早已与生母撇清关系，更不想攀附对方去谋取好处，可在少年时期，她未尝没有做过母亲千里迢迢找上门、为抛弃她向她道歉、母女彻底解开心结的美梦。

但安宝华的所作所为一次又一次地让薄禾认清了现实的残酷，不再对于她这个生母抱有任何幻想。

现在出了安宝华利用自己炒作这档子事情，倒也在意料之中，薄禾觉得不算太意外。

薄禾打开电脑，没有浏览网上铺天盖地的那些对自己诬蔑的信息，而是直接没事人一样进了《九霄》游戏界面，开始一遍又一遍地练习对决技巧。就在她的状态渐入佳境时，放在桌上的手机响了，薄禾低头一看，是许小哥的来电。

"许小哥？"她还以为队友出什么事了。

许小哥在电话那头心急火燎地道："你快看微博！热搜第十五，哎，现在名次可能又升了！"

一夜之间，薄禾从无名小卒一跃成为有"排面"的女人。

最明显的表现就是，她一个普通公民身份的人——不是公众人物，不是大腕儿明星，不是社会新闻当事人——大名却登上了社交网站的热搜，先是因为安宝华，而后又是因为秦川。

薄禾打开微博的时候，热搜名次已经从许小哥说的第十五名跳到了第十二名，且大有跻身前十的架势。

但许小哥心急的不是这个热搜排名，而是热搜里面的以实名公开、光明正大为薄禾说话的人。

秦川是薄禾的男朋友这事，早在宣布离开盛名的时候就顺带曝光了。

众多网友不了解内情，对秦川作为堂堂秦氏集团董事长的长子，缘何"对自己的助理下手"这件事很感兴趣，各种网络"福尔摩斯"纷纷出炉，分析这对情侣之所以能在一起的前因后果。

有人认为秦川跟薄禾是因为日久生情，而且秦川与其父的经营理念相悖，父子俩的矛盾由来已久，闹翻是迟早的事，并非因为薄禾——持有这种观点的网友只占了一小部分。

更多的人则更喜欢接受"薄禾心机深沉，一心想上位"的阴谋论。大众顺从八卦媒体的引导，认为她处心积虑地接近秦川，为自己谋得一张长期饭票，又斩断自己跟生母的联系，以便有朝一日能够踩着生母的身份炒出自己的名气，其心机之深、谋略之远简直令人不寒而栗。

即使偶有帮薄禾发声的，毕竟人微言轻，很快就被淹没在网络舆论的大潮中。众多网友虽然以围观为主，但肯定也有一定的影响力。薄禾现在就如同坐在悬崖边上，随时会被舆论这个推手从背后推下去……

试想一下，当明天比赛开始，在薄禾那队进场之后，现场知道她和安宝华关系的大多数人的目光都会落在她身上，如果再来个喝倒彩的，她在比赛时还能正常发挥吗？如果他们队因此败北，那些流言蜚语只会山呼海啸一般朝薄禾压过来。失败者不会被同情，大众只会认为薄禾是咎由自取。谁怨她心理素质不过关，又或者游戏操作技能不行？

在事态如此不利于薄禾的情况下，秦川站出来发声了。

"我们的相识，始于一件很不愉快的小事。"他发了一条长微博，这是第一句话。

"那时候她刚进盛名工作，是个名副其实的职场新人。因为我们之间有一些误会，我非但没有对她一见钟情，反倒对她有诸多偏见，甚至有几次想要辞退她。直到有一天，一个卖菜老人的三轮车翻了，各种蔬菜撒了一地，我看见她蹲在路边帮老人把菜捡起来，然后还掏钱买了这位老人摔烂的蔬菜。"

看到这里，薄禾歪头想了想，依稀记得这好像是进盛名没多久发生的事。

那时候她跟秦川的关系还谈不上友好，自己被老板有意无意地针对。为了这份高薪她勉强忍耐下去，时不时冒出"骑驴找马"的想法。

她帮过的人太多，有时候甚至连自己都不大能马上回忆起来。

由于养父心性良善，她得以健康长大。因此薄禾平时也总会力所能及地向别人伸出援助之手。

有些人在得到帮助时会道谢，有些人并不会感激他人的好意。薄禾做这些也并不是为了获得别人的知恩图报，只是将心比心罢了。一个人能对别人表现出善意，哪怕这善意微乎其微也足以把一个濒临绝境的人从崩溃的边缘拉回来，更夸张一点儿，可能就是挽救了一条人命。

"后来因为工作的关系，我们之间的交集逐渐多了起来，我也渐渐对她的态度有所改观。我真正喜欢上她，也许是在公司团建时遭遇地震那需要同生共死的时刻，也许是在工作中她不经意流露出的睿智……爱情本没有道理可讲，可我愿意为她写下我们之间之所以爱上对方的前因后果，这不只是为眼前的这场'私生女风波'，也是为了我们老了以后有能够拿出来互相调侃对方的事情。

"有人说她是在哗众取宠、炒作、提高名气，但她身边的亲人、朋友都知道，外界对她的那些揣测，完全不是她真实的样子。我只相信自己亲眼看到的一切,因为我是和她朝夕相处的爱人,而非网络屏幕后的'别人'。

"我父亲秦时愉先生是一位非常成功的商人,至今在我心里都是值得学习的榜样,而我自己的事业目前也刚刚起步,不敢说将来会做到什么程度,至少足够给她优渥的生活,并且——我也愿意为了她而努力,让她后半生高枕无忧、开心快乐地过好每一天。如果非得用世俗的某些东西来衡量我对她的感情,那应该是一枚足够重的钻戒,或者一份分享全部身家的遗嘱。

"生而为人,我们都是不完美的,但我和她愿意为了彼此成为更完美的自己。"

博文下面,一张扫描件赫然在列。

一份由律师事务所盖章,具有法律效力的遗嘱,上面放着一枚硕大的钻戒。

旁边还有一张卡片。

薄禾,我爱你。
无论贫富,无论在何种处境,我爱你一生一世。
秦川致

薄禾看完久久不语。
许小哥敲了敲手机的麦克风:"说句话啊!"
薄禾抬起头,眨了眨眼,没回话。
许小哥调侃道:"哎哟,难道是感动到说不出话了?"
薄禾叹了口气:"他上次明敲暗打地向我求婚,我装糊涂糊弄了过去,这回终于让他逮到机会了。"
许小哥抽了抽嘴角:"行了啊,适可而止,别在单身的人面前秀恩爱!

我让你看的不只是秦川,你接着往下看啊!"

秦川的长博文下面,评论超过两万了。

这本来是他的私人号,平时他不怎么发微博,粉丝数量很少。但因为这篇博文,粉丝数跟阅读量在短时间内迅速飙升,他临时申请的实名认证很快从普通的黄V变成了阅读量上百万的红V。

薄禾无须点开秦川此条微博下面的评论区,大概也能猜到网友们会说些什么。

老实说,以秦川的骄傲,要不是他真爱她,根本不可能浪费时间去写这种他平时认为无用的文章。

但看热闹的人并没有了解秦川的义务。

果不其然,评论区里的热评,有几条是说他们觉得秦川讲的爱情故事挺让人感动的。但也有人习惯性地把他发微博这件事往阴谋论的方向想,觉得是他俩联手煽情,是"新世纪戏精",为了利益不择手段。

现在这些话已经很难伤害到薄禾了。她对此一笑了之,接着往下看了。

让她惊讶的是,卓逸跟凌霜也公开对这场"母女撕扯大战"表态了。

卓逸直接以薄禾干爸的身份详细描述了自己跟薄禾从认识到认她为干女儿的过程,字里行间处处表扬薄禾,说她乖巧懂事、独立自强、热爱生活等。

这篇博文与以往官方色彩强烈的公关文不同,可以看出是卓逸亲笔写就的。要知道,现在的明星发表言论动辄被引申发散,很多人不敢轻易说话,名气越大越爱惜身份,就算要说也大多由工作室代笔。卓逸更是不爱发博文,这次却为了薄禾亲自撰文发声,实属难得。

凌霜发的微博文内容大同小异。她用女性细腻的笔触表达了自己强烈的爱憎情绪,毫不掩饰地表达了自己对薄禾的喜欢和爱护。

这两人的发言在网络上直接掀起了轩然大波。

他们虽然没有提到安宝华，但他们的态度本身已经是一种立场，每一句夸奖薄禾的话都像间接抽在安宝华脸上的耳光，一下、两下……直接把她抽得"无法见人"。

卓逸、凌霜夫妇与安宝华是抬头不见低头见的圈里人，他们的言论比秦川更容易引起大众的轰动。

普通演员或二三线明星可能还忌惮安宝华的势力不愿轻易得罪她，但卓逸和凌霜早已跻身一线，已经不在乎是不是得罪她了。

更何况他们是真心喜欢薄禾，将她当成亲人看待的。

如果连卓逸和凌霜都不顾同行情面支持薄禾，那么这场风波里，安宝华真是她表现出来的那样无辜吗？

许多人开始深思。

卓逸和凌霜的粉丝自然首先支持自己的偶像，同样把薄禾也看作自家人。

渐渐地，部分支持安宝华的网友也开始倒戈。

事情发展至此，短短一日之内波澜迭起，已经脱离老潘的控制，舆论倒戈更不是水军可以压得住的。为安宝华说话的人接二连三地被扒出黑料，连带安宝华原本已经被按下去的过往又渐渐浮出水面。

老潘深感后悔。

安宝华更是坐立不安，变得暴躁极了，工作也诸多不顺。

屋漏偏逢连夜雨，安宝华新戏的一个副导演因为过往某些不利于国家的言论被曝光了，这使这部新戏迟迟无法过审而导致安宝华的事业一度跌入低谷。

这些都是后话了。

薄禾很清楚世上没有那么巧的事。一天的工夫，秦川刚发完对自己表白的微博，干爸和凌姐的支持就跟上了，就算他们夫妻俩有心帮忙，正常情况下效率也不可能如此高。

唯一的解释是，秦川早就联系了卓逸和凌霜，三人商量好了反击方案，以雷霆之势对安宝华实行精准的打击。

不管如何，她不能辜负这些爱她的人。

她需要一场胜利来回应自己对他们的爱。

出征在即，号角已响，战场就在沧澜山脉。

不见不散，死战到底！

这是一个可以容纳上千人的体育馆场地，平时举办巨星现场演唱会都绝无问题，现在则被游戏官方稍加改造，用来作为《九霄》全民对抗赛——巅峰决赛的现场。除了参赛的玩家，一些之前比赛中落选的玩家也收到了游戏官方的邀请函。现场座无虚席，不少人打出灯牌和纸板，像给偶像应援那样挥舞着……比赛在即，现场的欢呼声一浪高过一浪，观众纷纷为自己所在的服务器选手加油。

甚至还有一些非游戏玩家通过某些途径拿到了邀请函混入比赛现场。这些多是对游戏竞技没什么兴趣，反而对薄禾本人很感兴趣的自媒体人。他们的邀请函也是来自游戏官方，只要这些人在现场保持安静，不扰乱比赛秩序，不影响选手发挥，游戏官方也就睁一只眼闭一只眼了。

所有选手都站在场地中央的圆形台子上，六人一组，共十六组。

场地上空安装了间隔有序的十六块大屏幕，播放着每队队长第一人称视角的游戏画面，让观众得以同步跟进比赛情况。

在这个男选手占多数的场合里，女选手虽然少，但薄禾并不能一枝独秀。别的队伍同样有高颜值的女玩家参与，甚至里面还有知名游戏女主播，这使得大部分人不会将注意力全部集中在薄禾身上，薄禾的队友们也就松了一口气。

比赛面前，实力为先，性别是次要因素。实力强的人，在哪里都会成为备受瞩目的焦点。

几乎没有人看好薄禾他们队,或者说没有人看好在淘汰赛里排名第五名之后的队伍能进决赛前三名。

毕竟这次决赛,前三名的种子队伍实在太耀眼了。这些队伍的队员一半以上是知名游戏代打主播,其余亲自操作的玩家也大多在各自的服务器小有名气。

相比之下,薄禾的这一队,虽然之前薄荷茶这个角色也有些威名,但六个人的团队比赛,任她再怎么优秀,也无法拯救世界。如果队友同样给力,之前的淘汰赛他们就不会是第九名了。

游戏里,比赛刚开始三分钟,探险还在继续。

沧澜山脉副本实在太大,他们这几次的比赛,每次随机分配的地点都不一样。

这次是在山脚下。

神秘广袤的沧澜山脉似乎发生了变化。

薄荷茶抬头望向天际,那里出现了一道彩虹。这彩虹穿越云层,横跨碧空,边缘甚至还有点点金光如小溪流般流淌而下,落在远处高大的树冠上,将树木染成大片的金黄色。鹂鸟、黄莺围绕树木飞舞鸣叫……鸟鸣声穿过重重枝叶传入众人的耳中,可谓是"余音绕梁"啊。

"这绘画场景,这音响特效……官方这是又对游戏系统加以完善了?下血本了啊!"在别人被游戏绝美的界面吸引了注意力时,八根胡须先发现了重点,开始咋呼起来。

其他人也陆续想起来,在之前的所有比赛里,这个副本美则美矣,但界面的质感似乎没有精致到如此程度。

游戏界面里,雨后的地面上的水洼泛着涟漪,就连近处树根上的菌类、岩石上的青苔也清晰可见。

一只啄木鸟飞来落在一棵参天大树的树干上。它一番努力地啄之后在树干上啄开一个洞，将虫子叼出，很快又飞走了。

正如八根胡须所言，在淘汰赛结束到决赛举行的这段时间里，游戏官方想必在游戏界面的美术场景优化上费了不少力气。

"别再流连风景了，容易干扰我们的判断。时刻留意对手的动静，别忘了上一场比赛，有些玩家会特意埋伏在一个隐蔽点狙击对手。"

经薄荷茶这么一说，众人顿时回过神来，立马进入备战状态。

放松了几天，人的意志容易松懈，但线下决赛容不得他们半点儿马虎。

众人很快发现，除了画面精致度增加，这里的气候条件也更加恶劣了。可能前一阵还在下雨，他们身上的湿气指数增加了，步行速度随之慢了下来，下一秒雨就停了，紧接着烈日炎炎——玩家进入备受酷日折磨的状态，血条的血量眼瞅着往下降。这里的一切以模拟真实处境为标准，这是之前所有阶段的比赛里都没出现过的情况。

席上观众在惊呼游戏逼真的同时，不由自主地也把自己代入了角色，对选手们的表现有了更多的期待。

薄荷茶他们这次的运气不错。刚开局他们就在一处隐藏的山洞里发现一只貔貅幼兽，花了几分钟时间打败它，捡到了不少蓝绿装备，基本达到全员不空手的"低保"标准。

这个山洞幽深狭长，幼兽的尸体后面还有一条通道，不知通向何方。

山洞口传来了急促的脚步声。

此刻他们有两个选择：待在原地迎战或沿着通道前行。

薄荷茶果断下令道："去看看山洞另外一头通往哪里！"

疾如风张了张嘴，最终什么也没说。

他觉得游戏刚开始，对手很大概率捡不到什么装备，在这种情况下己方的胜算很大,不如冲出去与对手厮杀,拿个开门红也好鼓舞士气。

但薄荷茶选择了沿着通道继续前行。

搁在以前,他肯定会出声质疑薄荷茶,也许还会拒不执行她的命令,但现在这队的人马已经学会无条件服从她的命令——几乎是在薄荷茶角色声音刚落的瞬间,大家就立马跟在她的后面往前走去。

疾如风也暗暗地将心头那点儿疑虑放下。

很快,他发现薄荷茶的判断有着近乎恐怖的精准度。

在他们离开山洞不久,这个山洞就被后面一支叫紫之云的队伍占据。

紫之云这支队伍的运气比他们还好,之前遇上一只凤凰的虚影,打败之后捡到一些紫色装备,队员平均装备评分比薄荷茶队要好。如果当时他们晚走一步,就会跟紫之云队撞上,下场很有可能是薄荷茶队遗憾退场。

但不是每个队长都有薄荷茶这样的决断力,附近的另一支队伍就误判了紫之云队的实力,结果开战之后被紫之云队团灭。

而此时薄荷茶等人穿越那条通道,来到另外一座山的山脚下,毗邻一个叫琅嬛的湖泊。

据赛前分析,这是整个沧澜副本里最大的湖,玩家站在湖边一眼望不见边,绕着湖就算跑马也得跑上两分钟,由此可见这个湖的面积不小。

游戏里的两分钟是很宝贵的。

在湖边,薄荷茶队遇上了第二个对手———一只巨型八爪章鱼。

八爪章鱼的血量不多,但对玩家造成的伤害很大,尤其难对付的是触手,它被消灭之后还会迅速再长出来。玩家如果不是同时消灭章鱼的八只触手,那么就很难战胜这只怪物。

他们只有六个人,即使同一时间一人攻击一只触手,也还剩下两只无人顾及。

这是一个让人头痛的难题。

这时候,在山洞里刚刚消灭了一队人马的紫之云队从通道里出来了。

他们队也看见了这只令人发怵的巨型章鱼怪。

他们打算选择"先偷袭薄荷茶队,再独力对付章鱼怪"的策略,但因同样只有六个人,就算全身紫色武器装备也无法同一时间消灭八只触手的章鱼。

这明显是游戏官方对玩家设下的一个陷阱:是先与对手合作共同对抗章鱼怪,还是先把对手杀死,然后再死在章鱼怪手下?

在场的十二名玩家不约而同地在心里大骂游戏官方用心险恶。

薄荷茶将语音调换到公频,对紫之云队道:"我提议我们先合作。八只触手我们每队分四只,剩下两名队友在旁边监督对方。等把怪物杀死我们再来一次公平对决,怎么样?"

紫之云的队长反应很快:"我同意。你们撤出两个人,让我们的人过去!"

双方达成暂时的共识。薄荷茶吩咐容若公子和许小哥两人先退出,在一旁随时监视对手的异动。

许小哥很担心:"对方有紫色装备,总体评分比我们高,等会儿我们可能打不过啊!"

薄荷茶道:"待会儿他们很可能会先动手,你们要留三分力。我负责他们的队长'老云',其他的队员机动策应。"

他们别无选择,合作是目前最好的办法,但合作只是暂时的,在共同的对手章鱼怪被消灭之后,就将面临一场生死搏斗。

许小哥神色一冷:"明白了!"

有了援军协作,众人打怪果然轻松许多。

紫之云队在晋级决赛时排名第六,算是一支有希望再往前冲一冲的种子队。

章鱼怪挥舞着触手攻击众人,但它的生命值在薄荷茶队和紫之云队合作攻击后在一点点地下降,然而它的生命力越低攻击力越强。八个人虽尽力躲避章鱼怪的攻击,但仍旧不时被它硕大的触手狠狠地抽在身上……要么血量骤降,要么中行动迟缓、攻击力减半的减益效果,各人不一。

紫之云的队长老云没有参加战斗,只是站在离混战中心不远的地方眼观六路,时刻注意薄荷茶他们这边的举动。就在章鱼怪轰然倒下的那一刻,老云甚至不等参战的队员去捡起章鱼怪掉落的战利品就暴起朝着薄荷茶队发难,长弓一挽,箭雨倾泻!

他的职业和薄荷茶一样,都是箭客,少见而又难练。

但老云既然能带领队伍一路闯到决赛,就证明他的实力绝对不低。

说时迟,那时快,他的箭雨挟着爆炸性的伤害朝着薄荷茶队袭来。疾如风和糖醋排骨两人虽然反应也很快,但仍旧慢了半拍。他俩被利箭射中,血量霎时噌噌地往下降。

几乎就在同时,薄荷茶也发力了!

她没有像老云那样射出利箭,而以迅雷不及掩耳之势扑向对手的队员。

仔细一看,她的角色速度甚至比老云还要快。

而她攻击的对象,既不是对方的队长老云,也不是对方的主力攻击手,而是负责治疗的人。

老云暗叫不好,想回头救自己队负责治疗的队友已来不及了——因为他刚刚落地,就被糖醋排骨和八根胡须一前一后夹击了。

第十九章
如果当初

紫之云是一支强队。

从之前比赛队伍整体表现及队里队员个人的操作水准来看，紫之云都比薄荷茶队强。

如果给队长老云一次重来的机会，他一定会选择等薄荷茶队被章鱼怪团灭后再趁机捡漏儿。

但世上没有如果，所以老云只能遗憾落败。

他夺冠的梦想随着人物死亡后的游戏界面一同黯淡下去。

中途出局的选手可以选择离席退场，也可以选择移步观众席就座为还在游戏中奋战的选手加油，或者是不动游戏界面留在游戏比赛的原位。

在老云"壮烈牺牲"之后，他的其他队友也陆续被薄荷茶队消灭了。

老云不甘心就此退场，坚信薄荷茶等人根本不可能坚持到最后。为了目睹对手的惨败，紫之云队的所有队员都没有离场，而是来到观众席死死盯着大屏幕上薄荷茶那一队的进展。老云甚至频频去看屏幕下的薄禾，似乎想在她的脸上找到焦灼不安的神色。

但老云失望了。

此时薄禾正专注地盯着屏幕操作自己的游戏角色检查装备、分配药品呢。

紫之云队身上的紫色装备不少,加上杀死章鱼怪之后掉落的道具,足够把薄荷茶队六人喂得饱饱的。

此时薄荷茶队人手一件紫色武器装备,每人包裹里有十颗血药,一颗血药可以恢复百分之四十五以上的血量。在这样一场残酷的决赛中,紫之云队的装备对薄荷茶队来说,无异于如虎添翼。

毒瘴范围开始收缩。

众人所处位置在毒瘴的收缩范围内,距离安全区还有数百米。

他们必须马上往里撤退。

但没跑出多远,薄荷茶他们又遭遇了危机。

地势稍微平缓的半坡上,一群人正朝薄荷茶队俯冲过来。他们仔细一看,只有为首的七八个人是玩家,玩家后面竟是一大群形容僵硬、手脚腐烂的丧尸。

天色已经暗了下来,那些丧尸在夜色的笼罩下面相显得越发狰狞,就连皮肉腐烂的双手都仿佛随时能伸长,碰触到身前夺命狂奔的玩家们。

许小哥等人忍不住倒抽了一口凉气!

看着来势汹汹的丧尸,薄荷茶队的几个队员一时都愣住了。

"跟我走!东南方向!"薄荷茶言简意赅地喊完,带着队友开始撤退。

"轻功用不了了!"有人忽然喊道。

"这里的地形复杂,加上夜晚辨识度低,刚才我们踩进一片沼泽之后,内息就消失得特别快。"薄荷茶似乎总能注意到细节,及时给予队友合适的答案。

此时此刻,五个队员都是无条件信任她的。她说东,大家绝不往西。刚才几乎在她话音刚落的瞬间,五个队员就立刻跟着她的指令撤退。也许

499

有人认为这种信任不难做到，但只要看看别的队伍，包括刚才被淘汰的紫之云队，就知道想在短时间内培养出这种信任，绝不是一件易事。

既然大家都无法使用轻功，那就只能用两条腿跑。

许小哥很快发现了这一批玩家的意图：“他们想把丧尸引向我们！”

伴随着他的惊呼，薄荷茶感觉脑袋后面一道剑气呼啸而来！幸而她反应快，直接反手一箭化解了对方的剑气。

然而这一来一回的工夫，丧尸大军已经杀到了薄荷茶队的跟前。薄荷茶队被对方玩家的攻击拖住，进入丧尸的攻击范围，瞬间被丧尸和对手包围了。

光是这些形容狰狞的丧尸还好对付，因为他们队有六个人，加上对方两支队伍残存的七八个人，三方联手足以杀退这一拨丧尸，说不定还能捡到不错的掉落品。

但人心难测。当游戏玩家面对共同的对手时，有的人会选择御敌为先，而有的人会选择先把对手干掉，再去杀退怪物，或者说，抱着一种"即使我死了，你也别想活着出线"的心理，不肯让别人占到自己一点儿便宜。

是以，当八根胡须喊出"哪个浑蛋藏在丧尸群里攻击我"时，薄荷茶是半点儿也不觉得意外。既然对方已经先下手了，他们也就没必要再遵守绅士条款。薄荷茶先挑了一棵树绕着圈儿跑，将后面追击的丧尸暂时甩掉，又挽弓对准一名对手玩家射过去。

由于无法跳起以拉远射击距离，弓箭的威力被减弱了许多，一箭没能将对手射死，薄荷茶再度陷入身后丧尸的层层包围中。

这是一个无解的难题。

想逃离丧尸的追击，玩家就得先联合起来，但作为游戏比赛的对手，注定要互相防备——另外两队的队员甚至抢先出手，想暗算薄荷茶队。

薄荷茶队不得不一边逃离沼泽地，一边艰难地应付来自对手的袭击。

八根胡须就是在这种情况下慢慢开始失血的。

许小哥被丧尸包围，距离八根胡须太远无法去给他加血，只能不停地督促八根胡须向自己靠拢。

但对手有意将薄荷茶队的成员分开，不断地在丧尸群中瞅到机会冲散薄荷茶等人，尤其是将许小哥赶到了丧尸的包围圈内，迫使他疲于应付丧尸的进攻而无法给队友们加血。

容若公子没想到，自己扛过了章鱼怪，扛过了紫之云那种级别的强队，却要眼看着自己丧生在丧尸的魔爪之下。

许小哥提着一口气，眼睁睁地看着自己从满血到半血，再到血条见底，却一筹莫展。

容若公子举起长剑无力地在自己身体的四周挥舞着……一剑一剑地乱刺在蜂拥而来的丧尸身上，每一剑都带着垂死挣扎般的疯狂劲儿。

八根胡须在语音里叫得最起劲，但也是被丧尸围困得最厉害的那一个。他身处寸步难行的沼泽地，被对手和丧尸夹击，又错过了队友能够挽救他的黄金时间，最终耗尽气血而"亡"。

八根胡须在屏幕外长长地哀号一声，恨不得跳下座椅跑到坑死他的对手面前把那人胖揍一顿。

大家齐心协力地对付丧尸，待离开沼泽之后再内斗不行吗？把对手坑死的同时自己也很可能死掉啊！他不明白，对手把自己搞死完全是损人不利己啊，怎么就有这么蠢的对手？！

可无论怎么咬牙切齿地骂对方，事实是属于八根胡须的决赛之旅已经终结了，现在的他只能寄希望于队友们给力，在绝境中创造奇迹。

虽然目前看来这希望有些渺茫……

他把游戏界面切为观战模式，以薄荷茶的视角开始旁观这场比赛。

薄荷茶一直在往外围挪移，试图跑出这片沼泽区域。

天已经很暗了，众人根本不能完全通过肉眼观察到这片沼泽地到底有多大，也不能判断出逃出沼泽地的行进方向是否正确，此时只能凭直觉行动。

薄荷茶也不例外。但她有个门派优势——箭客的设定是远程攻击者,所以每次前进基本都走在最后,以便发动远程攻击时可以跳得更高,同时在转身回撤时也能从最后面变成最前面。

成败在此一举。

八根胡须在屏幕外身临其境般屏住呼吸,仿佛自己附身在了薄荷茶这个角色上,此时也跟着她一直往前奔跑。

身后的丧尸几次追上来攻击薄荷茶,她的血量也在一点点地减少,此时的处境就像八根胡须刚才那样凶险。

八根胡须仿佛死法被重置,再度回到濒死前的那一刻——他觉得再来几回心脏肯定顶不住了。

奇迹之所以是奇迹,就因为它有百分之九十九点九九的可能不会发生。

如果一部戏里只要一个主角,那这场比赛的主角注定不是他们这一队。

想到这里,八根胡须轻轻叹了口气,打算关掉观战模式,离席退场。

但下一瞬,他的心骤然提起!

薄荷茶一跃而起,跑出了沼泽地!

在一跃而起的那一刻,薄荷茶同时完成了吃药补血和转身挽弓两个动作,快得让八根胡须都眼花缭乱了,只觉眨眼间无数锋利的箭矢从薄荷茶的手中射出。

万箭齐发,如雨如瀑,丧尸霎时倒下一大片。

此时被丧尸围困的玩家都得以喘息片刻,趁着残存的丧尸没围上来赶紧往前奔跑。

八根胡须发现薄荷茶的操作很妙。

她专门盯着自己队友周围的丧尸射箭,对对手玩家身周的丧尸则视若无睹,任由他们苦苦挣扎最终被怪物吞噬。

她每发连射,一气呵成!

薄荷茶在落地、补血、后退、恢复内息、再度跃起、挽弓射箭这些动作之间无缝切换,看得八根胡须叹为观止。他这才发觉,也许在以往的合作或对抗里,薄荷茶从来没发挥出自己真正的实力,也从未让别人摸清过底。

在她以一敌十的出色表现下,队友一个接着一个地逃离了沼泽地。虽然逃出来后他们身上的血量所剩无几,但包裹里的药品足够让他们后续慢慢地补回来。

最重要的是他们还活着。

曙光自云层后慢慢倾洒下来——光明的到来就意味着黑暗的退却。

当漫无边际的浓雾散尽,天地重新被阳光普照,行尸走肉般的丧尸也无所遁形了,嘶叫着,痛苦地化为灰烬。

语音里,众人劫后余生的喘息声此起彼伏。

挣扎着生存下来的唯一的对手被容若公子一道剑气劈过去,"气绝身亡"了。

他们又一次活了下来!

比赛场上的薄禾全神贯注、心无旁骛,自动屏蔽了观众席上的任何动静。她是如此耀眼,如此令人无法忽视。

这一刻,无关性别,只有实力——荣耀终究属于强者。

众人都在兴奋地欢呼,没人注意到秦川是什么时候来的。

他今天本有一个签约会议,关乎一笔茶叶的新订单。

他的事业现在虽然看起来不错,可也只能算是有了一个好的开始。

会议提前结束,他匆匆赶来,正好赶上观看薄禾在游戏比赛中的精彩表现。

薄禾在台上专注于屏幕打比赛,根本没有注意到他的到来。

而他在台下，一眼就看见参赛选手之中于他而言分外出众的薄禾。

秦川没有急着入座。他在台阶上站定，以便借着灯光效果能更清晰地打量那个他最喜欢的人——薄禾。

大屏幕上，薄荷茶队剩下的几个人在继续往前奔跑。

他们一路斩妖除魔闯入决赛圈，最终居然成为幸存的二十余人的一部分，同时也是人数最多的队伍之一。

另外一支同样拥有五名队员的队伍，居然是淘汰赛中以第一名出线的雷神队。

许小哥他们有种如梦似幻的不真实感，猛地回头一看，似乎根本没想到自己已经走出这么远了。

场上的参赛选手一个个地减少，留在原座继续观看比赛的终究是少数。失败会让人的情绪瞬间从高峰跌到低谷，大部分人只想远远离开与比赛有关的一切事物，找个无人的角落独自舔舐伤口。

薄禾戴着耳机坐在队伍的中央，始终是一副"宠辱不惊、悲喜不显"的架势，手持利刃披荆斩棘，无人敢小觑。

此时此刻，但凡从头到尾跟进比赛的观众和玩家，早已不会相信薄禾是想凭借游戏热度出名这类的流言蜚语。如果她不是一个真正热爱游戏、对比赛倾尽心血去研究的人，根本不可能有如此精彩的表现。

薄禾用一次次的精彩表现，将对她不利的流言彻底击碎。

秦川见状，不由得笑意加深。

他忽然想起自己真正认识薄禾的那一天，不是在现实中，而是在游戏里。

那时他是虚拟世界的新手，遭遇级别高的玩家霸凌，毫无还手之力。

一箭客从天而降，将他救出重围，护在自己身后。

那时候他们的故事已经开始，只是当时两个人都未察觉罢了。

秦川以为那次遇见只是偶然事件，如今回想，所有细节都能成为令自己会心一笑的蜜糖。

比赛场上，众玩家正在激烈地进行最后的角逐。

毒瘴正在逐渐收至最小范围，此时玩家埋伏在如此狭小的空间内已经没用了，到了狭路相逢、正面对决的关键时刻了，只有武装自己、及时补给药品，再加上技术高超的走位和操作，才是成为最终胜利者的关键。

许多支队伍到现在只剩下一两个人，在这种情况下，他们自然很快就会被淘汰出局；而薄荷茶这支队伍与冠军种子队——雷神队，将迎来巅峰对决。

两队没有贸然对上，都在试探性地出招，以便获得更有利的对战先机。

他们所处的地方在一座森林里，这里的树木枝繁叶茂，林间草丛承露……呈现一派宁静祥和之态。

但这都是假象。

雷神队在丛林中悄然前行。他们借着树木的遮蔽逼近对手，试图一下就击中对手的要害。

前方应该埋伏着两名对手，薄荷茶通过对方的衣角在树叶之间的轻微拂动，从而在大脑中快速做出判断。

她没有动手，只是在语音里告知自己的队友，因为对方的破绽很有可能是想引他们现身的陷阱——

你凝视深渊的同时，深渊也在凝视着你。

对现在的薄荷茶队而言，前方就像一个无比深邃的深渊。当他们贸然地有所举动时，也有可能会被深渊化身的恶魔吞噬。

"右前方那棵开紫色花的树上，好像还有一个人，但我不确定。"疾如风轻声道。

虽然明知对方不可能听见他的声音，但他还是不由自主地把说话的音量放低，甚至呼吸声都放轻了。

许小哥朝着疾如风所说的那棵树望去，只看见一片摇曳的紫色碎花中夹杂着绿叶光影，那里仿佛有人，又仿佛没人。

"不能再等下去了！"糖醋排骨沉不住气了。

毒瘴圈还在缓慢收缩，对方所在的位置比薄荷茶队安全得多。雷神队显然处在毒瘴圈的中心位置，而薄荷茶队在毒瘴圈的边缘徘徊。

再过几十秒，薄荷茶队也得被迫现身往安全区跑。

他们先暴露自己，就等于先给对手提供了活靶子。

轰隆！

不知何时，乌云涌现，天气骤变。

闪电划过天空，雷声滚滚而至。

"我和容若先上！容若你右我左，针对刚才确定的两个对手隐身的位置，其他人跟在我俩后面。那两人一旦出招，旁边看到的人一定会策应自己的队友——只要对方一动就会暴露，你们抓住机会。负责治疗的人殿后，尽量不要冲到前面去！走！"

眼看暴风雨即至，身后的毒瘴也在逼近，薄荷茶不再犹豫，一声令下，当先跃出！

雷神队蛰伏已久，等的就是这一刻。

在薄荷茶现身时，剑气与利箭自她对面的那棵树后瞬间朝她飞来！

对手所有的攻击重重地砸在薄荷茶的身上，即便她及时开启了减伤技能，也依旧受了很重的伤。她此时如流星般快速地向下坠落……

但薄荷茶的暴露也为队友们争取到了最佳攻击时机！他们分别锁定了对手的位置，疾冲过去！

许小哥行在最后面，拼命为薄荷茶加血。

血量缓慢回升，树枝也阻止了身体下坠的速度，薄荷茶借力重新跃向半空……

前方还有一名强敌正在等着她。

雷神队的队长名叫"雷神无极"，本职工作是游戏主播，曾经参加过不少此类的电竞比赛。雷神无极因为热爱《九霄》，并为此玩儿出了一个战力很高的号，在《九霄》世界乃至整个游戏圈子都威名赫赫。

有这样一个灵魂支柱在，雷神队自然觉得冠军非他们莫属。

决赛之前，他们没把薄荷茶队当作对手，从未认真研究过薄荷茶队的阵容和战术。直到决赛圈与薄荷茶队"王者对决"，雷神无极才感到后悔。

但现在弥补还来得及，即使他没有刻意去了解，也知道薄荷茶跟他一样是队里的灵魂人物。

只要他除去薄荷茶，对方就会群龙无首，必败无疑。

雷神无极玩儿的职业是天枢。天枢从一出生就与剑为伴，剑在人在，剑亡人亡。

对雷神无极而言，他早已将剑术练得出神入化，御剑如神，收剑如心。

此刻他与薄荷茶都悬浮在半空中。他没有选择用常用的控剑术，也就是以一剑化万剑去攻击薄荷茶，而是改用近身攻击，手持长剑劈向她。

剑气若一道雷光劈开了天河，又裹挟着雷霆万钧之势翻涌而去，当头朝着薄荷茶砸了下来！

然而——

雷神无极的志在必得之势陡然偃旗息鼓了！

薄荷茶竟然躲开了他大部分的剑气，只损失大半血量，让雷神无极始料未及。

她抽出腰间的短匕首，扑向近在咫尺的雷神无极，淬了毒的匕首插入对方的身体，又在对方还来不及变招或撤退之际，将弓弦扯断近前缠上对方的脖子。在雷神无极试图将长剑捅向她时，她仍旧死死地抓住缠着雷神无极脖子的弓弦的两端……

游戏设定每个门派都有同归于尽的招式，这些招式可谓是"伤敌一千，自损八百"，箭客也不例外。

雷神无极万万没想到，薄荷茶会选择用自损的招来对付他。

她对自己很狠绝，但杀敌的效果也很好。

炫目的光效在两人周身爆开，这惨烈而又璀璨的一幕看呆了观众。

两人如同被光团包裹的陨石，重重砸向地面！

薄荷茶的这一行为为自己的队友们争取了宝贵的出击机会。容若公子一刻未停，与薄荷茶来了一个完美配合。薄荷茶招呼雷神无极多久，他就用"剑光万千"这招进攻了对方的队友多久。见雷神队的人纷纷被容若公子斩落，疾如风和糖醋排骨迅速给对手补刀。

最终，雷神队被团灭。

雷神无极为此恨得咬牙切齿。屏幕外的他将耳机一摘重重地摔在桌面上，以此发泄自己的懊恼。

"是我失误了！我不应该先去攻击她的！"他不得不向队友们承认自己的失误。

半招之差，让他们从冠军变成了亚军。

回应他的，是队友们落在他肩膀上的手。

尾 声

薄禾的队友们在欢呼!

全场的观众在欢呼!

这是一场精彩而充满悬念的比赛。

坚持不懈、绝地反击、向死而生……所有这样的词,加在薄荷茶队这支冠军队伍身上都毫不过分。

一支在海选乃至淘汰赛中从未被人看好的队伍,居然闯过重重难关,最终夺冠。

虽然还未正式领奖,但他们已是公认的王。

八根胡须嗷嗷大叫,热泪盈眶,与队友们拥抱在一块儿,以此表达心中的激动和快乐。

糖醋排骨早就一路狂奔到台下,与观众们挨个儿击掌。

而薄禾——

她被簇拥在队友中间,以女王之姿,如受众星拱卫的明月,却毫无骄矜之态,反倒眉眼弯弯地望向不远处。

秦川正站在过道的台阶上,双手插兜,帅气俊朗地冲着她笑。

番外一

秦时愉去世了。

他死得很突然,死于心脏病发。

秦时愉一直患有心脏病,这是中老年人的常见病,其实只要控制得当,就不会影响日常生活,更何况以其今时今日的地位,有家庭医生随时待命,活到八九十岁完全不是问题。

但他因心脏病死了。

秦时愉发病时,没有一个人在他身边。

堂堂秦氏集团创始人,叱咤风云半生,到头来还是孤独死去。

据用人描述,秦时愉出事当天跟自己的继室周晗大吵了一架,周晗所生的儿子也赶过来帮着母亲一起声讨父亲。秦时愉当时虽然很生气,但还没情绪失控。妻儿摔门离去之后,两位客人上门,给了他一沓照片。

那沓照片在警方调查这桩案子之后,作为证物被收走了,因此秦川跟薄禾在警方那里见到了这些照片。

照片里的主角很多,有秦时愉的继室周晗,有周晗所生的儿子,还有秦时愉跟情妇所生的双胞胎。

秦夫人周晗，表面上对秦时愉说什么情啊爱的，实际上另有一位情人。

秦夫人的情人长得高大英俊，皮相甩了秦时愉不止几条街，对周晗更是体贴温柔。

周晗每个月在这个小白脸儿身上花大把大把的钱，甘之如饴，无怨无悔。

两人甚至私底下拍了不少大尺度的照片，曝光出去分分钟都是头版头条。

秦时愉与周晗所生的小儿子刚上大学，是典型的纨绔子弟，整天吃喝玩乐，不学无术，春天飞赌城拉斯维加斯，夏天去夏威夷冲浪，秋天带着美女上巴黎，冬天搂着小女友去瑞士爬雪山。

他因为从小到大什么都不缺，逐渐开始追求"别样的刺激"，干了不少骇人听闻的荒唐事。

秦时愉对小儿子的所作所为也略有耳闻，所以并没有将希望寄托在这个扶不起的阿斗身上。

几个子女里，他最喜欢的莫过于情妇于樱所生的双胞胎里的哥哥秦阑。

秦阑不管是学业还是商业，哪样都精通，比起长子秦川不遑多让。更重要的是，秦阑平时也很崇拜秦时愉，对他言听计从，跟秦川的叛逆绝不一样。

因为对秦阑的喜爱，原本性格有些自私、绝不耽于情爱的秦时愉，对于樱这情妇也有几分不同寻常的偏爱，甚至曾经想过跟周晗离婚，正式迎娶于樱入秦家。反倒是于樱劝住了他，说自己不图名分，只愿留在他身边过平平淡淡的日子。

饶是精明厉害如秦时愉，见于樱能放弃唾手可得的利益，也就认为她是真心爱自己的。

直到察觉到于樱不寻常的举动，他让人私下去查，查来一沓证据和照片，里头就包括秦阑的 DNA 鉴定结果——秦阑不是秦时愉的亲生儿子。

既然秦阑不是他亲生的，那么秦阑的双胞胎妹妹自然也不是。

不仅如此，于樱私底下还跟周晗联合起来，打算一步一步地蚕食秦氏的资产，搬空秦时愉的财产。

秦川不知道秦时愉知道真相的那一刻是什么感受，因为在得到消息，跟薄禾一道赶过去的时候，秦时愉已经身在医院，医生宣布抢救无效死亡了。

死亡面前人人平等，饶是机关算尽的秦时愉也不例外。

薄禾油然生出一股悲哀之情，不是为自己，而是为秦时愉。

秦时愉白手起家，他的奋斗史可谓一部励志史——秦氏完全是秦时愉一手缔造的商业帝国。就算秦川也不得不承认，秦时愉在做生意方面是极其有天赋的。

可秦时愉风光一世，到头来居然被妻子和情妇骗得团团转，最终导致心脏病发而死。

在白布盖上之前，薄禾见了秦时愉最后一面。

秦时愉双目紧闭，面目狰狞，仍旧留着死亡前的痛苦、怨恨、愤怒，那种想把一切人和事都烧尽的怒火依旧没有散去，仿佛随时会坐起来大发雷霆，把背叛他的人全部杀光。

在医院这种氛围里，他的这种状态更显诡异。

薄禾忍不住攥紧了秦川的手。

秦川立时察觉，也悄然回握她的手，然后拉着她离开："我不应该带你来的。"

"总该来见上一面。"薄禾顿了顿，又道，"有我在，你也不孤单。"

周晗和她的儿子、于樱和她的一双儿女刚刚也都在病房里，病房里还有律师。虽然秦川也带了关慎，但关慎毕竟还隔了一层。

只有薄禾才是秦川此时最亲的人。

"过两天会公布父亲的遗嘱,我估计他可能会留东西给我,也可能不会留。但如果他留了,我不想要。"

他不是在告知薄禾,而是在与她商量。

秦氏偌大的家业,就算秦时愉只分出九牛一毛给他,也够秦川和薄禾二人日后衣食无忧了。

虽说现在秦川有了自己的事业,但这个世上没有人会嫌弃钱多——而且秦川也不算最有钱的。

他本来已经做好慢慢说服薄禾的打算了。

谁知薄禾一听,想也不想地点头道:"那挺好的。"

秦川有点儿意外,而后失笑:"不心动?"

薄禾也笑:"自己有能力,为什么要靠别人施舍?我知道你一直不想要秦先生的东西,才会费尽心思地跟他划清界限,没道理现在为了遗产而改变自己的原则。"

秦川捏了捏她的手:"谢谢你,我以后会努力让你过上更好的日子。"

薄禾扬眉道:"我也可以让你过上更好的日子。"

周晗觉得病房太闷——秦时愉死去时的那张脸也让她很不舒服。她多看一眼都觉得心跳加快,赶紧找了个借口出来,结果一出门就看见走廊尽头的秦川和薄禾在喁喁私语。

秦川脸上带着凝重和悲伤的表情,但看着薄禾的眼神很甜蜜,也很欢喜。

这是恋爱中的人特有的眼神。

周晗觉得心里更堵了。

她这辈子没得到过爱情这个东西,每次看到别人拥有就觉得难受。

周晗转身又进了病房。

秦时愉的葬礼结束后,秦家人约聚在一起,等候律师宣布遗嘱。

当律师宣布遗嘱之后，在场的人一片哗然。

秦时愉持有秦氏百分之五十一的股份，以确保他对公司的绝对领导权，但在其去世前的一周，他对这些股份进行了紧急变卖，所得的钱款也转赠出去了，最后他的手里只留下了百分之五的股份。遗嘱里这些股份被分成五份，分别给了秦川、周晗的儿子，还有于樱以及于樱所生的一双儿女，五人各占百分之一。

拥有这百分之一的股份，靠红利足以把日子过得很滋润，但要是想靠着这红利翻起什么风浪，那是不太可能的。

除此之外，秦时愉在全国各地还有不少不动产等，将由律师全部估价变卖换成现金——秦家子女各分得一千万元，其余的将会拿去成立一个慈善基金会，用于治疗患先天性疾病的儿童。

周晗脸上的表情难看极了。

也就是说，她嫁给秦时愉这么多年，就值一千万元？

她对律师手里的文件虎视眈眈，似乎想扑上去将它抢过来。

于樱忍不住问了一句很没脑子但大多数人都想知道答案的话："王律师，你确定这是秦时愉秦先生的遗嘱？"

王律师表情严肃地道："当然，这份遗嘱经过秦先生本人生前再三确认，一切依照程序进行，具备法律效力。我都是照着文件逐字逐句念的，上面的内容也写得很清楚。各位手上的复印件跟我念的这份原件内容是一样的，等我念完，有什么疑问都可以提出来。"

他说完，继续念遗嘱。

在场的秦家人却神色各异，显然没心思再听下去。

周晗忍不住看向秦川。

他是长子，还曾经管理过盛名。秦时愉一度想把他当作接班人来培养，但秦川的很多观念及做法跟秦时愉截然不同。秦时愉那样霸道的性格，又容不下一点儿不同的意见，最终三观不同的两人分道扬镳。

秦川曾经得到过那么多,又在一夕之间失去。

秦时愉甚至在遗产分配上也没有对他特别优待,秦川难道不比他们更恨?

但周晗只看到秦川一副从容的姿态坐在那里。

他是装出来的?

当所有事情都尘埃落定后,周晗眼看无力回天,只能任由遗嘱生效,带着一腔恶气出门。透过电梯的玻璃墙,她看见秦川走向了路边停靠着的一辆车。

薄禾正好从车上下来,两人手挽着手再回到车里,然后驾车离开。

秦川没受到此次遗嘱事件的影响。对他来说,一千万元和一千块一样。

因为他已经拥有了更重要的东西。

周晗不看还好,看了更生气了。

她气过之后心里却涌上一股茫然,自己努力半生,最终还是"竹篮打水一场空"。

番外二

安宝华完全没有想到,自己会在这个场合见到薄禾。

此时在一场电影票房大卖的庆功酒会上,她携着小女儿舒窈出席。

这部电影在上映前被评论"有扑街相",不仅是小成本、小制作,而且还由过气的演员和寂寂无闻的演员出演男女主角,连档期都不是暑期或春节这种大热的黄金档。可谁能想到,一夜之间这部影片就这么火了。

这部电影火了也不是没有原因的。所有主创人员因为知道这部电影很可能会"扑",背水一战。这就像被迫站在悬崖上的人,如果不尽力地挽救自己,那么就没有存活下去的可能了。所幸他们的辛苦没有白费,背水一战反倒闯出了一条生路,不但票房大卖,而且口碑逆袭,甚至后续各大营销号纷纷发文支持,连官媒都点名表扬,可谓名利双收。

投资方本来想请安宝华来导演这部电影,但当时正好与安宝华的档期相撞。她选择执导那部众星云集、投资大手笔的电影,对这部卖相十分惨淡的电影当然就没再问津了。

安宝华在那次"私生女事件"之后,急需一部高票房的大片来扭转自己在行业内的口碑,毕竟导演最终还是要用实力说话的。

可惜她选错片了。

大投资的那部片子不能说"扑街",但表现平平,不如预期好。反观她之前瞧不上的这部小片子,现在却有许多人会聚在这里为它庆功——就连安宝华也不能不来。她怕不来会得罪人,那样更在业内混不下去了。

这不是她这辈子头一回看走眼了。

人毕竟不是预言家,不可能事事都预料得准,但押错宝这件事令安宝华禁不住想起了薄禾,那个曾经被她视为一辈子平庸、不会有什么出息的女儿。

从小受到母亲的熏陶,舒窈对演艺圈很向往,一直想学表演,当然这其中也不乏小姑娘对花团锦簇的生活的向往。

有了安宝华这层关系,只要舒窈学习成绩还过得去,就一定能进她想去的学校。

果不其然,舒窈刚上大学就有了当配角的机会。虽说那部片子最后都没有太火,但如果舒窈没有安宝华和舒家的关系,可能还要跑很多年龙套或者付出更多的代价,才能得到这类机会。

可一切也仅止步于此。

舒窈大学毕业之后的几年里,安宝华没少为她铺路,但舒窈的演艺事业始终不温不火。安宝华就算下了血本为她搞营销炒作,可往往事倍功半。几年下来,安宝华不得不承认,功成名就需要一定的天赋和运气,而舒窈显然两者都没具备,即使资源一个劲儿地砸在她身上,也很难砸出惊天动地的成就。

而安宝华自己,近几年来事业一直在走下坡路,执导的几部电影上映后始终不见水花。渐渐地,投资方想找她也会多几分顾虑。舒家虽然家大业大,但前不久舒老爷子病逝,家族内部因为分家产斗得鸡飞狗跳,元气大伤。安宝华的丈夫只是舒家的一支,并不是当家人,能分到的产业自然不多。

今天的庆功宴，安宝华带着舒窈前来，一是大家在圈中抬头不见低头见，互相捧个场，以后也多一条人脉；二是安宝华也想借此机会帮舒窈拓宽一下戏路——有她在身边陪着舒窈，别人总要给几分薄面。

这个圈子常常有新鲜血液加入，但也很排外。

酒会刚开始，但人已经来了不少了。

安宝华有点儿怏怏不快。因为换作以往，这种场合她不必出席，让经纪人来就是了，如今却为了舒窈的前程不得不拉下老脸。

可怜天下父母心。

她的脚步忽然顿住。

"妈？"舒窈不明所以地喊道。

安宝华的表情变得有点儿僵了。

舒窈："怎么了，妈你不舒服吗？"

安宝华："没事，我们去那边。我去跟你杨叔叔打个招呼。"

她看见了薄禾。

不远处的人群里，被众星拱月的那个主角不是这部电影的主角、导演或制片人，而是薄禾。

安宝华忽然想起来，薄禾跟这部电影还有点儿渊源。

据说当初剧组在秦川的茶馆里取景，正好因资金链中断戏拍不下去，恰逢薄禾跟秦川在一起——薄禾听导演说了一下剧本制作的初衷和剧情梗概之后很感兴趣，秦川不愿意让薄禾失望，便拍板注资，成为这部电影的投资人之一。

这部电影上映之后口碑大涨，秦川无心插柳却赚得盆满钵满，连带薄禾今日也成为众人瞩目的主角之一。

至于薄禾本人，安宝华这几年有意无意也听说过她的不少消息。

听说她打完那次电竞比赛之后，因为表现出色被《九霄》游戏官方以官方主播的身份聘请，在官方游戏直播频道每日定时直播，专门对《九霄》里各种职业的对决操作进行解说。

随着游戏的火爆，薄禾的名气越来越大，几年下来，她已然不逊色于某些当红明星，甚至还有不少产品请她代言。

过去那个在职场上如履薄冰的新人，摇身一变，也成为有名气的人物了。

偏偏这些还是她靠自己的实力赢来的，因为真正的游戏玩家只要看过薄禾的直播，都不会对她的游戏操作产生任何质疑，那些"蹭安宝华名气上位"之类的谣言，也早就随着时间烟消云散了。

看到她，安宝华就觉得自己老了。

从前在娱乐圈听到过、看到过不少新奇的事物，她一直觉得自己紧跟时代、不落人后；可在看到薄禾的成名之路后，她忽然觉得自己有点儿看不懂了。

这年头儿游戏打得好也能功成名就、受人追捧？

她始终想不明白，也抗拒去想明白，可这并不妨碍薄禾的发展。

时至今日，凭安宝华的能耐，她已经无法任意干涉薄禾的前程了。

她可以转身离开对其视而不见，却无法阻止别人上前去跟薄禾打招呼，更何况薄禾的身边还有卓逸和凌霜陪着。

安宝华越想越糟心，已经开始后悔今天来出席酒会了。

早知薄禾也来，她就让经纪人陪着舒窈过来了。

曾经的薄禾象征她屈辱的过去，可现在好像反过来了……

安宝华不愿意承认这个事实，更不可能低头去讨好薄禾，但内心深处，未尝没有后悔过自己之前的所作所为。她也曾想过如果自己当初再耐心一些，可能今日的结果就会截然不同。

舒窈看见母亲的眉头皱了起来，忍不住唤道："妈？"

"这次酒会的请柬是谁给你的？"安宝华忽然问道。

舒窈："公司的李鹤姐给琳琳的，怎么了？"

李鹤是舒窈所在的经纪公司的高管，而琳琳是舒窈的经纪人。

安宝华脸上的神情不太好："李鹤是凌霜的闺密，我就知道，这肯定是'她'通过凌霜把请柬给李鹤的。"

舒窈隐隐知道母亲口中的"她"指的是谁："不会吧？"

安宝华沉默片刻后道："窈窈，今晚的酒会我们就不参加了吧，妈下次给你找更好的机会。"

舒窈虽然错愕不已，但也任由安宝华拉着自己离开了。

安宝华从未想过，自己还有躲着薄禾的一天。

人群中的薄禾遥遥地朝安宝华和舒窈她们扫去一眼，随即又移开了视线，似乎根本就没注意到她们的动向。

她的生命里，已经没有安宝华和舒窈这两个人存在的价值。

现在不会有，以后也不会有。